그녀들의 문학

– 여성작가의 글쓰기와 독자에게 응답하기 –

이다 유코 지음

김효순 · 손지연 옮김

어문학사

이다 유코(飯田祐子)

본 간행 사업은, 고려대학교 글로벌 일본연구원 〈일본 근현대 여성문학연구회〉가 2018년
일본만국박람회기념기금사업(日本万国博覧会記念基金事業)의 지원을 받아 기획한 것이다.

차례

한국의 독자들에게   06

서장 '여성작가'라는 틀   09

• 제 I 부 응답성과 피독성

제1장 '여자'의 자기표상   38

제2장 쓰는 여자와 쓸 수 없는 여자   73

제3장 독자가 된다는 것과 독자를 향해 쓴다는 것   116

제4장 청자를 찾다   138

제5장 관계를 계속하다   161

• 제Ⅱ부 '여자'와의 교섭

제6장 '여자'를 구성하는 알력   186

제7장 '스승師'의 효용   221

제8장 의미화의 욕망   237

제9장 여성작가와 페미니즘   265

제Ⅲ부 주체화의 흐트러짐

제10장 '할머니'의 위치   280

제11장 월경越境의 중층성   308

제12장 종군기와 당사자성   339

제IV부 언어화하기가 아닌 다른 방식으로

제13장 이성애 제도와 교란적 감각　　　　　370

제14장 유보遊步하는 소녀들　　　　　　　400

제15장 언어와 신체　　　　　　　　　　438

작가 소개　　　　　　　　　　　　　　470

역자의 말　　　　　　　　　　　　　　471

역자 소개　　　　　　　　　　　　　　474

이 책은 일본 근현대 '여성작가'에 대해 논의한 것이다. 그 출발점으로 생각해야 하는 것은 '여성작가'라는 범주를 어떻게 바라봐야 하는지의 문제다. '여성작가'라는 것은 젠더에 의해 범주가 규정되어 있지만, 젠더 비평이 축적되면서 계속해서 지적해 온 것은, 여성은 하나의 범주로 묶을 수 없다는 사실이다. 그렇게 생각하면 여성작가 한 사람 한 사람, 또 작품 하나하나가 갖는 고유성은 매우 중요하며, 간단히 '여성'이라는 말로 정리해 버리는 것은 불가능할 것이다. '여성'이라는 범주를 자명시하지 않는 것이 이 책의 출발점이라고 하겠다. 그럼에도 불구하고, 아니 바로 그렇기 때문에 '여성'이라는 시점을 도외시할 수 없는 것이다. 젠더는 사람을 사회 안에 배치하는 장치이다. 각각의 고유성과 관계없이, 젠더에 의해 우리들은 장소를 부여 받는다. 다양한 양상들을 꼼꼼하게 취합할 필요가 있는 동시에, 젠더에 기인하는 경험의 공통성에 주목할 필요가 있을 것이다. 부여된 장場과 의미와 주체의 관계에 주목을 하면, '여성'이라는 젠더 범주와 주체 사이에 있는 균열을 있는 그대로 유지하면서 교섭의 흔적을 취합할 수 있으리라 생각한다.

이 책의 방향성을 거칠게 정리하면, 여성작가를 '여성'으로서가 아닌, '여성'이라는 범주와 교섭하는 존재로 읽어가는 것이라고 할 수 있다. 일본어판에서는 이 책의 내용 가운데 "여성작가는

'여성'을 대표하지 않는다"라는 문구를 뽑아 책 띠지를 장식했는데, 이 책의 의도를 매우 잘 간파한 것이다.

이러한 인식을 바탕으로 여성작가의 작품에 공통되는 경험과 이야기의 특징을 두 개의 키워드를 통해 추출해 내고자 하였다. '서술의 곤란함'과 '읽혀지는 것'이 그것이다. '서술의 곤란함'이라는 것은, 말을 더듬거나, 주저하고, 침묵하고, 다중화되고 혼란스럽고, 잘못 말하기도 하는, 또 거꾸로 과잉된 강조나 요설, 착란 등, 언어가 생산될 때 어색하고 조화롭지 못하다는 사실을 나타낸다. 그러한 이야기의 부조화는, '읽혀지는 것'을 통해 발생한다. 누구에게 어떻게 읽혀지는가 하는 물음과 결코 하나의 얼굴이 아닌 독자의 복수성이 '서술의 곤란함'을 유발한다.

문학작품으로 쓰여진 언어는, 불특정 다수의 독자에게 읽혀지게 됨으로써 독자의 고유성이 색이 바래기 쉽다. 또한, '독자'라는 요소를 개입시켜 분석할 경우도, 일반적으로 '독자'는 텍스트 안에 내포된 것으로 추상화되며, 그 복수성은 문제시되지 않는다. 문학의 장을 균질적인 것으로, 혹은 추상적인 것으로 바라본다면, 그러한 논의는 타당할 것이다. 그러나 문학이 쓰여지고 읽혀지는 장은 실은 균질적이지 않다. 이 책에서는 젠더를 중시했지만, 이 외에도 인종이나 계급, 민족 등 다양한 문화적 요소가 과거에도, 현재에도 계속해서 기능해 오고 있다. 하나의 추상적인 '독자'를 상정하는 논의는 이러한 현실적인 다양성을 모두 놓쳐 버리게 한다. 그렇게 함으로써 가능해지는 논의도 있을 수 있겠지만, 다양성을 무시한다는 사실에 자각적이어야 한다고 생각한다. 나는 이 책에서 이미 존재하는 힘의 역학을 포함한 불균등성을 간과하지 않고 적극적으로 논의의 중심으로 끌어 오고자 하였다. 또한, 작가나 작품의 독자성을 다른 것과 동떨어진 작가 자신의 고유한 무언가로 읽는 것이 아니라, 타자로부터 부여된 장場으로부터의 응답으로 재설정하고, 관계 안에 있는 작가 혹은 관계 안에 있는 작품으로 그 특질을 드러내 보이고자 했다.

이 책은 본래 일본어로 일본의 독자(하나가 아닌 다양한 독자)를 대상으로 쓴 글인 탓에, 일본 근현대문학 연구의 협소함이 없지 않을 것이다. 여성작가들이 놓여 있던 상황이 한국과 일본 두 문화에서 서로 다르다는 점도 상기해야 한다. 한국의 독자(이 역시 하나가 아닌)에게 일본 여성작가들은 어떻게 독해될까? 여성작가에 대한 나의 분석은 또 어떻게 읽혀질까?

이 책이 한국어로 번역되는 행운이 찾아오리라고는 생각도 하지 못했다. 번역의 수고로움을 감내해 주신 김효순, 손지연 두 분 선생님께 깊은 감사를 전한다. 작자를 상정하는 일에는 한계가 있으며, 쓰여진 것이 작자의 손을 떠나 확대되어 갈 수 있는 가능성을 실감하고 있다. '서술의 곤란함'과 '읽혀지는 것'이라는 시점 역시 보다 유연하게 범주를 바꿀 필요가 있을 것이다. 이 책이 일본 밖에서도 읽혀질 수 있게 된 행운에 깊이 감사하며, 일본과 한국과의 접점과 차이, 그리고 또 동아시아라는 영역으로 점차 사유의 범주를 확대해 가고자 한다.

2019년 3월

이다 유코

| 서장 '여성작가'라는 틀 |

1. 여섯 가지 전제

이 책이 분석 대상으로 삼고자 하는 것은 '여성'이라는 범주에 편입된 작가와 관련 문제들이다. 우선 언급하고 싶은 것은 '여성'이라는 범주를 어떻게 다룰 것인가 하는 문제이다. 그것이 바로 '여성작가'라는 범주를 성립시키게 될 것이기 때문이다. 페미니즘 비평과 젠더 비평 연구가 축적되면서, 젠더라는 개념은 문학, 문화 연구 안에 분명하게 발을 들여 놓았고, 젠더에 초점을 맞춘 연구를 거쳐 지금은 젠더 이외의 다양한 차이들을 살펴봄으로써 젠더의 복합적 양상을 포착하려는 움직임이 활발해지고 있다. 그러한 흐름을 염두에 두면서, 여기에서 더 나아가 '여성작가'라는 범주를 사용하기 위해서는 그것을 자명한 것으로 여기기보다는, 어떤 의도로, 또 무엇을 논의하고자 하는지 좀 더 설명해 보고자 한다. 지금까지의 젠더 관련 논의를 정리하고, 그 전제가 되는 여섯 가지 지점을 확인해 보도록 하자.

첫째는, '여성'은 문화범주이며, 남녀라는 이항대립항의 젠더 중 한 측면을 구성하고 있다는 논의다. 존 스콧은 젠더를 '육체적 차이를 부여하는 지知'라고 정의하였다.[1] 성차性差를 본질화하기 쉬운 '왜'라는 물음에서 벗어나, 성차가 어떻게 구축되었고, 어떻게 이용되었으며, 어떻게 기능해 왔는지, 그 과정을 중요하게 다루었다. 또한 남녀라는 범주는 대립을 이루며 '성차에 관한 지知'를 구축하고 있음을 지적한다. 즉 여자는 남자가 아니며, 남자는 여자가 아닌 것으로 규정되고 있다. 그리고 젠더는 육신의 우리를 속박하는 동시에 사회 전체를 뒤덮고 있는 문화적 장치로서, 성차와 전혀 관계없는 사안에 대해서도 은유로 기능해 왔음을 지적한다. 쉬운 예를 들어보면, 식민지주의에 있어 종주국은 '남자'로, 식민지는 '여자'로 비유함으로써 종주국이 식민지를 보호하고, 관리하는 역학을 자연스럽게 정착시켜간 것이 그러하다. 이러한 젠더의 기능을 포착하려는 시도가 젠더스터디 형태로 전개되어 왔다. 여성작가의 '여성'이라는 기호 역시 문화적인 범주로 문학의 장場에서 기능해 왔다.

둘째로, 그것은, 주디스 버틀러가 기술한 바와 같이, 본질적인 것이 아니라 계속해서 재생산함으로써 규범화되는 것이다. 버틀러에 따르면 언어의 수행성이 전경화된다. 언어는 사용됨으로써 재생산된다. 사용되지 않으면, 그리고 재생산되지 않으면 언어도 의미도 사라져 간다. 여성이라는 범주에 기원이 있을 리 없기 때문이다. "젠더의 표출 배후에 젠더 아이덴티티는 존재하지 않는다.

---

1 ジョーン・スコット『ジェンダーと歴史学』(原著：1998), 荻野美穂訳(平凡社, 1992), p.16.

아이덴티티는 그 결과인 '표출'에 의해 수행성으로 구축된다"[2] 라는 지적도 유효하다. 이와 동시에 버틀러는 반복이 늘 정확하게 이루어지는 것이 아니라는 데에 초점을 맞춘다. "추상적으로 말하면, 언어란, 이해가능성을 끊임없이 만들어내는 동시에, 이해가능성에 대한 이의도 제기할 수 있는, 열려진 기호체계"[3]이기 때문이다. 버틀러는 착란적인 반복 가능성을 논의하고, 젠더시스템의 가능성을 주창했다. 또한, "호명이 되는 명칭은 종속화와 권능화權能化 양쪽 모두에서 이루어지며, 행위체行爲體의 장면을 그 양의성으로부터 산출하여 애초의 의도를 넘어선 일련의 효과를 산출"해 왔듯이, 호소에 대한 응답으로써 재생산을 실천하였다.[4] 이러한 논점은 이 책을 이해하는 데에 매우 중요한 토대가 된다.

재생산의 실천이라는 점에서 세 번째로 확인해 두고 싶은 것은, '여성'이라는 범주의 재생산 양태는 매우 다양하다는 점이다. 여성이 하나가 아니라는 사실은 아이덴티티의 정치성identity politics의 함정을 지적할 때 다양한 차이를 전경화하며 반복적으로 언급되어 왔다. 여성의 복수성은 우선 백인과 흑인이라는 인종문

---

2 ジュディス・バトラー『ジェンダー・トラブル フェミニズムとアイデンティティの撹乱』(原著 : 1990), 竹村和子訳(青土社, 1999), pp.58-59.

3 위의 책, p.254.

4 ジュディス・バトラー『触発する言葉─言語・権力・行為体』(原著 : 1997), 竹村和子訳 (岩波書店, 2004), p.252. 버틀러는, "이름을 말하는 행위가 그것과는 반대인 것을 기동시키는 발단이 될지도 모른다"고 하며, 적극적인 "반란적 발화"의 가능성에 대해 기술하고 있다. 이 책에서는 "반란적"인지 아닌지를 비판하기 전에 반응적인 것에 우선 주목하고, 거기에 더하여 그것이 의도적인지 아닌지를 불문하고 호명과 어긋나고 있음을 논의한다. 그 어긋남을 '반란'이라고 부를지는 질과 문맥에 따를 것이다.

제를 논의할 때 선명해진다. 예컨대, 블랙 페미니스트인 벨 훅스는 "나는 여자가 아닌가?"라고 묻는다.[5] 제3세계 페미니즘의 논자인 트린 T 민하는 "대문자의 '우리들'은, '나'를 그 안에 포함시키기도 하고 배제하기도 한다"[6] 고 한다. 또한 버틀러와 이브 세지윅 Eve Kosofsky Sedgwick에 등에 의한 퀴어 비평은 이성애와 동성애라는 이항대립을 문제시했다.[7] 덧붙이자면, 섹슈얼리티의 차이는 그 두 종류로 정리될 수는 없다. 민족, 계급, 교육과 경제에 따른 격차, 연령, 장애 등의 차이를 만들어 내는 틀은 사회적으로도 역사적으로 다양하게 존재한다. 그것들을 뭉뚱그려 하나로 묶은 '여성'이라는 범주가 때로는 폭력적이고 억압적인 거친 틀이듯, '여성작가'라는 범주 역시 매우 큰 틀이다. 그 안에 다양한 차이가 존재한다는 것을, '여성작가'라는 범주를 내세우고 있는 이 책에서도 분명히 해두고자 한다.

넷째는, 여성이 하나가 아니듯, 주체는 젠더만이 아니라 다양한 차이에 따라 중층적이고 다원적으로 구성된 것임을 간파해야 한다. 민하는 "'나'는 그 자체로 무한한 층이다"[8] 라고 한다. 젠더가 아닌 차이가 존재하기 때문에 여성은 다양해질 수 있다. 여기에

5 ベル・フックス『アメリカ黒人女性とフェミニズム―ベル・フックスの「私は女性ではないの？」』(原著 : 1981), 大類久恵監・柳沢圭子訳(明石書店, 2010).
6 トリン・T・ミンハ『女性・ネイティヴ・他者―ポストコロニアリズムとフェミニズム』(原著 : 1989), 竹村和子訳(岩波書店, 1995), p.146.
7 イヴ・コゾフスキー・セジウィック『クローゼットの認識論―セクシュアリティの20世紀』(原著 : 1990), 外岡尚美訳(青土社, 1999).
8 トリン・T・ミンハ, 앞의 책, p.148.

덧붙여 샹탈 무페Chantal Mouffe의 논점을 참조해 보자. "우리가 합리적으로 자기 자신에게 투명한 행위주체로 주체를 보는 관점을 방기하고, 마찬가지로 주체의 위치를 종합적으로 통일적이고 동질적인 것으로 바라보기를 방기할 때 비로소 우리는 다양한 종속관계를 이론화할 수 있다. 한 개인은 이러한 다양성을 가진 존재일 수 있고, 어떤 관계에서는 지배적이기 때문에 다른 관계에서 종속적일 수 있다"[9] 라는 무페의 지적은 시사하는 바가 적지 않다. 무페는, 급진적 민주주의를 가능케 하기 위해서는 다른 억압에 대한 투쟁을 절합節合할 필요가 있으며, 주체의 모순을 잉태한 중층적 결정성을 중시해야 한다고 말한다. 아이덴티티를 통일적인 것으로 파악하는 것이 아닌, "필연적인 관계가 없는 다양한 담론에 의해 구성된 차이의 패쇄계閉鎖系 안에 결코 완전하게 고정될 수 없는 다양한 '주체 위치'subject position의 집합체, 혹은 오히려 중층적인 결정과의 치환이 끊임없이 발생하는 운동으로" 이해되어 왔다. 여성작가 역시도 여성으로서만 존재하는 것은 아니다. 다른 다양한 차이에 의해 중층적으로 결정된 아이덴티티를 갖는다. 주체 위치는 복수이며 또 '우연적이고 불안정'하게 구성되며, 일시적으로 고정화되기도 하지만 동적인 것이다. 이러한 아이덴티티의 중층적 결정성을 이해하는 것은, 여성작가의 글쓰기 실천을 살펴보

---

9 シャンタル·ムフ「フェミニズム, シティズンシップ, ラディカル·デモクラシーの政治」(『政治的なるものの再興』(原著：1993), 千葉眞·土井美德·田中智彦·山田竜作 訳, 日本経済評論社, 1998), p.156.

는 데에도 빼놓을 수 없는 전제가 된다.

그리고 다섯 번째로, 개별 주체에 의한 젠더 범주의 재생산은 필연적으로 불완전하다는 점을 확인해 두자. 수행적인 재생산은 어긋남이 전혀 없는 완전한 것이 될 수 없기 때문이다. 또한, 그 차이에 따라 주체가 구성될 때, 반드시 차이를 구성하기 위한 외부가 생산된다. 그런 의미에서도 주체는 늘 불완전한 것이라고 할 수 있다. 에르네스토 라클라우Ernesto Laclau와 무페의 논의를 인용해 보도록 하자. 주체는 중층적으로 결정된 불안정한 것인 동시에 어떤 적대 안에 자신의 위치를 확보하게 되는데, 그 "적대가 존재하는 한, 나는 나 자신에 대해 완전한 현전을 다하는 것은 불가능하다"[10]고 한다. 나아가 쓰는 행위에 초점을 맞추면, 도나 제이 하라웨이Donna J. Haraway의 사이보그 선전이 떠오른다. 하라웨이는, "사이보그란, 일종의 자기—해체·재구축되어, 집합적·개별적인 포스트 근대의 자기—다"[11] 라고 전제하고, "분열과 모순을 내포한 자기야말로 자기설정에 의문을 품을 수 있고, 기술을 수행할 수 있으며, 합리적인 대화와 공상空想 이미지 형성을 구축하고, 또 그러한 작업에 참가할 수 있는 존재"[12] 라고 정의하였다. 구성적 외부가 존재하는 한, 주체는 순수하게 단일한 것이 될 수 없으며 필

---

10 エルネスト・ラクラウ, シャンタル・ムフ『民主主義の革命—ヘゲモニーとポスト・マルクス主義』(原著：1985), 西永亮・千葉眞訳(ちくま学芸文庫, 2012), p. 281.

11 ダナ・ハラウェイ『猿と女とサイボーグ—自然の再発明』(原著：1991), 高橋さきの訳(青土社, 2000), p.314.

12 위의 책, p.369.

연적으로 불완전하다는 것이다.

　이처럼 '여성'이라는 범주와 아이덴티티는 늘 균열을 내포하고 있다는 사실을 다시 한 번 확인하면서, 마지막 여섯 번째로 분명히 하고 싶은 것은, '여성'이라는 범주를 아이덴티티에 포함하는[13] 주체의 경험은 완전히 제각각이라는 것도 아니고 연결이 되지 않는다는 것도 아니라는 점이다. 각기 다른 주체를 절합하고, 경험의 공동성을 문제화하는 것은 중요하기도 하고 가능하기도 하다. 아이덴티티의 중층적 결정성과 필연적 불완전성을 논의하는 것은 차이를 고정화하지 않고 동적으로 관계를 맺기 위해 논의되어 왔다. 경험은 말에 의해 틀이 지워지고 재구축되는 것이다. 하라웨이는 "'여성의 경험'은 일종의 선행적 자원資源으로 단순히 이리저리 묘사되고 영유되도록 선험적으로 존재하는 것은 아니다. 무엇을 '여성의 경험'이라고 볼 수 있는 것인지는 복수의 문제―상호 조화롭지 못한 점도 많은 복수의 문제―내부에서 구조화되어 있다"[14]고 말한다. 여성의 경험은 주체와 마찬가지로 본질적인 기원을 갖는 것이 아니라, 그것을 의미화하고 이야기하는 가운데 재생산되는 것이다. 여성작가들이 '여성'이라는 범주에 대해 언급할 경우, 그 행위는 자신의 언어를 젠더 수준으로 재구성하는 동시에 '여성의 경험'에 의미를 부여하는 실천이 될 것이다. 무페는, "결절점을 만들어 낸 결과, 부분적인 고정화가 발생하고, 페미니트스

---

13 위의 책, p.217.
14 ムフ『政治的なるものの再興』, p.174.

의 아이덴티티와의 투쟁에 기반을 제공하는 '여성'이라는 카테고리를 중심으로 한, 불안정한 형태의 귀속의식을 확립할 수 있게 된다"[15] 고 지적한다. 개별 경험을 구축화하는 과정 안에 두면서, 그것을 절합하는 장을 발견하여 '여성의 경험'으로 이야기하는 것은 가능하다. 후술하겠지만, 이 책에서는 '여성작가'라는 입장에서 쓴 작품에 공통적으로 보이는 구조를 응답성과 피독성이라는 측면에서 다루고자 한다. 주체는 사회적, 역사적, 문화적 문맥 안에 배치되어 있다. '여성자가'의 위치를 문제시하고, 개별 문맥 안에서 그녀들의 행동에 주목하여 일률적이지 아닌 '여성작가'와 연결시켜 생각해 보고자 한다. 중층적이고 동적으로 구성되어 온 각각의 작가들을 '여성'이라는 카테고리와의 교섭이라는 측면에서 연결시켜 보고자 한다.

2. 균열의 발생원發生源으로서의 젠더

이들 여섯 가지 측면은 '주체'를 동적이고 불안정한 것으로 사고하는 것으로 요약할 수 있다. 여기에 더하여 이 책의 출발점의 하나로 확인해 두고 싶은 것은, 여성작가는 '여성'을 대표하지 않는다는 것이다.

여성작가가 '여성'을 대표하지 않는다는 것은 매우 단순한 정

---

15 水田宗子「女性が自己を語るとき―近代女性文学と〈自己語り〉の軌跡」(『ヒロインからヒーローへ―女性の自我と表現』田畑書店, 1982), p.214.

의다. 지금까지도 여성작가가 '여성'이라는 젠더 범주에 저항 없이 동일화하고 있는 것이 아니라 균열을 끌어안은 존재라는 점을 지적해 왔다. 예컨대 미즈타 노리코水田宗子의 다음과 같은 문제의식이 그러하다.

> 작가가 되려고 할 때, 여성은 자신이 속한 여성문화와 공적인 사회로부터 이중으로 소외되고 또한 그에 대해 위화감을 느낀다. 그러한 의식이 바로 여성으로 하여금 작가가 되게 하며, 표현의 근원에 존재하는 것이다. 자기라는 완전히 사적인 영역에만 표현의 근원을 두는 것에서 출발하는 여성문학은 개인(個) 의식을 중핵에 두는 근대문학과 가장 밀접한 관련이 있을 것이다.[16]

"이중으로 소외"되고 "여성문화"로부터의 "소외"된다는 지적은, 미즈타의 여성작가론에서 일관되게 강조되어 왔다.[17] 다만, 이 균열은 쓰는 주체를 문제시할 때 사라져 버린다. 인용문 후반에서 언급한 "자기"는, 전반에서 지적한 균열에서 떨어져나가듯, 혹

---

16 예컨대, "여성작가는, 문화에 의해 정의된 '여자라는 것'과 자기자신이라는 것 사이에서 깊은 갈등을 느끼는 여성의 내면을 그려왔다"고 총괄한다(水田宗子「フェミニズム・ジェンダー・セクシュアリティ」, 渡邊澄子『女性文学を学ぶ人のために』世界思想社, 2000, p.13).

17 미즈타의 이 같은 논의는 새삼스러운 것은 아니다. 예컨대, 요나하 게이코(与那覇恵子)는, "근·현대 여성문학의 시도는, 남성 중심의 긴 역사 안에서 형성되어 온 아내, 어머니, 그리고 창부라는 여성의 역할·젠더를 어떻게든 하나의 '주체'로 통합하려는 악전고투의 역사였다고 할 수 있다"(与那覇恵子『後期20世紀−女性文学論』晶文社, 2014, p.11)라고 지적한 바 있다.

은 균열을 메우듯 제기된다. 젠더 범주에서 발생한 균열이 쓰는 행위 가운데 일종의 통일성을 획득한다는 발전적인 도식이 구성되어 왔다고 할 수 있을 것이다.

이와 같이 "이야기하는語る" 자기상의 창조를 분명하게 보여주는 것이 바로 '야마우바山姥'라는 형상이다. 야마우바는 마을의 여자와 대조를 이루며, 마을 밖으로 튕겨나가는 존재로 이야기된다.[18]

야마우바는 이처럼 현대 여성작가에 의해 다시 이야기됨으로써 명확한 여성의 원형으로 되살아났다. 그것은 자유롭게 자신의 삶을 살아가려고 하는, 젠더 규범 밖의 삶을 사는 여자의 원형이다. 민화 속 야마우바는 여자의 원형으로 분류되기보다 오히려 마을 여자를 규범으로 하는 여자의 유형화에서 벗어나는 다의적인 여자의 총칭이다. 야마우바를 원형으로 텍스트화한 것은 현대 여성에 의해 다시 이야기되어지는 내러티브인 것이다.

현대에 다시 이야기되기 시작한 야마우바의 형상은, 작가에 따라 다양하게 그려지기는 했지만, 야마우바의 여자로서의 삶의 다양성, 그 선악과 의미성의 애매함이 야마우바로 하여금 현대 여성의 상상력의 원형으로 자리 잡게 하였고, 그것이 젠더 시스템 밖을 살아가는 여자의, 각각의 목적에 부합하는 형상화에 도움을 주고 있다. 다의성과 애매함은 마을 여자의 젠더 규범에 비

---

18 水田宗子「山姥の夢―序論として」(水田宗子・北田幸恵編『山姥たちの物語―女性の原型と語りなおし』学藝書林, 2002, p.37).

취 봤을 때 나타나는 것으로, 그것은 규범으로부터 벗어나는 데에 유효한 전략이 된다. 야마우바의 애매함은 본질적이라기보다 다분히 정치적이다. 거기에는, 야마우바는 마을에 살지 않는 여자라는 주장과 동시에 마을 여자는 산에는 살지 않는 여자다라고 하는, 규범을 역전하는 시점이 분명히 나타나 있다.

주체를 동적이고 불안정한 것으로 파악하는 논점에서 볼 때, 이 '야마우바'론에는 몇 가지 문제가 발견된다. 선행연구와 이 책의 변별점을 알기 쉽게 제시하면 다음과 같다.

우선, 젠더스터디에 외부라는 것이 있는가 하는 문제다. 젠더화로부터 벗어날 수 있는 주체라는 것은 상정할 수 없다.[19] 야마우바는 마을 여자에게 제시된 구체적인 규범성으로부터 일탈한 존재라고 하더라도, 젠더의 틀 그 자체로부터 나온 것은 아니다. 또한 그것은 마을 여자와의 관계 안에 있는 이상 '여자'라는 범주와의 교섭에서 벗어나는 것은 아니다. 또 설령 규범의 범위를 좁게 상정하여 외부로의 탈출을 생각한다고 하더라도, 그것이 살아남는 것을 의미하는지 어떤지는 알 수 없다. 안과 밖이라는 은유는 규범 그 자체를 움직이게 하지는 못한다. 안이라고 하는 마을에는 규범이 자리하고, 또 그곳으로부터 일탈한 자는 밖의 산으로 향한다는 이야기는 기존의 경계를 교란시키지는 못할 것이다.[20]

---

19 버틀러는 "권력은 철회 가능한 것도, 부정 가능한 것도 아닌, 다만 재배치하는 것 일뿐이다"라고 말한다(『ジェンダー・トラブル』, p.220).

20 야마우바 표상의 대표적인 작가로는, 미즈타가 심도 있게 논의하고 있는 오바 미나코

그리고 쓰는 행위에 부여해 온 높은 가치에 대해서도 문제를 제기하고 싶다.[21] 자신의 의사를 분명히 밝힌다는 뜻의 "언명한다 言擧げ"라는 하는 말이 있다. 이야기한다는 것은 분명 힘을 갖는다. 그렇다면 이야기하지 못하는 상황은 부정되어야 할까? 쓰는 것이 긍정적인 평가 대상이라면, '서술의 곤란함'이라든가 침묵은 불완전한 행동으로 비판받아야 할까? 또, 야마우바는 마을 여자와의 차이에 의해 자리매김 되어 왔는데, 그렇게 마을 여자를 타자화하고 이야기하는 주체를 내세우는 것, 야마우바가 마을 여자를 차이화하는 것을 이야기의 완성형으로 제시해 버리는 것에 위화감을 느낀다. 차이화가 발생하는 것을 부정하려는 것은 아니다. 그러나 이런 식으로 틀을 짓는 것은 마을 여자를 열등한 위치에 배치하는 것은 아닐까? 마을 여자의 경험과 야마우바가 되는 여자의 경험을 연결하는 경험의 공동성은 없는 것일까? 차이화는 배타성으로 변질

가 있다. 오바 미나코가 묘사한 야마우바는 산에 살지 않는다. 에구사 미쓰코(江種満子)의 말을 빌자면, "마을에 사는 야마우바"이다. (『「浦島草」, 또는 里に棲む山姥』『大庭みな子の世界－アラスカ・ヒロシマ・新潟』新曜社, 2001). 「야마우바의 미소(山姥の微笑)」와 『우라시마초(浦島草)』 등, 오니와의 야마우바는 마을에 살고 있다. 그런 의미에서 외부를 설정하고 도주를 꿈꾸는 소설은 아니다. 에구사는 "레이코는 야마우바였지만, 결코 인간이 될 수 없는 존재로, 귀찮게 여기거나 '소외' 당하지는 않았다"고 말한다. 마을 여자와 야마우바의 공통분모를 찾는 소설은 아니지만, 산에 살지 않았다는 점은 주의를 요한다. 마을의 야마우바라는 표상은 교섭을 통해 살아남는 감각과 연결되어 있음을 알 수 있을 것이다. 이 책에서는 밖으로의 탈출이 아닌 안에서 교섭해 간 것으로 해석하고자 한다.

21 이 책과 같은 문제의식을 갖고 있는 연구로, 오다이라 마이코(小平麻衣子)의 『여자가 여자를 연기하다－문학・욕망・소비(女が女を演じる－文学・欲望・消費)』(新曜社, 2008)가 있다. 오다이라는, 젠더 퍼포먼스라는 개념을 통해 여성작가와 여배우의 아날로지를 분석하고, 여성이 '여자'라는 틀을 재생산할 때 생겨나는 틈에 주목한다.

되어야 하는 것일까? 여성작가는 '여성'을 대표하지 않는다는 말은 곧, 차이를 무시하지 않는다는 것, 자기자신에게 타자를 동일화하지 않는다는 것, 그러한 타자에 대한 배려로 이해해야 할 것이다. 다른 여성을 차이화시키려고만 해서는 안 될 것이다. '여성'이라는 범주와의 어긋남을 다른 여성과의 선긋기를 통한 주체화로 귀결시키지 않는 이야기 방식이 필요하지 않을까.

여성의 입장에서 어떻게 쓸 것인가, 혹은 여성에게 있어 글을 쓴다는 것은 어떠한 행위였는가 하는 물음은 이 책에서도 제기하고 있다. 그러나 바로 그렇기 때문에 쓰는 주체에 대해 생각할 때, '여성'이라는 카테고리의 어긋남이나 균열의 감각 그 자체를 쓰는 행위에서 발견하고 싶다. 모순이나 균열을 있는 그대로 읽어냄으로써 오히려 가능성을 발견하고 싶다.

여성작가는 젠더정치에 민감하기 마련이다. 문학의 장이 젠더적으로 평등했던 적은 없었기 때문이다. '규수閨秀 소설가' '여류작가'라는 용어에 대응하는 남성 측 용어가 결여된 채 유통되어 왔던 상황에서, 여성작가가 '여성'이라는 것과 관계없이 글을 쓴다는 것은 불가능하다. 여성의 입장에서 쓸 수밖에 없는 감각은 젠더에 대한 위화감과 무력감에서 발생한 감각에 다름 아니다. 그러한 감각에 집중해 보고 싶다. 하라웨이의 말을 빌자면, "단순히 존재하는 것이 아닌, 분열상태로 존재한다는 것"[22]은 통일적인 주체를 창조하는 것과 다른 가능성을 내포한다. 그것은 자신의 힘을 획득

---

22 ハラウェイ『猿と女とサイボーグ』, p.369.

하는 데 기여하는 것이 아닌 양상, 타자와 마주하고, 또 그뿐만이 아니라 타자에게 노출되어 싫든 좋든 만나게 되는 사태와 연결되는 양상이다.

즉, '여자'의 입장에서 글을 쓴다고 할 때, '여자'라는 카테고리는 쓰는 주체의 아이덴티티에 안정감을 주는 것이 아니라 오히려 아이덴티티를 불안정하게 한다. 글쓰기에 균열 감각이 발생하는 것이다. 젠더는 바로 그 균열의 발생원이다. "여성은 여자로 태어나는 것이 아니라 여자로 만들어지는 것이다"라는 시몬느 드 보봐르의 유명한 문구처럼,[23] '여자'라는 것에 아무런 의심 없이 동일화되었다면 이해하기 어려울 것이다. '여자'라는 것을 민감하게 감지할 경우, 그와 동시에 '여자'라는 것과의 어긋남이 생겨난다. '여자로 만들어지는 것'임을 감지하는 것은 동시에 '여자'와 어긋나게 됨을 의미한다. 그러한 균열에 주목하여, 균열의 경험으로서의 공동성을 대표성으로 바꾸어 제시하고자 한다.

3. 주체성에서 응답성으로

작가가 마주한 곤혹스러움, 이것을 부정적으로 봐야 할지 어떨지에 대한 물음으로 되돌아가 보자. 쓰는 행위에 있어서의 곤혹스러움, 예컨대 이야기하는 것과 이야기되는 것의 관계를 혼란하게

---

23 シモーヌ・ド・ボーヴォワール『決定版 第二の性 II 一体験』(原著 : 1953), 中嶋公子・加藤康子監訳(新潮社, 1997), p.11.

하는 요설과, 의미의 연쇄를 끊어버리는 침묵, 우회나 말더듬 등과 같은 '서술의 곤란함'이 포함되어 있는 텍스트는, 의미 생산에 실패한 것으로 혹은 문학작품으로서 완성도가 떨어지는 것으로 봐야 하는 걸까. 그리고 우리들은 이미 곤혹스러움에서 벗어나 있는 걸까.

균열된 주체와 쓰는 행위를 교차시킬 때, 주목하고 싶은 것은 응답성이라는 키워드다. 버틀러는 응답이라는 형태에 가변성을 인정하는 논의를 전개해 왔다. 발화와 마찬가지로 쓰는 행위 역시 무언가에 대한 응답이다. 완전히 독자적으로, 자기 자신을 기원으로 하여 쓴다는 것은 불가능하기 때문이다. 곤혹스러움이 전경화되어 있는 텍스트는 호명에 능숙하게 응답하는 것에 실패한, 혹은 저항하는 텍스트라고 할 수 있다. 거기에는 호명하는 목소리에 대응하는 응답의 재생산이 불완전하거나 불안정한 면이 드러나 있는 것으로 생각할 수 있다. 나아가 호명에 충분히 응답하지 못한다고 하는 상태에는, 호명에 반응한다는 그 자체가 어색함을 초래할 만큼 강하게 나타나 있다고 볼 수 있을 것이다. 능숙하게 응답하는 경우, 예컨대 자연스럽게 인사를 주고받는 듯한 상황은, 호명에 대한 반응이 거의 자동적으로 이루어져서 목소리를 마주하고 있다는 것이 눈에 띠지는 않는다. 공유 규범이 아무 문제 없이 재생산되어서, 누가 누구에게 말을 거느냐 라고 하는 장場의 역학이 문제가 되는 경우도 없다. 오히려 거꾸로 규범에 따라 재생산되지 못한 탓에 발생하는 곤혹스러움과 실패는, 호명하는 데에 있어서의 역학과 개별적이고 구체적인 응답성을 더 분명하게 할 수 있었을 것이다.

쇼샤나 페르만은, "(나 자신의 자전을 나 자신이 소유하고 있는 것은 아니므로) 내가, 내 자신의 이야기를 쓸 수는 없다. 내가 할 수 있는 것은 타자 안에서 나의 자전을 읽는 방법뿐이다"[24]라고 논의한 바 있다. 그리고 예컨대, 발자크나 프로이드의 분석에서, 페르만은 "자신의 전기에 관한 의미"[25]가 포함되어 있음을 알았다고 한다. 읽는 것에서 쓰는 것으로 전개되는 이 문제를, 페르만은 호명 구조라고 명명한다. 말을 거는 자는 과거의 소리(프로이드)에 대한 응답인 동시에 미래의 독자를 향하는 것이기도 하다. 그 때문에 "남성 중심의 호명 구조를 회피하고, 그것을 탈중심화할 필요성" 즉 "여자를 향한 호명을 강조할 필요"[26]가 있다고 한다. 자신이 쓴 것을 누군가에게 보내는 것이 문제시될 때, 그 응답의 수신인은 단일하지 않다. 각각의 개별 상황에 따라, 가깝고도 멀게, 진하고도 옅게, 다양한 얼굴들이 쓰는 행위를 통해 부상하게 될 것이다. 작자와 독자가 연결되어 있는 것은, 쓴 것이 나중에 읽혀진다 연속적 관계만을 의미하는 것은 아니다. 언젠가 읽혀지리라는 것은 쓰는 상황에서 예견이 된다. 수신인에 해당하는 미래의 독자는 쓰는 현 단계에

---

24 ショシャナ・フェルマン『女が読むとき女が書くとき－自伝的新フェミニズム批評』(原著 : 1993), 下河辺美知子訳(勁草書房, 1998), p.30. 여기에서 제시하고 있는 타자는 남성이기도 하고, 여성이기도 하다. 버지니아 울프는 "어머니를 통해서만 자신의 자전을 생각할 수 있다"(p.243)고 지적하며, 여성이 여성을 읽고 쓸 수 있는 가능성에 대해 논의를 전개한다.

25 위의 책, p.32.

26 위의 책, p.201.

서 작자를 압박해 간다. 현실에서 읽혀지는 것은, 다 쓰고 난 후 일어나는 일이지만, 읽혀진다는 것이 불러일으키는 감각이나 사고는 쓰는 시간에 종속되어 있다. 작자는 읽혀지는 것에 이미 노출되어 있다. 그러한 사태를 이 책에서는 '피독성被讀性'이라는 용어로 설명하고자 한다.

4. 피독성과 독자의 복수성

읽고, 쓰고, 그리고 읽혀지는 회로 안에 주체는 존재한다. 응답이라는 말은 읽고 쓰는 관계를 선명히 한다. 그와 함께 쓴 것이 읽혀지는 관계를 떼어 놓기 위해 피독성이라는 말을 사용하기로 한다. 읽는 경험을 거쳐 응답의 형태로 쓰는 것과, 읽혀지는 것을 예견해서 그에 대한 응답으로 쓰는 것. 이 두 가지 감각이 쓰는 행위 안에 명료하게 구분되지 못한 상태로 뒤섞여 있다. 이 책에서 주목하고자 하는 것은, 이러한 작자에게 있어 독자의 문제이다. 작자에게 독자는 복수로 존재한다. 작자에게는 독자가 복수로 존재한다는 사실, 그 복수의 독자 사이에 어긋남이 존재한다는 사실, 그것이 작자에게 어떤 사태를 발생하게 하는지 생각해 보고 싶다.

읽혀진다고 하는 측면은, 독자를 둘러싼 논의에서 간과되어 왔다. 볼프강 이저Wolfgang Iser를 비롯한 수용론의 모델[27]에서는, 독

---

27 ヴォルフガン・イーザー『行為としての読書—美的作用の理論』(原著 : 1976), 轡田収訳(岩波書店, 2005), ウンベルト・エーコ『物語における読者』(原著 : 1979), 篠原資明訳(青土社, 1993) 등.

자는 추상화되기 때문에 단일한 것으로 제시되어 왔다. '내포된 독자'는 텍스트를 최대한 풍부하게 하도록 이상화되었다. 독자의 복수성에 대해서는, 컬처스터디즈의 오디언스 연구분야에서 현실의 독자 수준에 주목하여, 커뮤니케이션 과정에 엔코드와 디코드라는 계기가 더해지면서 의미 전달 과정에서 발생하는 어긋남을 문제시하였고, 그런 의미에서 독자의 복수성을 부상시켰다고 할 수 있다.[28] 페미니즘 비평 역시 주디스 페털리Judith Fetterley의 '저항하는 독자'[29]라는 개념에 보이 듯, 규범으로부터 벗어난 독자의 문제를 젠더의 관점에서 논의해 왔다. 읽는 것의 정치성은 분석되어 왔지만, 독자가 작자에게 어떻게 기능하는지는 관심 밖이었다.

그렇다고 해도 응답성과 피독성이라는 시점의 단서를 지금까지의 여성작가론에서 찾는다면, 쓴다는 행위의 실천성을 미디어와의 교섭의 흔적 속에서 찾는 연구에 접속시킬 수 있을 것이다. 가나이 게이코金井景子의 『한밤중의 그녀들―쓰는 여자의 근대眞夜中の彼女たち―書く女の近代』(筑摩書房, 1995), 세키 레이코関礼子의 『이야기하는 여자들의 근대―히구치 이치요와 메이지 여성의 표현語る女たちの近代―樋口一葉と明治女性表現』(新曜社, 1997)과 『이치요 이후의 여성표현―문체·미디어·젠더―葉以後の女性表現―文体·メディア·ジェンダー』(翰林書房, 2003), 히라타 유미平田由実의 『여성표현의 메

---

28 ジェームス・プロクター『スチュアート・ホール』(原著 : 2004), 小笠原博毅訳(青土社, 2006), pp.97~121.
29 ジュディス・フェッタリー『抵抗する読者―フェミニストが読むアメリカ文学』(原著 : 1978), 鵜殿えりか・藤森かよこ訳(ユニテ, 1994).

이지사—히구치 이치요 이전女性表現の明治史－樋口一葉以前』(岩波書店, 1999), 기타다 사치에北田幸恵의『쓰는 여자들—에도에서 메이지까지의 미디어·문학·젠더를 읽는다書く女たち－江戸から明治のメディア·文学·ジェンダーを読む』(学藝書林, 2007) 등, 문학의 장에서의 젠더 구조와 그것을 살아가는 주체와의 복잡한 응수 등이, 여자가 '쓴다 것'을 둘러싼 문제를 규명해 왔다. 오다이라 마이코小平麻衣子의『여자가 여자를 연기하다—문학·욕망·소비女が女を演じる－文学·欲望·消費』(新曜社, 2008)는, 규범의 외부를 구성하는 것이 얼마나 곤란한 것인지를 섬세하게 분석하였고, 간 사토코管聡子의『여자가 국가를 배반할 때—여학생, 이치요, 후루야 노부코女が国家を裏切るとき－女学生, 一葉, 古屋信子』(岩波書店, 2011)는 문학적 감상과 여성성의 관련성을 논의하였다. 또한 구메 요리코久米衣子의『'소녀소설'의 생성—젠더 폴리틱스의 세기(「少女小説」の生成－ジェンダー·ポリティックスの世紀)』(青弓社, 2013)는 소녀라는 문제계에서 문학장의 젠더 정치를 밝혔다. '여자'라는 범주와 '여자'를 수행遂行하는 것의 중첩과 어긋남이, 표상되는 것과 표상하는 것의 교섭과 균열의 흔적 안에서 규명되어 왔다고 할 수 있다. 이들 선행연구에 바탕을 두고, 이 책에서는 응답성과 피독성에 강조점을 두어 논의를 전개하고자 한다.

주체의 균열이라는 문제 역시, 쓰는 행위가 갖는 응답성과 피독성에 주목함으로써 통해 부상될 것이라 생각한다. 작자에게 있어 독자의 복수성은 쓰는 행위를 복잡하게 한다. 특히 작자가 보편적인 주체가 아닌 마이너리티인 경우, 독자와의 구체적인 교섭은 피할 수 없다.

발화에 있어 청자와의 관계 역학을 게이의 커밍아웃이라는 특수한 구조안에서 분석한 논의로, 이브 세지윅Eve Kosofsky Sedgwick 의 『벽장의 인식론Epistemology of the Closet』(1990)이 있다. 세지윅 은, 구체적으로는 라신느Jean-Baptiste Racine의 『에스테르』와 비교 하면서, "『에스테르』류의 고백"은 게이의 커밍아웃에 대한 효과 적인 모델을 제시하기는커녕 오히려 그 반대[30]라고 하며, 7가지 문제를 제시하고 있다. 에스테르 왕비는 자신의 출생의 비밀, 즉 유 대인이라는 아이덴티티를 홀로코스트를 행하려는 아하스에르스 왕에게 고백한다. 즉, 유대인을 차별하는 지知의 틀을 전복한 여성 이다. 그녀의 고백과 게이의 커밍아웃의 차이는 첫째, 에스테르의 아이덴티티는 확고한 것이긴 하지만, 게이의 아이덴티티는 근거 를 물으며 격렬하게 저항한다는 것. 둘째는 에스테르는 그녀에 대 한 정보를 조정할 수 있다고 확신하지만, 게이의 경우, 자신에 대 한 정보를 누가 조정하고 있는지 불확실하며, 또한 복잡하고 모순 된 코드를 조정하는 것은 불가능하다는 것. 셋째, 에스테르의 고백 은 아하스에르스에게 상처를 주지 않지만, 게이의 커밍아웃은 그 상대에게 상처를 줄 가능성이 있다는 것. 넷째, 에스테르의 아이 덴티티와 아하스에르스의 본질은 상관없는 반면, 게이의 커밍아 웃은 고백하는 자로 하여금 에로틱 아이덴티티를 동요하게 한다 는 것. 다섯째, 아하스에르스 자신이 유대인일 가능성을 드러내지

---

30 セジウィック『クローゼットの認識論』, p.111.

않는 반면, 게이의 커밍아웃은 호모포비크한 인물이 게이일 가능성까지 있다는 것. 여섯째, 에스테르는 그녀의 백성이 누군지 알고 있으며, 직접적 응답 가능성을 갖지만, 게이의 경우, 단편 속에서 커뮤니티를 연결해야 하는 곤란한 작업을 수행해야 한다는 것. 그리고 일곱 번째, 에스테르는 젠더 시스템을 영속시키지만, 게이의 커밍아웃은, 젠더 아이덴티티의 정의定義의 경계를 횡단한다는 것이다.

  게이는 섹슈얼리티 측면에서 볼 때 마이너리티다. 쓰는 여성이 이성애자라면 그 문맥에서는 머저리티일지 모르지만, 『벽장의 인식론』을 참고하면, 쓰는 여자(문맥은 물론 다르지만) 역시 일종의 마이너리티다. 그 때문에 그녀들의 텍스트에 나타난 응답성과 피독성이 초래하는 '서술의 곤란함'은 게이의 커밍아웃과 통하는 지점이 있기 마련이다. 여기에서 제시한 1에서 7까지의 포인트는, 고백하는 자와 그것을 수신하는 자와의 관계에 있다. 즉, 세지윅이 제시하는 게이의 커밍아웃의 특수성은, 게이 아이덴티티의 내용이 아닌, 청자와의 관계성에 의해 구성된다. 커밍아웃은 궁극적으로는 자기 자신의 이야기이다. 이 발화는 청자는 물론이고 청자의 아이덴티티까지 불안정하게 한다. 자기의 발화가 장場을 유동화시키는 것을 예감하면서 이야기를 꺼내기란 쉽지 않다. 청자는 그러한 이야기를 기다리지는 않는다(기다리지 않을지 모른다). 화자는 자신의 이야기가 받아들여질지 어떨지 보증할 수 없는 상황에서 누가 기다리고 있는지 모르는 이야기를 어려움을 극복해 가며 이야기하게 되는 것이다. 어떻게 들리게 될 것인가, 어떻게 읽히게 될 것인가 하는 문제는 원칙적으로는 모든 이야기에 포함된 문제다. 그러나 에스테르의 고백이 게이의 커밍아웃의 모델이 되지 않는 것처럼 화자와 청자의 관계는 결코 일률적이지 않다. 에스테르는 유대민족을 대표로 내세워 이야기했다. 이 책이 출발점으로 삼는 입장에 있어서, 여성작가는 여성의 대표는 아니다.

5. '서술의 곤란함'의 윤리성

수신인 문제는, 여성이 자기를 이야기할 때 주목되어 왔다. 페르만은 빅타 색크빌 웨스트Vita Sackville-West의 자전을 예로 들며, "여성의 자전에 사용되는 호명 과정에서 어쩔 수 없이 발생하게 되는 복잡성"을, "사람은 누구를 위해 쓰는가? 누가 읽어 주었으면 좋겠다고 생각하는가? 누구에게 읽혀지는 것을 두려워하는가? 자신의 글이 어떻게 읽히는지 알려면 누구의 견해를 믿어야 하는가?"[31]라는 문제에서 찾고 있다. 작자를 격려하는 독자도 있고, 긴장시키는 독자도 있다. 초대하고 싶은 독자도 있겠지만, 가능하면 관계하고 싶지 않은 독자도 있을 것이다. 이들 복수의 독자들을 마주하여 끊임없이 부상하는 물음에 시달릴 때, 작자는 스스로를 안전하게 보존할 수 없게 된다. 페르만은, "질문하는 행위는, 그렇기 때문에 부인否認과 자기부정을 통해서만 이루어지고, 전이轉移와 자기해임自己解任이라는 끊임없는 운동에 의해서만 실현되는 행

---

31 フェルマン『女が読むとき女が書くとき』, pp.211-212.

위"[32] 라고 말한다.

페르만은, "질문하는 행위"라는 개념으로 텍스트의 대화성對
話性을 읽어낸다. 이것은 버틀러가 가능성을 기대한 '응답'의 행위
성과 연결되며, 말을 거는 구조와도 공명한다. 버틀러는 호명하는
것과 호명되어지는 것을 연결지어 피상성被傷性을 중시한다. 말을
거는 구조 안에서 화자는 읽혀지는 것에 노출되어 있는 것이다.

내가 나 스스로에게 하는 설명이 몇 가지 방법으로 가루가루
부수어지고 파헤쳐질 가능성이 있다. 자기 자신을 설명하려고
하는 나의 노력이 어떤 부분에서 파헤쳐지는 것이다. 그도 그럴
것이 나는 자신의 설명을 누군가에게 발신하고(address), 나의 설
명을 누군가에게 보내면서, 나는 당신에게 노출되고 있기 때문
이다.[33]

주체와 타자와의 관계를 "노출되고 있기" 때문이라고 어쩔 수
없이 받아들였을 때, 주체는 매우 불투명해지는데, 바로 거기에 윤
리가 자리한다.

사람이 자기 자신에 대해 불투명한 것이 그야말로 타자와의
관계 때문이라고 한다면, 더 나아가 타자에 대한 이들의 관계가

---

32 위의 책, p.213.

33 ジュディス・バトラー『自分自身を説明すること—倫理的暴力の批判』(原著：
    2005), 佐藤嘉幸・清水知子訳(月曜社, 2008), pp.68–69.

사람의 윤리적 책임의 발생원이라고 한다면, 아마도 이렇게 말할 수 있을 것이다. 즉, 주체가 가장 중요한 윤리적 유대감을 초래하고, 지탱하는 것은, 바로 주체인 자기 자신에 대한 불투명성에 다름 아니다.[34]

"자기 자신에 대한 불투명성"이야말로 타자와의 연결성의 "발생원"이 된다. "나는 자기 안에 타자를 포함하는 형태로 구성되어 있으며, 나 자신에 대한 자신의 소원함이란 역설적으로도 타자들과 나와의 윤리적 연결의 원천"[35] 이기 때문이다. 쓰는 여성들은 타자를 회피하는 것이 불가능하다. 그렇게 해서 타자와의 연결을 필연적으로 포함한 이야기는, "윤리적 책임의 발생원"이 될 수 있다.

여성문학이라는, 문학연구 중에서는 주변화되어 왔던 영역을 대상으로 할 경우, 그 배치를 전환하기 위해서는 기존의 문학적 평가와는 다른 형태로 작가와 작품의 가치를 제시할 필요가 있었다. 그렇기 때문에 '여성'으로서의 보편성과 대표성이 대항적으로 발견되어 왔다고 할 수 있는데, 현재는 문학적 평가의 보편성은 이미 해체된 상태다. 이 책에서는 주체의 균열과 이야기에 배어 있는 '서술의 곤란함'이 발화 정책에 대한 비평성과 타자에 대한 응답성이라는 윤리적 가능성을 갖고 있음을 제시하고자 한다. 응답

---

34 위의 책, p.37.
35 위의 책, p,157.

성과 피독성은 물론 여성문학에서만 발생하는 것은 아니지만, 그렇다고 단순히 보편화시킬 수도 없다. 피독성은, 주체에게 친화적이지 않은 독자를 상정할 때, 읽혀지는 것에 대한 두려움이나 위화감, 때로는 분노를 느낄 경우 상승되기 때문이다. 피독성이 선명해진다는 것은, 곧 주체가 쓰는 장에서 마이너리티라는 것을 의미한다.

　이 책은 총 4부로 구성되어 있으며, 근대에서 현대에 이르기까지의 문학 및 문화 텍스트를 분석대상으로 삼고 있다.
　제Ⅰ부 「응답성과 피독성」에서는, 응답성과 피독성이라는 개념을 구체적인 텍스트 분석을 통해 제시한다. 제1장 「'여자'의 자기표상」에서는, 여성작가의 자기표상에 대해 문학사적으로 검증하고, 피독성이 여성의 자기표상에 있어 곤란함을 발생시키는 사태를 분명히 한다. 이에 더하여 그 예외로 다무라 도시코田村俊子의 자기생성소설 「여작가女作者」를 통해 응답성을 확인하는 동시에 이성애적 문맥에서 빗겨간 특이한 감각세계에 대해 논의한다. 제2장 「쓰는 여자와 쓰지 못하는 여자」에서는 『세이토靑鞜』라는 장에서 '소설' 습작을 거친 스기모토 마사오杉本正生 주목하여, '고백'을 시험당하면서도 결국은 회피해 버리는 '서술의 곤란함'에 대해 논의한다. 제3장 「독자가 된다는 것과 독자를 향해 쓴다는 것」에서는, 엔치 후미코의 『붉은 색을 빼앗는 것朱を奪うもの』(제목은 『논어』의 〈양화陽貨〉에서 나온 표현. 고대에 정색正色으로 여겨지던 붉은 색朱 대신, 공자시대에는 간색間色인 보라색紫을 선호하게 된 데에서, 가짜가 진짜로 둔갑하여 그 지위를 빼앗는 것을 비유. 전하여 옳지 않은 것의 비유. 역자 주) 을 통해 독자가 되는 것, 그리고 독자를 향해 쓰는 것, 두 가지 모두가 쓰는 주체에 균열을 넣는 계기가 된다는 것을 확인한다. 제4장 「청자를 찾다」에서는, 미즈무라 미나에水村美苗의 『사소설私小說 from left to right』을 통해 읽혀지는 것에 대한 저항을 읽어내고, 아울러 쓰는 행위에는 읽혀지는 것에 대한 욕망이 잉태되어 있다는 점도 지적한다. 제5장 「관계를 계속하다」에서는 마쓰우라 리에코松浦理英子『이면 버전裏ヴァージョン』에 주목하여 '문학'을 성립시켜 온 작자와 독자의 관계성을 교란시키고, 쓰는 것을 독자와의 관계를 욕망하는 행위로 빗겨놓는 전략을 살펴본다.

제II부 「'여자'와의 교섭」에서는 '여자'를 구성하는 규범과의 교섭을 검증한다. 제6장 「'여자'를 구성하는 알력」에서는, 근대에 규범으로 생성된 복수의 여성 범주 사이에 균열이 있음을 확인하고, 시미즈 시킨清水紫琴의 「망가진 반지こはれ指環」는 그런 와중에 집필된 작품임을 밝힌다. 제7장 「'스승'의 효용」에서는 스승으로 모시는 나쓰메 소세키와의 사이에 거리를 두었던 것이, 여성작가가 살아가는 방법이었음을 논의한다. 제8장 「의미화의 욕망」에서는, 미야모토 유리코宮本百合子의 『노부코伸子』를 주체화의 현장을 교란시키는 텍스트로 분석하고, 사건을 의미화하려는 과잉된 욕망을 살펴본다. 제9장 「여성작가와 페미니즘」에서는 다나베 세이코田辺聖子라는 무게감 있는 작자에게 현실과의 타협과 투쟁 속에 변화가 일어나고 있음을 읽어내고, 페미니즘과 '여성작가'의 거리에 대해 생각한다.

제III부「주체화의 흐트러짐」에서는 아이덴티티의 중층적 결정성을 기반으로 하여 젠더와 외부 역학의 타협을 조망한다. 이야기하는 주체는 젠더만이 아닌, 다른 역학에 의해서도 구축된다. 특히 주목하는 것은, 제국주의와 식민지주의와의 관계성이다. 젠더는 그들 이질적인 역학을 보강하는 경우도 있고 또한 반대로 알력을 발생시키는 경우도 있다. 제10장「'할머니'의 위치」에서는, 애국부인회 설립자인 오쿠무라 이오코奧村五百子를 통해 제국주의로 여성을 동원해 가는 과정에 보이는 균열과 은폐를 다루었다. 제11장「월경의 중층성」에서는, 우시지마 하루코牛島春子의「츄라는 남자祝といふ男」의 중층성을 지적하고, 식민지주의가 정형화된 이야기에 미세한 균열이 발생하는 순간을 살펴본다. 제12장「종군기와 당사자성」에서는, 하야시 후미코林芙美子의 종군기『전선戰線』과 『북안부대北岸部隊』의 텍스트를 통하여, 제국의 논리를 재생산하는 행위와 쓰는 행위에 있어 당사자성의 흔들림이 중첩되고 있음을 확인한다.

제IV부「언어화하기가 아닌 다른 방식으로」에서는, 언어가 갖고 있는 신체감각에 초점을 맞춰, 언어를 발신하는 주체의 중층적이고 동적인 모습을 묘사한다. 제13장「이성애 제도와 교란적 감각」에서는, 다무라 도시코의「포락지형炮烙之刑」을 통해, 주체가 젠더화할 때 망각되는 원초적 정동情動이, 쓰는 행위 안에서 단편적으로 부상하는 사태에 초점을 맞춘다. 제14장「유보遊歩하는 소녀들」에서는, 오자키 언어의 운동성과 '소녀'라는 젠더 카테고리와의 교섭을 걷는 신체감각 안에서 탐색한다. 제15장「언어와 신체」에서는 다와다 요코多和田葉子의 두 작품을 분석한다. 『성녀전설聖女伝説』과 『비혼飛魂』을 통해, 언어와 신체의 관계를 재편함으로써 발화하는 주체를 언어의 가독성과 쾌락으로 열어 가려는 시도에 대해 논의한다.

이러한 분석을 통해 말하는 주체를 이념으로 삼았던 선행 페미니즘 비평을 비판적으로 계승하면서, 말하는 주체의 불완전성에서 응답가능성을 읽어내고, '여성문학'이라는 틀로 읽는 것의 현재적 의미를 제시해 보고자 한다.

제 I 부

응답성과 피독성

제1장 '여자'의 자기표상

—다무라 도시코의「여작가女作者」

1. 자기표상의 젠더 연구

우선 생각해 보고 싶은 것은, '여성'이 '문학'이라는 형식으로 자신을 말하는 행위, '여성'의 자기표상이 어떻게 실천되고, 또 실천되지 못했는지를 묻는 것이다.

일본 근대문학에 있어 자기표상 문제는 '사소설'이라는 장르를 피해갈 수 없다. '사소설'은 자기 자신을 소설 형태로 이야기하는 장르로 인식되어 왔다. 이 '사소설'이라는 장르의 기원은 메이지 말로 거슬러 올라가나, 잘 알려진 것처럼 '사소설'이라는 용어 자체는 나중에 생겨난 말이다. 자기표상이라는 형식은 '사소설' 이전에 자전이나 일기 등을 통해 구현되어 왔으며, 일인칭 화자가 등장하는 것으로는 미문美文이나 사생문寫生文이라는 장르가 존재했다. '사소설'의 등장은 이들 언어적 실천 속에서 쓰는 자기, 말하는 자기에 초점을 맞춰 자신을 표상하려는 욕망이 소설 안으로 흘러들어오면서 등장한 것이라고 할 수 있다. 일본 근대문학에서 빼놓을 수 없는 장르로 정착된 만큼 '사소설'에 대한 연구는 실로 방대하다. 최근의 연구에서는, 자기를 이야기한다는 것은 어떤 것일까, 그것은 언제부터 어떻게 이야기되어 왔을까, 또 본래 허구를 다루는 장르인 소설에서 표현 대상으로서의 자기를 어떻게 발견해 왔을까 하는 문제들에 주목하고 있다. 요컨대, 자기와 소설의 중첩 그 자체를 묻고, 메이지시대에 쓰는 것과 주체의 관계가 변질되는 가운데 발생한 '사소설'을 다시 자리매김하려는 시도가 그것이다. 그런데 이들 연구에서 분석 대상으로 삼는 것은 주로 남성작가의 작품이었다. 이 글의 관심은 여성작가에 있으며, 여성들은 어떻게 자신을 이야기했을까 소설이라는 틀에서 그것은 어떻게 실천되었을까, 하는 물음에서 출발하였다. 여성작가 또한 남성들처럼 자기표상으로 향해 갔을까, 그리고 여성의 자기표상 소설은 남성들의 경우처럼 중요한 장르로 자리매김되었을까, 소설 안에서 자신을 표현할 때 남성작가의 그것과 동일한 과정으로 전개되었을까. 이러한 물음들에 대해 미리 답하자면 그것은 결코 같지 않았다는 것이다. 이 글에서는, 그것들이 구체적으로 어떻게 달랐는지, 그 과정을 추적함로써 젠더와 자기표상의 관련성을 밝혀 보고자 한다. '규수작가', '여류작가'라는 명칭으로 불려왔듯이, 여성작가는 '여성'이라는 젠더를 망각하는 것이 허락되지 않았다. 호명부터 결코 평등하지 않았던 문학의 장 안에서 중심에서 주변으로 밀려나간 '여성작가'의 실천적 흔적을 더듬어 가 보자.

2. 남성작가의 경우

본격적인 논의에 앞서 남성작가의 자기표상 과정은 어떠했는지 살펴보자.

우선, 히비 요시타카日比嘉高의 『'자기표상'의 문학사—자신을 쓰는 소설의 등장⟨自己表象⟩の文学史—自分を書く小説の登場』[1]은, '사소설'에 관한 선행연구를 총괄하고 자기표상이라는 틀 안에 이것을 재배치한 연구로 주목할 만하다. 히비는 소설이 자기표상에 이르는 과정을 다음과 같이 요약하고 있다.

> '사소설'이라는 색안경을 벗고, '자신을 쓴다'라는 표상행위가 등장하는 양상에 주목해 보자. 그러면 메이지 말기부터 다이쇼에 걸친 문화공간이 전혀 다르게 보일 것이다. 투고잡지가 부채질하는 청년들의 문학에 대한 욕망. 그것의 원천이 되는 작가 정보와 창작 열기의 배후를 드러내는 모델에 대한 정보들의 발신. 그러한 여러 정보들이 서로 뒤엉켜 현실을 참조하면서 독서하는 습관. 윤리학에 단련된 '자기', '인격'이라는 관념은 교육제도를 매개로 하여 청년들을 성형成型해 간다. 거기에서 교육에 의해 분절되는 세대 간의 차이가 현재화되며, 다른 한편으로 '자기'를 논하는 것이 청년들 사이에 붐을 이루게 된다. '자기' '인격'이 예술을 창작하고 비평하는 중요한 기준으로 채택되기도 한다. '자신을 쓰고, 표현하는' 소설과 회화는, 그런 와중에 새로

---

1 日比嘉高 『⟨自己表象⟩の文学史—自分を書く小説の登場』(翰林書房, 2002), pp. 27~28.

운 의미를 띠게 된다. '자기를 쓴다'라는 행위는 여기에서는 새로운 자기, 새로운 작가를 묘사하는 매우 적극적인 의미로 사용되고 있다.

히비는 정의가 명확치 않은 '사소설'이라는 용어 대신 '자기표상 텍스트'라는 용어를 사용하자고 제안한다. 그것은 "작가가 자기 자신을 등장인물로 조형한 소설"을 의미한다. 히비는 1900년 무렵부터 자기에 대한 관심이 고조됨에 따라 자신을 쓰는 행위가 소설이라는 장르에 파고들어 온 것이라는 점을 밝혔다.

히비의 문제제기를 보다 구체적으로 검토한 연구로는, 야마구치 나오타카山口直孝의 『'나'를 이야기하는 소설의 탄생—지카마쓰 슈코와 시가 나오야의 출발기「私」を語る小説の誕生－近松秋江・志賀直哉の出発期』를 들 수 있다. 야마구치는 "작가 자신의 체험을 주인공이 화자가 되어 전달하는 소설"이 곧 "'나'를 이야기하는 소설"이라고 명명하고, 자기표상 텍스트를 보다 세밀하게 분류하였다. 그 결과, "작가가 자기 자신을 등장인물로 조형한 소설"과 "작가가 자기 자신을 주인공 및 화자로 설정한 소설"이 동시에 성립한 것이 아니라, 전자에서 후자로 전개되어 갔음을 지적한다.[2] 전자는 보고 들은 사건을 말할 때, 시점인물, 혹은 그 자리에 함께 했던 등장인물로 하여금 작가가 작품 안에 개입하게 한다. 그에 반해 후자

---

2 山口直孝『「私」を語る小説の誕生 近松秋江・志賀直哉の出発期』(翰林書房, 2011), pp.13-18.

는, 작가 자신을 주인공으로 삼아 작가의 경험을 텍스트의 중심에 자리매김한다. 야마구치는 이러한 "자기표상 텍스트"의 하위 구분에 포섭된 "'나'를 이야기하는 소설"이라고 명명하였다. 그것이 출현하는 시기는 정확히 "1910년 전반"이며, "'나'를 이야기하는 소설"은 1907, 8년까지만 해도 잘 알려지지 않았다고 한다.[3] 나아가 "'나'를 이야기하는 소설"이 등장하기까지 몇몇 단계를 거치게 되는데, 야마구치는 이를 삼인칭에서 일인칭으로 이행해 가는 것으로 보았다. 이때 간과해서 안 될 것은, 일인칭 형식과 자신을 말하는 것이 동일하지 않다는 점이다. 일인칭 형식이라도 작자의 경험과 전혀 관련이 없는 허구를 이야기하는 텍스트는 1910년 이전에도 얼마든지 찾아 볼 수 있기 때문이다. 새로운 발견이라면, 일인칭 형식이 아닌 작가의 경험을 중심 소재로 삼는 소설이 등장했다는 점에서 찾을 수 있다. 그것은 곧 예술가가 되는 도정을 그린 교양 소설이나 작품 그 자체의 탄생 과정이 제시되는 '자기생성 소설自己生成小説'이다. 야마구치는, "처음에는 우연하게 시작되었던, 자신을 그리는 일은 창작 내용과 창작 행위의 관계를 싫든 좋든 긴밀하게 하"였고, "표현의 행위성이 전에 없이 의식되게 되었다"고 한다.[4]

작가가 자기 자신을 주인공으로 삼고 있는 소설의 예는 다음

---

3 위의 책, p.63.
4 위의 책, p.66.

과 같다.[5] 우선 다야마 가타이田山花袋의 「이불蒲団」(『新小説』 1907.9)
을 들 수 있다. 「이불」은 가타이가 자연주의 작가로 거듭나게 되
는 경험을 피력한 작품이다. 동료 작가의 모습을 담은 마야마 세
이카真山青果의 「생강밭茗荷畠」(『中央公論』 1907.11), 글쓰기를 아이
를 잃은 통절한 경험과 병치시킨 시마자키 도손島崎藤村의 「맹아
芽生」(『中央公論』 1909.10). "내가 수년 동안 여러 편의 단편을 시도
한 것은 이 장편을 쓰기 위한 준비과정이었다고 봐도 좋다. 적어
도 나는 이를 통해 과거의 내 자신에게 일단락을 고하고 새로운 생
애로 옮겨가고 싶다"라는 예고가 실린 마사무네 하쿠초正宗白鳥의
「낙조落日」(『読売新聞』 1909.9.1.~11.6). 집을 나간 아내 앞으로 편지
를 보내는 것으로 자신의 이야기를 풀어낸 지카마쓰 슈코近松秋江
의 「헤어진 아내에게 보내는 편지別れたる妻に送る手紙」(『早稲田文学』
1910.4.1.~7.1), 쓸 수 없는 것을 쓰는 고미야 도요타카小宮豊隆의 「봄
눈淡雪」(『新小説』 1911.10). 훗날 「화해和解」(『黒潮』 1917.1)라는 결정
적인 자기생성소설을 쓰는 시가 나오야志賀直哉는 이 시기에 「오쓰
준키치大津順吉」(『中央公論』 1912.9)를 발표한다. 영국 유학을 마치
고 돌아온 고독한 주인공이 함정에서 탈출하는 길을 글쓰기를 통
해 발견한 나쓰메 소세키夏目漱石의 『한눈팔기道草』(『東京朝日新聞』
1915.6.3.~9.14)도 이러한 물결 속에서 등장한 작품이다.

이후에도 작가의 자기서술은 계속되어 사소설이라는 용어가
드디어 등장하게 된다. 우노 고지宇野浩二가 「시시한 세상이야기甘

---

5 인칭 변화를 중시하는 야마구치가 자기생성소설로 인정하지 않는 것도 여기에 포함한다.

き世の話」(『中央公論』1918.9)[6] 에서 '〈사〉소설'(p.450)이라는 용어를
언급하는데, 그것이 첫 사례로 보인다.

　　요즘 일본 소설계 일부에 이상한 현상이 있다는 것을 현명한
제군은 알고 있을 것이다. 그것은 너나 할 것 없이 '나'라는 뜬금
없는 인물을 등장시키고는, 그 인간의 용모는 물론이고 직업이
든, 성질이든 어느 것 하나 적고 있지 않는다는 것이다. 그렇다
면 무엇을 쓰고 있는가 하면, 묘한 감상 같은 것만 적혀 있다. 주
의 깊게 읽어 보면 어쩐지 그 소설을 쓴 작가 자신이 바로 그 작
품 속의 '나'인 것 같다. 대체로 그런 식이다. 그래서 '나'의 직업
은 소설가인 경우가 많다.

　　그렇다면 여성작가의 경우는 어땠을까? 남성작가들처럼 그녀
들도 자기표상으로, 그리고 자기생성소설로 향해 갔을까?

　3. 여성작가의 경우

　「이불」이 간행되는 1907, 8년 무렵은 "'나'를 이야기하는 소
설"이 드물었다는 야마구치의 지적대로 여성작가의 작품도 자기
표상과는 거리가 멀었다. 1890년대부터 글쓰기를 해 온 오쓰카 나
오코大塚楠緒子는 새로운 흐름을 타지 못하고 1910년에 세상을 뜬

---

6 텍스트 인용은, 『宇野浩二全集』第2巻(中央公論社, 1972)에 의함.

다. 1907년에 데뷔하는 노가미 야에코野上弥生子는 허구와 사생이 느슨하게 섞여 있는 습작기에 있었다. 다무라 도시코田村俊子는 사토 로에이佐藤露英라는 이름으로 1903년부터 작품활동을 시작하는데, 이 시기의 작품은 의고문체擬古文体로 아직 언문일치체를 구현하지 못했다. 작가 자신이 등장하는 작품으로는 구니키다 하루코 国木田治子의 「파산破産」(『万朝報』 1908.8.18.~9.30)이 있으며, 여기에는 1906년 돗포사独歩社의 발족에서 파산까지의 과정이 묘사되어 있다. 돗포 사망 직후 집필된 것으로 돗포가 중심인물이다. 「가정의 돗포家庭の独歩」(『新潮』 1908.7), 「가정에서의 돗포家庭に於ける独歩」(『中央公論』 1908.8) 등 돗포를 그리워하는 수필과 연동되어 쓰여지거나 읽혀졌다고 생각되지만, 자기표상의 단계에는 미치지 못한 듯하다.

그런 가운데 서서히 작가 자신과 겹쳐지는 시점인물이나 주인공이 등장한다. 1909년은 모리 시게森しげ가 글쓰기를 시작한 해이다. 그 해 11월부터 1911년 2월까지 거의 매호 『스바루スバル』에 게재한 작품은 오가이鷗外와의 결혼생활과 자신을 묘사한 글이라는 점에서 "작가가 자기 자신을 등장인물로 조형한 소설"로 볼 수 있다. 오가이의 「한나절半日」(『スバル』 1909.3) 과 대칭을 이루는 「파란波瀾」(『スバル』 1909.11) 은 그 중 가장 잘 알려진 작품이다. 남편 오가이가 쓴 가정사를 아내의 입장에서 다시 고쳐 쓴 것이니 만큼 시점이 중시되는 작품이다. 작가 자신을 주인공으로 하여 거기에 초점을 두고 이야기를 하고 있으며, 또한 많은 분량은 아니지만 "본능에 지배되고 있는 도미코富子는 아이 셋을 낳고, 아이 하나는

유산하고, 머리는 다 빠지고, 피부는 탄력을 잃어 옛 모습을 찾아볼 수 없게 되기까지, 오노大野는 그 시절 했던 말들을 정확히 알 수 없었다"라며 화자가 그 울분을 상대화하는 구절도 보인다. 화자의 현재와 이야기 속 현재 사이에 괴리가 발생하는 순간으로, 자신을 복수複數화 한 작품이라고 할 수 있을 것이다. 그런데 그 후속 작품은 전반적으로 아내의 삶을 조명한 신변잡기 식 내용이 주를 이루며, 쓰는 욕망과 쓰는 행위에 대한 언급은 일절 없다. 즉 모리 시게는 자기표상을 이루었지만, 그것을 글로 표현한 기간은 매우 짧았고, 더 이상 자기서술을 심화시켜 가지는 못하였다.

한편, 같은 시기 투고가에서 작가의 길을 개척해 가는 이들이 나타났다. 도쿠타 슈세이德田秋声에게 사사 받아 『소녀계少女界』의 투고가로 소녀소설을 쓰기 시작하는 오시마 기쿠코尾島菊子도 그 중 하나다. 1908년 간행된 「여동생의 인연妹の縁」(『趣味』 1908.3)은 작가 자신의 경험을 중첩시킨 작품으로, 어머니와 여동생의 생계를 책임지고 있는 언니 레이코슈子의 시점으로 그려지고 있다. 이혼경력이 있는 레이코는 결혼을 앞둔 여동생에게 질투를 느끼기도 하고 외로움을 드러내기도 한다. 레이코의 동요하는 마음을 섬세하게 그려낸 단편이다. 마찬가지로 투고가로 출발한 미즈노 센코水野仙子는 『여자문단女子文壇』에서 『문장세계文章世界』로 글쓰기의 장을 옮겨 「헛수고徒労」(『文章世界』 1909.2)[7]를 발표한다. 언니 오아이お愛가 난산 끝에 사산하게 되는 과정을 그린 작품으로 다야

---

7 텍스트 인용은, 『〔新編〕日本女性文学全集』第3巻(菁柿堂, 2011)에 의함.

마 가타이의 격찬을 받아 상경을 결심하게 되는 작품이기도 하다. 전반부가 센코 자신과 중첩되는 여동생 오몬ぉ紋을 초점화한 이야기다. 오몬이 개입하는 부분은 다음과 같다. "오몬! 하지 마, 평생! 결혼 따위는 하지 마! / 고개를 든 오키쿠의 눈에 눈물이 맺혔다. / "알겠어!" / 오몬은 아직 어렸다. 그래도 그 답에는 힘이 실렸다. 여자의 덧없음! 그것보다 오몬의 마음에는 두려움이 우선 앞섰을 것이다."(p.379) 그런데 이들 작품 이후 '자기생성소설'로 전개되었는가 하면 그건 아니다.

여성작가의 작품에는 쓰는 자기가 좀처럼 드러나지 않는다. 여성작가의 모든 작품을 살펴본 것은 아니므로, 단언하기는 어렵지만 쓰는 행위가 나타나는 예는 극히 드물다. 조금이나마 엿볼 수 있는 작품을 들어보자. 예컨대 미즈노 센코의 「40여일四十余日」(『趣味』 1910.5)[8] 은, 역시 언니의 산후 우울증(사산)을 어머니의 심정에 초점을 맞춰 그려낸 작품으로, 여동생 오요시ぉ芳를 시점인물로 하고 있다. 이야기의 줄거리는 「헛수고」와 연결된다. 「헛수고」와 다른 점은, 이 오요시가 "노래든, 시든, 소설이든 글자라면 정신을 못 차릴 정도"(p.476)로 독서를 좋아하는 소녀라는 점이다. 그리고 "글을 쓸 줄 알고 이를 잡지 등에 투고하는 법뿐만 아니라 항상 이 길을 동경"(p.479)해 온, 투고를 즐겨하는 소녀이기도 했다. 그런데 그 동경은 "여자라는 이름에 속박되어 결국은 이루지 못할 소망"이라고 단정하고, 그 때문에 "정말 신이 존재한다면 저를 죽여 주

---

8 텍스트 인용은, 川浪道三編 『水野仙子集』(叢文閣, 1920)에 의함.

시고 언니를 살려 주세요"라며 고통스러워 하는, 언니 대신 자신을 바치겠다고 결심하는 장면에서 끝을 맺는다(p.479). 읽고 쓰는 소녀의 미래가 닫혀 버린 것이다. 이 시기, 센코 자신은 상경하여 이미 쓰는 장을 확보하였으나, 소설 속 오요시는 그렇지 못한 것이다. 여주인공 오요시의 나이는 19세이므로, 센코의 경험으로 치자면 수 년 전 일이 될 것이다. 오요시의 글쓰기를 실현 불가능하게 그린 것은, 아마도 작가가 되기 전 자신의 과거를 상정했기 때문이 아닐까 한다. 그도 그럴 것이 상경해서 가타이에게 사사받으며 쓰는 장을 확보한 후에도 쓰는 자기를 묘사하는 일은 없었기 때문이다. 도쿄에서 센코는 오카다 미치요岡田美知代라는 여성과 함께 동거생활을 한다. 이 두 여성작가의 동거생활을 센코는 「집보기留守居」(『女子文壇』 1910.4)에 그리고 있다. 미치요가 귀가하기까지 "나는 무얼 하면 좋을지, 책을 읽을까, 뭐라도 좀 써 볼까, 그렇지 않으면 속옷이라도 꿰매 볼까"라며 속옷을 꺼내 드는 장면에서 글 쓰는 사람이라는 것을 조금 짐작할 수 있게 한다. 그러나 결국 이 날 한 것이라곤 떡에 핀 곰팡이를 긁어내는 '일'이었다. 미치요도 이 동거생활을 「어떤 여자의 편지(ある女の手紙)」(『スバル』 1910.9)라는 제목으로 간행한 바 있다. 그러나 이 소설 안에서도 집필하는 모습은 전혀 묘사되고 있지 않다. 과거 이야기든 현재 이야기든 여성이 글을 쓰는 모습을 묘사하는 일은 없었다.

시라키 시즈素木しづ의 「목발을 한 여자松葉杖をつく女」(『新小説』

1913.12)[9]에는 작가 지망생 소녀가 등장한다. 시즈를 문단으로 이
끈 작품으로, 다리 절단 수술을 받은 시즈 자신으로 보이는 미즈에
水枝라는 주인공을 시점인물로 그리고 있다. 미즈에는 "내가 아프
지 않았다면 졌을 테지만, 내가 아팠기 때문에 이긴 거야. 나는 앞
으로 훌륭한 소설가가 될 테야"(p.112)라고 다짐하며, 신체적 아픔
을 글쓰기를 통해 극복하고자 한다. 다만 쓰고자 하는 소설은 자신
과 동떨어진 몽상의 세계였다. "그는 모든 공상을 그리려고 했다.
그 자신은 소설에 보이는 화려한 그리고 슬픈 로맨스를 경험하지
못했다. (중략) 이 슬프고도 외로운 마음을 붓 가는 대로 그린 사랑
이나 공상 안에서 즐길 수 있다면—"(pp.113-114). 자신의 경험과
동떨어진 것을 허구에서 찾는 것은 곧 글쓰기와 자기표상의 연장
선에 있으며, 특히 쓰는 자기를 응시하는 것으로부터 시즈를 괴리
시킨다. 시즈는 「서른 셋의 죽음三十三の死」(『新小説』1914.5), 「창백
한 꿈青白き夢」(『新小説』1915.1), 「구슬珠」(『文章世界』1917.8) 등, 그
이후에도 목발을 한 주인공을 계속해서 그리는데, 쓰는 행위를 언
급하지는 않는다. 이 점을 간과해서는 안 되는 것이, 그녀가 죽고
난 후 간행된 「가을은 쓸쓸하다秋は淋しい」(『新潮』1918.3)[10]에서 화
가로 등단한 남편 시게키치繁吉를 병든 딸과 아내를 열심히 돌보면
서도 "잠시 짬이 날 때마다 캔버스 앞에 앉아 그림을 그렸다"(204

---

9 텍스트 인용은, 야마다 아키오(山田昭夫)의 『시라키 시즈 작품집—그 문학과 생애(素木
  しづ作品集—その文学と生涯)』(北書房, 1970)에 의함.
10 위의 책.

쪽), "그는 홀리듯 연필을 잡았다"(p.211)라는 식으로 묘사하고 있기 때문이다. 남편은 창작자로 등장시키지만, 죽음 직전까지 글을 써 갔을 자기 자신의 모습은 끝까지 그리지 않는다. 이 비대칭성을 어떻게 설명해야 할까? 분명한 것은 쓰는 행위를 묘사하지 않은 것은 다리를 절단한 특수 경험이나 비극 탓만은 아니라는 점이다. 지금까지 살펴본 바와 같이 글쓰기와 거리를 두었던 여느 여성작가들과 마찬가지로 말이다. 그녀들의 작품에서 글쓰기를 통해 드러나는 자기표상이, 쓰는 행위를 전경화한 '자기생성소설'로 전개되는 것은 아니기 때문이다. 그 이유를 생각해 보기 위해 그녀들의 글쓰기를 둘러싼 또 다른 경향을 살펴보자.

4. 쓰지 못하는 여자들

또 다른 경향으로는 '쓰지 못하겠다'는 말은 쓰고 있다는 것이다. 예컨대 다음과 같은 장면이다.

> 왜 세상에 나 혼자가 아닐까 하는 생각이 들어요. 결혼한 후 문학에 대한 첫 번째 번민은 바로 이것으로, 자유롭게 붓을 들고 아무 구속 없이 쓰기만 하면 좋을 텐데 그것이 되지 않으니 괴로워요. 남편은 종종 내게 훈계하듯 "문학으로 출세하려는 것이 누구를 위해서라든가 하는 단서가 붙어선 안 되오. 예술을 세상에서 제일 중요한 것이라 여기며 싸워야 하는 법, 남편보다, 내 자식보다, 가장 소중한 건 당신의 예술 아니겠소?" 라고 하지만,

아아 남자는 예술 자체가 곧 자기의 생명이며, 인생이겠지만 문학자인 여자는 아무래도 이중의 생활이 되어 버려요. 아무리 해도 나의 예술과 생활이 일치하지 않아요. 왜 그럴까요, 나는 그 번민이 이해가 되지 않아요.

(나뭇가지의 작은 새枝の小鳥「무사시노에서武蔵野より」『女子文壇』
1910.11.10.)

시든 노래든 정서의 동요를 표현하기엔 나는 아직 어립니다. 메마른 마음에 시가詩歌는 없다. 노래나 시로는 따라갈 수 없게 되었다. (중략) 젊음의 빛을 잃은 마음. 평범함에 싫증이 나기 시작한 마음.

나는 스스로를 경계하지 않으면 안 된다. (중략) 단 하나 뿐인 아이를 어르고 달래며 이 무렵 단 하루도 피곤에 지친 기분에서 벗어난 적이 없다. 잠시라도 틈만 나면 게으름을 피우려던 나의 마음, 그 활기찬 영혼은 어디로 가 버린 걸까. (중략) 피로, 정신적 타락……아무것도 쓸 수 없어, 쓸 수가 없어.

(시라키 이토코白木絲子「스스로에게 맹세하는 글自ら警むる記」『女子文壇』 1911.7.10.)

두 기혼여성 모두 결혼생활이 글쓰기를 방해한다고 한탄한다. 남편과 아이가 있는 생활은 쓰는 데 필요한 "혼자"만의 시간과 장소를 빼앗고 있음을 의미한다. 이것은 『여자문단』의 「산문散文」

(「'미문'이 변화한 장르 '美文' の変化したジャンル」) 에 투고된 글이다.[11] 즉 "문학자인 여자"라고 쓰고는 있지만, 작가가 되지 못하는 '쓰지 못하는 여자'들인데 그러한 한탄은 『세이토青鞜』에 등장하는 소설에서도 확인할 수 있다.

> 누가 이렇게 만든 걸까? 청춘이고 뭐고 다 사라지고 남은 것은 깊은 고통뿐이다. 이상을 좇으면서 가장자리에서 찢겨져 나가는 것은 누구인가? 아내로, 어머니로, 배 이상을 요구하고, 거기다 독신 여자에게나 가능한 이상을 찾다가 그것이 만족스럽지 못하다고 밤낮으로 책망한다, 너무도 잔혹하다, 이렇게 말하며 히사코는 이미 눈에 한가득 눈물을 머금었다.
>
> (가토 미도리加藤みどり「집착執着」『青鞜』1912.4.)

> 나는 그렇게 가슴속에서 무언가 통절한 것을 집어내어, 그것을 종이에 쓰려고 했다. 그리고 그것을 마음을 터 놓고 지내는 친한 벗에게 전하려고 생각한 것이다. 펜을 잡으니 이상하게도 마음에 없던 들뜬 기분이 문장이 되어 가는 것을 발견했다. 발견은 했지만 약한 마음은 그 불만족스러운 마음을 어찌 하겠다는 권리도 없이 다만 붓이 가는 대로 맡길 뿐이었다. 그러나 그것도 그렇게 써 나가는 동안 갑자기 밀려드는 가여운 피로와 말라붙은 듯한 권태가 어느덧 마음에 찾아들었음을 감지하자마자 쓰다 말

---

11 오다이라 마이코(小平麻衣子)는 "『여자문단』에 있어 산문은 실질소설이라고 보아도 무방하다."라고 지적했다. (「けれど貴女! 文学を捨ては為ないでせうね」『女が女を演じる一文学・欲望・消費』, 新曜社 2008, p.130).

고 펜을 던져 버렸다.

(스기모토 마사오杉本正生 「습작4」『青鞜』1912.7.)

　여행을 떠난다, 나는 여행을 떠난다, 어디로 가는 걸까? 어디
인지 모른다, 내가 가는 곳을 나도 모른다. (중략) 나는 홀로 여행
을 떠나며 생각보다 더한 적막감을 맛보고 있다, 나는 대체 무엇
을 바라는 걸까? (중략) 나는 내 가정 안에서 어리석은 작은 갈등
의 소용돌이 속에 휘말려, 함께 울고, 함께 슬퍼하고, 함께 번민
하는 여자가 되는 것이 가장 염려된다.

(오지마 기쿠尾島菊 「여행을 떠난다旅に行く」『青鞜』1912.10.)

　『여자문단』과『세이토』는 각각 상업적인 투고잡지, 동인지라
는 차이는 있지만 집필자가 겹쳐지며, 두 잡지 모두 메이지 말기
부터 다이쇼에 걸쳐 글쓰기 욕망을 가진 여성들이 모인 장場이라
고 할 수 있다. 자신의 신세를 한탄하는 것이 연쇄적으로 이어지는
것 역시 장場으로 연결되어 있기 때문에 일어난 현상이라고 볼 수
있다. 남편의 요구를 잔혹하다고 분개하고(가토 미도리), 피로와 권
태로 붓이 멈추고(스기모토 마사오), 조용한 시간을 가지려고 여행
을 떠나는(오지마 기쿠) 등. 필자는 이들 '쓰지 못하는 여자'들에 대
해서 이전에도 논한 바 있으며, 그것을『세이토』의 소설에 나타난
'상실'의 이야기의 하나로 분석했다.[12] 이 때『시라카바白樺』에 등

---

12 「세이토의 중심과 주변?(青鞜の中心と周辺?)」(『名古屋近代文学』15, 1997)에서 '상실'
　이야기를 다룬 바 있다. 스기모토 마사오에 관해서는 이 책 제2장을 참고 바람.

장하는 쓰는 남자와 쓰지 못하는 남자들을 비교 대상으로 삼아 다음과 같이 언급하였다.

　『시라카바』에 등장하는 '쓰는 남자'의 첫 사례는 무샤노코지 사네아쓰武者小路実篤의 「두개二つ」(2-1, 1911.1)이다. 여기에서 사네아쓰는, "나는 어떻게든 니시다가 '훌륭한 작품'을 쓴 것을 기뻐하고 싶었다. 기뻐할 수 있다면 얼마나 좋을까 생각했다. 그런데 질투해서는 안 된다. 자신이 비참해질 뿐이다." 라고 쓰고 있는데, 제3권 무렵부터 '쓰는 남자'가 반복적으로 등장하기 시작한다. 예컨대 "두 달 전부터 쓰고 싶은 것이 아무리 해도 잘 파악이 안 되고, 머리에 확실히 들어오지 않아 붓을 잡기 어렵다. 이번에야말로 어떻게든 쓰고 싶다. 책상 위에 원고지와 메모해 둔 잡기장을 펼쳐 두고 매일매일 그 앞에 앉아 보지만 시작조차 하지 못하고 있다. 방 안을 이쪽 구석에서 저쪽 구석으로 사선으로 걷고는 다시 책상 앞에 앉는다" 라고 쓰고 있는 소노이케 긴유키園池公致의 「포복匍匐」(3-3, 1912.3), "그 기분을 곧 소설도 아니고, 감상도 아닌, 그냥 써지는 대로 줄줄 써 나가 보았다. 그런데 아직 중요한 부분에 도달하지도 않았는데 묘하게 맥이 빠져 너무 장황하게 쓸모없는 설명만 늘어놓고 있는 것에 불만을 느껴 잠시 붓을 놓고 두 개비 연거푸 담배를 뻐끔뻐끔 피우며 생각을 가다듬어 보았다" 고 하는 히라사와 나카쓰구平澤仲次의 「요이치의 환상要一のまぼろし」(3-5, 1911.5), "책상 위에 쓰다만 원고를 펼쳐 놓고 벌러덩 누워 잠들어 버렸다" 라는 오기마치 긴카즈正親町公和의 「마감 전〆切前」(3-9, 1912.9), "무리해서

변변찮은 것을 쓰지 말자고 마음을 고쳐먹고 방석을 두세 개 다타미 위에 깔고 그 위에 벌러덩 **나른한**(강조는 원문) 몸을 뉘였다"라고 쓰고 있는 것은 나가요 요시로(長与善郎, 히라사와 나카쓰구에서 개명)의 「반짇고리와 소설針箱と小説」(4-1, 1913.1)이다.

이들 남자들과의 차이는 무엇일까? '쓰지 못하는 여자'의 초조함은 육아와 가사일, 생계를 책임져야 하는 것 등 창작과 동떨어진 신변잡기적인 것이라는 점이 공통된다. 쓰는 행위와 단절된, 시간과 정신을 산만하게 하는 생활에 대한 원망은 남자들의 글에는 보이지 않는다. 그러한 질적 차이를 예전에는 "'상실'의 예감과 초조함이 없다"라는 말로 설명해 왔지만, 여기에서 자기표상이라는 측면에서 다시 생각해 봐야 할 것은 독자와의 관계성이다. 여성작가들이 '쓰지 못 한다'라고 할 때 공통되는 점은 이것이 대상을 상정한 변명으로 들린다는 것이다. 가토 미도리의 「집착」 등은 그 대표적인 사례일 것이다. 그녀에게 아내이면서 어머니일 뿐만 아니라 문학자가 되기를 원하는 남편을 대상으로 쓰지 못하겠다고 초조해 하고, 그것이 다른 누구도 아닌 남편 탓이라며 비난 섞인 변명을 하는 것이다. 변명은 누군가 대상이 있는 법이다. 다른 예도 같은 구조 안에 있다. 가까이에 있는 남편에게 혹은 자신의 원고를 읽을 독자에게 말이다. 더 나아가 독자로서의 자기 자신에게. 현재의 자신의 한심함을 떨쳐내야 할 자신, 바람직한 자신에게, 그리고 소설 속 젊은 시절의 자신, 과거의 자신에게 변명을 쏟아내고 있다. 한편, 『시라카바』의 남자들은 쓰지 못하는 현재의 자신에게 향한다. 누구에게 변명할 필요 없이, 다만 있는 그대로 쓰지 못하는 상황을 묘사하고 거기에서 글쓰기의 의미를 찾는다.

5. 여자의 자전

이와 같은 여성작가들이 느끼는 곤란함은 여성의 자전에 관한 논의를 상기시킨다.

캐롤린 하일브런Carolyn G. Heilbrun은 "자기자신의 생애에 대해 쓰는 여자들은, 여자다운 태도라는 속박에서 자신을 풀어내기란 결코 쉬운 일은 아니라는 것을 알고 있었다"[13]고 한다. 쇼샤나 펠만Shoshana Felman 역시 "지금까지 명확하게 여성의 자전이라고 할 만한 것을 쓴 여성은 없다"[14] 고 지적한다. 펠만은 여성의 자전에 있어 작자와 독자의 복잡한 관계성을 지적하였다.[15] 미즈타 노리코도 "독자의 존재라는 자전의 중요한 조건이 여성의 경우, 굴절된 자의식을 작자에게 부과하였다"[16]고 말한다. "신을 향한 고백도 아닌 여성의 자기서술을 정당화하고, 듣고, 읽어 주는 타자=독자는 누구일까? 누구를 향해 쓰고 누구에게 용인되기를 희망하

---

13 キャロリン・ハイルブラン『女の書く自伝』(原著 : 1988), 大社淑子訳(みすず書房, 1992), p.21.

14 ショシャナ・フェルマン『女が読むとき女が書くとき―自伝的新フェミニズム批評』(原著 : 1993), 下河辺美知子訳(勁草書房, 1998), p.24.

15 위의 책, pp.211-212.

16 水田宗子「自伝と小説」『フェミニズムの彼方―女性表現の深層』(講談社, 1991), p.162.

며 쓰는 것인가 하는 자전을 쓰는 목적, 그리고 자기상을 객체화할 수 있는 타자의 이미지가 여성 작자에게는 좀처럼 보이지 않는다. 딸을 대상으로 쓰거나 혹은 '동지'를 대상으로 쓴다는 것과 같이, 독자는 작자의 삶을 이해할 수 있는 한정된 대상인 걸까, 여성인 걸까, 사회 일반인 걸까?"

작자에게 독자가 존재한다는 것은, 물론 여성 작가에만 한정된 것은 아니다. 독자를 상정하지 않고 글을 쓰는 사람은 없을 것이기 때문이다. 다만 그 관계는 일률적이지 않다. 그 존재가 글쓰기 능력을 키우거나 혹은 적어도 장애로 작동하지 않는 경우도 있는 반면, 여성 작자의 경우에는 독자의 존재가 글쓰기를 정체시켜 왔다고 할 수 있다. 이때의 독자의 얼굴은 결코 단일한 양상을 띠고 있지 않다. '여성'이라는 규범을 이미 일탈한, 쓰는 여성이 마주한 독자에는, 우선 젠더 규범에 대해 보수적인 독자와 그것을 해체하는 데에 적극적인 독자가 있다. 독자가 작자에게 기대하는 섹슈얼한 욕망과 관련하여 말하면, 섬세한 감성이라든가 풍부한 정서라든가 하는 '여성다움'을 기대하는 독자가 있는 반면, 거꾸로 성도덕을 일탈한 자유분방함이라든가 관능적이고 관음적인 욕망을 기대하는 독자도 있을 것이다. 젠더는 독자의 얼굴을 한층 더 복수화한다. 독자가 되는 여성들이 놓인 상황은, 교육이나 계급이나 세대, 그리고 부모나 남편이나 자식의 유무 등의 차이에 따라 구분되며, 그녀들에게 거는 기대나 욕망은 각기 다 다르다. 극도로 단순화시킨다 해도 결코 하나로 통일되지 않는 신여성과 구여성이라는 두 개의 얼굴이 이 시기의 쓰는 여자를 갈라 놓을 것이다. 여성이 표상하는 자기를 산란하게 하고 불투명하게 하는 것은, 이러한 복수로 존재하는 독자의 존재이다.

이 책에서는 이러한 사태에, 피독성이라는 용어를 적용시켜 보고자 한다. 독자에게 노출되어 있다는 것, 읽혀진다는 것. 때로는 글쓰기를 혼란으로 빠져들게 하고, 글을 쓰는 것을 자기목적화하지 못한 채, 읽혀진다는 것. 여성작가의 자기표상을 통해 부상하는 것은, 자기를 지시대상으로 표상하는 행위와, 지시대상이 되고 있는 자기를 향하는 것이 아닌, 독자라는 타자를 향하는 자기표상 행위의 양태이다. 여성들의 자기표상은 그렇게 타자를 향해 절실하게, 결코 회피할 수 없을 만큼 강력하게 열려 있다. 그것은 쓴다고 하는 행위에 곤란함을 초래한다. 그러나 그것은 필연적으로 그녀들의 이야기가 타자와의 관련성을 포함하고 있는 것을 의미하는 것이기도 하다. 읽혀진다는 것에 대한 예민한 감수성은 그에 대한 응답성과 연결된다. 응답 그 자체도 수신인이 하나가 아닌 이상, 복층複層화되고, 모순과 균열을 포함한 형태로 나타나게 된다. 그렇다면 응답의 효과도 떨어지기 마련일 것이다. 피독성의 강한 힘이 응답의 효과를 떨어뜨리며, 그러한 글은 완성도가 낮아질 수밖에 없을 것이다. 그러나 바로 그렇기 때문에 타자에 대한 감응도 또한 높아지는 것이리라.

6. 다무라 도시코라는 예외

지금까지 여성의 자기표상이라는 측면에 주목하여, 쓰는 자기를 응시하는 모습이 보이지 않는다는 것, 그렇기 때문에 자기생성소설이라고 부를 만한 작품이 없다는 사실을 논의해 왔다. 여기에서 예외가 있다. 다무라 도시코가 그렇다. 다무라 도시코는 「여작가女作者」(『新潮』 1913.1),[17] 「미이라의 립스틱木乃伊の口紅」(『中央公論』 1913.4)[18]과 같은 자기생성소설을 당당하게 집필하였다. 「여작가」라는 제목에 이미 '쓰는' 자신을 적나라하게 드러내고 있다. 실로 도전적이라 할만하다. 소설 첫 부분에 글이 써지지가 않아 "낙서만 해대고 있다"(p.295)라는 구절을 예로 들어 '쓰지 못하는 여자'의 계보에 포함시킬 수도 있겠지만, 글쓰기 자체를 주제로 삼는 점에서 매우 독특하다. 이 독특함을 응답성과 피독성이라는 측면에서 설명해 보고자 한다.

우선은 가장 직접적인 독자의 목소리를 중심으로 동시대평을 살펴보자. 다무라 도시코의 동시대평에는 하나의 정형화된 패턴이 있다. 이를 구로사와 아리코黒澤亜理子는 이렇게 말한다.[19] "동시

---

17 원 제목은 「유녀(遊女)」. 단행본 『서언(誓言)』(新潮社, 1914.5)에 재수록하면서 제목을 바꿔 게재함. 텍스트 인용은, 『田村俊子作品集』第1卷(オリジン出版センター, 1987)에 의함.

18 「미이라의 립스틱」은, 도시코가 문단의 주목을 받게 되는 오사카아사히신문사(大阪朝日新聞社) 주최 현상당선소설 「단념(あきらめ)」(『大阪朝日新聞』 1911.1.1.~3.21) 집필 무렵을 배경으로 하고 있다.

19 黒澤亜里子「田村俊子」『女性文学を学ぶ人のために』, (渡邊澄子編, 世界思想社, 2000), p.109.

대평 대부분은 다무라 도시코를 일종의 '근대적 요부'로 받아들이고 , 그 '감각'과 '관능'의 신선함과 대담함, 적나라한 부부 상극相克이라는 처참한 상황에 휘둘리는 한편, '여자'의 감각이 맹목성과 '자기 자신의 타락', '사상', '자각'의 철저하지 못함을 비난하는 포폄褒貶의 양극화가 보인다." 다만 양극화라고 하더라도 논자가 두 파로 나뉘는 것은 아니다. 대부분의 경우 하나의 비평 안에 감정과 감각 묘사에 대한 호평과 사상의 결여에 대한 비판이 한 쌍을 이루며 언급된다. 그 좋은 예로, 소마 교후(相馬御風「예술가로서의 타고난 재능과 소질芸術家としての才分と素質」『新潮』 1913.3)는, "자유가 없다며 타성에 빠져 끊임없이 초조해 하는 젊은 여자의 기분을—다소 과장해서—예리하고 생동감 있게 그려낸 것은 아마도 요즘 문단에서 보기 드문 일이라고 생각"한다고 평가하는 한편, "그런데 진정한 자기를 욕망하는 것이 무엇인지 분명하게 자각하지 않으면 진정한 자기의 불만에 찬 마음의 정체에 대한 명확한 자각도 없다."고 비판한다. 청두건(青頭巾「俊子の「誓言」」『新潮』 1913.7) 은, "감각적인 것과 기교적인 것은 도시코의 예술 대부분을 조형하는 속성이다. 무릇 감각예술 방면에 있어 그녀의 예술만큼 뛰어난 것은 없다"라는 호평과, "도시코의 예술에서 어떤 정리된 사상을 바란다거나 혹은 철학을 바란다면 반드시 실망할 것이다"라는 비판을 동시에 내 놓았다. 나카무라 고게쓰(中村孤月「田村俊子論」『文章世界』 1915.3) 역시 "다무라 도시코 씨의 창작은 대부분이 작가 자신의 기분을 그리고 있는데, 그 작가의 기분을 매우 잘 표현하고 있다"고 평가하는 한편, "새로운 사상이나 감정이 깃든 생활이 아니

면 안 된다고 하는 확고한 자각과 사상을 갖고 있지 않다"는 점을 지적한다. 이들 비평에 보이는 공통점은 표층에 부각되어 있는 감정과 감각의 묘사에 주목하거나, 신여성으로서의 자각과 사상이 결여되어 있음을 지적하는 데에서 찾을 수 있다. 다무라 도시코의 텍스트는 표층과 심층으로 나뉘며, 심층에서 뚫고 나온 표층은 의미를 갖지 못하고 과잉으로 받아들여진다. 표층이 심층에 봉사하는 일은 없으며, 마찬가지로 심층이 표층을 지탱하는 일은 없다.

이러한 이중성은 지금도 지적되고 있다. 특히 「여작가」라는 작품은 '분白粉'이라든가 '치장お粧り'이라는 은유가 과도하게 사용된 탓에, 표면에 나타나 있는 것과 감춰진 것이라는 이중성을 전경화한 작품으로 독해되어 왔다. 조금 길지만 인용해 보면 다음과 같다.

이 여작가는 항상 분칠을 하고 있다. 이제 서른이 되어가는 얼굴에 몹시 진한 화장을 한다. 아무도 보지 않을 때는 무대 분장 같은 화장을 하고는 혼자서 가만히 즐거워한다. 몸이 조금 안 좋을 때에도 일부러 분칠을 하고 거실 한가운데 앉아 있으려고 할 정도로 분을 손에서 놓지 않는 여자이다. 분칠을 하지 않고 있을 때는 뭐라 말할 수 없는 추하고 노골적인 것이 몸에 달려 있는 것 같아 신경 쓰인다. 뿐만 아니라 자연스럽게 방치된 피와 살의 온도에 자신의 마음을 내맡기듯 편안한 기분이 들지 않아 고통스러워견딜 수가 없었다. (중략) 어떻게 해서라도 반드시 써야 하는데 아무리 해도 써지지 않는 초조한 날에도 이 여작가는 화장을 한다. 경대 앞에 앉아 분을 물에 타고 있을 때만큼은 분명 어떤 재미있는 일을 떠올리는 것이 버릇이 되어 있기 때문이기도 했다. 물에 녹은 분이 손끝에 차갑게 닿을 때 어쩐지 새로운 마음의 감촉을 느낄 수 있었다. 그렇게 얼굴에 분칠을 하고 있는 동안 차차 생각이 정리된다. ——이런 일은 자주 있었다. 이 여자의 글은 대부분 분 속에서 태어난 것이다. 그래서 글에는 항상 분의 향이 감돌고 있다.

그렇지만 요즘에는 아무리 분칠을 해도 쓸 만한 것이 아무것도 떠오르지 않는다. 피부가 거칠어져 분 자국이 갈라져 보이는 것처럼, 미지근한 혈액이 살 속에서 소용돌이를 그리고 있는 것 같은 그리운 기분에 젖어 들지도 않는다. 단지 상기되어 눈이 충혈되어 옴팡눈처럼 작아지고 뺨이 엿으로 만든 너구리처럼 부풀어 오를 뿐이었다. 그리고 어디에도 자신의 정체(正體)가 없다. 그저 쓸 것이 없다, 쓸 수 없다라는 사실에만 신경이 쓰여 가슴이 미어졌다. 그러면 귀에서 목덜미 주변으로 거미 다리 같은 가늘고 긴 손톱을 가진 연약한 손들이 몇 개씩 달려 있는 것 같이 오싹하여 견딜 수 없는 기분에 숨마저 쉴 수 없게 된다. 그래서 오늘 아침에 이 여작가는 남편 앞에서 그만 울어 버렸다.[20]

여작가에게 있어 '쓰는 것'은 화장과 동질의 행위이다. 화장과 맨얼굴이라는 이중성을 환기시키는 이 은유에 대한 평가는 단일하지 않다. 비판이 존재하는데, 예컨대, 오가타 아키코尾形明子

---

20 「여작가」의 한국어역은 본 『일본 근현대여성문학선집』 다무라 도시코 편 최은경의 번역을 부분적으로 참고하여 인용하였다.

는 "화장을 핑계 삼아 여자라는 것에 안주하며 그 안에서만 숨 쉬려고 한 다무라 도시코 문학 특유의 매력과 재능을 평가하면 할수록 초조함을 느낀다"[21] 라며 화장 안쪽에 숨겨진 심층의 결여를 지적하고, 미즈노 노리코 역시 "다무라 도시코의 세계는 근대 여성이 간파하고 익숙해진 여성의 내면 풍경"[22]이라며 그 진부함을 비판한다. 이들 논의와 달리 그 전략성을 긍정하는 지적도 보인다. 하세가와 게이長谷川啓는 "젠더 문화인 화장을 역으로 이용해 여작가의 창작력의 원천 (중략) 으로 삼고 있는", "의식적이고 전략적인 이장異裝"[23]이라고 평가한 바 있으며, 리베카 콘프란드는 화장을 "여성으로부터 본래의 자신을 감추고 세상과 교제하기 위한 가면"이며, "그 아래에 있는 '은폐된' 또 하나의 독해의 심층, '읽을 수 없는' 독해의 심층을 애써 아이러니하게 암시"[24] 한 것이라고 말한다. 또한, 미쓰이시 아유미光石亜由美는 그 전략성과 함께 한계를 지적하며, "'화장'의 유혹이 유혹으로 기능하기 위해서는 '고백'의 대상이 되는 내면은 '여작가'에게 필요한 것"이며, 그 결과, "'여작가'의 '여자'는 '욕망의 대상으로서의 여자'로 남성문단 안

---

21 尾形明子「田村俊子『女作者』の女」(『作品の中の女たち－明治·大正文学を読む』ドメス出版, 1984), p.142.

22 水田宗子「田村俊子の現在」『田村俊子作品集』月報 3 (オリジン出版センター, 1998).

23 長谷川啓「書くことの〈狂〉－田村俊子『女作者』」(『フェミニズム批評への招待－近代女性文学を読む』学芸書林, 1995), p.74.

24 リベッカ·コープランド「〈告白〉する厚化粧の顔〈女らしさ〉のパフォーマンス」(関根英二編『うたの響きものがたりの欲望－アメリカから読む日本文学』森話社), pp.247-255.

에 자리매김"되었고, "'여작가'의 섹슈얼리티의 표현, '여자다움'의 연출은 헤테로적인 관계를 지탱하고, 그 관계 안에서만 차이와 신선함을 자아내는 한계를 내포"하게 되었다고 말한다.[25] 동시대 평과 거의 같은 형태로 심층의 결여를 비판하는 논의가 있으며, 또 다른 한편에서는, 표층에 나타난 전략성을 지적하는 논의가 등장하는데, 화장이라는 행위와 여성성의 중첩으로 인해 그 표층의 전략적 효과를 부정적으로 평가하는 논의로 정리할 수 있을 듯하다.

이와 같이 표층과 심층을 둘러싼 분열을 지적하고, 또 표층에 대해서도 심층에 대해서도 각각 부정적인 평가를 내리고 있는 셈인데, 그럼에도 「여작가」가 보기 드문 여성작가의 자기생성소설이라는 점은 틀림없다. 여기에서는, 이 작품이 표층과 심층을 어떻게 드러내고 있는지, 피독성과 응답성이라는 측면에서 조망해 보고자 한다.

「여작가」에는 심층을 둘러싼 세 개의 응답이 준비되어 있다. 우선 사상의 결여를 둘러싼 다음과 같은 장면에 주목해 보자. 여작가는 (자신이 아닌) 남편의 내면의 공허함을 지적한다. 여작가는, "자신의 눈앞을 지나가는 하나하나에 대해서도, 자신의 마음 안쪽으로 침투해 들어오는 한 사람 한 사람의 감정도, 이 남자는 자기 위로 그 모든 것을 흘려보내고도 아무렇지도 않은 것이다. 이 남자의 몸속에는 톱밥이 들어 있다. 생의 하나하나를 끌어들이고 흡수하는 피의 맥은 끊어져 있다"라며 남편의 내면을 읽어내는 한편,

25 光石亜由美「田村俊子「女作者」論―描く女と描かれる女」(『山口国文』21, 1998.3).

남편을 상대하는 자신 또한 "한심한 기분"이라며 자책한다.(p.305) 이 장면은, 도시코 자신에게 쏟아지는 사상의 결여라는 비판에 대한 응답으로 읽을 수 있다. 비판을 정면에서 되받아치듯 남편의 "신체 속"의 허무함을 지적하고 있다. 여기에는 작가로서의 긍지도 포함되어 있다. 남자는 작가이기도 하고(도시코의 남편 다무라 마쓰오田村松魚가 모델), "이제 쓸 게 없다니, 당신 도저히 안 되겠네. 나한테 쓰라고 하면 하루에도 사, 오십 장은 쓸 거야. 쓸 건 얼마든지 있잖아. 쓸 만한 건 여기저기에 굴러 다녀. 생활의 일부분을 써도 되는 거잖아."라며 비웃지만, 여작가는 자신도 모르게 "실소"해 버린다.(p.299) 남편은 사건을 있는 그대로 그리는 자연주의적인 태도를 취하지만, 여작가는 그런 안이함을 경멸한다.

다음은 신여성들과 사상적 괴리를 보이는 부분이다. 여작가는 "친구들 중에 자기만큼 시시한 여자는 없을 거라고" 스스로를 비하하며, 얼마 전에 드물게 얌전을 빼고 찾아온 한 친구를 떠올린다. 그 여자는 "별거 결혼"을 하겠다고 선언한다. "결혼했다고 해도 나는 나잖아. 나는 나라고. 사랑을 한다고 해도 그게 남을 위해 하는 사랑이 아니잖아. 나의 사랑이라고."라는 것이 그 이유이다. 그녀는 틀림없이 새로운 여자 중의 한 명이다. 그러한 친구에 대해 여작가는, "이제 일 년이 지나면 그 여자는 내 앞에 와서 무슨 말을 할까?"(p.304)라고 한다. 그리고 자신을 돌아보며, "자못 자기자신을 위한 삶을 살겠다고 하는 것을 그럴듯하게 해석하며 강한 자신을 보여 주려고 한 그 여자 친구의 모습에 위협을 받을 만큼 이 여작가의 현재 심리는 약하고 무기력해져 있다.—여작가는 정신을 차리고는 아무것도 쓰여 있지 않은 원고지에 눈을 고정시켰다. 뭐든 써야 한다. 무엇을 써야 좋을까"(p.304)라며 깊은 고뇌에 빠진다. 신여성의 사상의 현실성을 믿지 못하고 괴리감을 느끼는 동시에 '쓰는 것'으로 방향을 잡는다. 이것 역시 도시코에게 쏟아졌던 비판에 대한 응답이리라.

세 번째 응답으로 볼 수 있는 것은, 감각묘사 부분이다. 앞서 인용한 "미지근한 혈액이 살 속에서 소용돌이를 그리고 있는 것 같은 그리운 기분"이라든가, "단지 상기되어 눈이 충혈되어 옴팡눈처럼 작아지고 뺨이 엿으로 만든 너구리처럼 부풀어 오른" 상태, "귀에서 목덜미 주변으로 거미 다리 같은 가늘고 긴 손톱을 가진 연약한 손들이 몇 개씩 달려 있는 것 같이 오싹하여 견딜 수 없는 기분"과 같은 감각묘사가 그것이다. 사상의 결여와 달리 긍정적으로 평가되는 부분이다. 이러한 평가를 선취하듯, 여기에서는 "어디에도 정체가 없는" 그 공허함에 자신을 빗대어 말한다. 그러나 도시코는 정체가 없다고 말하면서도 여자의 피와 몸을 너무도 여성적인 감각으로 드러내 보인다. 여작가는 그렇게 흰 분을 덕지덕지 바른 꾀죄죄한 얼굴로 자신을 향한 시선에 응답하고 있는 것이다.

이러한 응답은 모두 심층(의 결여)을 둘러싸고 전개되며, 세 가지 응답으로 구분된다. 첫 번째는 '남자', 두 번째는 '신여성', 세 번째는 '비평가'를 대상으로 한다. 이 세 가지 응답의 수신인은 각각 다를뿐더러 서로 연결되지도 않는다. 도시코는 이 결여된 심층을 새로운 진실로 메우려 시도하지 않는다. 여작가의 심층은 화장으로 인해 이미 위장된 상태다. 위장된 그것은 심화해 가는 것을 거절한다. 그로 인해 내면을 충실히 하는 것도, 사유하는 것도 모두 부정당한다. 여기에서 시선을 끄는 것은, 피독성과 응답성이다. 심층의 공허함을 비판받아 왔지만, 심층에 미지의 내용을 충전시키는 것이 아니라, 읽혀지는 것에 대한 복수의 응답을 준비하는 것으로 대신한다.

「여작가」에게 있어 자기생성은 그런 의미에서 남성작가의 그것과는 질이 다르다고 할 수 있다. 쓰는 것에 대한 자기언급이 분명한 소설이지만, 작자의 시선 끝에 있는 것은 자기자신이 아닌 독자인 것이다. 쓴다고 하는 욕망이 자기를 응시하고 자기를 말하는 것에 응집된 적 없는 소설. 그런 의미에서 「여작가」는, 비자기생성소설이며, 비자기표상소설이라고 할 수 있다.

도시코의 텍스트의 표층성은 일관되게 이루어지고 있다. 예컨대, 첫 장면에 다음과 같은 묘사가 등장한다.

창밖으로 할퀴고 갈 듯한 거센 바람이 부는 날도 있지만, 뭔가 활기도 없고 이렇다 할 특징도 없는 희미한 햇살이 드리워졌다가는 다시 사라지듯이 나약한, 살짝 열린 장지문의 바깥에서 들여다보고 있는 것 같이 멍하게 졸리는 날도 있다. 그런 때에 하늘색은 뭔가 다른 색이 섞인 듯한 불투명한 빛을 하고 있지만, 겨울의 권위 앞에서 완전히 발가벗겨져 움츠리고 있는 숲 속 거대한 나무들의 꼴을 보고 미소를 지어 보이듯 조용히 부풀어 맑게 개어 있다.

하늘을 바라보며 미소짓던 감각은 "어딘지 모르게 자기가 좋아하던 사람의 미소와 닮은" 듯한 감각 그 자체에 집중되어 간다.

생각지도 못한 그리운 것이 문득 소매를 잡아당기고 있는 것 같은 기분이 들었다. 눈을 크게 뜨고 웃음 띤 입가에 자신의 마음을 가득 머금고 있다. 그러자 자기가 좋아하는 사람에 대한 어떤 느낌이 마치 분첩이 피부에 와 닿는 듯 그녀의 마음을 부드럽게 자극했다. 그것은 흰 명주에 청자색 절단면이 희미하게 겹쳐 흐르는 듯 품위 있고 시원스럽고 고풍스런 향기를 품은 좋은 느낌이었다. 이러고 있으려니 여작가는 가능한 한 그 감각을 변덕스러운 장난감으로 삼으려고 지긋이 눈을 감고 그 눈동자 아래에 좋아하는 사람의 모습을 집어넣어 보거나 손바닥 위에 올려서 늘려 보거나 쥐어 보거나 아니면 오늘의 하늘에 그 모습을 던져서 저 편에 세워 놓고 마음껏 바라보기도 한다.

소설의 내용으로 미루어 볼 때 "좋아하던 사람"은 적어도 남편은 아니다. 누구라고 딱히 말할 수 없는 사람일 것이다. 감각을 심화시켜 가는 것을 피하면서, 보고/보이는 질곡에 휩싸인 망상, 수신인이 없는 정동情動에 여작가는 표류하는 것이다.

소설 첫 장면과 마찬가지로 마지막 부분 역시 자연묘사에서 망상으로 흐르는 기술이 보인다. 마지막 부분의 망상은, "자신이 좋아하는 여배우가 무대 위에서 무 초절임을 준비하고 있었다. 그 손은 시린 듯 빨개져 있었다. 그 손을 붙잡고 입술의 온기로 따뜻하게 해 주고 싶었다."(p.305)라며, 여성을 향해 흘러가고 있다. 소설 내용과의 연결성이나 의미화를 회피한 이 망상은 성별미분화적인 정동과 접속되고 있다. 도시코의 감각묘사는 이성애적인 문맥의 여성성과 직결된 것으로 독해되어 왔지만, 표층을 흐르는 정처 없는 망상 너머에 부상하는 이 양성애적 정동은, 주디스 버틀러가 자크 라캉과 존 뤼벨의 '가면'에 관한 논의를 경유하여 이끌어낸 개념인 '일차적 양성애'와 겹쳐 읽을 수 있지 않을까?[26] 버틀러는 "가면으로서의 여성성을 가장하는 것"을 "강제적 이성애를 불어넣는 것에서 생겨나는 멜랑콜리한 부정적 자기애의 수난 안에서, 양성애를 보존하고, 지키고 있는 기묘한 형태"[27] 라고 규정하고, 그 근저에 "전前—문화적인 양성애"를 읽어낸다. 또한 "남근주의의 바깥에 여자의 글을 자리매김하고자 하는"[28] 뤼스 이리가라이 Luce Irigaray의 시도를 비판적으로 계승하면서도 "기반에 있는 주체가 이러한 과거를 알지 못한다고 해서, 주체의 발화 가운데 실패와 부정합과 환유의 오독이 재발하지 않으리라는 보장이 없다"[29]고 논의한다. 도시코의 감각묘사가 실패 혹은 부정합이라고 할 수도 있을 만큼 과잉되었다면, 그것을 이성애의 틀 안으로 몰아간 것은 독자이다.

---

26 ジュディス・バトラー「ラカン, リヴィエール, 仮装の戦略」(『ジェンダー・トラブル—フェミニズムとアイデンティティの攪乱』(原著 : 1990)(竹村和子訳, 青土社, 1999), pp.106–111.

27 위의 책, p.106.

28 위의 책, p.109.

29 위의 책, p.111.

도시코의 감각묘사는 비판의 대상이 되기도 했다. 가장 부정적인 평가를 내린 사람으로는 미즈노 요슈水野葉舟를 들 수 있다.[30] 요슈는 다무라 도시코의 감각묘사를 설명할 때, 유사한 작풍을 보이는 작가에 빗대어 비교하기를 즐겨한다. 예컨대 다음과 같은 방식이다.

　　이 길로 접어들면 나의 시선은 언제나 막다른 곳에 자리한 느티나무로 향한다. 그리고 그 암녹색 그늘 안으로 빨려 들어가듯 걸어 들어간다. (중략) 여기에 서 있자면, 나는 늘 내 육체를 생각한다. 내가 이곳에서 부드럽게 흐르고 있는 살아 있는 광선과 색과 액체를 들이마실 때, 나의 살은 바로 그대로 자유롭게 녹아서 떠돌고 있어 이들 살아 있는 것 안으로 스며들지 않고 있음을 느낀다. 이렇게 말하는 순간에 특히, 나의 살 안으로 내 의식은 잠입해 들어가 직접 내 자신에 대해 느낀다. 이 나무의 조용한, 썩어 죽어 버린 흔적 하나 없는 모습이, 자신을 힘싸 안으면, 나 자신의 육체의 연약함과, 어둠에 떨며 신음한다.[31]

　　요슈는 안쪽 깊숙이 '잠입'해 들어간다. 즉 여기에서는 깊이를

---

30 "그 재기(才気)와 감촉이 나에게는 피상적으로 느껴졌고, 자극에 대한 반응에 지나지 않은 것으로 보였다", "자기자신에 대한 고뇌가 전혀 없는 듯하다", "여사의 감각은 단순히 맹목적인 육체 안에 움직이고 있는 감촉의 반응"이라고 말한다(水野盈太郎「田村俊子女史に送る書」『文章世界』1914.6.30).

31 水野盈太郎「林の中へ（「沈黙せる生」の中より）」(『文章世界』1914.10.1).「침묵하는 삶(沈黙せる生)」은『국민문학(国民文学)』(1914.6)에 게재되었고,『문장세계(文章世界)』에 재수록되었다.

지향하는 것이다. 가라타니 고진이 「풍경의 발견」에서 "내면의 발견"을 지적했듯이,[32] 풍경의 묘사는 근대문학에 이어 자기표상을 드러내는 장치로 기능했다. 요슈는 그것을 실천한 사람 중 하나다. 그리고 그것을 도시코는 거부한 것이 된다. 그들이 발견한 내면에 등을 돌리고, 표층으로 흘러가는 것을 선택한 것이다. 그 급진적인 표층성을 이성애의 문맥 안에 가둘 수는 없다.

여성작가는 문학의 장에서 마이너리티다. 「여작가」는, 마이너리티에게 있어 자기가 어떤 것인가를 나타낸다. 그것은 반드시 자신에게 친화적이지 않은 타자의 눈에 노출된 것을 의미한다. 마이너리티의 타자성이 어떻게 머저리티의 눈에 비칠 것인지, 마이너리티는 자신에게 향한 시선을 읽는 것에서 벗어나지 못한다. 혹은 그 타자성조차 간과해 버릴 정도로 머저리티의 균질화가 강고해진 장에서는, 자신이 어떻게 비춰질까, 혹은 간과된 타자성이 어떤 순간에 비춰지는 것은 아닐까, 비춰질 때에는 무슨 일이 일어날까, 새로운 사태에 어떻게 마주하면 좋을까, 라는 긴장과 함께 자신을 향한 시선을 계속해서 읽어가게 된다. 그 때문에 마이너리티의 자기표상은 자기를 향한 것이 아니라 타자를 향하며, 타자와의 관계성의 끊임없는 교섭의 실천이 된다. 독자공동체에 대한 의심과 위화감을 낳는 서술의 복층화는, 타자에 대한 응답성으로 바꿔 읽을 수 있다. 그리고 또 심층이 결여된 채 지워져 버린 다무라 도시코의 자기표상은, 그것이 실패함에 따라 남성작가들의 자기생성소

---

32 柄谷行人『日本近代文学の起源』(講談社, 1980).

설의 성공이 작가로 하여금 자기를 응시하는 것을 허용하는 것과 동일한 독자공동체에 의해 지탱되고 있음을 시사한다. 「여작가」 는 그렇게 해서 자기표상이 젠더화되고 있음을 보여 주고 있다.

제2장 쓰는 여자와 쓸 수 없는 여자

―스기모토 마사오杉本正生의 '소설'

1. '자기 서술'과 '소설'

이 장에서는 '소설'이라는 형식에 주목하고자 한다. 근대에 있어 '소설'을 쓴다는 것은 어떤 행위로 기대되고 실천되어 왔을까? 젠더의 역학관계를 참조항으로 삼아 논의를 전개해 보자.

'여자'가 '소설'을 쓴다는 것이 갖는 의미를 생각하기에 앞서, 미즈타 노리코水田宗子의 '자기서술'의 개념을 참고할 필요가 있다. 미즈타는 다양한 여성작품을 아우르며 '자기서술'이라는 키워드를 통해 여자의 서술의 특수성을 선명하게 드러내 보였다. '자기서술'을 하는 것의 곤란함을 지적하고 새로운 여성작가의 표현이 나타나게 되는 과정을 논의하고 있다. 이를 통해, '여성 장르로서의 '이야기' 방법의 재생'[33] 이라는 측면과 '반反 이야기로서의 자기서술=소설'[34]이라는 측면을 도출해 내었다.

---

33 水田宗子『物語と反物語の風景―文学と女性の想像力』(田畑書店, 1993), p.25.
34 위의 책, p.35.

이야기의 억압적인 성차담론에서 해방되기 위해 급진적인 사실주의 방식으로, 특수한 자기, 특수한 자기서술을 이야기하기 시작한 1960년대 여성작가들은, 솔직하게 자신의 상처를 열어젖혀 내면을 이야기하려 해도, 깊은 층위를 이루며 여성의 내면을 둘러싼 이야기의 억압적 담론의 벽에 부딪혀 버린다. 그리고 그것을 파괴하고자 자신의 내면 또한 파괴해 버린다. 근대여성문학에 있어 가장 급진적인 전위前衛의 표현은, 이야기로부터의 결별, 소설에서 이야기를 배재하려는 시도였다.[35]

이야기의 파괴로서의 '소설' 앞에는 이처럼 "소설과 이야기, 자기서술과 이야기의 명료한 경계선을 무너뜨리고, 서로 월경해 가는"[36] 시도를 찾아 볼 수 있다. 예컨대, 오니와 미나코大庭みなこ의 작품을 "여성의 내면 성장에 기댄, 여성 내러티브를 통한 자기신화 창조의 시도"[37] 라며 높이 평가했다. 이렇게 '자기서술'을 둘러싸고 미즈타는, 여성들의 "선행 텍스트와의 격투[38]"의 흔적을 통해 "'자기 자신'이나 쓰는 주체나 모두 남성 젠더로서 은유화되어 있으며, 여성이 짊어져야 할 규범이 부재한 가운데 읽는 주체, 바꿔 읽는 주체, 즉 해석하는 주체로서 여성은 표현을 획득"[39] 했

---

35 위의 책, p.49.
36 위의 책, p.52.
37 위의 책, p.55.
38 위의 책, p.62.
39 위의 책, pp.55~56.

음을 드러내 보였다. 다양한 우회와 격투를 인정하고, 여성을 표현 주체로 자리매김했다.

그런데 지금까지 논의한 것처럼, 이 책의 관심은 주체를 드러 내 보이는 데에 놓여 있지 않다. 그보다는 주체가 드러나지 않는다 는 사실, 서술을 하는 것보다 '서술의 곤란함'이 생긴다는 점에 주 목하고 싶다. '서술의 곤란함'에는 응답성이 나타나기 마련이기 때문이다. 응답이라고 해도 물론 온전한 대화가 이루어지는 것은 아니다. 투명하지 않은 행위로서의 쓰는 행위와, 마찬가지로 투명 할 수 없는 읽는다는 행위가, 그럼에도 불구하고 서로 관계하고 있 다는 의미에서의 응답이다. 그러한 관점에서 자기표상의 곤란함 을 표현주체의 바깥쪽으로 열어 놓는 실마리를 찾아보고 싶다. 쓸 수 없다는 곤란함은 그야말로 타자와의 관계 속에서 발생한다. 위 화감을 안쪽에 여러 겹 쌓아 가는 것이 아니라, 타자와의 관계에 대한 가능성(과 그 불가능성) 문제로 다시 생각해 보고 싶다.

그렇다면 '소설'이라는 것은 어떤 형식이었을까? 이야기와 '자 기서술'과 같은 틀은 표현주체에게 있어 텍스트의 질을 설명하고 기술하는 것을 가능케 했지만, 여기에서는 제도적으로 준비된 형 식으로서의 '소설'이라는 틀을 작자가 어떻게 사용했는가 하는 문 제를 제기해 보고자 한다. 어떤 텍스트를 '소설'로 쓰고, 그것을 독 자에게 제시하는 행위에는, 독자와의 암묵적 합의와 깊은 관련이 있다. 특히 '여자'에게 그것은 어떤 의미가 있을까?

이와 관련해 무라야마 도시카쓰村山敏勝는 다음과 같이 말한다.

리차드슨이 정식화한 소설이라는 장르는, 프라이버시를 특히 성적인 프라이버시를 안전하게 들여다 볼 수 있는 특권적 형식이었다. 무대에서는 너무 직접적이어서 표현할 수 없는 정경情景도 문학텍스트라는 열쇠구멍을 통해서, 주인공의 '내면의 벽'을 통해서 표상가능하게 된다. (중략) 여성교육이라는 장치는 안전한 포르노그래피 장치이기도 하다. 본래 프라이버시라는 개념 자체에 18세기 후반 이후 전업주부의 증가와 함께 각인된 여성성이 자리한다. 소설을 이야기하는 여성은 자신의 프라이버시를 자기 스스로가 생산해 가면서, 자신을 포르노그래피 대상으로 삼음으로써 주체가 되는 존재라고 할 수 있다.[40]

무라야마의 지적은 일본 문학의 장에서도 유효하다. 나카야마 아키히코中山昭彦는, 자연주의가 융성했던 러일전쟁 이후 '고백' 장치의 무대가 된 문학을 지탱하는 독해에 대해 이렇게 말한다. "'작품에서 사람으로'라는 회로와 함께 '사람에서 작품으로'라는 회로"[41]가 형성되었으며, 남성작가의 경우, '작가의 초상'이 반복적으로 유통되는 것은, 그것이 가십성이라 하더라도 '작가'로서의 이미지와 가치를 강화하는 것으로 이어질 것이다. 여성작가의 경우는 그렇지 않다. 예컨대, 오다이라 마이코小平麻衣子는, 1912년에 간행된 히구치 이치요樋口一葉 일기가 자연주의 문학과 유사하게

---

40 村山敏勝『〈見えない〉欲望へ向けて－クィア批評との対話』(人文書院, 2005), pp.92~93.

41 中山昭彦「〈作家の肖像〉の再編成「読売新聞」を中心とする文芸ゴシップ欄消息欄の役割」(『文学』4-2, 1993.4).

"여성의 심부를 엿보려는 포르노그래피"로 읽힐 수 있음을 지적한다.[42] 과거 일반 여성들과 다른 "특별한 존재"로 간주되던 이치요가 "자연의 여자" "천상 여자"이기를 바라는 기대 속에서, 미발표 일기의 작가로, 아니 작가라기보다 "이상적 신인"으로 평가받게 되었던 것이다. 여성작가를 향한 욕망은 성적인 것이다. "'여성적'인 일기이기 때문에 드러나 보이는 여성의 내면과 육체의 심부로서의 정조는 서로 비유적인 관계를 맺으면서, 이치요의 프라이버시 영역을 확정"하고 있으며, "여성의 프라이버시가 성적인 것에만 한정"되어 버린다고 오다이라는 지적한다. 소설이 '고백' 형식으로 집필되고 읽혀지는 문학의 장에, 여성이 다가가기란 쉽지 않다. 어떤 프라이버시를 '고백'하면 좋을까 하는 포르노그래피적인 시선과의 교섭은 자기언급성이 강하며, '서술의 곤란함'을 내포한 글쓰기로 발전한다. 이 자기언급성은 앞서 언급한 바와 같이 작자 앞에 독자가 존재하고 있다는 예증이기도 하다. '서술의 곤란함' 속으로 '소설을 이야기하는 여성'이 빠져들게 될 곤란함을 간파할 수 있을 것이다.

2. 『세이토青鞜』라는 장

그렇다면, 1910년대 상황은 어떠했을까? 1911년에 간행된 『세

---

42 小平麻衣子「〈一葉〉という抑圧装置ポルノグラフィックな文壇アイドルとの攻防」(『女が女を演じる—文学·欲望·消費』新曜社, 2008), p.150.

이토』의 실천적 글쓰기 양태를 통해 살펴보도록 하자.

앞장에서 언급한 바와 같이, 『세이토』의 특징은 여성에 의한 여성들을 위한 잡지라는 점에서 찾을 수 있다. 이야기되는 텍스트의 형식은, 소설, 시, 하이쿠, 단가, 희곡, 번역, 평론, 일기, 편지, 여기에 잡지 후기에 이르기까지 실로 다양하다. 이처럼 다양한 장르에서 여성이 여성에게 이야기하게 되면서 사적인 문제를 토로하기 쉽게 하였다. 『세이토』는 본래 문학잡지로 출발했지만 점차 색채가 변화하였다. 잘 알려진 것처럼 『세이토』 제3권 제10호에 변경된 개칙槪則이 실렸다. "본사는 여류문학의 발달을 꾀하고" "본사는 여자의 각성을 촉구하며"라는 문장이 그것이다. 창간 초기에 흘러넘치던 '문학'이라는 용어가 사라진 것이다. '문학'이라는 용어가 삭제되면서 보다 구체적인 형태로 '나'의 생각을 이야기하기 시작했다.

예컨대 이와노 세이코岩野淸子와 이쿠타 하나요生田花世의 '고백' 문장은, 후기 『세이토』의 중심 화제가 된다. 이쿠타 하나요는, "나는 나에 대해 이야기하는 것과 내가 글을 쓴다는 것이, 나의 생명의 즐거움이라고 생각한다"(「연애와 생활난에 대하여」 4-1)라고 고백하고 있다. 이 같은 문장은 평론이라기보다 기타다 사치에北田幸惠의 말을 빌자면 "장르 횡단적"[43]인 글이라고 볼 수 있다. 기타다는 이러한 경향에 대해 "그녀들에게는 아마도 장르라는 규범에 꼭

---

43 北田幸惠「街頭に出た女たちの声—評論」(新・フェミニズム批評の会編『『青鞜』を読む』学芸書林, 1998), p.181.

맞는 액자를 완성하기보다는 참을 수 없는 충동에 몸을 맡겨 자기를 해체하고 창조해 가는 표현 과정이야말로 중요한 것이었으리라"라고 하며, "남성의 권위적 검열과 심판을 거치지 않은, 여성들 자신이 만든 잡지라는 성격이 예전 여성이 난잡한 에너지가 넘치는 영역 침범적인 새로운 글쓰기 경험을 보증한 것"[44] 이라고 지적한다.

『세이토』의 내부에서 보자면, 이러한 '나'의 기술에 요사노 아키코与謝野明子가 창간호에서 노래한 "일인칭만으로 글을 쓸 수 있다면"이라는 원망願望이 "『세이토』 여자들의 '일인칭' 이야기로 구체화"[45] 되었다는 해석은 타당한 것으로 보인다. 다만, 여기에서 굳이 지적해 두고 싶은 것은 『세이토』의 바깥 쪽 문맥에서는 이러한 '나'의 '이야기'가 여성 젠더화된 '고백'으로 해석될 가능성이 크다는 것이다.

『세이토』와 관련이 깊은 잡지로는 앞장에서 언급한 『여자문단』이라는 잡지가 있다.[46] 문학하는 여성들의 투고의 장이 되어 준 중요한 잡지이다. 이쿠타 하나요의 출발점이 된 잡지이기도 하다. 『여자문단』은 가와이 스메이河井醉茗를 편집 주임으로 하는 문학

---

44 위의 책, p.183.

45 위의 책, p.183.

46 『여자문단』(1905년 1월 창간)에 관해서는, 이다 유코의 「애독자 여성의 문학적 욕망(愛読諸嬢の文学的欲望)」(『日本文学』47-11, 1998.11), 『여자문단』과 『세이토』의 관계에 대해서는 이다 유코의 「『세이토』의 중심과 주변?(『青鞜』の中心と周辺?)」(『名古屋近代文学研究』15, 1997.12)을 참고바람.

잡지인데, 제6권(1910), 제7권(1911)에 이르면, '고백'적 요소가 강한 '산문' 장르가 두드러진다. 예컨대, 제6권 제9호에서 기자는, "산문란이 가장 특색이 있다"라고 지적하면서, "젊은 여자들의 감정이라는 것은 산문으로 표현하기 제일 좋기 때문이다. 또한 처녀시절은 감정이 충만한 시기이므로, 자연히 서정적으로 좋은 산문을 쓸 수 있을 것이다. 이러한 종류의 문학은 남자들 문단에서는 좀처럼 찾아보기 힘들다"—記者,「誌友作家の進境」고 평가했다. 여기에서 알 수 있듯, 산문란은 명확히 여성 젠더화된 '고백'이며, "소설도 좋긴 하지만, 소설이라고 하면 다소 기교를 요하므로, 인생의 견해라든가 그 표현 방식 등에 미숙한 점이 있으리라고 생각된다. 시는 이보다 더 純粹예술인 만큼 진보가 더디다"라며 다른 문학 장르의 하위에 자리매김한다.

이쿠타 하나요는 감정의 토로에 초점을 맞춘 『여자문단』의 '산문' 장르를 대표하는 작가다.[47] 「입경기入京記」(6–7), 「도시에서 지방으로都会より地方へ」(6–11), 「나무 울타리木柵」(6–15), 「올 가을의 추억今秋のかたみ」(6–16) 등의 산문을 연속해서 발표한다. 독자들의 뜨거운 반응에 힘입어 이쿠타 하나요는 '고백'으로의 전환을 가속화해 간다.

이렇게 볼 때, 이쿠타 하나요가 『세이토』에 집필한 '고백' 풍의 평론은, 『여자문단』의 '산문'의 연장이기도 할 것이다. 마찬가지로 『여자문단』을 떠올리는 독자는, 『세이토』의 '고백' 풍 평론을

---

47 여기에서는 조소카베 기쿠코(長曾我部菊子)라는 필명을 사용했다.

'산문'으로 읽을 것이다. 이쿠타 하나요의 이야기하는 '나'는, '문학'과 관련해서 형성된 것이기도 했다. 즉, 문학은 프라이버시라는 영역과, 그것을 노정하는 '고백' 시스템을 동시에 작동시켜 왔으며, 『여자문단』의 '산문' 혹은 『세이토』의 평론이 그 가운데 가장 여성 젠더화된 장르라고 할 수 있을 것이다. 그렇다면 이 같은 여성 젠더화에 대한 반응을 어떻게 평가해야 할까.

쓰는 여성들이 여성화된 '고백' 시스템에 저항하고 그 안에서 '자기서술'의 모색을 시도했으리라는 것은 상상하기 어렵지 않다. 그 흔적을 『세이토』에서 '소설'만 집필해 온 스기모토 마사오杉本正生를 통해 찾아보도록 하겠다. 이 시기의 '소설'은 자연주의의 한 가운데에 자리하며, 그에 앞서 등장한 '고백' 형식 그 자체이자 수많은 '고백' 형식 중에서도 가장 상위에 자리한다. 이 '소설'이라는 한정된 형식에 매우 의식적으로 대응한 것으로 보이는 스기모토 마사오는 무엇을 썼을까?

3. 스기모토 마사오라는 작가

스기모토 마사오가 『세이토』에 참가하기 전까지의 경력을 간단히 언급해 보도록 하자.

이와타 나나쓰岩田ななつ에 따르면[48], 마사오는 1890년, 스기모토 도시유키杉本敏行와 스기모토 이쿠杉本いく의 차녀로 오사카에

---

48 岩田ななつ「杉本まさを」(『文学としての『青鞜』』不二出版, 2003).

서 출생했다. 오빠가 둘, 언니가 하나 있다. 1901년 교토로 거주지를 옮겨 헤이안여학원平安女学院 예비과에 입학한 후, 1904년 교토시립고등가정여학교京都市立高等家庭女学校 2학년으로 전학한다. 이 시기 가장 중요한 사건은, 쓰다 세이후津田青楓를 만난 일이다. 두 사람은 결혼을 약속하지만 둘 다 호주戸主였던 탓에 단념하게 된다. 1907년 3월, 세이후는 야마와키 도시코山脇敏子와 결혼하고, 4월에 프랑스로 유학을 떠난다. 한편, 마사오는 여학교 졸업 후, 교토약학교京都藥学校에 입학하나 문학의 길을 걷기로 결심하고 퇴학한다. 이후, 잡지기자가 되어 『게이카일보京華日報』에 처녀작을 발표한다.

1910년 세이후는 귀국하여 교토에서 도쿄로 이주한다. 아내와 자식을 도쿄로 부르기 전까지 마사오는 세이후와 함께 일한다. 6월 18일에는 마사코의 소개장을 들고 히라쓰카 라이초平塚らいてう와 모즈메 가즈코物集和子 등의 『세이토』 관계자들과 만남을 갖고, 4월 말에는 나쓰메 소세키夏目漱石 자택을 방문하기도 한다. 8월부터 『교토히노데신문京都日出新聞』[49] 에 미야시타 게이코宮下桂子라는 필명으로 소설 등을 집필하기 시작한다. 쓰다 세이후도 이 신문의 집필자다. 가장 긴 작품은 총 56회 연재소설 「유리流離」(8.18.~10.12)이며, 이와 병행해서 월요문단月曜文壇에 8편의 단편을

---

49 교토부립종합자료관(京都府立総合資料館)에 소장된 『교토히노데신문(京都日出新聞)』을 사용하였다. 많은 수는 아니겠지만, 여기에 실리지 않은 작품은 다른 곳에 게재되었을 수 있다.

집필한다.

그 후, 10월 30일 「밤비夜の雨」를 끝으로 집필의 장을 『세이토』로 옮겨, 11월 간행 제1권 제3호부터 1914년 4월 간행 제4권 제4호까지 「습작」이라는 제목의 글 6편을 포함해 총 15편의 작품을 집필한다.

이와타 나나쓰의 표현을 빌자면, 마사오는 세이토사원青鞜社員 지망생 제1호 여성인 셈이다. 그러한 열의를 이와타는 다음과 같이 기술한다.

> 마사오가 이 취의서(마사오의 친구인 지노 마사코茅野雅子에게 보낸, 세이토사의 취의서—인용자 주)에 어떤 감개를 품고 있었는지는 남겨진 글은 없다. 그러나 세이후와의 연애로 인해 상처 받았지만 문학으로 이를 극복하려고 했던 마사오였기에 공감했으리라는 것은 상상하기 어렵지 않다. 그것은 세이토사원 제1호로 입사하는 민첩한 행동을 통해 엿볼 수 있다.[50]

또한 『교토히노데신문』에 집필을 하게 된 계기에 대해서는, "마사오가 1911년, 『교토히노데신문』에 단편소설과 수필, 연재소설을 게재하기 시작한 것은 세이후의 동태와 관련이 있을 것이다"[51] 라고 지적하고 있다. 세이후와의 관계를 읽을 수 있는 부분

---

50 岩田ななつ, 앞의 책, p.103.
51 위의 책, p.102.

으로, 마사오에게 있어 글쓰기는 복수의 욕망이 겹쳐진 행위에 다름 아니다.

5월 29일자 『교토히노데신문』에 '마사오코まさを子'라는 필명으로 게재된 「6월의 노래六月の歌」는 이 시기의 상황을 표현한 것이다.

> 뜻하지 않게 만났지만 떠나 버린 사람을 그리던 나날, 노래로 살아가던 그 때의 나를 생각한다
>
> 도쿄에 와서 교토를 떠올리는 사람, 괴로움으로 몸부림치던 6월의 집
>
> 유리流離라는 보잘 것 없지만 끊어버릴 수 없는 추억을 그리려 붓을 들던 작은 집
>
> 흠모하던 이를 도쿄에 두고 교토로 와야 했던 나약한 사람의 여름나기

작가의 길을 가겠다는 결의. 도쿄에서 교토를 떠올리는 사람(세이후로 추정)과 한때를 보내고, 훗날 교토로 돌아와 「유리」를 연재하면서 세이후를 그리워한다. 쓰는 것과 세이후를 그리워하는 마음을 표현하고 있다. 쓰는 행위의 이면에 사랑이 있고, 사랑의 이면에 쓰는 행위가 있는 것이다.

그러나 마사오가 품고 있는 복잡한 감정은 그것만으로 다 설명

하지는 못한다. 이어서 8월 4일, '미야시타 게이코宮下桂子'라는 필명으로 된「도쿄의 인상東京の印象」(1)이라는 제목의 수필이 게재된다. 그 안에는 "세이후 씨가 도쿄의 생활을 썼다. 그 안에 등장하는 마사오 여사는 나를 말한다"[52]라는 구절이 보인다. 굳이 '미야시타 게이코'라는 필명을 쓰면서 자신을 드러내는, '고백'을 둘러싼 중층적 행동을 엿볼 수 있다. 이러한 중층성은 더 나아가 도쿄의 문사를 방문하는 장면에서도 발견할 수 있다.

방문하는 곳도, 교제하는 사람도, 대부분은 문사라든가 미술가다. 세간과는 벽을 하나 두고 살아가는 사람들이었다. 이들처럼 문사라는 이름을 붙이기도 하고, 불리기도 하는 나는 이들과 접하는 것만으로도 무상의 기쁨으로 여겨야 함에도 왠지 그것이 싫었다. 그것만으로도 나는 세간에 패배한 것이리라. 세간의 사람으로, 세간과 벽을 하나 두고 있으면서도 그 벽에 난 작은 구멍 사이로 세상의 취미臭味를 동경했다.

여기에서는 "문사라는 이름"으로 살아가는 삶에 대한 저항감이 나타나 있다. 그녀에게 글을 쓰는 행위는 결코 투명한 행위는 아니었다. 어떤 이름으로 쓸 것인지, 글을 쓰고 싶다는 욕망 모두 일종의 뒤틀림을 잉태하고 있다. 10월 말까지는 『교토히노데신문』에서, 그리고 그 이후에는 『세이토』에서 말이다.

---

52 다만, 세이후의 '동경 생활'을 살펴볼 수 있는 글은 찾지 못했다. 7월 31일 「도쿄 생활」 (2)는 확인했지만 여기에 마사오에 대한 기술은 보이지 않는다.

흥미로운 것은, 다양한 장르를 넘나들고 있는 『세이토』에 집필한 작품 모두가 '소설'이라는 점이다. 게다가 초기 6편에는 「습작」이라는 제목을 붙였다. 신문 게재 작품이나 동인지이기도 한 『세이토』에 「습작」이라는 제목으로 쓴 글이 있는가 하면 그렇지 않다. 이러한 표제를 고른 사람은 마사오 뿐이다. 「습작」이라는 제목을 달고 있는 이상, 이 단계가 완성된 작품이라기보다 향후 글쓰기 능력을 연마해 나가야 함을 의미한다. 글쓰기를 계속하려는 의지가 없다면 「습작」을 시도할 리 없기 때문이다. 마사오는 왜 굳이 「습작」이라는 제목을 달았던 것일까? 그것은 '소설'이라는 틀과 관련 있을 듯하다. '감상'이나 '편지', '평론'이 아닌 '소설'을 택한 것은 마사오에게 어떤 의미를 갖는 것일까?

또한 『교토히노데신문』에서 『세이토』로 옮긴 것은 어떤 변화를 의미하는 것일까? 『세이토』에 참가하기로 결정한 것은 6월 무렵이었지만, 10월까지는 신문 집필활동을 순조롭게 이어갔다. 연재와 단편을 동시에 진행했고, 독자의 반응도 나쁘지 않았다. 10월 19일자 독자란 「보내지 못한 편지落しふみ」에는 "월요문단은 미야시타 게이코 씨가 이채를 띠고 있다" "「무대 뒤楽屋」" 등은 근래의 것 중 제일"이라는 평이 실려 있다. 「무대 뒤」는 16일자에 게재된 단편소설이다. 이러한 호평에도 불구하고 글쓰기의 장을 완전히 옮겨 그것도 「습작」 형태를 시도한 마사오에게 어떤 변화가 있었고 무엇을 의도했던 것일까. 누구에게나 열려 있는 신문이라는 매체와 동인지 『세이토』는 전혀 성질이 다르다. 이러한 차이를 마사오는 어떻게 받아들였을까?

여자가 '소설'을 쓴다는 것의 의미를 생각할 때, 스기모토 마사오는 매우 흥미로운 연구대상이 아닐 수 없다. 신문에서 『세이토』라는 특수한 동인지로 자리를 옮겼고, 거기다 '습작'을 적극적으로 시도한 작가라는 점에서 그렇다.

4. 『교토히노데신문』에 게재된 단편들

우선 『교토히노데신문』에 게재된 작품을 살펴보자(필명은 미야시타 게이코[宮下桂子]·미야시타 가쓰라[宮下かつら]·미야시타 가쓰라[みやしたかつら]). 여기에는 총 56회의 「유리」(8. 18~10.12), 단편으로는 「대부업金貸」(8.21), 「사촌 여동생從妹」(8.28), 「두목親分」(9.4), 「그 여자あの女」(9.18), 「가을 저녁秋の宵」(9.25), 「일요일 아침」(10.2), 「맞선見合ひ」(10.9), 「무대 뒤楽屋」(10.16), 「밤비夜の雨」(10.30) 등 9편이다.[53] 분량 면에서는 『세이토』에 실린 작품과 비슷하다. 여기에서는 단편에 주목해 보도록 하겠다.

단편의 이야기의 패턴은 집필 순서에 따라 다음과 같이 4개로 분류할 수 있다.

① 전지적 작가 시점(「대부업」)
② 일인칭 시점으로 이야기 밖에 있는 화자를 통해 이야기하는

---

53 10월 23일호에도 마사오가 집필했던 월요문단란이 있지만, 마사오의 작품은 게재되어 있지 않다.

작품(「사촌 여동생」, 「두목」)
③ 일인칭 시점으로 화자가 자기 자신에 대해 이야기하는 '고백' 풍의 작품(「그 여자」, 「가을 저녁」)
④ 삼인칭 시점(「일요일 아침」 이외 4편)

매우 선명하게 구분된다. 따로 밝히고 있지는 않지만 여기에서도 습작이 이루어지고 있음을 알 수 있다. 화자의 설정은 서서히 내면을 이야기하는 형식으로 이동해 가며, 마지막에는 내면까지 이야기하는 투명한 화자 형식을 취하고 있다. '소설'이라는 장르의 발전 과정이 그대로 보이는 점이 흥미롭다. 의식적이든 아니든 글쓰기 방법을 적극적으로 모색하고 있음을 엿볼 수 있다. 내용 또한 이러한 이야기 패턴의 변화에 따라 바뀌게 된다.

첫 번째 패턴을 보이는 「대부업」은, 두 번의 이혼을 경험한 오스미(お澄)라는 여자가 대부업을 하는 아주머니의 소개로 같은 대부업계의 남편을 만나기까지의 과정을 그리고 있는데, 그 어떤 등장인물도 구체적으로 묘사하고 있지 않다.

두 번째 패턴으로는, '나'라는 일인칭 화자의 설명이라든가 감상 등을 통해 사건을 이해하게 된다. 예컨대, 「사촌 여동생」은 와카코稚子라는 사촌 여동생과 스가와須川라는 남자가 가깝게 지내던 중 와카코가 다른 사람과 결혼하게 되는 과정을 그리고 있다. "그래도 스가와 씨와 와카코는 오랜 지기처럼 친하게 지내고 있다. / 와카코는 즐거워 보였다. 스가와 씨는 슬픈 얼굴을 하고 있다"라든가, "나는 와카코가 혼수준비 하는 모습을 보면서 스가와

씨를 떠올렸다"는 식으로 곁에서 지켜보는 이의 시선으로 담담하게 묘사하고 있다. 내용 자체가 담백한 것도 있지만, 상당히 조심스럽게 이끌어 간다.

그러나 세 번째 패턴인 '고백' 형식의 소설에 이르면 완전히 성향이 바뀐다. 「그 여자」의 일인칭인 '나'는 내면의 언어를 쓰는 화자이다. 화자는 면전에 있는 누군가에게는 이야기할 수 없는 내용을 글쓰기를 통해 노정하는, 이른바 '내면의 토로'로서의 '고백' 형식에 매우 자각적이다. 이야기는 교토좌京都座에서 연극을 보던 '나'가 약학교藥學校 시절 수재였던 친구를 만나면서 시작된다. 예전과 달라진 친구의 모습에 "알 수 없는 고통"과 "말하기 어려운 외로움과 슬픔"을 느낀다는 내용이다. '나'는 그것을 함께 간 남자에게 이야기하지 못한다. 그리고 대신 그 자리에 함께 하지 않은 'T 씨'라는 남자에게 이렇게 털어 놓는다. "그 남자 친구에게 그 여자에 대해 말하지 못했던 내가 당신에게 털어 놓는 것이 모순처럼 들리겠지만, / 아니에요, 아니에요, 나는 역시 누군가에게 이렇게 이야기해 보고 싶어요"라고. 말을 걸고 있지만 편지 형식은 아니다. 모두 부분은 "T 씨, 나는 지금 교토좌의 파도濤를 보고 있습니다"와 같이 현재형으로 말을 걸고 있어, 이 글을 집필하는 시점과 다른 시간임을 알 수 있다. 즉 이야기를 하는 시간 축에 있는 이 화자는 소설 속 화자라고 할 수 있다. 'T 씨'는 말을 들어 주기 위한 존재로 명명된 존재이며, 신문에 발표된 이 글은 'T 씨'라는 남자를 통해 '누군가'라는 불특정 수신인에게 열려 있다.

화자는 함께 간 남자에게 이야기하지 못한 사정을 다음과 같이 설명한다.

　　남자라는 존재는 본래 여자의 생애는 연약하다고 규정하고
자만하기 마련이죠. 그러면서도 기분 나빠하죠. 아주 조금이지
만 배려라도 하듯 여자의 존재를 생각해요. 그런데 그 생각이란
게 말이에요, 이제 여자는 각성했을까, 아직 남자에게 희롱당하
는 기분일까, 이런 식이죠. 그렇기 때문에 설령 이 남자 친구에게
그 여자가 이러쿵저러쿵 말을 했다고 해도,
　　"그건 당연하죠. 그게 진실이에요."
　　이런 식의 답변만 돌아왔을 겁니다.

　　'내면'을 '토로'하는 소설 형식에 의식적인 화자는 젠더 문제
를 동시에 발견하고 있다. 여기에서 말하는 것은 '남자'가 '나'의
이야기의 의미를 이해하지 못한다는 것, '여자'에 대한 전제가 그
것을 방해하고 있다는 것이다. 이렇듯 문제를 명확하게 젠더화함
에도 불구하고, 'T 씨'라는 남자에게 이야기를 한다. '여자'인 '나'
는 첫 독자로, 이해받지 못할 가능성이 농후한 '남자'를 설정할 수
밖에 없는 것이다. 동시에 그 배후에 '누군가'를 기대한다. 이러한
'서술 곤란함'에 대해 화자는 매우 자각적이다.
　　'고백' 제도 그 자체에 대해 이야기하는 「그 여자」의 다음 작품
「가을 저녁」은 보다 직접적인 '내면의 토로'가 이루어진다. 모두
는, "오늘도 어김없이 저녁이 찾아왔다. 아아, 저녁이 되었다. 이
렇게 마음속으로 외쳤다"라는 문장으로 시작된다. "책상 앞에 마

주 앉은" '나'는 창문을 통해 오가는 사람들을 바라보며 "자신의 고독"을 절감한다는 내용이다. "첫사랑의 실연" 때문에 사랑에 주저하게 되었다고, 그것은 또 "남자에 대한 증오"로 이어지기도 했다고 말한다. 이는 마사오 자신의 실제 경험이기도 하다. 실연과 고독, 외로움에 대한 자각은 이후 『세이토』로 이어지며, 이 담론 패턴이 『세이토』에서의 습작의 시작이라고 해도 좋다. '나'의 고민은 '책상' 앞에서 토로된다. 다른 곳이 아닌 '책상' 앞이 바로 '나'의 기점인 것이다. 이후의 전개는 『세이토』에서 확인할 수 있다.

『교토히노데신문』에 게재한 작품은 네 번째 패턴으로 옮겨가게 된다. 세 번째 패턴인 '고백' 담론은, 「가을 저녁」에서 적나라해지며 이후 일인칭에서 삼인칭으로 이행한다. 나머지 네 작품은 모두 삼인칭으로 이야기되며, 어느 정도 안정성을 확보하게 된다. 독자의 호평을 받았던 「무대 뒤」 역시 네 번째 패턴에 해당한다. 『교토히노데신문』에서의 습작은 몇몇 단계를 거쳐 변화한다. 삼인칭 화자가 여성 등장인물을 초점화해 이야기하는 패턴으로 정착하게 된 것이다.

나는 부부가 된 여자가, 자신이 이렇게 부러워할 만큼, 모든 불안에서 벗어나 기댈 수 있는 큰 힘을 발견할 수 있을까 생각했다. 그런데 그런 것은 불안한 현재를 위로할 뿐이다. 쓸데없는 회의懷疑에 불과하다고 생각했다.

「가을 저녁」

세 번째 패턴인 「가을 저녁」에서 토로하고 있는 결혼에 대한 회의는, 네 번째 패턴으로 이행한 「일요일 아침」에서는 하나오花尾라는 기혼 여성을 내세워, "도저히 어찌할 수 없는 쓸쓸함은 미혼 시절의 쓸쓸함 이상으로 통절하게 느껴져 견딜 수가 없었다"라고 토로한다. 「맞선」은 세 번의 결혼 경험이 있어서, "신혼의 단꿈에 젖어 있는 여자는 아닌" 오쓰네お常의 이야기이다. 결혼과 행복의 등식 성립은 불가능하게 되었다.

　　그 이후는 결혼 자체에서 멀어져 '남자'와의 성적 관계로 초점이 이동한다. 「무대 뒤」에서는 무대에서 다유(太夫, 유녀, 최상급 예기를 일컬음. 역자 주)로 활약하는 요시에由枝라는 여자가 옛 연인과의 만남을 통해 오랜만에 "남자와 대화하는 기쁨을 느끼고 온몸에서 쉴 새 없이 고동치는 느낌"을 받는다. 나카지마中島라는 남자는 고유성이 지워진 '남자'였다. 『교토히노데신문』에 게재한 마지막 작품인 「밤비」 역시 가쓰요勝代라는 여자가 강연회에서 우연히 만난 미쓰야마光山라는 학생과 하숙집으로 가는 길을 묘사하고 있다. '미쓰야마'라는 고유명사는 단 한 번 사용되고, 이후는 '남자'라고 표현된다. 남자의 친밀한 태도에 '도시가쓰'는 "마음의 포만감"을 느끼면서도 "마지막 만족"을 얻는 데에는 실패한다. '남자'와의 관계는, "사랑"이나 "신혼의 단꿈"과 동떨어진 문맥에 자리하게 된다. 결혼을 통해 성적인 관계로 이행하게 되면서 이성애에 대한 회의감도 깊어지게 된다.[54]

---

54 내용의 연속성은 연재 장편소설 「유리(流離)」(8.18-10.12)에서도 찾아 볼 수 있다. 「유

『교토히노데신문』의 집필 경향을 정리해 보면, 우선, 습작 형태의 시도가 보이고, 내용적으로는 이성애 관계에 대한 회의감이 계속해서 토로되고 있음을 알 수 있다. 이어지는 절에서는 이 같은 특징이 『세이토』와 어떻게 연결되고 있는지 살펴보도록 하자.

5. '고백'과 '소설'

『세이토』에 게재된 마사오의 작품은 총 15편이다. 우선 이 작품명들을 열거해 보자.

리」는 자작(子爵) 지아키(千秋)의 서자인 장녀 스이시(綏子)와, 본래 지아키 가문 차녀이자 모친 쪽 남작 다카야마 가문의 양녀인 시즈코(静子) 자매가, 세가와 데쓰오(瀬川哲夫)라는 남자를 둘러싸고 고뇌하다 마지막에 두 사람 모두 목숨을 잃게 되는 내용이다. 시즈코의 어머니는 자신이 죽기 전 세가와와 시즈코가 결혼할 것을 유언으로 남겼고, 두 사람도 서로에게 호감을 갖고 있었다. 그런데 그것을 알아채지 못한 아버지가 스이시와 세가와의 결혼을 추진한다. 시즈코는 가나 가와(賀那川) 자작과 결혼 이야기가 오가고 있었다. 시즈코와 세가와가 고뇌를 거듭하던 중, 두 사람의 관계를 알게 된 스이코는 병에 걸려 버린다. 시즈코와 세가와는 마지막 각오를 다지고 사랑의 도피 행각을 벌이지만, 그 여행길에서 스이코가 죽었다는 전보를 받는다. 언니의 죽음을 알게 된 시즈코는 자살을 선택한다. 가문이 얽힌 삼각관계 스토리다. 이러한 스토리는 가정소설풍의 연애소설로 읽을 수 있을 것이다. 여기에서 지적하고 싶은 것은, 시즈코를 통해 초점화하고자 한 것은, 이성애적 고뇌라기보다 어머니와 언니를 생각하는 마음이라는 것이다. 세가와와의 결혼은 어머니의 유언이며, 세가와와의 관계를 주저한 것도 언니가 받을 충격을 생각해서다. 마지막 자살을 결심하는 장면에서도 언니와 어머니 생각으로 가득하다. 언니 꿈을 꾸다 잠에서 깨어난 시즈코는 "어머니의 유품인 은장도"를 손에 쥐고 "어머니와 자매가 함께 찍은 사진"을 꺼내 보고는 홀로 해안가로 나선다. 파도 속으로 향하는 시즈코의 모습과 함께 "통곡과 통한의 외침은 모기가 우는 소리보다 가냘펐고, 파도 소리는 천지의 울적함을 깨고 울려 퍼졌다"라는 묘사로 소설은 끝을 맺는다. 이렇게 볼 때,「유리」는 여동생이 어머니와 언니를 생각하는 마음으로 바꿔 읽을 수 있다. 세가와와의 이성애적 관계는, 어머니와 자매의 죽음과 연결되는 비극의 원인 그 자체인 것이다. 시즈코의 "통곡과 통한"에 세가와에 대한 애정이 끼어들 틈이 없으며, 살아남은 세가와에 대한 이야기도 찾아 볼 수 없다.

「저녁 제례夕祭礼」(1–3), 「습작1」(2–4), 「습작2」(2–5), 「습작3」(2
–6), 「습작4」(2–7), 「습작5」(2–9), 「습작6」(2–10), 「머리카락髮(장편소
설 서문을 대신하여長編小説の序にかへて)」(2–11), 「머리카락」(2–11), 「머
리카락」(3–3), 「머리카락」(3–4), 「아침안개朝霧」(3–7), 「아침안개」(3
–10), 「아코야 찻집阿古屋茶屋」(4–3), 「합주合奏」(4–4) 등이다. 전반부
에 「습작」이 6편 실렸고, 후반부에 장편 「머리카락」이 도중에 「아
참안개」로 제목이 바뀌어 연재되고 있다.

작품명에 장르가 명시되어 있는데, 소설 장르에 들지 않는 것
으로는 첫 작품 「저녁 제례」라는 '소품'뿐이다. 나머지는 모두 '소
설' 장르에 해당한다.[55] 이 시기 '소설' 이외의 장르로는 무용극振
事劇, 번역, 희곡, 각본, 사극, 평론, 일기, 논문, 감상, 편지, 비평, 단
가, 하이쿠 등이 있다. 실로 다양한 장르에 걸쳐져 있음을 알 수 있
는데, 마사오는 이들 가운데 '소설'을 선택한 것이다.

지금부터는 제4절에서 정리한 이야기의 패턴을 기반으로 하여
기술해 가도록 하겠다.

소품인 「저녁 제례」는 두 번째 패턴에 해당하며, '나'라는 일인
칭 소녀가 어머니와 아버지, 그리고 아버지가 도쿄에서 교토로 데
리고 온 오쓰네 씨, 세 명의 관계를 이야기한다. '나'는 미묘한 삼
각관계에 대해 방관자적 입장을 취한다. 그런 점에서 일인칭으로
이야기 밖의 화자가 이야기를 이끌어 가는 두 번 째 패턴이라고 할

---

55 마사오의 작품 게재호 가운데 '소설'이라는 장르 표시가 없는 것은, 제3권 제4호, 제2
권 제5호, 제2권 제9호, 총 3권이다.

수 있다. 이어서 집필된 「습작1」은 아키에秋江라는 여성을 초점화한 삼인칭 화자의 네 번째 패턴이다. 아키에가 기시岸라는 남자와 2년 만에 우연히 재회한다는 내용으로 섬세한 감정의 흔들림이 현재형으로 이야기되고 있다. 처음 두 개의 이야기에서 두 번째와 네 번째 패턴을 시도한 후, 「습작2」에서 「습작5」는 세 번째 패턴을 취하고 있다. 내용적으로도 관련이 깊은 '고백' 형식의 소설이 네 편 이어진다. 그리고 갑자기 「습작6」에서 네 번째 패턴으로 되돌아온다. 「습작6」은 오곤(お絹) 씨라는 유부녀를 초점화하여 유부남과의 온천여행을 그리고 있다.

『세이토』에 집중적으로 게재한 습작 작품은 『교토히노데신문』 마지막 작품들에서 자주 사용한 네 번째 패턴이 아닌 세 번째 패턴이었다. 두 번째와 네 번째 패턴을 시도해 본 후, 세 번째 패턴으로 습작을 여러 번 거친 후, 어느 시점에서부터 거기에서 벗어나 네 번째 패턴으로 돌아온다. 즉, 『세이토』에 게재한 소설은, 세 번째 패턴인 '고백' 형식으로 이야기하는 것과 겹쳐진다고 할 수 있다. 다음 절에서 구체적으로 기술하겠지만, 「머리카락」과 「아침안개」는 틀림없는 '고백' 형식이지만, '소설' 장르에 해당한다. 『세이토』에서 '소설'을 시도한 것은 '고백'을 시도한 것이라고 볼 수 있다.

'고백'으로서의 '소설'은 '여자' 화자에게 매우 미묘한 역학 속에서 쓰기를 강요한다. 한편으로는 자연주의 소설 혹은 『시라카바』에서의 사소설적 '고백' 등과 겹쳐지며, 다른 한편으로는, 그것이 '여자'의 글인 경우, 제2절에서 기술한 바와 같이, '감상'이나

'일기'와 같은 여성 장르화한 '고백' 형식으로 흘러갈 가능성이 있다. 이러한 역학 안에서 집필하는 '소설'은 제1절에서 언급한 것처럼 숨겨야 할 프라이버시를 폭로하는 것으로, 포르노그래픽한 시선과의 교섭을 강제하기도 한다. '고백'에 다가가면 갈수록 그 교섭은 가혹해진다.

마사오는 이러한 구조를 「그 여자」를 집필할 당시 인식하고 있었을 것이다. 그런 후에 『세이토』에서 다시 반복적으로 시도한 세 번째 패턴이 '고백' 형식의 '소설'인 것이다. 필명인 미야시타 게이코가 아닌 본명 스키모토 마사오로 말이다. 일인칭인 '나'는 스기모토 마사오와 겹쳐져서 읽히게 된다. 그런데 마사오도 이를 숨기지 않는다. 「습작3」에서의 '나'의 이름은 '마사오'이며, 「습작5」 말미에는 "기야마치木屋町의 작은 집에서"라고 쓰고 있다. 소설 속 '나' 역시 '기야마치'에 거주하는 여자이다. 이와 같이 강제된 긴장 속에서 이 '고백'은 어떻게 '소설'로 습작되었을까. 그 과정을 따라가 보자.

「습작1」은 앞서 언급한 것처럼 '고백' 형식은 아니다. 삼인칭으로 이야기된 네 번째 패턴인데, 주목하고 싶은 것은 '서술의 곤란함'이 드러나 있다는 점이다. 앞서 간략하게 내용을 제시한 것처럼, 이야기의 초점이 되고 있는 것은 아키에라는 여자로, 미술관에서 재회하면서 이야기가 시작되고, 그녀의 감정의 흐름이 집요하리만큼 섬세하게 묘사되어 있다. 그 가운데 특징적인 것은 추측성 문체가 빈번하게 사용되고 있는 점이다.

이렇게 기시岸 곁으로 다가가 아키에秋江는 속삭이듯 애교 섞인 말을 건네 보지만, 이대로 두 사람은 아무 일 없이 헤어져 버리게 되는 것은 아닐지, 그렇게 생각하니 조금 쓸쓸해졌다.

"언제 한 번 저희 집에도 들러 주세요." 라며, 뒤를 쫓기라도 하듯 매듭을 짓는 말을 골랐다.

"아, 예."

아무렇지 않은 듯, 기시는 매우 간단하고 명료하게 답한다.

아키에는 그대로 곁에 다가선 채 응시한다.

기시도 이에 응답하듯 손을 잡아 쥔다.

두근두근하는 고동소리가 얼마간 이어졌다.

아키에는 하고 싶은 말이 용솟음쳤지만, 남자의 침묵을 깨는 것이 고통스러웠다.

공원 뒤는 잡목림인 듯하나, 이미 깊은 어둠이 내려 앉아 길도 잘 보이지 않았다.

아키에를 묘사하는 장면이나, 기시를 묘사하는 장면, 그리고 풍경을 묘사하는 장면에서 '~하듯'이라는 추측성 문체가 자주 사용되고 있는 것을 확인할 수 있다. 이것은 비유의 표현이라기보다, 초점이나 대상을 애매하게 하고 명확한 기술을 피하기 위한 것으로 기능한다. 마찬가지로 '~도'라는 표현도 빈출한다. 예컨대 아키에를 초점화한 장면에서, "다만, 특별한 이유도 없이 옛 사랑이라고 할 만한 것이 너무도 순화醇化되었던 것 같기도 하다. 아름다운 공상空想 위에 깊은 신념을 세웠다고나 할까"라고 서술되고 있다. 판단을 우회하는 이들 표현에서 무엇을 읽어내야 할까?

아키에를 초점화한 또 다른 문장을 보자.

　이렇게 입 안에서, 어둠을 향해 외치는 사람처럼, 미친 사람
처럼 소리쳐 본다. 이렇게 온몸을 닥치는 대로 쥐어뜯고 싶은 듯,
괴상한 손놀림으로 이불 위에서 몸부림칠 때도 있다. 차가운 거
울 앞에 앉아 헝클어진 자신의 얼굴을 마주하고, 멍한 눈빛으로
그것을 바라보고 있을 때도 있다.

이처럼 "～듯"과 "～도"처럼 추측성 표현이 사용되고 있는
데, 이것은 화자가 "어둠속에서 외치는 사람"이라든가 "미친 사
람"과 같은 정형화된 표현을 명확하게 비유적으로 사용함으로써
아키에와 거리를 두는 동시에 가까이 다가가려고 하는 것이다. 고
도의 자기언급적인 행동 패턴이라고 할 수 있다. 행위를 하는 것과
그 행위를 보는 것이 늘 동시적으로 이루어지고 있다. 화자의 판단
회피 역시 아키에의 이러한 이중적 행위와 맞닿은 것으로 볼 수 있
다. 의미와 거리를 둔 상황을 기술하려고 할 때 화자 역시 판단을
회피하는 화자가 될 수밖에 없을 것이다.
　등장인물과 화자의 거리는 매우 가깝다. 그와 동시에 아키에는
마사오 자신과도 근접한 등장인물이다. 아키에는 미술전을 찾아
"텅 비게 될 것 같은 근래의 쓸쓸한 뇌로 인해 기분좋게 상기됨을
느꼈다"라고 묘사되는 여성이다. 아울러 "어머니, 저는 도저히 제
대로 된 인물은 못 될 거예요"라며 자조하는 여성이기도 하다. 예
술 관련 일을 목표로 하는 아키에는 곧 화자인 마사오 자신이기도

하다. 『교토히노데신문』 작품과 비교하면, 내용면에서는 헤어진 남자와의 재회를 다룬 「무대 뒤」와 유사하고, 학생과의 연애를 다룬 「밤비」와도 닮아 있다. 이성애와 거리를 두고 있는 점에서는 네 번째 패턴에 가깝지만, 화자와 아키에가 근접하는 서술 형식은 오히려 세 번째 패턴에 가깝다. 이후 「습작2」에서는 일인칭의 세 번째 패턴으로 옮겨간다. 이렇게 생각하면 이 「습작1」은 네 번째 패턴에서 세 번째 패턴의 '고백'으로 이어지는 중간 위치에 자리매김할 수 있다. 그리고 이후, 보다 선명한 형태로 '고백'을 습작하게 된다.

일인칭의 '고백' 형태의 소설로 마사오가 쓴 작품은, 내용면에서도 세 번째 패턴을 이어받아 실연, 고독, 적막감을 토로한다. 네 편 모두 마사오 자신을 반영한 화자가 심경을 이야기한다. 『세이토』에서 시도한 것은 이러한 괴로운 심정을 '고백'하는 것이었다. 「습작2」에서 「습작5」로 흘러가는 과정을 살펴보면, 서서히 내향화해 가고 있음을 알 수 있다. 우선, 공간 설정의 변화가 보인다. 「습작2」에서는 요시무라吉村라는 친구 집을 찾아가서 함께 산책을 나간다. 울적한 마음을 달래기 위해 요시무라를 찾았던 화자는 결국 두 사람이 전혀 다름을 절감한다. 「습작3」은 나카가와中川라는 친구 집이 무대다. 여기에 도쿄에서 실연당하고 온 또 다른 친구 미쓰코光子가 찾아와 화자를 포함해 세 명이 대화하는 장면을 묘사한다. '나'는 나카가와 집에서 한 발짝도 나오지 않고 틀어박혀 있다. 「습작4」는 자기 방에서 일어나는 일을 묘사한다. 울적한 기분으로 친구에게 편지를 쓰려고 하지만 잘 써지지 않는다. 세키

世木라는 친구가 찾아오지만 화자는 어울리지 못하고 혼자서 목욕탕을 찾는 장면에서 끝난다. 「습작5」의 무대 역시 자기 방 안이다. 화자는 히스테릭해 져서 자리에 누워 있다. 가족 모두가 외출해도 혼자 남아 있다. 친구가 보내 온 편지를 읽어도 울적한 마음이 풀리지 않는다.

'나'라는 일인칭 화자의 정신 상태는 공간 설정에 보이듯, 내향적이고 자폐적으로 흘러간다. 「습작2」에서 "감정으로 움직이고, 감정으로 죽어 가는 나"라고 표현하던 화자는, 「습작3」에서는 "나나 나카가와 씨처럼, 잿빛의, 차갑고 희망도 없는, 시체 같은 사람"으로, 더 나아가 「습작4」에서는 "미칠 것 같은 기분"을 "사람들 앞에서는 온화한 모습으로" 가장하며, 「습작5」에서는 "적막하고 아무 소리 없는, 늪과 같은 세계에서 나는 한 발짝도 벗어날 수 없는 운명에 빠져들어 있다"며 "히스테릭"하게 형상화하고 있다. 다른 인물들과의 커뮤니케이션은 점점 사라지게 되고, 그 대신 내면을 노정하게 되는 것이다. 내면의 감정은 회를 거듭할수록 농밀해져 간다. 이처럼 단계적으로 짙어지는 내향성은, 습작이 오로지 내면의 토로를 향해 전개되었음을 의미할 것이다. 세 번째 패턴에 보이는 "그래도 누군가에게 이렇게 말해 보고 싶다"라는 욕망이 이들 습작을 탄생하게 한 것이리라.

그런데 여기에서 주의해야 할 것은, 이러한 내향성에 의해 자기인식이 심화되는가 하면 그렇지 않다는 것이다. 감정이 메말라 가는 모습은 보이지만, 인식의 내용 자체는 변화가 없다. '나'의 내부로 다가감으로써 오히려 자신에 대한 구체적인 설명은 후경화

해 버린다. 다음은 습작 모두 부분으로, 이러한 경향을 단적으로
보여 준다.

　　나는 사랑의 아픔을 안고, 니조다카쿠라二条高倉에 있는 요시
무라의 집을 찾았던 것이다.

「습작2」

　　오랜만에 미쓰코光子 씨가 도쿄에서 돌아왔다는 사실이, 울
적한 나와 어른스러운 나카가와中川 씨 사이에, 봄처럼 따뜻한
기쁨을 전해 주었다.

「습작3」

　　오수의 기분 좋은 휴식에서 깨어나자 이렇게 방 안의 광선은
희미해져 있었다. 우물로 가서 눈과 손톱 끝을 차가운 물로 씻었다.

「습작4」

　　우리 집 건너에 있는 가메야龜屋의 안쪽 2층에서 때때로 나니
와부시(浪花節, 샤미센을 반주로, 주로 의리나 인정을 노래한 대중적인 창.
역자 주) 구절이 흘러 나온다.

「습작5」

서서히 화자 자신에게서 한 발 물러서고 있음을 알 수 있다. 자
신의 내면 묘사(「습작2」)에서 친구를 포함한 묘사(「습작3」)로 바뀌
고, 내면 묘사와 동떨어지며(「습작4」), 자기자신으로부터 멀어져 간
다(「습작5」).

마지막 장면도 마찬가지다.

나는 작년 무렵이었던가, 이 근처에 단독주택 2층 방을 얻어 어머니와 떨어져 낮 시간을 그곳에서 공부하며 지내려고 마음먹었는데, 주변 사람들에게 물어 보니 그곳이 도박 같은 걸 하는 집이라고 해서 가지고 갔던 책상도 그대로 놔 두고 왔던 일이 지금 문득 떠올랐다.

「습작2」

　　어째서 저 사람들은 사랑을 고통의 그늘 속으로 몰아넣고 생각하려는 것일까.

「습작3」

　　지친 기색으로 걷기 시작하자 밤이 상당히 깊었음을 알리기라도 하듯, 적막한 주위로 바람이 불어 왔다. 바라보니, 밤의 운기는 차갑게 피부에 와 닿았고, 광활하게 펼쳐진 하늘에는 수증기에 비춰진 마을의 불빛이 붉게 수를 놓고 있었다.

「습작4」

　　언니는 이렇게 말하며, 피를 잔뜩 묻힌 손으로 부엌에서 엽서를 들고 나왔다.
　　—어렸을 때, 숙모에게 배운 피리 부는 법도 잊어 버렸어. 여차하면 떠오르는 추억의 적막함이 오히려 마음을 파고든다고.—
　　라고 가장자리에 적혀 있다.

「습작5」

화자의 현재를 설명하는 과거(「습작2」)에서 친구 이야기(「습작3」)로 빗겨가고, 풍경 묘사가 되며(「습작4」), 배달된 편지를 인용

(「습작5」)하게 된다. 여기에서는 모두와 결말 부분만 인용했지만, 전체적으로 내면에 대한 설명이나 기술은 후퇴하고 있다. 고뇌의 원인이라든가 자신에 대해 무엇인가 새롭게 발견되는 일이 없이, 명시된 원인으로서 실연을 파악하고 자폐적 우울감이 서술되고 있다. 변화한 것은 인식의 내용이 아닌 것이다.

6. 독자로서의 '신여성'

화자가 자폐화되어 가는 한편, 설명하는 기술 부분이 후퇴하는 사태는 무엇을 의미할까? 이것을 '서술의 곤란함'이라는 측면에서 생각해 보고 싶다. 앞서 지적한 것처럼, 마사오는 이미 『교토히노데신문』에 게재한 단편을 통해 복잡한 욕망―이해받기 어렵다는 전제 하에 "그래도 누군가에게 말해 보고 싶다"고 하는 욕망―에 대해 설명한 바 있다. 습작에서는 생각처럼 이해받지 못할 것이라는 체념과 이야기하고 싶다는 욕망이 혼재하는 '서술의 곤란함'이 점차 강화되어 간다. '고백'의 주요 내용은 변화하지 않지만, 그것을 이야기하고 쓰는 행위는 서서히 변화한다. 마사오의 습작의 경우, 그러한 과정에서 독자의 존재가 서서히 무게감을 더하게 된다. 쓰고 읽는 행위의 불투명함이 고조되고, 그와 함께 타자를 향한 관심은 높아져 간다. 습작의 화자는 이야기하는 것의 곤란함을 토로하기 시작하며, 쓰는 것은 인지되지 못한 위험한 행위가 되어 간다.

「습작2」에서는, 요시무라라는 또 다른 한 명의 여성과 대화하는 가운데 자신을 설명하고 있다. 또 여기에서는, "나는 문학에 중독되었어요. ……나는 문학 같은 학구적인 것은 성질에 맞지 않았어요. 순수하게 좋아했다가 그만 발을 잘 못 들여 놓았네요"라며 문학을 어떻게 접하게 되었는지 요시무라에게 설명하고 있다. "실연의 아픔을 겪은 사람은 통절한 글을 읽는 것조차 괴로워요. 오히려 무신경한 사람처럼, 물질의 노예가 되어 타산적으로 세월을 보내며, 세간이나 사람들에게 얽매이지 않고 자유로울 수 있는 은신처가 너무나 갖고 싶었죠"라고 하고 있는데, 여기에서 은신처란, 앞서 언급한 어머니와 잠시 떨어져 지내기 위해 마련한 은밀한 공간을 가리키며 '공부'에 대한 열망을 나타낸다. 실연 후의 우울감이 문학의 길로 들어서게 했음을 알 수 있다.

「습작3」에서는, 화자인 '마사오'가 직접 자기 자신에 대해 설명하는 것을 피하고, 실연 모티프는 미쓰코에게, 그 이후의 '잿빛' 심경은 나카가와에게 전이된다. 나카가와는 원고를 쓰는 여자로, 잿빛 인생을 보내면서도 이지를 함양해 가려는 모습을 보이는데, 이런 나카가와를 부러워하는 것으로 기술함으로써 '나'의 글쓰기와 미묘한 거리를 두고 있다.

그리고 「습작4」에 이르면, 문장을 쓰려고 하나 쓰지 못하는 사태에 대해 이야기한다. 앞 장에서 예로 든 『세이토』의 '쓰지 못하는 여자'가 쥐고 있던 "펜을 던져 버리는" 장면처럼 말이다. 쓰지 못하는 것은 독자의 모습이 떠올랐기 때문이다.

그리고 이렇게 숨쉬기 어려운 잿빛의 심정에서 어떻게든 벗어나 보려고 펜을 들어 본 것이었다. 그리고 그때는 솔직히 막힘

없이 내가 어떻게 저녁을 보내려고 했는지, 그 의미를 한 자 한 자 나타내려고 했다. 그리고 그렇게 자신을 표현하고자 애쓰고 있던 나는, 어느 사이 다시 이것을 손에 들고 읽어 봐 주는 사람에 대해 이런 저런 생각을 하지 않을 수 없었다.

여기에서 독자는, 화자의 심정을 이해하지 못할지도 모르는 존재로 단정지어진다. 쓰는 행위가 독자의 존재와 불가분의 관계에 있음을 나타내고 있다. "화려한 생활 앞에 이와 같은 우울한 애소哀訴의 형태가 어떻게 펼쳐져서 읽혀질지를 생각해 보았다. /자부심을 잃은 이러한 찰나의 슬픔은 다시 쓰다만 대여섯 줄의 글을 내버려 두고 펜을 던져 버리게 했다." '나'는 잡지에 기사를 쓰기도 하지만, 이 글은 사적인 서신이다. 쓰는 행위의 수신인이 서서히 닫히는 동시에 구체적인 독자와의 관계는 강화된다. 둘 사이의 어긋남 역시 분명해 진다.

「습작5」에 이르면 화자는 히스테리에 빠진다. 편지를 둘러싼 두 개의 사건 중에 쓰고 읽는 행위 문제가 드러난다. 쓰는 것은 매우 위험한 행위가 된다. 수신인은 실연당한 상대다. "마음의 그늘에 따리 틀고 있는 가련한 사람에게 다 읽은 책을 보내며 편지를 동봉했다"라는 장면이 등장하는데, 실연당한 상대에게 편지를 보내는 것은 사회적으로 바람직하지 않은 행위로 여겨진다. 쓰는 것은 '문학'(「습작2」)이나 '공부'(「습작2」), '원고'(「습작3」)와 같은 단어들과 결별하고, '비밀스럽게' '몸을 숨기는' 행위로 귀결되고 있다. 글을 쓰는 것은, 쓰고 싶다는 욕망과는 다른 문맥으로, 원하지 않는 효과를 낳는 행위가 되는 것이다. 다른 한편으로는, 「습작2」에도 등장하는 '요시무라'라는 이름의 친구로부터 편지가 도착하는데, 그것은 화자가 도무지 공감할 수 없는 내용으로 채워져 있다. "내가 이런 꽃을 좋아할지 어떨지 생각도 하지 않고, 요시무라는 이렇게 큰 가지에, 굵게 쓴 글자의 묵 냄새가 채 가시지도 않은 편지를 보내 왔다"라는 장면에서, 요시무라는 '나'라는 독자에 둔감한 작가라는 것을 알 수 있다. 마사오는 작자와 독자의 어긋남을 주시한다. 앞서 기술한 것처럼, 화자인 '나'는 기야마치에 살며, 작품 말미의 "기야마치의 작은 집에서 스기모토 마사오"라는 문구에 보이듯 히스테리에 빠진 '나'와 마사오 자신을 겹쳐 놓고 있다. 그래도 마사오는, 이와 같은 「습작5」를 쓰고 있는 셈이므로, 기술된 히스테리를 기정사실로 안이하게 받아들일 수는 없겠지만, 히스테리에 빠진 여성을 화자로 삼음으로써 '서술의 곤란함'을 상징적으로 드러내고 있다고 할 수 있다.

그렇다면, 이렇듯 화자에게 '서술의 곤란함'을 느끼게 하는 독자는 과연 누구일까? 그것은 바로 '신여성'이다. 「습작4」와 「습작5」에서 화자가 쓴 편지의 수신인은 남자다. 그러나 그들은 거의 모습을 드러내지 않는다. 직접적인 수신인에 해당하는 남자가 아니라, 화자의 행위를 해석하는 독자로서 화자가 매우 강한 관심을 기울이고 있는 것은 다름 아닌 여자들이다.

'요시무라'라는 등장인물이 있다. 요시무라는 "명석한, 감정에 휘둘리지 않는 남성에게 볼 수 있는 건전한 표정을 한 얼굴"에 "무서울 정도로 강고한 의지와 사고로 충만한 여자"이며, "완고

한 인품에 간결한 생활"(「습작5」)을 하는 여성으로 표현되고 있다. 요시무라는 「습작2」와 「습작5」에도 등장하는데, 유사한 인물로는 「습작3」의 나카가와, 「습작4」의 세키가 등장한다. 나카가와는, "배움을 밝은 눈으로 보며, 조용히 이지를 함양하려는" 여성인 세키를, "절실한 태도로 현실을 잊지 않겠다고 하는 근엄함을 여자는 배우지 않으면 안 된다. 신여성이라고 불리는 여자들을 의심한다. 이렇게 말하며 결국 자신도 냉소적으로 인식하며 고통스런 심정을 품고 돌아갔다"라며, '신여성'에게도 회의적이고, "뭔가 특별한 심정으로 여자를 응시하는 사람"으로 그리고 있다. 그녀들은 동경의 대상인 동시에 반감의 대상이기도 했다. "나는 요시무라가 왜 그렇게 강렬하게 여자에게서 벗어나려고 하는지 이해가 안 가며, 오히려 유치한 꿈처럼 생각되어 견딜 수가 없었다"라며 반감을 갖는다. 여기에서 그치지 않고, "나는 도저히 요시무라처럼 의사意思를 꾸미려는 여자는 될 수 없어. 따라서 강하게 살아가기보다 눈앞을 응시하면서 약하고 애처롭게, 있는 그대로에 순응하는 것이 나다우며, 자연스럽지 않을까"라며, 통절한 실망과 자기긍정을 뒤섞어 표출한다. 화자는 스스로를 "평범한 세간의 여자"(「습작2」)라고 하며, 세간에 쏟아지는 비판에 대해서도 "허위, 가면, 그런 속으로 여자를 몰아넣고 바라보는 사람들은 어떤 위엄으로 그렇게 말을 하는지 의심스럽다"(「습작4」)며 예리하게 반응한다. 단순한 자기 긍정을 근거로 하는 것도 아니다.

마사오의 습작은 실연을 소재로 하지만, 여기에 반드시 등장하는 것은 남자가 아니라 이들 '신여성'이다. 마사오는 『교토히노데신문』에서 'T 씨'라는 남자를 직접적인 독자로 제시하고, 그 상대로 '누군가'를 상정한다. 그 '누군가'가 여기에서는 '신여성'이 아닐까. 『세이토』라는 장의 특성을 여기에서도 충분히 읽을 수 있을 것이다. 남자에 대한 감정을 이야기하고 있지만, 그에 비견할 수 없이 복잡한 감정을 불러일으키는 것은, 이 '신여성'과의 관계이다. 『세이토』라는 글쓰기 장에서 '고백'을 거듭하는 과정을 통해 전경화되고 있는 것은 독자로서의 '신여성'이다.

'신여성'이라는 틀이 승인과 관련된 복잡함을 발생시킨다. 세키라는 등장인물에 보이는 것처럼 '신여성'조차 불충분하다는 입장도 있다. 게다가 거기에 "자신을 냉소적으로 인식"(「습작4」)하지 않을 수 없는 이탈을 시도하듯, '신여성'과의 동일화는 쉽지 않았다.

아직 세간의 현실이라는 파도에 휩쓸리지 않고 압박을 받아 움직이기 어려운 부자유스러움도 느끼지 못하고, 아직 이성의 위엄조차 겪어보지 않은, 있는 그대로의 곧은 성정(性情)을 풍요로운 생활을 위해 유연히 발현시킨 듯한, 우리가 볼 때 선망하지 않을 수 없는 고상한 부분을 갖추고 있다.

「습작2」에 보이는 이러한 긍정적인 평가는 비판 가운데 늘 혼재해 있다. 동시에 "아직"이라는 평가는 기묘한 전도를 포함한다. 새로운 삶이 "아직"이라고 한다면, 인생은 "과거"를 향하는 과정이 된다. 이러한 모순을 '여자'의 인생에 도입하는 것이 '신여성'

이라는 틀인 것이다. 비판과 자신에 대한 "덧없는" 기분에서 느끼는 갈등은, 습작이 거듭되는 한 해결되지 않는다. 히스테리의 와중에 받아 든 요시무라의 편지를 읽으며, "나는 벗의 소매의 더러워진 부분을 그리워하듯, 희미한 목소리로 웅얼거리며 이불 위를 뒹굴뒹굴 굴러다닌다"(「습작5」). 이러한 그리운 마음도 간과해선 안 된다.

바로 이 부분이 '문학'과 연결된다. '신여성'과 거리를 둔 채, 그 대신 준비된 틀이 '히스테리'다. '신여성'이라는 틀과 마찬가지로, 아니 그 이상으로 히스테리는 문학적 틀을 구성하고 있다. '여자'에게 문학을 중첩시켜 히스테리를 낳는 공식은 다야마 가타이 田山花袋의 「이불蒲団」을 거론할 필요도 없이 공식화되어 있다. 이렇게 생각하면 이 습작이 불러일으키는 것은, '고백'이라는 문학적 행위 속에서 문학적으로 유통되는 '여자'의 표상에 가깝게 다가가는 사태에 다름 아니다. '고백'이라는 행위를 거듭하는 것은, 마사오로 하여금 '소설'이라는 틀에 집착하게 하는 것이었음은 앞서 지적하였다. 그 방향성 앞에 히스테리가 놓여 있다는 것은 문학적 표상에 가깝게 다가가는 것으로 이해할 수 있다. 그러나 다른 한편으로는, 쓰는 여자는, 문학으로부터, 적어도 자기표상의 가능성으로부터 멀어져 가게 된다. 여자가 이야기하고 쓴다는 것은 이렇듯 어렵다.

그러나 바로 그렇기 때문에 마사오의 습작을 통해 이러한 곤란함을 피독성에서 도출된 응답성, 독자에 대한 반응으로 이해할 수 있다는 것이다. '여자'를 향해 이야기를 하는 장소가 준비되어 있다고 해서 사태가 쉽게 해결되지는 않는다. 오히려 독자와의 어긋 남에 대한 예민한 반응을 낳게 된다. '여자'라는 틀이 하나 준비됨으로 인해 반대로 그 안에 다양성이 전경화되는 것이다. 쓰면 쓸수록 독자와 더 크게 어긋나게 되는 감성과 시선의 양상. 문학작품의 완성도와는 다른 문제로, 이 습작군이 발생시키는 의미를 읽을 수 있을 것이다. 내향적으로 되면 될수록 '쓰는 것의 곤란함'이 부상하게 되는 이러한 과정은, '여성' 작자의 젠더화된 '고백'이 불가능함을 보여 준다. '히스테리'의 유용流用은 문학적 문맥을 도입함으로써 자기 자신에 대해 말하는 것을 회피하게 만든다. 여기에서 알 수 있는 것은, '고백'에 대한 접근이 아니라, '고백'의 회피이다. 문학이라는 장에서 이루어지는 행위가, 쓰는 행위뿐만이 아니라 읽는 행위와도 깊이 연결될 때, 이러한 피독성과 응답성의 경험이 기록될 수 있음을 마사오의 습작은 보여 주고 있다.

7. '고백'의 회피

그리고 마사오는 「습작6」에서 완전히 방향을 전환해 제4 패턴으로 옮겨 간다. 히스테리에 이르게 되면서 '고백'은 중지가 된다.

이러한 회피, 중지는 『세이토』 안에서 그 후 다시 한 번 반복된다. 두 번째 '고백'에 도전하게 되는 연작 「머리카락」에서도 '고백'은 회피되고 중지된다.

'고백'의 회피는, 프라이버시의 폭로를 원하는 독자와도 관련이 있다. '여자'가 이야기하기 곤란한 것은 그러한 시선에 대한 저

항이 필요해지기 때문이다. 본래 보다 적극적으로 '고백'하리라고 예고한 연작 「머리카락」은, 『교토히노데신문』 가십(「여문사의 통사 ―미야시타 게이코女文士の痛事―宮下桂子鼻摘み譚」1916.9.17)이 있었기에 가능했다. 가십은 프라이버시의 폭로 그 이상도 이하도 아니다. 독자가 향하는 관음적 욕망에 폭력적으로 노출되기 때문이다. 그에 대한 저항으로, 마사오는 다시금 '고백'으로서의 '소설'을 의식적으로 선택하게 된다. 그러나 자기고백으로 실제 쓴 것은, 가십의 시점과는 동떨어진 유소녀 시절의, 그것도 오빠 이야기 부분뿐으로, 마사오가 초점화되는 지점에서 중단된다. 쓰려고 해도 쓰지 못하고, 우회와 회피가 반복된다.

문장을 거칠고 윤기 없이 휘갈겨 쓴 것은, 시간이 없기 때문만이 아니라 정서적으로 황폐해졌기 때문이다. 나아가 세상과 자신을 저주하는 끔찍한 비명을 암묵적으로 받아들이는 고통스러운 반발을 인내하느라 창작을 위한 정서의 준비가 부족했기 때문이다.

이렇게 혼란한 가운데, 와중에 마사오가 "이 고백의 글 한편을 쓰려고 하는 이유"에는 다음과 같이 자기를 이야기하려는 욕망과 읽히고 싶지 않은 욕망이 혼재하고 있다. 우선 독자와의 관계에 있어서는, "나는 그 안에서 인정人情으로서 가장 어둡고 추악한 죄를 모두 이야기하고, 그리고 거기에 빠져들어 가는 도정道程의 심리와 행위를 호소하듯이 피력하여 모든 독자의 긍정을 얻고자 한다"라고 밝히고 있다. 이어서 "지금까지의 내 행동을 꼭꼭 싸서 숨기면서 겉을 꾸미고 아양을 떨며 사람들을 우롱하는 무기를 잃어버렸으므로, 이 고백은 우리들의 가치를 조금도 소멸시키지 못 할뿐만 아니라, 이리저리 떠돌던 풍요로운 경력의 과거를 이 한 가닥 예리한 침 끝으로 들춰 내는 좋은 수단"이 될 것이라며, 글쓰기에 대한 욕망을 피력한다. 덧붙여서, "유력한 사람들의 도시導示에 그대로 따르"기 위한 "유일한 좋은 상고문上告文"이라고 다시 한 번 독자를 상대로 하고 있으며, 마지막으로 "동시에 이로써 얻을 수 있는 반향은 스물세 해를 살아 온 나의 인간으로서 여자로서의 위치를 정해 주는 더 없이 좋은 수단"이 될 것이라 "믿어 의심치 않는다"라고 자신을 향해 이야기하고 있다.

물론 '긍정'을 기대할 만한 독자만 있는 것도 아니고 독자의 오독 가능성도 예상하지 못한 것은 아니다. 그럼에도 불구하고 '고백'을 선택한 것은 그것이 문학적 행위이기 때문이다. "소설 형식을 빌어 기술하는 나의 일생의 묘사"로 방향을 정한 것에 대해, 마사오는 다음과 같이 말한다.

부족한 재능과 빈약한 독서로는 우리들의 공명을 얻는 것이 매우 어려우리라는 것은 말할 필요도 없으며, 이 저술 역시 완전히 헛수고가 되리라는 것은 조금의 의심도 없이 예기하는 바이지만, 왠지 모르게 문예를 애호하는 불쌍한 나는 공상(空想)에 의한 사상(事象) 묘사보다도 가까이에 있는 내 사진이 훨씬 흥미를 불러일으키며, 또 이전 글에서 말했듯이, 고백을 하기에 더없이 좋은 기회를 만나기 위해 애써 이런 수고도 아끼지 않는 것이다.

마사오가 습작을 반복하다가도 중단하고 이렇게 다시 도전하여 우회와 회피를 거듭할 수밖에 없었던 '고백'으로서의 '소설'은, 이야기하고 싶은 욕망을 키우는 한편, 읽혀지는 것을 전경화하는 형식이었다. 여기에서 '고백'하는 '여자'의 일탈의 흔적을 발견할 수 있다.

8. '서술의 곤란함'과 읽혀진다는 것

마사오는 쓰는 여자이지만, 일관된 아이덴티티를 지니고 있는 쓰는 주체를 찾기란 쉽지 않다. 마사오가 『세이토』에 게재한 작품은, '신여성'을 향해, '신여성'이 아닌 '여자'의 입장에서 말을 거는 형식으로 되어 있다. '여자'라는 의미에, 어떻게 착지점을 발견할 수 있을지는 『세이토』의 작품에는 제시되어 있지 않다. 「머리카락」이라는 장편의 제목은 이성애 제도에서의 여성성을 나타내는 것이다. 쓰는 여자의 각오를 머리를 자르는 것에 빗대어 표현하기도 하고, 머리를 자르는 데에 대한 아쉬움도 토로한다. 주체의 흔들림이 계속되는 것이다. 이러한 흔들림은, '여자'라는 의미와 교섭해야 하는 부자유스러움을 분명하게 제시한다.

마사오가 상정한 것으로 보이는 독자 가운데 쓰다 세이후가 있다. '세이후'라는 단어는 실은 습작 안에서 두 번 사용된 바 있다. 하나는, 푸른 단풍나무青楓를 묘사한 "나는 문득 푸른 단풍나무를 올려다보며, 사랑을 잃은 후의 세상에 대해 생각했다"(「습작3」)라는 장면이 그것이다. 정경묘사가 '실연' 이야기로 흘러가면서 세 이후의 존재를 상기시킨다. 또 다른 하나는, 「습작4」에서 찾아볼수 있다.

> 윤곽을 붉게 물들이기 시작한 푸른 단풍나무에서 이토록 요염한 신록의 부드러운 빛을 보기란 쉽지 않은데, 이 초여름의 해질녘 차가운 대기의 흔들림과 마주하여, 그 이파리 한 장을 대상으로 작은 잎을 나풀거리며 살랑거리는 생의 기쁨을 표현해서 보여 준 것이다. 나는 이 어두운 색으로 뒤덮인 기와지붕과 한 그루의 푸른 단풍나무를 본 것만으로 다시 피로감이 쌓여 책상 앞에 앉았다.
>
> 「습작4」

마찬가지로 세이후는 식물로 묘사되고 있는데, 푸른 단풍나무를 올려다보는 화자의 갈피를 잡지 못하는 모습은, 푸른 단풍나무와 세이후를 가리키는 동음이의어 '청풍靑楓'이라는 글자를 써 내려가는 마사오의 내면에 생겨난 공백을 나타내는 것이리라. 「습작4」에서도 같은 느낌의 구절을 더 찾아 볼 수 있다.

> 뒷간에서나 나왔을 법한 구로하치黑蜂가 이제 여름 저녁에 이별을 고하기라도 하듯 판자 울타리 앞에서 희미한 모습으로 쌩하고 날아올라갔다. 나는 무언가를 잃어버린 사람처럼 그것을 넋을 잃고 바라보았다.

'구로하치'라는 이름은 마사오가 세이후와 둘이 만들려던 동인지의 이름이다. 세이후가 쓴 「잠시 휴식」이라는 제목의 기사(『교토히노데신문』 1910.8.14)에는, "둘이서만 있어요, 그 누구의 방해도 받지 말아요"라는 마사오의 언급도 보인다.[56] "넋을 잃고 바라보았다"라는 글귀의 그 대상은 과연 '구로하치'일까? 여기에도 "무언가를 잃어버린 사람처럼"이라는 공백이 틈입해 있다. 마사오의 작품 이면에 세이후의 그림자가 어른거리는 것이다. 그러나 이 공백은 어디에서 누구에 의해 의미화될 수 있을까. 세이후일까, 아니면 사정을 아는 사람일까, 그것도 아니라면 공백으로 남는 걸까, 마사오 역시 수신인을 명확하게 파악하고 있었던 것은 아닐 것이다.

마지막으로 세이후의 그림자를 언급한 것은, 화자가 특정 독자를 대상으로 언어를 제어하고 있지 않음을 보여 주기 위함이었다. 마사오의 작품이 흔들리는 진폭은 크다. '히스테리'의 유용처럼 전략적으로 해석할 수 있는 부분과 '세이후'가 틈입한 부분과 같이 애매한 것들이 혼재되어 있다. 이처럼 불안정하게 흔들리기 때문에 우리들은 쓰는 것과 읽는 것의 불가분성을 읽어낼 수 있는 것이다.

---

56 전후 문장을 좀 더 인용하면, "한 사람과 한 사람이 만나 두 사람이 되었어요. 둘이서만 있어요, 그 누구의 방해도 받지 말아요, 라고 그렇게 약속했습니다, 그 잡지 이름은 구로하치, 그것을 구로하치사가 간행한다고 하네요."

제3장 독자가 된다는 것과
독자를 향해 쓴다는 것

1. 작자에게 있어 독자

읽고, 쓰고, 독자를 갖는 경험은 쓰는 주체를 어떻게 갈라 놓을까? 읽지 않는 작자나 독자가 없는 작자란 존재하지 않을 것이다. 이 장에서는 선행하는 독자론이라는 틀 안에서, 작자에게 있어 독자는 어떤 의미인지 생각해 보고자 한다.

우선, 논의의 방향성을 설명하는 것으로 시작해 보도록 하자. 첫째는, 회로성을 중시한다는 것이다. 독자론은 독자와 텍스트의 자율성을 의심하며, 이것을 커뮤니케이션의 회로 안에 집어 넣는다. 여기에서도 이러한 회로성을 중시하고 싶다. 이때 주의를 요하는 것은, 독자론이 반드시 텍스트의 중심성을 빼앗는 데에만 공헌해 온 것은 아니라는 점이다. 이자의 '내포되는 독자'라는 개념이나,[57] 에코의 '모델 독자'라는 개념[58]은 오히려 훌륭한 텍스트를 풍

57 ヴンベルト・イーザー『行為としての読書—美的作用の理論』(原著 : 1978), 轡田収 訳(岩波書店, 1982).
58 ウンベルト・エーコ『物語における読者』(原著 : 1979), 篠原資明訳(青土社, 1993).

요롭게 이끌고 있음을 지적하고 있다. 회로성을 전제로 하더라도 텍스트의 미학적인 가치를 논의하기 시작하면 언어의 응답성 그 자체에 대한 배려는 무산되어 버린다. 앞서 반복해서 지적한 바와 같이, 이러한 폐해에 빠지는 일 없이 논의를 전개해 가고자 한다.

두 번째는, 그 회로가 추상적인 층위를 경유해 성립한다는 것이다. 이자의 이론에서도, 특히 '경험적 독자'와의 차이를 명확하게 하는 에코의 이론에서도, 매우 유익한 것은 독자가 추상적으로 만들어진 허구적 존재라는 것을 지적한 점이다. 경험적 층위, 실체적 독자와 달리 추상적 층위의 독자상像이 기능하고 있다는 점에 대해 생각해 보고 싶다.

세 번째는, 이 추상성을 기반으로 하여, 그것과 관련된 주체와의 관계를 논의하는 일이다. 그 사이에 내포된 몇몇 층위의 균열과 알력에 대해 논의한다. 알력은 다양한 층위에 영향을 미친다. 독자라는 것은, 전제로서의 '독자'에 대한 규범을 참조하면서 '독자가 되는 것'을 의미한다. 그 사이에 생기는, 독자 주체와 추상적인 독자상의 균열과 알력. 그리고 기대되어지는 독자상은 하나가 아니다. 그 중 어느 것과 깊은 관계를 갖느냐에 따라 내포하게 되는 균열과 알력. 행위 안에 내포되는, 그러한 균열과 알력에 대해 생각해 보고자 한다.

독자는 쓰는 데에 어떤 기능을 할까? '독자가 되는 것'과 '독자를 향해 쓰는 것'이라는 회로를 구성하는 두 종류의 행위에 대해 논의할 것이다. 분석 대상 텍스트는 엔치 후미코円地文子의 『붉

은 색을 빼앗는 것朱を奪うもの』[59] 이다. 엔치는 문학에 빠져들게 되면서 분열하는 주인공을 일컬어 "보라색이 붉은 색을 빼앗듯 시게코滋子의 생명은 그 여명기부터 인공적 광선에 물들어 갔다"(p.26)라고 표현하였다. 시게코는 이 인공화, 바꿔 말하면 허구성에 의해 분열해 가는 여자인 것이다. "붉은 색을 빼앗는"이라는 구절은 그러한, 읽고 쓰는 주체의 분열을 빗대어 표현한 것이다. 이렇듯 풍부한 시사점을 제공해 주는 엔치의 소설을 참조하면서, 앞서 정리한 방향성에 따라 '독자'에 대한 논의 방식을 정리하고, 커뮤니케이션 상의 압력을 응답성과 연결시켜 보도록 하자.

2. 독자가 된다는 것

앞 절에서 확인한 바와 같이 추상적인 '독자' 상像의 문제와 실체로서의 '독자'의 문제는 층위를 나누어 살펴볼 필요가 있다. 실체로서의 독자는 매우 다양하며 모델이 되는 독자상 또한 하나가 아니다. 이 문제를 이해하는 데에 참고가 되는 것은 와다 아쓰히코 和田敦彦의 독자론이다. 와다는 『읽는 다는 것読むということ』[60] 이라

---

59 초출은, 제1부 「붉은 색을 빼앗는 것」(『文芸』1955.8-1956.6), 제2부 「상처난 날개(傷ある翼)」(『中央公論』1961.1-7), 제3부 「무지개와 수라(虹と修羅)」(『文学界』1965.3-1967.3). 각각 단행본으로 간행된 후, 『붉은 색을 빼앗는 것 3부작(朱を奪うもの 三部作)』(新潮社, 1970)에 수록되었다. 텍스트 인용은, 『엔치후미코전집(円地文子全集)』第12巻(新潮社, 1977)에 의함.
60 和田敦彦『読むということ—テクストと読書の理論から』(ひつじ書房, 1997), pp.34-37.

는 제목의 책에서, 독자의 "사회적, 역사적 차이"를 무시할 수 없으며, "독자라는 용어를 그 자체로 일반적인 용어로 개념 규정하는 것은 매우 차이억압적인 '독자'의 용어 용법을 낳게 될 것"이라고 지적했다. 이 책에서 와다는 역사적인 제도성을 분명히 하면서 교육잡지와 『부인화보婦人画報』, 『중앙공론中央公論』 등에 보이는 다양한 '독자집단'을 추출해 내고 있다. 거기에서 시도하고자 한 것은 "독자를 '만드는 기술'"[61]에 대한 분석이다. 『미디어 속의 독자メディアの中の読者』[62]에서도 이러한 문제의식을 계승하여 다양한 미디어에 나타난 '독서의 장'과 '독서 과정'에 대해 고찰하고 있다.

독자의 '차이'에 주목할 필요가 있다는 와다의 지적은 매우 중요하다. 이 논의에 전적으로 공감을 표하면서, 여기에서는 균열과 알력이라는 두 가지 다른 측면을 제시해 보고자 한다. 하나는, 하나가 아닌 독자상의 계층성 문제이다. 잡지 독자에 대해서는 여러 흥미로운 논의들이 제출되었지만, 잡지 하나하나의 독자를 분석할 경우, 각각의 잡지가 만들어 내는 개별 독자상에 대한 전략성 및 규범성에 대해서는 명확히 해 온 반면, 주변의 다른 독자상과의 관계성(이질성)과 계층성에 대해서는 논의되지 못하였다. 이전에 『여자문단女子文壇』의 두 가지 독자상과 『문장세계文章世界』가

---

61 위의 책, p.140.
62 和田敦彦 『メディアの中の読者—読書論の現在』 (ひつじ書房, 2002).

만드는 독자상과의 계층성에 대한 분석을 시도하였는데,[63] 각각의
접점에는 융합하기 어려운 차이가 있으며, 주체로서의 독자가 독
자상과의 사이에서 끌어안게 되는 알력에 대해 생각할 경우 이러
한 독자상의 계층성 문제는 중요하게 부상한다.

　　와다의 논의의 전제(혹은 결론)가 되고 있는 것은, "독해는 그 자
체가 생산되고 훈련된 기술"[64]이라는 인식으로, 독해의 장의 제도
성에 초점이 맞춰져 있다. "독해의 부자유스러움"[65]을 지적하고
"미디어 리터러시" 문제로 전개해 가는 것은,[66] 어떤 과정을 거쳐
어떤 독해가 이루어지는지를 드러내고 있다. 이에 대해 이견이 있
는 것은 아니지만, 제도성을 논의할 경우 발생하기 쉬운 문제는,
그 강제력의 크기를 논의하기 때문에 만들어진 제도와 주체와의
삐걱거림 혹은 직접적으로 문제시되는 제도와는 질적으로 다른
문제가 개입됨으로써 생기는 균열과 알력을 언급하기 어렵게 된
다는 점이다. 물론 양쪽 문제를 동시에 논의하는 것도 가능하겠지
만, 여기에서 초점을 맞추고 싶은 것은 후자의 균열 문제다. 이것
이 와다의 논의와 다른 두 번째 측면이다.

　　덧붙여 와다가 언급한 '독해 과정'이라는 용어와 여기에서 말
하는 '회로'라는 용어의 차이에 대해 설명하고자 한다. '회로'라는

63 飯田祐子「〈告白〉を微分する―明治四〇年代における異性愛と同性愛と同性社会性
　　のジェンダー構成」(『現代思想』27-1, 1999.1).
64 和田敦彦『読むということ―テクストと読書の理論から』, 앞의 책, p.139.
65 위의 책, p.284.
66 和田敦彦『メディアの中の読者―読書論の現在』, 앞의 책.

용어를 적극적으로 채용한 것은 '과정'이라고 했을 때, 순서가 있는 흐름을 상정하기 쉽기 때문이다. 그러나 독자가 되는 장, 작자가 되는 장, 각각의 장에서 추상적인 '독자'의 레벨과 교섭하는 주체에는, 흐름 안에서 해소되지 않는 알력이 생겨난다. 그것에 주목해 보고 싶다. 와다가 말하는 '과정'의 의식화는 미디어에 의한 '제도'성의 전경화와 연결되며, 독자는 독해를 구성하는 기술과 과정에 의해 만들어진다고 말한다. 물론 이러한 논점의 연장선상에 있지만, 여기에서는 그것과 다르게 독자가 되는 것이 동일화의 체험('만들어진다'라는 개념)이 되지 못하고, 오히려 일종의 균열 체험('만들어진다'라고 설명하기 어려운)이 되는 것에 대해 논의하고자 하는 것이다.

균열을 지적하기에 앞서, 하나의 방향성으로서 질서 교란적인 성질을 주체 행위의 현장에서 발견할 수 있을 것이다. 추상적인 틀과 주체 사이에 삐걱거림이 있음을 가변성과 연결시키면, 호출 코드를 빗겨가는 주체 양상을 제시할 수 있기 때문이다. 그러나 여기에서 엔치 후미코를 예로 들어 제시하고 싶은 것은, 실은 그러한 가변성이 아니다. 균열은 균열인 채로, 알력은 알력인 채로 제시하려는 것이다. 이 논의가 어떤 측면에서 유효한가는 마지막에 언급하기로 하고 『붉은 색을 빼앗는 것』을 살펴보기로 하자.

『붉은 색을 빼앗는 것』의 주인공 시게코는, 할머니로부터 "에도江戸시대의 비사秘史소설과 연극 대사"나 "괴담"(p.11), 예컨대

"남북南北[67]와 모쿠아미黙阿弥[68]의 가부키와 바킹馬琴[69]이나 다네히코種彦[70]의 요미혼소시가미読本草子紙"(p.13) 등의 옛이야기를 즐겨 들은 것을 비롯하여, 거기에 그치지 않고 "학교에서 귀가하면 대부분의 시간을 아버지의 서재에서 책을 꺼내어 읽는"(p.24) 것으로 보낼 정도로 대단한 독서가로 자랐다고 한다. 그 결과, "붉은 색을 빼앗듯 시게코의 생명은 그 여명기부터 인공적 광선에 물들어 갔다"(p.26)던 것이다. "시게코는 세상 물정을 알게 되면서 육신의 인간을 잃었다. 살아 있는 인간의 생활이라기보다, 훨씬 탐욕스럽고 눈부신 세계를 자각하지 못한 사이에 외부로부터 부여받아 버린 것이다"(p.9)라는 기술도 보인다. 무엇보다 이 작품에서 흥미로운 것은 '빼앗'기다라는 비유의 표현이다. 본래 "보라색이 붉은 색을 빼앗는다"라는 말은 악이 선을 이긴다는 의미인데, 무언가를 '빼앗긴' 시게코는 그로 인해 "탐욕스럽고 눈부신 세계"로 인도되지만, 무언가(예컨대 악)가 된 것이 아니라, "육신의 인간을 잃"게 됨으로써 아무것도 될 수 없게 된다. 그녀를 묘사한 몇몇 장면을 인용해 보자. 시게코가 처음 성관계를 가진 이치야나기—柳는, "과거 사랑했던 그 어떤 여자와도 다른 이상한 차가움이 느껴졌다. 시

---

67 쓰루야 난보쿠鶴屋南北(1755-1829.12.2.. 에도시대 후기에 활약한 가부키교겐(歌舞伎狂言)의 작자. 역자주)

68 가와타케 모쿠아미河竹黙阿弥(1816.3.1.-1893.1.22. 에도시대 말에서 메이지시대에 걸친 가부키교겐 작자. 역자주)

69 교쿠테이 바킹曲亭馬琴(1767.7.4.-1848.12.1. 에도시대 후기의 통속소설인 요미혼(読本)의 작자. 역자주)

70 류테이 다네히코柳亭種彦(1783.6.11.-1842.8.24. 에도시대 후기의 통속소설 작가. 역자 주)

게코가 지금까지 남자의 손을 타지 않은 여자라는 점은 분명한데, 그것으로는 설명할 수 없는 괴리감이 갸냘픈 시게코의 안쪽에 자리했다"(p.77)고 한다. 여기에서 말하는 '괴리감'. 의학도인 친척 가사마쓰 신이치笠松真一는 시게코에게 이렇게 말한다. "결혼해 보라구, 바로 무언가가 될 테니까······적어도 아이를 가진 괴물(鵺, 전설상의 괴물. 머리는 원숭이, 수족手足은 호랑이, 몸은 너구리, 꼬리는 뱀, 소리는 호랑지빠귀와 비슷하다는 짐승. 역자 주)은 존재하지 않아"(p.87)라고. '괴리'도 '괴물'도 하나가 아닌 모습을 드러내는 표현이다.

신주쿠교엔新宿御苑의 벚꽃놀이를 둘러싼 에피소드는, 독자가 됨으로써 발생하는 사태를 보다 구체적으로 보여 준다. 그녀는 벚꽃놀이에 참가하는데, "이 분위기는 그야말로 아류이자 말류이다"(p.31)라며 비판의 목소리를 낸다. "이 분위기의 원류"라는 말은 「명부전名婦伝」의 일절(p.32), 혹은 『겐지이야기源氏物語』의 「꽃놀이花の宴」(p.30)를 상기시킨다. 이것은 현실과의 괴리를 나타낸다. 보다 흥미로운 것은 다음 날 벌어진 사건이다. 그녀는 교엔에 가는 길에 아이 둘이 차에 치여 죽었다는 이야기를 숙모로부터 전해 듣는다. 그런데 이러한 사실은 그녀가 충격을 받은 일과 직접적인 연관이 없다. 그녀가 충격을 받게 되는 것은, A신문의 기사를 읽고 난 후다. 기사는 "다카오가 사망한 도로 위를, 득의양양한 얼굴의 신사숙녀를 태운 번지르르한 자동차가 계속해서 교엔을 드나들고 있었다."라는 장면에서 끝을 맺고 있다.

시게코는 읽던 중 몇 번이나 눈앞이 참참해졌다. 읽고 있던

글자가 수많은 점이 되어 날아다녔다. 진보적 신문사로 알려진 A신문은 타 신문이 문제시하지 않았던 이 사건을 일부러 주의를 끌 듯 다루었다. 특히 마지막 한 구절은 자동차에 타고 있는 귀족 부르주아 고급관리들과 경찰 오토바이에 치인 서민의 아이를 비교함으로써 벚꽃놀이 모임에 간접적인 야유를 보내고 있다······.

시게코는 읽으면서 마치 자신이 탄 자동차가 작고 가난한 아이를 두꺼운 타이어 밑으로 깔고 지나간 듯한 착각을 일으킨다. 아이의 몸을 타고 넘을 때 물컹하는 쿠션감이 느껴졌다가 다시 쑤욱하고 김이 새어 나간다, 사람을 치었다고 하기에는 너무도 부드럽고 소리도 없는 순간적인 융기隆起였다······.

그러나 이것은 틀림없는 현실인 것이다.

은유의 개입으로 비로소 감정이 환기된다. 허구의 층위를 접하게 되면서 구성된 감각이 가장 강렬해진 것이다. 독자로 길러진 시게코는, 현실을 '아류'라고 느끼며, 더 나아가 허구화하지 않으면 현실과 만나지도 못한다. 그리고 그 때 만나지 못한 것으로서의 '현실'이 상정되는 이상(허구를 거치지 않은 인식은 없다는 식으로 보편화되지 않는), 여기에는 균열이 생겨나게 된다.

그리고 여기에서 받은 충격은 훗날 "어찌하여 인생은 존비尊卑나 빈부를 선명히 구분하여 그것에 의해 인간의 삶을 구별하는 걸까"(p.35)라는 식으로 단순히 윤리적 비분강개悲憤慷慨를 느끼는 것으로 귀결된다. 그리고 또 이 윤리적 강개는 읽는 것에 의해 발생한다. 독서를 통해 "가학적 성향의 탐미파와 인간의 삶에 평등을 요구하는 사회주의가 샴 쌍둥이처럼 등을 맞대고 꿈틀대고 있었다"(p.24)라고 하듯이, "윤리성과 가학적 성 도착"(p.14)이라는 두 가지 경향이 생겨난다고 밝히고 있기 때문이다. 가학성과 표리 관계를 이루는 과잉의 윤리성은 주위로부터 야유를 받을 뿐, 이해받지 못한다. "아무리 열심히 설명해 보아도 타인들은 이해해 주지 않는다"(p.38)라는 고독감이 "어떻든 혼자 살아가는 방법을 생각해야 겠다"(p.39)고 하는 결의, "연극을 쓰고 싶다"(p.36)고 하는, 쓰는 것에 대한 욕망으로 연결된다.

더 나아가, 두 가지 경향이 혼재되어 있다고 할 때, 아이의 죽음이 촉발한 감촉은 가학적인 쾌락에 도취되어 있는 것으로 이해할 수 있을 것이다. 그리고 가장 흥미로운 것은, 이 쾌감에 대한 설명이 생략되어 있으며, 이 감촉을 "가학적인 성 도착"이라고 설명하는 데에 주저하고 있다는 점이다. 그 대신 윤리적 비분강개가 장대한 요설로 채워지고 있다. 즉, 주저하는 것 자체가 은폐되어 있다고 할 수 있다. 여기에서 알 수 있는 것은, 『붉은 색을 빼앗는 것』에 보이는 독서로 배양되는 감수성은 설명할 수 없는 무언가를 내포하고 있다는 것이다. 이렇게 내포한 무언가가 시게코의 "갸냘픈 안쪽"에 명명되지 못한 채 쌓여 있었던 것이다.

독자가 된다는 것은 시게코를 여러 층위로 찢어 놓는 행위 그 자체이며, 주체를 결코 하나가 아닌 자로 변용시키는 것이다. 『붉은 색을 빼앗는 것』은, 읽는다는 것이 "빼앗는 것"임을 단적으로 보여 준다. 이렇게 해서 양성된 균열의 경험을 무언가에 동일화해 가는 과정으로 아우르는 것은 불가능하다. 독서를 하면 할수록, 아무것도 아니게 되어 가는 신체를 시게코는 살아가게 된다. 읽는 것을 경험한 신체는 구체적으로 책을 읽는 순간에만 기능하는 것은 아니다. 시게코는 그러한 자신을 주체하지 못하는 것처럼 보이기까지 한다.

3. 독자를 향해 쓴다는 것

읽는 것은 쓰는 것과 연결되어 있다. 쓰는 것은 다시 독자를 향하는 행위이기도 하다. 여기에서는 쓰는 것과 독자 사이에 생겨나는 균열에 대해 생각해 보고 싶다.

작자가 독자와의 관계 안에 존재한다는 것은 새삼스러운 이야기는 아니다. 이러한 인식은 이미 오래 전부터 공유해 왔다. 텍스트론에서는, 명확하게 허구의 독자를 텍스트 안으로 밀어 넣어 '독자'에게 직접 말을 거는 형식이나, 서간체 소설 등 수신인을 허구로 만들어 낸 형식을 논의의 대상으로 삼아 왔다. 여기에서는 분열과 알력에 초점을 맞추고자 한다. 이러한 문제의식을 분명히 하기 위해, 독자를 허구적으로 만들어 낸 텍스트를 둘러싼 기왕의 논의들을 살펴볼 필요가 있다.

작자 측에서 독자와의 관계를 생각할 경우, 그것은 주로 독자와의 연결방식에 대한 모색으로 여겨져 왔다고 할 수 있다. 예컨대, 세키 하지메関肇는, 근대적 독서 시스템을 만들어 내는 과정에서 오자키 고요尾崎紅葉의 다양한 모색을 논의하고 있다. 작자와 독자의 거리가 확산되어 가는 활자문화의 형성단계에서, 고요는 "불특정 다수의 알지 못하는 독자와 대치하고자[71]했다고 한다. '독자' 를 호출하는 형식은 근세와 연속성을 갖고 있으므로, 그러한 형식의 역사적 위치를 묻는 분석이다. 혹은, 새로운 기술 방법의 모색으로 논의되는 경우도 있다. 히다카 요시키日高佳紀는, 다니자키 준이치로谷崎潤一郎의 작품을 통해 "'작자'에 대해 담론이 작동하는 힘과 거기에서 파생되는 다이나미즘"[72]을 미디어의 중층성과 독자 시장의 확대 등 동시대의 문화상황을 바탕으로 밝히고 있다.

이들 논의에서 두 가지 경향을 지적하고 싶다. 하나는, 기본적으로 작자의 실천의 유효성을 평가하는 것이 논의의 목적이므로, 작자가 안고 있는 분열과 불안을 논의하는 데에는 이르지 못하고 있다는 점이다. 이에 본 논의에서는, 독자를 대상으로 함으로써 작자가 분열을 끌어안는 사태에 대해 생각해 보고 싶다. 두 번째로는, 상정된 독자상이 텍스트 안팎이라는 층위의 차이는 고려하고 있지만, 각각을 질적인 일관성을 갖는 존재로서 전제하고 있다는 점이다. 그도 그럴 것이 가령 '불특정다수'라고 하더라도 그것은 '알지 못하는 독자'라는 하나의 성질을 가진 집합체로 상정되고 있기 때문이다. 작가의 실천의 다양성은, 그 집합체로서의 독자와의 교섭 방식의 다양성으로 논의되고 있다. 그와 관련해서 말하면, 전제가 되고 있는 독자가 언어를 받아들이는 측만을 상정하고 있다는 것이다. 언어를 받아들이는 것 이외의 기능에 대해서는 다루

71 関肇『新聞小説の時代ーメディア·読者·メロドラマ』(新曜社, 2007), pp.37-38.
72 日高佳紀『谷崎潤一郎のディスクールー近代読者への接近』(双文社出版, 2015), p.10.

고 있지 않다. 따라서 쓰는 행위에 있어 독자의 기능에 대해 받아들이지 않는 사태도 시야에 넣어 생각해 볼 필요가 있을 것이다.

구체적인 분석에 앞서, 첫 번째 문제에 착목하고 있는 와다 아쓰히코의 논의에 주목하고 싶다. 와다는 작자와 텍스트의 한계, 그리고 리스크에 대해 논의하고 있다.[73] 특히, 독자를 허구적으로 만드는 텍스트에 대해 서간체 소설과 이인칭 소설이라는 용어 대신 '말을 거는 소설'이라는 개념을 제시하고 있다. 또한, '대화성'이라는 용어 대신 '상대對者 의존'(여기에서 '상대'라는 것은, 독자, 청자를 가리킨다)이라는 용어를 제시하며, 대상의 안정성과 불완전성을 의심한다. 아울러 '리스크'를 감수하면서까지 만들어진 것이 바로 텍스트와 '상대'와의 관계성이라고 말한다. '말을 거는 소설'의 가능성은, 텍스트가 가공한 '상대'의 바깥에 존재하는 독자와의 관계를 포함해 다음과 같이 설명되고 있다.

이들 소설이 포함하는 가능성은 우리들 독자를 보다 효과적으로 상대와 언어의 송신자라는 대화관계로 끌어들이는 점에 있다. 우리에 의해 구성되는 언어의 송신자와 구성되는 그 상대는 서로 의존하면서 상호보완적으로 생성, 변모해 간다.[74]

와다의 논의에서는 상대방과의 관계의 불완전성이 적극적으

---

73 和田敦彦『読むということ―テクストと読書の理論から』, pp.116–135.
74 위의 책, p.126.

로 전경화되고 있다. 텍스트 측이 독자에 의존하는 것에 시선을 돌림으로써, 작자와 텍스트의 전략에서 발생하기 쉬운 의미의 점유성을 문제화하고, 독자를 억압하지 않는 서술 방식을 찾게 되는 것이다. 두 번째 경우 역시 독자는 언어의 수신자로 상정되어 있으며, 그 이외의 기능에 대해서는 검토되고 있지 않다. 텍스트와 독자와의 관계는 언어를 주고받는 관계에 있으며, 한계나 리스크는 서로 연결되어 있다. 여기에서 생각하고 싶은 것은, 쓰는 행위 그 자체에 있어 독자의 기능은 그 외에도 다양하다는 점이다.

여기에서 엔치의 「산문연애散文恋愛」[75] 라는 제목의 소설을 예로 들어 보자. 제목에 나타나듯, 연애를 소재로 하고 있으며, 작자 분열성과 독자와의 관계가 복잡하게 얽혀 있다. 주인공은 도키코鴇子라는 여성으로, 남편의 기대에 부응하여 가수가 된다. 그러나 남편 레이지礼二는 경제적으로 무능할 뿐 아니라 식모와 불륜을 저지르게 되어 부부 사이는 냉랭해진다. 그런 와중에 결혼 전 연인이던 소네曽根라는 전향 작가와 우연히 재회하게 되고 둘이 이별하기까지를 그린 소설이다. 소설 안의 작자는 도키코이다. 소설 안에는 도키코의 일기 세 편과 소네 앞으로 보내는 이별의 편지가 담겨져 있다. 소네가 도키코에게서 온 편지와 그녀의 일기를 펼치는 장면, 즉 소네가 도키코 텍스트의 독자가 되기로 결심하는 장면에서 이야기는 막을 내린다.

---

75 円地文子「散文恋愛」(『人民文庫』1936.8, 『風の如き言葉』竹村書房, 1939)에 수록되었다. 텍스트 인용은 『円地文子全集』第1巻(新潮社, 1978)에 의함.

우선 확인해야 할 것은, 여기에서도 감수성의 가공이 이루어지고 있다는 점이다. 도키코의 편지는 "지쳐 버린 도시생활자의 인공적인 뒤틀림이 여기에서는 과장되어 신경을 자극한다"(p.308)라며 한탄하는데, 이것은 전향으로 출소한 후 "자연"을 즐기고, "원시적인 신경을 도시생활에 적응하는 데에 일 년이라는 세월을 노력"해야 했고, 그리고 "어쩔 수 없이 필요하기 때문에 쓰디쓴 약을 먹듯 그러한 자극을 견뎌"내야 했던 소네의 경험을 상기시킨다. 도키코의 텍스트는, "그 때의 괴로웠던 경험과 닮아 있다"(p.309)는 점을 강조한다. 여기에서도 독자가 된다는 것은, 곧 자연스러움을 빼앗는 '괴로운' 행위에 다름 아닌 것이다.

그렇다면 이러한 알력은 독자에게 어떻게 전달되고 있을까? 첫 번째 '4월 24일'의 일기에서는 소네와 우연히 재회하게 되면서 동요하는 마음을 그려지고 있다. 두 번째 '4월 2×'이라는 날짜가 붙은 5일 분량의 일기는, 소네가 아니라 레이지가 막다른 곳으로 내몰린 모습을 담고 있다. 마지막 장면은 "나는 집으로 돌아온 다음 날부터 오늘까지, 소네에 대해 아무 것도 쓸 수 없었다"(p.293)고 토로한다. 작자는 글로 표현한다는 것이 갖는 허구성을 자각한다. '거짓'이라고 깨닫는 것, 그와 동시에 글로 표현되지 않은 것을 내포하는 것이 곧 글이라는 것을 알게 된다. 이러한 부정합성은 점차 확대되어 나타난다. 세 번째 일기에서는, 마침내 집을 나온 '7월 2×'의 글로, "'사랑'이라는 말이 갖는 느낌이 요즘 들어 한층 복잡하게 다가온다"(p.300)라고 고백한다. 그리고 레이지와의 관계가 다시 길게 서술된다. 여기에서는 "레이지가 집으로 돌아와 나의 이별의 편지를 읽고는, 나의 이혼 의지를 돌이킬 수 없다는 것을 알게 된 순간 그가 당황해 할 모습을 생각하니, 나 자신이 미칠 것만 같았다"(p.302)라는 장면에 이어 레이지의 자살(미수)을 알리는 전화가 울린다. 글로 표현된 것과 현실 간의 괴리감, 허구성이 문제시되고 있다. 또한, 이별 편지의 수신인은 레이지이지만, 도키코 자신도 독자가 된다. 더 나아가 이 일기는 소녜에게도 건네진다. 이 일기의 독자는 과연 누구일까? 그것을 특정하는 것은 불가능하다. 소녜에게 건네졌지만, 주로 표현되고 있는 것은 레이지에 관한 것이며, 그녀로 하여금 글을 쓰도록 욕망하게 한 것은 다름 아닌 레이지다. 또한, 그녀가 이야기하는 '연애' 이야기는 그녀 자신의 '복잡'함으로 분열된 상태를 설명하는 것으로, 이 글을 누구보다 욕망하는 것은 그녀 자신이라고 할 수 있다. 그리고 그 직접적 수신인이 되는 독자는 소녜인 것이다. 일기라는 장르임에도 불구하고 말이다. 이러한 '수신인의 비단일성'을 「산문연애」에 삽입된 일기나 편지라는 텍스트는 분명히 하고 있다. 독자는 수신인으로 기능하지만 하나가 아니다. 일기나 편지나 모두 몇 번의 생각을 거치는 과정을 집요하게 묘사하고 있다. 변명이든, 분석이든, 고백이든 정리되지 않는 이들 글쓰기의 주체는, 이러한 질이 다른 복수의 독자를 갖는다.

그리고 이러한 일기나 편지 등의 텍스트와 층위가 다른 지문에서도 수신인으로서의 독자의 모습을 발견할 수 있다.

독자는 여기에서 도키코가 소녜를 사랑하고 있는지 어떤지

조마조마해 할 것이다. 그러나 도키코의 감정을 설명하는 데에는 우선 그 배후에 당시의 청년 남녀에게 부여된 프롤레타리아 연애관—특히 콜론타이 여사의 「붉은 사랑」 등의 영향을 간과할 수 없다. (중략) 그 시대의 그러한 분위기 속에서 도키코 등이 연애와 결혼을, 현실보다 훨씬 가볍게 보고, 취급하려 했음은 틀림없다. (중략) 그 무렵에 비해 현재는 사상적으로도 매우 크게 변화하였다. (pp.284-285)

여기에서 독자는 우선 수신인으로서의 불특정 다수의 독자를 상정할 수 있다. 그러나 그 기능에 대해 생각한다면, 그것이 동시에 일종의 규범적으로 기능하고 있음을 이해할 수 있을 것이다. 독자를 호출하는 것은 이 한 장면으로, 「산문연애」라는 텍스트에 매우 이질적인 뒤틀림을 만들고 있다. 물론 제목의 유래를 설명하는 장면이기도 하고, 텍스트의 독해 방식을 규제하는 메타 레벨 기능을 기대하고 있는 것으로도 생각할 수 있으나, 특별히 복잡한 내용을 기술하고 있는 것은 아니다. 독자를 호출하지 않더라도 같은 내용을 기술하는 것은 충분히 가능하다. 그럼에도 불구하고, 이렇게 굳이 화자가 나서서 설명하려고 하는 것은, 독자를 규정한다기 보다 오히려 독자를 배려하고 있는 것으로 볼 수 있지 않을까? 허구의 독자는 텍스트를 비평하는 존재이기도 하다. 작자는 이를 배려하면서 쓰게 된다. 그 기능은 수신인이라기보다 규범이라고 보는 것이 타당하다. "도키코는 사랑하고 있는지, 아닌지"라는 물음에 대한 답이 "사랑하고 있다"라고 한다면, "필시 조마조마해 할 것이다. 그러나"라는 접속 관계는 타당한 것으로 보인다. 그러나 이어지는 장면에서 알 수 있듯이, "사랑하지 않는다"가 답이다. "그러나"라는 접속사는 논리적으로 선택된 것은 아니다. 즉, "조마조마"해 하는 독자의 비판에 대한 저항으로 표현하고 있는 것으로 보인다. 이러한 독자는, 텍스트에 따르지 않으며 게다가 무시할 수 없는 독자로, 대화를 요구하는 대상으로서의 독자라고 하나로 묶을 수 있는 것은 아니다.

여기에서 이야기를 다시 『붉은 색을 빼앗는 것』으로 돌아가 보자. 내용으로 볼 때 『붉은 색을 빼앗는 것』은 「산문연애」를 메인으로 하는 소설이며, 여주인공이 화자가 되어 가는 과정을 그린 소설이다. 글쓰기에 있어 독자의 문제를 『붉은 색을 빼앗는 것』을 통해 정리해 보도록 하자.

여기에서는 독자의 기능을 규범과 수신인이라는 두 가지로 나누어 생각해 볼 것을 제기했는데, 각각의 기능에 있어 질의 차이를 고려할 필요가 있을 것이다. 독자의 규범적인 역할에 대해 말하자면, 「산문연애」에 보이는 도덕적 규범의 경우와 달리, 보다 시장의 기대를 규범으로 제시할 경우를 상정할 수 있을 것이다. 『붉은 색을 빼앗는 것』의 경우는 어떨까? 대략 자전적으로 읽히리라는 것은 엔치도 예상했을 터이다. 문학에 심취한 여성의 성을 다룬 이야기라고 할 수도 있는 『붉은 색을 빼앗는 것』은, 그런 점에서 앞 장에서 언급한 포르노그래피적인 독자의 시선을 상기시킨다. 자전의 경우 그 효과는 더욱 강해질 것이다. 다만 그렇기 때문에 주목하고 싶은 것은, 완전하지 못한 여성의 이야기로 쓰기 시작했다는

것이다. 젊은 소녀 혹은 아내가 된 여성의 성을 이야기하는 이면에
는 늘 "대부분 육체적으로 빼앗긴"(p.10) 여성의 성이 그려지고 있
다. 독자가 여성 작자에게 기대하는 유효한 패러디로, 신체 내부의
'괴물'을 껴안고 기분 나쁘게 늙어 버린 여자에 의한 이 이중화를
언급하고 싶다.

　수신인으로서의 독자 역시 하나로 묶을 수 없다. 그것은 "성
의 가해자로만 그려지는 남자가 불쌍해서 견딜 수가 없다. 그리
고 남자가 짊어진 짐을 이해하지 못했던 자신의 과거가 후회스럽
다"(p.9)라는 장면에서 엿볼 수 있다.

　『붉은 색을 빼앗는 것』은 '과거'에 대한 반성으로 읽을 수 있
다. 후회는 후회의 대상이 되는 자를 향해 있다. 그 때문에 여기
에서 후회와 반성의 수신인이 되는 것은 남자의 입장을 동정하고
그들에게 머리를 숙이는 모습을 긍정적으로 받아들이는 독자라
고 할 수 있다. 그러한 독자는 『붉은 색을 빼앗는 것』의 수신인 중
의 하나다. 그러나 다른 한편으로는, 『붉은 색을 빼앗는 것』은 결
코 약해지는 법이 없는 '괴물' 이야기이기도 한다. 3부 마지막까지
도 '후회'는 '괴물'의 존재와 중첩될 뿐으로, '괴물'이 근절되는 일
은 없다. "아마도 자신 안에 살고 있는 수라修羅는 딸과 남편을 상
대로 앞서거니 뒤서거니 하며 꼴사나운 경쟁을 하며 쉽사리 이 장
을 떠나지 않고 계속해서 살아갈 것"(p.435)이라고 말한다. 그리
고 동시에 이 핵이 되는 '수라'는 자전적 소설이라는 틀을 훌쩍 넘
어 "지금 내가 아내로서 어머니로서 타락해 가는 비참한 상태에,
아마도 수 천 수 만의 남편을 가진 아내, 아이를 안은 어머니가 빠

져들었던 적이 있었을 것이다"(p.146)라는 연대감과 연결된다. 쓴다고 하는 수단을 가진 시게코는 그녀들과의 차이를 확인하지만, "그 사람들을 생각하는 것은 시게코를 엄숙하게 했다. 한 번 밖에 없는 인생의 일분일초를 헛되이 보내지 않으려는 필사적인 숨결을 시게코는 처음으로 몸 안에 불어 넣으려고 생각했다"고 하는 의미 그 자체가 변화하는 순간이다. 작자에게 그러한 대표성을 띠게 하는 독자도 수신인 중 하나다.

그리고 층위를 달리하는 존재의 수신인에 남편이 자리한다. 『붉은 색을 빼앗는 것』은 결혼을 저주하고 남편에 대한 증오를 담아내는 소설이기 때문이다. 물론 그것은 단순한 저주나 증오는 아니다. 「산문연애」에서 레이지가 묘사되는 방식에 대해 지적한 바와 같이, 남편과 엮인 관계가 작자로 하여금 쓰는 욕망을 불러일으킨다. 『붉은 색을 빼앗는 것』에서 "소설을 쓰고 싶다"고 시게코가 결심하기에 이른 것은, 남편의 실업과 그 남편과 헤어지지 못하는 자신에 대한 조소와 냉소를 느끼는 순간이기도 하다(p.145). 여기에서 조소는 남편을 향하고 있지만, 그러나 그 남편은 그녀의 소설의 독자는 될 수 없다. (조소의) 욕망의 수신인은 쓴 것을 발신하는 수신인이 되지 못하는 것이다. 가키누마柿沼를 수신인으로 생각해도 마찬가지다. 가키누마는 시게코가 자궁을 잃은 후 만난 상대로, 그녀를 정신적으로 계속해서 사랑하며, 글쓰기의 힘을 믿는 존재이다. 시게코가 전후 소녀소설작가로 자리 잡기 위해서는 가키누마의 존재가 불가결하며, 그는 시게코 소설의 첫 번째 독자가 될 자격을 갖추었다고 할 수 있다. 그러나 작품이 드디어 결실을 맺었을 때, 가키누마는 읽을 기회를 갖지 못하고 죽음을 맞는다. 가장 직접적인 수신인으로 상정된 독자는 읽지 못했다. 읽지 못한 독자를 포함한 수신인의 위치에 있는 '독자'는 갈래갈래 분열되어 있다.

4. 분열되는 주체

'독자가 된다는 것'과 '독자를 향해 쓰는 것'은 각각 주체를 분열시켜 가는 행위가 된다. 커뮤니케이션 회로에서 메시지의 충실한 유통이 보증되지 않는 것임은 말할 것도 없다. 그 사태를 어떻게 논의할 것인가는 각각의 논의의 방향성에 따라 다를 것이다. 여기에서는 어디에서도 해소되지 못하는 균열과 알력을 전경화하는 것을 선택했다. 반복하지만, 커뮤니케이션의 불완전성을 전제로 언어의 응답성에 대해 생각할 때, 균열과 알력은 응답성이 높은 것으로 이해할 수 있을 것이라고 생각하기 때문이다. 읽는 것으로 인해 주체가 분열되는 기억은 언어를 사용하는 데에 있어서의 불안정성과 완전성에 대한 신뢰를 빼앗는다. 그리고 작자 측으로 옮겨오면, 읽혀지는 것에 대한 배려를 강화할 것이다. 균열과 알력은 회로가 닫히는 것이 아니라 회로가 연결되어 있는 것으로 이해할 수 있을 것이다.

이러한 중층성은 다양한 텍스트를 통해 고찰할 수 있을 것이다. 예컨대, 가메이 히데오亀井秀雄는, 독자 혹은 작자의 중층화 문제를 균열과 알력으로 명명하지 않고 논의한다. 가메이는 산유테이 엔초三遊亭円朝의 『목단등롱牧丹灯籠』과 야노 류케이矢野龍溪의

『경국미담経国美談』을 분석하면서, 작자의 상이 만들어지는 문제와 텍스트 내 독자의 관계를 통해 독자가 '복안複眼적 독해'를 수행하고 있음을 지적하고,[76] 또 이자의 '공소空所' 개념을 참조하면서 후타바테이 시메이二葉亭四迷의 『평범平凡』에 "신문소설적 대타성과 수기적 대자성이라는 이중구조의 부정합 그 자체"가 있다는 것, 혹은 시마자키 도손島崎藤村의 『신생新生』에 "어떤 심적인 금기가 작동하여 아무래도 표현지향이 작동하지 않는 영역으로서의 '공소'"가 있음을 지적하고 있다.[77]

다만, 균열과 알력이라는 언어를 선택해 논의한 것에는 이유가 있다. 여기에서는 그 구체적인 예로 화자인 엔치 후미코의 소설을 거론하였지만, 무명작가의 텍스트, 혹은 쓰는 것을 바라지 않거나 허용되지 않는, 어려운 상황에 빠진 텍스트일수록 이러한 시점은 중요해지기 때문이다. 그리고 텍스트가 잉태하기 쉬운 부정합성이나 구축성의 빈약함은 피독성에 대한 민감함으로 이해할 수 있으며, 그러한 교섭의 흔적을 응답성으로 받아들이는 것도 가능하다. 미학적인 기준으로는 논의할 자격이 주어지지 못한 텍스트 역시 언어를 매개로 한 관계의 복잡성을 배울 수 있는 텍스트가 된다. 균열과 알력에 특히 주목하고 싶었던 것은 바로 그러한 이유이다.

---

76 亀井秀雄「間作者性と間読者性および文体の問題―『牡丹燈籠』と『経国美談』の場合」(『国語国文研究』89, 1991.7).

77 亀井秀雄「虚の読者」(『文学』57-3, 1989.3).

제4장 청자를 찾다

━━━━━━━

―미즈무라 미나에水村美苗의『사소설私小説 from left to right』―

1. 목소리와 힘

목소리가 들리게 하기 위해서는 어떻게 해야 할까? 우리들이 어떻게 이야기하는가 하는 물음은 어떻게 청자를 얻을 수 있을까 하는 물음이기도 하다. 목소리가 목소리가 되기 위해서는 누군가 들어야만 한다. 청자가 필요한 것이다. 본장에서는 이야기하는 것을 힘으로써 행사하는 것이 아닌 커뮤니케이션 회로 안에서 청자를 찾아 말을 거는 이야기 방식에 대해 생각해 보고 싶다.

목소리의 양상을 둘러싸고 제기된 물음의 한 타입은 목소리를 어떻게 내는가 하는 물음이다. 물음의 주체는 화자 측에 자신을 두고 강요되어 온 침묵을 깨고 소리를 내기 위한 용기를 가지고 함께 목소리를 낼 동료를 찾아서 이야기하는 것 자체를 목적으로 해 왔다. 페미니즘의 경우 처음에는 여자로서 페미니스트로서. 여자나 페미니스트를 일괄하는 것이 문제가 되고 나서는 각각 다른 여자 혹은 페미니스트 입장에서 이미 나온 목소리와 때로는 충돌하고 때로는 공명하여 불협화음을 내거나 삐걱거리면서 다양한 새로운 목소리가 생겼다. 목소리를 어떻게 내느냐 하는 문제는 낸 목소리가 기존의 문맥 안에서 명명되고 찬탈되어 버리기 쉬운 것이라는 사실도 부각시켰다. 주디스 버틀러(Judith Butler, 1956.2.24.-1990.10.22)가 루이 알튀세르(Louis Pierre Althusser, 1918.10.16.-1990.10.22)를 경유하면서 제시한 요구에서 빗겨날 가능성을 띤 주체의 양상은 이러한 점에서 목소리를 어떻게 내는가 하는 문제들과 관련이 있는 것이라 할 수 있을 것이다.[78] 또 한 가지 타입의 물음은 자신을 청자 측에 두고 목소리를 어떻게 주울까, 침묵을 강요당해 온 목소리를 어떻게 들을까 하는 문제이기도 하다. 그 다음은 이야기되어진 목소리를 어떻게 착취하지 않고 대변할까 하는 문제이기도 하다. 대변이라는 말은 어울리지 않을지도 모른다. 어떻게 당사자로서 문제와 관련하여 발화할까 하는 문제로서 목소리를 낼 수 있는 장을 만드는 방법이 모색되어 왔다. 스피벅이 제기한 '서발턴은 말할 수 있는가'하는 문제[79] 는 이 점을 날카롭게 묻는 것이었고, 커뮤니케이션에 있어서 응답책임이 다양한 입장에서 문제시되어 왔다.

이들 문제의 전제는 목소리는 힘이라는 것이다. 프란츠 파농은 '언어를 소유할 때, 거기에는 이상한 힘이 수반된다'고 했다.[80]

---

78 ジュデイス・バトラー『権力の心的な生－主体化＝服従化に関する諸理論』(原著：1997), 佐藤嘉幸・清水知子訳(月曜社, 2012), pp.133-165.

79 G・C・スピヴァック『サバルタンは語ることができるか』(原著：1988), 上村忠男訳(みすず書房, 1998).

80 フランツ・ファノン『黒い皮膚・白い仮面』(原著：1951), 海老坂武・加藤晴久訳(みすず書房, 1998), p.40.

목소리가 힘을 나타내기 때문에 여자 혹은 페미니스트가 젠더 시스템 전복을 꾀할 때, 목소리를 내는 것을 무엇보다도 중요한 방법과 목적으로 삼아 왔다. 대극에 있는, 목소리가 없는 상태는 힘을 빼앗긴 상태, 침묵을 강요당하는 상태라고 설명된다. 목소리를 가진다는 것은 우위를 나타내며 목소리를 가지지 못한 자는 열등한 위치에 놓인다. 그러나 여기에서 다시 확인하고 싶은 것은 목소리를 가진다는 것은 그것만으로 힘이 되는 것이 아니라는 것이다. 어떤 목소리로 이야기를 하는가, 누구에게 이야기하는가와 같이, 목소리는 사회적인 문맥에 의존하는 것이지 그 자체로 오리지널하게 존재하는 것은 아니기 때문이다. 약자가 힘을 얻을 목적으로 이야기할 때 그 한 가지 방법은 강자의 목소리로 이야기하는 것이다. 파농은 흑인이 백인인 것처럼 이야기하려는 것을 반복되어 온 사건으로 그렸다. 그러나 물론 그것은 역설적 결과로 끝난다. 파농은 강자의 목소리로 이야기하려 하는 약자의 모습에 인종차별의 역학의 심각성을 보고 있다. 또한 어쩌면 반대의 사태도 생각할 수 있다. 약자가 약자로서 자기주장을 하는 것이다. 그러나 '약자의 목소리'가 기대된 문맥 안에서 약자가 이야기하면 청자가 되는 강자는 강자인 채로, 화자가 되는 약자는 약자인 채로 그 카테고리가 재생산된다. 목소리를 냈다고 해도 그 관계성은 변함이 없다. 말의 계층화는 늘 발생하며 약자가 약자의 이야기를 하는 것은 약자로서 누군가가 말을 걸어오는 사태를 동시에 야기한다. 예를 들어 파농은 '흑인에게 더듬더듬 이야기하게 하는 것은 그를 흑인이라는 이미지에 딱 들어맞게 하여 끈끈이에 잡힌 파리처럼 옴짝달싹할 수 없게 하고, 그 자신에게는 책임이 없는 어떤 본질적인, 어떤 가상仮象의 희생이 되게 하는 것이다'[81]라고 한다. 청자가 화자를 동정同定하고 기대한 말밖에 귀에 담지 않는 사태는 절대로 드문 일이 아니다. 어떤 목소리로 이야기하는가 하는 것과 어떤 장소에서 이야기하는가 하는 것을 분리해서 생각할 수는 없다. 목소리가 힘을 갖는지 갖지 않는지의 여부는 그것이 발화되는 장소에 따라 크게 달라질 수 있다.

어떤 장소에서 이야기하는가 하는 문제는 어떤 청자에게 이야기하는가 하는 문제로 이어진다. 정영혜鄭暎惠는 약자가 강자에게 이야기한다는 구조의 한계를 날카롭게 지적하며, '무엇보다 중요한 것은 "다수자"에게 "소수자"로서 말하지 말 것'이라고 역설했다.[82] 더 나아가 말이 늘 힘이 되는 것은 아니라는 점을 적확하게 지적하여, '아이러니하게도 "말하지 않기"야말로 "소수자"를 주체로 만들고 "거부당하기"가 "다수자"를 좋든 나쁘든 간에 주체적 입장에 서게 한다'라고도 한다.[83] 침묵이 이와 같이 수행될 때 그것이 힘이 되는 경우도 있을 수 있는 것이다. 그리고 정영혜는 누구에게 이야기하는가 하는 문제에 대해 다음과 같이 말한다.

'소수자'는 '소수자'에게 많이 말해야 하는 것이다. 서로 이

---

81 같은 책, p.58.
82 정영혜(鄭暎惠)『〈다미가요(民が代)〉제창—아이덴티티 · 국민국가 · 젠더』후지이 다케시 옮김(삼인, 2011), p.31.
83 위의 책, p.31.

야기를 나누고 '소수자'로서 엮인 사람들 사이에도 있는 '차이'
를 부각시키는 것.[84]

약자(정영혜가 사용하는 '소수자'라는 말은 약자라는 말과 같은 의미로
보는 것은 거칠다고 생각하지만, 여기에서는 기존의 역학을 명확히 하고자
하는 의도에서 이대로 같은 의미로 사용하겠다)가 강자에게 이야기한다
는 구조를 뒤흔들기 위해 이야기하는 상대는 누구이어야 하는가
라고 묻고, 약자가 약자에게 이야기하는 장을 만들고자 하는 것이
다. 정영혜는 스피벅의 말을 인용하고 있다.

> 내게 "누가 말할 것인가" 하는 질문은 "누가 들을 것인가"
> 하는 것보다 중요성이 덜합니다. "나는 제3세계 사람으로서 나
> 자신을 위해 말하겠다" 라는 것이 오늘날 정치적 동원을 위해서
> 는 중요한 입장입니다.[85]

정영혜가 말하듯이, '우리에게 말하는 것'은 확실히 하나의 방
법일 것이다. 정영혜의 논의의 주안점은 어떻게 화자가 되느냐 하
는 것이지만 청자에 대한 전제를 전복함으로써 그것을 꾀하는 것
이라 할 수 있다.
여기에서는 청자의 문제에 보다 중점을 두고자 한다. 그 점에

---

84 위의 책, p.51.
85 G·C·スピヴァック『ポスト植民地主義の思想』(原著：1990), 清水和子·崎谷若菜訳
  (彩流社, 1992), p.108.

서 새삼 주의했으면 하는 것은, 청자가 '우리(들)'이라는 차이를 포함한 복수로 상정되어 있다는 것이다. 파농 역시 청자에 대해, '대부분의 흑인들은 이하에 이어지는 글 안에서 자신의 모습을 발견하지 못할지도 모른다'[86] 라고 했다. 청자가, 이야기되어지는 문맥 안에서 화자와 같은 범주에 배치되는 자였다고 해도 꼭 생각이 같다고 할 수는 없다. 그러나 또한 동시에 화자에게 공감하고 찬의를 보여 주는 청자도 있을 것이다. 더 나아가서는 그와 짝이 되는 카테고리 즉 아무도 말을 걸지 않는 강자 측에 있는 청자 중에도 말을 받아들이고 공명하는 자가 있을 것이다. 물론 공감은커녕 기존의 틀 안으로 억지로 집어 넣으려는 청자도 있을 것이다. 이야기가 복잡해졌지만, 요컨대 여기에서 확인하고 싶은 것은 청자를 일괄해서 말할 수는 없다는 것이다. 화자가 청자를 완전히 파악할 수 없는 것만이 문제가 되는 것은 아니다. 화자가 상정하는 청자 역시 애초에 일률적이지 않다. 예를 들어 정영혜가 인용한 '나 자신을 위해 말하겠다'라는 스피박의 말은 다음과 같이 이어지고 있다. '하지만 진정한 요구는 내가 그런 입장에서 이야기할 때 진지하게 들어 줘야 한다는 것입니다.'[87] 정영혜는, '우리(들)'을 청자로 읽고 있지만, 동시에 여기에서 '들어야 한다'고 '진정한 요구'를 받고 있는 상대로 상정되고 있는 것은 '패권을 장악한 사람들, 지배하는 사람들'이기도 하다. 청자는 나이며 다양한 우리들이고 마찬가지

86 フランツ・ファノン『黒い皮膚・白い仮面』, p.35.
87 G・C・スピヴァック『ポスト植民地主義の思想』, p.108.

로 다양한 그들이다. 화자는 늘 이렇게 서로 다른 레벨의 질을 가지고 있는 서로 다른 청자를 대상으로 하고 있으며, 쉽사리 들어맞지 않는 복수의 청자를 향해 이야기하게 된다.

이와 같은 청자의 다수성은 화자로 하여금 이야기하는 것을 어렵게 만든다. 사람이 완전하지 못한 커뮤니케이션 회로 안에서 그 불완전성에 민감하다면, 발화함으로써 주저나 망설임, 공포, 때로는 저주, 말이 받아들여졌으면 하는 요구, 분노, 그리고 역시 강한 원망願望이나 기도를 정리되지 않은 채로 끌어안는 것은 지극히 당연한 것은 아닐까? 화자가 청자의 복수성을 생각한다는 것은 계속 움직이는 커뮤니케이션의 회로 안에서 발화가 포함하는 복잡성을, 권력을 지향하는 것과는 다른 식으로 파악하고자 하기 때문이다. 청자 측에서 화자를 향해 문제를 제기하는 것이 아니라, 화자 측에서 청자를 향해 문제를 제기하는 것, 그리고 강한 화자가 아니라 쉽게 이야기할 수 없는 화자, 청자를 원하는 화자 측에서 커뮤니케이션의 양상에 대해 생각하는 것은 커뮤니케이션을 힘과 힘이 충돌하는 장으로서가 아니라 사람과 사람이 관계하는 장으로 연결시키는 하나의 방법이 아닐까 한다.

2. 문학 텍스트를 쓰다

문학은 커뮤니케이션의 한 형태이다. 커뮤니케이션 회로 안에서 작자는 독자를 상대로 한다.

문학연구에서 독자론은, 독자라는 요소를 이론에 가세하게 함으로써 독자의 참가를 가능하게 하는 풍부한 텍스트성을 논하게 하는데 공헌했다. 독자의 추상의 정도는 다양하지만, 작자 혹은 텍스트가 독자를 그 세계로 어떻게 끌어들이는지를 검토하는 논의이기도 하다. 이들 논의의 특징에 대해서는 제3장에서 정리를 했지만, 대략 정리하자면, 텍스트의 방법에 초점을 맞추어 독자와의 관계를 기술할 때 그 관계의 균열이 부상되기 어렵다는 것이다. 가령 균열이 발견된다 하더라도 그것은 텍스트의 풍부함으로 회수되어 버린다. 그러나, 텍스트와 독자의 커뮤니케이션에 대해서 불완전성을 전제로 생각하기 위해서는, 모델로는 수렴되지 않는 구체적으로 서로 다른 독자의 존재에 주목할 필요가 있을 것이다. 또한 균열이 있으면서도 기본적으로는 텍스트를 작품으로서 성립시키는, 읽기의 제도에 주목해야 한다.

현실의 독자의 고찰에 중점을 둔 것은 문화연구의 독자 혹은 오디언스 연구이다. 문화연구의 문제제기는 문학연구에 변화를 초래했다. 사회적, 역사적으로 규정된 현실의 독자에 스포트라이트를 비춤으로써 문화연구(혹은 그에 접속되는 문학연구)[88]에서의 논의는, 정보 제공자가 바라는 독자상에서 빗겨난 수용자의 존재를 부각시켜 왔다. 야마구치 마코토山口誠는 인코드와 디코드라는 스튜워트 홀의 모델이 개척한 가능성에 대해 다음과 같이 지적하고

---

88 예컨대, 와다 아쓰히코(和田敦彦)의 『읽는다는 것―텍스트와 독서의 이론에서(読むということ―テクストと読書の理論から)』(ひつじ書房, 1997), 『미디어 속의 독자―독서론의 현재(メディアの中の読者―読書論の現在)』(ひつじ書房, 2002) 등을 참조.

있다. 이 모델을 전제로 함으로써, '미디어란 단순히 "송신자"와 "수신자"를 배치하는 투명한 전송 파이프가 아니라 메시지의 작성을 향해 절합節合되어 나타난 제 계기의 복합적인 하나의 행정行程으로서의 인코딩과 메시지 독해를 향해 절합된 하나의 행정으로서의 디코딩에 의해 구성된, 사회적 의의=가치를 둘러싼 경쟁의 장으로 파악할 수 있다.'[89] 문화연구에 있어서 독자(오디언스) 연구는 가치와 의미의 발신자로서 독자를 재발견한다. 이런 논의는 수신자를 저항의 주체로 삼는 것을 가능하게 함과 동시에 헤게모닉한 권력이 미디어를 통해 수신자의 아이덴티티를 구축해 가는 시스템을 검증할 수 있게 하며, 정보의 송신자와 수신자의 관계는 '경쟁'하는 것으로 그려지게 된다.

커뮤니케이션이 의미 경쟁의 장이라는 것에 근거하여, 문학텍스트로 되돌아가 보자. 인코드와 디코드의 모델에 비추어 보면, 문학 텍스트는 어떤 위치에 놓이게 될까. 중요한 것은 그 배치가 단순하지 않다는 것이다. 우선 문학 역시 미디어의 일부이므로 송신자로서 취급할 수 있다. 그러나 동시에 문학텍스트의 구체적 작자는 장르를 비롯한 읽기의 제도 안에서 그와 교섭하면서 쓰기 때문에, 수신자로서 다루어져야 하는 측면도 가지고 있다 할 수 있다. 의미의 경쟁이 있다는 사실에 주의를 기울이면 기울일수록, 문학 텍스트는 어느 한쪽으로 파악할 수 없게 된다. 문학 텍스트가 갖는

---

89 山口誠「メディア (オーディエンス)」(吉見俊哉編『知の教科書-カルチュラル·スタディーズ』講談社, 2001), p.59.

목소리가 송신자로서 힘을 얻는 것은 수신자로서의 교섭과 불가분의 관계로 얽혀 있기 때문이다. 작자가 쓰는 행위를 하면서 교섭을 하는 상대는 말하자면 '독자'이다. 복수의 서로 다른 청자를 대상으로 각각 원하는 말을 상정하고 거기에 접근하거나 혹은 멀어지거나 하면서 어떻게 반응하는지 늘 교섭하며 쓰게 된다. 문화 연구의 문제제기에 공명하고 또 그것을 공유하면서, 이 책에서 문학 텍스트를 통해 생각하고 싶은 것은, 이런 의미의 청자를 상대로 하는 화자의 문제이다. 또한 거듭 반복하지만, 커뮤니케이션의 장을 힘과 힘이 경쟁하는 장으로서가 아니라 관계가 모색되는 장으로 생각하고 싶다는 것이다. 스스로를 화자측으로 안정시켜 놓은 것이 아니라 청자가 있어야 비로소 화자가 될 수 있다는 미묘한 입장에 문학텍스트를 위치시킴으로써, 목소리의 유와 무, 강자와 약자라는 이항대립의 도식에 의문을 제기하는 것이다. 오디언스 연구가 그려낸 다양성이 기본적으로는 복수의 독자 사이에 있는 다양성인데 대해, 여기에서는 한 작자(동시에 독자이기도 하다) 안에 존재하는 다양성을 살펴보고자 한다. 반복해서 논해 왔듯이, 작자가 상대로 하는 독자는 한 종류가 아니다. '모델'이 되는 독자도, 현실의 독자도 모두 작자가 쓰는 행위를 하는 가운데 상대로 하는 복수의 독자들 중의 하나의 층이다. 보다 정확히 말하자면 현실의 독자라는 경우도 그 자체가 아니라 역사적 사회적 문맥 안에서 유형화된 독자를 상대로 하는 것이기 때문에 그것은 추상화되어 있다고 할 수 있다. 추상과 구체의 양극 사이에 복수의 계층이 있다고 할 수 있다. 더 나아가 이들 독자들이 늘 화자의 이야기를 기다리고 있다고만은 할 수 없다. 화자는 꼭 강자가 아닐 수도 있다는 점에 역점을 둔다면, 원하지 않는 이야기를 하고자 하는 화자에 대해 생각할 수 있을 것이다. 문학을 역사적, 사회적 역학 안에 위치시키는 것은, 텍스트의 우위성을 의문시하는 것으로 연결된다. 그래도 이야기하고자 할 때 힘이 서로 부딪히지 않는 커뮤니케이션의 장이 열리는 것은 아닐까 한다.

그런데 문학연구 중에서 작자와 텍스트를 상정하는 독자상에서 빗겨난 독자를 적극적으로 추출해 온 입장이 있다. '여자'라는 독자의 존재를 분명히 한 페미니즘문학비평은 그 중 하나이다. 페미니즘비평은 문학의 풍부함이 아니라 문학의 제도성을 상대로 해 왔다. 또한 독자가 아니라 '여자' 작자에 대해 생각할 때 사태의 복잡함은 한층 더 분명해진다. '여자' 작자는 작자임과 동시에 읽기의 제도에서 일탈된 독자이기 때문이다. '여류문학'의 주연성은 분명하며 '여자' 작자는 반드시 그 안에 배치된다. 그런 제도 안에서 살아남는 것이 교섭과 무연할 리는 없다. '쓰는 여자'는 '여자'를 둘러싼 제도를 묻고 거기에서 일탈하고 그것을 다시 읽는 역할을 담당해 왔다. '쓰는 여자'는 원래 '여자'에서 빗겨난 존재이다. 페미니즘이 문제가 되어 왔듯이, '여자'란 침묵하는 자의 대명사였기 때문이다. 현재의 페미니즘에 있어 불가결한 전제인 '여자'들 사이의 편차에 주목해 보면, '쓰는 여자'도 그리고 페미니스트도 '여자'라는 카테고리의 중심에서는 먼 위치에 있다. '여자'에서 빗겨난 존재이기 때문에 비로소 그 시스템과 민감하게 교섭할 필요가 있는 것이다. 물론 제도 외부에 있는 것은 아니다. 누구나가 제도 안에서 살아 가고 있다. 어떤 점에 대해서 어떤 문맥으로 어떻게 떨어져 나와 있는가, 또한 어떤 점에 대해서 어떤 문맥으로 어떻게 동일화하고 있는가, 그 양상을 단순히 제도 외측과 내측으로 나눌 수는 없을 것이다. 하지만, '여자'에게 동일화할 수 없는, 적어도 일괄할 수 없는 것이 '여자'라는 카테고리로 똑같이 틀지워지는 것은 왜일까 라는 물음에서 페미니즘 사고는 시작된다.

페미니즘이 말을 거는 청자는 '남자'임과 동시에 여자이기도 하다. 청자를 어느 한쪽의 젠더로 규정할 수는 없다. '여자'가 '남자'를 상대로 소리를 낸다고 하는 명료하게 구분된 양자관계로 페미니즘의 목소리를 설명할 수는 없다. 페미니즘의 목소리를 바라는 청자와 바라지 않는 청자는 젠더에 의해 규정되는 것은 아니기 때문이다. 그 두 양극 사이에 다양한 형태로 젠더화된 청자가 존재한다. 페미니즘에 호의적인 여성 청자도 있는가 하면 남성 청자도 있으며, 호의적이지 않은 여성 청자도 있고 남성 청자도 있다. 또한 젠더 시스템은 그것만으로 단독적으로 기능하는 것이 아니라 예를 들면, 계급이나 인종과 같은 다른 시스템과 얽혀 있다는 것을 잊어서는 안 된다. 화자는 청자를 일괄하여 이야기를 할 수는 없다. 어떤 청자에 대한 배려가 다른 청자에게도 꼭 유효한 것은 아니기 때문이다. 화자는 추상도가 다양하게 다층화된 청자를 상대로 이야기를 하는 것이며 그런 복잡한 교섭 안에서는 발화된 말이 반드시 힘이 되는 것은 아닐 것이다. 중요한 것은 그래도 이야기를 한다는 것이다.

문학텍스트로 돌아와서 그런 예의 하나로써 청자와의 사이에 있는 균열과 이야기를 하고자 하는 욕망을 둘 다 포함한 이야기 방식을 보여 주고 싶다. 구체적인 분석대상으로서 미즈무나 미나에의 『사소설私小説 from left to right』[90] 을 들겠다. 청자를 찾는 텍스트로서 읽어 보고 싶다.

3. 『사소설私小説 from left to right』

『사소설私小説 from left to right』은 미나에라는 이름의 '나'가 12세부터 지낸 미국에서의 20년 동안의 경험을, 어느날 언니 나나에奈苗와의 몇 번의 전화를 사이에 두고 되돌아보는 소설이다. 미나에는 미국에 적응을 하지 못하고 일본근대문학을 탐독하며 살아왔으며, 일본어로 소설을 쓰고 싶다고 생각한다. 영어에 저항하여 현재는 불문과에서 공부를 하는 대학원생이지만 일본으로 돌아와서 소설을 쓰기로 결심하는 장면에서 작품이 끝난다. '쓰는 여자'라 되는 것을 이야기하는 소설 중의 하나이다.

페이지를 넘겨 보면 매우 보기 드문 형식으로 쓰여지고 있음을 바로 알 수 있다. 일본어 소설이면서 왼쪽에서 오른쪽으로 읽어야 하는 가로쓰기이며, 결코 적지 않은 분량의 영어가 알파벳으로 삽입되어 있다. 애초에 모두가 영문이다. 제목에 나와 있듯이 이 특이성이 분명하게 선택되었다는 것, 거기에 일본문학 형식에 대한 비평성이 포함되어 있다는 것은 의심할 여지가 없다. 그리고 이 형

---

90 水村美苗『私小説 from left to right』(新潮社, 1995). 인용은 문고판(新潮社, 1998)에 의함.

식이 이 소설을 일본어로 쓰여진 소설로서는 읽기 힘든 것으로 만들고 있다는 것도 분명하다. 읽기 힘들다고 하는 것을 각오하고 선택한 것이다.

영어가 섞여 있다는 사실은 일본 독자를 멀어지게 한다. 미즈무라는 이 작품으로 노마문예신인상野間文芸新人賞을 수상하는데, 선자 평에는 상당히 신랄한 코멘트가 있다.[91] 예를 들어 선자 중 한 명인 아키야마 슌秋山駿은 '나는 읽는데 난삽했다. 확실히 말하자면 지루했다. 그 이유는 문장에 있다. 문장이 이래서는 좋은 소설 문장이 되지 않는다. 전화 회화 부분은 따라가다가 정말이지 두 손 두 발 다 들었다'라고 한다. 전화 회화 부분은 영어가 가장 많이 섞여 있는 부분이다. 가라타니 고진柄谷行人도 이런 형식적인 '기교'에 대해, '문학(언어)적 실험처럼 보이지만, 그렇지 않다. 만약 그런 시점으로 보면 실망하게 될 것이다'라고 하는 것처럼 부정적이다. 다카하시 히데오高橋英夫는 '그러나 영문을 다량 혼용한 작품을(중략) 상의 선고자 입장에서 허용할 수는 없었다'라고 하며 더 엄격한 태도를 보인다. 도미오카 다에코富岡多恵子는 '일본문학을 선망하는 주인공이 일본의 "사소설"을 쓰겠다는 것이라면, 수평으로 늘어 놓는 글자를 수직으로 만드는 고통 및 고뇌와 직면하는 것에서 시작되어야 하는 것은 아닐까?'라고 하고, 미우라 마사시三浦雅士 역시, '좋은 표제라고 생각되지는 않는다. 또한 본문의 영문혼용 가로쓰기라는 문체에도 저항감을 느꼈다'라고 하고 있다. 영어

---

91 「第十七回野間文芸新人賞発表」(『群像』51-1, 1996).

를 섞어서 쓰면 일본어만으로 읽고 쓰는 독자 사이에 매우 큰 저항
을 낳는다. 그러나 그것은 예측되었을 것이다. 일부러 읽기 힘들게
하는 방법을 선택한 것을 어떻게 이해하면 좋을까?

　한편 영어쪽에서도 읽기 어려운 것은 마찬가지이다. 물론 영어
를 사용하는 독자에게 일본어가 그대로 읽힐 가능성은 매우 적다.
그러나 영어도 쓸 수 있는 미즈무라가 영어를 선택하지 않았을 뿐
만 아니라 번역되는 것을 상정한 후에 영어를 섞어서 쓴다는 것에
는 다음과 같은 의미가 있다고 한다.

　　『사소설 from left to right』은 전세계 어떠한 다른 언어로도
　　번역할 수 있을 것입니다. 한국어, 폴란드어, 혹은 아랍어로. 그
　　리고 영어 센텐스를 그대로 남겨 놓음으로써 이 바이링구얼한
　　형식을 베낄 수 있을 것입니다. 번역 불가능한 유일한 언어가 영
　　어입니다.[92]

　일본어를 매우 로컬한 언어로, 그리고 영어를 유니버설한 언어
로 규정하고, 그 비대칭성이 부각되도록 영어로 번역되는 것을 적
극적으로 거부하고 있다. 이렇게, 다른 어떤 언어와도 달리 영어로
읽는 독자에게 있어서 가장 읽기 힘든 형식이 채택된 것이다.

　일본어와 영어로 쓰여진, 일본어로도 읽기 어렵고 영어로도 읽

---

92 Mizumura, Minae, *"Authoring Shishosetsu from left to right"*, in *PMAJLS: Proceedings of the Midwest Association for Japanese Literary Studies*, v.4, Summer, 1998.

기 어려운 소설. 읽혀지는 것에 대한 저항은 화자이면서 주인공이
기도 한 '나'(미나에)와 그 언니 나나에의 아이덴티티와 관련이 있
다. '나'는 집요하게 무엇인가가 아닌 자로 그려지고 있다. "어쨌
든 미국인은 될 수 없어. 우리들은."(p.309) 라고 나나에는 말한다.
애초에 그녀들은 백인이 아니다. 그러나 유색인종이라는 범주에
집어 넣는 것도 위화감이 있다.

> 일본인이 흑인과 마찬가지로 "colored" 라고 하는 것은 여자
> 가 달처럼 음지의 세계에 속한다고 하는 것과 같은 종류의, 관념
> 의 세계에서 일어나는 일로, 물리적 세계에서 그대로 추론할 수
> 는 없다. 그것은 근대에 들어서서 서양인이 서양언어의 주체인
> 자신들을 white라 하고 그들에게 있어 이질적으로 보이는 사람
> 들을 모두 colored라 부름으로써 기능하게 된 개념임에 다름 아
> 니다. (pp. 262-263)

그러면 동양인이라는 카테고리라면 어떨까? 이 역시 크게 위화
감이 든다고 반복적으로 이야기하고 있다.

> 내가 동양인임을 아는 데서 오는 놀라움이란 바로 서양인
> 으로부터, 당신은 그쪽 사람입니다 라고 내가 봐도 그쪽 사람과
> 같은 부류로 취급되어 버리는 놀라움이었다. 게다가 내 자신이
> 그들이 아닌 것을 다행중 하나라고 몰래 헤아리고 있는 사람과
> 같은 부류로 취급되는 것에 대한 놀라움ㅡ그리고 굴욕이었다.
> (p.253)

차별의 시선은 자기 자신의 것이며, '동양인'이라는 카테고리로 타협을 하는 것은 매우 어렵다. 동양인이 아닐 뿐만 아니라 그녀들은 이미 일본인도 아니다. 학생 무렵 여름에 귀성한 나나에를 보고, '나'는 다음과 같이 놀란다.

> 내 눈에는 Hispanic으로 보이기도 하고 Filipina로 보이기도 하며 Indian로도 보이고Chinese로도 Vietnamese으로도 보이며 어느 나라 사람으로도 다 보이는데, 일본인으로만 보이지 않았다. (중략) 이렇게 묘해지리라고는 생각하지 않았다.(pp.126-127)

그리고 시간이 꽤 흘러 이야기의 현재에 가까운 시점에서도, "거기에서 내가 본 것은, 이제 충분히 젊어 보이지는 않는 한 동양인 여자였다"(p.264)와 같이, 같은 인상이 반복되고 있다. 일본인은 아니다. 그러나 동양인에 그대로 동일화할 수 있는 것도 아니다. "아아 적막한 분위기는 미국태생의 동양인이 풍기는 분위기가 아니었다. 뿌리를 내릴 수도 없고 다른 사람들과 손을 잡을 수도 없는 이방인의 분위기였다."(p.264)라고 하고 있듯이, 이방인이라는, 그 어디에도 귀속하지 못하는 자를 나타내는 카테고리로 빗겨나간다. "추하다기 보다는 메마른 얼굴"(p.307)을 한 여자들 중 한 명이며, "해마다 campus에 늘어가고 있는 젊은 동양계 여자들은 얼마나 자신만만한 표정들을 하고 있는지."(p.306)라고 하는 미국태생의 동양인에게도 들어맞지 않는다. 그녀들은 일본인이 아닐 뿐더러 귀국자녀도 아니다.

그렇다고 하더라도 그 이후 얼마나 세월이 흘렀을까? 지금 부모가 데리고 뉴욕으로 오는 일본 소년 소녀들의 눈에 우리들의 망향의 염이 마치 메이지明治 시대 사람의 옛날이야기처럼 먼 시대의 일로 비치는 것도 당연했다.(p.123)

시대의 변화는 넘을 수 없는 위화감을 낳고 있다. 더욱이 같은 시대를 살았다고 하더라도 남자와 여자는 다르다. 그녀들의 '비애'는, "두 사람이 자매이지 형제가 아니라는 점과 불가분의 관계를 맺고 있었다."(p.142) 남자라면 일본으로 돌아갈 수 있었기 때문이다. 중산계급 일본여자라는 것은, 일본인과 결혼한다는 미래가 준비되어 있음을 의미하며, 자신이 일본으로 돌아올 필요가 희박해짐을 의미하고 있었다. "일본의 대학은 나오지 않아도 되지만, 그 대신 일본인과 결혼하라는 것이겠지요."(p.143) 그러나 두 사람은, "어느 새 일본의 규범에서 일탈"(p.144)해 버렸으며, 일본인과 결혼하는 귀국자녀의 한 사람조차 아니게 되었다. "어쩌다 이렇게 되었을까?"(p.136)라고 몇 번이나 중얼거린다. "미국에 와서 뭔가 잘못 되어 버려서. 이런 식으로 미국에서 혼자 먹고 살아갈 수 없게 되어서"(p.163) 계급과 인종과 젠더가 뒤얽혀서 눈앞에 있는 다양한 카테고리와의 연결이 결국 상실되고, 단지 "고독"(p.402)할 뿐이다. "어느 누구의 생각대로도 되지 않는"(p.156) 현재를 살고 있다.

계속해서 이러한 아이덴티티를 형성할 범주가 나타나고 그 때마다 부정되어 간다. 읽기 힘들다는 것은 이러한 부정과 관련되어 있다. 어느 누구의 체험과도 같지 않은 체험. 그 무엇에도 동일화할 수 없는 장소에서 사는 사람으로서 공감하는 것과 공감되는 것에 철저히 저항하고 쉽게 읽히는 것을 거부하는 것이다. 만약 소녀 미나에가 소설가가 되는 것을 목표로 했다고 한다면 이 미국에서의 시간은 대신 이야기를 해 주기를 기다리고 있는 스스로의 청자를 잃어 가는 시간이었다. 구체적으로 유형화되는 어떠한 독자도 말을 듣고 받아들이는 완전한 존재가 될 수 없게 되었다.

그러나 잊어서는 안 될 것은, 이것이 '소설'이라는 것이다. 독자가 없는 소설이란 있을 수 없다. 독자가 없으면 그것은 소설이라고 부를 수 없다. 철저히 안이한 공감을 배제하는 한편, 독자를 찾고 있는 것이다. 게다가 이 소설은 일본근대문학을 대표해 온 '사소설'이라는 제목을 달고 있다.

'나'는 원래 독자이다. 그녀가 가지고 있는 특이성의 가장 결정적이라 해도 좋을 원인 혹은 근거가 되는 것은 읽는 것이다. 미국에서 오로지 일본근대문학에 탐닉하는 소녀. 미국에서도 일본에서도 현재에서도 빗겨나 버린 것은 일본근대문학의 독자였기 때문이다. 그녀가 일본어로 쓸 수 있느냐 라는 질문을 받았을 때의 대답은 항상 같다. 요컨대, "일본어만 읽고 있었기에"(113)나, 'I've been reading Japanese all these years'(p.381)이다. 쓰는 것은 읽는 것을 전제로 한다. 반전하면 쓰여질 그녀의 소설에 독자가 필요한 것도 명백하다. 그리고 일본의 젊은 독자들이 좋아할 '요즘식'(p.168)으로 '한자와 히라가나와 그 사이에 들어간 가타카나로 세로로 굽이굽이 쓰여진 일본어 문장 속에 일본어 세계와 영어 세계가 서로 녹아들어 양자 사이에 균열은커녕 이어 붙인 표시 하나 없이 매끄러운 축하할 만한 소설'(p.169)도 아니고, 미국인 독자가 좋아할 이민 성공이야기(p.372)도 아닌, '사소설'을 썼다.

'사소설'은 스즈키 도미鈴木登美가 지적하듯이, '읽기의 모드 중 하나'[93] 이다. '사소설은 지금까지의 통설을 뒤엎고, 대상지시 상, 주제상, 형식상 뭔가 객관적 특성에 의해 정의할 수 있는 장르가 아니'라, '단일한 목소리에 의한 작자의 "자기"의 "직접적" 표현이며, 거기에 쓰여진 말은 "투명"하다고 상정하는 읽기의 모드'이다. 상정된 매체의 투명성은 작자와 텍스트와 시대를 연결하며, 무엇보다 독자를 작자에게 직접 관련 짓는 장치가 된다. 사소설을 읽는 독자는 텍스트에 그려진 작자를 실생활 그대로의 작자의 모습으로 믿고 텍스트를 읽는다. 텍스트 외측 정보를 내측으로 적극적으로 가지고 들어와서 의미를 충전하고 다시 그렇게 의미를 만들어냄으로써 텍스트 인사이더가 되어 간다. 『사소설 from left to right』에서는, '미나에'라는 이름의 '나'가, 작자 미즈무라 미나에와 연결되며 작자가 되려는 욕망의 윤곽을 드러내는 시점에서 마무리된 소설에서 한 발 더 나아가, '미나에'는 미즈무라 미나에라는 일본어로 쓰는 소설가가 된다는 결말을 부가하게 된다. 그런 독해를 방해하는 것은 특별히 설정되어 있지 않다. 오히려 독자는 현실 정보로 보완하고 현실의 작자와 연결하기를 요청받고 있다고

---

[93] 鈴木登美『語られた自己ー日本近代の私小説言説』(原著 : 1996), 大内和子·雲和子訳 (岩波書店, 2000), p.10.

할 수 있다.

미즈무라는 다음 작품 『본격소설本格小說』에서 다음과 같이 사소설을 정의하고 있다.

'사소설'적인 작품이란 실제로 소설가가 자신의 인생을 쓰려고 하든 말든 궁극적으로는 그것이 만들어낸 이야기이든 아니든 뭔가의 형태로 독자가 거기에서 소설가라는 인물 그 자체를 읽어내는 것을 전제로 하는 작품이다. (p.174)

미즈무라도 이야기하듯이 쓰여진 내용이 문제가 아닌 것이다. 그리고 그것과는 다른 모드로 쓰고자 기도한 『본격소설』에서는 가토 유스케加藤祐介라는 화자와 미즈무라 미나에라는 청자가 소설 내에서 허구로 설정되어 있다. 『사소설 from left to right』의 독자의 장소가, 사소설로서 텍스트 바깥에 있는 작자를 상정하고 준비되어 있었음은 분명하다.

한편으로는 읽기 어렵다는 점을 특징으로 하고 또 한편으로는 사소설이라는 틀을 특징으로 한다고 하는 조합은 작자와 독자의 관계를 복잡하게 하고 있다. 가장 유형화되기 쉬운 독자 카테고리는 일본인 독자라는 범주와 미국인 독자라는 범주겠지만, 앞에서 언급한 바와 같이 어느 쪽 독자도 공감을 하는 것에 대한 저항을 드러내고 있다. 독자와의 사이에 있는 역사적, 사회적 균열을 명확히 하지 않으면 이야기 할 수 없는 작자. 그러나 동시에 그 작자는 보다 추상적인 위상에서는 독자와의 접촉성이 가장 높은 모드를 채택하고 있다. 즉, 청자를 상실해 가는 시간을 산 화자가 청자를 찾아 가는 소설이라고 할 수 있는 것이 아닐까? 청자가 늘 말에 대한 바람직한 수용자가 되는 것이 아니라는 사태는 이야기하는 행위 속에서, 그래도 청자가 없으면 작자는 될 수 없다. 사소설이라는 일본근대문학의 축이 되어 온 모드로 이야기함으로써, 청자를 만들어 내고자 하는 화자의 강한 욕망을 읽을 수 있는 것이다.

화자가 상대로 하는 청자는 절대로 일괄할 수는 없다. 그렇기 때문에 이렇게 청자와의 관계를 계속 삐걱거리게 하는 화자가 삐걱거리지 않는 회로를 하나 설정하고 있는 것도 흥미롭다. '나'에게는 딱 하나 익숙하다고 여겨지는 범주가 있다. 산속 마귀 할멈인 '야마우바山姥'이다. '야마우바'는 '쓰는 여자'들이 계속해서 이어 온 형상이다.

산속에서 춤을 추며 나온 여자들이 눈보라를 일으키며 맨발로 달려온다. 봉두난발을 뒤로 나부끼며 지붕을 건너 이리저리 날아올라 계곡 사이로 내려온다. 무덤에서 되살아나고 한 밤중에 달리는 야마우바들이었다. 그것은 나의 할머니, 그것은 나의 증조할머니, 그것은 또 그 전의 할머니 – 모두, 모두 나와 연결되어 있는 여자들.(pp.10−11)

여러 범주에서에서 그냥 계속해서 일탈해 가는 것을 이야기한 이 소설의 모두冒頭 부분에, 이렇게 명료한 연결이 기입되어 있는 것이다. 그리고 '삶에 대한 미친 듯한 생각이 신체를 둘러쌌고 그 순간 무덤을 뛰쳐 나온 야마우바들이 봉두난발을 나부끼며 맨발로 산을 뛰쳐 내려오는 소리가 다시 한 번 귓가에서 윙윙 울리'(p.460)며 소설은 마무리되어 간다. 야마우바들은 '쓰는 여자'에게, "눈을 뜨라, 모든 원망願望이여. / 눈을 뜨라 모든 욕망이여"라고 전하는 이 소설의 청자이다. 이 청자가 요원한 때와 장소로 연결되는 회로로 화자를 이어 준다. 그녀들을 상대함으로써 '욕망'이 먼 곳에서 솟아오른다. 복수화된 청자 중에 그러한 청자가 존재하는 것 역시 확실하다.

다양한 청자와 다양한 질의 관계를 맺으며 청자를 찾아서 청자를 상대로 이야기를 할 때, 목소리는 꼭 힘이 되지 않더라도 관계의 변화를 지향하는 미묘하고 부드러운 의사 표현이 되는 것이 아닐까? 청자에 대한 복잡한 생각은 누군가 들어 주었으면 하는 욕망의 표현이다. 우리들은 청자를 찾고 있다.

제5장 관계를 계속하다

―마쓰우라 리에코松浦理英子 의『이면 버전裏ヴァージョン』

1. 작자와 독자의 역학 관계

지금까지 응답성과 피독성被讀性이라는 측면에서 작자 입장에서 독자의 문제를 생각해 왔는데, 전장에서 고찰한 청자를 찾는다는 욕망의 양상에서 한 걸음 더 나아가 제 I 부의 마지막 장이 되는 본 장에서는, '문학'이라는 제도에 있어 작자와 독자의 관계성을 흐트러뜨리는 시도로 눈을 돌려 보겠다. 말을 독자에게 전달하고 싶다는 욕망이 강할 때 작자와 독자의 관계는 바뀔지도 모른다. 예로 드는 것은 마쓰우라 리에코의『이면 버전』[94] 이다.『이면 버전』은 쓰는 것이 독자와의 교섭 그 자체임을 다룬 소설이다. 등장인물은 두 여성인데, 그녀들을 묘사하는 지문은 전혀 설정되어 있지 않고, 한 여성이 쓴 단편소설과 다른 한 여성이 쓴 코멘트가 번갈아 배치되어 있다. 두 여성의 관계로 이루어지는 이야기가 밖에 있고, 등장인물 중 한 사람에 의해 쓰여지는 단편소설이 내부에 설정되어 있다고 하는 이중구조를 취하고 있다.

---

94 松浦理英子『裏ヴァージョン』(筑摩書房, 2000).

읽어 나가는 동안 등장인물과 상황의 설정을 알게 된다. 두 여성은 고등학교 시절 친구로 부모가 죽어서 빈 방이 있는 한 여성의 집에, 옛날에 소설로 신인상을 받기는 했지만 책이 팔리지 않는 다른 한 여성이 세를 들어오면서 동거를 시작하고 집세 대신 한 달에 한 편의 소설을 쓰는 것으로 되어 있다. 쓰여진 소설은 전부 14편. 각 작품의 말미에 집주인으로 읽는 쪽 여성에 의한 코멘트가 달려 있다. 소설과 코멘트의 교환에 덧붙여서 읽는 쪽의 질문이나 힐난, 더 나아가서는 작자 측의 결투장이라는 직접적 문답형식으로 주고받은 글들이 삽입되어 있으며, 두 사람이 별거할 때까지 글을 사이에 둔 대화가 이어진다. 작품 수로 봐서 동거 기간은 1년 남짓이 될 것이다. 두 사람은 모두 마흔 한 살이 되는 '독신' 여성으로 서서히 재생되는 고등학교 시절의 기억은 현재의 관계의 재편에 쉽게 연결되지는 않고 결국 헤어지게 된다. 쓰여진 것은 모두 플로피디스크로 주고받으며 두 사람 사이에는 공간적, 시간적 거리가 설정되어 있다. 소설을 쓰는 쪽 여성이 한탄하는 것은 기대한 반응을 거의 얻을 수 없다는 것이다.

> 뭔가 좋은 점은 전혀 봐 주지 않고 지엽적인 것을 트집만 잡고 있어서, 어쩌면 일부러 내가 쓴 것을, 혹은 나 자신을 거절하는 것이 아닌가 하는 상상도 하게 돼.(p.190)

동거를 유지하기 위해 계속해서 쓰여졌을 소설은 계속해서 오독이 되고 의도와는 다른 결과를 낳는다.

쓰는 측과 읽는 측의 역학 관계는 매우 미묘하다. 쓰는 측 여성은 '소설'이라는 형식으로 쓴 것을 동거의 조건으로 하고 있고, 한 명 뿐인 특정 독자를 상대로 계속해서 쓰고 있다. 쓰는 측의 발신자로서의 우위성은 그런 의미에서 처음부터 박탈되어 있고, 화자가 말의 수용자에 대해 수동성을 띠고 있다. 종반 가까이에서 쓰는 측에서 제출된 결투장은 쓰는 것이 읽는 측 문맥으로 그대로 노출되는 불안정한 행위임을 분명하게 지적한다.

입장이 상당히 불평등한 느낌이 들어. 아니 집주인과 식객이라는 입장이라는 것이 아니라, 소설을 '쓰는 자'와 '읽는 자'라는 입장에서 그렇다는 거야. 쓰는 쪽은 자기 나름대로 고민을 하고 있는데 읽는 쪽은 쓰는 데 걸린 시간의 몇 십분 일만에 다 읽고서 자기 멋대로 말을 한다는 것이지.(p.187)

쓰는 측과 읽는 측의 입장은 고정되어 있지 않고 계속해서 움직인다. 집주인 역시 코멘트 형태로 계속해서 쓰는 측이 되고 있기 때문이다. 또한 마지막에는 집주인이 제15화 '모자'의 작자가 되어 쓰는 측의 교대가 일어난다. 지금까지 쓰는 측이었던 여성이 집을 나간 후에 쓰여진 것인 이 소설이, 읽는 측에게 받아들여졌는지 어떤지는 전혀 알 수가 없다.

이와 같이 『이면 버전』은 발화의 행위성 그 자체에 대해 많은 것을 이야기하는 소설이라 할 수 있다.

2. 『마음こゝろ』의 패러디화

그러면 여기에서 문제를 설정해 보자.『이면 버전』의 '이면 버전'이란 무엇인가? 표제 그 자체가 뭔가에 대한 응답성을 내포하고 있다. 여기에서는 '이면 버전'으로서 나쓰메 소세키夏目漱石의 『마음』과 하야시 후미코林芙美子의『방랑기放浪記』를 읽어 보고 싶다.『마음』과『방랑기』는, 쓰는 행위와 '문학'의 젠더화에 있어서 모두 일종의 전형성을 띠는 작품이다.[95]『이면 버전』의 두 여성이 '소설'이라는 것을 사이에 두고 마주 하고 있는 것에 관련하여, 두 작품의 패러디로서『이면 버전』을 읽어 보고자 한다.『이면 버전』은 그것을 어떻게 반복하고 있는 것일까?

---

[95]『이면 버전』에서 반복해서 이야기되는 구체적인 화체 중 하나에 동성애가 있다. 전반의 '가공의' 미국을 무대로 한 소설군에서는 레즈비언 주인공들의 SM관계가 이야기되어지고, 거기에 소년 동성애 이야기를 이야기한 고교시절의 기억이 이야기되며, 그 기억의 소환이 현재 두 사람의 관계에 대한 욕망의 문제로 이야기되어진다. 동성애라는 명칭이 다양한 문맥에서 반복되고, 이성애적 이야기가 잊혀져 간다. 두 사람의 기억과 현재에, 동성애에 대한 바리에이션을 끼워 넣는 이야기 방식은 반복에 의해 개념이 중심화되는 효과를 이끌어내고 있다. 텍스트 전반의 질문장(質問狀)에서, '나로서는 일본인이 주인공이고 이성애의, SM이 아닌 연애소설, 성애소설을 썼으면 합니다.'(p.82)라고 집주인 여성은 쓰는데, 소설 전체를 통하여 다시 그것을 넘어 두 사람의 관계는 동성애 문맥 안에 위치지어져 간다. 당초 이성애 중심 문맥과는 다른 문맥으로 반복 속에서 빗겨나가며 이동해 간다고 할 수 있다. 다만 이 소설의 두 여성의 관계는 동성애로 명명되고 있지는 않다. 성적 욕망으로 명명되는 욕망이 이 두 사람 사이에 없다는 것, 두 사람이 관계를 계속하기를 바란다는 내용이 동시에 이야기되어지는데, 마지막에는 동거가 해소되어 끝나 버린다.『이면 버전』에 동성애자로서 밝혀지는 순간을 찾아내는 것은 어렵다. 이야기되어지는 대상으로서는 반복해서 언급되지만,『이면 버전』의 등장인물이 되는 두 여성은 쓰는 행위 안에서 누군가로서 이야기할 것을 집요하게 피하고 있다. 이야기 내용의 퀴어성은 젠더된『마음』과『방랑기』에 대한 비평적 위치를 보강하고 있다.

알기 쉽게 설명하기 위해 여기에서 두 여성의 이름을 밝혀 두 겠다. 집주인 여성은 '스즈코鈴子'이고 세 들어 사는 여성은 '마사 코昌子'이다. 두 사람의 이름이 확정되는 것은 『이면 버전』의 종 반부에서인데, 이하에서는 전체적으로 이 이름으로 설명을 하겠 다.(두 사람의 고유명을 계속해서 밝히 않는 것은 이 소설의 중요한 특징으 로, 그에 대해서는 뒤에서 설명하기로 한다.)

우선 『마음』부터 보자. 『이면 버전』을 『마음』의 패러디로 읽 을 수 있는 것은 모두 삼각관계를 반복하는 소설이기 때문이다.

『마음』에 대해서는 너무나 유명한 일본근대문학의 캐논이므 로 새삼 언급할 필요도 없겠지만, 일단 설명을 해 두겠다. 『마음』 은 이중구조로 된 소설로, 안쪽에 있는 〈선생님의 유서〉라는 제목 의 텍스트에서는 선생과 K와 따님의 삼각관계가, 역시 '나'라는 청년을 화자로 하는 바깥쪽 텍스트에서는 선생과 청년 '나'와 선 생의 진실(혹은 부인)의 삼각관계로 설정되어 있다.

『이면 버전』 쪽에서는 안쪽 텍스트 즉 마사코라는 세 들어 살 고 있는 여성이 쓴 소설에서는 트리스틴과 글라디스라는 두 여성 을 중심으로 하고 있고, 고등학교 시절 이야기로서는 라울라라는 여성, 현재의 이야기에서는 마그노리아라는 여성의 삼각관계가 이야기되어지고 있다. 마사코가 쓴 14편의 소설 중에서도, 〈트리 스틴〉, 〈트리스틴(PART2)〉, 〈트리스틴(PART3)〉이라는 제목의 세 작품은 이 트리스틴이라는 이름이 고등학교 시절 마사코가 만들 어 낸 캐릭터의 이름임을 스즈코가 기억해 낸다는 전개로, 바깥쪽 텍스트와 안쪽 텍스트를 잇는 특별히 중요한 의미를 갖고 있다.

『마음』의 하下에 해당하는 〈선생님의 유서〉에서 이야기되는 선생과 K의 관계가 상上의 〈선생님과 나先生と私〉에서 화자인 청년이 이야기하는 그 자신과 선생 사이의 이야기에서 반복되고 있듯이, 〈트리스틴〉 3부작은 십대 말에 우연히 만난 두 사람이 나중에 재회하는 이야기로서 마사코와 스즈코의 관계의 원형이다.

『마음』도 『이면 버전』도, 이중구조로 되어 있으며, 이중으로 된 수준에서 각각 삼각관계가 이루어지고, 삼각형 안에서 동성간의 농밀한 관계가 그려지고 있다. 이와 같이 『이면 버전』은 『마음』과 겹쳐지는 면이 있는데, 그렇다면 어떤 점에서 '이면'이 되고 있는 것인가? 그 '이면'의 성격을 생각해 보고자 한다. 『이면 버전』을 『마음』의 패러디로 읽어 보면, '소설'을 쓰는 것과 '문학'의 성립과의 관계에 대한, 매우 전략적인 태도가 드러난다.

『마음』은, 모방적 욕망을 발생시키는 삼각형을 설정함으로써 두 남자들이 욕망하는 대상을 높이 평가하는 것을 가능하게 하는 소설이다. 선생과 K와 부인의 삼각관계를 원형으로 반복되는, 청년과 선생이 만드는 삼각형에서는 선생의 안쪽에 소유한 진실을 청년은 강렬하게 욕망한다. 청년에게 유서를 보낸다는 것은 선생이 소유한 진실을 청년이 물려받는 것을 의미하며, 독자는 청년측의 입장에서 그것을 받아들여 왔다. 〈선생님의 유서〉는 선생이 소유한 '과거'를 기록한 목숨과도 같은 진실한 텍스트가 되며 가장 고상한 문학적 텍스트를 구현하고 있다. 『마음』은 이렇게 해서 캐논으로 기능해 온 것이다.

『이면 버전』 역시 삼각형을 이야기하고 있지만, 그 이야기 방식은 복잡하다. 제4, 5, 6화에 해당하는 〈트리스틴〉 3부작을 쓴 것은 세들어 살고 있는 마사코이지만, 제13화 「ANONYMOUS」는 3부작의 작자에 관련된 정보를 혼란스럽게 하는 설명이 이루어진다. 가공의 일인칭 화자 '나'(작가라는 설정, 다만 마사코는 아니다. 마사코는 집주인 이소코磯子가 쓴 소설의 독자로 등장한다)가, "그러고보니, 나는 삼각관계라는 것에는 별로 흥미도 없고 내 소설에서 사용한 적도 없는데, 이소코는 〈트리스틴〉 시리즈에서 삼각관계를 사용하고 있어."(p.178)라고 말하는 장면이 그렇다. 이소코란 나중에 스즈코로 명명되는 집주인의 이 시점에서의 이름이다. 그렇게 되면 삼각형에 '흥미'를 갖고 그것을 쓴 것은 누구인가? 삼각형은 『마음』을 전형으로 '문학'적 욕망의 온상으로서 계속 반복되어 왔다. 그 히에라르키를 낳는 욕망에 대한 저항이 나타나 있다고 본다.

또한 『마음』에서는 두 남자가 한 여자와 이성애적 삼각형을 형성하며 호모 소셜 관계를 만들고 있지만 〈트리스틴〉에서 이야기되는 삼각형은 여자 세 명에 의한 것으로, 그 중 두 여자가 당당하게 동성애 관계를 형성한다. 이성애문화에 있어 호모 포비아와 미소지니가 농밀한 호모 소셜 관계를 낳는 것과는 대칭적으로, 〈트리스틴〉의 삼각형에는 금기가 없다. 또한 세 명 모두 여자이기 때문에 누구나가 다 제3항이 될 가능성을 가지고 있다. 다른 이자관계二者關係의 가능성도 암시되고 있으며, 그런 의미에서 제3항에 대한 억압이나 배제가 없다. 이야기의 중심이 되는 것은 트리스틴과 그라디스 둘 사이의 관계이며, 세 명째 여성 마그놀리아는 두 사람의 게임을 뜨겁게 하는 장치로서 등장하는데, 마그놀리아도 그 게임을 이해하고 즐기고 있다. 10대 때의 삼각관계에 등장한 라울라에 대해서도 스즈코에 의한 '들러리에 지나지 않은 것 같아서, 너무나 가엾은 생각이 듭니다'라는 질문에 대해서, 마사코는 "그런 착종된 삼각관계에서 한 사람이 단순한 들러리에 지나지 않는다는 것은 있을 수 없는 일 아냐?"(p.83)라고 대답한다. 제3항을 고정시키지 않는 '착종된 삼각관계'가 그려지고 있는 것이다.

그렇다면 바깥쪽 삼각관계는 어떠한가. 『마음』의 〈선생의 유서〉 대신 마사코와 스즈코가 만드는 삼각관계의 제3항은 마사코의 〈소설〉이다. 스즈코는 마사코가 소설가로서 좌절한 것을 비통하다고 느끼며, 마사코에게 소설을 쓰게 하려 한다. 마사코는 "프로 소설가가 되지 못한 것을 좌절이라고는 생각하지 않는다"(p.193)라고 하고 있으며, 좌절이라고 느끼는 것은 스즈코 자신의 "문학에 대한 낡은 환영 탓"(p.196)이라고 말한다. 그렇기 때문에 우선은 소설을 둘러싸고 마사코가 욕망(하고 있다고 스즈코는 생각하고 있다)하는 〈소설〉을, 스즈코가 모방적으로 욕망한다고 하는 구도를 그릴 수가 있다. 그러나 〈트리스틴〉을 부연하면 〈소설〉은 마사코와 스즈코의 게임을 성립시키기 위한 장치에 불과하다는 것이 된다. 또한 『마음』에서는 바깥쪽 텍스트와 안쪽 텍스트의 수준이 명료하게 나뉘고, 그 구조가 안쪽 텍스트의 캐논화를 가능하게 하고 있지만, 앞에서도 언급했듯이 『이면 버전』에서는 바깥쪽 두 여자 사이에서 안쪽 텍스트가 왔다갔다 하며 욕망의 주체가 누구인지를 둘러싸고 투쟁이 일어나서 안정되지 않고 있다. 응수를 하면서 두 사람은 각각의 해석에 있어 심하게 부딪힌다. 서로의 비밀을 만들고 폭로하고 그것을 서로 부정한다. 그렇기 때문에『이면 버전』에서 '문학'이라고 바꿔 말할 수 있는 〈소설〉의 경우에는 누군가가 소유하는 과거나 비밀이나 진실이 발생할 수 없다. 마사코가 쓰는 〈소설〉은 진실성을 적극적으로 배반하는 것으로 이야기됨과 동시에 현실과 공상의 경계를 파괴하기에 충분한 정도로는 현실과 일치하는 것으로 이야기되어지고 있다. 읽는 자가 감춰진 비밀에 대한 기대를 키우는 기회는 완전히 묵살되고 있다.

『이면 버전』은 작자가 되려다 좌절한 여자가 다시 〈소설〉을 쓴다는 설정으로 되어 있지만, 여기에서 욕망되는 것은 '문학'이 아니다. 쓰는 것은『마음』에서 볼 수 있는 문학적 가치의 숭배와는 관계가 없는 곳으로 향하고 있다. 물론 라울라가 이탈리아로 혼자 떠나고 마그놀리아가 방관자로서 즐기고 있듯이, 제3항에 놓여진 '문학'에는 '문학'의 쾌락이 있다고 생각할 수도 있을 것이다. 다만 그것은 마사코와 스즈코 두 사람의 관계에 있어 중요한 의미를 초래하는 것은 아니다.

3. 『방랑기放浪記』라는 〈표면 버전〉

그러면 하야시 후미코林芙美子의 『방랑기』를 읽어 보면 어떨까?『이면 버전』을 『방랑기』의 패러디로 읽을 수 있는 것은, 마사코가 좌절하는 작가로서 과거를 이야기하기 때문이다. 『방랑기』는 주지하는 바와 같이, 하야시 후미코가 작가로 유명세를 타기 이전에 적은 일기의 발췌로 이루어져 있다. 1922년 무렵을 시점으로

하는 극한적 빈곤 시절의 일기를 1927년에 조금씩 떼어내서 발표하기 시작했고, 그것들을 정리한 이 작품에 의해 하야시 후미코는 세상에 나오게 되었다. 현재로는 3부 구성으로 되어 있는데, 제1부는 1930년에 〈신예문학총서新鋭文学叢書〉改造社 의 한 권으로 『방랑기放浪記』라는 제목으로 출판된 것이다.[96] 제2부는 동 총서에서 『속방랑기続放浪記』라는 이름으로 출판되었다.[97] 제3부는 전후에 『방랑기 제3부放浪記第三部』라는 제목으로 출판되었다.[98] 현재의 『방랑기』는 이것들을 총괄한 것이다. 제1부, 제2부, 제3부로 쓰여진 사건은 시간적으로 계속되는 것이 아니라 각각 원래 일기 전체에서 내용에 따라 선별적으로 발췌된 것이다.

『이면 버전』 중에서 직접적으로 『방랑기』에 가까운 것은 제11화 〈마사코マサコ〉이다. "아무래도 본격적인 사소설, 그렇지 않으면 자전소설, 고마워."(p.162)라고 스즈코에게 코멘트를 받는 작품으로, 일인칭소설로 되어 있다. 빈곤의 정도에는 꽤 차이가 있지만, 『방랑기』와 마찬가지로 아르바이트를 전전하면서 편집자에게 원고를 계속 퇴짜를 맞으면서 소설을 쓰고 있는 '나'의 일상이 적혀 있다. 일로 피곤해서 쓸 시간이 없다. 문학업계와는 관계가 없

---

96 林芙美子『放浪記』(改造社, 1930). 인용은 『林芙美子全集』第一巻 (文泉堂出版, 1977)에 의함.

97 林芙美子『続放浪記』(改造社, 1930). 인용은 『林芙美子全集』第一巻 (文泉堂出版, 1977)에 의함.

98 林芙美子『放浪記第三部』(留女書房, 1949). 인용은 『林芙美子全集』第一巻 (文泉堂出版, 1977)에 의함.

는 친구들만이 우울한 기분을 공유해 주는 상대라고 한다. "그 무렵 소설이 제대로 써지지 않아도 돈에 별로 구애를 받지 않는 다든가 연애 쪽이 충실했다면, 단언할 수는 없겠지만 그 정도로 음침한 기분에 지배를 받지는 않았을 것이다"(p.155)라고 하는 생활. 마사코의 방랑기이다.

『방랑기』와 『이면 버전』은 구성면에서도 일종의 유사성을 볼 수가 있다. 『방랑기』는 앞에서도 언급한 대로 3부구성인데, 조금 더 상세히 나누어 보면 반복이 되고 있는 제1부, 제2부와, 제3부 사이에는 차이가 꽤 있다. 전자에는 어머니를 그리고 눈물을 흘리며 먹고 자는 남자들과 관계도 갖는 방랑생활이 잡다한 생활과 함께 기록되어 있지만, 그에 비해 제3부는 소설 작자가 되고자 하는 욕망이 분명하게 초점화되고 있다. 『이면 버전』도 3부로 나누어진다. 제1화부터 제6화까지와, 제7화부터 제12화까지, 이는 반복이 되고 있다. 제1화와 제7화는 시작점으로서 이성애를 다루는 소설. 제2화와 제8화는 독백체로 '당신'이라는 상대를 향해 이야기되는 소설. 제3화와 제9화에서는 그 후의 세 작품으로 연결되는 여담과 같은 이야기가 나온다. 전반에서는 제4화부터 제6화까지가 미국을 무대로 SM에서 레즈비언 등장인물을 배치한 〈트리스틴〉, 후반에서는 제10화에서 제12화까지 마사코의 시점에서 스즈코도 등장하는 사소설적 작품이 나열되고 있다. 이와 같은 6화 두 쌍의 소설이 이야기되어진 후(1년분일 것이다), 그 전까지의 소설과는 이질적인 작품 즉 제13화 〈ANONYMOUS〉와 제14화 〈스즈코〉 그리고 집주인 스즈코가 쓴 제15화 〈마사코〉의 세 이야기가 배치되어 있다.

　이와 같은 유사성에 『방랑기』를 〈표면 버전〉으로 생각할 수 있는 타당성의 근거가 있다고 생각하고, 〈표면〉과 〈이면〉의 차이에 대해 생각해 보고자 한다. 『방랑기』의 패러디로 읽음으로써 여자가 소설을 쓰는 것을 둘러싼 사정의 차이가 명확해질 것이다. 쓰는 것을 통해 이름을 밝히는데 적극적인 텍스트와 그렇지 않은 텍스트가 있다는 것이다.

　『방랑기』는 '여자'가 쓴 '소설'이다. 제2장에서도 참조한, '소설을 이야기하는 여성이란, 자신의 프라이버시를 스스로 생산하면서 자신을 포르노그라피의 대상으로 만듦으로써 주체가 되는 존재라고 해도 될 것이다.'[99] 라고 지적한 무라야마 도시카쓰村山敏勝는 "여성 일인칭 자전적 이야기가 스스로의 프라이버시를 형성하면서 그것을 포르노그라피화하지 않는 것에 성공한다고 하면" 이라고 가정하고, "반反 이야기에 대한 힘의 의지와 이야기에 대한 욕동欲動의 갈등을 비-주체非一主体와 진실의 주체의 대립으로서가 아니라 그야말로 주체형성으로서 읽는다는 발상은 있을 수 있다."[100] 라고 지적한다. 이와 같은 시선을 『방랑기』에 적용해 볼 때 '여자'가 쓴 '소설'로서 지극히 전략적이라는 사실을 알 수 있다.

　『방랑기』는 원래는 '소설' 형태의 글이 아니었다. 초출은 하세가와 시구레長谷川時雨 주재의 『여인예술女人芸術』이라는 잡지인데,

---

99 村山敏勝『(見えない)欲望へ向けて クィア批評との対話』(人文書院, 2005), p.93.
100 위의 책, p.105.

부제를 「방랑기」라고 붙인 후미코의 글은 실화로 읽혔다. 같은 시기에 야마다 구니코山田邦子의 「장류기長流記」라는 자전적 글도 연재되어서 목차에 나란히 나와 있다.[101] 『여인예술』에 게재된 것을 계기로, 『개조改造』에도 「규수 탄광가 방랑기九州炭坑街放浪記」라는 글 제1부 모두冒頭에 「방랑기 이전放浪記以前」이라는 제목으로 실려 있다.[102] 그런데 이는, 창작란도 아니고 같은 호에 실린 통속적인 〈범죄소설〉 작품군도 아닌, 일반 산문 장르에 게재되었다.

여성이 쓰는 실화물은 절시적窃視的 욕망을 대상으로 자신의 프라이버시를 만들어서 폭로함으로써 성립된 장르에 불과한 것이다. 『방랑기』는 그 노선에 교묘히 편승하면서 남성 작자가 쓰는 자전적 교양소설의 틀에 들어가는데 성공했다고 할 수 있다. 『방랑기』 안에서 후미코는 시가 나오야志賀直哉의 『화해和解』를 읽고 있다. 『화해』라고 하면, 시가 나오야를 다이쇼시대大正時代 인격주의적 문학정신을 대표하는 존재로 밀어 올린 결정적인 작품이다.[103] 스스로의 과거를 소설로 담아내기까지를 소재로 한 사소설이며 그야말로 쓰는 주체를 가동시킨 작품이다. 후미코는 그것을 읽고 있다. 소설의 작자를 목표로 하는 자가 참조하고 그 독자임을 자연

---

101 「방랑기」의 부제로 게재된 글은 17편인데, 그 중 소설란에 게재된 것은 한 편(「벌거숭이가 되어-방랑기-」 제3권 4호)뿐이다. 제목에 소설이라고 붙은 작품은 「방랑기」와는 다른 틀로 다루어지고 있다. 또한 9편이 「장류기(長流記)」라고 병기되어 있다.

102 林芙美子「九州炭坑街放浪記」(『改造』1929.10).

103 大野亮司「神話の生成－志賀直哉·大正五年前後」(『日本近代文学』52, 1995.5). 大野亮司「"我等の時代の作家"－「和解」前後の志賀直哉イメージ」(『立教大学日本文学』78, 1997.7).

스럽게 과시하는 것으로서 이것만큼 적절한 작품은 없을 것이다.

『방랑기』는 남자의 이야기에 대항하면서 여자가 쓰는 주체가 되는, 여성에게 있어 일종의 교양소설이라는 해석도 있어 왔는데,[104] 여기에서 중요한 것은 『방랑기』가 '여자'가 쓴 '소설'로서 참으로 퍼포머티브하게 행동한다는 사실이다. 앞에서도 확인했듯이 『방랑기』는 제1, 2부와 제3부는 성격이 상당히 다르다. 물론 발표된 시기의 차이도 영향을 미치고 있을 것이다. 시기의 문제로서 반복해서 참조되고 있는 것은, 후미코 자신에 의한 설명으로 일례를 들자면, "이 제3부 방랑기는 제1부, 제2부 안에 수록된 것인데, 그 당시에는 검열이 엄하여 발금 염려가 있었기 때문에 문제가 없는 부분만을 골라서 제1부, 제2부로 발표했다. 따라서 이 제3부는 발표하지 못했던 나머지 부분을 모은 것이다."[105] 라는 내용이다. 물론 여기에서 언급되고 있듯이, '발금'에 대한 고려에서 벗어난 부분도 있을 것이다. 그러나 전후에 발표된 제3부 전체를 보면, 확실히 천황에 대한 언급이 극히 일부 있기는 하지만, 제1, 2부와의 커다란 차이라고 한다면, 앞에서도 언급했듯이 '소설'을 쓰는 것에 대한 욕망이 거의 대부분을 차지하고 있다. '여자'의 입장에서 작가가 되고자 했던 그녀가, '실화'와 '소설' 사이에서 상품

104 水田宗子「放浪する女の異郷への夢と転落—林扶美子『浮雲』」(岩淵宏子·北田幸恵·高良留美子編『フェミニズム批評への招待』学芸書林, 1995). 水田宗子 인터뷰「ジェンダーの視点から読む林英美子の魅力」(『国文学解釈と鑑賞』63-2, 1998.2).

105 林芙美子「あとがき」(『放浪記Ⅱ』「林芙美子文庫」新潮社, 1949). 인용은 『林芙美子全集』第16巻 (文泉堂出版, 1979), p.268.

으로 할 수 있었던 것은 소설을 향한 욕망은 아니었을 것이다. 『방랑기』에서 이야기되는 프라이버시는 그런 의미에서 엄선된 것이라 할 수 있다. 특히 제1부의 호평에 의해 출판된 제2부는 문학관계자의 기사조차 제1부나 제3부에 비하면 지극히 적다. 제3부에는 문학관계자와의 사건들만 담겨 있는 것을 생각하면 원래 일기에는 그런 기사가 많이 섞여 있었을 것이며, 제2부가 편집되는 시점에서는 전략적으로 문학 관계 기사를 회피했다고 생각하는 것이 타당할 것이다. 대신 제2부에서 선별된 것은 이루지 못한 첫사랑 에피소드이다. 프라이버시로서 폭로하기에 어느 쪽이 적당한지는 명백하다.

'여자'가 이야기하는 프라이버시=진실은 그야말로 현실의 그것일 필요가 있다. 『마음』의 선생의 진실이 추상적 보편성을 지향하는 것과는 사정이 전혀 다른 『화해』는 그런 점에서 『마음』과 동질적이다. 사소설이든 아니든 그들의 소설에 대한 독자들의 시선은 절시적인 것은 아니다. 쓰는 것의 의미는 젠더에 따라 크게 달라진다.

1930년 『속방랑기』(현재의 제2부) 출판 시점에서 후미코는 그 말미에, "이 「방랑기」는 나의 표피에 지나지 않는다. 내 일기 안에는 눈을 가리고 싶은 고통이 한없이 적혀 있다."(p.440)라고 덧붙이고 있다. 「나쁜 년ボロカス女」(p.431), 「고독한 여자孤独の女」(p.433), 제2부에서 이렇게 명명하는 것은 '표피'이다. 부정적인 가치를 부여하며 이렇게 경멸하여 부름으로써 그녀는 작가가 되었다. 부가한 부분에는 '앞으로 나는 내 일에 몰입할 생각이다.'라고 하기도

한다. 전후 이미 작가로서의 위치를 확고히 한 시점에서 다시 제3부로『방랑기』가 발표되었을 때 분출한 것은 '소설'을 쓴다고 하는 것에 대한 강렬한 욕망이었다.

4. 『방랑기』의 패러디

『방랑기』는 '여자'가 '소설' 작가가 되는 경우의 전략을 보여주는 작품이다. 그러면 마쓰우라 리에코의『이면 버전』이야기로 되돌아가자. '이면'에서 '여자'의 '소설'은 어떻게 쓰여져 있을까?

몇 가지 중요한 차이를 확인하고 가자. 우선 이 '소설'을 쓰는 '여자' 마사코는 스즈코만을 위해서 쓴다는 것. 또한 마사코가 쓴 방랑기 즉 그녀의 프라이버시는 '과거'에 대한 것이라는 것. 그리고 이야기 현재의 마사코는 이름을 대지 않는다는 것.

제10화부터 제12화까지가 사소설적 이야기로 전개된 후반 3부작이다.[106] 제10화 〈도키코〉는 마사코를 모델로 한 세입자 도키코朱鷺子가 그녀의 포케몬 도키코와 함께 집주인의 집을 탐색하는 이야기이다. "당신의 이름은 도키코라는 우아하고 아름다운 이름이 아니라 마사코죠?"(p.150)라고 하는 집주인 스즈코의 코멘트가 들어 있고, 다음 제11화는 〈마사코〉라는 제목으로 방랑기적 생활이 적혀 있다. 제12화는 〈마사코〉(PART2)로 두 사람의 최근 일들을 소재로 이야기하고 있다. 〈도키코〉가 처음부터 〈마사코〉였다면 〈

---

106 전반 제4화부터 제6화까지의 〈트리스틴〉의 위치에 해당한다.

마사코〉 3부작이 되는 셈이다.

고유명을 둘러싼 투쟁은 사소설처럼 된 후반의 중요한 부분이
다. 조금 길어지지만 대화를 인용하여 갈팡질팡하는 모습을 따라
가 보자. 원래 제9화 〈지요코千代子〉는 집주인의 체험과 일부 겹
쳐져 있고, 집주인은 "제9화의 지요코는 누구야? 나를 모델로 아
무렇게나 막 썼네. 그 의도를 납득이 가게끔 설명해 줘."(p.131)라
고 다그친다. "너를 지요코로 쓴 건 아니야."(p.131)라고 마사코는
대답한다. 제10화에서는 앞에서 인용한 '도키코'와 '마사코'라는
이름에 대한 코멘트가 나온다. 이에 대한 마사코의 대답은, "그런
데 말야, 소설 주인공 이름하고 내 이름의 인상이 어긋나는 것보다
말야. 매달 건네주는 소설을 정말로 이 나, 마사코가 쓰고 있는지
어떤지라는 사실을 신경을 써 보는 게 어때?(중략) 알았지, 이소코
짱."(p.151) 라는 것으로, 이 '이소코'에 대해서는 "남의 이름을 일
부러 틀리게 쓰다니 속이 뻔히 보여. 제발 그만해. 누가 이소코라
는 거지. 재미없어."(p.162)라는 코멘트가 달린다. 그리고 그에 대
답하여, 제12화 직전에는 마사코가 "앗, 이소코가 아니면 당신은
누구?"(p.163)라고 묻는다. 제12화의 코멘트는, "내 이름은 이소코
든 뭐든 상관없는데, 이거 한 가지만 이야기해 둘게. 두 번 다시 내
이야기를 소설에 쓰지 마."(p.174)이다. 제15화에서는 '소설'의 작
자를 이소코로 하는 〈줄거리(서평 담당자는 이용해 주세요)〉(p.175)가
있으며, 마사코가 집필한 마지막 소설이 되는 제14화 〈스즈코〉에
서, "이소코가 아니야. 스즈코야. 내 친구는."(p.198), "스즈코, 아
니 이소코로 통할 수 있을까? 이 집 2층 방에서 쓰는 글에 등장하

는 친구의 이름은. 그러나 이제 지금까지와 같은 기분으로 쓸 수는 없어. 나는 여기에 등장하는 친구를 새로 '스즈코'라고 명명하겠어. 스즈코라는 것은 내 친구의 현재 이름이기는 하지만"(pp.199 -200)라고 하는 기술에 다다른다. 본 장에서는 마지막 정보에서 소급적으로 두 여성을 마사코와 스즈코라고 불러 왔는데, 원래라면 그런 일관된 고유명으로 설명해서는 안 된다.

철저하게 '명명'(p.200)되는 것을 피하는『이면 버전』을 돌아보면, 제7화는 '와카코'라는 이름으로 연결되어 동명의 세 여성에 대해 이야기하는 것이고, 제8화의 '준다카'는 '順高'를 어떻게 읽어야 할지 몰라 마음대로 붙인 이름이었다. 확고하게 고유명사로 이야기되는 것이 회피되고 있는 것이다. 명명을 둘러싼 투쟁은 마사코의 '소설'이 스즈코만을 대상으로 쓰여지고 있다는 설정과도 관련이 있을 것이다. 두 사람의 응수이기 때문에 문맥의 어긋남은 명확해 진다. 어긋남은 수습될 기미가 없고 점점 더 확대되어 갈 뿐이다. 부상하는 '과거'에 대해서도 마찬가지의 투쟁이 펼쳐진다. 『방랑기』가 놓여 있던 문학장에서는 현실성과 진실성이 상품의 가치가 되었는데, 텍스트 내에서 두 사람으로 한정된 회로로 전개된 '소설'은, '과거'를 그대로 이야기하는 것을 지향하고 있지 않다. 마사코는 "지금 (중략) 고민을 하고 있던 시기가 되살아나려해. 하지만 그 음침한 기분을 되살려내기에는 심리적 저항이 있는지, 의사와는 정반대로 머리는 정작 중요한 점을 절묘하게 커브를 틀어 빠져나가"(p.152) 버린다고 설명하고, "기억해 내려고 노력하고 싶다"(p.153)고 한다. '과거'는 재현성이 낮은 것으로서 제시되게 된다.

그렇기 때문에 '과거'를 어디에서 읽는가 하는 투쟁도 치열하다. 전반의 동성애 이야기를 둘러싸고 부상하는 것도 '과거'이다. 스즈코는 동성애가 반복적으로 화제가 되는 것에 불평을 하지만, 그 이유는 동성애를 차별하기 때문이 아니라, "'옛날로 돌아가라'라며 무리한 주문을 받는 것 같기"(p.134) 때문이다. 과거 속 서로의 상(像)이 관계 속에서 투쟁의 대상이 된다.

두 사람 사이로 한정된 장에서 주고받는 '소설'은 이름을 대는 것을 회피하며 계속 빗겨감으로써 명명을 둘러싼 투쟁을 불러들이고, '과거'의 사실로서 이야기되어짐으로써 의미부여를 둘러싼 투쟁을 야기한다. '여자'의 '소설'은 『방랑기』에서 멀리 떨어진 지점에 와 있다.

5. 관계를 욕망하다

『방랑기』 제3부는 소설을 쓰는 것에 대한 욕망을 분출시키는 것이라고 앞에서 언급했다. 마지막으로 『이면 버전』에서 소용돌이치는 욕망이 쓰는 것과 관련되어 어디로 향하는지에 대해 생각해 보고자 한다.

마지막 세 이야기에서 갑자기 부상하는 것은 서로에 대한 서로의 생각이다. 그리고 그것은 바꾸겠다는 욕망과 연결되어 있다.

제14화 〈스즈코〉에는, "나의 희망은 극히 단순하다. 스즈코와 이 집에서 화기애애하게 살고 싶다. 서로 상대에게 비판적인 감정을 품고 있어도 상관없다. 어딘가 어느 정도 애착심이 남아 있기만 하다면"(p.200)라고 하는 마사코 측 메시지가 나와 있다.

제14화 결말에서는 스즈코가 집에서 나가기로 되는데, 제15화에서는 마사코가 나갔다고 되어 있다. 그리고 제15화 '마사코'에서 쓰는 측이 된 스즈코 측에서, "다름 아닌 마사코와 내가 그런 천편일률적인 친구 사이로 전락한 것은 몹시 분했다"(p.214)라고 하고, "마사코가 돌아오면 우리들은 다시 시작할 거야. 우리들 공동 작업 공연이라는 게임을. / 돌아와 마사코. / 돌아와, 바보야."(p.221)라고 이야기되어진다. 마사코 또한, '게임은 아직 끝나지 않았어.'(p.209)라고 이야기하고 있다. 쓰는 것이 진실한 제시(『마음』적) 혹은 폭로(『방랑기』적)로 연결되지 않는 『이면 버전』에서 마지막으로 정리가 되는 것은 '게임'으로서의 말의 왕래이다. '과거'가 어느 누구에게도 소유되지 않음으로써 그것이 매체로서 번갈아가며 건네질 수 있고 게임이 계속해서 이어질 수 있다. 이 게임 속행 만이 쓰는 것의 효과로서 목표가 되어 왔다고 할 수 있다. 말의 행위성이 압도적으로 전경화되고 있는 것도 게임이라는 비유 안에서는 이해하기 쉽다.

그러나 마사코가 떠남으로써 게임은 일단 중단되어 버린다. 왜일까? 구체적으로 이야기되는 또 하나의 욕망이 있다. 마사코 측에서는 "나는 스즈코를 변형하고 싶다. 동시에 내 자신도 변형하고 싶다. 우리들이 지금과는 다른 이야기를 살아갈 수 있도록. 그것이 또 하나의 범용적 이야기가 될 뿐이라 하더라도"(p.205)라고 하고 있고, 스즈코 측에서는 "마사코를 바꾸고 싶었던 것은 아니다. 오히려 바꿀 수 있다면 마사코를 둘러싼 세계를 바꾸고 싶었다."(p.220)라고 제시되는, 바뀌고 바꾸는 것에 대한 욕망이다. 이름을 대지 않고 그것이 계속해서 빗겨나갈 수 있는 것은, 이 바꾸고자 하는 욕망과 관련된 것은 아닐까? 완전하게 누군가가 되는 것을 계속 회피하는 것으로서 말이다.

게임은 룰이 있어야 성립한다. 그리고 룰에 기초하는 입장을 서로 명명해야 비로소 성립한다. 이 때 룰과 이름이 변화하는 것이라면 게임이 성립될 수 있을까? 성립되지 않을 것이다. 게임은 플레이어가 허구의 제도를 서로 이해함으로써 가능해지는 것이다. 게임을 계속하고 싶은 욕망과 바뀌고 싶다는 욕망은 모순된다.

바꾸기 위해서 이름을 댄다. 『이면 버전』에서 욕망되고 있는 것은 게임인 것일까? 동성애와 성애와 우정이 서로 잘 들어맞지 않은 채로 일단 헤어진 그녀들은 두 사람 모두 관계가 계속되기를 바라고 있다. 그러기 위해서는 세계가 바뀌고 스즈코가 바뀌고 마사코가 바뀌는 것이 필요하다. 그렇다면 '게임'은 이런 문맥을 설명하기에 적당한 비유가 아니지 않은가? 게임을 성립시키기 위해서가 아니라, 룰을 바꾸기 위해 이름을 대야만 한다. 『이면 버전』은 상대에게 명명하고 호명을 하는 것으로 끝난다. 투쟁이라는 비유도 이제는 적당하지 않을지도 모르겠다. 이는 고독하게 싸운 하야시 후미코가 살아간 장과는 다르다. 다시 만나기 위해서 명명하고 호명하고 이름을 댄다.

쓰는 것은 그 때 주체의 작동이 아니라 관계의 계속 그 자체를 지향하는 행위가 된다.

버틀러는 교란하는 반복 혹은 패러디에 대해 다음과 같이 말하고 있다.

어떤 지적 견해를 패러디화하려 할 때 그것을 설득력 있는 것으로 하기 위해서는 우선 제일 먼저 패러디화하려는 대상 속으로 들어가는 일, 즉 패러디의 대상으로서 도입을 하고 흉내를 내는 견해에 대해 친밀한 관계를 갖거나 추구하는 것이 필수 불가결하다는 것이다. 패러디를 하기 위해서는 어떤 대상에 동일화하는 능력이나 가능한 한 그것에 다가갈 수 있는 능력이 필요하다.[107]

이 능력을 문맥을 교란하여 빗겨나갈 수 있게 할 뿐만 아니라, 두 개의 다른 문맥을 서로 합치게 할 수 있는 능력으로 생각하면 어떨까? 문맥의 대립구조 그 자체를 바꾸기 위해서 서로 합치는 데는 서로의 문맥 안으로 들어가는 능력이 불가결하다. 서로 다른 문맥이 완전히 합치되는 것은 있을 수 없는 일이기 때문에 합치는 행위는 영원히 계속되어야 할 것이다. 그러나 그것은 고정된 대립관계 안에서 벌어지는 투쟁은 아니다.

『이면 버전』으로 돌아가 보자. 『이면 버전』은 읽는 측의 요구에 응하여 새로운 이야기를 계속 제출한다고 하는 쓰기 방식이 제출되고 있다. 『마음』이나 『방랑기』에서 쓰는 행위는(후자의 경우

---

107 ジュディス・バトラー『ジェンダー・トラブル フェミニズムとアイデンティティの攪乱』(原著 : 1990), 竹村和子訳(青土社, 1997), p. 228.

는 보다 퍼포머티브하지만) '주체'를 작동시키는 것을 지향하고 있다. 그러나 『이면 버전』은 한 명의 독자를 대상으로 쓰여지는 소설이라는 상황을 이야기함으로써 쓰는 것을 관계의 계속을 지향하는 것으로서 제시한다. 이름을 대고 그리고 서로 동일화하고 가능한 한 다가가고 그리고 룰을 바꾼다. 패러디화하는 가운데 문맥을 서로 빗겨가게 했다가 그것을 서로 합친다. 바꿔 말하자면, 우리들에게 있어 쓰는 것은 이런 관계 지속을 위한 그리고 사태를 움직이기 위한 타협을 꾀해야 하는 것이 아닐까?

마사코와 스즈코는 마흔한 살이라는 연령에 대해, "지금까지와는 달리 노쇠해 가는 과정이 될 앞으로의 사십 수 년은 훨씬 더 변화가 없는 평탄한 것이 될 것이다."(p.221)라고 예측한다. '젊음' 안에서의 투쟁이 아니라 '늙음'으로 시선을 향하면서 관계를 계속하기 위한 타협을 지향하고 있다. 그러기 위해서는 세계를 바꿀 필요가 있다. '마사코'와 '스즈코'. 과거와 연결되는 이름을 명명하고 이름을 대고 그 이름이 놓인 문맥 그 자체의 변경을 시작한다. 관계의 계속에 대한 욕망은 그것을 가능하게 할 것이다. 『이면 버전』이라는 소설이 쓰여지는 현장은 불특정 다수에게 열린 문학장이며 쓰는 측은 복수의 독자의 얼굴을 향하게 되지만, 마사코와 스즈코의 이야기를 부연하면, 『이면 버전』이라는 소설을 쓰는 행위에도 이 소설을 사이에 둔 관계가 계속되기를 바라는 욕망을 읽어낼 수 있지 않을까? 소설을 발표하는 '작가'의 욕망을 자기 표상이나 그에 따른 승인 욕망에서 해방하고자 하는 시도로 파악하고 싶다. 『이면 버전』에는 그와 같이 쓰는 측과의 농밀한 관계를 유지하고자 하는 읽는 측의 자리가 준비되어 있다. 『이면 버전』은 쓰는 행위를, 권유에 응답하여 읽는 측의 자리에 앉는 것으로 변용시키는 가능성을 열어 두고 있는 것이다.

제 Ⅱ 부

'여자'와의 교섭

제6장 '여자'를 구성하는 알력

— 『여학잡지女学雑誌』의 '내조'와 '여학생'

1. 카테고리와 그 배치

제 I 부에서는 피독성과 응답성이라는 시좌에서 쓰는 주체의 균열에 대해 생각해 왔다. 제 II 부에서는 '여자'를 구성하는 규범과의 교섭에 초점을 맞춰 생각해 보고 싶다. '여자'가 의미하는 것은 문맥이나 장에 따라 다양하다. 균열이나 알력의 경험은 일정하지 않고 그것과의 거리를 유지하는 방법이나 마주하는 방법도 일률적이지 않다.

본장에서는 우선 교섭하는 규범 그 자체의 복수성과 그 균열이나 알력을 확인하기로 한다. 근대에 들어서서 여성이라는 존재의 의미가 달라진 것은 잘 알려져 있다. '남녀동권', 혹은 그와 대립적으로 작동된 '남녀동등'이라는 용어에 의해 어쨌든 여성은 새로운 장소를 부여받았다. '여자'라는 카테고리는 이 때 국가적 역할을 담당할 수 있는 카테고리로서 인식되었고, 근대 일본 속에서 확실한 윤곽을 갖게 되었다.

'여자' 안에는 복수의 카테고리가 설정되어 있다. '현모', '양처' 혹은 '주부'. 더 나아가 이들 새로운 여성들을 기르는 토대가 되는 여자교육에서 직접 태어난 '여학생'이라는 카테고리가 있다. 이들 카테고리의 각각의 전개에 대해서는 이미 다양한 연구가 거듭되어 왔다. 그러한 성과를 토대로, 여기에서는 '어머니'나 '주부' 또는 '여학생'이라는 개념이 각각 어떻게 서로 얽혀 있는가 하는 문제를 생각해 보고자 한다. 여성을 틀짓는 이들 근대적 카테고리는 균열 없이 연결되어 있던 것일까? 결론은 뻔하다. 물론 그렇지 않았다는 것이다. '여학생'에서 '주부'로, 또 '어머니'로 라는 경로는 여자교육의 문맥 중에서는 하나의 셋트를 이루고 있지만, 이러한 복수의 카테고리가 합쳐질 때 그 틈새에 알력이 없지 않았다. '여학생'은 '주부'나 '어머니'라는 카테고리로 원활하게 접속하는 일은 없었으며, '양처'로 정리되는 카테고리 안에는 몇 가지 역할이 서로 잘 들어맞지 않은 채로 포함되어 있었다고 생각된다. 본 장에 확인하고 싶은 것은 이러한 카테고리 간 관계이다. 각 카테고리의 접속이 원활하지 않은 것은 여성의 인생에 커다란 단절이 생기는 것을 의미한다. 준비된 복수의 선택지가 매우 이질적인 것으로서 설정된다는 것도 의미할 것이다.

근대가 낳은 카테고리와 그 배치는 여성의 삶을 어느 정도 힘들게 했다고 생각된다. 메이지시대 여성을 둘러싼 논리의 변화는, '남녀동권'이 아니라 '남녀동등'으로 말이 바뀐 것이다. 즉 공사公私의 분리와 성별 역할 분업을 전제로 한 양처현모상 속에서 사적 영역으로 배치된 여성에게는 공적 영역의 권리가 주어지지 않은 셈인데, 여기에서 삶의 난점으로 주목하고 싶은 것은 그러한 여성의 사회적 자립에 대한 장해라는 측면이 아니다. 가령 여성으로

서의 역할을 떠맡은 경우에도 일종의 삶의 난점은 발생한 것이 아닌가 하는 점을 이들 카테고리의 알력의 결과로 이해 하고자 한다. 준비된 카테고리가 서로 대립해 버리는 구도 안에서는, 어느 입장에서나 고통이 발생하고 또한 일관된 아이덴티티를 형성하기가 어려워진다. 일관성을 절대적으로 중시하지 않는다면 물론 그 안에서 다양하게 전개될 가능성을 읽어낼 수도 있겠지만, 그렇게 시좌를 옮기기 전에 카테고리 간 관계를 확인해 봄으로써 근대 여성의 삶의 난점에 대해 생각해 보고 싶다. 그리고 마지막으로 시미즈 시킨清水紫琴의 「망가진 반지こはれ指環」와 기타무라 도코쿠北村透谷의 「염세시가와 여성厭世詩家と女性」에 대해 논해 보겠다. 거의 같은 시기에 집필된 두 텍스트에 카테고리 간의 균열 또는 이념과 현실 사이에 생긴 균열을 읽어낼 수 있을 것이다.

2. '현모'와 '양처'와 '여학생'

우선 근대적 여성의 카테고리에 대한 지금까지의 논의를 개괄해 보겠다.

가장 집약적인 틀이 되는 것이 '양처현모良妻賢母'이다. 후카야 마사시深谷昌志의 지적[108]에 의하면 그 발생은 『메이로쿠잡지明六雜誌』의 나카무라 마사나오中村正直 등으로 거슬러 올라갈 수 있으며, 그것이 의식적으로 사용된 것은 1891년 발간된 『여감女鑑』이라고

---

108 深谷昌志 『良妻賢母主義の教育』(黎明書房, 1966). 인용은 증보판(1981)에 의함. p.156.

한다. 후카야는 그것을, '일본 특유의 근대화 과정이 낳은 역사적 복합체'로 설명했다. 보다 구체적으로는 "내셔널리즘의 대두를 배경으로 유교적인 것을 토대로 하면서 민중의 여성상으로부터 규제를 받으며, 서구의 여성상을 굴절하여 흡수한 복합사상"[109] 이라고 지적하고, 패전에 있어 단절을 설명하는 문맥 안에서 유교적 규범과의 관련성을 비판적으로 검증했다. 그에 대해 고야마 시즈코小山静子들에 의한 그 후의 연구에서는 근대적 가족상과 관련이 깊다는 사실이 지적되었다.[110] 양처현모주의 규범과 현재와의 관련성, 또는 근대적 국민국가 형성과의 관련성이 명확히 밝혀졌다고 할 수 있다.

'양처현모' 개념의 성립에 대해 중요한 것은 '가정'이라는 단어로 수렴되어 가는 근대가족상의 수입이 관련되어 있다는 점이다. '근대가족'이란, "공공 영역과 가내 영역이 분리되어 각각의 영역을 "남자는 일, 여자는 가정"이라는 형태로 분담하는 것, 가족 내에서는 가족 성원 상호의 강한 정서적 관계가 존재하는 것, 등의 특징을 갖는 가족"[111] 이다. '가정'이라는 말이 홈의 번역어로서 유통된 것은 잘 알려진 사실이지만, 수입된 가족상을 근거로 그 이념상의 변화가 확실하게 나타난 것은 메이지 20년대(1887~1896)의 일

---

109 위의 책, p.11.
110 小山静子『良妻賢母という規範』(勁草書房, 1991) 등.
111 위의 책, p.5.

이며, 그 정착은 20년대 후반에서 30년대 무렵이다.[112] 예를 들어 '일가단란—家団欒'이라는 개념이 역시 메이지 20년대에 출현하였고 청일전쟁 후 '일종의 가족 신앙으로까지 떠받들여진다'[113] 는 야마모토 도시코山本敏子의 지적 등 구체적 검증이 거듭되고 있다.

국민국가의 형성과 근대가족상이 서로 연결된 곳에 양처현모 중 '양처'상, 구체적으로 말하자면 기르는 존재로서의 어머니상이 나타난다.[114] 메이지 20년대는 어른과 다른 존재로서 어린이가 발견됨과 동시에 그들을 키우는 어머니가 이념적으로 이야기되기 시작된 시기에 해당한다. 이 '육아담당자로서의 어머니'[115] 이라는 개념은 근대 이전과 이후를 가르는 개념이다.

고야마 시즈코는 에도시대江戸時代의 여훈서女訓書에 기록된 여자의 역할에 대해 다음과 같이 정리하고 있다.

어느 쪽도 아이를 기르고 교육을 하는 어머니로서의 덕목은 전혀 없었다고 할 수 있다. 있었던 것은 오로지 아내로서 며느리로서의 덕목이었다. 즉 제 덕목은 근면, 검소, 검약, 정직과 같은

---

112 牟田和恵『戦略としての家族』(新曜社, 1996), pp.51-77.

113 山本敏子「日本における〈近代家族〉の誕生—明治期ジャーナリズムにおける「一家団欒」像の形成を手掛りに」(『日本の教育史学』34, 1991), p.85.

114 沢山美果子「近代的母親像の形成についての一考察—一八八〇—一九〇〇年代における育児論の展開—」(『歴史評論』443, 1987.3), 木下比呂美「明治後期における育児天職論の形成過程」(『江南女子短期大学紀要』11,1982),「明治期における育児天職論と女子教育」(『教育学研究』49-3,1982.9) 등.

115 沢山美果子「近代的母親像の形成についての一考察」, p.63.

대對 자기 도덕과 삼종三從, 칠거七去와 같은 대 가족도덕만으로 구성되었고, 남편은 주군을 모시는 것처럼 모시고, 시어머니에게는 종순從順하게 효행을 다하는 여성이 이상으로 여겨졌다. 말하자면 당시에 여자의 존재 의의는 아내, 며느리라는 면으로 한정되어 있었던 것이며, '양처현모'가 아니라 '양처'라는 측면만이 의식되고 있었음을 알 수 있다. 그리고 여자에게 교육이 필요한 것도 아내의 역할, 며느리의 역할을 충분히 수행할 수 있는 여성으로 기르기 위해서였다.[116]

이것이 메이지시대에 들어서서 크게 변화한 것이다. 육아하는 어머니상의 도입은 반복해서 지적해 왔듯이, 차세대 국민을 기른다고 하는 국가적 요청과 직결되어 있다. '현모'가 결정적으로 새로운 개념이었음은, 양처현모주의가 여자교육도입의 기반이 되고 있었다는 것을 쉽게 이해하게 해 준다. 새로운 교육이 새로운 어머니를 '만드는' 것이다.

여자 교육에 대해 언급하기 전에, '양처'에 대해서도 그 내용과 출현 시기를 확인해 두겠다. 근세에 있어 여성의 역할이 아내와 며느리였다는 사실을 언급했는데, 그렇다고는 해도 근대에 있어 '양처'에는 역시 결정적으로 새로운 사실이 있다. 고야마는 '양처' 개

---

116 小山靜子『良妻賢母という規範』, p.19. 또한 무타 가즈에는『여대학보상(女大学宝箱)』 (1916)을 들어 '모두 시아버지와 시어머니, 남편, 시집에 대한 노력, 일상생활과 가정에 대한 주의 즉 "아내", "며느리"로서의 의무이며, 자녀 양육에 대한 주의나 어머니로서의 의무에는 거의 전혀 언급하지 않고 있다'(牟田和惠『戦略としての家族』, p.125)라고 지적하고 있다.

념에 대해, 청일전쟁 후 "지식에 의한 내조나 여성의 도덕성에 대한 주목"[117] 이 새롭게 일어났다고 한다.

> 단순히 종순만이 양처의 조건인 것이 아니라, '남자는 일, 여성은 가정'이라는 근대적 성별 역할 분업관에 따라 가사노동을 충분히 수행하고 가정家政을 관리할 수 있는 여성이 양처로 관념되고 있는 것이다.[118]

근대 이전에도 성별 역할 분업은 있지만, 공사 분리와 짝을 이루며 새로운 젠더 배치가 이루어진 것이다. 가정이라는 사적인 폐쇄공간을 유지하는 존재로서 '양처'에 겹쳐져서 출현한 것이 '주부'라는 개념이다. 무타 가즈에牟田和恵는 종합잡지를 대상으로 메이지 20년대 후반의 변화에 주목하여 "'주부'라는 말이 나타나고 그 일이 구체적으로 세세하게 묘사되어 청소나 요리의 실용기사가 연재되게'[119] 된다고 지적하고 있다. 메이지 20년대 전반부터 이미 그런 변화의 징후가 보였다는 주장도 있다. 이누즈카 미야코犬塚都子는 메이지 20년대 전반부터 간행된 『여학잡지』에서 이와모토 요시하루巌本善治의 '홈'론을 분석하여, '주부의 직무에 대한 논설이 "홈"론의 중심을 차지하고 있으며, 그 안에서 "화목단란和楽

---

117 小山静子『良妻賢母という規範』, p.45.
118 위의 책, p.46.
119 牟田和恵『戦略としての家族』(新曜社, 1996), p.66.

団欒"의 담당자로서의 주부상을 볼 수 있다'[120] 라고 한다. 이와호리 요코岩堀容子 역시 『여학잡지』에 있어 가사, 가정에 관한 기사가 아내의 역할을 구체적으로 제시하고 있다고 지적하며, '아내 중심 가정학의 탄생'[121] 을 주장하고 있다. 발현 시기에 대한 지적에 약간의 차이가 있기는 하지만, "새로운 가족 이념에 근거한 가정 내 여성 역할의 이상상으로서의 '주부상'"[122] 이 메이지 20년대에 나타났다는 것은 공통된 의견이라 할 수 있다.

지금까지 '현모'와 '양처', '주부'에 대해 살펴보았는데, 그러면 그 토대가 되는 여자교육에서 태어난 '여학생'이라는 개념은 어떻게 된 것일까? '여학생' 역시 결정적으로 새롭고 또한 여자교육이라는 추상적 이념이 선행하는 형태로 만들어진 근대적 여성 카테고리였을 것이다. 여자교육이 없으면 '양처'도 '현모'도 태어날 수 없었을 것이며, 그런 의미에서 같은 변천 과정을 더듬어 봐도 이상하지 않을 것이다. 그런데 '여학생'이라는 카테고리는 양자와는 전혀 다른 전개를 보이며 국민국가적 문맥으로 귀착되지는 않는다. 그것이 귀착된 것은 문학적 문맥이었다. 문학적 문맥에서 '여학생'에 대해 논한 혼다 가즈코本田和子는 "단순한 '여자' '학생'이라는 것을 초월한, 독특한 음영으로 얼룩진 '여학생이라

---

120 犬塚都子「明治中期の「ホーム」論―明治18～26年の『女学雑誌』を手がかりとして」(『お茶の水女子大学人文科学紀要』42, 1989), p.56.

121 岩堀容子「明治中期欧化主義思想にみる主婦理想像の形成『女学雑誌』の生活思想について」(『ジェンダーの日本史』(下)東京大学出版会, 1995), p.475.

122 앞의 책, p.461.

는 것'"[123]이 '탄생'한 것을 메이지 30년대(1897–1906)로 본다. 그것
은 '직접적 효용성은 확실하지 않으면서 그리고 그렇기 때문에 대
부분의 서민들과는 관련이 없으면서, 근대의 상징, 도시의 꽃으로
서 "있어도 괜찮은 것"으로 위치지어진다[124]고 한다. "야유를 하
거나 기피하는 것이 아니라 '하이칼라'로 받아들이고, '아름답다'
고 칭찬까지 하면서……"[125] 라는 일절은, 그 이전의 '여학생'이
야유와 기피의 문맥 안에 놓여 있었음을 암암리에 드러내고 있다.
이와다 히데유키岩田秀行도 역시 문학적 표상인 '에비차시키부海老
茶式部'(메이지시대 여학생이 입고 있던 바지의 색이 에비차색海老茶色 즉
거므스름한 적갈색이었던 데서, 거기에 궁녀를 부르는 명칭이었던 시키부
式部, 예를 들어 무라사키시키부[紫式部]나 이즈미시키부[和泉式部] 등)를 붙
인 것으로 여학생을 조롱하여 부르는 말. 혹은 그런 모습을 한 여학생. 주로
메이지 30년대에 사용됨. 역자 주.)라는 말의 발생과 유통에 대해 논하
며 역시 메이지 30년대가 그 전환기였음을 지적하고 있다.[126] 물론
'여학생'이란 말 그 자체는 메이지 20년대의 '여학생'이라는 용어
와 메이지 30년대의 그것 사이에는 커다란 차이가 있다는 것이다.
'현모'와 '양처'에는 20년대와 30년대 사이에 그러한 단절은 없
다.

---

123 本田和子『女学生の系譜』(青土社, 1990), p.12.

124 위의 책, p.12.

125 위의 책, p.24.

126 岩田秀行「「海老茶式部」攷—あるいは川柳的視点による明治三十年代女学生論」(『言
語と文芸』86, 1978).

'여학생'과 '현모' 혹은 '여학생'과 '양처'라는 카테고리 사이에 있는 그 형성 시기의 차이는 '여학생'에서 '양처'·'현모'로 라는, 여성의 라이프 사이클에 따른 연결이 형성되기 어려웠음을 나타내고 있다. 각 시기의 '양처'·'현모' 카테고리와의 관계 변화가 '여학생' 카테고리의 질적인 변화를 초래했다고 생각할 수 있다.

　새로운 카테고리의 형성과정에서 파생한 알력은 그 외에도 더 있다. 예를 들어 무타 가즈에는 '주부'라는 카테고리 안에 '패러독스'가 생겼음을 지적하고 있다.

> 메이지 30년대 동안에 적어도 이념상으로는 '가정'이라는 새로운 가족상이 나타나고 '주부'라는 계층이 탄생하기에 이르자, '가정'에 일종의 뒤틀림 현상이 발생했다. 즉 '가정'은 여성의 장, 사적인 영역이 되고 종합평론지의 공론의 대상에서 제외되었으며 동시에 주부에게는 봉건적 무사계급의 아내의 상이 이상으로 겹쳐졌다. 메이지시대 초기 '동양적'이라는 이유로 부정된 유교적 가족 관념이 서구적 '가정' 관념을 경유하여 정서적 가치부여가 이루어지고 새로운 모습으로 부활한 것이다.[127]

　새로움을 둘러싼 이와 같은 뒤틀림은 30년대 '여학생' 카테고리의 의미의 변질과 관련이 있을 것이다. 새로움 그 자체의 표상인 '여학생'과 봉건적 이념에 기반한 '주부'의 관계는 철저히 나빠질

---

127 牟田和恵『戦略としての家族』, pp.71-72.

것이기 때문이다. 또한 고야마는 '양처' 개념의 등장에 대해 논하면서, 다음과 같이 지적하고 있다.

　　단순히 양처현모라고 하지만, 아내와 어머니 어느 쪽에 중점을 두고 여자교육의 필요성을 주장하는가 하면, 그것은 압도적으로 어머니의 역할이었다. 역시 다음세대의 국민양성에 깊은 관련이 있는 어머니의 역할 쪽이 국가에서 보면 보다 더 중요하며 가치부여를 하기에 편했던 것이다.[128]

　　고야마는 "아내나 며느리로서의 역할(예를 들면 가장 대표적인 것은 남편이나 시어머니를 순종적으로 모시는 것)은 국가 측에서 의의 부여를 하기 어려운데 대해, 어머니 역할은 다음세대 국민양성이라는 점에서 국가와 연결지어 쉽게 장악할 수 있는 것이었다."[129] 라고 지적하기도 한다. 어머니 역할에 대한 기대의 비대화는 아내나 며느리 역할과의 관계에 영향을 미치지 않았던 것일까? 그것들을 담당하는 것은 같은 여성이다. 분담하는 것이 아니다. 또한 어쩌면 이누즈카에 의한 "이와모토는 '홈'의 제창자 중에서 특히 '남편을 돕는 것'과 '내조'를 중시하며, (중략) 특히 정신면에서의 케어를 아내의 중대업무로 기대했음을 알 수 있다"[130]라는 지적에도 주의를 기울이고 싶다. 그렇다면 이와모토가 중시한 '내조'의 임

---

128 小山静子『良妻賢母という規範』 p.46.
129 위의 책, pp.39-40.
130 犬塚都子「明治中期の「ホーム」論」, p.57.

무는 '주부'에게 기대된 역할과 같은 것이 아니게 된다. '양처'라는 카테고리는 이 두 가지 임무를 똑같이 포함하여 발전한 것일까? '현모' 혹은 '양처' 중 '주부'의 카테고리가 근대에 쉽게 착지하는데 비해, '내조'의 착지 상황은 불확실하지 않은가? 또한 '여학생'이 착지한 문맥은 '현모'와도 다르고 '양처'와도 다른 문맥이 아닌가?

여기에서는 이러한 각 카테고리별 사정의 차이를 감안하여 특히 그 착지가 어려웠다고 생각되는 '여학생'과 '내조'에 대해 생각해 보고자 한다. 분석의 대상으로 삼은 것은 그 두 개의 카테고리에 대한 논의가 많은 『여학잡지』이다. 1885년에 창간되어 근대시기 여성에 대한 이념형성에 있어 새삼 거론할 필요가 없을 만큼 지대한 영향을 준 『여학잡지』는 이 두 개의 카테고리에 대해 특히 강한 정열을 가지고 논한 잡지이다. 여성에 대한 새로운 이념이 이야기되는 과정을 더듬어 가며 각각의 사정을 명확히 하고자 한다.

3. '양처'에서 '현모', 그리고 '가족'으로

크게 두 시기로 나누어 정리해 보고자 한다. 100호까지(I기)와 그 이후(II기)이다. 우선 I기에 대해 이야기해 보자.

『여학잡지』는 '양처'론을 주창하는 것에서부터 시작된다.

우선 주의해야 할 것은 이 '양처'는 '내조'하는 사람이라는 것이다. 가사와 관련된 이념이 아니라 남편과의 관계에 관련된 이념이 선행되고 있다. 창간 직후 3회에 걸쳐 연재된 「부인의 지위婦人

の地位」(2호, 3호, 5호)에서는, '해피 홈'을 이념으로 "우리가 생각하기에 남편은 아내를 사랑해야 하며, 아내는 남편을 존경해야 한다. 남편은 밖을 다스려야 하고 아내는 안을 지켜야 한다. 남편과 아내는 천권天權을 동등히 하고 또한 세상에서는 아내는 남편의 보호를 받고 이에 따라야 한다."(5호)라고 주장하고 있다. 이러한 대전제 위에서, "지금의 부녀론자는 자주 이러한 이유를 생각하여 부인의 지위는 결국 남자가 부조副助해야 하는 것으로 해야 한다고 각오하고 여러가지 개량책을 취해야 한다. 지금의 부녀는 남자의 하녀이다. 우리는 앞으로 이를 발전시켜 남자를 돕는 상대, 의논 상대로 만들고자 한다"라고 여자교육의 필요성이 거듭 이야기되고 있다. 혹은 「부녀의 책임婦女の責任」(8호) 에서는, "남편을 돕고 남편이 하고자 하는 바를 하게 하여 그 근심을 없애고 그 즐거움을 더해 후에 돌아보고 걱정하지 않게 하며 애써 바깥에서 전력을 다하게 하는 것은 부처婦妻 된 자의 의무이다"라는 것을 제일 중요한 덕목으로 여긴다. 그리고 다음에 '회계', '음식, 의복' 준비를 언급하고 그 다음이 육아라는 순으로 되어 있다. '일본'에는 '교육을 받은 자 및 이러한 의무를 제대로 다하는 자가 없다'라고 하는 것처럼, 이들 역할을 제시하는 가운데 의무로 연결되는 교육의 필요성이 역설되고 있지만, 남편이 제일이고 다음이 가사와 육아라는 우선순위는 초기 『여학잡지』에 일관된 것이다. 그리고 '진정한 애정'과 '혼인'의 개량도 그와 같은 목적에서 추구되고 있다. 「여권의 보호를 바란다女權の保護を要む」(16호) 혹은 「혼인의 가르침婚姻のをしへ」(22호, 23호, 25호) 등이 있다. 「아내는 남편을 이해하고 남편을 도와야 한다妻は夫を知り夫を禅くべし」라는 제목의 사설에서는 다음과 같은 내용이 나온다.

아내와 남편은 일체이다. 남편이 아내를 사랑하여 무슨 일이든 그 상담 상대가 되어야 함은 물론이며, 지금과 같이 이를 하녀나 일꾼과 같이 취급하는 것은 물론 안 되는 이치이다. 종종 논하여 남은 바가 없을 정도이지만 지금 역시 아내 한쪽에서 말할 때는 아내 또는 남편을 사랑하고 남편을 사랑하고 남편을 도우며 간난艱難할 때도 이를 따르며 우고憂苦품할 때도 이를 따라야 함은 마찬가지로 명백한 이치이다.

개화 시대에 맞는 논의도 전개되어, '남자의 기성氣性이 활발해' 진 시세에, '무학 문맹인 부인이 동의를 표했다고 해서 남자의 기운을 고무하기에는 부족할 것입니다'(田口卯吉君演説「想像世界」, 24호)라고 하는 연설도 소개되고 있다.

그러면 '어머니'에 대한 논의는 어떠한가 하면, 이 시점에서는 '아내'에 대한 기술에 비해 우선 수가 적다. 물론「모친의 마음가짐. 애육이라는 것母親の心得. 愛育と云ふ事」(24호, 15호) 등, "애육이라는 것을 베풀지 않으면 도저히 충분한 교육은 이루어 질 수 없을 것이다. /애육이란 아이를 매우 사랑하고 위하는 가운데 이를 가르치고 이끄는 방책을 궁리하는 것이다."(14호)라는 교육하는 어머니상을 만들어 내고자 하는 논은 나와 있다. 문제가 되는 것은 어린이를 체벌을 하는 종래의 엄한 어머니상에서 '애육'이라는 이념이 도입된 것이다. 다만 이 단계에서는 아직 유동적이다. "아이를 감독하고 이를 가르치고 이끄는 것은 어머니나 보모로 가급적 그 사람을 정해 놓을 필요가 있다", "어머니 또는 보모의 교육 책임에 있어 무엇이든 그 가르침에 따라 어린이의 진퇴를 결정하게 하는 것이 좋다"라고 주장하고 있으며, 육아담당자가 완전히 어머니로 고정되어 있는 것은 아니다(「가정교육의 요목家庭教育の要目」43호).

'어머니'에 대한 논의가 계속해서 반복되는 것은 「여생도 아내女生徒の妻」(49호)라는 사설에서 아내가 된 여생도에 대한 비판이 문제시된 후의 일이다. 여생도에 대한 비판에는 두 가지 논점이 있다. 첫째는 여자다움의 결여이다. "신부의 예의 작법이 거칠고 말씨가 여자답지 않다", "상냥함"이 부족하다 라는 것이다. 둘째는 장보기, 세탁, 바느질과 같은 가사를 전혀 할 줄 모른다는 것이다. "필경必竟은 서생으로서 독서하는 기술을 배우지만 사람이 사는 집을 다스리는 법을 모르기 때문이다. 아마 지금 아내를 정하고자 하는 사람은 절대로 여생도를 맞이해서는 안 된다"라는 비판을 받고 있다고 한다. 물론 이러한 비판을 그대로 받아들이는 것이 아니라, "그 두뇌 속에는 여전히 남존여비의 구습을 고수하고 있어서 아내를 하녀처럼 취급하려는 욕망"이 있기 때문에 생기는 "잘못된 마음가짐"을 지적하며 남자 생도를 교육할 필요가 있다고 역설하고 있기도 하다.

이와 같은 여학생 비판이 있은 후에, '어머니'론이 반복적으로 게재되게 된다. "일본 인민人民 개조의 권력은 오로지 부인婦人의

손에 있으며 우리들은 이 현량賢良한 어머니에 의해 현금現今의 시
대적 폐해를 치유하는 외에 달리 좋은 방법이 없음을 한탄하는 것
이다"라는 '모친의 책임'(52호)이 주장되었으며,「유모의 양부乳母
の良否」(54호),「애보기 여자에 대한 논子守女の論」(57호) 등의 사설
에서 계속해서 애보기나 유모에서 어머니로 책임전환이 적극적으
로 주장되고 있다.「임부와 태아의 관계妊婦と胎子との関係」(55호)도
그것을 보강하는 기사이다. 동호에는 거듭 이와타 후미요시岩田文
吉의「유모의 폐해乳母の弊害」가 실려 있기도 하다. 그리고 여자교
육은 어머니를 육성하기 위해 불가결하다고 하는 것이 명확해진
다. (「여자와 이학(제2)(女子と理学 (第二))」(56호). 즉 '여생도'와 '아내'
라는 잘못된 카테고리의 연속성이 '어머니'론을 끌어내게 된 것이
라 할 수 있다.

　그 후 '현모'와 '양처'를 하나로 묶어내는「일본의 가족(日本の
家族) (제1~제7))」(96호~102호) 연재가 시작된다. '진정한 홈', '진정
한 화락단란和楽団欒'(97호)을 이념으로 "부녀자로서 만약 가족을
행복하게 하는 힘이 없다면 이는 곧 만 가지 개량을 거의 모두 헛
되이 하는 것이다"(100호)라며 여성은 개량의 요체로 배치되고 있
다. 이 연재의 최종회는「한 가족의 여왕一家族の女王」(102호)이라는
제목으로 그 가족의 중심이 되는 여성의 모습을 강력하게 작동시
키고 있다. 같은 시기 '내조적 양처内助的良妻'론으로서 우카와 세
이자부로宇川盛三郎의「여자의 교육女子の教育」(94호, 96호)이 있으
며, "교육이 없으면 컨버세이션 담화談話를 할 수 없습니다. 담화
가 없으면 남편과 함께 협동하며 사는 것이라 할 수 없습니다."(96

호)라고 한다. 육아론으로 사무엘 스마일즈 술述 후학 시즈 역「가족의 세력家族の勢力」(96호, 97호)이 있으며, "홈 즉 가족이라는 것은 사람의 품행을 양성하는 최초의 학교와 같은 것", "가족의 교육은 용의容儀도 심의心意도 품행品行도 양성하는 것이라고 할 수 있다" 라고 한다. 여성교육을 '아내'로서의 이념과 '어머니'로서의 이념에 연결지어 그 필요성을 새삼 강조하고 있다.

이러한 과정에서 알 수 있는 것은 복수의 여성의 카테고리가 가족을 기반으로 하는 하나의 세트로서 같은 안정도나 중요도로 계속 논해진 것이 아니라는 것이다. 게다가 가족론이 제시된 이후, 여학생에 대한 비판은 수그러들기는 커녕 점점 더 커다란 파란을 맞이하게 된다. 『여학잡지』 또한 그것에 대한 대응을 하지 않으면 안 되게 되어 갔다.

4. 여학생 비판과 '내조'론

II기에 대해 이야기해 보자. 여학생에 대한 비판은 크게 세 종류로 나누어 볼 수 있다. I기와 마찬가지로, 첫째로는 건방지고 예의가 없다는 것, 두 번째는 실제 가사에 무지하다는 것, 그리고 한 가지 더 추가되는 세 번째는 '추문'으로 이야기되어지는 성화性化된 여학생에 대한 비판이다. 이 세 가지 비판에 대해 각각 어떤 반론이 있었는지 정리해 보고자 한다.

첫째와 두 번째의 건방지고 실제 가사에 무지한 여학생이라는 비판에는 반론도 I기와 같은 형태로 반복된다. 「1888년 끝나다

明治二十一年終る」(142호)에는 '건방'지고 "말은 고상하지만 실제 일은 하지 못 한다"라는 두 가지 비판이 제기되고 있는데, 첫 번째 건방짐에 대해서는 학문이 아직 부족하기 때문에 여학을 더 한층 충실히 할 필요가 있다고 역설하며, 두 번째 비판에 대해서는 "고상함을 지향함과 동시에 곧 실제로 비근卑近한 의무도 소중히"라고 반성을 촉구하면서 지知를 지향하는 여학女学의 방향성을 지지하고 있다. "뭔가 중정中正의 취의旨義를 말하는, 여자교육에 관한 몇 가지 잘못된 견해"(157호)는 여학생 비판을 포함한 일곱 가지 논점을 정리한 것이다. 다섯 번째까지는 여학생 비판이라기보다는 여자교육 불요론으로, 남녀는 '부동不同'하고, 여자의 '뇌脳'·'체력躰力'·'지력智力'은 남자보다 못하기 때문에 그리고 여자는 아내와 어머니가 될 것이기 때문에 고등교육은 불필요하다는 의견인데, 여기에서는 각각 반론이 있다는 정도만 언급해 두겠다. 나머지 두 가지가 여학생 비판이다. 첫째는 여성을 교육하면 건방져진다는 의견, 두 번째가 홈을 영지領地로 하는 여자의 덕목인 우미優美함이 저해된다는 의견이다. 이것들은 앞의 세 가지 분류로 하자면 첫 번째 비판에 해당되는 것으로 생각되지만, 전자에 대해서는 "사람이 학문을 하면 처음에는 건방져진다. 더 학문을 해야만 건방진 단계를 경과하여 깊고 겸손해 질 것이다"라고 하며, 건방진 것을 성장의 한 과정으로서 긍정하는 반론을 제시하고 있다. 후자에는 "만약 부부가 진정한 화락을 원한다면 그 지식과 학력이 대략 비슷할 필요가 있다. (중략) 아마 진정한 화락은 고상한 교육이 있는 아내의 홈에서 생길 것이다"라고 하는, 『여학잡지』에서 반복되어 온

'내조'를 위한 여학 필요론이 제시되고 있다.

건방기론에 대해 건방기를 긍정하는 반론은, 『여학잡지』 안에서는 드물지는 않다. 물론 여학생을 나무라는 경우도 있지만, 스즈키 겐타로鈴木券太郎의 「건방기설生意気の説」(92호, 93호)에서는, "시류時流로 보아 건방져 보일 정도가 아니라면, 천하에 솔선하여 신풍습, 신의견新意見, 신감정新感情, 신호상新好尚을 만들어 그 시대 또는 사회를 부패, 영락에서 구출하지 못할 것이다"(92호), '오늘날의 냉혹한 평가가 오히려 타일의 금패金牌임을 생각해야 한다'(93호)라며 신시대를 낳는 기질로서 긍정하고 있다. 나카지마 도시코中島俊子의 「건방기론生意気論」(241호)도 '한어와 영어를 섞어 담화하는 것을 건방지다고 할 수 있을까'라고 반론했다. 이와 같은 건방기 긍정론과 함께 여학생으로서 양성해야 할 기질을 가치짓는 '내조' 론이 제시되고 있다 할 수 있다.

두 번째, 가사를 둘러싼 비판에 대해서는 가정학의 필요성도 제창되었다. "가정학은 여자교육의 요소이다"(211호)라고 언급하며, 독자 모집 과제로서 "여학교에 출교하여 배운 학과 중 어느 것이 가장 실효가 있는가? 또한 졸업 후 학창시절을 돌아볼 때 교과에 대한 감각은 어떠한가?"를 제시하며 가정학의 필요성에 대해 쓴 글을 게재하고 있다.(212호) 주부양성론이라 할 수 있는 이들 논의와 '내조'론이 조합되어 '양처'를 위한 여자교육의 필요성이 역설되었다.

그렇다면, 세 번째의 여학생 비판에 대해서는 어떠한가? 이상에서 확인해 왔듯이, 첫 번째와 두 번째의 비판은 새로운 것이 아니었지만, 세 번째의 여학생상을 낳은 추문은 새로 발생한 것이었다. 여학생에 대한 추문은 이 시기에 이상한 조짐을 보이고 있다. 무라카미 노부히코村上信彦는 이에 대해 다음과 같이 지적하고 있다.

메이지 20년대의 여학생 공격은 이 시대적 저항 내지 반감의 자연스런 수준을 넘어 정부의 의도(수신을 중심으로 한 국수주의적 교육통제. 인용자주)를 받아들인 사람들이 의식적으로 만들어 낸 것이다. 일반적인 반감은 건방지다, 말괄량이다 라는 선에 머물지만, 의식적인 공격은 졸업하여 세상에 나간 후의 장해나 재학 중의 타락을 넌지시 밝힘으로써 여학교 교육 그 자체가 유해하다는 인상을 주려고 한다. 특히 막연한 인신공격은 여학생을 딸로 가지고 있는 부모들의 불안감을 부추기게 되므로 효과적인 전술이었다.[131]

「썩은 달걀くされ玉子」(1889)[132] 이나 「탁한 세상濁世」(1889)[133] 과 같은 여학생을 야유하는 소설이나 신문을 중심으로 하는 미디어에서의 여학생 비판[134] 은 이 세 번째 여학생상을 만들어 냈다.

---

131 村上信彦『明治女性史─中巻前篇』(理論社, 1970), p.198.

132 嵯峨の屋お室「くされ玉子」(『都の花』, 1889.2)

133 坎坷山人(須藤南翠)「濁世」『改進新聞』1819호-1863호, 1889년 4월부터 5월까지 38회 연재. 屋木瑞穂『『女学雑誌』を視座とした明治二二年の文学論争─女子教育界のモラル腐敗をめぐる同時代言説との交錯」(『近代文学試論』35,1997), p.11의 지적에 의함.

134 그 외에, 小関三平「明治の「生意気娘」たち (中) ─「女学生」と小説」(『女性学評論』

『여학잡지』는 추문보도를 철저히 비판하고 이다. 「썩은 달걀」, 「탁한 세상」, 고등여학교 교장 야타베 료키치矢田部良吉, 교두教頭 노세 사카에能勢栄의 언동을 둘러싼 일련의 소동 등 각각에 대해 그 때마다 반응을 보이고 있다. 예를 들면「고등여학교를 평한다高等女学校を評す」(166호)에서는 「탁한 세상」이 게재된 『개진신문改進新聞』, 『일본日本』, 『니치니치신문日々新聞』, 『요미우리신문読売新聞』 등의 이름이 구체적으로 거론되고, 이들이 이야기하는 성화性化된 여학생상을 허언虛言이라 하며 엄격하게 비난하고 있다. 『여학잡지』의 전면 부정 태도는 일관되고 있다. 『일본신문日本新聞』에 게재된 「여생도의 품행女生徒の品行」에 대해서는, '"오인吾人이 탐지探知하는 바에 의하면 부하府下에 결코 이와 같은 일은 없다."(「무슨 괴보인가何等の怪報ぞ」163호)라고 하며, 「여학생 부형에 드리는 글女学生の父兄に与ふるの書」(167호)에서는, "나는 진실로 지금의 평판을 믿지 않는다. 또한 내 자신이 천착해 봐도 그런 근거를 거의 발견하지 못하여 괴로운 바이다", "지금의 제 신문지의 평판과 같은 큰일은 결코 없다"라고 설명한다. 『요미우리신문』에 게재된 「여학생의 추문女学生の醜聞」에 대해서도, "오인吾人 자세히 그 글을 음미해 보았으나 확인할 수 있는 것을 거의 보지 못했다"(「여학생의 풍문女学生の風聞」202호), '어쨌든 그 기사가 거짓임은 내가 보증하며 한 점 의혹이 없다'라는 투서를 게재하고(「여학생의 추문과 일본, 요미우리 두 신문女学生の風聞と, 日本, 読売の二新聞」203호),

---

10, 1996), pp. 127-130 등 참조.

"『요미우리신문』의 수시垂示를 의지하여 다소 탐색을 했다. (중략) 거의 허문虛聞에 속한다"(「여학생의 풍문女学生の風聞」206호)라고 부정을 반복하고 있다.

주의해야 할 점은 이들 추문에 대해서는 기사내용 그 자체를 확실히 부정하고 있다는 것이다. 문제를 받아들인 후에 제언을 하는 기색은 전혀 보이지 않는다. 전면부정이다.

그리고 같은 시기에 증가한 것은 '내조'론이었다. 나카야마 아케미中山清美는 다음과 같이 지적하고 있다.

> 1889년 후반 무렵부터 「썩은 달걀」 사건, 「나라의 기본国の基」 사건 등 여학생의 타락, 여자교육 무용론이 주창되었기 때문에, 『여학잡지』는 1890년 무렵 특히 강하게 '내조'의 역할을 들고 나온 것으로 생각된다. 여학이 쇠퇴할 수밖에 없었던 시대 속에서 『여학잡지』 혼자서 여권의 신장 확장, 여학 추진을 계속해서 주장하는 것은 곤란한 상황이었다. 그래서 여권, 여학에 대한 주장을 자제하게 되었고 결과적으로 자연스럽게 따뜻한 가정에서의 '내조' 역할이 전면에 나오게 되는 형태가 된 것이 아닌가 한다. [135]

또한 "여학과 양처 사이를 구체적으로 연결지어 세상도 여학생도 납득할 수 있는 여학교 출신의 이상적 아내를 그려내기 위해

---

[135] 中山清美「「こわれ指環」と『女学雑誌』」(金城国文 77, 2001).

『여학잡지』는 필사적이었을 것이다"라고도 한다. 추문이라는 새로운 공격에 노출되는 가운데 사실 관계의 부정만이 아니라 여자 교육의 필요성을 보강할 필요가 생겼다는 것이다. 그러나 왜 추문에 대한 대응으로서 Ⅰ기에 들고 나온 '현모'가 아니라 '내조'론을 강화한 것인가? '내조'론의 특징은 무엇인가?

그것은 '현모'론과는 달리 새롭지 않다는 점에 있다. 여성을 '며느리'와 '아내'로 한정하는 구래의 여훈女訓과 마주했던 가장 초기의 『여학잡지』에서 '내조'론이 주창되었듯이, 여성의 남성에 대한 위로를 가치화하는 점에서(가르치는 '어머니'상이 새로 등장한 것과는 다르다) '내조'론은 여성을 남성에게 봉사하는 존재로 보는 오래된 문맥과 연결되고 있다. '내조'는 기존의 카테고리를 갱신하는 것이었다.

왜냐하면 추문은 여학생을 성적인 측면으로 가두는 점에서 매우 구식의 야유이기 때문이다. 추문은 "여학교는 제2의 기루이다"(촌뜨기 멍충이田舍家ぼんやり「여학생에 대해女学生について」『読売新聞』1890.2.23)라는 표현에서 알 수 있듯, 여학생을 오래된 문맥으로 파악하려 한다. 남성에게 위로를 주는 점에 여성의 가치를 부여하는 논의는, 여자 교육도 이성의 눈을 끌기 위한 '장식'으로 만들어 버린다. "옛날에는 학문을 하지 않은 여자가 남자에게 사랑을 받았기 때문에 학문을 하지 않았다고 하지만, 지금은 학문을 하지 않으면 시집을 가는 데도 문제가 있다고 하여 면학勉学을 한다고 한다. 배움의 목적 역시 그 몸을 치장하는 것에 지나지 않는다"라고 하는 "개화된 장식주의"를 비판하고 있는데(「요즘 여학생의 뜻은 어떠한가当今女学生の志は如何」75호), 여자교육을 '장식'으로 봄으로 써 여학생을 성화하는 추문이 생기는 것이다.

Ⅰ기의 여학생 비판에는 이러한 추문은 포함되지 않았다. 새로움에 대한 비판에 대해 '현모'라는 새로운 이념을 대항적으로 들고 나왔다는 것이다. Ⅱ기의 추문에 대해서는 구폐스러움에 대해 오래된 문맥에 새로운 이념을 집어 넣은 '내조'론이 제시되었다고 할 수 있다. '내조'론에 있어 구폐스러움은 여기에서는 중요하다.

5. '내조'론의 특수성

앞 절에서는 '내조'론의 구폐스러움을 강조했지만, 그것이 갱신인 이상 거기에는 물론 새로운 측면도 포함되어 있다. 제일 초기의 '내조'론과의 차이를 정리해 보자. 새로움이 명확해져 가는 과정에서 주목하고 싶은 것은, '내조'론이 반복됨에 따라 '동반', '붕우朋友' 혹은 '반신半身'과 같은 비유가 핵심 개념이 되어 갔다는 것이다.

예를 들어 「희생헌신犧牲献身」(171호–178호)에서는, '신일본의 정녀열부인貞女烈婦人'에 대해 다음과 같이 언급하고 있다.

그 남편을 하늘과 같이 보아야 한다. 즉 이를 동배동인간同輩同人間으로 존중해야 한다. 부디 그 남편을 주인처럼 보아야 한다. 즉 그를 동반동운명同伴同運命의 붕우로서 경애해야 한다. 그가 열애로써 남편을 사랑하는 것은 물론 가능하다. 가능할 뿐만 아니라 당연히 그래야 한다. 하지만 그를 사랑하는 것은 그를 동인간同人間인 남편으로서 평생 최애자最愛者로서 사랑해야 한다는 것이다.(171호)

혹은 "여성으로서 바깥일을 전혀 모르는 것은 그녀로 하여금 진정한 아내의 자격을 잃게 하는 것이다. 그녀로 하여금 남편의 최행최복最幸最福의 동반자가 되지 못하고 단지 그 하녀가 되게 하고 시녀가 되게 하는 것이다"(「여성 역시 바깥일에 주의해야 한다女性亦外事に注意すべし」184호). 또한 3회 연재된 「아내 내조의 변細君内助の弁」(224호–226호)에서도, "붕우 중의 붕우란 부부를 말하는가, 부부는 당연히 붕우이어야 한다. 절대로 주종이 되어서는 안 된다"라고 하며, '일신동체一身同体', '마이 하프', '반신半身'이라고 주장한다.

또 한 가지 특징은 가사를 중심으로 한 가정과 동반자로서의 내조의 역할의 차이가 전경화된다는 점이다. '기분 좋은 홈을 만들라고 가르치는 것은 이를 위해 당신의 가내家內의 의식주를 충분하게 할 뿐만 아니라 그와 더불어 외계外界의 일을 파악해 두라고 가르쳐야 한다는 것이다.'(「여성 역시 바깥일에 주의해야 한다」184호)라고 한다. 보다 구체적으로는 다음과 같이 설명한다.

설령 이를 잘 끝냈다고 해도 만약 더 중요한 다른 것이 부족할 때는 공功 아직 완전하다 할 수 없다. 그녀는 실로 아내로서 해야 할 사무事務의 아흔아홉 가지를 하나하나 다 이룰 수도 있을 것이다. 하지만 마지막에 남은 가장 필요한 의무 즉 아내가 아니면 절대로 할 수 없는 한 가지 중요한 일을 하지 못할 때는, 비유해서 말하자면 천각만조千刻万彫의 불상사佛像師가 마지막으로 그 눈을 그려 넣지 못하는 것과 비슷하다. 앞의 백 가지 고행은 모두 그림의 떡이라 해야 할 것이다.

여기에서 말하는 '사무'란 '요리, 재봉' 등의 가사를 일컬으며, 그런 일은 '요리사'나 '바느질집'이 대리할 수 있다고 한다. 자녀 양육에 대해서도 '보모'가 대신할 수 있다고 한다. 이러한 일종의 극론極論을 폄으로써 다른 사람이 대신할 수 없는, 완전히 특수한 역할로서 '내조'에 가장 높은 가치를 부여해 가는 것이다. '소위, 남편을 돕는다는 것은 단지 그에게 맛있는 요리를 제공하고 따뜻한 옷을 준비하는 것만을 말하는 것이 아니다. 그런 일은 하녀도 잘 할 수 있다.'라고 하며, '남편 몸의 반신半身', '마음의 반심半心'이 되는 것이 '내조'라며 반복하여 논하고 있다.(「각 여학교 교장 및 각 여학생 부형에게 고함各女学校の校長 並に, 各女学生の父兄に告げ参らす」 259호).

'동반', '붕우'와 같은 비유가 시작됨으로써 가사를 담당하는 소위 '주부'의 역할과의 차이가 명확해졌다고 할 수 있다. 정확히 말하자면 '주부'라는 개념이 빈출하게 된 것은 1892년부터의 일이며, 이 단계에서는 아직 거의 사용되지 않았지만 '동반'으로서의 '내조'의 윤곽이 분명해짐으로써 '양처'라는 카테고리 안에 이질적인 역할이 포함되는 것이 명확해진다. '내조'는 '양처'의 임무

중 일부가 된다.

앞에서 '내조'론이 구페스러움과의 연속성을 가짐으로써 추문에 대항할 수 있었다는 점을 지적했는데, 이렇게 해서 '내조'론으로서의 새로움이 부각되어 간다. 그런데 이 새로움은 '현모'나 '주부'라는 카테고리가 명확해진 것처럼 전개되지는 않는다. 새로움이 '동반', '붕우'로서 명료해질 때, 동시에 심각해지는 문제가 있었다.

그것은 여학생과 결혼의 원만하지 못한 관계에서 오는 문제이다. 일찍이 '여학생 아내'와 같이 여학생을 비판하는 가운데 이야기된 문제는 여학생 측에서 다른 형태를 취하며 차츰 분명해진다.

「메이지 여학생의 망령을 위로하다明治女学生の亡霊を慰さむ」(175호)라는 사설은, "지금의 고등 여학생은 참으로 영재가 중좌中挫하고 요절夭折하고 폐절廃絶하는 것이 아니고 무엇인가"라고 한탄한다. '메이지 여학생'을 '망령'으로 여기는 가장 큰 원인이 결혼이라고 한다.

우리는 많은 수의 여학생을 알고 있다. 학교에 있을 때의 그 안색은 꽃과 같다. 졸업을 하면 영지英志가 타오르는 듯하다. 그저 선을 행하기로 결심하고 뜻을 원대하게 세우는 자가 대단히 많음을 알고 있다. 하지만 부형은 바로 엄명하여 이를 시집을 보내고 시집은 곧 이를 노쇠하게 한다. 꽃과 같았던 그 얼굴은 바로 대추처럼 된다. 고상했던 그 영지는 서서히 수축되어 버린다.(중략) 이는 반드시 여성의 약점은 아니다. 오히려 실로 지금의 남자의 난폭하고 무자비한 세속의 속박이 지극히 압제전단:制:檀 한데서 기인하는 것이다.

여학생과 결혼이 원만하게 연결되지 않는 것은 여학생의 책임이 아니라고 한다. 이상과 현실의 괴리, 특히 그 현실에 있어 남자 측의 문제가 지적되는 것은 '내조'론 전개와 마찬가지이다.

확인해 두고 싶은 것은 여기에서 말하는 '영재英才', '영지英志'는 여성의 사회적 자립이나 학문적 향상을 가리키는 것은 아니며 결혼에 있어 '선善을 따르며 선을 행하고 선에 힘쓰는 지상志想'을 의미한다.

원래 『여학잡지』가 여학생에게 결혼을 벗어난 자립을 요구하는 일은 거의 없었다. "여자교육의 가장 정당하고 가장 평범한 결과는 애써 양발陽発하지 않는 것에 있다. 공숙功寂하게 남에게 들리지 않는 홈 안에 묻혀 일종의 잠재력이 되어 남편, 자식을 따뜻이 하고 그럼으로써 멀리 국가의 대세력의 근간이 되는 것에 있다"라고 하는 것이 대전제이며, 그것이 흔들리는 일은 없었다.(「요즘 여자 교육자의 흉억当今女子教育者の胸臆」132호).

앞에서 언급했듯이, '내조'는 홈을 홈답게 만드는 필수불가결한 요소이다. 그러나 문제는 이 이념이 특히 현실성이 낮은 것이라는 것이다. '내조'를 새로운 이념으로서 이야기하는 한편, 동시에 '혼사가 가장 어렵다'(178호)라고 이야기되어진다. "단지 한 두 번 얼굴을 본 것만으로 이미 일생의 길흉이 결정된다. 아아, 천하에 이보다 더 두려워해야 할 것이 무엇인고?"라는 것이 실제 결혼 사정이다.

결혼과 여학생이 어울리지 않는 점에 있어 여학생 측에서 불거지는 가장 큰 문제가, 이 '내조'에 있어 이념과 현실의 불일치이다. 이 비극은 여성의 목소리로 다시 이야기되어진다.

그 대표적이 예가 시미즈 시킨(淸水紫琴, 본명 시미즈 도요코[淸水豊子])의 「요즘 여학생의 각오 여하当今女学生の覚悟如何」(239호)일 것이다. "이 양호한 남편은 용이하게 얻을 수 있는 것인가? 또한 쾌락한 실가室家는 용이하게 만들 수 있는가?", "여학생으로서 결혼한 자는 다소 이러한 고경苦境을 경험하지 않은 사람이 없다. 그리고 평생 고상한 이상과 선미善美한 지망志望을 품음으로써 옛날 부인보다는 그 어려움을 느끼는 정도가 더 절실하다."라고 한다. 이 비통스런 목소리는 "여학잡지 기자는 메이지의 여학생으로 하여금 암암리에 염세가 아니 염혼가厭婚家로 끌어들이려는 것 같다"(한푸시[半風子], 247호)라는 비판을 불러일으키기도 하지만, 복수의 목소리가 이와 겹쳐지게 된다. "오, 스위트 홈, 스위트 홈, 그대는 학창学窓의 망상이로다. 그대는 무극無極의 허기자虛欺者로다 하고 원망을 해도 도리가 없다", "스위트 홈의 여왕들이여, 그 길은 어떻게 어디로?"(다루생多淚生 「현재 여생의 비황現今女生の悲況」, 265호).

'내조'론은 희망이 아니라 오히려 이 새로운 난관과 결합되고 있다. '현모'나 가사를 담당하는 '주부'로서의 '양처'가 되는 것과는 달리, 남편을 '내조'하는 '양처'라는 것은 고매한 이념으로서 주창됨과 동시에 그 비통한 좌절이 이야기되어지는 특수한 이념이 된다.

6. 이념이 낳는 알력

―「망가진 반지」와 「염세시가와 여성厭世詩家と女性」―

이러한 과정을 전제로 하면 시미즈 시킨의 「망가진 반지」(246
호)와 기타무라 도코쿠北村透谷의 「염세시가와 여성厭世詩家と女性」
(303호, 305호)은 모두 1890년대 '내조'론과 현실과의 알력을, 남편
과 아내 각각의 입장에서 언어화한 것이라 할 수 있다. 두 텍스트
는 이 알력에 명료한 형태를 주며 그 후의 전개를 상징적으로 예시
予示하고 있다.

「망가진 반지」는 「요즘 여학생의 각오 여하」를 쓴 시킨이 쓰유
코라는 이름으로 쓴 단편소설이다. 역시 여학과 결혼 문제를 다루
고 있다. '우미', '고상' (후도 겐젠不動劍禅 「「망가진 반지」를 읽다こわれ
指環を読む」, 248호), '순결' (부지암不知庵 「「망가진 반지」를 읽고こわれ指
輪を読んで」, 249호)로 호평을 받지만, 여기에서 주목할 것은 오히려
일관된 그 '우미'의 기묘함이다. 왜냐하면 '우미'함은 이 일인칭화
자가 침착한 태도로 스스로의 성장을 받아들이고 동요나 비애를
직접적으로는 나타내지 않는 데서 온다고 생각되는데, 이야기는
여학의 이념과 결혼의 실제적 충돌이 야기한 비극 이외의 아무 것
도 아니기 때문이다. 아버지가 권유한 결혼을 무지로 인해 받아들
인 화자는 사랑이 없는 남편과의 생활에 괴로워하며, 괴로워하는
딸로 마음을 졸인 어머니는 죽게 된다. 이와 같은 결혼의 괴로움

으로 인해, 화자는 여학에 눈을 뜨고 이혼을 선택하여 세상을 위해 일할 결심을 한다. 내용으로서는 「요즘 여학생의 각오 여하」와 마찬가지로 여학생의 결혼의 '고경苦境'이 이야기되고 있음에도 불구하고, 문체는 비분강개조를 피하고 있다. 이야기의 내용과 어조가 미묘하게 어긋나고 있는 것이다.

가장 기묘한 것은, 화자가 마지막에 '왜 나는 그런 식으로 남편에게 사랑을 받고 또 스스 남편을 사랑할 수 없었던 것일까 하며, 이 반지에 대해 수많은 감개가 일어납니다'라고 물으며, 또한 "다만 더 이상의 바램으로는 이 망가진 반지가 그것을 준 사람의 손에 의해 다시 원래의 완전한 것이 될 수 있다면 하는 것이며, 정말이지 이 일은 바야흐로……"라고 하며, 재결합을 희망하는 듯한 태도를 보인다는 것이다. 그러나 「요즘 여학생의 각오 여하」에 쓰여 있듯이, 남편의 개량이 지극히 곤란하다는 것은 명백하다. 이 소설 안에서도 '나는 이 결혼 후 2, 3년 동안 늘 여자를 위해 매우 강개慷慨하는 몸이 되었습니다'라고 하듯이, 여학에 눈을 뜬 화자는, 바로 그 이유로 이혼을 선택하게 된다. 여학이 초래한 것은 남편의 개심改心이 아니라 바로 이혼이었다. 그러한 현상에 대해 인식을 하자는 것이 이야기의 줄거리인데도 불구하고, 지나치게 명료하리만큼 결혼의 비극의 원인에 대해 일부러 '왜'라고 물으며, 재결합을 희망하는 모습을 보인다. 그러한 기묘함 속에서 읽어 낼 수 있는 것은 '내조'를 이념으로서 내세워야 한다는 요청이다. 남편의 개량이 아내의 임무라고 하는 이념, 결혼의 성공 즉 홈을 만드는 것이 여성의 임무라고 하는 이념이 강하다는 사실을 여기에서 볼 수 있다. 결혼 실패를 근거로 혼자서 자립해서 살아가는 것을 이야기의 결론으로 할 수는 없었던 것이다.

그러나 한편 그와는 반대로 이념을 이야기하려는 것이라면, 성공한 사람의 이야기를 써도 됐을 것이다. 『여학잡지』에는 예를 들면 히사고의 「고환의 연쇄苦患の鎖」(287호)와 같이 아내의 이념이 남편에게 통한다는 이야기도 있다. 그러나 '내조'론 주위에는 이념의 실현보다 오히려 이념의 좌절에 대한 이야기가 더 많다. 시킨이 다루고 있는 것은 이 좌절이었다.

「망가진 반지」는 현실에 넘치는 비극을 이야기한다는 것과 실현이 불가능한 이념을 이야기한다는 것, 이 두 가지 모순되는 요청 안에서 이루어지는 이야기이다.

그리고 동시에 지적해 두고 싶은 것은, 「망가진 반지」의 힘은 이 대립을 무화하는데 있다는 것이다. 현실과 이념 사이에는 도저히 극복 가능성이 없어 보이는, 매우 깊고 커다란 골이 있다는 것이다. 그러나 이 골의 깊이를 바라보며 한탄하지 않고, 혹시 골이 메워지는 것은 아닐까 하는 환영을 보여주는 점에, 논리적 정합성으로는 따질 수 없는 힘이 생긴다. 이 힘의 원천은 '수많은 불쌍한 소녀들의 앞날을 지켜주고 옥 같은 처녀아이들이 우리와 같은 전철을 밟지 않도록 하고 싶다는 바램'이다. 「망가진 반지」의 어조가 사건의 비참함과는 대조적으로 희망으로 가득 차 있는 것은 이 이야기가 결혼이나 남편의 개량 그 자체를 상대로 하고 있는 것이 아니라, 소녀들을 상대로 하고 있기 때문이다. 미래를 살아갈 소녀들이 이야기를 지탱하는 독자가 된다. 그리고 또한 화자는 '아아,

이 망가진 반지. 이 반지에 진정한 가치가 담겨 있다는 것은 아마 백년 후가 아니면 아무도 모를 것이다.'라고 한다. 화자가 마음속에 두는 독자는 백년 후의 누군가이다. 미래의 독자가 눈앞의 현실의 골에 낙하하는 것으로 화자를 지키는 것이다.

이제, '내조'론의 알력을 다루고 있는 또 하나의 텍스트를 살펴보자. 도코쿠의 「염세시가와 여성」이다. 사랑으로 가득 찬 홈이라는 이념을 제창해 온 『여학잡지』에 쓰여진 이것은 일종의 원망조차 배어나오게 하며 그 이념을 크게 일탈하고 있다. 새삼 확인할 필요도 없이, '연애는 인간 세상의 비결이다'(방점 생략. 이하 동일. 인용자 주)라고 이야기를 시작해서, '아아, 불행한 것은 여자이런가? 염세시가 앞에 우미고묘優美高妙를 대표함과 동시에 추예醜穢한 속계俗界의 통변通弁이 되어, 매도하는 바가 되고 냉대하는 바가 되어 평생 눈물을 머금고 자나 깨나 남편을 생각하고 남편을 원망하다가 결국 수살愁殺하는 바가 되니 가엾도다 가엾도다'라고 끝나는 이 작품은, '시가詩家'라는 특수한 주체를 세움으로써 세트로 수입된 근대가족과 사랑이라는 개념에서 연애만 끄집어 내어, 연애와 가족은 서로 어울릴 수 없다고 다시 설명하는 것이다. "상세계想世界와 실세계實世界와의 다툼에서 상세계의 패장敗將으로서 틀어박히게 되는 아성이 곧 연애이다"라고 하며, '패장'이라는 비유는 '내조'의 이념을 극대화시켜 간다. 전제가 되는 것은 상세계와 실세계와의 대립이며 그것이 심하면 심할수록 연애와 여성에게 과잉의 기대를 걸게 된다고 한다. '소위 시가라고 하는 사람의 상상적 두뇌가 왕성할 때 실세계의 공격을 견디지 못하는 것은 어쩔 수 없는 사실이다. 하물며 침통처측沈痛凄測한 인간세상을 예토穢土라고만 보는 염세가의 경계에 있어서야 말해 무엇하리. 어찌 연애라는 아성에 의지하는 일이 많지 않을 수 있으랴. 어찌 연애라는 것을 실물보다 중대하게 보지 않을 수 있으랴. 연애는 현재뿐만 아니라 한편으로는 희망에 속하는 것이다. 즉 자기 편이 되고 위로자가 되며 반신半身이 되는 희망을 낳게 하는 것이다'. '자기 편', '위로자', 그리고 '반신'이라는 비유는 '내조'론 그 자체이다. 다만 이는 결혼으로 실현되는 것은 아니다. 결혼은 실세계를 끌어들여, '사람을 속화俗化'시키기 때문이다. 그렇기 때문에 '처음에 과중한 희망을 가지고 들어간 혼인은 후에 비교적 실망을 초래하고, 부부가 비참하게 상대하는 일을 불러일으킨다'라고 하는 비극이 일어난다. 이렇게 해서 연애와 결혼은 상반되는 개념이 된다. 같은 『여학잡지』에 실렸음에도 불구하고 사랑과 결혼을 결합시키는 것을 주장한 '홈'론과는 매우 대립적인 틀을 제시하고 있다 할 수 있다. 남편 측에서 역시 '내조'와 현실의 괴리, '내조'의 실현 불가능성을 이야기하는 것이다.

도코쿠는 '시가'의 존재를 특수한 것으로 이야기했지만, 『여학잡지』에 있어 그것은 특수한 것은 아니었다. 후에 문학 중심의 하얀 표지가 분화하여 『문학계文學界』가 탄생하는 경위를 생각하면, 그것은 명백하다. 오히려 이 연애와 결혼을 대립시키는 도식은 문학이라는 영역 안에서 새로운 보편성을 획득해 간다. 결혼 이전의 존재인 '여학생'이 연애의 대상으로 발견되어 가는 것은, 이 연장선상에서의 일이다. 그리고 20세기가 시작될 무렵 '여학생'은 문학적 문맥으로 착지한다.

'내조'론의 알력에 선명한 윤곽을 준 시킨과 도코쿠의 텍스트는, 그 후의 전개를 상징적으로 예시予示하고 있었다고 앞에서 언급했지만, 오히려 이러한 언어화가 '내조'론의 행방을 결정했다고 해야 할지도 모른다. 1890년대의 변화는 '내조'론의 후퇴를 의미했다. '주부'라는 개념이 등장하고, '양처'의 또 하나의 영역의 자립도가 높아졌다. '주부'가 된 '양처'는 '현모'와 함께 국가의 기초로서의 가족을 유지하는 여성 카테고리로서 착실하게 발전해 가게 된다. 그 때 부여되는 도덕적 가치는 무타 가즈에가 지적했듯이, 복고적 반동성을 띠며 한편으로는 '여학생'은 '양처현모'와는 전혀 다른 장소에서 새로움이라는 가치를 가지고 착지하는 것이다.

근대에 발견된 여성을 틀 지우는 복수의 카테고리는 원활하게 접속하지는 않았다. 그들 조합을 살아가게 되는 여성에게 있어, 그것은 다행스러운 사태였을까? 적어도 '여학생'으로서 존재한다는 것과 '양처현모'로서 존재하는 것 사이에는 골이 있으며, '양처현모'로서 살아가는 것과 '사랑'이 있는 가정의 '아내'가 되는 것 사이에도 골이 있었다. 각각의 골을 어떻게 넘을 것인가, 어느 경우에는 통일을 하고 어느 경우에는 무시하고 또 어떤 경우에는 분열하며 살아갈 것인가, 조합의 방법은 다양하겠지만, 용이하지도 않고 단순하지도 않은 것만은 확실하다.

제7장 '스승師'의 효용

—노가미 야에코野上弥生子의 특수성—

1. 여성 작가와 스승

여성 작가의 스승이 여성인 경우는 우선 없다. 여성 작가는 남성 스승을 올려다보며 쓰게 된다. 남성 스승은 누구보다도 먼저 그녀에게 평가를 하는 존재이다. 조아나 라스는 '텍스추얼 해리쉬먼트'라는 개념에 의해 여성 작가가 받아 온 중상비방의 수법을 도식화했는데[136], 젠더가 만들어 내는 역학에 의해 여성 작가가 부당하게 손상된 예는 이루 다 헤아릴 수가 없다. 그러면 여성 작가는 남성 스승을 어떻게 상대하면 살아남을 수 있을까? 남성 스승과 어떤 관계를 가지면 스스로를 손상하지 않고 계속해서 쓸 수 있을까? 본장에서는 노가미 야에코와 나쓰메 소세키의 관계를 들어 여성 작가와 스승의 관계에 대해 논해 보겠다. 소세키를 스승으로 우러르면서 노가미 야에코는 아흔아홉으로 삶을 마감하기까지 쉬지 않고 글쓰기를 계속해 나갔다.

---

136 ジョアナ・ラス『テクスチュアル・ハラスメント』(原著 : 1983), 小谷真理訳(インスクリプト, 2001).

소세키 산맥에서 노가미 야에코는 특수한 존재이다. 왜냐하면 야에코 자신이 소세키를 만난 기회는 거의 수회밖에 없기 때문이다. 잘 알려져 있듯이 야에코와 소세키의 관련은 남편인 노가미 도요이치로野上豊一郎를 경유한 것이며, 그녀 자신은 목요회에 한 번도 참가하지 않았다.[137] 야에코에게 있어서 소세키는 어떠한 존재였던가?

물론 소세키는 작가 야에코에게 있어 유일한 스승이었다고 생각된다. '내가 가장 영향을 받은 소설'로서 야에코는 다음과 같이 쓰고 있다.

나쓰메 선생의 작품.
이 세상에 살아간다는 것이 어떤 것인가 하는 것을 젊고 유치한 나에게 처음으로 가르쳐 주신 것은 선생의 작품이며, 또한 여든 여섯의 늙은이가 된 오늘날 마침내 깊이 그 한 가지를 가르쳐 주신 것도 선생의 작품입니다.[138]

다만 그런 셈 치고는 야에코가 이야기하는 소세키에 대한 기억

---

137 예를 들어, "저는 그 정도로 여러 사람들이 드나들었던 목요회에 가려고 한 적이 한 번도 없었다."라고 한다.(「夏目先生の思ひ出-修善寺にて-」, 초출 「夏目先生のこと-修善寺にて-」『文芸』315, 1935.3), 인용은 『노가미 야에코 전집(野上弥生子全集)』제19권 (岩波書店, 1981)에 의함. 이하, 노가미 야에코 글은 모두 이 전집(제1기:1980~1982, 제2기: 1986~1991)에 의함.

138 「私がもっとも影響を受けた小説」(『文芸春秋』1971.11,『野上弥生子全集』第1期第23巻), "학교를 졸업하고 나서 선생님이라고 부른 것은 나쓰메 선생님 밖에 없다."(「その頃の思ひ出」, 초출 『婦人公論』1942. 4,『野上弥生子全集』第1期第19巻) 라고 밝힌 바 있다.

은 몇 종류로 한정되어 있고 또한 단편적인 것에 불과하다. 예를 들어 보면, 장남을 데리고 소세키를 만나러 갔을 때의 일[139], 『전설의 시대伝説の時代』의 서문에 대한 감사로 노래책 상자를 보냈더니 운반할 때 흰 나무 상자에 땀 같은 얼룩이 생겼고 그것을 소세키가 집요하게 신경을 썼던 일[140], 노래를 처음 들었을 때의 일[141], 야에코 집에 찾아왔을 때 면회를 한 남동생에 대해, "야에코 씨의 친동생인가?"하고 물었던 일[142], 그리고 교토 인형을 받은 일[143], 이렇게 다섯 가지 정도의 에피소드가 서로 다르게 조합이 되면서 반복적으로 이야기되고 있을 뿐이다.

이들 기억은 모두 야에코가 직접 접했을 때의 기억이다. 즉 야

---

139 「夏目先生の思ひ出」(1935), 「思ひ出二つ」(『漱石全集』第16巻附録月報第5号, 岩波書店, 1928.7,『野上弥生子全集』第1期第18巻), 「夏目漱石」(초출『海』1977.1,『野上弥生子全集』第1期第23巻) 등에 기술되어 있다.

140 위의 책 「夏目先生の思ひ出—修善寺にて—」, 위의 책 「思ひ出二つ」, 「夏目先生の思い出—漱石生誕百年記念講演—」(초출『中央公論』, 1966.5), 위의 책 「夏目漱石」 등에 기술되어 있다.

141 '기요쓰네(清経)' 연습에서 소세키의 목소리를, "음메하고 염소가 우는 듯한 아주 시시하고 초보자 같은 맥이 빠진 노래"라고 형용하고 있다. (「夏目先生の思ひ出」) 목소리를 염소에 비유하는 것도 반복적으로, 「夏目先生の日記について」(初出『新日本文学』1955.11,『野上弥生子全集』第1期第22巻), 「夏目漱石」(『文藝春秋』1964.8,『野上弥生子全集』第1期第22巻), 「夏目先生の思い出」, 「夏目漱石」(1977) 등에 기술되어 있다.

142 「夏目先生の思い出」(1966), 「夏目漱石」(1977) 등에 기술되어 있다.

143 보기 드물게 회상 내용에 차이가 있다. 앞서 언급한 「나쓰메 소세키의 추억(夏目漱石の思ひ出)」(1935)에서는, "기뻐서 정신이 없었다", "솔직히 값을 매기자면 그것은 아마 별로 비싼 인형은 아닐 것이다. 그러나 (중략) 그 어떤 비싼 선물을 받은 것 보다 더 따뜻하고 고마운 마음이 느껴졌다"라고 되어 있다. 그러나 「나쓰메 소세키의 추억(夏目漱石の思ひ出)」(1966)에서는, "'어머, 이런 인형 ……'하고 처음에는 실망했습니다", "몹시 불평을 했습니다"라고 하고 있다. 청자의 영향으로 드러나는 이러한 어조의 차이가, 많지는 않지만, 야에코가 남긴 회상문의 특징이라 생각된다.

에코는 도요이치로에게서 들은 소세키에 대해 거의 이야기하지 않으려 했다고 할 수 있다. 이러한 한정성에 대해서는, "과거를 돌아보며 그 때는 어때했다라든가, 이러했다든가 하는 식으로 옛날 이야기를 하는 것을 좋아하지 않습니다"라는 그녀의 자질에, "여러가지로 가르침을 받았다고 해도, 소위 소세키 산방의 출입자 중의 한 명이었던 노가미를 통해서"라는 배려가 더해진 것[144] 으로 이해할 수 있다. 하지만 한편으로 알 수 있는 것은 도요이치로의 정보에서 어떠한 소세키상이 만들어졌는지 거의 알 수가 없다는 것이다. 도요이치로에게서 들은 목요회 이야기는, 상세하게 일기에 적혀 있었지만, 전쟁으로 타 버렸다고 한다.[145] "전해 들은 것" 인데다가 기록도 소실되었기 때문에 기억을 공공연하게 이야기하는 데는 신중해졌다고 생각해도 좋을 것이다. 그런 가능성도 상정을 하고, 어쨌든 여기에서 확인하고 싶은 것은 야에코가 이야기하는 소세키상은 희미했다는 것이다. 간접적이기는 해도 많은 정보를 얻었다면, 그것을 근거로 구체적이고 풍부하게 각색을 하여 이야기하는 것도 가능했을 테지만, 야에코가 선택한 기술방법은 전혀 그 반대로 단편적인 것을 단편적인 것 그대로 이야기하는 것이었다. 야에코의 직접 체험 자체도 묘사가 일관되어 있고 정형화되

---

144 위의 책「夏目先生の思い出」(1966).

145「木曜会のこと」(초출『夏目漱石』「日本文学全集」第6巻月報, 河出書房新社, 1967.6, 『野上弥生子全集』第1期第23巻). 여기에서도 회상에서 구체적으로 기술되고 있는 것은, 도요이치로의 귀가와 관련된 에피소드와 후데코의 회상 부분이다. 도요이치로에게서 들은 사건에 대한 기술은 없다.

어 있다. 야에코의 기억에서 소세키라는 사람에 대해 무엇인가를 아는 것은 거의 불가능하다.

2. 기억 속의 소세키

소세키 산맥 속에서의 야에코의 또 하나의 특수성은, 간접적인 관계임에도 불구하고 소세키의 제자 중에서 소설가로서 대성한 '유일'한 작가로서 평가를 받고 있다는 점이다. "노가미 야에코는 그런 소세키의 유일한 제자로서 부끄럽지 않은 사람이다"[146], "지금 만약 나쓰메 소세키 소설의 유산을 가장 정통적으로 이어받고 동시에 현대라는 시대 안에서 그것을 생생하게 실현한 작가가 누구냐 라고 한다면, (중략) 노가미 야에코 말고는 없다"[147], "소세키는 많은 제자를 두었지만 학자로서 교편을 잡은 사람이 많고 작가로서 살아간 사람은 의외로 소수이다. 그 중에서 진득하고 끈기 있게 소처럼 80년 가까이 작가생활을 한 것은 노가미 씨 외에는 없으며, 그런 의미에서 진정한 소세키의 제일가는 제자라고 할 수 있지 않을까"[148] 라고 높게 평가되고 있다. (「사화산死火山」本多顕彰 「漱石山脈」『新潮』43-5, 1946.5).

---

146 平野謙 「作品解説」(『野上弥生子·宮本百合子集』「日本現代文学全集」第63巻, 講談社, 1965).

147 篠田一士 「人と作品 野上弥生子」(『野上弥生子集』「日本文学全集」第三五巻, 集英社, 1968.10).

148 松岡陽子マックレイン「漱石の一番弟子」(『新潮』81-6, 1984.6).

이렇게 볼 때, 소세키 산맥 속에서 야에코는 확실히 특수한 존재였다고 할 수 있다.

야에코가 이야기하는 소세키의 기억 중에서 가장 큰 것은, 처녀작 「명암明暗」[149] 에 대해 비평한 편지를 받은 것이다. (1907년 1월 17일)「명암」은 어렸을 때부터 화재画才를 보이며, "그림을 생명으로 여기고 그림을 남편으로 여기며 평생을 독신으로 있겠다고 맹세하는"(p.19) 규수閨秀 화가 사치코幸子가, 부모가 돌아가시고 나서 모든 것을 함께 해 온 오빠의 결혼 이야기에 동요하며, "자신이 나약하고 과감하지 못하다는 사실을 깨닫는다"(p.34)라는 이야기이다. 자신의 작품이 돌연 빛이 바래 보일 정도로 고뇌하며 자신의 주장을 지켜야만 한다고 하는 흔들리는 마음이 그려져 있다. 소세키에 대한 직접적인 기억이 희박한 것과는 대조적으로 이 편지가 야에코에게 준 영향은 매우 크다. 야에코의 생전에는 「명암」의 원고조차 소실된 상태였으며, 그런 점에서 구체적이지 못한 이 편지가 야에코의 작가로서의 인생을 지지하고 있었다고 해도 과언이 아니다.

지금은 이야기를 꺼내는 것도 부끄러울 정도로 유치한 작품

---

[149] 「명암」은 야에코 생존 중에는 미발표. 발견된 것은 사후 3년 후인 1988년. 세누마 시게키(瀬沼茂樹)의「드디어 나온 처녀작-노가미 야에코의 「명암」에 대해(ついに出た 処女作-野上弥生子「明暗」について)」라는 해설과 함께 『세계(世界)』513(1988.4)에서 처음으로 활자화되었다. 인용은 『野上弥生子全集』(第2期第28巻)에 의함. 「명암」평의 인용은 『소세키전집(漱石全集)』제23권(岩波書店, 1996)에 의함.

을 열심히 읽고 문학적으로 손질을 해 주신 것은 나쓰메 소세키 선생이다. 만약 그 무렵 도저히 물건이 되지 않을 것 같으니 그만두라고 말씀하셨다면, 오늘날까지 작가생활은 내게는 없었을지도 모른다.(「나쓰메 소세키夏目漱石」)[150]

특히 문학자로서 나이를 먹으라고 하는 말씀은 내 평생의 신조가 된 귀중한 선물입니다.(「해설解説」『옛이야기昔がたり』)[151]

선생은 나의 「명암」의 구성에서 등장인물의 심리, 행동까지 분석해서, 여러 가지 부자연스움과는 별도로, 어느 정도 장점이 없지는 않다고 지적해 줌과 동시에 앞으로는 나이를 그냥 먹지 말고 문학자로서 살아갈 각오를 하지 않으면 안 된다고 써 주었다.(「처녀작이 두 개 있는 이야기処女作が二つある話」)[152]

야에코는 깊이 감사하고 있었으며, "문학자로서 살아가라"고 하는 구절을 특별히 무거운 의미로 회상하고 있다. 소세키는 확실히 다음과 같이 적어서 보냈다.

「명암」의 저작자 혹은 문학자가 되려고 하면 그저 아무 생각 없이 나이를 먹어서는 안 된다. 문학자로서 나이를 먹어야 한

---

150 「夏目漱石」(1964).

151 「解説」(『昔がたり』ほるぷ出版, 1984.5)

152 「処女作が二つある話」(초출『漱石全集』内容見本, 岩波書店, 1984.9). 인용은『世界』 513(1988.4)에 의함.

다. 문학자로서 10년의 세월을 보냈을 때 과거를 돌아보면 내 말이 헛되지 않았음을 알게 될 것이다.

이 이념이 작가 노가미 야에코를 탄생시키고 오랜 시간을 들여 계속해서 배워 가는 스타일을 지탱해 주게 되었다. 소세키의 존재는 직접 그를 만난 것보다 이 편지에 의해 더 큰 의미를 지니게 되었다고 할 수 있다.

3. 소세키의 「명암」평

작가로서 대성한 야에코를 아는 현재로 보면, 이 간접성이야말로 좋은 결과로 연결되었다고 하는 인과관계로 연결짓고 싶어질 것이다.[153] 왜냐하면 소세키에 의한 「명암」평과 「명암」을 대조해 보면, 소세키에게는 이해되지 않았던 부분이 있었다고 생각되기 때문이다.

서간의 어떤 부분은 소세키의 당시 관심사에 의해 구성되어 있다.[154] 소세키는, 야에코에게 보내는 편지를 쓰기 며칠 전인 1월 12

---

153 와타나베 스미코(渡辺澄子)는, "나쓰메 소세키와의 사제관계도 소세키의 직접 제자가 아니고 도요이치로 경유였던 것이 결과적으로 다행이 아니었나 하는 생각이 든다"라고 지적하고 있다.(「野上弥生子論」『国文学解釈と鑑賞』50-10, 1985.9).

154 나카지마 구니히코(中島国彦)는 모리 앞으로 보내는 편지에 대해, "소세키는 젊은 작가의 작품 저 편에서 자신의 구작(旧作)을 보고 이상하게 그 결점에 얽매여 있는 것 같다"라고 지적한다. (「写生文を超えるもの－弥生子の処女作『明暗』と漱石」『国文学』 333－7, 1988.6).

일에 모리 겐키치森卷吉 앞으로 그의 「가책呵責」이라는 작품에 대해 긴 비평을 써 보냈다.[155] 이 평과 「명암」평의 틀에는 상당히 중복되는 점이 보여 당시 소세키의 평가의 틀을 알 수 있다. 우선 「가책」 평가의 요점을 정리해 보겠다.

틀을 구성하는 요소의 하나는, '시적인 작품'과 '인정물'이라는 이항대립이다. 여기에 또 하나의 이항대립이 중복되고 있으며, 시적인 작품에서는 문체의 문제가 중시되고, 후자에서는 줄거리의 문제가 중시되고 있다. 그런 후에 소세키는 양자의 밸런스가 나쁘다고 지적한다. 특히, 줄거리에 대해서는 원인과 결과가 명료하지 못하다고 비판하고 인정을 드러내기 위해서는 줄거리를 명료하게 할 필요가 있다고 한다. 구체적인 부분을 들어보면, '그 여자가 아무렇게나 혼자서 괴로워하고 있는 것으로 여겨진다. 느닷없이 괴로워하여 작자가 마음대로 도구로 사용하는 것으로 보인다. 모든 인간들이 머리도 꼬리도 없는 어두운 무대의 꼭두각시 인형처럼 보인다'라고 하고 있다. 그리고 소세키의 모방을 비판하면서도 기본적으로는 문장 면에서는 좋다고 인정하며, "가장 장점이라 한다면 그것은 문장이다"라고 정리하고 있다. 또한 "자네는 이들 평을 들으면 불만스러울 것이 틀림없네"라고 배려를 하고 있으며, "나의 해부는 옳다네", "불만스러울 지도 모르지만, 그런 평이 적당하네"라고 타이르는 듯한 문구가 보인다. "편하게 말을 하는" 것은, "자네가 올바른 위치에서 출발하여 모리 겐키치라는 한 인

---

155 인용은 『漱石全集』 第14卷(岩波書店, 1966)에 의함.

간으로서 성공하기를 바라기 때문이네"와 같이, 장래에 대한 기대를 모으며 평을 마치고 있다.

여기에서 확인하고 싶은 것은, 이들 요점이 「명암」평과 거의 일치하고 있다는 사실이다. 「명암」평에 있어서도, "명암과 같은 시적인 경구警句를 연발하는 작가는 더 시적인 작품을 써야 한다. (중략) 인정물을 쓸 정도의 수완은 없다. 비인정물을 쓸 역량은 충분히 있다"라고 "시적인 작품"과 "인정물"의 대립으로 평가를 하고 있다. 줄거리에 대해서는, "사치코를 연모하는 의학사 같은 것은 아무래도 인간답지 않다. 이에 대응하는 사치코도 대부분은 작자가 적당히 좁은 마음 속에서 만들어낸 기형아이다"라고 하고 있다. 여기에서는 "꼭두각시 인형" 대신 "기형아"라는 말로 비판을 가하고 있는데, 지적의 방향성은 똑같다. 「명암」 평 후반의 구체적인 지적 부분에서는 '원인'이 명료하지 않고, 각각의 전개에 대해 '갑작스럽다'는 점에 주의를 주고 있는데, 그런 점도 중복되고 있다. 문체에 소세키의 모방을 지적하면서도 결론에서는 '시적'이며 '비인정'한 문장을 쓰는 것을 권하는 점도 중복된다. 그리고 야에코를 크게 지탱해 준 '문학자로서 나이를 먹어야 한다', '문학자로서 10년의 세월을 보냈을 때 과거를 돌아보면 내 말이 망언이 아니었음을 알게 될 것이다'라는 부분에 대해서도, 장래에 대한 기대가 나타나 있다는 점, 그것이 소세키의 판단에 대한 불만에 대한 배려와 합쳐지고 있는 점 등에서 「가책」평과 흡사하다.

두 개의 평이 중복된다는 것은, 두 개의 작품이 유사해서라기보다는, 소세키의 평가축이 작품의 개별성에 좌우되지 않을 만큼 고정적이었다는 것을 의미할 것이다. 그런 의미에서 이들 중복되고 있는 부분을, 「명암」 그 자체에 대한 소세키의 반응으로 받아들일 수는 없다.

4. 「명암」과 「명암」평

여기에서 흥미로운 것은 "실제에 대해 참고삼아 우존愚存을 기술하겠다"고 한 후반부이다.

후반에서는 사치코라는 여주인공에 대해, 흐름이 '갑작'스러워 '부자연'스럽다고 지적을 했다. 앞 절 모두에서 소세키가 잘 이해를 하지 못한 점이 있는 것은 아닌가라고 언급했는데, 이 후반부에는 「명암」평과 「명암」의 어긋남이 보인다. '갑작'스럽다는 평가 그 자체는 「가책」평과 같지만, 여주인공에 대한 이 메모의 분량은 「가책」평과는 상당히 다르다.

소세키는 '묘령의 미인'이 한평생 일에 전념하며 살고자 하는 데 대해, '이런 일이 일어나는 데에는 일어날 만한 원인이 있어야 한다. 그것을 쓰지 않으면 갑작스럽고 부자연스럽게 보인다'라고 평가하며, '이런 이상한 여자'라고 마무리한다. 소세키에게는 사치코라는 여자의 성격 그 자체가 기본적으로 '부자연'스럽다고 생각하는 것이다. 「명암」에는 사치코가 어렸을 무렵부터 그림에 재능을 보이고 있다는 내용이 나와 있다. 그것을 소세키는 복선으로 인정하지 않는 것 같다. 재능만으로는 이유로서 충분하지 못하다고 느끼는 독자였던 것이다. 또한, "오빠가 결혼을 한다는 이야기를 듣고 원망스럽게 생각하는" 것도 설명이 부족한 점으로 들고 있다. 달랑 남매 둘만 남은 생활이다. 오빠가 결혼을 하는 이상 여동생이 그대로 현재의 생활을 유지하는 것은 불가능할 것이다. 사치코는 단순히 오빠를 잃는 것이 아니라, 삶을 변경해야 하는 순간을 맞이한 것이다. 메이지시대의 '여동생'의 입장이 복잡했을 것이라는 것은 매우 이해하기 쉬운 것임에도 불구하고 소세키는 더 많은 설명을 요구한다.[156] 혹은 사치코가 결혼에 대해 고민하기 시작했을 무렵, 갑자기 자신의 일에 대한 자신을 잃는 과정에 대해서도 설명을 요구한다. 그러나 「명암」이 보여 주고 있는 것은 그러한 근거 없는 감정의 변화가 아니었을까? 일에 전념하며 살아 가고자 하는 여성이 결혼이라는 문제가 시야에 들어와 버린 순간, 스스로 콘트롤할 수 없는 혼란에 빠진다는 것 그 자체를 그린 작품이다. 「명암」에서 그려지는 것은 '여자'에게 있어 일과 결혼이 전혀 들어맞지 않는다는 것이다. "이런 이상한 여자를 그리는 것은 한편으로 말하자면 용이한 것 같으면서도 또 한편으로는 매우 어려운 것이다. 이상한 사람이기에 보통 사람과 심리상태가 다른 점을 스스로 설명해야 한다"라고 소세키는 정리하는데, 이러한 지적은 타

---

156 사사키 아키코(佐々木亜紀子)는, 사치코와 러일전쟁 후의 여성상이 오버랩된다고 지적한다. 사사키는 사치코가 '러일전쟁 후 일본에 있을 수 있는 "여성"상'으로 조형되고 있다는 점, 오빠의 결혼에 의해 '식객의 입장에 놓이는 "여동생"들 중의 한명'이라는 점을 지적하고, 소세키 평에 수렴되지 않은 「명암」상을 제시하고 있다. 「명암」에 "새로운 시대의 조류를 그리고자 하는 자세"가 배태되어 있다는 결론에는 이론도 있겠지만, 소세키와의 차이를 지적한 부분은 좋은 참고가 된다.(「野上弥生子『明暗』の行方ー漱石の批評を軸に」『愛知淑徳大学国語国文』22, 1999.3).

당하다고 할 수 있을까?

「명암」에서는 '갑작'스럽다는 것은 중요한 의미를 지닌다. 사치코가 고민을 하는 이유가 되는 의학사 다케시猛의 고백은 "너무나 급작스런 상대의 말에 정신이 몽롱해"(p.28)지는 경험으로 그려지고 있고, 그것이 6년 후인 '지금' 떠오르는 것도 "이천 일 전 어느 날 밤이 단지 어젯밤 일처럼 새롭고", 갑자기 "6년이라는 긴 세월의 거리가 사라져 버리"(p.34)는 일로 그려지고 있다. 오빠의 결혼에 대해서도 "너무나 당연한 그 진리가 사치코에게는 불의의 대사건"(p.40)이었다고 이야기되고 있다. 사치코의 혼란은 그러한 '갑작'스러움과 관련이 있다. 일어나 버리면 당연할 일이 급작스런 사건으로 느껴진다는 사태 그 자체가 문제가 되는 것이다.

한편 '갑작'스러움을 묘사한 부분 중에 이상하게 힘을 들인 곳이 있다. 예를 들어 숙모와 오빠 쓰구오嗣男와 사치코가 서로 질문을 주고받는 장면을 보자. "숙모의 질문은 비스듬하게 방을 가로질러 툇마루에 있는 쓰구오에게로 나오고, 툇마루에 있는 쓰구오에게서 다시 비스듬하게 방으로 들어가서 사치코에게 와서는, 사치코에게서 똑바로 숙모에게 돌아갔다. 만약 그 경로에 선을 긋는다면, 사치코에게서 숙모 사이에 선 하나를 바닥에 깔고 부등변삼각형이 생긴다. 숙모의 질문은 삼각형이 되어 대답이 되었다. 그 부등변 삼각형의 한 변이 숙모에게 딱 닿았을 때, —— 사치코가 오빠에게 "해 주세요"라고 했을 때 즉시"(p.6)와 같은, 분명 설명과 다로 보이는 기술은 응수의 순간적 모습을 묘사하려고 시도했기 때문으로 여겨진다. 예를 들어 사치코의 "저쪽을 향하는"이라는

"순간적인 한 동작"에 대해 200자 정도 되는 한 단락의 설명이 있고(p.13), 행위에 걸리는 시간과 묘사의 양 사이의 불균형이 눈에 띈다.

화자는 설명할 수 있는 순간적 '급작'스러운 움직임에 대해서는 밸런스를 깰 만큼 많은 설명을 시도하고 있다. 이러한 특징을 아울러 생각해 보면 여주인공이 경험하는 급작스러움이 그야말로 설명할 수 없는 '불의의 대사건'으로서 그려지고 있음을 알 수 있다. 다름 아닌, 감정의 변화에 있어 인과관계가 그려지지 않은 점에서 '여자'로서의 경험의 특징을 읽어낼 수 있는 것이다.

「명암」평과 「명암」의 사이의 어긋남은 '여자'의 상황에 대한 전제의 차이에 있었다고 생각한다. 여학생을 주인공으로 두고 결혼에 대한 위화감을 이야기하는 소설은, 투고 잡지 등의 작품 중에서는 결코 드물지 않다. 야에코 자신이 그런 작품을 읽었는지 어떤지는 모르지만, 같은 시대에 공유된 문제를 다루고 있는 이상, 쓰여지지 않은 문맥을 읽는 것은 독자에게는 용이했을 것이라 생각된다. 그런 독자가 읽었다고 한다면, 이 '갑작'스러움은 이미 설명이 필요 없이 감각으로 받아들여질 수 있지 않았을까? 사치코를 '이상한 여자'로서 '부자연'스럽다고 받아들이는 소세키는 작품에 있는 공백의 감각을 읽을 수 없었던 것이다.

5. '스승'의 추상화

그러나 야에코 자신은 소세키의 평에 전혀 위화감을 느끼지 않았던 것 같다. 회상 중에는 「명암」평에 대한 저항은 전혀 없고, 지도에 대한 감사의 마음만 기술되어 있으며, 발표된 작품 역시 소세키의 지도를 전면적으로 받아들인 것이라고 해도 좋을 것이다. 소세키의 추천으로 『호토토기스ホトトギス』에 게재된 다음 작 「연縁」[157] 에서는, 「명암」에서 볼 수 있는 시간감각은 깨끗이 제거되고 있다. 또한 '교코의 숙모님은 오늘 출발하신다'(p.1)라는 모두의 한 문장에 나타난 사치코에 대한 초점화는, 결과적으로 등장인물이 당한 갑작스러운 일에 대해 거리를 두고 설명하는 것을 불가능하게 만들었다고 생각되는데, 「연」에서는 이 거리도 적극적으로 만들어지고 있다. 「연」은 스미코寿美子와 그 조모가 —스미코의 어머니에 대해 이야기하는 일종의 액자소설의 형식을 취한다. 과거의 사건을 당사자 이외의 인물에 초점화하여 이야기하고 있다. 이 점에서도 「명암」을 "작품 속 인물과 같은 정도의 평면에 선 인물 이야기"로 비판하고, "대 작가는 큰 눈과 높은 입각지에 있다"고 지침을 내린 소세키의 지도에 충실히 따르고 있다 할 수 있다.

야에코는 소세키의 말 중에 자신을 지지해 주는 점만을 받아들였다고 생각된다. 쓰여진 메시지를 어떻게 받아들이는가는 읽는 사람에 달려 있다. 모리 간키치 앞 서간과 상당한 중복이 있다

---

[157] 「縁」(『ホトトギス』10-5, 1907.2, 『野上弥生子全集』第1—期第1巻).

는 것을 생각하면, 야에코의 감격에 상응하는 열의를 소세키가 특별히 가지고 있었는지 어떤지는 의심스럽지만, 그러한 감정의 양은 판정할 수 없는 것이며 만약 소세키의 메시지 이상의 것을 야에코가 읽어 냈다고 해도 옳고 그름을 논할 수는 없을 것이다. 중요한 것은 야에코에게 있어 소세키의 편지는 반복해서 감사의 마음을 표할 수 있는 대상이 되었다는 것이다.

야에코가 말하는 스승으로서의 소세키는 매우 추상적이지만, 그것이 쉽게 가능했던 것은 쓰여진 것을 매개로 한 한정된 관계였기 때문은 아닐까? 직접 논의를 거듭할 기회가 있었다면, 입장이나 감수성의 차이가 표면화되었을 가능성이 높다. 〈아사히 문예란朝日文芸欄〉을 둘러싸고 스승과 제자의 의견이 엇갈리는 것은 그와 같은 현저한 예이기도 하다. 서로 딱 들어맞는 관계만 있는 것은 아닐 것이다. 특히 '여자'라는 특별한 위치를 부여받은 사람에게 있어, 이와 같은 간접성을 적극적으로 이용하는 것이 스스로의 힘에 대한 방해를 제거할 가능성을 갖는 경우도 있는 것이다. 야에코는 적극적으로 간접성을 유지하고 있었다. 노가미 야에코의 사례는, '스승'을 자신의 지지대로 삼아 글쓰기를 한 보기 드문 경우라고 할 수 있다. 소세키 산맥에서 그것은 확실히 특수한 경우였을 것이다.

제8장 의미화의 욕망

—미야모토 유리코宮本百合子의 『노부코伸子』

1. 노부코라는 주체

본장에서는 주체화의 과정에 대해서 생각해 보고 싶다. 주체는 안정된 것이 아니라, 계속해서 주체화되어 가는 것이다. 이러한 전제 위에서 주체화에 있어 카테고리의 교섭이 어떻게 이루어지는지, 참조가 되는 카테고리는 어떻게 배치되는지, 주체는 스스로를 어떻게 명명하는지, 그리고 주체화하는 것이 제도에 종속될 뿐만 아니라 교란적으로 될 가능성은 없는지, 또한 주체화할 때 외부로 밀려나가는 것은 없는지와 같은, 주체화와 관련된 몇 가지 문제를 검토해 보고자 한다. 예로 드는 작품은 미야모토 유리코의 『노부코』이다.[158]

『노부코』는 미야모토 유리코 자신의 결혼과 이혼을 둘러싼 경험을 바탕으로 집필된 작품이다. 1899년생인 미야모토 유리코는

---

158 인용은, 『宮本百合子全集』第三卷 (新日本出版社, 2001)에 의함. 본문 인용에는 장과 절 번호를 붙였다.

1918년 아버지를 따라 도미하여 열다섯 살 연상인 아라키 시게루 荒木茂라는 남자를 만나 다음해 결혼했다가 1924년에 이혼한다. 『노부코』는 이 경위를 소재로 쓴 소설로, 노부코라는 주인공의 도미에서 시작하여 아라키로 추정되는 쓰쿠다 이치로佃—郎라는 남자와의 만남, "우리들의 마음속에서 자라고 있는 것을 똑바로 키워서 훌륭한 것으로 만들고 싶다", "단지 남편과 아내를 만들고 싶어서가"(2-5) 아니다라는 이상을 내건 결혼, 그 후의 수렁 같은 상황, 이혼을 실행에 옮기기까지의 주저와 혼란이 차례로 그려지며, "새장 속 새가 되는 것은 견딜 수 없다"(7-10)라고 하며 자립의 결의를 다지는 곳에서 끝나고 있다.

이상과 같이 요약할 수 있는『노부코』는 혼다 슈고本多秋五의 '가정을 깨는 여자家を破る女'[159]를 그렸다는 평가를 기반으로 전개되었으며, 페미니즘비평에 있어서도 여성의 해방과 자아의 확립을 그린 소설로서 높은 평가를 받아 왔다. 예를 들어 미즈타 노리코水田宗子는, "결혼에 의해 불거진 사랑이 인식을 통해 성장해 가는 여성의 내면을 그린 소설이며, 이혼을 테마로 한 교양소설"[160]이라 논하고 있다. 이와부치 히로코岩淵宏子는 "일과 사랑을 기축으로 자기실현을 꾀해 가는 노부코의 자세가 선명하게 그려져 있

---

159 本多秋五「宮本百合子ーその生涯と作品」(『増補戦時戦後の先行者たち』勁草書房, 1971). 인용은 多喜二・百合子研究会編『宮本百合子作品と生涯』(新日本出版社, 1976)에 의함.

160 水田宗子『ヒロインからヒーローへー女性の自我と表現』(田畑書店, 1982), p.98.

다"[161]고 평가하고 있다.『노부코』는 "자기 평가의 기준을 잃고 아이덴티티의 상실에 빠진"(미즈타) 그녀가 새롭게 아이덴티티를 구축해 가는 이야기로서 그때까지 없었던 형태로 여성으로서의 '주체'를 만들어간 점에서 긍정적으로 평가받아 왔다고 할 수 있다.

그러나 한편으로 이러한 노부코의 성장이야기에는 비판도 있다. 주체의 양상이 지나치게 일관되고 있다는 것이다. 아라키 마사히토荒正人는 "후퇴는 없고 전진만이 있을 뿐", "제삼자의 입장에서 보면, 노부코라는 여자는 왜 자신의 책임을 반성하지 않는 것일까"[162] 라고 하며, 타자인 쓰쿠다를 검사처럼 재단하기만 하고 제대로 보지 않고 있으며 너무 이념적이라고 비판했다. 페미니즘 비평의『노부코』평가를 전복하는 것을 기도한 지다 히로유키千田洋幸는 "노부코의 확고한 통일적 주체의 이미지만이 생성되고 있다"[163] 고 비판하며, "『노부코』는 자연주의 혹은 시라카바파白樺派 작가들이 계속해서 생산한 '리얼리즘' 소설 계열과 연결되는, 남근적 텍스트"라고 논했다.[164]

---

161 岩淵宏子「『伸子』-仕事と愛と」(『宮本百合子-家族, 政治´, そしてフェミニズム』翰林書房, 1996), p.42.

162 荒正人「伸子と真知子」(『市民文学論』青木書店, 1955, 1971년 개정). 인용은 多喜二 · 百合子研究会編『宮本百合子作品と生涯』에 의함.

163 千田洋幸「〈作者の性〉という制度-『伸子』とフェミニズム批評への視点」(『東京学芸大学紀要 2部門』45, 1994).

164 지다의 지적에 대한 반론으로서, 기타다 유키에(北田幸恵)는, '탈구축에 의해 저항의 거점으로서의 주체의 입장 그 자체를 무너뜨리는 것은 문제'(「『伸子』は男根的(ファリック)なテクストか?」『Rim』5, 1996.5)라고 하고 있다. 반대로 미즈타 무네코(水田宗子)는, '쓰는 여자인 아내에게 봉사하는' 남편과 이혼하는 것이므로, 애초에 '통일성 있는 인물'이 아니라고 한다. (「作者の性別とジェンダー批評」『Rim』8, 1999.3).

2. '뒤죽박죽' 『노부코』

『노부코』의 평가를 둘러싼 이 두 가지 입장은 기본적으로 '일관된 주체'와 관련된 평가의 양측면을 이루고 있다. 그런 의미에서 어느 쪽으로 생각해 봐도 노부코의 주체상 그 자체는 큰 차이는 없다. 여기에서 이러한 논의를 전제로 하여 문제 삼아야 하는 것은 『노부코』는 정말로 이념을 따라 일직선으로 주체가 형성되는 드라마인가 하는 점이다. 실은 이념적인 작품이라고 평가되는 한편, 그런 셈치고는 "꼭 그것이 확실하게 독자가 이해할 수 있도록 그려지고 있지는 않다. 그러니만큼 작자에게 있어서도 뒤죽박죽이라고 할 수 있을지도 모른다"[165] 라는 지적이 있다. 인용한 것은 혼다 슈고의 논의의 한 구절이다. 『노부코』에 대해서는 이른 시기부터 텍스트가 부정합하다고 평가되었다고 할 수 있다.

부정합하다고까지는 아니더라도, 『노부코』는 이념적으로 강하게 일관성을 지향하는 작품임을 인정한 후에, 그것으로 수렴되지 않는 부분을 추출한 논의도 있다. 다카하시 마사코高橋昌子는, "노부코에게 밀착된 지향을 갖는 이야기와 객관적인 장면 묘사를 사용하는 이야기가 혼재하고 있다는 복합적인 방법"[166]을 지적하

또한 다카라 루미코(高良留美子)는, 노부코를 "부권제 가족 속에서 통일적 주체일 수 없는 아가씨"(「『伸子』は"男根(ファルス)的"テクストか　千田洋幸批判」『Ｒｉｍ』9, 1999.10)라고 하고 있다.

165 주1 의 혼다 슈고의 논문.

166 高橋昌子「志向と描写ー『伸子』の複合性について」(『日本文学』43-4, 1994.4).

고 있다. 다카하시는 전자를 "여성해방이라는 이념적 지향", 후자를 "메이지 다이쇼문학에 우세했던 주관배제의 외면묘사"라고 의의를 부여하며 그 충돌을 지적했다. 그에 더하여 『노부코』에는 인식되지 않은 채로 쓰여진 "어머니 의존 체질이나 모자적 우열 관계 형성벽形成癖"이 있다고도 지적하며, 중층적 읽기를 제시하고 있다. 또한 우부카타 도모코生方智子는, '"넓이"나 "자연"에 도달하여 "남자"가 됨으로써 "쓰는 것"이 달성된다"고 하는 "자기실현"의 구조를 분석함과 동시에, "신체를 둘러싼 이야기의 막힘, 의미 부여의 정체"에 주목하여 "말의 잔여로서 징후적으로 표현할 수밖에 없는" 신체를 부상시키며, "노부코는 일관된 주체일 수 없다"고 논하고 있다.[167] 지다의 논을 포섭하면서 단선적 읽기를 경계하는 논의라고 할 수 있다.[168]

『노부코』는 우선 아홉 개의 제목으로 연작 형태로 발표된 후에, 대폭 개고를 거쳐 단행본으로 간행되었다는 성립과정을 거치고 있으며, 처음 집필시기에서 단행본으로 나올 때까지 4년이라는 세월이 걸렸다. 이러한 사실도 감안하여 참고하고 싶은 것은 『노

---

167 生方智子「徴候としての身体-『伸子』における〈主体〉の様態」(『国文学解釈と鑑賞』 71-4, 2006.4).

168 복층적인 읽기를 시도한 논고로는 그 외에, 遠藤伸治「宮本百合子『伸子』-主体における切断と重層について」(『国文学攷』175, 2002.9)가 있다. "노부코는, 주체임을, 남성적인 상징언어, 상징적인 '어머니 죽이기'를 지향하면서 동시에 자기 스스로 지향하는 남성적인 언어로는 파악할 수 없는 회로를 통해 '어머니'와 연결된다고 하는, 비논리적이고 애매하고 양의적인 존재"라고 논하고 있다.

부코』라는 작품이, "노부코 입장에서의(노부코 측만의) 정당성을 독자들에게 또는 노부코 자신에게 납득시키는 것, 이것이 『노부코』 "이야기"의 강력한 콘텍스트를 이루고 있다"라는 요시카와 도요코吉川豊子의 지적이다.[169] 에구사 미쓰코江種満子 역시 "말하자면 이는 사후적 회고, 사후적 검증의 변으로서 담론이 구성되어 있다"라고 한다.[170]

에구사는 쓴다는 행위에 주목한 후에, "노부코에게 있어 쓴다고 하는 행위는 힘겨운 "현재"의 "실생활"을 "소재"로 하여 자신을 둘러싼 사람들 각각의 삶의 방식의 차이에서 발생하는 디스커뮤니케이션에 대해 각자의 위치를 파악하고 그 안에서 자기 자신의 위치를 선택하는 작업을 가리키는 것으로, 그것을 통해 착종된 현재를 풀어내고 "투명"하게 하는 것이 목적이다"[171] 라고도 한다. 두 논의 모두 『노부코』의 일관성을 의심하는 입장에 있지는 않지만, 일관성을 구축하는 것 자체가 '목적'이라는 지적에서는 『노부코』를 경험에 의미를 주는 텍스트로서 읽는 시좌를 얻을 수가 있다. 결혼에서 이혼으로 라는 기정既定의 전개를 따라 나아가는 텍스트라고는 해도, 각각의 사건은 있는 그대로를 그대로 베끼는 체재로 이야기되는 것은 아니다. 분명하게 의미가 부여되고 있는 것

169 吉川「伸子〔宮本百合子〕 伸子のエレクトラ」(『日本の近代小説 I 』東京大学出版会, 1986).
170 江種満子「『伸子』論 ディスタンクシオン(卓越性)とジェンダーの交点」(『わたしの身体、わたしの言葉 ジェンダーで読む日本近代文学』翰林書房, 2004), p.470.
171 위의 책, p.473.

이다. 『노부코』에게 의미화의 욕망은 과잉이라고 느껴질 만큼 강하다. 이 욕망에 휘말리듯이 논자는 『노부코』에 통일된 주체와 이념적 일관성을 본 것은 아닐까? 그러나 주체가 되기를 욕망하고 의미를 제어하고자 했다고 하더라도, 그것을 흔들림 없이 실책 없이 완수할 수 있을까? 지나친 욕망은 오히려 행위의 수행을 방해한다. 원래 의미의 제어가 완전히 수행되는 일은 있을 수 없다.

여기에서는 『노부코』를 계속되는 주체화의 현장을 그린 텍스트로 읽기로 한다. 주목하고 싶은 것은 주체와 그것을 구성해 가는 이념과의 교섭, 의미화의 과정이다. 그와 같은 입장에서 『노부코』를 읽으면, 도처에서 균열이 발견되며 일관성과는 거리가 멀다는 사실을 쉽게 발견할 수 있다. 『노부코』의 욕망에 따라 통일된 주체를 작동시키기를 그만두고, 오히려 이 균열의 흔적을 확인하고 싶다. 일견 확고하게 성립되어 있는 것으로 보이는 주체는 자세히 보면 균일하지 않고 통일되어 있지 않으며 혼란스럽다. 그렇기 때문에 한편으로는 (거의 억지로) 형태를 가지런히 정리하고자 계속 노력하고 있음을 알 수 있다. 『노부코』의 특징은 의미와의 과잉된 교섭에 있다. 집요하게 반복적으로 개별의 구체적 경험을 해석하여 틀을 부여한다. 물론 선택된 의미의 부분을 연결하면, 결혼제도를 성립시키는 젠더 시스템에 대한 회의나 해방 논리를 찾아낼 수 있다. 또한 동시대에 그런 이념적 물음과 해답을 제시한 데에는 큰 의의가 있었을 것이다. 다만 그것은 단선적으로 조합되는 것은 아니다.[172] 오히려 이념과 사태의 골이 깊다는 사실이 집요하게 의미를 지향하게 하고 '정당성'을 부여하며 사태를 '투명'하게 할 것을 욕망하게 한다. 그렇기 때문에 의미를 마주하는 그 과정은 '뒤죽박죽'이 된다. 이와 같이 균일하지 않은 상태를 확인함으로써 의미의 구축을 (결과로서가 아니라) 과정으로 파악하고자 한다.

3. 세 개의 층

노부코는 계속해서 주체화되는 과정으로 일반화, 추상화된 의미, 이념과 교섭한다. 다만 한 마디로 이념이라 해도 그 내용은 일괄적이지는 않다. 『노부코』의 결말이 제시하는 이념은 여성해방으로 수렴되는 것이지만, 그에 이르기까지의 혼란은 근대 국가가족주의에 의해 가치지워진 '결혼'이라는 이념이나 신체의 관리를 포함하여 구축된 젠더규범 등, 사회적으로 중심화된 이념과의 교섭에 의해 만들어지고 있다. 『노부코』에서는 그와 같은 중심화된 이념을 참조하면서 거기에서 일탈한 곳에서 대항적인 이념을 발

---

172 본 장은, 「젠더와 주체(ジェンダーと主体)」(中山和子・江種満子・藤森清編『ジェンダーの日本近代文学』翰林書房, 1998)를 가필수정한 것인데, 이 글은, "'저항의 거점이 되는 주체의 입장 그 자체를 무너뜨리는' 것을 중심화한 탈구축에는 의문을 품지 않을 수 없다"라는 비판을 받은 바 있다.(岩渕宏子「研究動向－宮本百合子」『昭和文学研究』 37, 1998.9, 岩渕宏子「宮本百合子『伸子』」渡邊澄子編『女性文学を学ぶ人のために』世界 思想社, 2000). 본서에서는 주체화의 과정에 대한 검증이, "저항의 거점이 되는 주체의 입장"을 무너뜨리는 것으로 귀결된다고는 생각하지 않는다. 주체화는 동시에 종속화라는 인식에서 출발한다고 하면, 주체화 과정의 운동성을 확인하는 것은 종속화 과정을 불안정하게 하는 것으로 연결될 수 있다. 저항의 거점은 어긋남을 포함한 재생산 안에 있는 것이다.

견해 가는 것이다.

그와 같은 의미를 둘러싼 교섭은 노부코가 결혼으로 발을 들여놓는 시점부터 개시된다. "사람들은 모두 결혼한다. 남자도 여자도 결혼한다. 결혼이라는 것이 인간에게 눈과 코가 있는 것처럼 당연한 인생의 하나의 약속인 것처럼 이루어진다"(2-3)라는 인식, 이 제도화된 결혼이라는 이념에 대해 노부코는, "인간이 가정을 원하는 마음 또는 서로 사랑하는 남녀가 함께 생활하고 싶고 한 쌍으로 취급되고 싶은 마음이 강하다는 것, 그런 것들은 그녀도 알고 있었다"라고 다른 이념을 지향하며 보편화를 시도한다. 거기에는 "서로의 사랑을 똑바로 키울 수 있는 위치에서 두 사람이 보다 풍부하게 넓게 씩씩하게 뻗어가고 싶기 때문"이라는 결말까지, 계속 변주되어 가는 이념이 포함되어 있다. 『노부코』라는 텍스트를 특징짓는 것은 이와 같은 일반화, 추상화된 의미 부여의 레벨과 개별적이고 구체적인 사건과의 왕복이 쉼 없이 계속 일어난다는 것이다. 지극히 강하게 주체를 작동하고자 욕망하는 장에서 그에 수렴되지 않는 사건에 대한 동요와 초조가 이야기가 된다. 그 흔들림이 드러나는 텍스트가 되는 것이다.

전편에 걸쳐 이와 같은 이념과의 교섭이 기술되고 있지만, 여기에서는 종반 제6장의 모두부분에 대해서 구체적으로 그 동태를 확인해 보고자 한다. 제6장은 전체 구성으로 보면, 별거를 시작한 제5장 이후 드디어 이혼으로 향해 가는 무렵에 해당한다. 결론의 방향이 보이기 시작하고는 있지만, 결론은 나와 있지 않다. 여기에는 대별하면 세 개의 층이 있음을 확인해 보자. 세 개의 층이란 개별적이고 구체적으로 사건을 다루는 층/사건을 추상화하려고 하지만 할 수 없는 (노부코의) 층/일반화, 추상화된 의미의 층, 이렇게 세 층이다.

제6장 제1절은 어머니 다케요多計代와 노부코의 대화 장면이다.

> 다케요는 갑자기 목소리에 힘을 주어 말했다.
>
> "나 같으면 말야 단숨에 과감하게 결정해 버릴 거야. 자기를 진심으로 사랑해 주지도 않는 사람한테 질질 끌려다니다니, 생각하는 것만으로도 참을 수가 없어."
>
> 노부코는, 쓰쿠다가 자신을 사랑하는 마음이 털끝만큼도 없다고 생각할 수는 없었다. 그의 관심은 ─ 적어도 남자가 자신의 아내가 된 여자에 대해 품는 정도의 마음은 노부코에 대해서도 가지고 있었다. ─ 그것을 알고 있지만, 자신은 그 인정에 안주할 수 없어서 노부코는 슬프고 괴로운 것이었다.
>
> "그래도 ─ 그러면 내 심정은 어떻게 하지, 상대가 진심으로 사랑하지 않는다. 그러면 이라니, 내 사랑이 갑자기 사라지나? 그렇게 쉽게 정리가 되지 않으니까 서글픈 생각이 드는 것 아네요? 결국 말하자면 누구나 상대의 사랑을 괴로워하는 것이 아니라 자신의 마음에 있는 사랑을 괴로워하는 쪽이 많죠."
>
> "그럼 너 ─ 아직 쓰쿠다를 사랑하고 있니?"
>
> 문틈으로 들어온 외풍 같은 쓸쓸함이 노부코의 마음을 횡하고 지나갔다. 세상에 흔히 있는, 결혼을 한 번 했다가 실패하고 부모 집으로 되돌아온 딸은 한 사람도 예외없이 경험하게 될 우

<u>수憂愁의 원천이, 어머니의 단순한 질문 속에 있었다.</u>

노부코는 잠깐 있다가 말했다.

"나는 말이지. 아무래도 보통의 결혼생활을 할 수 없다고는 해
도, 남아 있는 행위나 사랑까지 깡그리 없애 버려야 된다고는 도저
히 생각할 수 없어요. 뭐 지금까지의 부부가 그랬다고 해서 똑같이
그래야만 된다는 법은 없잖아요. 합치든 오해를 풀든 제각자 방법
이라는 게 있어도 되잖아요."

"<u>쓰쿠다라는 사람은 그런 것 모를 거야. ––처음부터 말이야</u>
<u>––목적이 달랐던 거지.</u>"

"그럼 그걸로 됐어요. 나하고 같이 살아서 뭔가 좋은 점이 있
었다면 나는 그걸로 만족해요. 그러니까 헤어지면 이렇다느니 저
렇다느니 하며 될 대로 되라지 하는 식으로 말하지만 않으면 되
요. ––나는 될 대로 되라는 식으로 하는 것만큼 싫은 것은 없어
요. 내가 세상에 그런 도의에 어긋난 사람을 한 명 만들어 내는 것
인가 하고 생각하면 끔찍해서 용기고 뭐고 없어져요."

개별적이고 구체적으로 사건을 다루는 층에 직선(___)을, 사건
을 추상화하려 하지만 할 수 없는 (노부코)의 층 중 개별적 사건으로
이야기되는 부분에 (___)을, 추상화되려는 부분에 점선(......)을,
일반화·추상화된 의미의 층에 이중선(___)을 그렸다. 이와 같이
추상도에 따라 구분을 해 보면, 대략 어머니의 대사를 제1의 층, 노
부코의 대사를 제2의 층, 지문을 제3의 층으로 볼 수가 있다. 각각

의 층위에서 이야기되는 것은 그 질이 상당히 다르다. 어머니는 노부코나 쓰쿠다의 성격이라는, 기본적으로 두 사람의 개별적 사정을 문제로 삼고 있다. '나 같으면 말야' 혹은 '쓰쿠다라는 사람'이라는 식으로 개개의 사정에서 멀어지는 일 없이 추상적인 논의가 무화되고 있다.

이와 대조적으로 노부코의 대사와 지문에는 사태를 추상화하고자 움직임이 보인다. 그렇다고는 해도 양자에는 질적인 차이가 있다. 지문에서는 '남자'와 '자신의 아내가 된 여자', '부모의 집에 돌아와 있는 딸'과 '모친', 그리고 그 뒤에서는 그날 밤 대화 전체를 총괄하여, '아내인 여자와 그 어머니가 그런 대화를 했다'라는 식으로 카테고리를 사용하여 추상적으로 설명하고 있다. 고유명사가 '아내'나 '딸'이라는 카테고리로 변환되고, 사태에 의미가 부여되고 있다고 할 수 있다. 다만 주의할 점은 이 추상화에 있어 사용되는 각각의 카테고리 사이에는 관련성이 없다는 것이다. '아내'와 '딸'이라는 카테고리는 어떤 식으로 연결되고 어떤 식으로 끊어지는지. 원래 여기에서 발생하는 문제는 이 두 가지 카테고리의 불연속에 의한 것이기도 할 것이다.[173] 다케요의 '딸'인 것은 쓰쿠다의 '아내'라는 것을 어렵게 만들고 있다. 그러나 그것이 딱 들어맞지 않고 삐걱거리는 것은 응시되고 있지 않다. 의미화는 매 순

---

173 北田幸恵「母と娘と「婿」の物語―『伸子』を読みなおす」(『社会文学』11, 1997.6). 앞서 언급한 엔도 신지(遠藤伸治)의 논문 등, 어머니와 딸의 관계가 쓰쿠다와 노부코의 남편과 아내라는 관계를 침식하고 있음을 지적하고 있다.

간 이루어지며 양자를 서로 합치는 것은 회피되고 있다고 할 수 있다. 어떤 카테고리로 자신을 이야기해야 할지, 판단은 미루어지고 단지 의미화의 운동이 반복될 뿐이다.

제2의 층에 해당하는 노부코의 대사로 구성되는 부분에서는 부정합이 더 현저해진다. "쉽게 정리가 되지 않는" "내 심정"이라는 개별적, 구체적인 문제로 다루어지면서, "누구나 (중략) 자신의 마음에 있는 사랑을 괴로워한다"는 곳에서는 스스로를 보편화하여 파악한다. "나는 말이지"라는 일인칭이 나온 뒤에 바로 "지금까지의 부부"에 대한 "제 각자 방법"이라는 추상화가 이루어지고 일반에 대한 스스로의 특수성이 강조된다. 역시 일인칭으로 "그럼 그걸로 됐어요"라고 이야기되면서도 "될 대로 되라지 하는 식"이라는 말을 경유하여 "도의에 어긋난 사람"이라는 틀을 생각해 내는 대목은 일반에 대한 특수를 지향하는 방향성을 다시 애매하게 한다. 내용적으로도 질적으로도 관련성을 이끌어내는 것은 곤란한 논리가 계속 반복되는 것이다.

세 층의 차이는 제2절에서도 찾아볼 수 있다. 제2절에는 마당의 장미를 계기로 하는 노부코와 쓰쿠다의 갈등이 그려져 있다. 쓰쿠다의 대사와 노부코의 대사, 그리고 지문에는 역시 추상화 정도에 있어 차이가 있다.

도쿄의 자택으로 돌아온 노부코는 마당의 장미를 바라본다.

윤기 있는 짙은 연지색 가는 가지의 선, 밤안개에 가려지기 시작한 잎의 색. 황폐하고 검은 판자벽에 이것보다 훌륭한 장식은 없으며, 가을 장미 색으로서도 이 조화調和 보다 더 좋은 주위 환경은 없을 것이라 생각되었다.

　노부코는 쾌감을 가지고 일종의 시정詩情을 맛보았다.

　위의 인용문에서는, 여기에서도 사건이 추상화된다. 이후에 쓰쿠다가 시든 봉오리를 잘라내기 시작한다. 노부코는 그에 대해, "말없이 보고 있었다"와 같이 입을 열지 않는다. 쓰쿠다가 먼저 바라보던 꽃까지 자르려 할 때, 처음으로 "아, 그건 그냥 두지 않겠어요? 예쁘니까요", "자르면 주위 모습이 달라지니까"라고 소리를 내는데, 저항의 기색을 보이는 쓰쿠다에게 그 이상의 설명은 하지 못한다. "노부코는 말로 하면 신경에 거슬리는 것 같아서, 노르스름한 연어색 장미 두 송이가 그 배경 덕분에 얼마나 운치가 있는지 설명할 수 없었다"라고 묘사하고 있듯이, 이 대화에서는 노부코의 침묵이 강조되어 간다. 한편 쓰쿠다의 심정은, "이런 꽃! 이것보다 훨씬 더 예뻤을 때는 보는 사람도 없었어"라는, 노부코에 대한 초조감을 드러내는 한 마디에 집약되고 있다. 이와 같이, 감정적인 의미내용보다 효과에 중점이 놓인 것으로, 행위 수행성이 현저한 것이다. 쓰쿠다의 말로서 앞에서 든 제1의 층과 동질인, 의미화에서 가장 먼 말이 기술되어 있다고 할 수 있다. 노부코의 침묵은 그와 대조적이다. 쓰쿠다가 그 자리에서의 효과를 의식하고 있다는 의미에서 사태의 구체적인 문맥에 참가하고 있는데 대해, 노부코는 침묵함으로써 다른 문맥(추상화된 시정)이 있음을 암시하고 있다. 그러나 노부코의 층에서는 '설명할 수 없는' 것이다. 노부코의 대사는 앞에서 제2의 층이라고 했듯이, 잠재적으로 눈앞의 구체적인 사태와 추상화된 의미와의 이중성을 띠고 있다고 할 수 있다. 사태를 마무리하고 명확하게 표현을 부여하는 것은 늘 지문이다. "지금으로부터 몇 년인가 지난 후 어느 맑은 가을날, 우연히 오늘의 이 사소한 정경이 기억의 바닥에서 떠오르는 일이 있다면, 툇마루에 이렇게 앉아 있던 나, 마당에 있는 쓰쿠다의 모습, 아름다웠던 두 송이 장미는 나에게 무슨 이야기를 할까?" 하는 부분이 나타내듯이, 의미는 완전히 사무적으로 구성되어 간다. 장미에게 주어진 것은 완전히 뒤얽힌 두 사람과 대비적인, "무심한 선명함, 정갈함"이라는 의미이다.

이와 같이 세 층위로 나누어 보았는데, 그 질의 차이는 인물조형으로 수렴되는 것이 아니다. 개별적이고 구체적인 사태에 얽매이는 인물은 제1절에서는 다케오, 제2절에서는 쓰쿠다라는 식으로 장면에 따라 다르며, 다름에도 불구하고 같은 성질을 띠고 있기 때문이다. 또한 노부코의 대사에는 개별적 구체적인 기술 부분과 추상적 부분이 뒤섞여 있다. 즉 『노부코』라는 텍스트의 양상으로서 확인할 수 있는 것은 인물의 개성을 구별하여 쓰는 것과는 관계없이, 개별적이고 구체적인 사건과 추상화 사이에 복수의 층이 중복되고 있다는 것이다. 참조가 된 카테고리에 통일성이 충분하지 않다. 삐어져 나오는 흔적을 생생하게 남기면서 계속해서 의미가 부여되는 것이다.

4. 명명을 둘러싼 공방

그러면 카테고리는 어떻게 주체에 통일성을 주는 것일까? 관련 지을 수 있는 의미를 더듬어 가다 보면 일단 그 경로를 확인할 수 있다.

우선은 계속되는 제6장 제3절을 보자. 등장인물간의 대화는 거의 없으며 이야기의 현재와 이야기를 하는 시간의 차이도 불명료하다. 지문에서 개별적, 구체적 사태의 기술과 이야기 현재의 노부코에게 보이는 구체와 추상의 왕복과 의미화의 작용이 뒤섞여 있다. 주목하고 싶은 것은 명명을 둘러싼 공방이 보인다는 점이다.

드디어 결말로 향하는 가운데 드디어 쓰쿠다는 노부코를 명명하여 부르고 노부코는 그에 저항한다. 쓰쿠다의, "돌아오기만 한다면 언제든 웰컴 홈이에요. 베이비"라는 대사에 그의 마음이 집약적으로 나타난다. 이 "베이비"라는 호칭에 대해 노부코는 저항한다. 우선은 "하지만 진짜 아기처럼 무구하지는 않다. 노부코는 여자였고 그의 아내였다"라고 설명이 되어 있다. 즉 여기에서는 '여자'나 '아내'라는 카테고리가 '베이비'에 대항하여 작동되는 것이다. 그러나 '여자'도 '아내'도 '베이비'라는 카테고리에 길항하기에 충분한 것은 아니다. 오히려 쉽게 포함되어 버린다. 계속해서 그려지는 것은 "용기가 부족한 자신", "자신의 하나로 살아가고자 하는 장래에 대한 망설임"과 같은 내성內省이다. 이들 내성은 "베이비, 베이비하며 응석을 부리게 해 주는 생활"에 여의치 않으면서도 노부코가 반응하고 있음을 나타내고 있는 것이다. 결혼으로부터의 탈출을 결의할 수 없는 노부코는, "자신은 자신대로 알게 모르게 그곳으로 딸려 들어가는 것은 아닌가 하는 기분"이 든다고 하듯이, '베이비'라는 호칭을 무시할 수 없는 것이다. '여자'도 '아내'도 맥없이 자립불능의 자기상을 만들어 버리고 만다. 노부코를 낚아채는 '베이비'라는 명칭에서 내 몸을 빗겨나가기 위해서는 대항할 수 있는 다른 카테고리를 찾아내야만 한다.

동시에 이혼 결의라는, 이후의 전개로 연결될 징조는 잠복되어 있다. "남편이 이제 자신을 흔한 보통의 여자로 다루지 않게 된 것을 알았다"라는 부분과 그에 응답하듯 기술된 "노부코 자신, 더 다른 여자로 다시 태어날까 아니면 일반적 성생활의 상식이 어느 정도 변화해서 더 무리 없이 되지 않으면"이라고 하는 부분이다. '베이비'라는 쓰쿠다의 부름에 응답하지 않을 수 없듯이, '흔한 보통의 여자'로 수렴되지 않는 일탈 역시 쓰쿠다에게서 부여받은 틀로 제시되고, 노부코는 그에 편승하여 '더 다른 여자'로 향하고 있다. 『노부코』에서 시도되는 추상화에는 쓰쿠다의 안에서 노부코가 읽어낸 의미가 있음을 확인해 두고 싶다. 애초에 쓰쿠다와의 결혼에 의해 노부코가 경험한 것은 어머니나 지인에 의한 해석, 그것도 부정적인 해석에 계속 노출되고 있다는 것이었다. 미스 플랫트, 지인인 다카사키 나오코高崎直子, 아버지의 친구 자식인 다나카 도라히코田中寅彦, 어머니에게도 악평이 전해지고, 거기에 어머니 자신의 의심도 더해진다. 밀려오는 의미를 밀어내면서 결혼생활에 들어갔고 또 계속해 왔듯이, 결혼으로부터 이탈해 갈 때도 노부코는 타자와의 교섭 안에서 주체화되어 간다. 『노부코』에는 타자성이 희박하다는 평가도 있어 왔다. 확실히 노부코가 타자의 존재에 의해 비판적으로 상대화되는 개소가 많다고는 할 수 없다. 거의 없다 해도 좋을 것이다. 그러나 그렇다고 해서 노부코를 향한 말이 무시되고 있었다고 할 수는 없다. 오히려 다른 시선에 노출된다고 하는 경험은 『노부코』역시 그런 시선에 노출된다는 것이라는 피독경험被読経験을 강화한 것은 아닐까? 일종의 그런 피독경험이 사태에 다시 의미를 부여하는 추상화욕망을 비대화시킨 것은 아닐까? 노부코에게 도달한 말에 대한 응답이 노부코를 주체로 만들어 가는 것이다.

그리고 『노부코』의 결말이 되는 제7장에 이르러 노부코는 주체에 선명한 윤곽을 주는 말에 봉착한다.

> 노부코는 생각했다. 세상에 자신과 같은 마음을 가지고 있는 여자는 나 한 사람밖에 없는 것일까? 자신이 얻고 싶은 생활의 기쁨은 이 세상에 있으면 안 될 만큼 그렇게 사치스러운 것일까? —— 신이시여, 신이시여. 그리고 나는 아무에게도 사랑을 받을 수 없을 만큼 별난 여자인가요라고.(7 – 7)

노부코는 스스로를 '별난'이라고 명명한다. 질문의 형태를 취하고는 있지만, 물론 답은 나와 있다. 노부코는 '별난' 사람인 것이다. 이 명명이 노부코를 제도로서의 결혼에서 해방하게 한다.

결혼제도로부터의 해방이라는 이념은 『노부코』안에서 가장 추상도가 높은 이념이다. 왜냐하면 그것은 쓰쿠다와 누군가를 비교하여 결혼생활이 싫다는 것은 아니었다. 상호 성격에 따라 여러 가지로 발생하는 불화 및 결혼생활의 습관이라고나 할까, 일반 남녀 사이에 통용되는 생활 내용에 대한 생각, 삶의 방법 등에 있어 여러 가지로 납득이 되지 않는 점을 발견한 것이었다.

결혼제도는 '일반 남녀'에 의해 재생산되는 것이며, 그 문제성은 쓰쿠다나 노부코의 고유성과는 무관하다.『노부코』의 결론은 개별적, 구체적이었던 사태를 철저히 추상화한 수준에 놓고 있다. '일반'의, 보통의, 사회적으로 중심화된 제도로서 결혼이 인식됨과 동시에, '흔한 보통의 여자'가 아닌 '별난 여자'로서 노부코는 일탈한다. "자신의 본질에 열렬하게 자유와 독립을 사랑해 마지 않는 본능이 있음"을 알고, "어떤 여성이라도 한 번은 사로잡히지 않을 수 없는 결혼생활의 몽상에서 완전히 해방"되는 것이다.(7-6) 확립된 이 이념은 쓰쿠다에게도 전해진다. "당신에게 진정으로 필요한 것은 아내라는 한 여자에요.(중략) 반드시 노부코에 한정된 것은 아니죠. 노부코니까 라는 것은 절대 아니예요."(7-10). 고유성이 배제된 결혼제도의 부정이라는 의미가 이혼에 부여되고, 동시에 노부코에게 새로운 이름이 부여됨으로써,『노부코』는 결말을 맞이한다. 의미화 과정을 보는 한,『노부코』에서는 이와 같이 일반적인 카테고리로부터의 일탈자라는 카테고리로 마무리함으로써, 노부코의 주체화가 안정되어 간다.

5. 방치된 세부

그러면 이와 같은 『노부코』를 우리들은 어떻게 평가하면 좋을까? 그것은 『노부코』의 분석을 어떤 문맥으로 착지시키느냐 라고 하는 독자의 입장에 따라 달라진다. '남자'와 '보편'이 아무 균열 없이 일치되어 이해될 때, '여자'라는 주체를 작동시키기 위해 의미화된 부분에 초점을 맞춰 논의하는 것은 중요한 의미를 갖는다. 한편 '여자'라는 카테고리 자체를 해체하는 것을 목표로 한다면, 대신 문제 삼아야 할 것은 『노부코』라는 작품이 카테고리를 사용하는 것 자체에 저항력을 가지지 않는다는 것이다. 노부코는 일반적인 '여자'를 대립항으로 함으로써 사태를 처리해 간다. 제3절에서 확인했듯이 『노부코』에서는 어긋남이 문제화되는 일 없이 복수의 카테고리가 계속해서 참조되고 있으며, 기본적으로는 카테고리에 근거 없이 의존하고 있다고 할 수 있다. 그리고 '별난 여자'라는 특수한 틀로 노부코가 정리되는 한편, 일반적인 '여자'라는 카테고리는 보존된다. 오히려 '여자'를 강고히 구축함으로써 그와 대조적인 자기 동일성을 획득한다고 할 수도 있다. 그런 의미에서 노부코는 '여자' 일반을 대표하지는 않는다.

그렇다고는 해도 '별난 여자'라는 이름에 한 발 들여 놓고 적극적인 평가를 내리는 것도 가능할지 모른다. 왜냐하면 '별난 여자'라는 이름은 '아무에게서도 사랑받지 못 한다'라고 하듯이 부정적으로 의미지어진 일종의 경멸적 호칭으로 받아들여지기 때문이다. 물론 그것은 결혼제도로부터의 이탈과 표리관계에 있다. 결혼생활을 사회적 이념으로 삼는 문맥을 참조하여 부정적 의미 부여를 이끌어낸 후에, 일부러 경멸적 호칭을 받아들이는 행위에는 경멸적 호칭을 재생산하면서도 동시에 그것을 경멸적으로 호칭하는 규범 그 자체를 교란시킬 가능성을 인정할 수도 있기 때문이다. '별난 여자'인 것은 요시미 모토코吉見素子라는 파트너를 얻고, '나쁜 의미의 여자다움에서 오는 갑갑함을 벗어난 좋은 감정'이라는 '완전히 새로운 감정'(7-8)으로도 연결된다. 가치의 재구성은 '별난 여자'라는 특수한 카테고리를 만듦으로써 가능해진다. 『노부코』라는 소설이 갖는 규범에 대한 저항성을, 그런 점에서 읽을 수 있을지도 모른다.

그러나 이렇게 이혼에 결혼제도의 부정이라는 의미가 부여되는 한편, 결말로 향하는 과정에서 기술이 되기는 했지만 의미화되지 않고 방치된 세부도 있다. 그것들은 결혼제도의 부정이라는 가장 보편화된 의미가 이혼의 이유로서 확정됨으로써 망각되고 있다. 여기에서는 외부로 밀려나 의미부여에서 밀려난 문제를 두 가지 거론해 보고 싶다.

첫째는 쓰쿠다의 '남자다움'에 관한 문제이다. 노부코는 쓰쿠다의 남자다움에 대해 언급한다. 우선은 두 사람이 결혼을 결정하는 이야기의 발단에 있어 노부코의 요구에 대한 쓰쿠다의 반응은 다음과 같이 묘사되고 있다.

노부코가 눈물을 그칠 수 없었던 것은 그의 이해의 기쁨만이 아니었다. 그가 처음으로 남자다운 권위를 가지고 자신의 심정

을 명언明言해 준 환희이다. 아아! 그는 처음으로 남자답게 말을
해 주었다.(2-5)

노부코는 쓰쿠다에게 '남자다운 권위'를 요구하고 있다. 여성
의 자립이나 해방이라는 이념을 내세우고 있는 것을 생각하면 모
두冒頭에 가깝다고는 해도 지나칠 수 없는 부분이다. 그것은 노부
코의 결의를 확실한 것으로 하는 가치를 띠고 있다. 그러나 결혼
후에 분명해진 것은, 쓰쿠다는 노부코가 기대하는 '남자다움'과
는 거리가 먼 인물이라는 점이다. 쓰쿠다는 때때로 눈물을 흘린다.
"남자는 여자보다, 성의가 있을 때만 눈물을 흘린다고 생각한" 노
부코는, "저절로 오싹"한다.(5-6). 솔직함이 결여된 은폐체질이나
위선성이 복수의 에피소드를 통해 이야기되고 마침내 별거를 제
안할 때는 쓰쿠다를 다음과 같이 비판한다.

　당신은, 그럼, 언제 한번이라도 내가 묻는 말에 담백하게 남
자답게 대답한 적 있어? 자신의 잘못을 내심으로라도 정식하게
인적한 적 있냐구?(5-5)

쓰쿠다의 위선성을 남자다움의 결여로 부정하는 노부코는 도
덕을 젠더화하고 있다. 남자다움이라는 젠더규범은 그와 같이 포
괄적인 가치를 부여받고 지지받게 된다. 그렇다면, 노부코가 쓰쿠
다를 단념하는 이혼 이유에, 이 젠더규범이 관련되고 있지 않다고
할 수 있을까? 솔직히 말하면, 쓰쿠다가 남자답지 않다는 것이 이

혼 사유였다고 생각해도 되지 않을까 하는 것이다. 남자다움의 결여는 결혼제도에 의한 것이 아니다. 그렇기 때문에 이 문제를 추상화한다면, 결혼의 제도성과는 다른 문맥, 노부코가 재생산하고 있는 젠더규범이 명료해질 것이다. 그러나 그렇지는 않다. 남자다움의 결여는 쓰쿠다 고유의 인격적 특징으로서 처리되고, 제도적 고찰이 이루어진 적은 없다. 결혼제도 비판이 전면적으로 제출되는 한편, 노부코의 젠더규범은 가시화되지 않고 잠재적으로 온존되고 있다고 할 수 있다. 소설의 마지막 절에서 쓰쿠다와 마지막 담판을 할 때, 노부코는 다음과 같이 말한다.

> 어째서 당신은 내가 늘 일, 일 하기만 하면서 살아갈 수 있을 거라고 생각하는 것이지? 너무 이상해. ─나는 어설프게 소설을 쓰기 전에 여자로 태어났나구. 게다가 완전히 여자인데 말야. ─ (7−10)

말미의 "새장 속의 새가 되어서는 견딜 수가 없어"라는 여성해방의 주창과 이 대사는 어떻게 연결되는 것일까. 젠더규범에 의해 생긴 욕망은 맥락 설명 없이 『노부코』의 저변에서 꿈틀거리고 있다.

또 하나는 계급이라는 문제이다. 계급의 문제가 『노부코』의 의미화에서 누락되고 있음은 미야모토 유리코 자신이 언급하는

바이기도 하다.[174]

『노부코』는 1924년부터 1926년 사이에 집필되었다. 그 무렵 일본에는 이미 초기 무산계급운동이 일어났고, 무산계급문학 운동도 일어났다. 하지만 작자는 직접 그런 흐름을 언급할 기회가 없는 생활환경에 있었다. 『노부코』에는 일본의 그와 같은 중류적 환경에 있는 한 젊은 여성이 여자로서 인간으로서 성장해 가고 싶은 격렬한 욕구를 가지고 결혼했다가 결국 결혼과 가정생활의 안정에 대해 상식이 되어 있는 생활태도에 극복하기 힘든 의심과 괴로움을 품게 되어 결혼이 파탄이 나는 과정이 그려져 있다.

노부코가 부정한 결혼제도의 중산계급성이 완전히 척결되지 않았다는 자기비평으로 받아들일 수 있을 것이라 생각된다. 다만 『노부코』에서 계급 문제가 기술되지 않은 것은 아니다. 노부코는 자신을 '중류계급의 딸'(1-7)이라고 전제한 후, '가난하고, 사회적 배경이 없는' 쓰쿠다와의 결혼에 반대하며, '너의 생각은 볼셰비키다'라는 어머니를 다음과 같이 설득하고 있다.

보통, 아가씨들은 시집을 가서 안정을 찾고 남편과 동화하여 현재의 사회에 가장 안정된 생활을 얻으려는 것이 목적이죠? 그러니까 같은 계급, 같은 전통을 가진 집, 또는 조금 혹은 많이, 윤

---

174 「あとがき」 『伸子』 上・下 (新潮社, 1949), 날짜는 '1949년 9월'이라고 표기되어 있다.

명이 허락하는 만큼 신분이 상승하는 것을 조건으로 해요. ──
다르다는 것은 바로 이 점이야……나는 내가 자란 것처럼 자라
고, 내가 본 것만 봐 왔다구. 그 부모들도 어머니들과 똑같다고
하는 남자에게는 전혀 흥미가 일지 않아. 흥미는커녕 불안하다
구.(304)

즉 결혼 당초 설명에서는, 쓰쿠다는 중류에 속한 인물이 아니
었고 노부코는 그와 결혼함으로써 중류계급에서 탈출하려고 한
다. 그러나 탈출은 실패한 것 같다. 왜냐하면 쓰쿠다만이 중류를
체현한 인물이 되기 때문이다.

그녀는 참을 수 없는 중류적 정신이나 감정이 활발하지 못한
점, 빈약한 위선, 결국은 은급증思給証을 대신하는 것이 즐거움인
것 같은 소위 일의 태도, 그런 것들에 도저히 장단을 맞출 수 없
는 자신을 발견하게 된 것이었다.(6-3)

이치상으로 생각하면, 노부코는 중류화된 쓰쿠다가 지닌 보수
성에서 탈출하기 위해 이혼을 결의한다. 즉 결혼이 중류계급으로
부터의 탈출로 연결되지 않았기 때문에 재삼 탈출을 시도했다는
식으로 읽을 수 있을 것이다. 더 나아가 그것을 '후기'에 연결지으
면, 이런 우회로에 빠진 것은 바로 완전히 중류계급에 빠진 노부코
의 어리광이라 할 수 있을 것이다. 즉 '중류계급' 비판과 그곳으로
부터의 탈출이라는 정의正義가 충분하다고까지 할 수는 없지만 의

미화되어 기술되어 있다는 것이다.

그러나 이렇게 비평성이 부족했다는 자기언급이 있기 때문에, 여기에서 주목하고 싶은 것은 노부코가 보여 준 중류계급성에 대한 반발이 아니다. 의미화되지 않은 채로 부각되고 있는 노부코의 중류계급성 그 자체이다. 노부코의 그런 성질은 이미 지적된 바이기도 한다. 예를 들면 고우라 루미코高良留美子는 '신분격차가 나는' '아가씨'의 '결혼'[175] 이라 읽었고, 에구사 미쓰코는 피에르 부르디외Pierre Bourdieu의 '문화귀족'이라는 개념을 참조하면서 쓰쿠다와의 사이에 존재하는 '취미, 감성의 골'을 지적한다.[176] 노부코는 '취미'로서 구체화된 자신의 중류계급성에 의미를 부여하지 않는다. 그것은 쓰쿠다가 가져 본 적이 없는 문화자원인데, 그 격차는 결혼이라는 제도에 중류계급성을 한정하여 쓰쿠다를 휘말려들게 함으로써 보이지 않게 한다. 그러나 노부코의 취미는 『노부코』의 결말에서도 변함없이 유지되고 있다. 노부코가 쓰쿠다로부터 떠날 결의를 굳힐 수 있었던 것은 모토코素子와의 만남이 있었기 때문인데, 그 모토코의 첫 인상은 다음과 같다.

> 모토코가 기모노着物나 허리띠, 세세한 끈 등을 어떤 취향에서 고르고, 또 그것을 몸에 걸치는지 한 눈에 알 수 있었다. 이와 같은 복장을 할 수 있고 러시아문학을 전공했으며 혼자서 집 한

---

175 高良留美子「物語として読む『伸子』」(『城西文学』22, 1997.3).
176 江種満子「『伸子』論」.

채의 주인이 되어 자유롭게 살 수 있는 여성의 생활이, 노부코로
서는 매우 여유 있고 독립적인 것으로 상상되었다.(7-3)

　노부코는 한눈에 모토코의 취향을 보고 반응한다. 처음 만난
쓰쿠다를 '희고 낮은 컬러와 검은 넥타이에 검고 수수한 좀 낡은
옷을 입고'(1-2) 있는 남자로서 인지한 노부코의 눈에 변함은 없다.
그러나 계급적 문화자원인 노부코의 눈이 추상화의 대상이 되는
일은 없다. 모토코의 취향을 여성의 자립이라는 문맥으로 회수함
으로써, 노부코의 취향은 불문인 채로 온존된다. 그것이 이혼 사유
로서 의미화되는 일은 없다.
　『노부코』가 복수의 독자를 대상으로 하면서 과거에 의미를 부
여하는 텍스트임을 생각할 때, 모토코에게는 자립한 여성 모델이
나 혹은 친밀한 관계성을 구축하는 파트너만은 아닌 역할도 있음
을 알 수 있다. 모토코는 노부코에게 있어 신뢰할 수 있는 독자이
기 때문이다. "때때로 가슴이 뿌듯해지는 여러 가지 감정이나 생
각을 쓰쿠다와의 일에 대해, 또는 다른 일에 대해 노부코가 전후
상관없이 커다란 종이나 작은 종이에 적어" 보낸 편지에, 모토코
는 "사랑이 담긴 빈정거림으로 응답"하고 있다.(7-7) 지금까지의
독자 중에서 노부코에게 가장 가까운 위치에 있던 어머니와 쓰쿠
다는 모두 바람직한 독자는 아니었다. 노부코가 쓴 소설이 어머니
와 쓰쿠다 사이에 결정적인 균열을 일으키는 사건이 적혀 있지만,
그 때 어머니는 "활자화까지 해서 너에게 망신을 당해야만 하는
일을 한 기억은 없어"(407)라고 분노하며, 노부코에게 "삭막한 기

분"이 들게 했고, 한편 쓰쿠다는 "이 사람이 쓰는 것에는 절대 자유를 인정하고 있으니까요"라고 하며 "얼마나 가슴을 파고드는 차가운 관용이란 말인가!"라고 노부코를 실망시킨다. 어머니는 소설과 현실을 완전히 같은 것으로 만들어 버리는 독자이고, 쓰쿠다는 교섭을 거부하는 독자였다. 어느 독자에게도 노부코가 쓰는 행위에 대한 응답은 바랄 수 없다. 그러나 모토코는 그렇지 않았다. 미야모토 유리코가 『노부코』를 쓴 성립사정에 눈을 돌리면, 모토코의 모델인 유아사 요시코湯浅芳子와 만난 후 『노부코』가 되는 원고가 나온 것을 보면, 작자가 상대하는 복수의 이질적인 독자 중에서 신뢰할 수 있는 얼굴이 더해진 것이 작자를 얼마나 지지하고 있는지 알 수 있다.

『노부코』에 있어 주체화의 과정에는 의미화에 대한 강한 욕망과 그것으로 수렴되지 않는 부분 모두가 보인다. 주체화가 얼마나 '뒤죽박죽'인 것인지를 보여 주는 『노부코』는 그런 점에서 '여자'나 그 하위 카테고리와 주체의 비일관적이고 자의적인 관계를 읽어 낼 수 있는 소설로서 문제를 제기하고 있는 것이다. 카테고리에서 자유로운 주체가 있을 수 없는 이상, 특히 남자와 여자라는 카테고리의 강고함을 생각할 때, 『노부코』의 의미화에 보이는 자의적인 강인함은 절실하면서도 부자연스러운 카테고리와의 관계를 부각시켜 흥미롭다. 읽히는 것에 대해 저항을 하면서 쓰는 주체는 의미를 마주하는 것이다.

제9장 여성작가와 페미니즘

―다나베 세이코田辺聖子와 여자들

1. 다양한 새로움

여성작가와 페미니즘과의 관계는 일률적이지 않다. 모두 '여자'의 중심에서 빗겨난 곳에서 '여자'에 대해 이야기하고 있는데 양자의 거리는 작가에 따라 다양하다. 여기에서는 다나베 세이코와 페미니즘의 관계에 대해 논의해 보고 싶다. 다나베 세이코의 '여자'와의 교섭은 페미니즘과 어떻게 공통되며 어떻게 다를까?

다나베 세이코는 다양한 여성의 새로움을 그려왔다. 사랑이 많은 '여자 아이'에서 활기찬 '하이미스', 일을 하기 시작한 '주부', 그리고 아름다운 '노녀'까지 조명을 한 것은 이야기의 히로인이 되기 힘든 여자들이다. 귀여움이나 대담한, 애절함, 슬픔, 명랑함이나 밝음, 화려함 또는 외로움이나 한심함도 섞어서 표정을 휙휙 바꾸면서 늠름하게 살아가는 여자들이 그려져 왔다.

그런 다나베 세이코의 작품과 페미니즘의 관계를 어떻게 이해하면 좋을까? 답은 쉽게 정리되지 않는다. 매우 다양한 양상을 띠고 있는 페미니즘을 어떤 것으로 이야기하면 좋을까 하는 것도 문제이지만, 정리를 하기 어려운 이유는 그것만이 아니다. 다나베 세이코라는 침착한 작자가 만들어낸 이야기는 어떤 부분에서는 페미니즘과 강하게 공명하고 또 어떤 부분에서는 다른 방향을 향하고 있다. 다나베 세이코는 페미니즘의 기치를 내걸지는 않았다. 그렇지만 다양하게 여자의 새로운 양상을 제시해 온 것은 틀림없으며 그런 의미에서 페미니즘의 틀과 공통적으로 이야기할 수 있는 부분이 확실히 있다. 그런데 그 여자(와 남자)를 묘사하는 방법은 페미니즘이라는 사상, 운동과 상관이 없어 보이기도 한다. 대체 어떤 점이 관련이 있고 어떤 점이 관련이 없는 것일까? 페미니즘을 어디에 초점을 두고 파악하느냐에 따라 페미니즘과 다나베 세이코의 관계는 가깝다고 할 수도 있고 멀다고 할 수도 있다.

우선 다나베 세이코가 그려 온 새로운 타입의 여자의 삶을 살펴보자. 예를 들어, 『사랑해도 좋을까요?愛してよろしいですか?』[177]에서는, 여행지에서 알게 된 연하의 대학생과 사랑을 하고, 마지막에는 결혼까지 하게 되는 서른네 살의 '하이미스' 스미레(すみれ)가 등장한다. 70년대 말 결혼형태의 바리에이션은 어느 정도였을까? 남성의 평균 첫 결혼 연령이 여성보다 약간 높다는 관계는 서서히 그 차이가 줄어들고 있었다고는 해도 현재에 이르러서도 변함은 없다. 여성이 연장이라는 것, 게다가 열 살을 넘는 연령의 차, 동시대에는 틀림없이 보기 드문 조합이다. 후에 다나베는 '여성이 남성보다 열 살 이상 연장이라는 사항은 사회통념상 안정이나 균형

---

[177] 田辺聖子「愛してよろしいですか」(『週刊明星』,1978.6.4.-1979.1.21). 단행본은 『사랑해도 좋을까요(愛してよろしいですか)』(集英社, 1979).

을 깨는 것이라고 생각되기 때문에, 여자는 사회뿐만 아니라 자기 자신과도 싸워야 한다는 것이다'[178] (p.481)라고 기술하고 있다. 자기 자신이 내면화한 상식과의 대결도 수반하는, 머저리티에서 벗어나는 것의 어려움을 암시하면서도, '부부'를 '최고로 마음이 맞는 남녀'로서 의미짓는다는 '위험사상'[179] (p.481)을 이야기로 만들어 보여 주었다.

또한『만나 뵙게 되어 만족스럽습니다お目にかかれて満足です』[180]의 주인공은, 경제적 사회적 힘을 획득해 가는 '주부' 루미코るみ子의 이야기이다. 70년대 중반까지 계속 저하해 온 여성의 노동력 비율에 변화가 일어, 노동자의 조사결과 맞벌이여성이 전업주부를 비롯하여 웃도는 숫자가 나온 것이 1984년[181]. 주부가 일을 갖기 시작한 시대가 시작되려는 시점이었다. 루미코는 남편이 빚을 진 것을 계기로 자신의 수예품을 파는 일을 시작하는데, 중요한 것은 서서히 자기평가가 변화해 간다는 것이다. 자신감이 생김으로써, 남편과의 관계만으로 완전히 충족하고 있던 그녀의 세계는 밖을 향해 열려 갔다. 아내로서 남편에게 의지하며 만족하고 있던 루

---

178 田辺聖子 「あとがき」(『風をください』集英社, 1982).『바람을 주세요(風をください)』는『사랑해도 좋을까요?』의 속편. 인용은, 浦西和彦「解説」(『田辺聖子全集』第11巻, 集英社, 2005)에 의함.

179 田辺聖子「作者の言葉」(『週刊明星』1978.5.28.). 인용은 浦西和彦「解説」에 의함.

180 田辺聖子 「お目にかかれて満足です」(『婦人公論』1980.1~1981.10). 단행본은『만나 뵙게 되어 만족스럽습니다(お目にかかれて満足です)』(中央公論社, 1972). 인용은『田辺聖子全集』第12巻 (集英社, 2005)에 의함.

181「共働き女性が専業主婦を上回る」(久武綾子・戒能民江・若尾典子・吉田あけみ著『家族データブック』有斐閣, 1997), p.153.

미코는, "여자가 일을 하고 있는 동안은 남자를 사등분으로 접어서 호치키스로 찍어서 주머니에 넣어 둘 수는 없을까?"(p.231)라고 생각하기 시작했고, "세상의 개념에서 말하는 "남편"이 된 기분으로 가게를 유지하고 "마누라"인 히로시禅를 부양해야 한다, 비호해야 한다, 그런 각오"(p.431)를 하게 된다. 남편을 버릴 수는 없다. "삶의 보람은 역시 남편"(p.460)임은 변함이 없지만, 그는 이미 "못났어도 역시 내게는 "사랑스런 마누라""(p.431)로 변모해 가는 것이다. 나선을 한 바퀴 돌리면 위에서는 같은 지점에 있는 것처럼 보여도 3차원적으로는 다른 장소로 옮겨가는 것처럼, 자신이 변화하면 사건은 바뀌지 않아도 그 의미가 변한다. 루리코는 그런 방법으로 새로운 스테이지로 옮겨 가는 것이라 할 수 있다.

갇힌 공간에서 밖으로 나가 새로운 삶을 선택하는 여성들은 1970년대에 시작되는 우먼 리브, 그리고 그 후의 페미니즘의 흐름 속에서, 혹은 그와 연동하면서 등장했다. 다나베 세이코가 그린 여성들도 그러한 커다란 흐름 속에 존재하고 있다.

2. 다나베 세이코의 시선

그러나 그렇다면 페미니즘과 전면적으로 친화하고 있느냐 하면 그렇지도 않다. 시선의 양상이 다른 것이다. 다나베 세이코가 일본의 현실 속을 살아가는 새로운 여성들에게 주는 시선은 현실적이고 일상적인 감성에 의해 지탱되고 있는 따뜻한 생태관찰이라 할 수 있는, 현재와 마주하고 있는 또는 그 현재에 형태를 주어

온 과거를 향한 시선이다. 그것은 새로움 그 자체를 지향하는, 미래를 향한 시선과는 다르다. 과거의 경로와 현재의 진전이 유모어 넘치는 세세한 필치로 그려지고 있으며 그 인생의 깊은 맛을 느낄 수 있도록 독자를 이끌고 있지만, 적극적으로 변화를 좋다 나쁘다라고 평가하지는 않는다.

한편 페미니즘이라는 사상 혹은 운동은 기본적으로 현재의 사회제도를 변화시키는 것을 지향하는 이상이라 해도 좋을 것이다. 그 자체가 크게 변화해 왔기 때문에 구체적인 논점을 한 두 개 들어서 정리하는 것은 도저히 불가능하지만, 그 방향성을 최대공약수적으로 보여 준다고 하면, 젠더나 섹슈얼리티에 의한 억압과 차별을 문제화하여 그 문화구조를 변화시켜 억압과 차별을 해소해 가는 것을 목표로 한다고 할 수 있다. 현재 어떤 문제에 주목하여 해소할까 하는 것이므로 현상現狀을 받아들이기보다 바꾸는 데 에너지를 주입하는 셈으로, 현재를 맛보고자 하는 태도와는 서로 모순된다고까지는 할 수 없어도 어울리기 쉽지는 않다.

페미니즘은 다양성과 가변성을 매우 중요시한다. 원래 페미니즘은 여성의 권리 획득을 목적으로 19세기 말에 출발했지만, 제1기에서 20세기 중반의 제2기로, 제3기나 포스트 페미니즘이라는 말도 생긴 현재에 이르러, '여자'를 축으로 이야기하는 경우에도 그 의미를 고정화하지 않기 위해 주의 깊은 배려들을 하고 있다. 예를 들어 다케무라 가즈코竹村和子는 다음과 같이 이야기한다. [182]

---

182 竹村和子「はじめに」(『フェミニズム』岩波書店, 2000).

내가 염두에 두고 있는 페미니즘은, 여자에 대해 행사되는 억압의 폭력으로부터 여자를 해방하는 것을 의도하면서, 동시에 그와 같은 '여자의 해방'이라는 문제 자체를 문제화해 가는 것, 즉 '여자'라는 근거를 무효로 해 가는 것 – 그야말로 페미니즘을 현재 여자로 위치지어져 있는 자 이외로 열어가는 것 – 이다.

　　'여자'라는 말을 축으로 설명하고 있지만, 여기에서 중요한 것은 '여자의 해방'을 최종 목표로 하는 것이 아니라 그 자체에 대해 계속해서 되묻는다는 것, '여자'만을 페미니즘의 담당자나 관심의 대상으로 하는 것은 아니라는 점이다. '여자'의 의미를 고정적으로 다루기를 그만두지 않는 한, 절대로 그것을 만들어 내고 있는 구조는 움직이지 않기 때문이다. '여자'라는 범주는 '남자'라는 범주와 조합이 되고 또한 '이성애'라는 범주나 '동성애'라는 범주를 만들고 있다. '레즈비언'이나 '게이' 혹은 '퀴어', '트랜스 섹슈얼' 각각 서로 다른 문맥과 배치에 의해 생산/재생산되고 있는 범주이지만 각각 서로 뒤얽혀 있기도 하다. '여자'의 문제가 '여자'만의 문제에 머물러서는 해결이 될 리도 없고, 페미니즘은 이야기되지 않는 장소를 향해 파생되고, 증식하고, 분화하며 또한 그 앞에서 서로 뒤얽히고 대립하고 섞이며 변화해 왔다. 페미니즘은 그런 하나의 장소에 머물지 않는, 유동적이고 유연한 가변성 그 자체를 에너지의 중심에 놓는 사상이다. 다케무라의 이야기로 되돌아가면, "내가 염두에 두고 있다"고 하는 단서에, 페미니즘의 다양성이 함의되어 있음도 꼼꼼하게 받아들여야만 한다고 생각한다. 페미니즘은, '-란 ○○이다'라는 프레이즈로 이야기하는 것을 목적으로 하지도 않고 필요도 없이 움직여 왔다. 또한 다케무라는 앞의 인용에 이어, "말하자면 페미니즘이라는 말을 방기하지 않음으로써 페미니즘이라는 비평 틀을 필요로 하지 않게 될 때를 몽상하는 것이다"라고도 한다. 페미니즘은 스스로가 역사적인 역사를 끝내는 것을 목적으로 하는 사상이며 변화하면서 사라져 가는 것(유물이 되어 가는 것)을 '몽상'하는 것이기 때문에, 사상적인 아이덴티티의 확정이 목적이 될 리도 없다. 페미니즘은 현재는 필요하지만 없어도 되는 것이라면 좋은 것이며, 그런 자사自死를 지향하는 먼 시선 속에 일종의 메타적인, 자기에 대한 거리감을 잉태하고 있다.

　페미니즘에 대해 장황하게 설명해 왔는데, 그와 같이 변화하는 것으로 향하는 에너지를 중심에 놓고 페미니즘을 파악하면, 다나베 세이코의 작품이 그려 온 주인공들, 일률적이지 않은 사람과 사람의 관계나 한 가지로 정리할 수 없는 자신 속의 욕망을 진득하니 받아들였다 흘려 보내고 어디로 가는가 라는 물음에 대해서는 제대로 응시하지 않고 내일을 맞이하는 여자나 남자들을 페미니즘의 틀로 파악하는 것은 단순하지 않으며, 적당하지도 않다고 생각한다. 페미니즘은 때로는 '뻐긴다'라고 형용되며 야유적으로 평가되는 일이 있다. 그 만큼 다양성과 변화에 관용적인 사상이 왜 '뻐긴다'는 말을 듣게 되는 것인지 이상하지만, 현실에 대한 비평성과 그것을 변화시키고자 하는 에너지가 때로는 현실에 대해 관용적이지 않은 태도로 받아들여질지도 모른다. 현실을 바꾸고 싶은 사람들이 있는 한편 반드시 바꾸고 싶지 않은 사람도 있고 또한 바꿀

수 없는 사람도 있다. 현실을 받아들이는 것을 생각하고 싶을 때, 현실과 타협하는 것을 배우고 싶을 때, 페미니즘이 나타내는 현실 분석이나 새로운 옵션이 도움이 되지 않을 때도 있다. 페미니즘이 만능이 아님은 새삼 말할 필요도 없이 자명한 일이므로 도움이 되지 않는다고 해도, 페미니즘의 필요성이나 중요성은 손상되지 않음을 일단 부언해 두고 싶다. 그러나 다나베 세이코가 그리는 골계스럽고 신묘한 현실의 맛이나 그와 싸워 나가는 깊은 맛은 어쨌든 페미니즘이 개척한 것과는 다른 장소에 있다 해도 좋을 것이다. 활기찬 '하이미스'도 일하는 '주부'도 아름다운 '노녀'도 새로운 현상으로서 받아들일 수 있지만, 그녀들은 절대로 래디컬한 것으로 그려지지는 않는다. 이미 이 세상에 태어나 살고 있는 현실적 존재로서의 감촉을 드러내고 있다. 예를 들면 『한창 때인 노녀姥ざかり』, 『노녀 두근두근姥ときめき』, 『들뜬 노녀姥うかれ』, 『제멋대로인 노녀姥勝手』의 네 권으로 된 시리즈의 주인공이 된 우타코歌子 씨에 대해, 다나베 자신은 다음과 같이 말한다.

> 독자로부터 호평을 얻었다는 것은 일흔 여섯의 노파가 주인공이라는 의외성, 게다가 그 노녀가 종래의 노파 이미지를 불식시키고 늙기는 했지만 기력, 체력, 용모에 있어 현역 여성들에게 뒤지지 않는 우아하고 차분하며 아름다운 실버 에이지의 레이디라는 설정에 있을 것이다.
> 아니 정말로 그 시대에 그런 레이디가 나오기 시작하고 있었다. 전쟁을 겪고 살아 남은 올드 레이디들은 배짱이 있는 멋진 사

람들이 많았다.

현실의 두세 명의 지인을 떠올리며 특정한 모델은 없지만, 만약 내가 늙으면 이렇게 늙고 싶다고 생각하며 즐겁게 써 나갔다.[183]

혼자 생활하는 것을 마음껏 즐기는 우타코라는 노녀는 '종래의 노파 이미지'를 '불식'시키는 새로운 노녀인데 동시에 그것은 현실에서 '나오기 시작'하고 있는 존재인 것이다. 다나베 세이코의 소설세계는 현실과 바탕에서 이어져 있으며 바로 그 점에서 현실을 바꾸고자 지향하는 페미니즘과는 전혀 다른 에너지가 분출되고 있는 것이다.

다나베 세이코는 사회의 변혁을 촉구하는 것이 아니라 현실과 타협하면서 변모하는 여성들을 그린다. 다양한 장소에서 다양한 방법으로. 『어중이떠중이猫も杓子も』[184] 의 아사코阿佐子는 몇 번의 연애 후에 결혼을 하고 싶은 것은 아니지만 필요한 존재였던 사토루悟와 사별하고 마지막으로 이렇게 중얼거린다.

아름답게 하는 것도 추하게 하는 것도 모두 인간의 마음가짐에 달린 것으로 사상事象 그 자체는 사실에 지나지 않는다. 인생의 사실은 단순한 소재이며 거기에서 무엇인가를 만드는 것이

---

183 田辺聖子「解説」(『田辺聖子全集』第17巻, 集英社, 2005).

184 田辺聖子「猫も杓子も」(『週刊文春』1968.12.9.–1969.7.7). 단행본은『猫も杓子も』(文芸春秋, 1969). 인용은『田辺聖子長編全集』第4巻(文藝春秋, 1982)에 의함.

인간의 일이다.(p.207)

"인생의 사실은 단순한 소재"이며 "마음가짐에 달린 것"이라
는 것은 결코 단순한 현상긍정은 아니다. 일종의 체념, 굳은 각오
이다. "아하, 이렇게 해서 인간은 나이를 먹어 가는 거구나 라고 나
는 시간의 균열에 푹 빠진 것 같은 느낌이 들었다.", "그저 거리를
돌아다니는 나의 귓전에서 지나가는 바람소리처럼 울리는 것은
한순간 엿본 인생의 냉엄한 모습, 영구하게 무한히 흐르는 시간이
윙윙 내는 소리이다."(p.207) 자신이 살고 있는 시간에서 문득 멀어
져서 인간의 짧은 삶과는 무관계하게 계속 흘러가는 시간을 언급
하는 메타적 감각이 초래하는 순간에 "마음가짐에 달린 것"이라
는 구절을 불러오고 있다. 페미니즘의 시선이 현재를 떠나 먼 미래
로 향하는 것과는 다른 감각으로 인간의 현재를 떠난 커다란 시간
의 흐름이 있음을 표현하고 있는 것이다.

3. 다나베 세이코와 여자들

그리고 주목하고 싶은 것은 이성애의 문제이다. 다나베 세이코
가 그리는 사랑은 훌륭하게 이성애의 틀로 이야기되어진다. 이에
대해 무슨 이야기를 해야 할까.

우선 확인해 두고 싶은 것은 다나베 세이코가 그리는 여자들은
늙은 여자도 젊은 여자도 성에 대해 열려 있다는 것이다. 주저하거
나 망설이지 않고 유유히 자신의 신체 안에서 성욕을 발견하고 그

것을 긍정한다. 성에 의해 초래되는 기분 좋은 해방감과 충일감이 인생을 화려하고 풍부하게 하는 것으로 소중히 여겨지고 있다. 이 성애적이라고 했지만 꼭 그것이 성기결합적인 관계로 한정되는 것은 아니다. 예를 들어 『물고기는 물에 여자는 집에魚は水に女は家に』[185]의 후네코舟子와 우스기宇杉 씨. 후네코는 가정주부이고 우스기 씨는 후네코의 남편의 여동생, 그 남편의 연인의 오빠이다. 두 사람 모두 기혼자. 시누이의 남편의 연애에 대해 상담을 하기 위해 만나서 서로가 서로를 만나서 기쁜 감정이 솟는 사람으로 서로를 인식한다. 두 사람의 관계는 연애로 명명되는 일도 없고 이미 한 결혼에 저촉되는 일도 없지만, 서로가 확실히 소중한 존재가 됨에 따라 후네코는 결혼에 대한 생각을 바꾼다. "결혼을 해도 하지 않아도 인생의 괴로움이나 즐거움은 똑같이 따라 오는 것이다. (중략) 다만 바람직한 것은 그리고 즐거움은 함께 있으면 탄력 있는 쾌락을 받을 수 있는 이성이다"(p.321). 이성간의 관계는 그렇게 복수적으로 완만하게 관련되어 있다. 성과 연애와 결혼과 생식이 고구마 넝쿨식으로 연결되어 있는 갑갑한 것은 아니다. 그리고 다나베 세이코의 작품에 있어 이성애적인 관계는 사람과 사람 사이의 미묘한 커뮤니케이션을 배우고 또 그것을 즐기는 가장 중요한 장이 되고 있다. 옆에 있으면서 가장 이질적인 존재로서 이성을 파악하고 있으며, 남자란, 여자란 하는 식으로 대비하는 프레이즈가 이문화

---

185 田辺聖子「魚は水に 女は家に」(『朝日新聞』1979.3.13.–11.11). 단행본은『魚は水に 女は家に』(新潮社, 1979). 인용은『田辺聖子長編全集』第12巻(文藝春秋, 1982)에 의함.

와의 접촉의 재미나 어려움을 만나는 문맥 안에서 빈번히 사용되고 있다. 이문화와의 관련은 자기자신 안의 타자성을 발견하는 경험으로도 연결되며 신선한 놀라움이나 당혹스러움이 주인공을 다음 스테이지로 나아가게 한다. 그리고 나이를 먹어 가지만 쾌락을 추구하는 의욕을 상실하는 일은 없다. 『제멋대로인 노녀』[186]의 여든이 넘은 우타코 씨는 '술친구'인 다키모토滝本 씨와 '치매예방법'이라고 이름을 붙여서 데이트를 즐긴다.(p.374) 다나베 세이코의 세계에는 에이지즘도 없다.

한편 페미니즘이 명확히 해 온 것은 여성은 성으로부터 경원시되어 왔다는 것이다. 보다 정확히 말하자면 성과의 관련 방식에 의해 여성은 이분되어 있으며 성으로부터 경원시된 가정의 여성과 성적 존재 그 자체인 가정 밖의 여성, 성모와 창부의 두 카테고리로 구분된다는 구조로 되어 있다. 그 틀은 도처에서 계속 기능하고 있으며 성을 둘러싼 해결해야 할 여러 가지 문제를 의연히 다루고 있다. 성에서 생기고 또 성을 상대로 하는 욕망은 반드시 사람을 풍요롭게 하는 것일 뿐만이 아니라 쉽게 억압이나 폭력과 연결되기도 한다. 그러한 국면에서는 여성과 성의 관련에 갑갑한 속박이 있음을 페미니즘은 문제로 삼아 왔다. 그렇기 때문에 성의 해방은 여성의 억압으로부터의 해방의 매우 중요한 열쇠가 된 것이다. 현재는 여성이 스스로의 성을 구가하는 것은 금기가 아니게 되었

---

186 田辺聖子「姥勝手」(『小説新潮』1993.4). 단행본은 『姥勝手』(新潮社, 1993). 인용은 『田辺聖子全集』第17巻(集英社, 2005)에 의함.

다. 이러한 페미니즘의 지견을 전제로 하면 다나베 세이코가 밝게 그려 온 여성들의 양상은 억압 받아온 여성의 성이 자유롭게 해방된 모습으로 받아들일 수 있을 것이라 생각된다.

　다만 현재의 페미니즘 논의에 비춰 볼 때, 다나베 세이코의 해방된 성애의 풍경이 지극히 이성애적이라는 사실이 마음에 걸린다. 너무나 분명하게 남자와 여자의 관계에 한정하여 성애가 그려지고 있기 때문에, 페미니즘에 익숙하다는 말에 위화감이 느껴진다. 근년의 페미니즘은 퀴어 이론과 연동하면서 유일한 올바른 성애의 형태로서 특권적인 이성애가 위치해 왔다는 사실, 그런 이성애 중심주의가 다른 다양한 성애의 형태를 억압해 왔다는 사실을 지적해 왔다. 다나베 세이코의 작품에 이성애중심주의에 대한 비평성을 기대하는 것은 어렵다. 페미니즘 이론도 서서히 전개되어 현재에 이른 것이므로, 그런 비평성이 없는 것에 대해서는 과거의 페미니즘에 비추어 역사적 한계로서 설명하면 될지도 모른다. 그러나 다나베 세이코가 제시하는 대범한 성의 양상에 대해서, 소급적으로 속박을 하는 평가를 하는 것이 바람직한 독해라는 생각은 들지 않는다. 희유의 대범함, 쾌락에 대한 개방성을 현재의 페미니즘 논의의 진행방향과는 다른 방향으로 열린 것으로 받아들이고 싶다. 페미니즘의 지견을 살릴 수 있는 방향과 다나베 세이코에 의해 열리는 방향은 같지는 않다고 생각한다. 물론 공통점은 있지만 보다 더 눈에 띄는 것은 질의 차이이다. 다만 차이가 있다고 해서 페미니즘과 다나베 세이코의 세계가 대립하고 있다는 것은 아니다. 느슨한 공통점을 가지고 있으면서 다른 방향을 향해 열려 있는 것이다. 어느 한쪽을 기점으로 하여 또 다른 한쪽을 헤아린다는 식으로 말하는 것도 페미니즘과 다나베 세이코의 관계를 이야기하기에 적당하지 않다고 생각한다. 비유적으로 말한다면, 그곳에는 다른 지향점을 가지고 있으면서 느슨하게 공통되는 동지적 연대가 있다고 할 수 있을지도 모른다. 차이를 대립으로 파악하는 잘못을 저지르지 않도록, 그렇다고 해서 동일화하기 위해 공통되지 않는 부분을 제거해 버리는 일도 없도록, 다르면서 서로 연결되고 있는 '여자'와 '여자'의 관계를 그대로 받아들이고 싶다.

제 III 부

주체화의 흐트러짐

제10장 '할머니'의 위치

—오쿠무라 이오코奧村五百子와 애국부인회—

1. 여성의 재배치

제3부에서는 젠더가 다른 역학과 절합節合하는 양상을 구체적으로 고찰하고자 한다. 특히 국가의 논리와의 관계에 초점을 맞춰 논할 것인데, 균열과 알력을 주시하는 본서의 목표와 관련시켜 말하자면, 복수의 문맥이 한 문맥으로 통합되어 가는 국면보다는 문맥의 다층화 또는 그러한 다층화에 존재하는 부정합不整合에 대해 논의하겠다.

본장은 다시 메이지시대로 돌아간다. 제2부 6장은 근대에 사적인 영역으로 배속된 복수의 여성 카테고리 간의 알력에 대해 논했는데, 본장은 여성의 국민화 과정에서 공적인 영역과 접속하려는 과정에서 발생한 사례를 다룬다. 문학과는 약간 멀어지지만 여성의 하위 카테고리 간의 균열과 호도糊塗에 관해 구체적으로 검증하고자 한다.

공사公私 영역의 분단, 분단된 영역의 젠더화는 국민국가의 기초이다. 가정의 여왕인 현모양처가 사적인 영역으로 분단된 후에 어떻게 공적인 영역과 관계를 맺는가? 특히 전쟁에 참가하는 상황에서 어떤 통로로 분단과 참가 양쪽을 성립시켰는가? 총후銃後의 수비라는 말이 드러내듯 전사가 아니라 여성이기에 가능하다고 여겨진 역할이 발견되었을 터인데, 그러한 발견의 과정은 과연 어 떠했을까? 여성의 활동을 가정이라는 사적인 영역으로 한정시킨 이상, 모순 없이 여성을 사적인 영역 밖으로 연결시키기 위해서는 일종의 우회로를 만들거나 논리를 교묘히 치환시킬 필요가 있었 을 것이다. 또한 여성이 동원되는 경우 배제된 존재는 없었을까? 여성이라는 카테고리는 누구를 어떻게 결집시켰을까? 여성을 결 집시키려는 논리가 알력을 낳지는 않았을까?

여성을 국민화하는 통로가 공사의 영역을 왕복하면서 탐색되 던 1900년대, 여성의 전쟁참가를 생각하는데 있어서 매우 중요한 단체가 탄생한다. 바로 애국부인회愛国婦人会이다. 본장에서 는 애 국부인회의 성립과정을 구체적으로 검증한다. 청일전쟁과 러일 전쟁 사이인 1901년에 창립한 애국부인회는, 여성에 의한 군사원 호援護단체의 선구적 존재인데, 대일본연합부인회(大日本連合婦人 会, 1903년 성립)·국방부인회(国防婦人会, 1932년 성립)와 함께 대일본 부인회大日本婦人会로 통합·재편되는 1942년에 이르기까지, 여성 을 동원하는 가장 큰 조직이었다. 부인단체가 탄생하기 시작하는 1890년대의 시대적 흐름[187]에 부합하면서도, 애국부인회는 그 규 모가 거대하다는 점과 사회적 인지도가 높다는 점이 다른 단체와 는 비교도 안 될 정도로 두드러졌다. 1908년에는 회원 수 70만 명

---

[187] 千野陽一「体制による地域婦人層の掌握過程(1)─その戦前的系譜」(『社会労働研究』 11-1, 1964.7).

을 돌파했다.

애국부인회를 제창提唱한 사람은 오쿠무라 이오코奧村五百子라는 이름의 할머니이다.[188] 러일전쟁을 거쳐 국가적 규모로 팽창한 애국부인회인데, 실은 할머니 한 명의 남다른 정열에 의해 탄생했다. 물론 정확히 말하자면 메이지 중기의 고노에 아쓰마로近衛篤麿를 비롯한 권력을 쥐고 있는 남자들과 내무성內務省이나 육군성陸軍省 입장에서, 그녀의 정열이 여성을 국민화해서 재배치하는데 있어서 유익하다고 판단되었기 때문이다.[189] 만약 이들의 지원과 원조를 얻지 못했다면 애국부인회는 존재하지 않았을 것이다. '애국부인회'라는 명칭 자체가 고노에의 발안發案에 의한 것이다. 그러나 동시에 이 남자들만으로는 '애국부인회'를 탄생시키고 성장시키지 못했을 것이다. 오쿠무라 이오코가 어떤 힘을 지니고 있었는지에 대해서, 애국부인회라는 모습으로 출현하게 되는 대규모 부인군사원호단체의 성립과정과 함께 고찰하고자 한다. 오쿠무라 이오코라는 할머니가 언제, 어떻게, 가정 안에 머물러 있는 부인들을 매료시킬 수 있었을까? 현모양처를 공공의 영역에 연결시키는

---

188 오쿠무라 이오코를 독립적으로 연구한 선행연구는 守田佳子『奥村五百子 : 明治の女と「お国のため」』(太陽書房, 2002)가 있다. 이외에도 加納実紀代「奥村五百子〈軍国昭和〉の先導者」(『女たちの〈銃後〉』筑摩書房, 1995), 橋沢裕子「奥村五百子と朝鮮」『朝鮮女性運動と日本』(新幹社, 1989)가 있다. 가노(加納)는, "패전을 경계로 하는 너무나도 큰 낙차"를 언급했고, 모리타(守田)는, "잊힌 여걸"(p.5)이라 명명했다.

189 千野陽一「体制による地域婦人層の掌握過程(1)—その戦前的系譜」(『近代日本婦人教育史—体制内婦人団体形成過程を中心に』ドメス出版, 1979), pp.125-126. 佐治恵美子「軍事援護と家庭婦人 初期愛国婦人会論」(近代女性文化研究会『女たちの近代』柏書房, 1978), p.120.

통로를 제공한 그녀는 러일전쟁 후, 마치 역할을 다 했다는 듯 애국부인회를 은퇴하고 타계했다. 근대국가 일본의 윤곽이 이제 막 또렷해지려는 바로 그때, 이순耳順을 넘긴 할머니의 맹렬한 힘이 어떻게 새로운 움직임을 시동시켰으며, 마찬가지로 어떻게 그 힘은 사라지고 또 남게 되었을까? 성질을 달리하는 힘들이 서로 엉켜서 우회迂回하고 균열의 보정을 거듭하면서, 여성의 국민화를 향해 진행되는 사태의 과정을 밝히고자 한다.

2. 애국부인회와 일본적십자회

여성에 의한 군사원호단체는 청일전쟁 때부터 출현하기 시작했는데, 최초로 거대 규모로 발전한 것이 애국부인회이다.[190] 최초로 출현한 체제내의 부인회였는데, 각 레벨의 행정책임자가 그대로 요직을 차지하는 조직 형태는 일본적십자사 매우 유사하다.[191] "원래 애국부인회는 일본적십자사와 자동차 바퀴처럼 대칭을 이루는 모임"[192]으로 일컬어지기도 하는데, 한편으로 바로 이 점 때문에 애국부인회가 발족하려는 시기에 애국부인회와 일본적십자사의 차이가 잘 보이지 않는 경우는 애국부인회에 대한 협력이 거

---

190 千野陽一, 위의 글.

191 永原和子「大正・昭和期における婦人団体の社会的機能 愛国婦人会茨城支部をめぐって」(『茨城県史研究』36, 1976.12). 片野真佐子「初期愛国婦人会考 近代皇后像の形成によせて」(大口勇次郎編『女の社会史－17-20世紀「家」とジェンダーを考える』山川出版社, 2001), pp. 267-268. 守田佳子, 앞의 책, p.92.

192 島田三郎君演説「愛国婦人会に対する将来の希望」(『愛国婦人』2, 1902.4.10.).

절되기도 했다. 오쿠무라 이오코에 관한 전기가 몇 편[193] 있는데, 펼쳐 보면 이오코가 유세 활동 때 곤란함을 겪었던 일화가 있다. 나가사키長崎에서는 "지방청의 입장에서 적십자사 이외의 그 어떤 조직을 위해서도" 노력할 수 없다는 말을 들었으며,[194] 그녀의 고향인 가라쓰唐津에서도 군인원호를 하고 싶다면 "여자라도 적십자에 가입하면 되지 않은가"라는 말을 들었다고 한다.[195] 간자키 기요시神崎清의 전기에 있는 이오코의 반론이 두 단체의 기본적인 성격이 어떻게 다른지 명확히 제시하고 있어 흥미롭다. "한 마디로 군인원호라고 해도, 적십자는 전장에서 상처 입은 군인을 응급 치료하는 위생기관을 돕는 단체지만, 애국부인회는 전사자 유족이나 상이군인의 생활을 돕는 부인단체이므로 성질이 다르다. 여자가 한에리(半襟. 장식으로, 또는 때가 묻는 것을 방지하기 위해 덧대는 깃. 역자 주) 하나 사는 돈을 절약해서 국가를 위해 힘쓴다는 것에 큰 의미가 있다"고 했다. 그래도 납득하지 않으면, "여자가 아닌 당신이, 여자에 대해 알 리가 없다"며 틀니를 내던졌다는 부분이 클라이막스인데, 말할 것도 없이 '여자'라는 한 마디가 가장 중요하다. 여기에서의 '여자'는 전쟁터로 향하는 간호사가 아니라고 말하고

---

193 본문에서 인용한 것 이외에도 岩本木外『奥村五百子』(濱活版所, 1907), 九百里外妻「奥村五百子」(『現代女傑の解剖』萬象堂, 1907), 手島益雄『奥村五百子言行録』(新公論社 · 新婦人社, 1908), 渡辺霞亭『奥村五百子』(霞亭会, 1915), 三井邦太郎『奥村五百子言行録』(三省堂, 1939) 등을 참조했다.

194 小野賢一郎『奥村五百子』(先進社, 1930), pp.168~175.

195 神崎清『奥村五百子』(国民社, 1944), pp.254~256.

있다. 전기의 특성상 실제보다 부풀린 부분이 없지 않겠으나, 적십자사와의 차이가 애국부인회의 기점이 된다는 사실은 분명하다. 전사자 유족 구호를 목적으로 창립된 애국부인회는 전쟁터와 직접적인 접촉성을 가지지 않는다. 여기에 어떤 의미에서 우회가 존재한다. 우에노 지즈코上野千鶴子는 여성의 국민화를 병역에의 '참가형'과 '분리형'의 두 종류로 구분했는데,[196] 애국부인회가 달성한 역할은 당연히 후자에 해당하며 그 통로를 직접 만들어 냈다. 우에노는 분리형의 경우 여성이 야스쿠니靖国신사에 안치되기 위한 방법으로 종군간호사가 있었다는 점을 든다.[197] 그에 따르면 종군간호사는 공적인 영역과 가까운 장소에 배치되어 있었다고 할 수 있다. 이러한 종군간호사와는 달리 애국부인회는 철저한 여성의 분리를 전제로 하면서도, 동시에 일종의 관계를 생산하기 위한 통로를 직접 만들어 냈다고 할 수 있다. '한에리 하나'의 '절약'이라는, 가정의 현모양처로 존재하면서도 할 수 있는 원조의 메타포가 애국부인회의 방향성을 명확히 형성했다.

3. 오쿠무라 이오코의 젠더

앞서 제시한 큰 틀의 젠더 구분을 전제로 했을 때 오쿠무라 이오코는 어떤 위치에서 어떻게 움직였을까?

---

196 上野千鶴子『ナショナリズムとジェンダー』(青土社, 1998), pp.32–38.
197 위의 책, pp.37–38.

여자는 여자다.

아무리 여장부 오쿠무라 이오코 여사라 한들 여자는 여자니까 어느 정도 여자로서의 천성이 남아 있는 법이다. 아니, 어느 정도 남아 있다는 식으로 간단히 말하면 안 되고, 여자다운 면모를 충분히 지니고 있었다.[198]

오노 겐이지치로小野賢一郎의 『오쿠무라 이오코』에 실린 오가사와라 나가나리小笠原長生의 서문의 첫머리이다. "남녀라는 양성 중 어디에 속하는 것일까?"라고 의문시될 정도라 일컬어지는 그녀의 남성성은, 이오코를 이야기할 때 반드시 전제로 해야 하는 특징이다. 애국부인회 창립기 때의 그녀는 "그대야 말로 여장부. 그 체격하며 용기하며 그대의 모든 것은 남성적이다. 건장한 골격, 떡 벌어진 어깨, 귀신의 허리도 꺾어 버릴 것 같은 손, 전 세계를 직접 돌파해 버릴 것 같은 다리, 타종 소리처럼 쩌렁쩌렁 울리는 목소리로 단상을 두드리며 절규하는 모습이란, 참으로 그대의 진면목이다"(어느 기자─記者「오쿠무라 이오코 여사에게 보낸다奥村五百子に与ふ」『婦女新聞』1901.4.1)라고 묘사되었다. 살아 있을 때도 전기에서도 이오코의 젠더는 같은 어조로 이야기되어 왔다. 남자와 스모를 해도 상대를 집어 던져서 이겼다[199]는 식의, 그녀의 호탕한 남성성에 관

---

198 小笠原長生「序文」, 小野賢一郎, 앞의 책, p.1.
199 大久保高明『奥村五百子詳伝』(愛国婦人会, 1908), p.73. 저자 오쿠보 다카아키(大久保高明)는 애국부인회 서무과장. 이 책은 애국부인회가 편찬했는데 애국부인회연사(年史), 취지서 및 정관, 회원수 등을 부록으로 실은 애국부인회의 기록이다.

한 일화도 적지 않다. 그 중 하나로 남자 출입이 금지된 조슈長州에 오빠를 대신해서 아버지 료칸良寬의 사자로 파견되었는데, 숙부 시시도 후다모토宍戸札本 가로家老에게 근황勤皇에 협력해 줄 것을 간청하는 편지를 전하기 위해서였다. 그때 그녀는 요시쓰네바카마(義経袴. 헤이안 말~가마쿠라 초의 무인 미나모토노 요시쓰네源義経가 갑옷 안에 입었던 복장을 본떠 만들었다는 하카마. 역자 주)를 입고 주홍 칼집에 넣은 대도와 소도를 찬 남장으로 잠입했다는 이야기도 있다. 조슈에 들어가서 병사들에게 둘러싸인 이오코는 "보초(防長. 스오노쿠니周防国와 나가토노쿠니長門国를 아울러 일컫는 말로 현재의 야마구치山口현. 역자 주)에는 진정한 남자가 없구나. 고작 여자 하나가 그렇게도 무서우냐!"라고 하며 껄껄 웃었다고 한다.[200] "여사에 대한 소문을 보면 누구누구 대신大臣을 호되게 호통쳤다는 둥, 누구누구 대장을 기세로 꺾어 눌렀다는 둥, 마치 바킨馬琴이 쓴 경성수호전傾城水滸伝이라도 읽는 기분"[201] 이라는 식의 과장이 적지 않았다.

이렇게 호걸로 일컫는 일화가 이오코의 이미지에 스토리성이 가미된 재미를 부여하는데, 이 재미를 단지 역사적 인물의 걸출했던 개성으로 치부할 수만은 없다. 사적인 영역에 묶여 있던 '여성'을 '전쟁'이라는 공적인 영역과 연결시키는 역할을 한 이오코의 위치를 고려하건데, "원래부터 여사는 여장부"이지만 "아무리 남

---

200 위의 책, p.91.
201 小笠原長生, 앞의 책, p.2.

성적인 면이 있다 하더라도 결국 여성은 여성이다"[202]라고 이야기
되는, 젠더의 양극에 걸쳐 있는 이오코의 특성이 중요하다. '여장
부'가 아무리 장부라도 남자는 아니다. 남성성이 부여되는 한편으
로 여성성도 명확히 확인되는 것이다. 어디까지나 여성이면서 남
성에 가깝다는 위치가 의미를 가진다고 해야 한다. 애국부인회 창
립에 이르기까지 이오코는 실로 다양한 활동을 펼쳤다. 젊은 시절
에는 존황파尊王派 여장사로 활약했으며 국회가 개설된 후에는 선
거운동 그리고 가라쓰唐津 지역 개발 사업으로 분주했다. 그 후에
도 고노에 아쓰마로近衛篤麿 등의 중앙 권력자와 연계해서 활동을
이어 나갔는데, 한국 광주에 실업학교를 만들었으며 시찰과 군위
문을 위해 남청南清과 북청北清을 방문했다. 앞서의 남장을 했다는
일화에서 알 수 있듯이 다양한 활동을 통해 드러나는 그녀만의 강
점은, 바로 그녀가 여자라는 사실이다. 예를 들어 남청 시찰 당시
이오코의 역할에 대해 고노에 아쓰마로는 오가사와라 나가나리
와 논의했는데, 다음과 같이 썼다. "이오코 부인은 뒤에서 움직여
주는 걸로 하되 표면적으로는 혼간지本願寺 포교 시찰로 해 두어서
중국 여성의 신뢰를 얻는다는 방침을 정했다. 사업 범위는 남청의
악감정을 이상의 방법을 통해 연쇄적으로 교정할 수 있도록 정했
다."[203] 이오코는 남성과 여성의 영역이 명확히 분리되어 있는 곳

---

202 「社說 奥村女史の逝去」(『愛国婦人』122, 1907. 2. 20).

203 『近衛篤麿日記』(1899. 12. 4.). 인용은 近衛篤麿日記刊行会編『近衛篤麿日記』第一巻~
第五巻·付属文書(鹿島研究所出版会, 1968-1969).

에서 여성의 입장으로 남성과 함께 움직이는 여성이었다. 남성과 동일화한 여성이라 하더라도 여성을 위해 움직이는 여성이 아니라, 여성의 영역을 여성의 영역 외부와 접속시키는 역할을 맡았던 것이다.

애국부인회의 활동을 살펴보면 그러한 이중성을 확인할 수 있다. 비여성적인 영역에서 여성에게 작용하는 여성이라는 위치가 그러하다. 이오코가 애국부인회를 창립한 계기는 1900년 의화단 운동과 관련된 군위문이었다. 1901년 3월 2일, 회원장려회会員奨励会[204]의 단상에 선 이오코는 전장의 참상을 보고하면서, "충사忠死한 병사에게 보답하기 위해 전사자 유족에게 속옷 한 장 값의 의연금이라도 건내며 '병사 분들의 죽음은 결코 헛되지 않았습니다, 명예로운 전사였습니다'라는 말로 위로하면 죽은 영혼도 만족한다"[205]고 소리 높였다. 중요한 점은 여성의 대표자인 그녀가 전쟁터의 병사에 관해서 발화하는 대변자가 되어 있다는 점이다. 아울러 외지의 상황을 내지로 가지고 온다는 의미에서도 대변자였음을 확인해야 할 것이다. 여성에게 있어서 이중二重의 외부라 할 수 있는 전쟁터를 대변하면서도, 그것을 여성 쪽으로 끌고 온 그녀는 여성의 대변자로서 그녀 자신의 병사들에 대한 뜨거운 동정심에 다른 여성들이 동일화해 주기를 호소했다고 할 수 있다. 이렇게 이오코는 떨어진 두 영역을 매개했다. 이러한 매개성은 철저했다. 그녀

---

204 2월 24일 발기인회에 이어 취지 확장을 위해 개최했다.
205 大久保高明, 앞의 책, p.271.

는 병사도 아닐뿐더러 호소 대상인 여성들, 즉 병사를 전쟁터로 내
보내는 '현모양처'도 아니다. 여장부인 그녀와 관련해서 나라를 위
해 남편을 버렸다는 이야기가 있을 정도다.[206] '남자'를 대상으로
해서는 '여자'를 대변하고, '여자'를 대상으로 해서는 '남자'를 대
변한다. 바로 여기에 그녀가 취하는 포지션의 특수성이 존재한다.

그렇다면 어째서 이와 같은 젠더 구분으로부터 일탈성이 문제
시되지 않고 오히려 유효한 매개자 역할을 수행할 수 있었는가라
는 의문이 발생할 것인데[207], 그러한 의문을 덮어 감출 수 있는 그
녀의 무기가 바로 이순을 넘긴 할머니였다는 사실일 것이다. 이미
성적으로 여성이 현역을 벗어난 연령의 그녀이기에 전쟁터를 대
변하는 것과 여성이라는 것의 어긋남이 크게 드러나지 않는다. 늙
은 여자라는 점이 그녀를 여성의 영역에서 주변에 위치시키며 현
역의 여성과 그 외부를 연결시키는 존재로서의 자격을 부여한다.
만약 젊은 여자였다면 그녀의 맹렬함은 일탈로 지목되어 크게 비
난받았을 것이라고 예상하기란 그리 어렵지 않다.

그리고 또 중요한 점은 그녀의 발화를 특징짓는 '눈물'이다. 예
를 들어 오가사와라 나가나리는 이오코를 '대울보'라 불렀는데,
"군국君国을 위해 울고 사상계를 위해 울고 군인유족을 위해 울고

---

206 예를 들면 小野賢一郎, 앞의 책, p.98. 加納実紀代「奥村五百子 "軍国昭和"に生きた
明治一代女」(『思想の科学』6-51, 1975.9)는, 이를 '가족 이탈'로 규정하여 '근왕', '조선
개척'과 더불어 이오코 전기의 세 가지 특징 중 하나로 든다.

207 1935년에는 이와 같은 부덕(婦徳)으로부터의 이탈이 비난을 받아서 애국부인회 주최
의 이오코를 주인공으로 하는 연극의 상연이 중지되었다(藤井忠俊『国防婦人会―日の
丸とカッポウ着』岩波書店, 1985, p.74).

효자와 절부를 위해 울고, 이틀에 한 번꼴로 울면 적게 우는 편이
다"[208]라고 했다. 이 눈물이 여성성을 보충한다. 그리고 대변하고
대표하는 자격에 대한 의문을 봉인하며 사건의 단순화와 과장을
가능하게 한다. 비당사자인 그녀가 대변하는 이야기는 당사자라
면 가질 법한 복잡함을 소거하고 단숨에 청중의 감정을 흔들 수 있
는 강력한 힘을 지니고 있다. 눈물은 공포와 분노와 비애와 모순과
결락과 마찰, 이 모두를 덮어 버리고는 서로 다른 영역을 연결시키
는 장치가 된다. 1901년 애국부인회가 창립되고 러일전쟁이 시작
될 때까지, 이오코가 육성으로 행한 연설은 애국부인회가 세력을
확대하는데 꼭 필요한 루트를 개척했다. 숫자로 확인하면, 1903년
1년간 순회일수가 179일에 강연회가 184회, 청중수 9만 4090[209]명
이다. 1906년까지의 총연설수는 400회 이상이라고 한다.[210]

청중의 눈물샘을 자극하는 열성적인 이오코의 연설과 그에 대
한 청중의 반응을 기록한 예를 『부녀신문婦女新聞』의 기사를 통해
알아 보자.[211] 『부녀신문』은 애국부인회의 창립을 보도했으며(43
호, 1901년 3월 4일), 「연단 북청의 참상演壇 北清の慘狀」이라는 표제에
「열혈강연 회당을 매운 귀부인을 울리다熱血演説満堂の貴婦人を泣か

---

208 小笠原長生『正伝奥村五百子』(南方出版, 1942), p.8.
209 「奥村刀自」(『愛国婦人』45, 1904.1.1).
210 守田佳子, 앞의 책, p.97.
211 여기에서는 이오코와 청중의 반응을 볼 수 있는 『부녀신문』을 인용했다.

しむ」라는 부제목이 붙은 기사로 발기회의 이오코의 연설을 게재했다(44호, 1901.3.11). 부패한 사체가 떠다니는 불결한 강물, 이 물을 마시고 설사를 해대는 병사, 굴뚝 같이 하늘을 향하는 모래 먼지와 찌는 더위, 피 토하게 만드는 행군 등, 생생한 묘사에도 불구하고 여기에는 공포심과 혐오감으로 전개될 여지가 전혀 없다. 기사에 삽입된 "여사의 눈에 눈물이 고인다", "여사의 목소리가 떨린다", "울먹이는 목소리로" 등의 주誌는 이오코의 고조되는 연설을 생생히 전한다. 그리하여 "여기에서 여사의 목소리는, 열혈강연이 나오는 입가에서 터져 나와 타종 소리처럼 사방에 울린다. 회장을 가득 메운 사람들은 눈물도 닦지 않는다"라고 설명하는 것처럼, 눈물에 의해 곧장 "이 병사들이 죽어 주지 않으면 우리가 이렇게 평온한 오늘을 보낼 수 없는 것입니다!"라는 주장으로 수렴되는 것이다. "제가 베이징에서 흘린 눈물을 여기에서 또 여러분 앞에서 흘리게 됩니다"라고 하는 이오코. 47호「오쿠무라 이오코 여사에게 보낸다」(어느 기자)라는 기사에는(1901년 4월 1일) 연설에 참가하여 "회장을 가득 메운 귀부인들과 함께 감동하여 눈물을 흘렸다"는 기자 자신의 이야기도 쓰여 있다. 여성들뿐만 아니라 기자또한 "북받치는 감정에 그만 눈물을 흘렸다. 우리나라를 위해 무엇을 할 것인가, 우리 국민을 위해 무엇을 할 것인가, 라며 비분강개할 때, 장사壯士가 아니더라도 검을 들고 일어나야 함과 같이, 아무리 냉혈한이라도 지갑을 열고 애국부인회를 위해 얼마라도 내려고 한다." 이오코의 눈물이 감화시킨 것이다.

4. 자선과 현모양처

이오코의 특수성은 두 영역의 매개에 있어서 유효하게 작용했으며, 열의와 눈물의 연설은 애국부인회를 낳고 길렀다. 허나 동시에 지적해야 하는 점은 가정의 현모양처가 배속되는 장소가, 대변자 이오코의 눈물만으로 손쉽게 전장과 접속할 수는 없다는 또 다른 사정이다. 메이지 일본이 현모양처로서의 여성에게 부여한 새로운 역할이 전사자와 그 유족에 대해 동정의 눈물을 훔치기만 하면 되는 것은 아니었기 때문이다.

여기에서 중요한 것은 1890년대 다른 부인단체와의 연결성, 자선이라는 통로이다.[212]

자선은 분리형에서 여성의 공적인 역할을 단적으로 형성하는 통로였다. 기부에서 군사원호활동으로 확장되어 가는 자선은 서양을 본떠서 이입된 현모양처의 성질과 조화되는 공적인 활동이었는데, 그 정점의 모델은 황후였다.[213] 이 시기 황후는 금전적인 보조 뿐 만이 아니라 병원 위문, 나아가 상이군인의 의안이나 의족에 대한 염려를 나타내는 등 국모의 역할을 수행한다. '한에리 하나'의 우회는 이러한 자선이라는 프레임 안에서 유효성을 발휘했던 것이다. 군사원호활동이면서 동시에 자선의 일부분으로서 가

---

212 千野陽一, 앞의 글. 片野真佐子「近代皇后像の形成」(富坂キリスト教センター編『近代天皇制の形成とキリスト教』新教出版社, 1996).

213 片野真佐子「近代皇后像の形成」. Sharon H. Nolte and Sally Ann Hastings, "The MeijiState's Policy Toward Women, 1890-1910," in Recreating Japanese Women, 1600-1945, Gail Lee Bernstein(ed), University of California Press, 1991, pp.159-163.

정의 부인에게 가장 잘 어울리는 역할을 드러내는 호소였다. 애국
부인회는 현모양처를 육성하기 위한 교화적 측면을 기대받게 된
다.[214] 자선이라는 통로를 경유함으로써 가정의 여성과 공적인 영
역을 완만히 연결시킬 수 있었던 것이다. 앞서 인용한 『부녀신문』
은 1900년 5월에 후쿠시마 시로福島四郎가 "전국 2천만 여자 제군
들을 위해" 만든 주간 신문이다. 후쿠시마는 창간 당시부터 「전
국의 부인회에게 바란다全国に婦人会に望む」(2호, 1900.5.21), 「부인회
에 바란다婦人会にのぞむ」(4호, 1900.6.4)등, 충실한 부인회 활동을 요
구했으며 또 「부인회의 무기력婦人会の無気力」(41호, 1901.2.8)을 한
탄했다. 이런 후쿠시마가 열렬히 환영한 것이 바로 애국부인회였
다. 『부녀신문』이 목적으로 내건 것은 여성의 교육 그리고 여성
에 의한 자선 사업의 지원이다. "자선사업에 남녀의 구별이 없다
고는 하지만 특히 여성이 자선하는 일에 진력하도록 한다", "전국
의 각 부인회와 각 자선단체들이 서로 원활히 소통할 수 있도록 한
다"(「부녀신문의 목적婦女新聞の目的」1900.5.10). '자선'은 위생('모체母
体의 건강'과 관련 있는 '여성의 체육')과 절약('가사경제')과 더불어, '건
전한 가정'을 구성하기 위해 필수불가결한 요소였다.

　그런데 이오코의 눈물의 연설에는 '자선'이라는 단어가 단 한
번도 등장하지 않는다. 애국부인회의 목적을 부인의 자선활동으
로 명확히 규정한 것은 시모다 우타코(下田歌子. 1920년에 회장 취임)
와 회계를 맡은 사토 다다시佐藤正 육군소장과 신문 발행을 맡았던

---

214 千野陽一, 앞의 책, p.123. 片野真佐子「近代皇后像の形成」.

대일본여학회大日本女学会 이사 야마자와 도시오山沢俊夫였다. 시모
다 우타코가 집필한 취지서에는 "깊은 박애 정신으로 자선을 실천
하는 건귁(巾幗. 옛 중국이나 고구려 등에서 여성들이 머리에 썼던 수건과
같은 것으로 여성스러움을 상징. 역자 주) 사회의 힘을 모아서"라는 구
절이 명기되어 있다.

　가정과의 연속성을 강하게 내세운 자는 사토 다다오佐藤正였
다. 이오코의 순회 연설이 행해지는 가운데 사토는 야마자와 도시
오山沢俊夫 등과 함께 애국부인회를 확장시키기 위한 방법 중 하나
로 기관지『애국부인愛国婦人』발행을 제안한다. 고노에에게 기관
지 발행을 상담한 것은 사토이지 이오코가 아니다.[215] 1902년 3월
30일, 제1회 회원총회에서 애국부인회 확장 상황을 보고하며 사
토는 "단지 자선사업"뿐만 아니라 "우리 단체가 점진적으로 가정
에 영향을 끼칠 수 있게 하여, 동양의 형세를 감안해서 국가의 상
무심尙武心을 고취시킬 수 있는 사업을 기획하려는 의도"의 일환
으로 "문명의 이기인 신문"을 발행하기로 했다고 발언한다.[216] 제
2회 총회(1903.3.22)에서는 더 명확하게 "원래 애국부인회라는 것
이 무엇인지 말하자면, 군인을 원호하는 것이 그 정신이다. 그와
동시에 부인 여러분은 가정을 주재主宰하고 있으므로 국가주의를 가
정에서 함양함과 더불어 검소함으로 우리 부인회를 성립시키고,

---

215 『近衛篤麿日記』(1902.3.1,3,8).

216 三井光三郎『愛国婦人会史』(博文館, 1912). 인용은『愛国・国防婦人運動資料集』1 (日
　　本図書センター, 1996), p.44.

그 검소함의 영향을 가정에도 끼치는 것이 바로 애국부인회의 정신입니다"[217] 라며, 군인구호 이외의 측면을 중시하고 있다. 이오코의 연설이 다 할 수 없는 이와 같은 제2의 역할을 맡았던『애국부인』은 1902년 3월 17일 발행되었다. 100호를 맞이했을 때 첫머리에는 "중요하고도 유익한 부사업副事業"이 당당하게 명기되었다. "말할 것도 없이 애국부인회의 사업은 군인의 유족 및 폐병廢兵을 구호하는 것으로, 이는 우리 부인회의 가장 중요한 목적이다. 그러나 또 부사업은 학교가 아닌 곳에서 일본의 부인을 사회적으로 교육하여 일본의 가정을 개량진보시키는 일에 있다"(『愛国婦人』 1906.3.20)고 쓰여 있다.

이오코도 이와 같은 이면성을 자각했을지도 모른다. 발기회의 연설 중 이미, "도회에 계시는 부인 여러분에게는 신문이나 잡지가 있으니까 말할 필요도 없지만 시골의 벽촌에 사는 사람은 뭐가 뭔지 모릅니다. 한 고을에서 신문을 받는 집은 손가락으로 꼽을 정도이니 이제부터 발기인이 활동 반경을 넓혀 각 지방을 돌며 우리나라의 은혜가 확대되고 있다는 사실을 알려 줄 생각입니다"라고 발언했다고 한다.[218] 하지만 질적 차이가 존재했음을 이오코가 어디까지 인식했는지는 의문이다. 이오코가 아니면 개척할 수 없는 통로가 있는 것과 마찬가지로 이오코가 개척할 수 없는 통로도 있다. 그것을 개척하는 것이『애국부인』의 역할이었다. 가타노 마사

---

217 위의 책, p.52.
218 大久保高明, 앞의 책, p.277.

코片野真左子는 여성을 메이지 국가가 제시한 "주부라는 하나의 계층으로 집단화하고 조직화하는 길"의 실천으로『애국부인』을 위치시킨 다음, 황후를 정점으로 여성이 한데 묶어져 가는 과정을 분석한다.[219] 『애국부인』은 그보다 먼저 출발했던『부녀신문』과 마찬가지로 지식인의 논설부터 가사사정과 소설에 이르기까지 모든 기사를 게재하던 종합적인 내용의 기관지였다.『부녀신문』은『애국부인』의 체제에 대해 "우리『부녀신문』과 비슷하다"고 평했다.(97호, 1902.3.31)

그렇다고『애국부인』이 이오코의 연설을 무시한 것은 아니다. 『애국부인』도 연속 기사를 편성했다. 그런데 이 기사가 보고하는 방식에 흥미로운 특징이 있다. 이오코의 연설 내용을 거의 싣지 않는다는 점이다. 대신에 「유설일기遊說日記」라는 제목의 상세한 사실 기록을 실었다. 앞서 숫자를 제시한 바와 같이 이오코는 방대한 횟수의 연설을 행했는데 이동과 숙박 정보를 포함한 세세한 기록이 보도되었다. 예외적으로 게재된 「오쿠무라 여사 연설奥村刀自演說」이라는 제목의 기사(26호, 1903.3.25)를 보면 이오코가 반복해서 역설하는 것은 언제나처럼 "군인유족의 구호"라는 "목적"과 "한 에리 하나"의 "검약" 뿐, 그 이상도 이하도 전개하지 않는다. 이오코의 연설 내용이 가정의 현모양처의 교화라는 면에서 중요도가 낮다고 판단해도 될 것이다. 앞서 서술한 바와 같이, 이오코의 방법이 내용이 아니라 직접적으로 이야기하는 힘 자체에 의존하기

219 片野真佐子「初期愛国婦人会考」, p.274.

때문에 활자 미디어적인 방법과는 기본적으로 맞지 않는다고 봐야 할 것이다. 활자는 연설 내용 대신 그녀의 동향을 하나하나 전해서 그녀의 우상성偶像性을 빚어내는 일이 가능했다. 그녀의 동향이 자세히 보도되면 될수록 우상성은 강화된다. 신문지상에서 연속해서 보도되는 그녀에 대한 관심은 결국 고조될 것이고, 그녀의 연설의 효과도 그에 따라 간접적으로 강화될 것이다. 그리고 연설회 참가자의 기록은 회원 증가를 가시화한다. 또 중요한 하나는, 이 상세한 하루하루의 기술에 방대한 양의 고유명사가 포함되어 있다는 사실이다. 회의 주최자나 이오코와 함께 단상에 오른 주요 인사뿐만 아니라, 이동을 함께 한 사람들, 하물며 지인에게 권유한 사람들의 이름까지 기록되어 있다. 전국에 흩어져 있는 이름 없는 자들이, 이러한 보도를 통해 개별적 존재로 승인받는다. 스스로의 의지로 행동한 자에게는 이름이 부여되는 것이다. 여기에서 부상하는 모습은 결코 일방적인 계몽의 대상이 아니다. 여성들은 거대한 담론에 스스로를 관계지어 나가며, 자선에 어울리는 주체가 되어 가는 것이다.[220] 『애국부인』에 의해 개척된 교화의 통로는 이오코가 "말해서 들려 주"는 계몽의 대상과는 이질적인, 주체/종속적으로 행동하는 당사자성을 환기한다.

---

220 동시대의 미디어를 보면 전사자의 고유명이 범람했는데, 이름 없는 자들의 스토리 만들기가 이루어짐과 동시에(紅野謙介「戦争報道と〈作者探し〉の物語」『文学』季刊5-3, 1994.7), 투고나 현상 공모라는 통로를 통해 독자를 추상적인 거대한 담론 속으로 구체적으로 끌어들였다(金子明雄「新聞の中の読者と小説家 明治四十年前後の『国民新聞』をめぐって」『文学』季刊4-2, 1993.4).

여성의 국민화를 사고하는데 있어서 잊지 말아야 할 것은 여성 스스로가 자발적으로 관계를 맺었다는 사실이다.[221] 이에 대한 평가는 플러스 또는 마이너스로 갈라질 수 있겠지만, 애국부인회에 참가하는 것은 가정이라는 테두리에 갇혀 있었던 여성이 그 바깥 영역으로 나갈 수 있는 귀중한 통로였고, 그 과정에서 여성들은 국가의 담론을 입에 담아도 되는 국민으로 성장해 갔다. 가정의 현모양처로 교화되는 과정이란, 이와 같은 "자선을 행하려는 적극적인 의지"[222] 를 지니게 된 자로 여성을 변용시키는 과정이었다. 한 사람 한 사람의 여성이 자발적으로 역할을 발견하고 그 역할에 참가하는 통로가 열림으로써, "반쪽 깃 달기半襟一掛け"의 절약을 통한 간접적인 절약은 병사의 송환, 부상 병사나 그 가족 또는 전사자 유족의 위문이라는 직접적인 군사원호로 간단히 이행되었던 것이다.

5. 오쿠무라 이오코와 '애국부인'

이오코의 연설과 『애국부인』의 내용의 질적 차이는, 이오코가 호소하는 대상으로서의 〈여성〉과 『애국부인』이 호소하는 대상으로서의 〈여성〉의 질적 차이이기도 하다. 오쿠무라 이오코와 애국부인회를 일관되게 지지했던 『부녀신문』이, 이들을 대대적으로

---

221 佐治恵美子 「軍事援護と家庭婦人」, 石月静恵「愛国婦人会小史」(津田英雄先生古稀記念会編『封建社会と近代』同朋舎出版, 1989).

222 佐治恵美子, 위의 글, p.134.

비판했던 사건을 통해 그러한 질적 차이가 무엇인지 확인하고자 한다. 문제가 된 것은 게이샤芸者의 교토京都 지부 입회 및 그 게이샤들에 의한 부상병 송별이다.[223]

『부녀신문』이 처음으로 이 사건을 거론한 것은 221호(1904.8.1)이다. 1면에 「△게이샤와 부인회(△芸妓と婦人会)」라는 부제목의 기사에서 "화려하게 단장한 게이샤가 정거장에서 병사를 환송하는 것은 그녀들의 자유다. (중략) 하지만 그녀들이 성의 있는 단체인 부인회의 휘장을 이용하는 것을 간과하면, 결코 우리 부인회의 신성함을 유지할 수 없다", 2면 「애국부인회 지부와 게이샤愛国婦人会支部の芸妓」라는 기사에는 "교토 기온祇園의 게이샤 수십 명이 애국부인회 교토 지부에 입회했는데, 화려하게 단장하고 시치조七條 정거장을 통과하는 부상병을 환송하는 게이샤 회원들에 대해 불편함을 느끼는 회원들이 적지 않아서, 게이샤들을 배척하려는 목소리가 우세하다고 한다"고 전한다. 다음으로 224호(8.22) 「오쿠무라 여사의 담화 교토 신문이 게재奥村女史子の談として京都新聞のかゝぐる」의 기사 소개이다. "오늘날과 같은 시국에 게이샤가 어쩌구저쩌구 떠드는 자세라니, 뭐라 할 말이 없습니다"라며 입회를 부정하지 않는 이오코의 담화에 대해 『부녀신문』의 코멘트는 없다. 이와 전후해서 『애국부인』(60호, 8.20)은 1면에 「오쿠무라 여사 담화의 일부奥村刀自談片」를 게재한다. 앞서 쓴 바와 같이, 이오코의

---

223 가타노 마사코(片野真佐子)는 일본기독교부인교풍회(日本基督教婦人矯風会)의 반발이 있었다는 사실을 지적했다(「初期愛国婦人会考」, p.276).

발화나 발언의 내용이 지면에 소개되는 경우는 극히 드물다. 드문 가운데 게재된 짧은 기사 중 하나가 「교토의 게이샤 문제京都の芸妓問題」였다. "교토에는 게이샤 문제라는 까다로운 문제가 발생하고 있다. 이에 대한 내 의견을 묻기에 이렇게 답했다. 원래 본회는 나라의 은혜에 보답하기 위해 세운 단체이기 때문에 가령 게이샤라 한들 일본의 여성이라면 모두 똑같이 나라의 은혜를 입고 있음에 틀림없기 때문에, 이들이 따뜻한 마음으로 회원이 되려고 하는데 이를 거부할 이유는 조금도 없다. 회원이 되어도 무방하다." 앞선 『부녀신문』의 기사를 참조하면 부정적인 의견이 부인회의 내외에 있었음은 분명하며, 회원들의 불만을 포함한 그와 같은 부정적인 의견을 이오코에게 직접 발언하게 하는 형식으로 덮으려는 방책일 것이다. 그러나 이 기사가 『부녀신문』의 격분을 샀다.

　『부녀신문』226호(9.5)는 「사설 애국부인회와 게이샤 문제社 説 愛国婦人会と芸妓問題」라는 기사를 통해 격렬한 비판을 전개했다. 221호에 먼저 소견을 밝혔기에 "필히 교토 지부가 단호한 조치를 취해서 그 면목을 유지해야 한다는 것을 믿어 의심치 않았"는데, 『교토신문』에 실린 이오코의 담화에 대해 "우리는 오쿠무라 여사의 비상식에 놀"랐다. 본부의 의견은 다를 것이라 생각했지만 『애국부인』60호에 이오코의 담화가 실렸고, 본부의 의견도 동일함이 확인되어 『부녀신문』사 전체가 들고 일어나 비판의 목소리를 높였던 것이다. "예기藝妓와 창기娼妓를 애국부인회에 입회시키느냐 마느냐를 둘러싼 찬반론은, 단지 애국부인회만의 큰 문제가 아니라 일본의 여성 전체에 관한 큰 문제이다"라며 문제의 중대성과

심각성을 지적하고, 마지막으로 이오코의 담화에 대해서는 "극히 위험"하다며 철저히 비난한다. 게다가 227호(9.12)에는 「사설 부인회의 치욕(다시 애국부인회와 게이샤 문제에 대해서)(社説 婦人会の恥辱(再び愛国婦人会と芸妓問題に就て))」, 228호(9.19)에는 「△정의정론 마이니치신문은 통쾌한 논평을 더했다(△正義正論 毎日新聞は痛快なる論評を加えたり)」라는 제목의 기사 소개, 「편지와 연필」란에 「모귀부인 담화某貴婦人談話」, 독자투고란「엽서 모음」에도 투고 2개를 게재하며 비판을 더했다.

그런데 『애국부인』이 보인 태도가 매우 흥미롭다. 61호(9.5)는 침묵, 62호(9.20)에 「사설 애국부인회의 효과社説 愛国婦人会の効果」가 실린다. 이 기사는 "여성간의 평등주의"가 처음으로 행해진 것에 대해 논하는 내용이다. 게이샤 문제를 직접 언급하지는 않지만 애국부인회의 공식적인 해명으로 봐도 무방할 것이다. 그리고 같은 1면에 실린 상담역 다니 다테키谷干城의 「남녀교제론 및 예기창기폐지론에 반대한다男女交際論及芸娼妓廃止論に反対す」라는 기사. 이 기사는 일본이라는 "한 나라의 행정적 관점에서 보면 오히려 그 존재가 필요"하다는 투의 "예기창기" 필요악론이다. "예기창기의 존재를 인정한다"는 점에서 평등주의를 보강하기 위해 게재된 것으로 보이지만, 실재로는 그러한 평등주의가 얼마나 빈약한지를 스스로 노출하는 꼴이다. 하지만 흥미로운 점은 이 빈약함이 아니라 기사 마지막의, "하지만 사회가 이를 환영하지 않을 뿐만 아니라 여성사회에 있어서도 이를 배척하는데, 예기창기들을 순결한 여성들과 동석시키면 안 된다고 여길 수 있는 식견을 여성이라

면 가져야 한다. 우리 애국부인회와 같이 일본 여성의 대단체라면, 대단체에 걸맞는 세력을 활용하여 예기창기가 사회에서 제멋대로 창궐할 수 없도록 힘쓰는 것이 지당한 이치이다. 군이 환영까지 해가며 회원으로 받아들일 필요는 없다고 본다"고 하는 것처럼, 입회를 거절하는 의견을 드러낸 부분이다. 즉 이 기사의 역할은, 평등주의라는 표면상의 주장을 예기창기 거절이라는 진짜 주장에 슬라이드시키는 부분에 있다. 딱 봐도 코미디인 두 기사의 배합에 천박함은커녕 고뇌의 흔적이 배어 있다. 『애국부인』에 더 이상 게이샤 문제를 따지는 기사는 등장하지 않는다. 그러나 『부녀신문』 229호(9.26)는 "△애국부인회의 반정反正 애국부인회는 결국 예기창기의 입회를 거절하기로 결정했다는 소식을 들었다. 우리의 고언이 헛되지 않았음을 기쁘게 여기며, 일반 여성계에게 축하를 보낸다."라는 코멘트를 게재, 이후 게이샤 문제에 대한 비판은 자취를 감춘다. 『부녀신문』이 납득할 만한 형태로 사태가 일단락되었다고 봐도 좋을 것이다. 『애국부인』과 『부녀신문』이란 원래 같은 길을 걷던 사이였으니 이렇게 다시 화합했던 것이다.

바로 그렇기 때문에 이러한 일련의 마찰을 통해 부상하는 것은 『애국부인』과 『부녀신문』 사이의 삐걱거림이 아니다. 메꿀 수 없는 거리는, 『애국부인』 및 『부녀신문』과 오쿠무라 이오코 사이에 존재한다.[224] 이오코의 담화는 애국부인회에 도움을 주기는커녕

---

224 선행연구는 애국부인회와 이오코 사이의 균열을 계급의 문제로 설명한다. 모리타 게이코(守田佳子)는 "존왕운동을 시작으로 국가를 위해 일했다는 자존심을 지닌 이오

주변과의 균열을 더 깊게 하는 원인이었고, 『애국부인』은 이오코의 담화가 키운 마찰에 어떻게 대응할지 고뇌했던 것이다.[225] 이오코의 '나라의 은혜'라는 패러다임에 '자선'은 편입되어 있지 않다. 그녀가 호소하는 여성들에게 현모양처의 프레임은 기능하지 않는다. 이와 같은 결정적인 어긋남이 러일전쟁 후 이오코가 퇴장하는데 있어서, 개인적인 병환과는 별도로 근거를 제공했을 것이다. 이오코는 러일전쟁이 발발한 무렵부터 건강이 악화되었는데, 바로 이 시기에 애국부인회가 폭발적인 성장을 보였으며 이와 동시에 이오코의 활동은 눈에 띄게 위축되었다. 이오코가 죽은 직후 그녀를 기리기 위해 출판된 『오쿠무라 이오코 상전奥村五百子祥伝』조차 "러일전쟁 시기에 본회가 어떤 활약을 했고 그 후 어디까지 확장했는지를 보여 주는 것이 순서이겠으나, 여사가 직접 관계한 일이 적었고 또 지면의 제약도 있어서 생략하기로 했다"[226] 라고 쓸

코와, 상류부인 또는 고등교육을 받은 부인 사이에 반목이 있었을지도 모른다"고 했고(앞의 책, p.107), 나가하라 가즈코(永原和子)는 "이오코가 추구한 것이 애국부인회와 같은 상류부인 중심의 조직이었는지는 의심스럽다. 목전에 다가온 러일전쟁을 위한 여성 단체의 결성에 큰 관심을 가졌던 것이 고노에, 오가사와라, 시모다를 필두로 하는 정계, 군부, 교육계 지도자들인데, 이들에게 이코오의 강렬한 개성과 범상치 않은 체험은 새로운 단체의 상징으로 안성맞춤이 아니었을까"(「解説」, 大久保高明『奥村五百子詳伝』〔伝記叢書七七〕大空社, 1990). 본장은 계급이 아니라 현모양처주의에 내재하는 성규범에 주목했다. "반쪽 깃 달기"의 "절약"을 슬로건으로 내건 애국부인회에 동원된 여성 전체가 상류계급은 아니었다. 그녀들은 설령 빈곤했다 하더라도 '현모양처'였고, 이들이 게이샤를 배제한 것이다.

225 물러난 이오코는 어떤 사람에게 "세상을 향해 말하고 싶은 마음이 굴뚝 같지만, 내가 떠들면 애국부인회가 세상의 미움을 사니 아무 말도 않겠습니다"라고 했다고 한다(岩本木外, 앞의 책, p.20).

226 大久保高明, 앞의 책, p.379.

정도이다. 애국부인회가 여성에 의한 전쟁원호단체로서의 확고한
위치를 잡았을 때 이미 이오코를 위한 장소는 없었다.

6. '할머니'의 재배치

오쿠무라 이오코가 애국부인회를 탈퇴하는 것은 1906년 7월
17일이다. 타계한 것은 1907년 2월 4일. 이오코의 서거는 『애국부
인』122호(1907.2.20)가 전했다. 그리고 같은 면에 『오쿠무라 이오
코 상전』 광고가 실렸다. 죽음과 동시에 이오코에게는 새로운 장
소가 부여되었던 셈이다.

국민국가를 세우기 위해서는 기원의 발견 혹은 날조가 필요했
던 것과 마찬가지로, 사후의 이오코는 반복되는 전기화伝記化 속에
서 애국부인회의 기원으로 위치지어진다. 더불어 기원으로 일컬
어지는데 있어서 이오코만큼 적당한 인물도 없었다. 이오코를 경
유해서 발화될 수 있는 역사가 실로 길었다 이오코의 내셔널리즘
은 사이고 다카모리西郷隆盛와 함께 호흡했던 동시대, 그리고 막부
말의 근황으로 거슬러 올라간다. 이오코의 한국 진출과 관련해서
는, 이오코가 태어나고 자란 부산해釜山海 고토쿠지高徳寺에 관한
스토리를 흡수하고, 나아가 도요토미 히데요시豊臣秀吉의 조선 출
병 전후까지 거슬러 올라간다. 부산해 고토쿠지는 1585년 개조開
祖인 조신浄信이 포교를 위해 한국에 건립했다. 1598년 귀국할 수
밖에 없게 된 조신은 가라쓰에 그 이름을 따서 절을 세웠다. "바킨

馬琴이 쓴 경성수호전傾城水滸伝"[227] 보다 더 오래되고 깊은 과거가 이오코를 이야기하기 위한 기원으로 발견된 것이다.

애국부인회를 떠나는 날 이오코는 "고노에 공작이 주신 불꽃 같은 비색 바탕에 금색 국화 문양의 우치카케(打ち掛け. 띠를 둘러 걸쳐 입는 전통·예복으로 무사 부인의 예복. 역자 주), 이토 대장이 주신 순백색 비단의 아와세(袷. 안감을 덧댄 전통복. 역자 주), 오가사와라 자작이 주신 후토코로가타나(懷劍. 주로 여성의 호신용 단도. 역자 주)를 품고" 나타났다고 한다[228]. 역사를 겹겹이 걸친 전통 복장의 할머니의 모습이었다. 1922년에 편찬된『애국부인회사愛国婦人会史』의 첫머리에 흑백사진이 몇 장 실려 있다. 마지막 사진이「수창자 고 오쿠무라이오코首唱者故奧村五百子」이다. 전통 복장에 지팡이를 짚은 이오코가 똑바로 서 있다. 그리고 첫 사진이 서양식 복장의 황후. 미래를 나타내는 모델로 황후가 모셔져 있는 그 정반대에서 과거를 상징하는 모습의 이오코는 새로운 장소를 부여받으며 재생되어 간다.

『애국부인』이 추구한 현모양처와 공적인 영역의 접속이라는 방향성이 지닌 새로움에서 보면 눈물을 자아내는 여장부 이야기꾼이라 해도 좋을 이오코의 개성은 진부했다. 바로 그 진부한 개성이 애국부인회 창립에 필요했을 터인데, 자리 잡아가는 애국부인회에서 이오코는 이탈해 버린다. 하지만 오쿠무라 이오코라는 인

227 小笠原長生, 앞의 글, p.2.
228 吉村茂三郎『高德寺秘話奧村五百子伝』(大東文芸社, 1941), p.239.

간 자체가 사라지자, 그녀가 지녔던 낡음에 의미가 부여되고 새로운 역할이 부여되어 간다. 이오코와 애국부인회의 관계를 고찰한 결과, 질적으로 내용이 다른 역학이 접합되어 전체적인 큰 흐름을 형성해 가는 모습을 확인할 수 있다. 내용이 다른 상대방과의 어긋남을 짓누르고 나아가는 힘은 강력하다. 그렇지만 여기에서 배울 수 있는 점은, 그 과정에서 균열이 없었던 것은 아니라는 점이 아닐까. 이오코도 애국부인회도 그 균열을 더 천착하지는 않았지만 균열 자체가 존재했음은 분명한 사실이다. 오쿠무라 이오코 전기 대부분이 이 균열을 말하지 않는다. 간자키 기요시가 언급한 "숨은 비극"[229] 이, 유일하게 균열을 언급한 부분이 아닐까 한다. 간자키는, 실제 구원금을 충분히 지급하지 못한 상황을 둘러싸고, 슬로건 그대로 구원금을 배부해야 한다며 물러서지 않은 이오코와, 애국부인회의 번영에 주안점을 두는 운영 방침의 사토 다다시 사이의 충돌에 대해 썼다. 본장에서는 현모양처에게 부여된 성性 규범이 성과 가까운 영역에서 살아가는 여성들을 배제하는 부분에서 균열의 계기를 발견했다. 오쿠무라 이오코와 애국부인회 사이의 어긋남은 맞춰졌다. 그러나 이오코와 애국부인회가 그랬듯, 앞으로 이야기할 거대하고 강력한 담론에도 반드시 균열은 존재한다. 균열 위를 덧칠해서 덮어 버리는 것에 저항해야 하며 균열이 내는 삐걱거리는 소리에 귀를 기울여야 한다.

---

229 神崎清, 앞의 책, pp.314-337.

제11장 월경越境의 중층성

―우시지마 하루코의 「츄라는 남자」와 야기 요시노리의 「류광푸」―

1. 식민주주의적 월경

젠더는 거대한 담론을 보강하기도 하고 위태롭게 하기도 한다. 본장은 월경을 발생시키는 이야기와, 그 이야기를 발화하는 주체에 대해 고찰하고자 한다. 월경, 즉 경계넘기. 이민, 경계를 넘어 한 장소에서 다른 장소로 이동하기. 이러한 행위는 결코 드물지 않다. 시간과 장소에 관계없이 끊임없이 발생했고 지금도 발생하고 있다. 이러한 행위의 전제는 경계가 존재한다는 점이다. 존재하지 않는 경계를 넘기란 불가능하다.

월경이라는 행위가 경계에 끼치는 효과를 한 마디로 전부 말할 수는 없다. 우선 경계가 붕괴되는 경우. 나아가 이와 관련된 두 가지 경우가 상정된다. 첫째는 경계를 사이로 존재하는 두 문화가 혼합됨으로써 경계가 복잡해지는 경우이다. 문화의 혼합으로 경계를 단순히 선을 긋는 방식으로 규정할 수 없게 된 경우를 생각해 볼 수 있다. 둘째는 반대로, 이식된 문화가 원래 존재하던 문화를 흡수해 버린 경우. 정확히 이 경우는 경계가 붕괴했다기보다 소멸했다고 해야 할 것이다. 예컨대, 식민지화가 충분히 실천된 경우에 이러한 사태가 발생하지 않을까. 다만 식민지화는 경계의 파괴와 동시에 본토와 식민지 간의 차이의 유지를 요청하기 때문에 차이의 소멸은 일어나지 않는다고 할 수도 있다. 이를 토대로 말을 바꾸자면, 경계가 파괴된 뒤 질적 내용이 다른 새로운 경계선이 그어지는 경우라고 해야 할 것이다.

그리고 경계에 거의 변화가 없는 경우도 있다. 이식된 문화 월경자가 원래 존재하던 문화에 완전히 동화된 경우가 그러할 것이다. 구체적으로 실천되는 경우는 드물다고 여겨지지만 가능성이 없지는 않다.

나아가 경계가 한층 강화되는 경우도 있을 것이다. 이와 관련해서도 두 가지 경우를 상정하고 싶다. 첫째는 경계를 넘는 자가 차이를 강조하는 경우. 즉 월경자의 문화를 월경한 곳에 그대로 가지고 가고, 가지고 간 문화의 순수성이 유지되는 (유지를 위한 노력이 필요하다) 경우이다. 물리적인 월경 행위가 역으로 (비물리적인) 문화적 경계를 강력하게 재구축하게 될 것이다. 둘째는 경계를 넘는 행위 그 자체가 특권화되어 우월한 것으로서 이야기되는 경우. 경계에 끼치는 월경의 효과가 불문에 부쳐지고 경계를 넘었다는 사실 자체의 크기가 커져서 그 중요성이 강조되는 경우, 경계가 높으면 높을수록, 깊으면 깊을수록, 행위의 우월성도 높아지고 깊어진다. 그렇게 결과적으로 경계는 강화될 것이다. 변화를 낳지 않는 이문화간의 접촉도 충분히 있을 수 있다.

여기에서 망라한 각각의 경우는 모두 극단적으로 도식화한 것에 불과하다. 실제로 경계넘기가 이루어지고 있는 현장에서는 위의 어떤 경우로도 딱 잘라 분리할 수 없는 복잡한 사태가 일어나고 있으리라. 이처럼 추상적인 설정을 통한 사고가, 각각의 경우를 구성하는 문제의 레벨을 정리하지 않았다는 점 또한 자각하고 있다. 그럼에도 불구하고 경계에 끼치는 효과를 기준으로 몇몇 경우를 나열해 월경이라는 행위의 효과가 같지 않음을 확인한 이유는, 기존의 경계를 넘는 행위로서의 월경이 특별한 가능성과 연결될 수 있기 때문이다. 특히 포스트콜로니얼리즘을 거치기 이전에 문학 영역이 월경이라는 행위를 다루는 경우, 그와 같은 가능성을 상정하는 경우가 적지 않았다. 일탈과 파괴의 힘에 대한 기대를 내포하는 〈월경하는 문학〉이라는 구호는 지금도 남아 있다. 하지만 위와 같이 복수의 경우를 상정할 수 있는 것과 같이, 행위 그 자체가 본질적인 가능성을 내포하고 있다고는 할 수 없다. 그리고 경계는 우연히 또는 자연스럽게 발생하는 것이 아니라 문화적·역사적으로 형성된다. 자아와 타자(국경이 그 일례이다), 정상과 이상, 남과 여, 이성애와 동성애, 말할 것도 없이 경계도 문화적으로 구축된 것이다. 구축된 경계의 역사성과 정치성에 대한 의심 없이 월경이라는 행위를 사고하기란 불가능하다. 어떻게 형성된 경계를 어떤 식으로 넘는가, 그에 따라 경계넘기라는 행위의 효과도 같지 않다.

서론이 길어졌는데, 본장에서는 경계가 문화·역사적으로 형성된 것이라는 사실의 자명함에 대해서, 그리고 그렇게 형성된 경계를 넘었다는 사태의 정치적 의미에 대해서 알기 쉽게 생각할 수 있는 예를 들겠다. 일본인이 '만주'(이하, 작은 따옴표 없이 만주로 표기)로 경계를 넘어 가는 경우이다. 만주라는 국가의 경계의 작성과 그렇게 작성된 경계의 월경이, 일본이라는 국가에 의해 의도적이고 범죄적으로 행해졌음은 주지의 사실이다. 본장은 일본인이 만주인을 그린 작품을 다룬다. 이민을 간 일본인과 그 곳에 먼저 살고 있던 자들의 관계를 일본인 시선에서 그릴 때, 시점과 대상 사이에는 경계가 형성되고, 경계선 긋기 그리고 그 선을 넘는 월경이라는 행위가 문학이라는 형식을 통해 반복된다. 만주인을 어떻게 그리는지 살펴봄으로써 문학이 1940년대에 행한 월경이라는 행위의 내용을 확인하고자 한다. 이는 일본인과 만주인의 차이 자체가 주제가 되므로 경계가 강화되는 경우에 해당될 것이다. 만주인을 열등한 이민異民으로 동정同定하고, 동시에 일본인의 우월성을 동정하는 스토리를 확인하는 것이 본장의 목적 중 하나이다. 두 작품이 역사적으로 어디에 위치하는지 확인하여 식민지주의적인 움직임을 포착하게 될 것이다. 다만, 의심할 여지없이 식민지주의적이라는 점에서 역사적으로 공통되는 장소에 위치하는 두 작품인데, 식민지주의적인 권력구조에 대해 얼마나 민감한가에 관해서는 상당한 차이를 보인다. 그 차이의 내실이 무엇인지 밝히는 것 또한 본장의 목적이다. 같은 시간, 같은 장소에서 같은 효과를 가진다고 해서 질적으로 완전히 동일하다고 할 수는 없다. 이를 동시에 확인할 생각이다. 미리 밝히자면 역사적 공통성과 질적 차이는, 서로 모순되고 저촉되는 사항이 아니라, 동시에 겹쳐 일어나는 사항이다. 그러므로 어느 한쪽 레벨을 다른 쪽 레벨이 완전히 흡수할 수도 없으며, 어느 한쪽 레벨로 다른 쪽 레벨을 면책할 수도 없다. 이와 같은 중층성을 있는 그대로 파악하고자 한다.

2. 두 가지 '외지물'

분석하는 작품은 우시지마 하루코牛島春子의 「츄라는 남자祝と
いふ男」[230] 와 야기 요시노리八木義徳의 「류광푸劉廣福」 두 편이다.
「츄라는 남자」는 가자마 신키치라는 일본인 관리가 부현장副県長
으로 부임한 곳의 현장실 소속 통역인 츄리엔티엔祝廉天이라는 남
자와의 만남을 중심으로, 다른 현으로 전근가기까지의 가자마의
츄의 관계를 국가의 관리로서 국가 일을 수행하는 입장에서 그린
다. 「류광푸」[231] 는 공장의 서무와 인사를 맡게 된 '나' 일본인 남성
이 류광푸라는 남자의 보증인이 되어 고용하려는 이야기에서 시
작하여, 공장에서 발생한 몇몇 사건을 통해 류가 '내 공장인 명부'
속 '일등'이 될 때까지를 그린 작품이다.

두 작품은 공통점을 가진다. 첫째로, 두 작품 모두 일본인에 초
점을 맞춘 내러티브를 통해 만주인을 묘사하는 형식을 취한다.[232]

---

230 牛島春子「祝といふ男」(『満州新聞』1940.9.27.~10.8). 전 10회. 이후 山田清三郎編『日
満露在満作家短編選集』(春陽堂, 1940)에 수록. 제12회 아쿠타가와상 후보작으로 선정
되었다. 인용은 초출에 따른다.

231 八木義徳「劉廣福」(『日本文学者』創刊号, 1944.4). 인용은 『八木義徳全集』第一巻(福武
書店, 1990)에 따른다.

232 작품의 성립을 둘러싼 사정에도 공통점이 보인다. 우시지마 하루코는 「츄라는 남자」
를, 1938년부터 39년에 걸쳐 남편이 부현장이었던 헤이룽장성(龍江省) 바이취안현(拝
泉県)에서의 경험을 토대로, 40년에 신징(新京)으로 이주한 뒤 썼으며, 야기 요시노리
의 「류광푸」는 1938년에 만주로 건너가서 근무한 회사 만주이화학공업(満州理化学工
業)에서의 경험을 토대로, 1943년에 도쿄로 돌아온 뒤 썼다. 두 작품 모두 만주에서 경
험한 것을 회상하며 쓴 것이다. 「츄라는 남자」는 삼인칭으로 일본인 남성에 초점을 맞
추는 형식이며, 「류광푸」는 일본인 남성의 일인칭 형식이다. 두 작품 모두 화자를 통
해 작가를 읽어내기 용이한 형식이며 동일한 설정으로 묘사한다.

두 작품 모두 일본인이 상사에 만주인이 부하라는 설정으로, 일본인과 만주인 사이에 결정적인 상하관계를 부여한다. 위에 있는 일본인이 밑에 있는 만주인을 그린 작품인 셈이다. 주인공은, 두 작품의 제목에서 알 수 있듯이 작품 속 만주인이다. 일본인 '신키치', '나'를 설명하는 부분은 후경後景이다.

둘째로, 아쿠타가와상芥川賞 후보로서 평가받았다는 점이다. 전자가 제12회 아쿠타가와상 후보, 후자가 제19회 아쿠타가와상 수상작이다.

가와무라 미나토川村湊가 지적한 바와 같이, 당시의 아쿠타가와상은 '외지'적 지향성을 가졌다.[233] 가와무라가 제시한 구체적인 작품명을 들자면, 미야우치 간야宮内寒弥의 「중앙고지中央高地」(제2회 후보), 오다 다케오小田嶽夫의 「성외城外」·쓰루타 도모야鶴田知也의 「고샤마인기コシャマイン記」(둘 다 제3회 수상), 사무카와 고타로寒川光太郎의 「밀렵자密猟者」(제10회 수상), 다다 유케이多田裕計의 「장강 삼각주長江デルタ」(제13회 수상), 히나타 노부오日向伸夫의 「제8호 전철기第八号転轍機」(제13회 후보), 노가와 다카시野川隆의 「구보狗宝」(제14회 후보), 나카지마 아쓰시中島敦의 「빛과 바람과 꿈光と風と夢」(제15회 후보), 구라미쓰 도시오倉光俊夫의 「연락원連絡員」(제16회 수상), 이시즈카 기쿠조石塚喜久三의 「전족 시절纏足の頃」(제17회 수상), 오비 주조小尾十三의 「등반登攀」(제19회 수상)이 있다.

두 작품 또한 그러한 지향성 안에서 '외지물外地もの'이라는 평

---

233 川村湊『異郷の昭和文学 「満州」と近代日本』(岩波書店, 1990),p.142.

가를 받았다. 「츄라는 남자」에 대한 평은 다음과 같다.[234] "개성적이고 재능 있는 인물의 풍모와 성격을 잘 파악하고 있으며, 꽤나 복잡한 인물과 사건을 간결하고 대담하면서도 음영이 많은, 힘 있는 필치로 묘사했다. 신흥국 만주의 관리사회다운 풍취도 잘 그렸다. 넘치는 참신함을 경애敬愛한다"(사토 하루오佐藤春夫), "거친 묘사력에 참신하고 예민한 건강함이 있으며, 예藝를 무시하는 점에서 만주라는 땅과 어울리는 강인함을 느꼈다"(요코미쓰 리이치橫光利一), "츄라는 만주인의—다른 인종을 이렇게 잘 관찰한—여류작가로서 흔치 않은 강렬함, 게다가 성공적인 성격 묘사는 특기해둘만 하다. (중략) 다른 인종을 이렇게까지 이해하고 있다는 것은 훌륭한 수확이라 생각한다"(고지마 마사지로小島政二郎), 「류광푸」는 「등반」과 공동수상인데 "이 두 작품 모두 오늘날 써야 하는 작품"(사토 하루오), "이번에도 외지의 작품을 2편이나 선정한 것은, 예상치 못한, 그러나 필연적인 결과"(가와바타 야스나리川端康成)라는 평을 받았다. 비판적인 평을 봐도 "두 편 모두 외지 사람을 그렸으나 똑같다고 잘라 말할 수는 없다"(가타오카 페이片岡鉄平), "두 편은 만주와 조선에서 제재를 취해 시국에 잘 맞는 부분도 있고, 읽어 보니 각각 재미도 있고 실력도 있는데 (중략) 단편으로서의 날카로움과 향취가 조금 떨어진다"(다키이 고사쿠滝井孝作)라는 평에서 보이는 것처럼, 〈외지물〉이라는 점이 시국적이라는 속성과 더불어 의식되고 있으며, 그런 이유로 수상이 결정되었다.

---

234 인용은 『芥川賞全集』第三巻(文芸春秋, 1982).

「츄라는 남자」와 「류광푸」 모두 이처럼 〈외지물〉을 지향하는 체제 안에서 평가를 받은 시국적으로 뛰어난 작품이었다고 할 수 있다. 아쿠타가와상은 시국적인 가치관을 지탱하는 역할을 적극적으로 수행했고, 두 작품은 형식·내용 모두 그러한 가치관에 최적화된 작품이었던 셈이다. 그런 점에서 두 작품이 놓인 역사적 위치가 대일본제국의 식민지주의 안에 있다는 사실을 이해하기란 어렵지 않다. 본장의 첫 번째 목적은 이러한 식민지주의적 월경이 텍스트 안에서 어떻게 실현되어 있는가를 확인하는가에 있다. 이하, 각각의 작품에 대해 자세히 검토하겠다.

3. 만인담滿人譚의 재생산—야기 요시노리의 「류광푸」

먼저 「류광푸」를 분석한다. 발표된 순으로 치면 나중이 되지만, 「류광푸」는 이인담異人譚이 아닌 만인담을 완성시키고 있기 때문에 용이한 비교를 위해 「류광푸」부터 고찰한다. 이어서 더 복잡한 텍스트인 「츄라는 남자」에 대해 논하겠다

「류광푸」에 대한 소개는 다음과 같다. "인물이 견고하게 조형되어 있고, 성스러움에 도달한 바보의 용감함이 묘사되어 있다"[235], "휴머니스틱한 '어른 메르헨'으로, 일본인 회사원과 만주인 노동자의 우정과 신뢰의 이야기"[236], "펑티엔奉天의 아세틸렌공장에 일

---

235 山田昭夫「八木義德」(『日本近代文学大事典』第三巻, 講談社, 1984), p.384.
236 川村湊, 앞의 책, p.156.

자리를 찾으러 온 왠지 덜떨어져 보이는 덩치와 인사 담당 일본인 주인공이 평화롭게 교류하는 이야기."[237] 극단적인 호의로 읽으면 '용감함', '우정과 신뢰', '평화로운 교류'를 쓴 텍스트라는 식의 설명이 절대 불가능한 것도 아니다. 하지만 「류광푸」라는 텍스트가 이야기하는 것은 위의 소개문에서 보이는 미사여구 아래에 감추어진, 류라는 남자를 '동물'로 동정同定하고 기르는 과정에서 문자에 의해 그를 관리하는 이야기에 다름 아니다. 이는 한번 읽으면 바로 알 수 있을 정도인데, 위의 소개문과 같은 평가를 받는 이상 하위의 지배 대상인 만주인의 이야기, 즉 만인담을 어떻게 구축하는지 확인하는 작업도 무의미하지는 않을 것이다.

류라는 남자가 등장하는 부분의 인용이다. "확실히 보통 사람보다 두 배는 커 보이는 거대한 체구 앞에 우선 내 눈을 의심했다. 그 거대한 체구 위에 놓인, 이것도 어처구니없을 정도로 천진난만해 보이는 동안에 나는 웃음을 터트렸다. 이 두 가지의 결합이 정말이지 부자연스러운 느낌이었다"(p.65). '거대'한 '아이'이다. 게다가 류는 언어 운용 능력이 상당히 떨어진다. "심한 말더듬이"(p.66)에 "글자를 모른다"(p.67). 이러한 특징은 이후에도 거듭 류라는 남자의 이미지의 윤곽을 만든다. "너무나도 무지"(p.67)한 남자이긴 하나, 몇 번 그와 말을 주고받아 보니 "애물단지이긴 하지만 쓰기에 따라서는 쓸 만하다"(p.68)고 '나'는 판단하고, '나'가

---

237 黒川創「解説 螺旋のなかの国境」(『〈外地〉の日本語文学選』第二巻, 新宿書房, 1996.2), p.351.

보증인이 되어 류를 고용한다. 글을 못 쓰는 류 대신 계약서를 대필하는 것이 '나'이다. "신기하게도 종이 한 장에 이렇게 쓰고 나니, 류광푸라는 한 개인이 최초로 세상에 태어났고 최초로 세상에서 생존할 권리를 획득한 것 같은 착각을 불러일으켰다."(p.68)

문자의 힘에 의해 '나'와 류의 관계가 부모자식 관계가 된다. 참으로 알기 쉬운 구도다. 언어의 문제가 만주어와 일본어의 문제로 드러난다. 서로 상대방의 언어를 모르기 때문에 단순한 인사밖에 나누지 못하는 것으로 기술되지만 그 관계는 비대칭적이다. "만주어가 부자유스러운 내가 그에게 복잡한 감정을 표현하기에는 '전머양怎麽樣'[238] 이외의 말을 몰랐고, 그 또한 내게 대답할 때 언제나 변함없이 '부타이리不太離'[239] 한 마디 뿐이었다."(p.71) '나'의 '복잡'함과 대칭을 이루는 것은 류의 단순함이다. 다른 부분에서는 류가 '단순한 머리'(p.86)라고 노골적으로 이야기된다.

그런데 언어를 사용하지 못하는 '거대'한 '아이'라는 이미지와 더불어, 이 텍스트는 '짐승'이라는 이미지도 사용한다. "그런 잡무에 종사할 때의 그의 모습이란, 내 눈에는 마치 차고 넘치는 힘을 어찌 써야 할지 몰라서 허둥지둥하는 우리 안 짐승처럼 비추어 졌다."(p.70) 여기에서 주의해야 할 것은 '내 눈에는……마치……처럼 비추어졌다'는 표현에서 알 수 있듯이, 비유임을 명시하고 있는

---

238 초출에는 해당 부분에 'ザンマヤン'이라는 후리가나와 '어때?(どうだい)'라는 의미가 표시되어 있다(p.71).

239 초출에는 해당 부분에 'ブダリ'라는 후리가나와 '별일 없어(たいしたことはない)'라는 의미가 표시되어 있다(p.71).

부분이다. 그리고 '우리 안 짐승'이라는 비유가 이후에 이야기되는 두 사건에 거쳐 실체화된다.

두 사건이란 도난 혐의로 류가 투옥되는 사건과, 공장에서 발생한 화재로 폭발의 위험에 달했을 때 류가 큰 화상을 입어 가면서까지 불을 끈 사건이다.

첫 번째 사건 때문에 투옥된 류를 면회 간 '나'는 "우리 안 짐승처럼 류는 서 있었다"(p.80)고 말한다. '처럼'이라고 비유하고는 있지만, 감옥이라는 우리 안에 류가 붙잡혀 있는 셈이다. 게다가 '나'에게 무고함을 호소하는 류의 모습이 "짐승 같이 큰 손을 활짝 펼치더니 탕탕 격렬한 소리를 내며 그의 두꺼운 가슴을 세게 두드렸다"(p.81)는 식으로 묘사된다. 처음에는 비유에 불과했던 '우리 안 짐승'이, 여기에서는 시각적으로 완전히 실체화된다. 두 번째 사건에서 류는 회복불능으로 여겨질 정도의 큰 화상을 입지만 2주 만에 낫는다. 그리고 "이 경이로운 치유력을 보고 나는 바로 동물을 연상했다. 어떤 중상이라도 자신의 타액을 바르면 금방 낫는다는 그 동물들을"(p.95)이라고 '나'는 말한다. 결국 류는 시각적 레벨을 넘어 본질적으로 (또는 생물학적으로)'동물'임이 입증된 셈이다. 물론 '연상'이라는 보류가 있긴 하지만 소설 스토리는 류가 2주 만에 치유한 것을 사실로서 이야기하며(실제로 가벼운 화상이라면 환부가 넓어도 2주 만에 피부는 재생하지만), 그와 같은 사실에 과하게 놀라는 모습을 보이는 화자 '나'는, 그러한 사실을 더 부각시킴으로써 류가 '동물'과 매우 근접한 존재임을 귀납적으로 증명한다고 할 수 있다. 이 인용문 뒤에는 겨우 다섯 문장이 이어질 뿐이다. 스토리가 끝나간다.

마지막 문장은 "그의 이름은 현재 내 공장인 명부에서 일등을 차지하고 있다"(p.96)이다. '내 공장인 명부.' '동물'이 되어 버린 류에 대해, '나'는 문자로 기록하는 명부 안에 그의 이름을 채운다. 그리고 소설은 끝난다. 류를 '동물'화하는 것과 그 '동물'을 문자를 통해 관리하는 것이, 이처럼 동시에 달성되는 것이다.

이 문장에서 주의해야할 부분이 또 있다. '일등'이다. 두 사건은 '애물단지'가 '일등'으로 탈바꿈하는 계기이기도 하다. 첫 번째 사건 전에 류는 이미 회사와의 교섭에서 독특한 교섭 방식으로 공장원측에 승리를 안겨 주어 그들의 '대표'가 되었다. 그래서 "류는 먹고 살기 힘들어"(p.76)라는 식의 소문도 무성했는데, 이러한 소문이 도난 사건의 혐의를 받는 것과 연결된다. 하지만 류의 무죄가 증명되고 "경찰 밥을 먹고 온" 류는 "몸에 '관록'을 더해서 돌아온 모습"(p.90)이며, 사건 이후 오히려 '명성과 인망'을 드높인다. 그 후 공장인 숙사 내 자치 제도를 정비하는 수완도 보인다. 그리고 두 번째 사건은 이웃을 구한 "모험"(p.95)으로 모두가 높게 평가한다. 그를 향한 모두의 "경의"가 드높아 졌다는 사실이 이야기되고, 스토리는 무난하게 마지막에 도달한다.

여기에서 잊지 말아야 할 것은 원래 '무지'한 '애물단지'였던 류를 발견하고 스스로가 보증인까지 맡아서 그를 공장에 고용한 것이 다름 아닌 '나'라는 사실이다. 류가 '내 공장인 명부'의 '일등'이 된 것의 공적은 류에게도 있겠지만 '나'에게도 있다. 오직 류의 성공을 이야기한다면 '나의 공장인 명부'가 거론될 필요는 없다. 류가 진보하는 이야기는, 그보다 큰 이야기인 '나'의 관리능력 이야기에 의해 틀이 구축된다.

'나'는 이 소설에서 절대 실패하지도 않으며 나약함을 드러내지도 않는다. 아니 정확히 말하면, 두 사건에 대해 '나'는 약간 흔들리기도 하지만, 그 파문은 다음과 같이 단숨에 진정되고 결코 확산되지 않는다. 첫 번째 부분은 도난 사건이 해결된 후 화를 내지 않는 류에 대해 "자신에게 부과된 모든 가혹한 운명을 '메이파즈 没法子'[240]라는 한 마디로 일축하는, 사건 전후의 감정 일체를 한꺼번에 변제해 버리는 그 한 마디의 무시무시한 힘을 나는 새삼스레 느끼지 않을 수 없었다"(p.89)라는 부분이 있다. 이 '무시무시한 힘'을 이야기하는 문장 직후 개행改行되어 "그건 그렇다 치고"라는 한 마디로 화제가 류로 복귀한다. 두 번째 부분은 화상을 입은 류를 정성을 다해 간호하는 약혼자를 앞에 두고, 그녀가 류 곁을 떠나는 것은 아닐까 하고 생각하는 자기 자신에 대해 "아까처럼 범속한 의심을 발해 버린 내 자신에 대한 수치심과 혐오감이 맹렬히 덮쳤다"(p.95)는 부분인데, 이 직후에도 역시 개행되고, 이후 시작은 "그런데"이다. 화제전환. 결국 '나'는 흔들리지 않는다.

「류광푸」는 '만주인'을 '동물'로 동정하고, 언제나 우위에 서서 짐승을 솜씨 좋게 길들이는 '일본인'을 그리는, 잘 통제된 만인담이다.

---

240 초출에는 해당 부분에 "어쩔 수 없지(仕方がないさ)"라는 문장이 기술되어 있다 (p.89).

가와무라 미나토는 이 소설을 '어른 메르헨'이라고 평했다. '메르헨'이라는 용어가 비평적인 함의를 내포함은 물론이겠지만, 가와무라는 이러한 '메르헨'의 밑바닥에 '살아 있는 신'이라 해도 좋을 전형적인 만주인관観이 존재한다는 점, "그들은 가장 인간다운 인간이면서도, 사회의 최하층에 위치하여 그들의 존재 자체가 〈우리〉－종주국인 일본인이라 해도 좋고, 최하층 노동자에 대한 시민계급이라 해도 좋은데－주인공 쪽을 위한 일종의 정신적인 받침대 역할을 하고 있다"[241]고 지적한다. 그러나 가와무라는 메르헨을 "쓸 수밖에 없었던" 일본인(이민)이 처한 현실적인 척박함을 들고 나옴으로써 이러한 전형적인 만주인관을 생성하는 것에 대한 직접적인 비판을 회피한다.

그런데 여기에서 볼 수 있는 만주인관은, 굳이 언급할 필요도 없겠지만 「류광푸」가 발표된 1940년대에 한정된 것도 아니다. 거슬러 올라가서 나쓰메 소세키夏目漱石의 『만한 이곳저곳満韓ところどころ』[242](1909)을 살펴보자. "쿠리는 얌전하고 건장하고 힘이 셌고 일을 잘해서 보고만 있어도 기분이 좋다."(p.266) 여기에서 일하는 '쿠리'는 "거의 말을 한 적이 없다.""그들의 침묵과 규칙적인 운동과 인내심과 정신력이란, 그들에게 운명지어진 그늘처럼 보였다"고 말한다. 그리고 이 구절은 "어떻게 저리 강인한지 도

---

241 川村湊, 앞의 책, p.155.

242 夏目漱石「満韓ところどころ」(『東京朝日新聞』1909.10.21.~12.30/『大阪朝日新聞』 1909.10.22.~12.29), 인용은 『漱石全集』第一～第二(岩波書店, 1994).

통 모르겠습니다, 라고 정말이지 기가 막힌다는 표정으로 말해 주었다"(p.267)는 일본인 안내자의 말의 인용과 함께 끝난다. 그들의 힘, 침묵이 인간의 능력을 거의 넘어선 것이라고 말한다. 여기에서 조금만 더 전개되면 동물에 가까워질 것이다. 비판받아 온 소세키의 만주인상像과 류의 조형은 대동소이하다. 이민이라는 현실이 자신의 인생은 아니었던 소세키가 조형한 만주인상과 류가 이렇게 겹치는 이상, 이민의 현실을 끄집어 내서 류의 조형의 계기에 대한 비판을 억제하는 것은 타당하지 않다.

물론 기존의 이미지를 재생산하는 것 자체가 드문 일은 아니다. 그렇기 때문에 더더욱 재생산의 질과 내용이 중요하다. 「류광푸」라는 텍스트는 반복해서 이야기되는 만인담을 차별적 시선을 포함한 채로 재생산한다. 본장에서는 그러한 만인담을 식민지주의적인 월경의 전형으로 위치시킨다. 식민지주의적인 월경이란 이문화로 월경해서, 월경해 간 곳의 이인성異人性을 열등한 것으로 그려서는 그것을 지배하고, 한편으로는 자신들의 문화를 우위에 두려고 끌어올리는 억압적이면서 단순한 운동을 일컫는다.

〈외지물〉로 아쿠타가와상을 수상했기에 현재도 입수가 용이한 소설로 유통되는 이 작품을 과연 "평화롭게 교류하는 이야기"(구로카와)로 설명해도 '된다'고 할 수 있을까?

4. 전형의 회피와 흡수—우시지마 하루코의 「츄라는 남자」

다음으로 고찰하는 작품은 우시지마 하루코의 「츄라는 남자」이다. 이 작품에 대한 평가를 검토하는 것에서 시작하겠다.

"타민족과 협화協和하는 것이 얼마나 곤란한 일인지, 이보다 더 단적으로 말해 주는 작품은 드물 것이다. (중략) 하지만 작품이 제기한 민족의 문제가 제대로 인식되지 못한 채, 이국풍의 재미를 그렸다는 투의 냉담한 평가를 받는데 그쳤다"[243], "만주의 민족문제의 절박한 불연속면을 묘사한 이색적인 작품"[244], "츄리엔티엔은 류광푸와 대조적인 '만주인'이라 할 수 있을 것이다. (중략) 그는 만주인으로부터도 일본인으로부터도 거부당하고 미움 받는 존재이다. 일본인보다 더 일본인다워진 만주인. 하층관료로서 융통성 없는 그의 성격은 정말이지 전형적인 '식민지인'이라 할 수 있다. (중략) 작자 우시지마 하루코는 이와 같은 모순된 존재로서의 만주인 츄리엔티엔을 그려냈다"[245], "「츄라는 남자」에는 그러한 경험(우시지마 하루코 자신의 프롤레타리아 운동 및 탄압의 경험. 인용자 주)을 거친 후의, 정치적인 것에 대한 심각한 회의, 고통스런 통찰이, 하나의 임계점을 형성하며 각인되어 있다. 이는 흑백을 가늠할 수 없는 '차가운 화석이 되어 버린 듯한 얼굴'을 둘러싼 이야기이

---

243 尾崎秀樹「「満州国」における文学の種々相」(近代文学の傷痕 旧植民地文学論」(岩波書店, 1991.6), pp.259–261.

244 橋川文三「解説」(「昭和戦争文学全集」第一巻, 集英社, 1964.11), p.496.

245 川村湊, 앞의 책, p.156–158.

다. 그 수수께끼는 결말에 도달해도 풀리지 않는다. 츄라는 남자의 존재란 가자마라는 일본인에게, 말하자면 답이 없는 문제인 셈이다."[246] '곤란', '불연속면', '모순', '심각한 회의', '고통스런 통찰'이라는 표현을 토대로 정리하면, 「츄라는 남자」는 민족문제의 복잡성을 언급하고 있다는 점에서 높은 평가를 받고 있다고 할 수 있다.

먼저 밝히건대, 이러한 민족문제에 관한 언급이 주목받았다는 면에서 「츄라는 남자」가 「류광푸」보다 복잡하다고 말하려는 게 아니다. 앞으로 검증하겠지만 「츄라는 남자」 안에는 적어도 세 개의 층이 존재한다. 식민지주의와 민족문제에 대한 복잡한 반응이 드러난 층이 제1층. 제2층은, 그것을 흡수하는 일본인 상사 가자마 신키치의 뛰어난 관리능력을 이야기하는 층. 이 두 층은 신키치에 초점화된 구성이다. 마지막으로, 신키치의 아내 미치에 초점화된 부분 혹은 화자의 발화의 현재가 노출되는 부분에서 볼 수 있는 젠더화된 이야기를 제3층으로 추출하겠다. 제3층은 기본적인 발화의 양상과 어긋난 부분으로 구성되어 있다. 본장에서 이 텍스트가 복잡하다고 평하는 것은 이와 같은 중층성에 의한다. 중층성 자체에 대한 평가는 마지막에 하겠다. 텍스트의 중층성을 존중하여, 어느 한 층이 다른 층을 상대화한다고 손쉽게 판단함으로써 그 층에서 일어나는 일에 면죄부를 주는 일이 없도록 신중히 논을 진행하겠다.

우선 제1층과 제2층을 정리한다.

---

246 黒川創, 앞의 글, p.359.

앞서 서술한 바와 같이 제1층은 민족문제의 복잡함에 대한 언급이 보이는 층이다. 우선 츄라는 남자의 복잡함을 이야기한다. 츄는 신키치가 부임한 곳에서 전부터 근무하던 통역인데 신키치는 부임 전부터 "정말 악질스러운 만주계 통역이 있다"(1)[247]는 소문을 들었다. "일계日系 직원들이 이유가 있건 없건 무조건 츄를 싫어 한다면, 그것은 그에 대한 소문에서 들은 무례함만이 아니라, 그 츄라는 남자의 만주계답지 않은 험악함, 날카로움 때문일지도 모르겠다"(1)라는 설명과, 그렇게 설명되는 악질스러운 통역에 대해 "신키치에겐 딱히 놀랄 일도 아니"었으며 "약간 상기된 감정적 말투로 츄가 어떤 악당인가에 대한 최대한의 표현을 늘어 놓으려는 사람들에 대해, 신키치는 안심하고 끄덕거릴 수만은 없는 기분이었다"는 설명이 병치된다. 특징적인 것은 "만주계답지 않은" 성질에 대한 특수화와 "딱히 놀랄 일도 아"닌 성질에 대한 일반화가 동시에 드러나 있는 점이다. 단순하게 츄를 만주인을 대표하게 하는 것도, 만주인 중에서 특수화시켜 주인공 자격을 부여하는 것도 텍스트는 회피한다. 「류광푸」가 류를 '예외'적으로 '무지'한 존재로 등장시키고 (그러나 그러한 조형이 결코 특수한 예가 아님은 소세키의 만주인상과 비교함으로써 확인했다), 마지막에서 만주인의 '대표'로 이야기하는 것과는 상이하다. 특수화가 이루어진 부분의 '험악함, 날카로움'은 부임 후의 신키치가 품은 인상의 핵심을 이루는 표현인데, 그런 의미에서 특수화와 일반화라는 두 경향은 신키치의 시

---

247 인용 시 신문게재 시의 회수(回數)를 기입했다.

점을 통해 이야기되고 있다고 할 수 있다. 더 명확하게 신키치가 츄에 대해 가지는 두 경향의 인상을 말하는 부분도 있다. 츄가 처음 신키치의 자택을 방문한 후, "지금 신키치를 강하게 사로잡고 있는 것은 남만南満에 있을 때 동료였던 천커훙陳克洪과 츄리엔티엔의 너무나도 닮은 부분이다"라고 말하는 한편, "오늘 밤 츄에게 받은 뭐라고 딱 잘라 말할 수 없는 복잡한 인상이 천커훙에게는 없다"(4)고 하는 것과 같이, 두 가지 감상이 동시에 이야기된다. 일반화와 특수화의 이면성이 직접 표현된 "뭐라고 딱 잘라 말할 수 없는 복잡한 인상"을 추출했다고 봐도 좋을 것이다. 이렇듯 단순한 동정은 회피되고 있으며, 츄는 "신키치가 예상도 못했던 타입의 인간"(1)이 된다.

복잡한 인상은 츄 자신의 "만주국이 망하면, 저 츄가 가장 먼저 당하겠죠"(8)라는 비꼬는 듯한 대사 표현에 맛을 더한다. 이 한 마디는 이 작품을 평할 때마다 주목받았다. 일본의 통치 기관에 협력하는 임무를 수행중인 츄라는 남자의 분열적인 입장이 그 자신의 입을 통해 단적으로 표현된 것이다. 츄가 분열적인 입장에 놓인 것은 만주국이 일본의 반半식민지이기 때문임이 분명하다. 츄의 자기언급은 자기비하와 자조적인 반향을 뚫고 만주국의 모순과 위험을 가시화한다.

그리하여 츄를 분열 한가운데에 놓는 시선이 만주인 전체로 퍼지고, 민족문제의 복잡함에 관한 더 명확한 언급으로 이어진다. 예컨대 다음과 같다.

신키치와 같은 일본인들에게 가장 필요한 것은 만주인 사회의 실정을 정확히 아는 것이다. 그런데 그게 참 말처럼 쉬운 일이 아니다. 관청 안에서 사무적으로 보면 일계와 만주계가 그렇게 거리를 두고 상대하는 느낌은 아닌데, 생활에 충실할 때를 보면 양쪽은 완전히 다른 세계에 살고 있다. 그것이 일계의 느긋하고 세상모르는 무관심과 달리 만주계는 그들 세계 위에 공동으로 보호막을 쳐 놓고 일본인이 그 위를 밟으면 합심해서 막아내려는 의식을 가지고 있는 것이다. (중략) 언뜻 음험하고 교활해 보일지 몰라도 오랜 피압박자 생활을 통해 배운 지혜일지도 모른다.(5)

만주의 이중성을 추출해서 정확하게 지적하고 있다. "민족문제의 절박한 불연속면"을 그렸다는 평가는 인용부분들이 만들었다고 본다. 이와 같은 서술은 단순화를 피하고 '평화로운 교류'가 성립될 수 없는, 일본과 만주의 관계를 규정하는 압박과 피압박의 구도를 명료화한다. 이것이 제1층이다.

그러나 이어서 확인하는 바와 같이 이 층은, 신키치의 통치 능력의 탁월함, 신중한 판단 태도로 흡수된다. 이 제2층을 확인하겠다.

예컨대 판단을 보류하고 있는 츄의 인상에 대해 "꽤나 만만치 않은 자임에는 틀림없으나 그렇다면 더더욱 직접 눈으로 보지 않고 성급히 판단하면 안 된다, 라고 신키치는 생각했다"(1)고 이야기된다. 또한 만주의 이중성과 관련해서 앞서 인용한 부분에 뒤이어 이하의 기술이 있다.

신키치는 실제로 현縣 하나를 할당받아 30여만 명의 현민에게 살아 있는 정치를 펼쳐야 하는 일본인이, 일본인적인 감각으로 만주인들을 통솔해 나가는 게 얼마나 위험한지, 이러한 선의의 부주의로 인해 만주인들이 얼마나 큰 오해 그리고 괴리된 심리를 가지게 될지를 생각하니 등골이 오싹해졌다.(5)

이어지는 단락에서 신키치가 도박 금지를 "일본인의 도덕관념을 일방적으로 강요"하는 것이 아니라, "다른 형태의 훈시"를 통해 훌륭히 실행하는 에피소드가 등장한다. 민족문제의 복잡함을 언급하면서도, 이와 같이 진중한 판단을 바탕으로 국가의 녹을 받는 관리로서 업무를 원활히 수행하는 능력을 지닌 우수한 일본인 통치자 신키치가 존재하고 있다. 「츄라는 남자」를 평가하기 위해서는 이와 같은 두 개의 층을 면밀히 파악해야 한다. 츄에 대한 신키치의 관심도 업무를 기준으로 설명된다. "만주계 츄"는 "그 사람의 인간관계부터 배경이 되는 생활환경까지 꿰뚫어 볼 수 있"(4)으며 "따라서 츄와 같은 인간은 곁에 잡아 둘 필요가 있었다."(5)

신키치에 의한 츄의 평가를 보면 한 가지 특징이 있다. 언제나 신키치는 '일본인'을 기준으로 평가를 내린다. 긍정적인 평가를 보면 "지나치게 확신하는 듯한, 왠지 무례해不届きな[248] 보인다"는 첫인상에 대해 "마치 과격한 일본인 타입 같다"며 "남몰래 눈을 떼지 않"(1)고 지켜본 결과, "나설 때 빠질 때를 잘 알아서 업무를

---

248 '不届きな'는 『文藝春秋』(1941.3)에 재수록될 때 '不屈な'로 수정되었다.

척척 해내는 모습"이 "일본군 통역"이었을 때 "익힌 습관으로 보였다"(6)고 한다. '일본'이 긍정적인 평가를 내리기 위한 참조항으로 기능하고 있는 것이다. 부정적인 평가는 칼날 같은 차가움으로 집약되는데 "마치 기계 같은 비정함이 왠지 오싹하게 느껴질 정도였다. 이럴 땐, 츄가 품고 있는 예리한 칼날에 닿은 것 같은 느낌"을 주는, "눈썹 하나 까딱 안 하는 냉담함 츄의 표정"에 "신키치는 츄야 말로 까닭 없이 무서운 인간이라고 생각했다"(7)고 반복한다. 이러한 차가움은 "속으로는 정직한 사람들"(8)인 일본인상과 대조적으로 이야기된다. 오직 유일하게 시종일관 츄를 마음에 들어 하지 않는 "나이 먹은 온화한 얼굴의" 일본인 현장縣長에 대해 "자애로운 아버지가 그렇듯 활달하면서도 부드럽게, 츄 같은 위험한 칼날을 잘 다루는 나이가 아니었다"고 한다. 즉, 긍정과 부정 두 평가 모두 '일본'을 기준으로 이루어지고 있는데 '일본'과 접점이 있으면 긍정적, 없으면 부정적인 평가가 부여되는 것이다. 그리고 두 성질 모두 업무 운영이라는 점에서는 신키치에게 유리하게 작용해서 츄라는 남자를 신키치가 곁에 두고 쓰는 근거가 되고 있다.

이와 같은 양방향의 평가는 복잡함과는 무관하다. 적용되는 기준이 단일하기 때문이다. 츄를 복잡한 인물로 그리는 층과는 이질적인 층이다.

되풀이하건데, 이 층이 신키치에게 초점을 맞추고 신키치의 '업무'를 묘사한 층이라는 점을 확인하겠다. 「츄라는 남자」에서 큰 사건은 묘사되지 않는다. 신키치가 츄와 함께 업무를 해결하는 일상이 몇몇 에피소드를 통해 담담히 이야기될 뿐이다. 다시 말해

이 층은 업무 에피소드를 기반으로 스토리가 진행되는 「츄라는 남자」의 의미작용에 있어서 중심적 역할을 한다. 따라서 츄라는 남자의 복잡함을 그리는 제1층이 신키치의 훌륭한 통치를 단순한 도식으로 이야기하는 제2층으로 흡수되었다고 생각할 수 있다. 제2층은 제1층에 의해 숨겨진 채 일관된 의미작용을 하고 있는데, 이 점에서 「류광푸」가 류의 성장담을 '나'의 공적을 통해 프레임을 씌우는 것과 거의 동일한 구조라 봐도 좋다. 「츄라는 남자」는 이처럼 만인담의 구조를 기본적으로 갖춘 텍스트이기도 하다. 민족주의에 대한 언급이, 식민지를 신중히 관리하는 신키치의 능력을 보증하는 기능을 하고 있는 것이다.

그러나 「츄라는 남자」에는 또 한 층이 존재한다. 이는 지금까지 논한 층과는 완전히 다른 문제이다. 제1층과 제2층이 식민지주의라는 문제 안에서 정리되는 것과 이질적이다. 마지막으로 제3층을 검토하겠다.

미치라는 등장인물이 있다. 신키치의 아내이다. 그녀는 신키치와는 또 다른 시점을 텍스트 안에 끌고 온다. 예를 들어 츄가 미치와 신키치의 자택을 처음 방문한 후의 묘사는 다음과 같다.

"말을 참 잘하는 남자네요." 옆에서 미치가 말해도 '응응'이라 받아치긴 하지만 신키치는 잘 안 들리는 모양이었다. 지금 신키치를 강하게 사로잡고 있는 것은 남만南滿에 있을 때 동료였던 천커훙과 츄리엔티엔이 너무나도 닮은 부분이다."(4)

미치가 하는 말이 신키치에게 들리지 않는다. 신키치에게 초점을 맞춘 두 번째 문장은, 앞서도 인용했지만 이 이후 츄의 복잡한 인물상으로 전개되는 제1층을 구성하는 구절이다. 뿐만 아니라 신키치가 예전의 업무 기억을 더듬으며 츄와의 거리를 잰다는 점에서 제2층을 구성하는 부분이기도 하다. 그에 비해 첫 번째 문장은 신키치가 듣지 못하는 미치의 말을 쓴 것으로 미치에게 초점을 맞췄다. 츄를 "말을 참 잘하는 남자"로 보는 미치의 시선은 신키치의 시선과 결정적으로 상이하다.

처음 만나는 장면과 마찬가지로 마지막의 이별 장면도 신키치와 미치 각각에 맞춰졌던 초점이 분리되어 평행을 이룬다. 신키치에게 초점을 맞춘 이별 장면을 보면 그때까지에 대한 인사를 나눈 후, "처음으로 신키치는 츄와 인간으로서의 온기를 나눈 기분으로, 츄에 대한 인간적인 애정을 가슴 깊이 느꼈다"(10)고 하는데, 이 이후 업무로 돌아온 츄는 언제나 그렇듯 "차가운 빛을 머금고, 샤프한 몸은 체온이 없는 기계 같"아서 신키치는 "마음이 얼어붙는 기분이었다"고 말한다. 이전과 다를 바 없는 츄의 이미지로 수렴된다. 한편, 미치에게 초점을 맞춘 부분은 다음과 같다. 츄는 미치를 방문해 이별의 인사를 건넨다. "그 때, 미치를 바라보는 츄의 얼굴에 순간 어렴풋한 무언가가 스쳐 지나갔다. 그뿐이었다."(10) "어렴풋한 무언가"가 무엇인지 설명은 없다.

미치에게 초점을 맞춘 부분이 하나 더 있다. 츄의 가정을 방문한 미치의 눈을 통해 그 모습을 그린다. "일본의 새하얀 유아가리(湯上り=목욕 후에 입는 타월천의 홑옷. 역자 주)"와 "헤코오비(兵児帯=어

린이 또는 남자가 매는, 한 폭으로 된 허리띠)", "호바게타(宝馬下駄=보통 게타보다 굽이 높은 나막신)" 차림의 츄에 대해 "별로 평소와는 다른 옷차림으로 보이지도 않고 자연스럽게 평소처럼 잘 차려 입고 있었다"라고 한다(9). 신키치가 츄의 언동을 차이를 전제로 하는 '일본인'과의 비교를 통해 평가하는 것과 이질적인데, 일본 전통 복식을 한 츄의 모습이 '자연'스럽고 '평소'와 같은 것으로 묘사된다.

미치에 초점을 맞춘 부분의 큰 특징은 의미를 부여하지 않는다는 점이다. 제2층의 신키치에 의한 평가와 대조적으로 제3층으로 추출한 미치에게 초점을 맞춘 부분을 보면 판단도 없고 평가도 없다. 이별 장면의 "어렴풋한 무언가"가 무엇을 의미하는지 규정하기란 불가능하다. 또 하나의 특징은 제2층이 오직 "업무"에 관한 이야기로 구성되어 있는 것과는 대조적으로 제3층은 츄의 '생활'을 이야기한다는 점이다. 공적인 레벨과 사적인 레벨을 구분짓고 있다고 해도 무방하다. 이러한 레벨의 분절화를 낳는 것은 젠더에 의거한 공사公私 영역의 분할임에 틀림없다. 제2층에서는 철저히 츄의 '생활' 또는 사적인 감정이 배제되어 있는데 제3층에 이르러 츄의 '생활'과 사적인 감정에 대한 언급이 등장한다. 이와 같은 명료한 구분은 「츄라는 남자」가 젠더 시스템에 민감한 텍스트라는 사실을 드러낸다.

신키치에게 초점을 맞춘 부분인데도 순간적으로 미묘하게 화자와 신키치가 어긋나는 양상을 확인할 수 있는 부분이 있다. 두 곳을 거론하겠다.

첫 번째는 일본인경찰관이 만주인 소녀를 폭행한 사건에 대한 부분이다. 이 부분에는 다른 곳에서 찾아볼 수 없는 다른 점이 몇 가지 보인다. 우선 신키치에 초점을 맞춘 내러티브가 사건을 일어난 순서대로 이야기하는 다른 부분과 달리, 신키치의 귀가 후에 사건을 복기해서 이야기한다는 변칙적인 형식, 다시 말해 명시되어 있지는 않지만 구조적으로 봤을 때 미치를 청자로 끌어들인 형식이 채용되어 있다는 점. 그리고 유일하게 재수록되었을 때 상당 부분이 삭제되었다는 점.[249] 삭제된 부분은 사건의 전말의 핵심에 해당하는 밑줄 부분이다.

한 젊은 경장이 나오더니 옆 소극장에서 배우를 하는 양자養子 처자를 데리고 왔다. 일동을 먼저 돌려보낸 후, 아까부터 일행보다 앞장서서 행동하던 경위 한 사람이 남아 있었다. <u>그 처자가 오자 목욕탕으로 끌고 가더니 권총을 들이밀고는 강제로 하고 싶은 짓을 했다.</u> 이렇게 기분 더러운 일이라도 상대는 경찰관이니까 – 라며, (중략) 짱꾸이(掌櫃=가게 주인. 인용자 주)는 처음엔 조심스럽게 신키치의 표정을 살폈는데, 시간이 지나자 두 눈에 쌍심지를 켜고 이야기하기 시작했다. 이를 듣고 있던 츄의 표정은 창백해졌고 짱꾸이의 멱살을 잡고 달려들 기세였다. 신키치에게 통역하면서도 때때로 멈칫하더니 여러 번 입가를 찡그렸다.(7)

---

249 「츄라는 남자」는 『日満露在満作家短編集』(1940), 『文藝春秋』(1941.3), 川端康成·武田林太郎·間宮茂輔편『日本小説代表作全集－昭和一六年·前半期』(小山書店, 1941), 川端康成편『満州国各民族創作選集』(創元社, 1942) 등에 재수록될 때, 점진적으로 초출시의 오자(오식)가 수정되었다. 대대적인 삭제는 인용문의 밑줄 부분뿐이다.

이후 이 사건은 감추려 하면 할수록 감출 수 없는 폭력적인 사건으로 이야기된다. 일관되게 냉철했던 츄가 이 사건의 폭력성에 대해 밸런스를 잃고 격분을 감추지 못한다. 그렇지만 츄의 분노에 신키치가 주의를 기울였다는 기술은 없다. 이튿날의 취조 장면으로 이동하고, "신키치의 예리한 심문을 주의 깊고 정확하게 통역했으며 (중략) 흥분하지도 않고 얼굴색에 변화도 없다"라고 묘사되는 츄이다. '마치 기계 같은 비정함이 왠지 오싹하게 느껴질 정도'에 '츄가 품고 있는 예리한 칼날에 닿은 것 같은 느낌'을 주는, 언제나 그렇듯 절대 동요하지 않는 냉담한 츄의 모습이 신키치의 시선을 통해 강조될 뿐이다. 신키치와 츄의 관계의 스토리에 츄의 분노가 끼어들 여지는 없다. 그러면 이러한 츄의 분노를 공유하는 존재는 없는 걸까? 여기에서 가시화되지 않은 청자 미치를 상기해 보자. 그리고 미치와 겹쳐지는 화자 자신. 작중에 기록된 소녀 폭행 사건을 향한 츄의 분노는 신키치와는 접점을 찾지 못하고 어긋나는 대신, 미치와 겹쳐지는 화자 자신의 이야기하고자 하는 욕망에 의해 발생하고 있는 것이 아닐까. 식민지주의 하의 성폭력을 향한 츄의 분노를 공유하는 자는, 또는 츄를 통해 그것을 이야기하려 하는 자는, 화자 자신이 아닐까.

또 한 부분은 앞서 인용한 "만주국이 망하면, 저 츄가 가장 먼저 당하겠죠"라는 츄의 한 마디에 응답하듯 삽입된 "그와 같은 낌새라도 맡았던 걸까"라는 표현이다. 이 부분의 화자도 신키치와 어긋난다. '~던 걸까'라는 표현이 스토리의 시간적 현재를 일탈하고 있기 때문이다.[250] 스토리를 과거에 놓고 발화하는 현재를 기준으로 추측하는 표현인 것이다. 반만항일反滿抗日의 불씨가 꺼지지 않고 있던 만주에서 일본인관료의 통역으로 통치에 협력하는 상황을 츄 스스로가 자기비하적인 어조로 말하는, 사적인 감정이 새어 나오는 유일한 부분인 이 부분에서 순간적으로 화자가 얼굴을 들이민다. 분명 화자는 츄의 이 한 마디에 반응하고 있다.

이와 같은 화자 자신의 시선과 미치에게 초점을 맞춘 부분의 시선은 유사성을 지닌다. 동질성을 공유한다고 해도 좋다. 둘 다 사적인 부분을 놓치지 않고 보는 시선이며 젠더와 성의 구조에 대해 민감한 시선이다.

민족문제 또는 식민지주의와는 다른 차원의 문제가 여기에 있다. 「츄라는 남자」는 제목 그대로 '남자'의 세계를 그린 텍스트인데 제3층은 그로 인한 편향성을 드러낸다.

이상의 세 개의 층이 존재함을 근거로 했을 때, 「츄라는 남자」를 「류광푸」와 동질적인 텍스트로 치부하기란 역시 불가능하리라. 제1층과 제2층의 관계만 보면 「류광푸」 속 만인담의 구조와

---

250 여기에서의 '그와 같은 낌새'란 "딱 봐도 충실하게 위정(為政)을 따르고 이의 같은 건 일체 제기하지 않는 온화한 모습의 사람들이라 해도, 만약 하루아침에 상황이 정반대로 바뀌면 갑자기 반만항일의 기치를 내걸고 총구를 그때까지와는 반대 방향으로 들이밀며 봉기하지 말란 법도 없다"는 상황을 가리킨다. 츄는 항상 권총을 휴대했다고 묘사된다. 우시지마 하루코가 친구에게 들었다는 후일담을 보면, 츄는 종전 후 "주민들 손에 의해 큰 길 사거리에 목만 내민 채 생매장당했는데, '처형자유'라는 팻말이 세워져 있었고, 결국 참살되었다"(牛島春子「祝のいた「満州・拝泉」」, 黒川創編『〈外地〉の日本語文学選』月報2, 新宿書房, 1996.2, p.3)고 한다. 그러나 '~던 걸까'라는 표현은 1940년 초출부터 존재하는 것으로 이후의 결과를 알기에 선택된 표현이 아니다.

유사하기도 하다. 그러나 한편, 「류광푸」의 류의 성장담에는 '나'의 성공담을 대상화하는 시선이 결정적으로 결여되어 있는 것에 비해 「츄라는 남자」의 제1층은 제2층이 실현하는 권력성의 근거를 설명한다고 할 수 있다. 만인담이라는 큰 틀로 한데 묶는 것은 타당하지 않다. 식민지주의적인 월경의 범죄성에 대해 명확히 언급하는 층과, 식민지주의적인 월경을 실행하는 층이, 서로 관계하며 겹쳐지면서 이야기를 형성하고 있다. 본장에서는 상반되는 방향의 운동이 동시에 일어나고 있는 상태 그대로를 포착하려 했다. 「츄라는 남자」는 식민지주의적인 행위에서 조금도 벗어나 있지 않지만 무엇이 일어나고 있는지에 관한 자기언급이 존재하는 텍스트라 할 수 있다. 거기에서 볼 수 있는 정치성에 대한 민감함이 이루어낸 것은 결국 아무것도 없다고 봐야 하겠으나 (특히 아쿠타가와상에 있어서 〈외지물〉 지향을 강화하는 작용을 했다는 텍스트의 외적 문맥을 고려하면), 하지만 그러한 민감함 자체를 무시하고 싶지는 않다. 식민지주의라는 것이 통반석처럼 굳건한 것은 아니었으리라 여겨지기 때문이다. 결과적으로 분절했다고 하더라도 그러한 분절에 내속되지 않는 작은 차이들이 존재함을 지적함으로써 분절화 그리고 분절화에 대한 저항을 동시에 행하는 것은, 대상을 단순하게 규정하는 것을 피하기 위해 꼭 필요하다고 본다. 「츄라는 남자」는 폭력적인 월경의 양상이 다 같지 않다는 문제를 제기하는 텍스트이다. 역으로, 그러한 폭력성을 회피하기가 곤란함을 보여주는 텍스트로도 읽을 수 있다. 분절화에 대한 저항이 결국 분절화로 흡수되어 버리는 현장으로 봐도 무방하리라. 그런 의미에서 식민지주의적인 월경의 집요한 힘을 확인할 수 있다.

그리고 「츄라는 남자」의 제3층을 주목하고 싶다. 제3층의 운동 또한 분절화에 대한 저항으로 볼 수 있으며, 동시에 그 운동이 너무나도 미묘하게 이루어지고 있기에 주요한 분절화에 저항할 힘이 없다고 할 수도 있다. 중요한 점은 주요한 문제들과는 차원이 다른 문제가 존재한다는 사실이다. 이는 제1층과 제2층의 관계에서 알 수 있는, 한 차원의 문제 안에서 여러 국면을 제출하는 식의 복수의 양상이 아니다. 제1층과 제2층의 관계를 말하자면, 두 층이 직접 맞닿아 주요한 문제만을 부상하게 한다. 그런 의미에서 사태를 동일한 한 주제로 수렴시킨다고 할 수 있다. 제3층은 그와 같은 사태와 어긋나면서, 식민지주의 차원의 문제와는 또 다른 제도가 동시에 겹쳐진 상태에서 발생하고 있음을 이야기해 준다.

발생하고 있는 사태는 한 주제에 완전히 수렴될 수 있을 정도로 단순하지 않다는 것을 「츄라는 남자」라는 텍스트의 중층성이 보여 준다. 이 점에서 「츄라는 남자」와 「류광푸」는 이질적인 텍스트이다.

5. 미묘한 저항

두 텍스트를 예로 식민지주의적인 월경의 문학을 펼쳐 보았다. 「류광푸」의 단순한 운동은 타자를 날조하는 운동이며 (이 점에서 여기에서의 타자는 '타자성'이 완전히 결여된 타자이다), 월경이 경계의 파괴가 아니라 계층화를 동반한 새로운 선긋기를 발생시키는 예로 볼 수 있다. 「츄라는 남자」의 경우는 조금 더 복잡하다. 제1층과 제2층의 관계는 어떤 의미로 타자의 날조라 할 수도 있으나, 제1층의 명료한 자기언급성이, 이 텍스트의 성질을 단순하게 고정시키는 것을 어렵게 만든다. 동시에 한쪽으로 치우진 두 층과는 어긋난 형태로 제3층을 추출할 수 있다.

　이와 같이, 두 텍스트는 역사적인 위치로 보면 공통성을 가지지만, 질적으로는 결코 같지 않다. 하지만 반복처럼 들리겠지만 마지막으로 확인하고 싶은 것은, 그렇다고 해서 「츄라는 남자」가 식민지주의를 회피하고 있지는 않다는 사실이다. 오히려 그것을 재생산하는 텍스트라는 사실을 질의 차이가 무화無化시키지 않는다. 아주 미묘한 저항이 확인될 뿐이다. 어떤 논리를 정립하려 하는지에 따라서는 이와 같은 미묘한 저항은 무시하는 편이 더 유효할 수도 있을 것이다. 그러나 본장의 원래 목적은 월경이라는 행위의 복잡함의 검증에 있다. 그렇기 때문에 미묘한 저항에 주목해 보았다. 어떤 국면에서건 분절화에 대한 미묘한 저항을 인정하는 것이 분절화를 적극적으로 행하기 위해서도 필요하다고 생각한다. 분절화의 완전한 회피란 있을 수 없다. 의미에서 벗어난 세계를 꿈꿀 수는 없는 노릇이니까 말이다.

제12장 종군기와 당사자성

―하야시 후미코의 『전선』, 『북안부대』―

1. 종군기의 욕망

발화하는 주체의 중층성에 주목하고 싶다. 본장은 종군기를 고찰한다.

종군기란 명명백백하게 제국주의적이고 식민지주의적인 욕망을 이야기하도록 요구받는 텍스트이다. 전쟁이라는 노골적인 폭력을 긍정하고 국가의 욕망에 독자를 동일화시키기 위해 종군기는 집필된다. 현시점에서 종군기를 다시 읽어 보면 자포자기한 채로 이루어지는 애국주의로의 동일화, 타자를 정복하는 것을 정당화하는 심리와 직접 접할 수 있다. 비장한 결의가 지탱하는 동일화의 고조감, 적을 향한 분노와 증오, 정복한 이문화를 향한 경멸을 입에 담지 않는 종군기는 아마 존재하지 않으리라. 성공한 종군기일수록 식민지주의를 실천했다는 책임의 죄도 무거워진다.

본장에서는 하야시 후미코林芙美子의 종군기를 재독再讀하고자 한다. 하야시 후미코는 중일전쟁이 발발하고 얼마 되지 않은 1938년, '펜 부대ペン部隊' 육군반 일원으로 한커우漢口 공략전에 동행,

『아사히신문』에 몇 개의 기사를 연재한 뒤,『전선戦線』[251],『북안부대北岸部隊』[252] 라는 두 종군기를 저술했다. 9월부터 10월에 걸친 후미코의 종군은 '한커우 최초 입성'으로 보도되었고 그녀의 종군기는 작가로서의 평판을 높여 주었다.[253] 아라이 도미요荒井とみよ의 조사[254]에 의하면, 11월『아사히신문』은 후미코를 다룬 기사를 연달아 보도했다. 후미코가 쓴 종군기사에 대한 반향은 컸다. 특히 10월 5일에 게재된「(2) 젊은 소위의 죽음若き少尉の死」등은 직접적인 반향을 불러일으켰다.「군국의 어머니의 감사 우메무라 중위 어머님의 감사편지 하야시 후미코 여사에게軍国の母の感謝 梅村中尉 母堂のお礼状 林芙美子女史へ」(11월 17일),「『간호·감사합니다』우메무라 중위의 아버님 하야시 여사와 눈물의 대면(『御介抱·有難う』梅村中尉の厳父 林女史と涙の対面)」(11월 21일) 등, 후미코가 한 이야기는 현

---

251 林芙美子『戦線』(朝日新聞社, 1938.12). 전반부(「소식 1(一信)」부터 「소식 23(二三信)」까지의 서간문)은『전선』에 처음 수록. 후반의「한커우전 종군통신(漢口戦従軍通信)」은 「漢口戦従軍記」『東京朝日新聞(夕刊)』/『文壇人従軍記』『大阪朝日新聞(夕刊)』(1938년 9월 29일, 10월 5일, 10월 25일),「아름다운 목화밭의 노영 마음 급한 한커우종군기(美しき棉畠の露営 心急く漢口従軍記)」『東京朝日新聞』/「한커우 목전, 용사 흥분(漢口の目前'勇士興奮)」『大阪朝日新聞』(10월 25일),「여자는 나 혼자·기쁜 눈물로 한커우 입성·하야시 후미코 씀(女われ一人·嬉涙で漢口入城·林芙美子記)」『東京朝日新聞』/「기쁜 눈물이 흘러 넘쳐(嬉し涙があふれ出て)」『大阪朝日新聞』(10월 31일),「한커우에서 돌아가며(漢口より帰りて)」의 초출은「漢口より帰りて」『東京朝日新聞(夕刊)』/『大阪朝日新聞(夕刊)』(11월 5일 / 6일, 6일 / 8일, 8일 / 9일).

252 林芙美子『北岸部隊』(中央公論社, 1939). 초출은「北岸部隊」(『婦人公論』1939.1). 인용은 『北岸部隊 伏字復元版』(中公文庫, 2002).

253 佐藤卓己는『아사히신문』에 의한 대대적인『전선』캠페인이나 동시대 반응을 상세히 기술했는데, "하야시의 저작 중 사회적인 영향력이 가장 강했던 작품이『전선』이 아닐까"라고 지적했다.(「解説」『戦線』央公論新社, 2014).

254 荒井とみよ「林芙美子の従軍記」(『文芸論叢』53, 1999.9).

실의 부모가 등장해서 보강되고, 일종의 영웅 만들기에 성공한다.

단행본 종군기는 이 기사들이 게재된 후에 출판되었다. 후미코의 종군기도 언급하는 바와 같이, 비슷한 시기에 히노 아시헤이 火野葦平의 『보리와 병사麦と兵隊』[255], 『흙과 병사土と兵隊』[256]도 출간되었다. 이러한 종군기와도 공명하며 총후銃後의 독자를 움직이게 만드는 영향력을 십분 발휘했을 것이다. 식민지주의에 관여했다는 점에서 보면 의심할 여지없이 유죄이다.

하지만 여기에서 재독하는 목적은 하야시 후미코의 가해성을 따지기 위해서가 아니다. 물론 종군기로서의 가해성을 부정할 생각은 없다. 그와 더불어 종군기로 쓰인 텍스트 사이에 존재하는 미묘한 차이를 하야시 후미코의 텍스트를 중심으로 끌어올려 보고자 한다. 같은 목적으로 쓴 텍스트라고 해도 각각의 텍스트에 고유한 차이가 없을 리가 없다. 제국의 욕망이 충만한 장소에서 그 욕망에 후미코가 적극적으로 관여했다는 사실은 의심의 여지가 없겠지만, 그녀가 쓴 텍스트 안에는 텍스트를 둘러싸고 있는 큰 프레임이 회수하지 못한 문제가 여전히 존재한다. 그것은 제국과 동일화하기에는 쓸데없는 여분이자 불필요한 것이다. 이러한 부분을 후미코의 종군기의 고유성으로 읽을 수 있다고 본다. 과거 또는 현재 일본의 식민지주의의 내실을 구체적으로 따지는 것과 동일한

---

255 火野葦平『麦と兵隊』(改造社, 1938). 초출은 「麦と兵隊」(『改造』1938.8). 인용은 『火野葦平選集』第二巻(創元社, 1958).

256 火野葦平『土と兵隊』(改造社, 1938). 초출은 「土と兵隊」(『文芸春秋』, 1938.11). 인용은 『火野葦平選集』第二巻(創元社, 1958).

비중으로, 동일하게 보이는 식민지주의적인 상황 안에 존재했던 차이를 추출하고, 땜질로 메꿔져 있는 균열을 파악하는 작업은, 포스트콜로니얼적인 사고로 향하기 위해 필요한 작업이라고 생각한다. 후미코가 쓴 종군기는 실제 집필되었던 시기에는 차이나 고유성을 무시하고 가장 큰 프레임 안에서만 읽어야 했고, 실제 그렇게 읽었다. 바로 그렇기 때문에 성공한 종군기로서 식민지주의와 동일화하여 읽는 방식은, 이 텍스트들을 칭찬하며 읽는 방식과 준거하는 문맥이 다를 뿐 독서 방식에는 별 차이가 없다. 식민자로서의 주체를 절대 변하지 않는 것으로 세우고 피식민자로서의 타자를 절대 변하지 않는 것으로 만들어 내는, 식민지주의적인 발화 방식과 독서 방식에서 탈피하는 것을 시도하면서 확대경으로 미묘한 차이를 들여다보고자 한다.

2. 요시야 노부코의 종군기

1938년에 결성한 펜부대에는 익히 알려진 것처럼 또 한 명의 여성작가, 요시야 노부코吉屋信子도 참가한다. 요시야 노부코는 전해인 1937년 '주부의 벗 황군위문특파원主婦之友皇軍慰問特派員'으로 중국대륙으로 건너갔고 『전화의 북지 상하이에 가다戰火の北支上海を行く』[257]를 출판했다. 요시야 노부코와 하야시 후미코의 종군기는 지금까지도 셋트로 읽혀 왔는데 둘의 차이가 지적되기도 했다.

---

257 吉屋信子『戰禍の北支－上海を行く』(新潮社, 1937).

동시대평을 보면, 이타가키 나오코板垣直子가 요시야의 『전화의 북지』를 "그녀의 표현에 투박함은 있으나, 일종의 재능을 감추고 있음이 엿보인다. 또한 남자와는 다른 각도의 관찰력을 보이는 부분이 흥미롭다"[258]고 하고, 펜부대로서의 집필에 관해서는 "요시야 노부코의 단신류短信類는 전체적으로 이야기가 매끄럽게 통하도록 구상되어 있으며 종군 생활을 잘 정리해서 전달해 준다. 글쓰기에 여유가 있고 때때로 번뜩이는 기지가 엿보인다. 다만 부인잡지를 주요 무대로 해 온 그녀가 항상 그랬듯이, 독자에게 어리광부리면서 호소하는 듯한 말투를 청산하지 않으면 그녀를 위해 애석한 노릇이다"[259]라고 평한다. 반면 하야시 후미코에게는 엄하다. "하야시 후미코의 작업 중에서 「전선」은 굳이 문제 삼을 필요도 없다. 「북안부대」도 좋은 글이 아니다. 종군기인데도 종군중의 신변잡기가 많고, 게다가 너무 비인텔리적이다. 아마 보통의 다른 여성작가가 하야시 대신 펜을 들었다면, 조금은 더 객관적인 기사를 썼을 것이며 보도 정신이 더 투철한 글이 나올 것이다"[260]라고 비판한다. 이전에도 후미코에 대해 "하야시 씨의 묘사가 자기 중심인 점이 너무 아쉽다"[261]고 하는 것처럼, 요시야 노부코의 객관적인 통일성이 보이는 글쓰기를 평가하는 한편 후미코의 주관성

---

258 板垣直子『現代日本の戦争文学』(六興商会出版部, 1943), p.41.

259 위의 책, p.47.

260 위의 책, pp.47~48.

261 板垣直子「戦争文学批判」(『新潮』1919.3).

을 비판한다.

최근에는 가미야 다다타카神谷忠孝가 중국 여성에 대한 묘사에 특히 주목한다.[262] "전쟁터에는 갔지만 전선을 보지 않아서 전쟁의 실태에 관한 언급이 없다는 점에서『전화의 북지 상해에 가다』는 박력은 없지만 전쟁에 휩쓸린 중국 여성들을 묘사했다는 부분이 가치가 있다고 할 수 있다. 그 점에서『전선』(중략)에서 병사와 함께 행동하는 하야시 후미코와는 큰 차이가 있다." "요시야 노부코와 비교하면 하야시 후미코의 편지 보고는 실감적, 주관적이다. 일본군을 묘사할 때는 따뜻한 시선을 보내는데 비해 적병에 대해서는 일말의 감상感傷도 없다. 후반 문장에는 일본문화의 원류인 중국문화에 대한 최소한의 경외감조차도 없다"며, 그러한 주관성이 묘사의 질적 차이를 만들었다고 지적한다. 다만 둘의 차이에 대한 가미야의 평가는 미묘하다. "하야시 후미코의 눈은 때로는 잔혹하지만 시점을 바꾸면 병사의 눈이 되어 있다고도 할 수 있어서, 지금 읽어 보면 박진감이 느껴진다. 요시야 노부코의 '어리광'부리는 문체 뒤에 숨어 있는 비정함보다 더 인간적이라고 할 수 있다"며, 요시야 노부코의 평가가 흔들린다.

요시야 노부코의 통일성 있는 관찰과 감상을 예로 들면 다음과 같다. 가미야가 주목한 중국인 여성에 대한 기술을 인용하겠다. 요시야는 일본군이 애국여숙(여자중학교)의 "무참한 흔적"(p.182)을 본다. 그리고 "항일의 기본 방안"이라는 테마의 과제로 제출된 초

---

262 神谷忠孝「從軍女性作家 吉屋信子を中心に」(『社会文学』15, 2001.6).

급여학교의 시험답안이 발견되었다는 『상해일보』의 기사에 근거해서 "애처로운 여학생 소녀 마음에 윤리나 부덕婦德의 길을 가르치는 것이 아니라 이웃나라 일본을 향한 맹렬한 적개심과 반일정신을 빼곡히 채워 넣으려는 것이 중국의 여성교육이었다. 이 무슨 비도덕적이고 불완전한, 저주받아 마땅한 여성교육인가! 게다가 소녀의 백지가 보여 주는 그 마음이란, 저주받아 마땅한 교육으로 시력을 잃은 모습이었다"(p.182)라며 깜짝 놀란다. 이러한 놀람은 "생각해 보면 우리 일본 여성은 지금껏 이웃나라 중국 여성들에 대해 너무 무관심했던 건 아닌가?"(p.183)라는, 그녀 내부의 무관심을 자문자답하며 "기회만 있다면 일본의 여성도 중국 여성에게 무기 없는 항일 전향転向 전쟁을 거는 의지를 가져야"(p.184) 한다는 결론을 내린다. 중국 여성이 처한 현실에 눈을 돌린 결과가 '중국'에 대한 비난과 "모노노아와레(物の哀れ, 헤이안 시대에 확립된, 눈으로 보고 귀로 들어서 일어나는 무상감, 애수의 풍취를 불러일으키는 미적 감각. 역자 주)를 알고 있는 무사와 다를 바 없는 일본병사는 당신들 중국 여성을 행여 쏘더라도 결코 그것이 본심은 아니다"(p.185)라는 식의, 자국 문화에 대한 노골적인 상양賞揚이다. 같은 논리는 "중국 동자군"에 대해서도 반복되는데 "이렇게 작은 소년들은 쏘고 싶지 않습니다"라는 "오른손에 무기, 왼손에 덕성德性을 들고 전투에 임하는 일본 무사의, 그 아이와 또래의 자녀를 둔 아버지 같은 마음으로 온정이 넘치는 부대장의 말"을 인용한 다음, "이러한 비인도적인 전투로 항전을 멈추지 않는 중국이야말로, 영원한 수치

를 전사戰史에 남기게 될 것이다!"(p.187)라고 끝맺는다. 이와 같은 '인도'적인 내러티브가 식민지주의를 단적으로 드러내는 양상에 대해서는 더 설명할 필요도 없으리라. 1943년에 이타가키가 요시야를 긍정적으로 평가하는 의미는 명약관화하다. 2001년에 요시야의 종군기에 중국인 여성의 묘사가 있다고 지적하는 가미야의 평가가 일정하지 못한 것도 당연하다. "동아東亞의 평화와 불후의 빛"(p.190)을 소리 높여 노래하는 요시야의 "어리광부리면서 호소하는 듯한 말투"(이타가키)는 종군기로서 완전한 구성을 갖추고 있기 때문이다.

3. 히노아시헤이의 『보리와 병사』와 하야시 후미코의 '숙제'

그렇다면 하야시 후미코는 어떨까. 후미코의 텍스트를 보면 '중국 병사'에 대한 묘사가 상당히 많은데 두 텍스트에서 '중국 병사'의 묘사가 시작되는 부분을 각각 인용하겠다. 서간체가 채용된 『전선』에는 다음과 같이 쓰여 있다.

> 두 팔을 벌리면 딱 품을 정도로 좁은 마을 여기저기에 중국 병사가 다양한 자세로 널브러져 있습니다. 마치 누더기처럼 널브러져 있는 시체였습니다. 이상하게 이런 시체를 봐도 아무 감상도 떠오르지 않는 건 왜일까요. 이는 전선으로 나아가는 제가 꼭 풀어야 할 숙제입니다. 다른 혈족이라서 이렇게 차가운 기분이 드는 걸까요.(pp.34-35)

일기체의 『북안부대』는 다음과 같다.

중국 병사의 시체는 하나의 물체로 보일 뿐. 아까 들것에 실
려 간 우리 병사에게는 가슴 저미는 감상과 숭경崇敬의 마음을
가지면서도 이 중국 병사의 시체에 대해 나는 냉혹한 거리감을
느낀다. 중국 병사에 대한 내 마음은 서먹서먹할 따름이다. 중국
사람의 진짜 생활이 어떠한지 잘 모른다는 냉혹함이 이렇게 한
인간의 시체를 '물체'로 취급할 수 있게 하는 건 아닐까 하고 생
각했다. 하물며 민족의식에서 보면 옛날부터 절대 혼합이고 뭐
고 다 불가능한 적대 관계다.(p.128)

'중국 병사'의 시체 묘사가 실제 있었던 일의 서술을 통해 쓰여
있는데, '나'의 감각을 이야기하는 부분이 특징적이다. 이타가키
와 가미야가 주관성을 지적한 이유는 이러한 '자기본위'성을 주목
했기 때문으로 여겨진다.

요시야 노부코의 텍스트와 비교해서 명확히 알 수 있는 것은,
인용에서 알 수 있는 바와 같이 '나'에 초점을 맞춘 내러티브가 우
열 관계에 기초한 일본과 중국의 이항대립으로 전개되지 않는다
는 사실이다. '다른 혈족'이기에 '진짜 생활이 어떠한지 잘 모른다
는 냉혹함', 뿌리 깊은 '민족의식'이라는 설명을 그대로 '중국' 쪽
으로 옮겨 와도 무방하다. '민족의식'이라는 표현은 둘 다 적용 가
능해서 '중국' 쪽 '민족의식'에서 보면 일본병사의 시체가 '물체'
가 된다. 물론 그 정도로 적극적으로 쓰지는 않았지만 그 가능성을

부정하는 서술은 없다. '나'의 '숙제'를 풀기 위해 더 큰 프레임으로 확장시키는 것을 정지시켰고 상황을 메타화시켜 비판하는 시점도 없다. 하지만 그와 같은 한정에 의해 비판의 표적이 무엇인지 애매하게 함으로써, 종군기의 화자로서의 역할은 확보하면서도 동시에 식민지주의적인 상황이 내포하는 왜곡된 현실을 적확하게 옮겨 적는 영위가 가능했다고 할 수 있지 않을까.

이와 같은 후미코 텍스트의 특징은, 또 한 명의 유명한 종군기와 비교하면 일목요연하다. 히노 아시헤이의 『흙과 병사』, 『보리와 병사』이다. '중국 병사' 시체에 대한 무감각을 인식하는 모습은 『보리와 병사』에도 기술되어 있다.

『보리와 병사』 말미에 '나'는 참호 안을 가득 메운 산더미 같은 '중국 병사들의 시체'를 본다. "나는 이것을 보고 있었다. 그런데 문득, 나는, 눈앞의 인간의 참상에 대해, 일순간 비통함을 전혀 느끼지 않은 채 그저 바라보고 있었다는 사실을 알아차렸다. 나는 경악했다. 감정이라는 것을 잃어버린 걸까. 악마가 된 걸까. 내가 전장에서 중국 병사를 내 손으로 쏘고 베서 죽이고 싶다고 생각한건 한두 번이 아니다. 몇 번이나 내 손으로 쏘고 베서 죽였다. 그렇다고 하면, 적국 병사 시체와 마주하고 비통함을 느끼는 편이 감상적이다. 싸늘함에 몸이 떨려오는 걸 느낀 나는 그곳을 떴다."(p.278) 시체를 향한 무감각함을 알아차리고, 전장에서의 감정의 역학에 대해 사고한 결과 합리성이라 해도 좋을 사고에 도착하면서도 '싸늘함'이라는 감각은 남아 있다. 이해해서 어떤 식으로든 설명은 할 수 있다 쳐도 자신의 내부에 품어 버린 감각(무감각)은 '나'를 불안하게 만든다. 이와 같은 인식은 '냉혹'한 자신을 응시하는 후미코와 공통되는 부분이다.

그러나 『보리와 병사』의 경우 이어지는 이야기도 생각해야 한다. 반전의 결말이 있다. 『보리와 병사』의 마지막 장면은 '중국 병사'의 처형을 둘러싼 묘사로 막을 내리는데, 마지막 문장은 "나는 눈을 돌렸다. 나는 악마가 되어 있지 않았다. 이를 알게 된 나는 깊이 안도했다"(p.284)이다. 히노 아시헤이는 자신을 '악마'로부터 구출한다. '나'가 인도적이라는 사실을 제일 마지막에 서술하기 위해 그 전에 '악마가 된 걸까' 하고 스스로를 의심하는 순간을 일부러 설정해 둔 것이 아닐까 싶을 정도로 조화를 이룬 구성이다.[263]

한편, 후미코는 자신의 내부의 '냉혹함'을 다른 무언가에 귀결시키지 않는다. '냉혹함'을 '중국 병사'에 대한 최초의 묘사부터 기입하고는, 그러한 자신을 반복해서 담담히 서술한다. "사실 제 심리는, 이들 시체를 의연히 지켜볼 수 있습니다. (중략) 이들 중국 병사의 시체는 제 안의 어떤 감상도 불러일으키지 않습니다. 솔직

---

263 단, 바로 앞부분은 검열로 인해 대대적으로 삭제되었다. 히노는 이에 대해 다음과 같이 썼다. "활자화된 『보리와 병사』를 눈물이 맺히는 기분으로 읽고 또 읽었다. (중략) 읽어 보니 개정 삭제된 곳이 한두 군데가 아님을 알게 되었다. 게다가 삭제된 부분을 (여기 몇 자 삭제) 또는 (여기 몇 줄 삭제)라고 표시하지도 않고, 말없이 삭제해 놓고는 전후를 갖다 붙였다. 그래서 의미가 통하지 않는 부분이 있다. 마지막이 제일 심한데, 중국 병사 세 명을 참수하는 부분이 열 줄 가까이 삭제되어 있어서 갑자기 (중략) 마지막 줄로 이어진다. 이래서야 감명이 매우 약하다. 그러나 군의 검열에 저항할 수 있는 힘이 없었다. 내가 계산한 바에 따르면 27군데가 삭제 개정되어 있었다."(火野葦平 「解説」 『火野葦平選集』 第二巻, p.420). 독자의 '감명'이 약해졌다는 말로 추측컨대, 마지막 줄로 수렴되는 감정의 고조는 현재 확인할 수 있는 버전보다 더 강하게 의도되어 있었다고 볼 수 있다.

히 차분해지는 순간조차 제게는 없습니다. 저는 제 마음에 자리한, 황량한 무시무시함과 같은 무언가를 느꼈습니다만, 어쩔 수 없는 일이라고 생각합니다"(『전선』, p.77). '어쩔 수 없는 일'이라는 표현이 '숙제'에 대한 대답일까. 앞서 인용한 『북안부대』에서는 "민족 의식에서 보면 옛날부터 절대 혼합이고 뭐고 다 불가능한 적대 관계다"라고 하고 있다. 이를 숙제에 대한 대답으로 여기기는 힘들다. 그도 그럴 것이 『전선』에서도 마찬가지로 '혈족'을 문제시하면서 이를 '숙제'라고 하기 때문이다. 대답을 확인하지 못했으니까 '숙제'다. 종군 후의 '숙제'로 이를 가지고 온 것이다. 조금 더 생각해 보면, 히노 아시헤이의 설명은 '적'을 향한 증오로 인해 '감정이라는 것을 잃어버린'다는, 감정의 활동과 연결되는 인과관계를 나타내고 있는데, 그런 의미에서 인간과 인간 사이의 관계라는 측면에서 서술되어 있다고 봐도 좋다. 한편, 하야시 후미코는 인간이 '물체'로 밖에 느껴지지 않는 감각을 설명하고 있는데, 이러한 '냉혹함'은 히노와 위상位相이 다르다. 압도적으로 비인간적 감각이 존재함을 드러내고 그 감각의 원흉에 '민족' 문제라는 프레임을 씌운다. 하지만 그러한 영위를 대답으로 받아들이지는 않는다. 어떻게 처리하면 좋을지 어떻게 인식하면 좋을지 고민하는 '숙제'는 아직 미해결인 채이다. 안정된 인식을 영유하는 일은 없다. 사고해서 나아가야 할 길이 아직 열려 있다.

4. 서술과 상상

하야시 후미코의 종군기를 보면 히노 아시헤이의 종군기의 프레임을 빌려온 게 아닌가 싶은 부분이 있다. 목화밭이 우거진 땅을 지나며 "『보리와 병사』라는 소설이 있습니다만, 이 주변은 온통 목화밭과 논입니다"(『전선』, p.190)라고 설명한다. 독자와 공유할 수 있는, 참조해도 좋은 선행 텍스트로 히노의 텍스트가 명시되어 있다. 히노의 종군기가 후미코의 상상력에 프레임을 씌워 주었다고 해도 좋은데, 종군기다운 체제를 갖추기 위해 후미코가 적극적으로 참조하지는 않았을까 싶기도 하다. 『흙과 병사』는 동생에게 쓴 서간체, 『보리와 병사』는 일기체인데, 후미코의 『전선』이 서간체, 『북안부대』가 일기체이다. 종군기를 편지나 일기 형식으로만 써야 할 이유는 어디에도 없다. 후미코는 『방랑기放浪記』의 작가가 아닌가. 배워서 쓰기, 이것이 그녀의 글쓰기 방식이다.

예를 들면, 죽은 엄마와 아이에 대한 서술에서 그러한 특성을 확인할 수 있다. "길가의 농가 처마 밑에 젊은 엄마가 엎드린 채 죽어 있었다. 그 곁에 세살 정도 된 울다 지친 남자 아이가 엄마 몸에 기댄 채 열차를 멍하니 쳐다보고 있다"(『북안부대』, p.131). 병사들이 아이를 이대로 두면 죽을지도 모르니 "차라리 죽여 버리는 편이" 나을까, 아니 "도저히 못하겠다"는 대화를 주고받는 사이, 결국 "한 병사가 뛰어가더니 캐러멜인지 뭔지 모르겠지만 먹을 걸 건네 주었다"는 에피소드. 후미코는 아무런 코멘트도 하지 않지만, 전쟁터의 논리가 포섭하지 못하는 인간적인 비극의 한 컷에 시선이 향한다. 그런데 이와 유사한 서술은 히노도 했다. 『흙과 병사』 속 "죽어 가는 엄마가 길가에 널브러져 있는 젖먹이에게 손을 뻗어, 입속에서 노래를 중얼거리듯 속삭이는 목소리로 젖먹이를 달래고 있는 광경을 봤다"는 에피소드이다. '나'는 "가슴 한 구석을 무언가가 찌르듯 복받쳐 오는 느낌을 받았다." 갓난아기를 이불로 덮어 준다. 그리고 "아침까지 내내, 젖먹이 울음소리가 귓속을 맴돌아 한숨도 잠을 이루지 못했다. 병사들도 그랬을 것이다."(p.55) 증오와 분노, 경멸 그리고 경멸의 반대라 할 수 있는 우월, 이런 단어들로 설명할 수 있는 범위를 벗어난, 모자母子가 펼치는 풍경에 가슴이 먹먹해지는 한 인간으로서 느끼는 슬픔이 엿보이는 부분이다. 종군기가 인도성을 확보하기 위한 에피소드일 것이다.

그리고, 전장의 '미'에 관해 표현하고 있는 장면을 『보리와 병사』에서 찾아보면 다음과 같다.

석류 언덕 위에서 나는 보고 있었다. 마치 드넓은 바다처럼 울창한 보리밭 한가운데를 가로 질러, 오른편 산중턱에 난 길을 따라 저 멀리 나아가는 부대가 보인다. 왼편 부대도 구불구불 나아간다. 중앙 부대도 뱀 몸통처럼 기다랗게 이어진다. 동쪽의 새 전장으로, 이글거리는 태양 아래를, 뿌연 먼지를 맞으며 진군해 가는 거다. 나는 그 풍경을 보며 비할 바 없는 아름다움을 느꼈다. 나는 내가 보는 진군이 끌어올리는 늠름한 힘을 느꼈다. 맥맥이 흘러 넘치는 강한 파도를 느꼈다. 저 장엄한 맥동脈動 한가운데 내가 있음을 느꼈던 것이다.(p.274)

『북안부대』는 다음과 같다.

나무 한 그루 없는 언덕 위에 누워서, 눈에 보이는 길이란 길
은 모두 행군하는 우리 군의 행군을 보고 있자니, 전쟁의 아름다
움과 웅장함을 느낀다. 본 적 있는 기쿠스이菊水 부대가 붉은 깃
발을 나부끼며 건너편 큰 길로 진군한다. 어느 부대건 총에 히노
마루가 팔락이는 병사가 꼭 두세 명 있었다. 히노마루를 단 군수
품 수레도 보인다. 언덕 위에서 보는 청명한 하늘 아래의 진군은
마치 풍속화처럼 아름다웠다.(pp.121-122)

언덕, 진군, 아름다움, 웅장함, 늠름함. 두 텍스트는 매우 유사
하다.

종군하고 있는 이상은 자기 내부에서 애국심이 고조되는 마음
을 이야기해야 할 것이다. 『북안부대』는 "전장에서의 신경이란,
내지에 쭉 머물렀던 사람의 마음이 추측할 수 있는 게 아니다. 총
알이 박혀 쓰러지는 병사가 천황폐하 만세, 어머님 만세라 외친다
는데, 나조차도 만약 지금 이 곳 전장에서 쓰러지게 된다면, 진심
으로 하늘을 우러르고 땅을 움켜쥐고 병사의 그 외침이 내 입에서
도 나올 것 같은 기분이 들었다"(p.148)고 이야기한다. 종군기다운
현장 경험, 생生의 감각을 기술한 부분인데, '천황폐하 만세, 어머
님 만세라 외친다는데, 나조차도'라는 서술은, 선행하는 문맥에 의
거하여 쓰이는 표현이다. 극히 일반적으로 유포된 표현 방식이겠
으나 역시나 『보리와 병사』도 "나는 조국이라는 단어가 뜨겁게 내

가슴속에서 밀려오는 것을 느꼈다."(p.252) "죽을 때가 되면 적군도 아군도 모두 잘 들리는 목소리로, 대일본제국 만세, 하고 외치리라 생각했다."(p.253) 히노가 이야기하는 애국심도 바로 그와 같은 전장의 체험 속에서 서서히 자라나는 상황적인 측면을 포함한 서술 방식이다. 이와 같은 형식은 일종의 현장감을 생산하리라 여겨진다. 후미코도 이러한 상황적 측면을 포함하는 효과를 의도하는 듯하나, '나조차도'라는 한 마디를 통해, 그 상황과 완벽하게 겹치지 않는 '나' 자신의 미묘한 위치를 드러낸다.

전장에서의 체험 자체에 공통성이 있다는 사실은 주지할 필요가 있다. 특히 유사성이 느껴지는 부분은 종군기로서 적합한 부분인데, 그 의미에서 식민지주의적인 맥락에서 유죄성이 가장 큰 이 부분을 히노 아시헤이의 모방에 불과하다는 식으로 결론짓고 후미코에게 면죄부를 줄 생각도 없다. 오히려 확인한 바와 같이 후미코가 적극적으로 종군기를 종군기답게 구성해 갔다는 사실을 확인하고 싶다.

다만 배워서 차용하면서 약간의 변용도 시도하지 않을 리 없다. '나조차도'라는 표현에서 알 수 있듯이, 절묘하게 어긋나면서 이야기되는 부분을 골라 보겠다.

들국화와 관련된 에피소드가 있다. 『흙과 병사』에서 히노는 야마자키라는 소위의 이야기를 듣는다. 내용인즉슨 입으로 탄환이 관통해서 말을 할 수 없게 된 노리모토乘本라는 일병이, 무언가를 남길 생각이었는지 오른손 집게손가락을 땅 속에 박은 채 숨을 거두었다, 그 손가락 뒤에는 노리모토 상병 전사지묘(戰死之墓)라고 쓰여 있었고, 소위는 들국화 한 송이를 꽂아 주었다, 라는 것이었다.(p.28). 이 에피소드를 금방이라도 터질 것 같은 눈물을 참으며 이야기해 준 야마자키 소위라는 남자는 단카(短歌, 5·7·5·7·7 의 형식에 맞추는 시가의 한 형식. 역자 주) 잡지 『노래와 관조歌と観照』 동인으로 가인歌人이었다고 되어 있다. 죽음의 장면에 문학적인 서정성이 부가된 것이다. 『북안부대』에서 후미코는 주은 '중국 장교'의 배낭에서 사진을 발견한다. 연인으로 보이는 여성의 사진 뒤에 맞대어 붙인 사진 속 주인공의 시체가 연못가에 있었다. "마른 들국화를 네다섯 송이 꺾어서 장교의 옆으로 누운 얼굴 위에 놓아 주었다(p.145). 여기에서 꽃을 받은 건 '중국 병사'다.

'중국 병사'에 관한 기술은 식민지주의적인 내러티브가 타자를 어떻게 묘사하는가라는 문제와 직결한다. 이와 관련해서 하야시 후미코의 종군기에서 확인하고 싶은 점은, 오직 '냉혹'한 시선을 통해 이야기하고 있지는 않다는 사실이다. '중국 장교'를 바라보는 시선은 '물체'를 보는 눈이 아니다. 과거와 잃어버린 미래가 이어진 한 청년의 스토리가 꽃을 놓는 행위를 통해 이야기된다.

이와 같은 타자의 생에 대한 상상은 다른 곳에도 쓰여 있다. 『전선』에 삽입된 한커우의 여자를 노래한 시. 일부(2, 3절)를 인용하겠다.

얼마나 많은 여자들이 주린 배 움켜쥐고
창밖으로 신음하고 있는 걸까.
불 꺼진 방, 방
한 때 사랑을 속삭였던 방
한 때 엄마가 기다렸던 방
아내의 입술이 떨렸던 침실

이 호숫가를
자색 비단구두를 신고 걸었을까.
지금 들리는 군가
귓구멍을 뜨겁게 달구는 불
여자여, 이건 망하忘河의 호수
양날검은 물에 흘러가네
아니, 여자의 사랑이 떠내려 가네 (pp.122-123)

여기에서 노래된 한커우의 여자는 일본인이 아니다.

아까 저는 농촌의 젊은 부부를 봤습니다. 젊은 여자를 처음
봤을 때 제 눈 안에서 그 농촌 여자의 모습이 떠올랐습니다. 저는
한커우를 가득 채웠을 젊은 여자의 현재를 생각하고 있는 겁니
다. 들판을 지나고 산을 건너는 전선에 있을 때 저는 적국의 여자
를 단 한 번도 생각한 적이 없습니다. 이곳에 도착해서 문화적인
가로수가 심어져 있는 드라이브 웨이의 둑에 누워 보니, 딱히 왜
랄 것도 없지만, 수많은 젊은 중국 여자가 떠올랐습니다. (p.124)

앞서 인용한 요시야 노부코의 서술을 여기에서 떠올리면, 두 사람의 종군기의 결정적인 차이가 무엇인지 명확히 알 수 있을 것이다. 중국의 여성에 대해 처음 생각한다고는 하지만, 요시야의 사고는 일본의 정의로움으로 직행한다. 후미코는 그 어디로도 향하지 않는다. 비참한 상황을 야기한 일본의 침략을 따지는 비판성이 완전히 결여되어 있다. 눈앞의 사태에 대한 비참한 감정마저 잃어버린다. 이어지는 "저 건너 눈썹 같이 생긴 육지가 한커우라는데, 저 도회에는 어떤 여자가 살고 있을까? 얼마나 예쁘고 귀여운 처자가 살고 있을까? 라고 생각해 봅니다"(p.124)라는 구절은, 종군기라는 사실 조차 망각하고 있다는 생각이 들 정도로 한가로운 '공상'(p.125)이다.

식민지주의적인 상황에서 타자를 어떻게 서술하는가라는 관점에서 보면 이와 같은 현실 도피는 문제가 있다. '자색 비단구두'를 신은 아름다운 여자의 환영은 오리엔탈리즘의 전형에 함몰되기 일보직전이다. 그렇다고는 하지만, '적국의 여자'를 상상한다는 사실을 고려하건데 종군기라는 형식이 다 담을 수는 없는 이러한 '공상'은 실로 흥미롭다. 이타가키 나오코를 불편하게 만드는 '자기본위'성이 엿보이기 때문이다. 이처럼 프레임에서 삐져나오는 '공상'의 도착점은 어디일까. '공상'이기에 애매하다. 애매하기 때문에 '나'를 넘어서는 레벨로 전개되지 않는다. 식민지주의적인 발상의 프레임과의 거리가 어느 정도인지 가늠하기 쉽지 않다. 다만 "주린 배 움켜쥐고" 있는 "많은 여자들"은 『방랑기』속 후미코 자신의 처지와 연결될 수 있는 여자들과 다름 아니며, 그렇기 때문에 자타自他의 경계가 불분명한 후미코의 '공상'은 전장의 강렬한 논리에 흡수되지 않은 채 그 논리를 미묘하게 회피하고 있다고 할 수 있지 않을까. "병사 한 명 한 명의 얼굴은 인고와 결핍을 참고 또 참고 있는데, 나처럼 공상하는 병사는 한 명도 없다"(『북안부대』, p.120)라고 하는 것처럼, 본인이 상황과 동떨어져 있음을 그녀는 자각하고 있다. 자각하면서도 그러한 태도를 유지한다. 다가사키 류지高崎隆治는 후미코에 대해 "그녀가 작가의 집단행동이 무의미함을 예감했는지 아닌지는 명확하지 않다. 또는, 권력에 이용되는 것에 대해 태생적으로 혐오감을 가지고 있을 지도 모른다. 지금 말하는 부분과 관련해서는, 그 당시의 레포트로 화제였던 『북안부대』나 『전선』 어디에도 쓰여 있지 않다"고 한다.[264] '자기본위'적인 태도가 얼마만큼의 각오를 통해 불거져 나오는 것인지 다카사키도 확신하지 못한다. 후미코가 취한 태도는 이처럼 프레임에서 삐져 나오는 것이다.

여기에서 다시 '중국 병사'의 묘사를 확인하고 싶은데, '중국 병사'에 대한 자세하고도 긴 묘사는 종군기라는 장르에 대한 기대 범위를 넘어서는 레벨이 아닐까 여겨진다. 아라이 도미요는 『전선』 등과의 비교를 통해 『북안부대』의 묘사가 "사진을 보는 것 같다"고 지적한다.[265] 아라이의 표현을 빌리자면 "카메라 렌즈가 된

---

264 高崎隆治 『戦場の女流作家たち』(論創社, 1995), p.166.
265 荒井とみよ, 앞의 글.

여자"라는 요소 그리고 앞서 언급한 '냉혹함'이, 그와 같은 대량의 시체 묘사를 가능케 한다. 적의 시체 묘사, 하지만 의미부여를 하지 않는 대량의 묘사에서 무엇을 읽어 내야 할까. "중국 사람의 진짜 생활이 어떠한지 잘 모른다는 냉혹함이 이렇게 한 인간의 시체를 '물체'로 취급할 수 있게 하는 건 아닐까 생각했다"라고 후미코는 썼다. 타자에 대한 상상의 결여가 타자를 '물체'화한다. 대량의 시체 묘사는 상상의 결여가 초래할 수 있는 무시무시한 결과 그 자체의 기록이다. 식민지주의적인 발상의 프레임 안에서는 눈앞에 있어야 할 타자의 모습이 사라지거나 또는 왜곡화되어 기록된다. 이를 전형적인 징후로 본다면, 후미코의 종군기에는 시체가 된 '중국 병사'의 모습이라도 어찌되었건 기록되어 있다는 사실을 놓치고 싶지 않다. 한편으로는 그녀 자신과 겹치는 공상을 펼치고 꽃을 바치기도 한다. 여기에 존재하는 타자의 모습은 적어도 이질적인 것으로 왜곡되어 있지는 않다. '자기본위'성을 통해 확보한 자그마한 공상의 장소에서 그들은 모습을 드러낸다. 순간적이지만, 부재하고 있지 않다는 점을 잊어서는 안 된다.

5. 감수성과 당사자성

하야시 후미코 종군기의 특징으로 반복해서 지적되는 것이 서민성이다. 가미야 다다타카는 '중국 병사'를 묘사한다는 점과 관련해서 "병사의 눈으로 보고 있다"고 지적하는데, 이 또한 후미코가 지니고 있다고 일컬어지는 서민성을 바꿔 말한 셈이다.[266] '자기본위'와 '병사의 눈'으로 보는 것은 어떤 관계가 있을까. 이에 대해 생각하고 싶다.

가와모토 사부로川本三郎는 후미코의 서민성을 높이 평가한다. "하야시 후미코가 전쟁으로 인해 가장 심한 고생을 강요받는 '병사'를 생각한다는 점은 기억해 둘 만하다. 거기에 서민작가의 진면목이 있다"[267]고 했다. 이마카와 히데코今川英子 또한 "후미코가 종군 여행에서 가장 우선시했던 것은 하루하루 살기 위해 발버둥쳤던 서민의 생생한 감각이었다. 편견과 선입견을 물리치고, 어디까지나 자신의 눈으로 본 것, 자신의 손으로 만진 것, 자신의 혀로 맛본 것만을 직관적으로 표현한다. 이는 『방랑기』나 초기 시詩와도 이어지는 부분인데, 이러한 감수성과 가식 없는 독특한 표현이 독자의 마음을 사로잡는 것이다"라고 했다.[268]

가와모토는 "이는 전의를 고양시키거나 시국에 편승하는 것과

---

266 神谷忠孝, 앞의 글.

267 川本三郎「作品「太鼓たたいて笛ふいて」林芙美子の戦争体験」(『国文学』48-2, 2003.2).

268 今川英子「林芙美子のアジア 日中戦争と南方徴用」(『アジア遊学』55, 2003.9).

는 조금 다른 태도이다. 하야시 후미코는 묵묵히 흙탕물을 밟으며 행군하는 병사들(대부분은 가난한 농민 출신 청년임에 분명하다)의 처지를 생각했다. '전쟁'도 아니고 '군인'도 아니다. 하야시 후미코는 단지 이름 없는 '병사'에 대해 이야기했다"라고도 하지만, '병사'의 정신성이 기본적으로는 제국이라는 프레임과 이어져 있는 이상, 후미코가 '병사'와 동일화했다고 보는 것은 그녀를 식민지주의적인 큰 프레임과 연결시키는 것이 아닐까?

애당초 종군기라는 것은, 국민을 전쟁에 참가시키고 동일화시키기 위한 소프트한 장치와 같다. 그렇기 때문에 병사와 동일화하고, 그러한 동일화를 통해 전쟁과 동일화해 가는 서민성이 필요했던 것이다. 『전선』에 두 번, 그리고 『북안부대』에도 게재된 「나는 병사가 좋다」라는 행으로 시작하는 후미코의 시가 있다. 『전선』에 처음 게재된 시를 보면 "나는 병사가 좋다. / 공상도 감정도 살포시 감추고, / 포화에 꽃같이 진다." "땅에 엎드려 풀을 뜯어도, / 조국의 청춘을 절규하는 병사!"(p.49). 개고改稿한 뒤 다시 게재된 것은 "나는 병사가 좋다. / 일체의 휴식을 물리치고, / 황량한 땅 위에 피를 흘려도 / 민족을 사랑하는 청춘 차고 넘치고, / 깃발 등에 지고 묵묵히 진군한다."(p.166). 말할 필요도 없겠지만 병사와 조국과 민족을 노래하는 시이다. 이 시에 관해서는 역시나 '전의고양'에 가담했다고 밖에 할 수 없다. 그런 측면이 없는 종군기란 있을 수 없다. '병사가 좋다'라는 알기 쉬우면서도 강력한 문구가 독자에게 작용하는 효과가 기대되었기 때문에, 형태를 바꾸면서 세 번이나 게재된 것이다.

여기에는 감상感傷도 있다. 나리타 류이치成田龍一는 이연숙, 가와무라 미나토와 함께 후미코의 전후戰後 대표작『뜬구름浮雲』에 대한 좌담회[269]에서 "'감상'의 공동성을 이용하는 내러티브이고, 동시에 그를 통해 자신의 이야기를 성립시키고 있습니다"[270]라고 지적한다. 이연숙도 "감상적인 감정의 덫에 걸렸다"[271] 고 비판한다. 그런데 나리타는『뜬구름』에서 "식민지적인 아이덴티티를 구성하려는 이야기"와는 다른 이야기를 "제국—식민지의 관계 속에서 추출하려고 하고 있다"며 그 가능성을 읽는다.[272]『뜬구름』에 대해 언급할 여유는 없으나, 후미코의 종군기를 생각할 때도 이와 같은 '감상'이라는 장치의 기능을 무시할 수 없다고 생각한다. 종군기에 눈물이 묘사된 것이 한두 번이 아니다. 특히 장면을 바꿔가며 반복해서 서술되는, 병사들이 '전우'를 생각하는 뜨겁고 절실한 마음은, 이러한 감상을 경유하여 비참함은 더욱 단단해지며, 사실에 대한 냉정한 비판성이 출현할 가능성은 박탈당한다. 종군기에서 감상이란, 병사와 화자와 독자를 연결시키는 장치로서 최대한 이용된다고 해도 좋을 것이다.

그런데 그와 더불어 생각해 볼 문제는, 과연 후미코가 병사들과 딱 맞게 겹쳐졌는지, 즉 동일화하고 있는지에 대해서다. 물론

---

269 「從軍記から植民地文學まで」(川村湊·成田龍一他『戦争はどのように語られてきたか』朝日新聞社, 1999).

270 위의 책, p.161.

271 위의 책, p.160.

272 위의 책, pp.150-151.

'병사가 좋다'며 병사 편에 서서 그들의 아름다움과 숭고함을 노래하고 있기는 하지만, 동시에 후미코의 종군기는 후미코의 개별적 감각을 그대로 노출한다. "전선에 가 보고나서야, 나는 전쟁의 숭고한 아름다움에 감동했다"(『북안부대』, p.120)라는 구절 전후에 앞서 인용한 "병사 한 명 한 명의 얼굴은 인고와 결핍을 참고 또 참고 있는데, 나처럼 공상하는 병사는 한 명도 없다"라는 한 마디. "나는 지금 완전히 죽은 것처럼 피곤하다"라는 혼잣말이 등장한다. 병사의 늠름한 모습에 마음을 빼앗기면서도, 그렇다고 '나'가 그런 병사에게 완전히 동일화해서 심리적으로 고조되어 가는 것도 아니다. 그리고, "전선이 가까워지면 질수록, 그들의 표정은 바위 같이 단단한 마력馬力을 갖추고 있었으며 모든 병사는 당당한 모습이었다. 전선이 가까워지면서 들려오는 포탄 소리와 함께 병사의 사기도, 뭐랄까, 힘이 넘치는 포효를 내뿜는 것처럼 느껴졌다"(『북안부대』p.125)라며 기개가 넘치는 서술도 있는데, 이 부분에서 몇 줄 뒤로 가면 "나는 일기를 쓰면서, 일기를 쓰는 일에 실망감을 느끼기 시작했다. 이유는 모르겠다"(p.126)라며 침체에 빠지기도 한다. 병사의 숭고함을 묘사하는 한편, 이와 동시에 집요하게 쓰는 것은 병사와 동일화하지 못하는 '나'의 감정이다. 아라이 도미요가 『전선』과 비교하면서 지적하는 바와 같이,[273] 『북안부대』는 "주저함과 망설임이 깊은 주름을 형성한다." "피로감과 우울"

---

273 荒井とみよ「宮本百合子と林芙美子 戦時下の手紙事情」(荒井とみよ・永渕朋枝編『女の手紙』双文社出版, 2004), pp. 202-203.

을 기록하며 "일기체는 가라앉는다. 갈팡질팡한다."

가라앉는 '나'와 더불어 이 종군기의 특징을 말하자면, 쓸 수 없음에 대해 반복해서 언급하고 있다는 점이다. 『전선』은 "나는 내가 아는 모든 사람들에게 이 전쟁의 이야기를, 나이를 먹어도 허리가 굽어도 계속 이야기할 것입니다"(p.115)라는 기세가 점점 사라져 간다.

> 입에 잘 붙지도 않는 종군작가라는 이름 따위 정말이지 싫습니다. 저는 병사나 말과 똑같은 한 사람의 여자로서 여기까지 함께 했다는, 그런 가슴 벅찬 기분입니다. 이제부터 무엇을 쓰고 무엇을 말해야 할까요? 쓰레기 같은 지혜나 지식으로 비평이나 해댈 줄 아는 인간들이 득실득실하는, 무슨 말을 해도 못 알아먹을 인종을 상대로, 저는 무엇을 쓰고 무엇을 말해야 할지 전혀 모르겠습니다. 역시 싫습니다. (p.136)

『북안부대』도 마찬가지다.

> 다시 내지로 돌아가게 되더라도 내가 본 전장의 아름다움, 잔혹함을 잘 쓸 수 있다는 자신이 아무래도 없다. 잔혹함, 숭고함, 고매함, 이런 전장의 이야기를 실전에 참가한 병사가 쓰는 것처럼 나는 쓸 수 없다. 그런데 쓰지도 못하는 주제에 또 쓰고 싶은 기분은 시도 때도 없이 솟아 나온다. 내 머리 속에서 이런 저런 생각과 감정이 마구 튀어 다니는 소리가 들릴 정도이다.(p.146)

돌아가면 무엇을 쓸 수 있겠냐는 질문에 "모르겠어요, 쓸 수 있을지도 모르겠고, 쓸 수 없을지도 모르겠어요……. 뭐랄까, 간이 세차게 한 대 맞은 것 같은 투쟁심은 있어요. 그렇지만 이번에 겪은 일은 역시 못 쓰겠어. 뭘 써야 좋을지 모르겠어요. 진짜로 겪고 느낀 걸 쓰려면 종이 1000장도 모자라요"(p.177)라고 대답한다. 이러한 서술은 반복해서 등장한다. 쓸 수 없음에 대해 쓰고 또 쓴다.

이와 같은 '서술의 곤란함語りにくさ', 주저함은 당사자성을 어떻게 생각해야 할까라는 문제와 깊게 연관되어 있다고 본다. 누군가가 어떤 사태에 대해서, 나는 당사자가 아니다, 라는 발언을 할 때에는 무관심이나 무지 또는 은폐나 기만이 그 발언에 스며들어 있다는 점을 포스트콜로니얼리즘 비평은 지적했다. 우리는 모두 관계 안에서 살고 있다. 문제를 설정하는 방식을 바꾸면 우리가 살고 있는 이 시대와 어떤 형태로든 관여가 될 것이다. 이 시대는 과거부터 연속하고 있다. 그러한 의미에서 우리는 각자가 태어나기 이전의 시간과 관여하고 있다. 크게 또 작게, 깊게 또 얕게, 멀게 또 가깝게, 문제의 무게를 재는 저울의 눈금을 신중하게 설정함으로써, 우리 주변의 사태에 대해 각자가 어느 장소에 놓여 있는가를 깨달을 수 있다. 깨달을 필요가 없다는 식으로, 나는 당사자가 아니다, 라는 경솔한 말을 입에 담는 것은 용서받지 못하리라. 책임 회피 그 이상도 이하도 아니기 때문이다.

그런데 반대로, 나는 당사자다, 라는 발언은 어떠한가? 언제 어디서든 당사자라고 자처할 수 있냐고 하면, 또 그렇지도 않다. 어편 사태와 관여하는 한 사람 한 사람의 무게는 모두 다르기 마련이다. 이러한 무게의 차이를 무시해서는 안 된다. 무게의 차이를 무시하고 모두 같은 무게를 지닌 당사자로 간주해 버리는 것 또한 난폭하다. 여기에는 대표성과 대리성의 문제가 잠재해 있다. 모든 사람이 같은 무게의 당사자가 될 수 없기 때문에, 이야기하는 자와 이야기를 듣는 자 사이의 관계가 중요한 문제로 부상하는 것이다. 하야시 후미코가 종군해서 부닥친 문제는 바로 당사자성이다.

전선에 참가했다, 그러나 그것은 종군기자로서이다. 병사와 똑같은 전투를 경험한 것이 아니다. 당사자 자격으로 이야기해도 되는가? 당사자란 과연 누구를 가리키는가? 대신 이야기한다면 무엇을 이야기해야 하는가? 누구를 향해 이야기해야 하는가? 이런 구체적인 질문들이 후미코의 머릿속을 오갔을 것이다. 이는 본인이 당사자인지 아닌지 되 물어볼 필요도 없는 『방랑기』에서는 가지지 않았던 의문이 아닐까.

종군기란 대변성代弁性과 대표성이 가장 두드러진 글이다. 외지와 내지를 연결시키고 전장을 총후와 연결시키는 역할을 떠맡는다. 그러나 그것을 이야기해도 되는 자격은 어디에서 오는가? 체험의 질적 내용의 차이에 민감하면 민감할수록, 그 체험에 대해 쓰는 것은 더 어려워진다. 『전선』의 「부기付記」를 보면 "전선에서 돌아온 제가 소프라노가 노래하듯 체험을 떠들고 다니는 건지도 모르겠습니다. 하지만 함께 생명을 내던졌던 일주일간 겪었던 전선의 장병과 병사의 고생을, 조국의 여러분께 더 큰 소리로 남김없이 이야기하고픈 마음입니다"(p.168)라고 썼다. '소프라노가 노래하듯'이라는 자조 섞인 문구는 '서술의 곤란함'과 '이야기하고 싶은 욕망'의 충돌이 빚은 것이다. 포스트콜로니얼 사상은 당사자성이라는 것에 대해 매우 민감한 논의를 전개해 왔다. 이야기한다는 것은 무엇일까? 이야기를 듣는다는 것은 무엇일까? 대표한다는 것은? 대변한다는 것은? 하야시 후미코의 주저는 이러한 물음으로 안내한다.

하야시 후미코의 『전선』과 『북안부대』는 종군기로서 책임을 져야 함은 명백하다. 지금까지 논한 미묘한 특징이 그러한 책임을 경감시켜 주지는 않는다. 그렇지만 본장 첫머리에서 밝힌 바와 같이, 종군기라는 형식의 내부를 확대해서 들여다봄으로서써 비로소 확인할 수 있는 차이를 덮어 버리지만 않는다면, 그러한 차이는 가만히 들여다볼 가치가 있다. 관찰된 차이를 해석하면 텍스트의 중층성이 보인다. 하야시 후미코의 종군기는, 종군기다움을 모방하며 종군기로서의 기능을 다하고 있고 병사와 동일화한 것처럼 조국에 대한 사랑을 노래한다. 하지만 전쟁이라는 상황이 초래하는 냉혹함을 느낀 그대로 기록하는 동시에, 그 안에 오롯이 속하지 못하는 그녀의 감각도 함께 기록했다. 바로 그렇기에 전장의 경험을 이야기하는 자의 위치에 대한 판단을 주저하는 모습도 솔직하게 서술했다. 거대한 담론에 대한 저항을 시도한다면 이와 같은 중층성을 무시하지 않는 것이, 충분조건은 아니더라도 필요조건은 될 터이다. 이질적인 것과의 차이를 무시하고 하나로 묶어 버리지 않기. 본장이 시도한 재독이 잃어버리지 않으려고 했던 묵직하고도 중요한 전제는 바로 이것이다.

제 IV 부

언어화하기가 아닌 다른 방식으로

제13장 이성애 제도와 교란적 감각

―다무라 도시코의 「포락지형」―

1. 신체적인 언어

Ⅳ부에서는 언어가 띠는 신체감각에 주목하겠다. 지금까지 논한 피독성被讀性이나 응답성은 쓰는 주체의 신체감각의 일부이다. 언어를 발화할 때 또는 쓸 때의 신체감각은 발화되고 쓰인 그 언어 속에 스며들어 있다. 4부에서는 쓰는 주체의 중층적이고 동적인 양상을, 독자와의 관계 이외의 관점에서도 고찰하는 방법으로 확대하여 파악하고자 한다. 언어를 발화하는 행위를 힘의 획득이나 통일적이고 안정적인 주체가 되는 영위에 연결시키는 것이 아니라, 균열과 삐걱거림과 모순을 포함한 채로 살아남는 것으로, 그리고 가능하다면 쾌락으로, 변용하면서 계속해서 운동하는 방향으로 연결시키고자 한다.

「포락지형炮烙之刑」[274]은 단선적인 읽기가 불가능한 중층적인 텍스트이다. 이러한 중층성은 「포락지형」만 특별히 그런 게 아니

---

[274] 田村俊子「炮烙の刑」(『中央公論』1914.4). 인용은 『田村俊子作品集』第二卷(オリジン出版センター, 1988).

다. 다무라 도시코의 작품에서는 공통적으로 읽어낼 수 있는 관능적인 정서, 풍부하지만 때로는 과잉으로 보일 정도의 감각이 중층적인 텍스트를 형성하고 있다고 할 수 있다. 도시코의 정서나 감각은 텍스트 안에서 직선적인 플롯으로 다 담을 수 있는 게 아니다. 텍스트 전체에 불규칙적인 형태로 넓게 퍼져 있으며, 여기저기서 꿈틀거리고 있다. 이야기 내의 어떤 사건에 촉발되어 플롯 안으로 비집고 들어가서는 스토리의 표면으로 불거져 나오는 것이다. 그와 같은 순간에 발해진 다무라 도시코의 언어가 신체감각을 묘사하는 게 아니다. 그 순간에 발해진 언어 스스로가 신체성을 띠는 것이다. 본장은 신체감각이 숨 쉬는 곳을 이야기의 층 또는 사고의 층과는 이질적인 층으로 추출해서 그러한 중층적인 구조를 「포락지형」에서 읽어 내려는 시도이다. 남녀의 상극相克을 그린 작가라는 평을 받는 다무라 도시코의 감각세계를, 이성애적인 문맥에서 해방시키는 길을 모색하고자 한다. 도시코에게 이성애제도란 감각의 자극을 초래하는 것이었다고 보는데, 그렇다고 흘러넘치는 모든 감각이 이성애제도에 수렴될 수 있다고는 생각할 수 없기 때문이다. 이성애제도를 기반으로 구축된 이야기, 예컨대 '남녀의 상극', 또는 〈남자〉와 쌍을 이루는 존재로서의 〈여자〉, 이런 내용으로 틀이 짜인 이야기는 도시코의 감각에 언어를 부여하는 장치로 기능하고 있기는 하다. 하지만, 도시코가 그리는 감각의 세계는 이성애의 갑갑함도 동시에 표출하고 있지는 않은가? 이성애라는 틀에서 넘치고, 흘러서, 거품이 일고, 파도가 출렁이고 있지는 않은가? 언어를 품고 있는 신체, 언어를 만들어 내는 신체는 바로 그 지점에 존재하리라. 도시코의 감각과 조우하기 위해 「포락지형」
을 독해해 보고자 한다.

2. 간통이라는 이야기

「포락지형」의 메인 스토리를 이루는 사건은, 남편이 있는 여자
가 다른 남자와 친밀해지는 상황으로, 일종의 간통이라고 해도 좋
다. 「포락지형」의 류코龍子는 남편 게이지慶次에 대해 애정이 있음
에도 불구하고 젊고 정열적인 고조宏三라는 남자의 애정 고백을 받
아들인다. 류코와 고조 사이에 일어난 일은 입술이 닿은 정도인데,
그렇지만 남편 게이지 입장에서는 둘의 관계를 용서할 수 없다. 분
노와 질투로 부부 사이에 대파란이 발생한다.

간통이 당시의 형법상 범죄였다는 점은 주지의 사실이다. 그
러나 스토리의 테마는 간통을 용서하고 있다. 아니 욕망하고 있다
고 해도 좋다. 토니 터너Tony Tanner는 『간통의 문학』[275]에서 "간통
이라는 행위는 아무것도 그리고 누구도 (사회적으로 봤을 때) 위치
나 역할의 변화가 꼭 없어도 사회의 존립 기반이 되는 모든 조정調
停을 와해시킬 가능성을 예시하고, 사회 구조를 형성하는 상호 연
관된 패턴에 관여하는 것의 내재적 불가능성을 예증例證한다"[276]

---

275 トニー・タナー『姦通の文学 契約と違犯 ルソー・ゲーテ・フロベール』(原著：
1979), 高橋和久・神輿哲也訳(朝日出版社, 1986).

276 위의 책, p.39.

고 하는데, 간통, 즉 아내의 불륜이 부르주아 소설의 중요하면서
도 보편적인 테마가 됨을 지적했다. 일본의 소설을 봐도 나쓰메 소
세키의「그 후それから」(1909),「문門」(1910), 아쿠타가와 류노스케芥
川龍之介의「게샤와 모리토袈裟と盛遠」(1918), 시가 나오야의「암야
행로暗夜行路」(1921-1937), 다니자키 준이치로의「여뀌 먹는 벌레蓼
食う虫」(1928-1929),「열쇠鍵」(1956), 미시마 유키오三島由紀夫의「미
덕의 비틀거림美徳のよろめき」(1957), 고지마 노부오小島信夫의「포
옹가족抱擁家族」(1965) 등, 간통 문학은 그 맥이 끊어짐 없이 이어
졌다. 이처럼 간통이 소설 테마로 허용되어 왔다는 사실을 고려하
면 당연한 일이겠지만,「포락지형」에 대한 동시대 평에서는 류코
의 행위 자체를 비판하지는 않는다. 오히려 긍정적으로 읽기도 한
다. 예컨대 나카무라 고게쓰中村孤月는 도시코가 유사한 테마를 다
룬「마魔」도 언급하며 "새로운 깨달음을 얻은 여자가 생활의 자유
속에서 성욕의 자유를 추구하는 건 당연한 일이다"[277]라고 평했다.
"일단 사실적인 흥미가 생겨서 읽었다"는 사이조 야소西條八十는
"Lust 안에서 보석을 봤다"며 높게 평가한다.[278] 우선 간통이라는
사건 그 자체가 구성하는 층을 제1층으로 하자. 터너의 주장과는
다른 보편화의 예로는 "「포락지형」의 류코가 원하는 것은 '일대
일'의 규범에 속박받기 싫은 '색사色事'적 관계이다. (중략) 죽음에
서 사랑의 최고 행복을 발견하기에 동반자살하는 연인들처럼 죽

---

277 中村孤月「現代作家論(3) 田村俊子論」(『文章世界』1915.3.1).
278 西条八十「四月の創作」(『仮面』1914.5).

음을 향한 동경을 류코도 가지고 있다"고 하는 사에키 준코佐伯順子의 논도 있다.[279] 사건 자체는 보편화될 수 있으며 특별히 새로울 것도 없다. 더불어 확인해야 할 점은 간통이라는 스토리는 철저하게 이성애적이라는 사실이다. 이성애의 규범을 이성애적으로 이탈하는 행위가 간통이다. 따라서 이성애제도 자체에 타격을 줄 수 없다. 그런 점에서 간통은 안전한 스토리이다.

그런데 「포락지형」에 대한 비판이 아예 없는 것은 아니다. 동시대를 보면 논쟁으로까지 확대되었던 모리타 소헤이森田草平와 히라쓰카 라이초平塚らいてう의 비판이 존재한다.[280]

이 두 사람이 문제시한 것은 간통이라는 사건 자체가 아니라, 간통에 대한 류코의 태도이다. 소헤이는 다음과 같이 윤리의식의 결여를 비판한다.[281]

여주인공은, 내가 한 짓은 다른 누구도 아닌 바로 내가 한 짓이다, 내 것이다, 죄악이 아니며 아무것도 아니라는 투로 말하는데, 그보다 더 어처구니없는 일도 없다. 내 입장 내 입장이라고 자꾸 말하는데, 도대체 무슨 입장에서 자신의 행위가 죄악이 아니라는 건지 도저히 모르겠다.(중략) 물론 도덕적인 작품을 제공

---

279 佐伯順子『「愛」と「性」の文化史』(角川学芸, 2008), p.204).

280 논쟁은 소헤이 4편, 라이초 3편의 기사를 통해 전개되었는데, 논쟁 후반부에 이르면 「포락지형」의 화제에서 멀어진다. 佐々木英昭「草平とらいてうの「内面道徳」論—「炮烙の刑」論争に見る二つの〈事件後〉」(『愛知県立芸術大学紀要』15, 1985.3)가 두 사람의 의견차에 대해 상세히 논했다. 본장에서는 오히려 유사성에 주목했다.

281 森田草平「四月の小説(上)」(『読売新聞』1914.4.21).

하라, 기성도덕에 순응하는 인물을 그리라는 말이 아니다. 패륜적인 사건을 다뤄도 좋고 타락한 인물을 그려도 좋다. 다만 그 타락이 작렬하는 윤리 의식을 동반하기를 요구하는 바이다. 타락하면 할수록 윤리의식을 절실히 깨닫기를 바라는 바이다.

한편, 히라쓰가 라이초는 류코가 자신의 행위를 전적으로 긍정하지 못한다는 점을 비판한다.[282]

나는 류코가 다른 남자를 사랑했으니 타락했다고 하지 않겠다. 또 다른 남자를 사랑했는데도 그것이 죄악이라고 인정하지 않았으므로 모럴 센스가 없다고도 하지 않겠다. 비난받아 마땅한 중대한 이유는 이보다 더 근본적이다. 그것은 류코가 자신의 행위에 대한 명확한 자각이 없다는 점이다. 류코는 다른 남자에 대한 사랑을 단지 장난질로 치부한다. (중략) 철저하지 못한 가치 없는 번민 그 이상도 이하도 아니라는 점, 오히려 이 부분이 류코가 자신에게 행한 큰 죄악이라고 생각한다.

라이초는 류코의 행위 자체를 강하게 긍정하면서도 윤리 의식이 부족하다는 소헤이의 입장을 비웃었다.[283]

소헤이와 라이초 두 사람 다 류코의 태도를 비판하는데 둘의

---

282 らいてう「田村俊子氏の「炮烙の刑」の龍子に就いて」(『青鞜』1914.6).

283 나카무라 고게쓰도 라이초와 유사한 비판을 전개한다. 류코가 "격렬한 힐난에 봉착해서 지금까지 한 행동이 잘못되었다고 후회하는 점"에 대해 "너무나도 손쉽게 낡은 사상과 도덕의 그늘에 숨어 버린다"고 지적한다.

대립은 맞물리지 않고 어긋난다. 왜냐하면 둘이 문제시하는 류코의 태도가 정반대이기 때문이다. 소혜이는 자책하지 않는다는 점('죄악이 아니다')을 비판하지만 라이초는 자책한다는 점('장난질')을 비판한다. 그렇다면 류코의 태도는 작중에서 어떻게 묘사되어 있을까? 소혜이와 라이초가 같이 주목하는 부분을 인용하겠다.

> 한 남자에게 마음이 끌리면서도 또 다른 한 남자를 향한 마음이 그대로라는 것은, 하나를 속이고 하나랑 장난친 꼴이다. 그래서 내 마음은 자책한다. 나는 둘 모두에게 나쁜 짓을 저질렀다고 생각했다. 그렇게 나는 내가 저지른 장난질에 번민했다.(중략) 그렇지만 내가 게이지 앞에서 내 행위를 참회해야 한다는 건 아니다. 절대 그럴 일은 없다. 싫다. 내가 한 짓, 그 남자를 사랑한 짓, 모두 내 꺼다. 게이지에게 참회하는 마음을 일부러 보여 줄 필요가 어디에 있단 말인가.(p.56)

류코는 모순된 태도를 동시에 드러낸다. 자신의 행위를 자책함과 동시에 참회할 필요는 없다고 생각한다. 참회할 필요가 없다는 류코에게 반응한 쪽이 소혜이, 자책하는 류코에게 반응한 쪽이 라이초인 셈이다. 흔들리는 류코의 태도에 대한 반응이라는 점에서 논쟁하는 두 사람의 시점은 유사하다.[284] 더군다나 소혜이는 윤리

---

284 유사성을 지적한 논고로 小平麻衣子「愛の末日 平塚らいてう『峠』と呼びかけの否定」(『女が女を演じる 文学・欲望・消費』新曜社, 2008)이 있다. 고헤이(小平)는 "종래의 도덕을 대체하는 새로운 규범을 세워야 한다고 보는 점"에서 유사함을 발견해서, 논쟁의 대립축을 내용이 아니라 "새로운 도덕을 모색하는 주체"를 인지하고 있는 부분

의식의 결여를 지적하고 라이초는 사상적인 자각의 결여를 비판하는데, 둘 다 일종의 이념의 결여를 지적한다는 점에서 비판하는 형식이 닮았다. 소헤이와 라이초의 차이보다 유사함을 확인하는 편이 류코의 태도의 특이성을 이해하는데 더 도움이 될 것이다. 둘다 류코에게 일관성을 요구하는 셈인데, 바로 그래서 모순에 봉착하자 모순을 내팽개쳐 버리는 류코를 둘 다 참을 수 없는 것이다. 류코 그리고 류코와 연장선상에 있는 도시코는 이념의 결여를 비난받는 존재였다. 무언가가 결여되어 있다. 독자는 사건에 대한 히로인의 생각이 어느 쪽으로건 수렴되어 결실을 맺기를 기대한다. 또는 잘 짜인 인과관계를 통해 결말 맺기를 기대한다. 하지만 도시코의 텍스트는 그렇지 않다. 사건과 분리되는, 작중 사건에 대한 류코의 자세와 태도가 구성하는 층을 제2층으로 하자. 「포락지형」은 제2층에서 드러나는 모순과 동요가 독자의 반응을 불러일으킨다(굳이 반복하지만 간통이라는 사건이 아니라).

선행연구도 이 제2층과 씨름하며 해석을 시도했다고 할 수 있다. 예를 들어 하세가와 케이長谷川啓는 "'남자라는 제도'로부터 자결권을 탈환하는 이야기, 바꿔 말하면 부권제父權制 질서에서 월경越境하는 이야기"[285] 라고 한다. 하세가와는 "아내가 남편의 소유물이고 간통죄가 존재했던 시대에 부권夫權의 해체를 앞당기는 아

으로 본다. 본장은 「포락지형」의 중층성이 핀트가 어긋나는 논쟁을 야기했다고 봤다.

285 長谷川啓「〈妻〉という制度への反逆 田村俊子「炮烙の刑」を読む」(長谷川啓・橋本泰子編『現代女性学の探究』双文社出版, 1996), p.130.

내의 자기결정권을 요구했으며, 부권제질서 자체를 상징하는 간
통죄를 부정했다"며 높게 평가한다. 한편, 류코를 "자기주장이 센
여성"으로 보면서, 바로 그렇기 때문에 "타자의 승인을 더 강하게
추구한다"고 해석한 사람은 야마자키 마키코山崎眞紀子이다.[286] 야
마자키는 간통에 대해 "게이지의 반응을 유발"하기 위해 "고조와
사랑에 빠진다는 불협화음을 일부러 불러일으"켰다고 해석하고,
"타자의 반응을 유도하고, 타자의 반응에 의해 자아를 파악하는"
스토리라고 결론짓는다. 하세가와가 "'남자'로부터의 자유와 독
립"을 읽어 낸 것과는 극히 대조적이다. 이처럼 평가가 일정치 않은
것에 대해서 간통에 대한 류코의 태도 자체가 모순을 드러내고 있기
때문에 뭐라 할 수도 없다. 여기에서는 어느 편에도 가세하지 않지
만, 이와 같은 제2층 역시 간통에 대한 자세가 구성하는 층인 이상,
제1층과 마찬가지로 이성애적인 문맥에 속한다는 사실을 확인해 두
자. 류코의 '자아'의 상태를 이성애적으로 독해한다는 점에서 하세
가와도 야마자키도, 논법의 방향은 반대지만 그 토대는 같다.

3. 편지 세 통과 이성애적 이야기

이상의 분석에 기초해서 제1층과 제2층을 구분해 놓았으니, 이
제 본격적으로 「포락지형」을 살펴보자. 우선 확인해야 할 것은 환
청과 망상 등을 통해 합리성이 결여된 류코의 감정의 흐름이 묘사

---

286 山崎眞紀子『田村俊子の世界 作品と言説空間の変容』(彩流社, 2005), pp. 183-201.

378 그녀들의 문학 - 여성작가의 글쓰기와 독자에게 응답하기

되는 반면에, 게이지나 고조가 거의 흔들림이 없고 합리적인 모습으로 묘사된다는 점이다. 그들의 사고나 태도는 언어화된 모순을 포함하고는 있지만 일관성을 유지하고 있으며, 그런 그들의 사고를 류코의 행동이 보완하는 것처럼 그려진다. 다시 말해 그들은 간통이라는 이성애적인 이야기의 틀 안에서 부여받은 역할을 의심해 볼 기회 한 번 얻지 못한 채 그 역할을 충실히 수행하고 있는데, 따라서 스토리의 정합성이 유지되고 있으며 구성이 정밀하다고 할 수 있다. 류코와 게이지와 고조라는 3명의 등장인물의 관계도가 단적으로 드러나도록 구성된 장치가 이들이 쓴 편지이다. 첫 번째는 류코가 고조에게 쓴 편지, 두 번째는 게이지가 류코에게 쓴 편지, 세 번째는 고조가 류코에게 쓴 편지이다. 「포락지형」은 세 등장인물이 쓴 편지가 한 통씩 총 세 통 삽입되어 있는, 구성이 탄탄한 소설이다. 두 번째 편지를 게이지慶次가 썼고 세 번째 편지를 고조宏三가 썼으니 숫자를 빌려 구성의 정합성을 보여 주고 있다고 해석할 수 있다. 「포락지형」은 소설 전체가 무절제한 혼란스러움을 묘사하고 있지는 않으며, 정해진 위치에 인물을 배치해서 구성의 완성도를 높인 텍스트이기도 하다. 여기에서는 각자의 입장을 쓴 세 통의 편지를 통해 그들이 어떻게 묘사되어 있는지 정리하겠다.

첫 번째는 류코가 고조에게 쓴 편지이다. 특징은 마지막까지 결국 전해지지 못했다는 점이다. 류코가 수신인을 썼다고 소설에 명확히 쓰여 있다. 그러나 후반부에서는, 두 사람이 만나는 장면에서 고조는, "편지라도 보내면 걱정 안 할 텐데"라고 하고 류코는 "편지로 잘 말씀드릴게요"라고 한다. 따라서 소설 서두에 나왔던 류코가 고조에게 쓴 편지가 전송되지 못한 채 그 행방을 가늠할 수 없게 되었음을 알 수 있다. 도착하지 않은 첫 번째 편지는 류코 한 사람의 세계 밖으로 나가지 못한다. 즉 편지로서 기능하지 않는다.

편지가 귀속되는 제1장의 류코의 세계는 대부분이 환각과 망상으로 이루어져 있다. "혼돈과 잠에 빠져" 있는 상태에서 시작해서 "머리 위를 덮치는 새까만 어둠"을 느끼지만 눈을 떠 봐도 아무도 없다. 게이지가 뭔가를 쓰는 펜 소리가 들리자 "여자를 죽이고 나서 남겨야 하는 무언가를 그가 쓰고 있는 게 분명하다"(p.24)고 생각하지만, 다음 장에서 그 생각이 망상임을 알려 준다. 게이지를 사랑한다, 사과하기 싫다, 그가 나를 죽여도 어쩔 수 없다, 죽는 것은 싫다, 게이지가 웃는다, 화난 얼굴이 무섭다……라는 식으로 감정의 연속적인 움직임이 묘사되는데, "무언가에 깜짝 놀라 눈을 떴다"(p.27)라고 그녀는 말한다. 즉 류코는 잠을 자고 있었던 게 되는데, 언제까지 깨어 있었고 언제부터 몽롱한 상태로 진입하는지도 불분명하다. 게이지가 덮칠지도 모른다는 공포에 사로잡힌 추측도, 게이지가 살기를 내뿜으며 흉기를 찾아 돌아다니는 형상이 뇌리에 떠오른 것도, 모두 현실과는 괴리된 '환상'이다. 그 연장선상에 첫 번째 편지가 있다. 고조와 헤어지고 집을 나와 "아버지 계신 조선으로 갈 생각"(p.30)이라는 내용의 편지인데, 이것이 실행할 수 없는 망상이라는 점이 소설의 결말에서 확실해진다. 첫 번째 편지는, 편지라는 형식을 빌려 쓰긴 했지만 현실과 관계가 없는, 류코 본인이 수취인이나 다름없는 문서이다. 그리고 류코의 세계에서 게이지와 고조, 남자들이 배제되어 있다는 점을 잘 보여 준다.

남자들이 쓴 편지는 첫 번째 편지와 대조적이다. 두 번째 편지와 세 번째 편지는 전송되었고 내용이 실행되었다. 내용에 거짓이나 허위가 없으며 편지로서 기능한다.

제2장에 삽입된 게이지가 류코에게 보낸 편지는, 류코와 가까운 화자와 분리된 게이지가 자기 자신에 대해 발화하는 것이기도 한데 그의 심정을 잘 설명해 준다. 게이지는 류코가 자신의 행위가 죄악이 아니라고 단정짓는 태도에 대해 "죽여도 성이 안차는 몹쓸 여자"(p.31)라 느끼며 질투와 증오에 괴로워하지만, 그럼에도 그 모든 것을 용서하지 못하는 자신을 부끄럽게 여기며 아무것도 하지 못하는 자신을 비열하다고 생각한다. 괴로운 생각들을 견디지 못한 그는 류코와 헤어지기 위해 "나는 여행을 떠나겠다"(p.33)라고 말한다. 이후에 묘사되는 게이지라는 남자는, 편지가 확인시켜 준 범위를 벗어나는 법이 없다. 적힌 그대로 집을 나가지만 뒤를 쫓은 유코와 K라는 마을에서 만난다. 그는 편지에 적힌 감정의 흐름을 답습하며 "나쁜 여자!"(p.51, p.54)라고 되풀이한다. 게이지 눈에 비친 류코의 모습도 변화가 없다. 앞서 확인한 바와 같이 류코의 사고는 두 방향으로 분리된다. 한쪽은 "게이지를 향한 애정"(p.39)인데 이는 자책하는 심정으로 이어진다. 다른 한쪽은 "나만의 생활"(p.39)의 추구로 그 연장선상에 참회도 자숙도 부정하는 자세가 위치한다. 그런데 게이지의 눈에는 후자의 모습이 비친다. "내 앞에서 네 행위를 후회하고 있는 거야?"라는 질문에 류코는 "아니요, 후회하지 않아요. 절대"라고 "차갑게"(p.54) 내뱉는다. 이런 그녀는 게이지의 '나쁜 여자'라는 말에 일치되어 간다. 게이

지의 자기 자신에 대한 발화이기도 한 두 번째 편지는, 게이지를 규정하고 스토리 전개의 범위를 설정한다고 할 수 있다. 두 사람이 주고받는 대화는 매우 격하지만, 주의해야 할 점은, 작중 현재라는 시점을 기준으로 두 사람의 대화는 이미 그 전에 있었던 일의 재현으로 이야기되고 있다는 사실이다. 미지의 체험인 최초의 충돌이 끝난 후에 소설의 시간이 개시된다. 사후事後적으로 등장해서 되풀이되는 두 사람의 대화를 통해, 각자가 타자를 발견하는 일은 없다. 이미 형성되어 있었던 관계성을 재확인할 뿐이다. "내 쪽에서 말 걸기는 싫어"라고 느끼는 류코는 응수하는 과정에서 서서히 언어를 잃어간다. "나는 입 다물고 있으면 된다"(p.57)라고 각오를 한 그녀는, 마지막에 "이 남자랑 더 할 말이 없다"(p.57)며 침묵한다. 태도를 굳히는 류코에게 게이지는 "이런 날 불쌍히 여겨줘"(p.59)라며 "오열"하는 수밖에 없다. 둘의 관계를 재편할 수 있는 계기는 도래하지 않는다. 분노와 질투에 몸서리치며 아내를 증오하며 자기연민에 빠지는 남편의 역할을 게이지는 충실히 수행한다. 류코 또한 정숙치 못한 악처로서의 성격을 십분 발휘한다. 결혼제도를 흔드는 간통 이야기가 파탄 없이 완성되어 있다고 할 수 있다. 두 번째 편지가 프레임을 제공한 간통 이야기는 이처럼 새로움이라는 요소를 결핍한 채 진행한다.

고조가 쓴 세 번째 편지는 게이지를 남겨 두고 도쿄로 돌아온 류코가 고조와 면회하는 후반에 삽입되어 있다. 두 번째 편지가 등장할 때까지의 과정이 그러했듯, 류코의 망상이 전개된 후에 편지가 삽입된다. 그리고 역시나 두 번째 편지가 그랬 듯이, 세 번째 편지도 편지를 쓴 고조가 자기 자신에 대해 이야기한다. 편지는, 류코를 기다렸다, 기다렸던 장소에 모습을 드러내지 않은 류코에게 화는 안 나고 단지 걱정이 된다, 앞으로도 기다릴 작정이다, 라는 내용이다. 고조의 자기 자신에 대한 이야기는 간통 이야기에서 제3의 등장인물이 되는, 여자에게 의지하는 젊은 남자를 보여 준다. 이후 류코를 방문하여 고조와 류코가 만나는데, 대화를 거는 고조에게 단답형 대답으로 일관하고 바로 입을 다무는 류코는 "대답 없이 먼저 자리에서 일어나서 밖으로"(p.75) 나간 뒤에, "이대로 아무 말 없이 정거장까지 바래다 줄까 하고 생각"(p.75)한다. 류코는 게이지보다 고조와의 커뮤니케이션을 더 명백하게 부정한다. 더 이상 만나지 않겠다는 류코에게 고조는 "항상 그랬 듯이, 여자 손에 쥐어진 장난감 마냥 얌전히 애교 떠는 남자의 감정"(p.76)으로 다가가려 하지만 류코의 결의가 굳건함을 깨닫자 눈물을 떨군다. 류코는 "고조를 혐오하는 감정이 격화되"(p.78)고, 반성하는 것도 "귀찮아 죽겠"(p.79)다며 침묵으로 일관한다. 고조의 감정에 변화는 없다. 그런 고조와의 관계가 이미 끝났다고 여기는 류코는 고조와의 관계 자체에 권태를 느낀다. 남자는 울고 여자는 간다. 게이지와도 그랬다. 세 번째 편지가 조성하는 광경은 두 번째 편지의 반복이다.

두 번째와 세 번째 편지를 배치하여 구성하는 철저하게 이성애적인 스토리는 앞서 분류한 제1층을 구성한다. 남자들 시선에서, 정절도 모르는 주제에 기가 센 냉혈한으로 비치는 여자가 제1층의 등장인물이라 할 수 있다. 편지 두 통을 통해 남자들은 그들이 여자와 어떤 상황에 처해 있는지 설명하고, 여자는 그러한 설명을 반박하지 않고 받아들이고는 침묵과 함께 떠나간다. 이러한 구성을 통해 간통 이야기는 재현되고 반복되는 형태로 수행되고 완결된다, 타자성이 결여된 두 남자와, 그들이 만드는 여성상에 마치 저항하는 것도 귀찮다는 듯이 그 여성상을 체현하는 여자에 의해 구성된 스토리인 것이다. 즉, 「포락지형」의 간통이라는 사건에 과잉성은 없다.

제2층으로 규정한, 사건에 대한 류코의 모순된 자세는 게이지에게도 고조에게도 보이지 않는다. 류코의 '자아'의 모습으로 독자가 받아들이고 읽어 온 층이 제2층이다. 그렇다면 여기에 「포락지형」의 새로움, 과잉성이 존재하는 것일까? 수많은 독자의 다양한 반응을 불러일으켰다는 점에서 보자면 제2층은 틀림없이 독자를 움직이게 하는 힘이 있다. '남녀의 상극'을 〈여자〉의 입장에서 그린 다무라 도시코라는 작가 이미지를 생산한 것이 바로 제2층이다. 남자를 향한 애정과 나는 나라고 생각하는 자아의 충돌은 당사자가 두 사람이건 세 사람이건 발생할 수 있다. 자아와 타자 사이를 진자 운동처럼 오고 가고를 반복하면서, 그 어느 쪽에도 머물지 않고 자기 자신의 감정으로 혼란 그 자체를 이겨내는 삶으로 나아가려 하는 도시코의 여자들은 강렬한 존재감을 내뿜는다. 다만 바로 이 지점에 서서 생각하고 싶은 문제가 류코의 세계와 첫 번째 편지에 있다. 이는 제2층에 속한다고 할 수 있다. 두 번째, 세 번째 편지와 첫 번째 편지는 성질이 판이하게 다르다. 배송되지 않은 편지, 망상과 감각의 세계에 속하는 첫 번째 편지는 남자들과의 뒤

엉킨 관계를 뒤로 하고 떠나가려는 지향을 명확히 보여 주고 있다. 그런 의미에서 모순을 포함하지 않는다. 제2층의 한 면에 접하고 는 있지만 제2층이 구성하는 문제 자체와 딱 들어맞지는 않는 것이다. 제2층이 간통 사건에 대해 취하는 자세라는 편지의 내용적 측면에서 보면 이성애적인 문맥에서 이탈하지 않는다. 그렇다면 첫 번째 편지의 세계도 이성애적인 것으로 읽어야만 하는 것일까? 류코가 간통 사건으로 인해 첫 번째 편지를 썼음은 의심의 여지가 없다. 하지만 남자들과의 관계에서 이탈한 어딘가로 류코를 이끌고 있지는 않은가? 간통 사건에 촉발되어 살아가면서도, 거듭되는 자기 증식으로 부풀어 오른 망상과 감각의 세계는, 그러한 세계를 발생시키는 계기였던 사건과 분리되어 버렸지 않은가?

4. 류코의 감각세계

간통 사건을 통하여 묘사되는 류코의 감각세계를 고찰하겠다. 제1층을 구성하는 간통 이야기에서 게이지와 고조의 타자성이 결여되어 있다는 점은 이미 확인했다. 그런데 류코의 감각 세계가 팽창하는 순간에 타자가 등장하는 부분이 흥미롭다.

게이지와의 대화 도중에 류코의 내면에서 일어난 감각은 다음과 같다.

그렇게 말하고 류코는, 자신의 목소리가 낯선─타인의 목소리 같은 기분이 들어 그대로 목소리를 삼켰다. 그러고는 게이지의 얼굴을 봤다. 갑자기 거친 힘을 동반한 이름 모를 감각이 그녀의 육체 위로 덮쳐 왔다. 류코는 아무것도 할 수 없었다. 팔다리가 어딘가에 걸린 것 마냥 말을 듣지 않으며 호흡이 뜨겁게 타올랐다.(중략) 자신의 신체가 바싹 타들어 갔다. 나를 오롯이 활활 타오르는 불길 속으로 던져 달라며, 자신의 육체가 고통에 몸부림쳤다.(p.53)

류코는 타자와 조우한다. 류코는 그녀 자신의 감각, "자신의 신체", "자신의 육체", 즉 타자화한 자기와 조우하고 있는 것이다. 전송되지 않은 첫 번째 편지가 남자들과의 연결성을 가지지 못하는 것과 마찬가지로 류코의 세계에서 등장인물은 그녀 혼자뿐이다. 그 세계 안에서 류코는 자신의 육체에 침잠한 타자를 만난다. 이 타자는 나이면서도 내가 아닌 존재, 내 육체를 통해 등장한 존재이면서도 통제가 불가능한 미지의 존재이다. 인용한 단락 직전에 류코는 "당신을 만나지 못하면 죽으려고 생각했다"(p.51), "당신과 헤어질 수가 없어요"(p.52), "내가 무슨 작정으로 당신 뒤를 쫓았는지 아세요?"(p.53)라며 다그치듯 게이지에게 말한다. 이러한 대사는 남자를 향한 애정을 이야기해 주는 것으로 게이지를 쫓는 도중을 서술한 내용과 중첩되므로 거짓은 아니겠으나, 반은 연기이기도 하다. 자기 말에 자기가 취한 듯 눈물 흘리는 류코가 어느 순간에 그러한 태도를 멈춘다. 그 순간, 류코는 그녀의 발화와 단절된다. 감각 세계가 팽창하는 것은 바로 이때이다. 이어서 입 밖으로 나오는 것은 "날 죽여요", "불태워 죽여요"(p.53)라는 작렬하는 한 마디이다. 울먹이는 목소리는 온데간데없고 "깊은 목소리"로 한 마디 한 마디를 전한다. "나를 오롯이 활활 타오르는 불길 속으로 던져 달라며, 자신의 육체가 고통에 몸부림"치는, 자의식을 짓밟고 올라선 신체성이 폭발하는 순간이다. 마조히즘으로 읽어도 좋을 이러한 '감각'은 자아와 타자 사이를 왕복하던 감정의 진자 운동이 괘도를 이탈하여 역치閾値를 초과한 지점에서 발생한다. 이는 이성애적인 문맥의 괘도도 이탈하고 있다. 그렇기에 게이지는 대답할 수 없다. 류코의 욕동欲動은 남자가 준비해 둔 전개의 활주로 어디에도 착륙할 수 없다.

"죽여요"라는 류코에게 게이지가 응답하는 시점은 도쿄로 돌아온 뒤, 고조와 만나는 류코를 발견했을 때이다. 그 때 무슨 일이 일어났을까.「포락지형」의 마지막 부분이다.

　　　"네 말 그대로 태워 죽이겠어."
　　　신음하듯 낮게 깔린 목소리로 게이지가 말했다. 게이지의 숨이 크게 차올랐다. 류코는 말없이 끌려 나왔다. 전신을 휘감는 공포를, 류코는 그보다 더 큰 힘으로 짓눌렀다.
　　　"하라는 대로 다 할게요. 뭐든 말해 봐요."
　　　내 인생에도 이런 기적이 일어나는구나. - 차가운 비웃음을 머금으며 류코는 하늘을 봤다. 하늘의 행복이 푸른빛으로 빛나고 있었다.(p.83)

이러한 결말은 제2층에 집중해서 읽은 독자에게 당혹감을 안겼다. 예컨대 라이초는 다음과 같이 말했다.

작자는 마지막에 "내 인생에도 이런 기적이 일어나는구나.—차가운 비웃음을 머금으며 류코는 하늘을 봤다"라고 썼는데 도통 무슨 뜻인지 모르겠다. 이런 기적이 무슨 기적을 말하는 건지, 약간 어떻게 된 거 아닌가 싶을 정도이다.[287]

이 소설의 불가해不可解함은 정말이지 인상적이다. 류코의 자세가 사상적 자각이 결여되어 있다고 규탄한 라이초인데, 이 부분에 한해서는 비판조차 불가능할 정도로 라이초가 텍스트의 불가해함에 당혹스러워 하고 있다. "약간 어떻게 된 거 아닌가 싶을 정도이다"라는 평밖에 할 수 없는 결말의 한 구절, 이 부분을 어떻게 받아들여야 할까?

흥미를 끄는 것은, 다시금 부상한 마조히즘적인 욕망과 "하늘의 행복이 푸른빛으로 빛나고 있었다"라는 식의 풍경을 향한 시선이 교차하는 순간이다. 「포락지형」을 보면 단편斷片적인 풍경 묘사가 주를 이룬다. 심상心像 풍경으로 읽기도 하는데[288], 주목하고 싶은 부분은 이러한 묘사가 지극히 감각적이라는 사실과 더불어, 감각적이기 때문에 간통 이야기의 진행에서 이탈하는 순간이 된다는 사실이다.

풍경과 감각이 혼합된 묘사의 파편들은 '혼자'만의 해방감을

---

287 らいてう, 앞의 글.

288 하게가와 게이(長谷川啓)는 "심상풍경을 구름→눈→맑음의 순으로 하늘·날씨·색감을 구사해서 표현하고 있다"고 논했고(앞의 글), 야마자키 마키코(山崎眞紀子)는 "호흡하는 풍경"으로서, "자신이 느낀 감정을 주체적으로 승인"하기 위한 "심상과 〈풍경〉의 일체감을 추구하려는 작용이다"라고 지적한다(앞의 책).

함께 전한다. 예를 들면 차창 밖의 "잠을 자는 것 같이 큰 강이 흘러가는" 풍경이나 "대담해 보이는 산의 모습"을 바라보던 류코는 "처음으로 자유로워진 기분이었다."(p.43)

> '정말이지 보고 또 봐도 안 질리는 색이야.'
> 류코는 그렇게 공상하며 검붉은 산의 굴곡을 바라봤다.
> 기분에 생기가 돌았다. 당분간 산만 보고 살고 싶다고 생각했다. 아무 얼굴도 보지 않고 그저 산만 바라보며 하루하루 보내고 싶다고 생각했다. 그렇게 차분히 생각하고 싶다. 단 하루라도 좋으니 진정한 마음의 생활을 해 보고 싶다고 생각했다.(p.43)

만약 게이지를 놓치게 되면 "그대로 나는 햇살 쪽으로 가야지. 혼자 있을 거야, 혼자 생각할 거야. / 아무 얼굴도 보지 않고, 누구의 감정에도 방해받지 않고, 거기에서 나는 나에 대해서만 생각할 거야"(p.43)라고 말한다. 게이지와 헤어지고 돌아가는 길에 차창 밖의 "새하얀 눈빛을 남기고는 저물어 가"는 풍경을 바라보며 "지금 내 신체는 오롯이 내 것이다, 지금 내 정신은 오롯이 내 것이다, 라는 의식이 용수철처럼 튀어 오르듯 생생하"(p.66)게 일어난다. 게이조가 귀찮게 느껴질 때도 "먼 하늘로 눈과 마음을 보내"며 "지금 이대로 저기 어딘가로"(p.66)라는 감각이 일어난다. 시선이 풍경을 향하는 그때 류코는 혼자가 된다. 이보다 앞서 쓴 망상과 환각으로 가득 찬 첫 번째 편지는, 바로 이때의 혼자가 되는 감각과 이어져 있다. 남자를 향한 애정이 역치를 초과한 결과 갑작스럽게 마조히즘적인 감각이 일어난다고 치면, 이처럼 혼자가 된 기분으로 만끽하는 해방감은, 대항적으로 창출된 자의식이 눈앞의 관계에서 풍경쪽으로 미끄러지듯 멀어져서 결국에는 역치를 초과한 결과로서 갑작스럽게 눈을 뜨게 된 감각이 아닐까.

마조히즘적인 감각이 낯선 자기의 출현이라면, 여기에서는 자기의 통일감이 해방감과 더불어 표출되어 있다. 이질적으로 보이는 두 감각이 여기에서 조화를 이루는 이유는 둘 다 간통 이야기가 지정하는 역치를 초과한 감각이기 때문이다. 이처럼 류코의 감각 세계에서는, 마조히즘적인 감각과 풍경을 향해 방출되는 압도적인 해방감이 이어져 있다. 류코는 게이지를 마조히즘적인 욕동으로 끌어들이는데, 그런 의미로 보면 게이지와의 관계의 위상位相에 류코의 마조히즘적 욕동은 속하지 않는다. 류코는 그녀 자신의 신체를 보고 있는 것이지 게이지를 보고 있지 않기 때문이다. 류코의 욕동에 게이지가 응하는 형태를 취하고 있기는 하나, 그것을 '기적'이라 칭하고 받아들일 수 있는 것은 류코 뿐이다. 첫 번째 편지와 마찬가지로 수취인 이름이 쓰여 있다고 해도 류코의 욕동이 그들에게 전송되는 일은 없기 때문이다. 욕동을 보내는 사람도 받는 사람도 류코이다. 자기가 다중화多重化한 세계에서 그녀는 타자화된 자기와 마주한다. 그렇기 때문에, 이와 같은 감각 세계는 이미 이성애적인 문맥에서 이탈했다.

이상의 분석에서 한 발 더 나아가, 해석이 정체되어 있다고 해도 좋은 '어머니'가 등장하는 꿈에 대해 고찰해 보겠다. 마지막 장에 삽입되어 있다. 류코는 꿈속에서 세탁 중인 고조의 어머니를 만난다. 어머니는 "이유는 모르겠지만 하염없이 울"고 있는데 류코도 "소리 내서" 울기 시작한다. 꿈은 다음과 같이 이어진다.

"그 어머님을 보고 있으면 항상 슬퍼져요. 진짜 언제 봐도, 참 좋은 어머니이세요."

그렇게 말한 것 같은 기분으로 류코는 계속 울었다. 눈물 한 방울 흘리지 않고 있는 고조가 류코는 미웠다. 둘은 어머니와 관련된 화제로 말다툼 같은 것을 했다. 게이지의 어머니라고 고조가 말했다.

하지만 류코는 고조의 어머니 말고 다른 어머니라고는 도저히 생각할 수 없었다. 얼굴도 고조 어머니 얼굴이었다. 아주 어두운 저쪽 구석에 앉아 계신 그 어머니의 그늘이 보였다. 그쪽으로 가려고 일어선 류코는 한 발짝도 움직일 수 없었다. 류코는 '어머님, 어머님' 하고 불렀지만 아무 말도 없었다. 고조가 어머니 곁으로 가 무언가 이야기하고 있었다.

류코는 오직 고조만 어머니와 단둘이 이야기하고 있는 게 왠지 분했다. 그래서 뭔가 말하려고 하면 그때마다 어느새 고조가 곁에 와 있었다. 그러고는 고조는 류코의 손을 잡으려 했다. 류코는 계속해서 뿌리쳤다. 그런 와중에 어머니의 표정과 모습이 눈 바로 앞에서 커다랗게 보였고 기쁜 나머지 류코는 자기도 모르게 어머니를 부르며 뒤를 쫓으려 했다. 류코의 꿈은 여기까지였다.(pp.71-72)

장문을 인용했는데, 이 부분에 대한 해석을 살펴보면 고조에 대한 "죄악감"으로 "고생을 참고 있는 동성으로서의 어머니(세탁, 어두운 구석 등, 부권제夫權制 하의 일본의 어머니상과 맞아 떨어진다)에게 사죄하고 싶어진 것이 아닐까"[289], 또는 "『세이토青鞜』로 모여드는 엘리트 계층이 아닌 자들을 향한, 위로와 연대의식의 맹아가 아닐까"[290]라는 지적이 있긴 한데, 고조에 대한 죄악감에 사죄하려는 것으로 볼 경우 고조의 손을 거절하는 부분 그리고 어머니를 사이에 두고 고조와 경쟁관계가 발생하는 부분이 설명이 되지 않는다. 그리고 연대의식의 맹아라고 볼 경우 어머니와의 접촉이 차단되어 있는 부분이 설명되지 않는다.

동성으로서의 사죄 또는 연대가 아니라, 여기에서는 꿈속의 광경 자체를 '딸'과 '어머니'에 대한 애정 어린 정동情動의 발로로 읽고 싶다. 이 어머니는 고조의 어머님으로 등장하고는 있지만, 도중에 고조가 게이지의 어머님이라고 말하는 장면이 있으므로 누구의 어머니라고 특정지을 수 없다. 반대로 모두의 어머니라고 해도 상관없는, '어머니'라 불리는 존재 자체라고 할 수도 있다. 류코는 '어머님' 앞에서 "울"고, 또 '어머님'을 사이에 두고 아들인 고조와 경쟁하는 '딸'로 등장하며, '어머님'에 대해 촉촉하면서도 따스한 애정을 느낀다. 무엇보다 중요한 점은, 고조라는 이성이 류코에게 발산하는 사랑의 감정이 '어머님'을 원하는 류코의 감정을 방

289 長谷川啓, 앞의 글.
290 矢澤美佐紀「「炮烙の刑」の表象世界—欲望と破壊と」(渡邊澄子編『今という時代の田村俊子俊子新論』,『国文学解釈と鑑賞』別冊, 至文堂, 2005).

해하고 있다는 사실이다.

어머니를 향한 사랑이 이성애에 의해 차단되는 사태는 1장 「여작가女作者」를 분석 때도 참조한 주디스 버틀러Judith Butler의 다음과 같은 지적을 상기시킨다. "문화 안에 존재하는 이분법의 제약은, 양성애가 익숙한 이성애로 분절되어 '문화' 안에서 출현하기 이전의 전前-문화적인 양성애에 그 뿌리를 가진다."[291] '전-문화적인 양성애'가 배제됨으로써 이성애문화가 성립되고 "법 앞에 존재하는 쾌락joissance이라는 과거는 발화되는 언어의 내부에서는 알 수 없는 것으로 되어"[292] 있다. 그러나 "과거가 주체의 발화 안에서 실패나 부정합이나 환유적인 실언을 통해 다시 그 모습을 드러내지 말란 법은 없다."[293] 이런 식으로 드러나는 과잉성을 띤 파편으로, 1장에서는 「여작가」의 표층을 미끄러지듯 질주하는 감각 묘사를 주목했다. 「포락지형」에서는 이성애가 도시코의 정동을 절단하는 사태가 더욱 명료하게 드러나 있다고 할 수 있을 것이다. 버틀러가 '양성애'로 설명한 사랑을 다케무라 도모코竹村知子는 '어머니를 향한 사랑'으로 읽는다. 그리고 '어머니의 살해'를 통해 이성애적인 섹슈얼리티를 형성해 가는 과정에는 젠더의 비대칭성

---

291 ジュディス・バトラー『ジェンダー・トラブル―フェミニズムとアイデンティティの攪乱』(原著 : 1990), 竹村和子訳(青土社, 1999), p.108. 버틀러는 양성애를 동성애로 풀이하기도 한다. 한편 크리스테바(Julia Kristeva)의 이론을 비판적으로 검증하는데, 어머니를 읽어 내려는 시도에 대해 부정적인 입장이다.

292 위의 책, p.111.

293 위의 책, p.111.

이 존재한다는 점에 대해 다음과 같이 설명한다.

> 어머니를 향한 사랑의 감정을 죽이지 않고 성性의 대상을 어
> 머니와 같은 성에서 구함으로써 어머니의 살해(어머니로부터의 분
> 리)가 가능한 남자. 어머니를 향한 사랑의 감정을 죽여서(잊어서)
> 어머니와 같은 성이 되어 어머니의 살해(어머니로부터의 분리)가
> 불가능한 여자. 어머니의 살해를 둘러싼 이와 같은 비대칭성이
> 남녀의 자립성(주체화)의 비대칭 그리고 남녀의 섹슈얼리티의 비
> 대칭을 결정한다.[294]

원초적으로 딸이 품고 있는 어머니를 향한 사랑, 원초적인 쾌
락과 이어져 있는 이 사랑의 감정은 양성애의 확립으로 망각되고
딸에게 멜랑콜리를 심는다. 하지만 실언이나 부정합적인 발화를
통해 느닷없이 그 모습을 드러낼 때가 있다. 이와 같은 지적에 근
거하면 류코의 꿈은 부정합적인 언어를 통한 실천 속에서, '딸'에
게 강요된 이성애 체재에 대한 저항을 선명하게 드러낸 것으로 읽
을 수 있다. 다케무라는 "성의 체제를 그 배후에서 강력하게 지탱
하고 있는 '어머니라는 존재' 또는 '어머니라는 존재'의 재생산인
어머니-딸 관계를 어떻게 교란시키면서 경험해 가는가—멜랑콜
리에서 이탈하는 여정—를 모색하는 것이 필요하지 않을까"[295] 라

---

294 竹村和子「あなたを忘れない―性の制度の脱―再生産」(『愛について―アイデンティ
　ティと欲望の政治学』岩波書店, 2002), p.180.
295 위의 책, p.184.

고 논하는데, 도시코는 류코의 꿈을 통해 어머니를 향한 딸의 사랑을 각성시키고 있다. 어머니를 불러도 이성애의 방해를 받아 어머니에게 도달하지 못한다. 하지만, 딸은 어머니를 잊지 않았다.

어머니에 대한 사랑은 마조히즘적인 스토리의 일부로 이해할 수도 있다. 질 들뢰즈Gilles Deleuze는 사디즘과 마조히즘을 짝으로 보는 시점을 비판하는데, 마조히즘에서 구순口脣적인 어머니와 자녀의 근친상간적인 결합을 추출한다.[296] 구순적인 어머니란, 자궁적인 어머니와 오이디푸스적인 어머니의 중간 지점에서 "나쁜 어머니가 지니는 기능을 좋은 어머니 쪽으로 카피해서 이상화"[297] 한 존재를 가리킨다. 마조히즘은 이러한 어머니를 고문자로 받아들이고, 아버지를 배제해서 "성적인 소질로서의 초자아"를 떨쳐내고, 단성單性 생식적인 제2의 탄생을 경험한다고 한다.[298] 따라서 마조히즘은 이성애적인 성애와 차원을 달리 하는 실천이 되는 것이다. 마조히즘이 욕망되는 「포락지형」에서 어머니를 향한 사랑은 비非이성애적인 것으로서 욕망되고 있으며, 또 쓰여 있다고 생각한다. 구체적인 고문자는 게이지로 표출되어 있으나 들뢰즈를 참조하면, 게이지의 위치에 있는 존재는 구순적인 어머니로서 상

---

[296] ジル・ドゥルーズ『マゾッホとサド』(原著 : 1967), 蓮実重彦訳(晶文社, 1998), p.125. 마조흐는 남성이지만 들뢰즈는 마조히스트를 '자웅동체'(p.87)라 규정하고 "딸이 아들의 역할을 받아들이는" 것에 문제는 없다고 한다.

[297] 위의 책, p.79.

[298] 위의 책, p.159. 또한 "어머니는 절대 일체화해야 할 최종 목표가 아니고, 그것을 매개로 마조히스트가 자기를 표현하는 상징론적 조건이다"(pp.81-82)라고 했다.

징적으로 욕망되고 있다고 볼 수 있다. 즉, 어머니의 꿈과 "죽여요"라는 발화로 드러난 '이름 모를 감각'은 둘 다 억압된 어머니를 향한 사랑이 각각 다른 경로를 통해 표출된 것이라고 할 수 있다. 풍경을 향해 방출한 해방감 또한 어머니를 향한 사랑이 충당 cathexis된 것으로 볼 수 있을 것이다. 산과 하늘과 해의 미소에 포근히 안기는 편안함을 느끼는 통일적인 감각이기 때문이다. 더불어 첫 번째 편지에 등장하는, 조선에 있다는 '아버지', 소설 안에서 현실적인 도피처로 설정되어 있는 아버지에 대해서도 언급하지 않을 수 없다. 아버지는 남자들의 이성애의 뒤얽힌 상태를 총괄하는 법으로서 초월적으로 배치되어 있다. 아버지의 이름이 필요할 때는 소환되지만 기능할 수 있는 기회는 준비되어 있지 않다. 편지가 전송되는 일도 없고 조선행이 실행되는 일도 절대 없기 때문이다. 아버지의 소거는 불가능하다. 그러나 아버지는 법이 있는 곳에 위치한다. 그곳은 저 멀리 물러선 곳이다. 그리하여, 마조히즘적인 욕동과 통일감이 맥락 없이 뒤섞여 있는 류코의 감각세계가 행복이 빛나는 푸른 하늘을 향해 퍼져 간다.

5. 비이성애적인 교란성

마조히즘적인 '이름 모를 감각'과 풍경을 향한 해방감, 그리고 어머니의 꿈. 이 모두가 각각 무관한 파편들처럼 보여도, 실은 언어 이전에 억압되어 있는 어머니를 향한 사랑에 의해 충당되어 있다. 소설의 표면에 떠오르는 단편화된 것들 사이에 아무런 연결성이 없다고 단정지을 수는 없다. 그러한 단편적인 감각을 산출하는 신체로 회귀해서, 언어화되는 것이 금지되고 억압된 욕동을 끄집어냄으로써 그들 사이의 연결성이 비로소 보이기 시작한다. 이와 같이 감각의 파편들을 잇는 층을, 지금까지의 분류에 덧붙여 제3층으로 하겠다.

선線적인 스토리로 짜인 소설의 언어를, 그 내부의 질적 차이를 분해해서 분절화하면, 소설 언어의 중층적인 구조를 발견할 수 있다. 특히 다무라 도시코의 작품은, 주변과 타자에게 구애받지 않고 오직 암흑을 응시하는 집중력에 의해 신체적인 감각이 언어를 부여받는다. 그러한 언어가 지니는 생명력에서 여성 작가를 향해 전략적으로 아첨하는 시선이나, 묘사의 시대를 경쟁했던 레토릭으로 다 담을 수 없는, 절실하고도 진지한 이름 모를 실천을 느낄 수 있다. 여기에서의 이름 모를 실천이 이성애제도와의 치열한 결투로 전부 회수될 수는 없다. 도시코의 감각 세계는 이성애적인 성애를 한정적으로 구조화해서 배치하는 것이지, 감각 세계가 이성애적인 성애 안에 포섭되는 것이 아니기 때문이다. 「포락지형」의 간통, 「선혈生血」의 성교의 첫경험, 「구기자 열매의 유혹枸杞の実の誘惑」의 강간 등, 도시코의 작품은 이성애적이고 선정적인 소재를 다룬다. 이들 작품이 다루는 세계는 그러한 사건을 계기로 발동하는 감각의 세계이다. 도시코가 전개하는 압도적인 감각의 세계와 비교하면 이성애라는 구체적인 소재란, 감각을 발동시키는 계기 이상의 의미를 가지지 못하는 게 아닐까, 라는 생각이 들 정도이다. 제3층을 이성애제도에 가담하는 제1층, 제2층에 편입시키기란 불

가능하다. 오히려 제3층은 이성애제도의 제도성과 억압성을 노출시킨다. 바로 이러한 제3층이, 「포락지형」의 평가점이 되는 과잉성과 위험성, 그리고 교란성의 매력으로 넘친다.

실은, 제목인「포락지형」이란 이성애적으로 만들어진 것이다.

> 어느 날, 왕후 달기妲己가, 석양을 받아 빛나는 남쪽 정원의 꽃을 보고, 시를 읊으며 쓸쓸히 서 있었다. 주왕紂王이 참지 못하고 '뭔가 마음에 안 드는 게 있느냐'라고 물으셨다. 달기는 '포락의 법이라던가요, 그걸 보고 싶은 마음에 왠지 슬퍼집니다'라고 대답했고, 주왕은 '간단한 일이다'라며 곧장 남쪽 정원에 포락의 형벌을 내리기 위한 시설을 만들어 왕후에게 보여 주었다. 그런데 이 포락의 법이라는 것, 높이 5척의 구리기둥 2개를 같은 책에 세우고, 그 위에 철로 줄을 치고는 숯불을 그 아래에 놓아 용광로처럼 뜨겁게 달군다. 그리고 죄인의 등에 돌을 짊어지게 하고, 처형인이 창으로 죄인을 기둥 위로 오르게 해서는 철로 친 줄을 죄인이 억지로 건너게 한다. 의식이 몽롱해지고 힘이 빠진 죄인은 화단火壇에 떨어져 온 몸이 타들어가 결국 죽는다. '소열대소열(燒熱大燒熱. 불교의 8대지옥을 빗댄 표현. 역자 주)의 고통'을 현세로 옮긴 형상이라 불에 태우는 법이라는 이름이 붙었다. 이를 본 황후는 몹시 기뻐했다. 그래서 매일 어른 아이 할 것 없이 태워 죽였으니 온 세상이 슬퍼 우는 소리가 그칠 날이 없었다.[299]

---

299 인용은 『太平記 全』(国民文庫刊行会, 1909).

구리기둥을 세우고 철로 줄을 치고는 숯불을 아래에 놓아 돌을 진 죄인에게 그 위를 건너가게 하고, 힘이 다 해서 화단으로 떨어진 죄인은 온몸이 타들어가 결국 죽는다. "소열대소열의 고통"으로 표현된 이 형벌은 은나라 주왕이 애첩 달기를 웃게 만들기 위해 시행한 것으로 광폭한 이성애적 욕망이 만들어 낸 구경거리에 다름 아니다. 도시코는 그녀 자신을 포락지형에 처해지는 죄인에 빗대고 있다. 이성애자를 웃게 만들며 형에 처해지는 죄인은 이성애자들과는 공유될 수 없는 혼자만의 감각과 쾌락의 세계를 가진 여자이다. 도시코의 감각 세계에는 이성애자에 의해 처형될 정도의 위험성, 과잉성, 그리고 교란성이 가득하다.

제14장 유보遊步하는 소녀들

─오사키 미도리와 플라뇌르─

1. 걷는 소녀

'소녀'라는 키워드를 도입함으로써 작품의 가능성을 더 폭넓게 이해할 수 있는 작가로 오사키 미도리尾崎翠가 있다. 가와사키 겐코川崎賢子의 「'소녀'적 세계의 성립 오사키 미도리의 방황」[300], 우부카타 도모코生方智子의 「「여자아이」의 패밀리 로맨스 오사키 미도리『제7관계방황第七官界彷徨』」[301], 고타니 마리小谷真理의 「미도리 환상 오사키 미도리의 메타연애소설翠幻想 尾崎翠のメタ恋愛小説」[302], 구로사와 아리코黒澤亜里子의 「오사키 미도리와 소녀소설 새로 발견된 일군의 텍스트를 둘러싸고尾崎翠と少女小説 新しく発見された一群のテクストをめぐって」[303], 리비아 모네Livia Monnet의 「자동소녀 오사키 미도리의 영화와 우스꽝스러움自動少女 尾崎翠における映

---

300 川崎賢子「〈少女〉的世界のなりたち 尾崎翠の彷徨」(『少女日和』青弓社, 1990).

301 生方智子「「女の子」のファミリー・ロマンス─尾崎翠『第七官界彷徨』の世界」(『明治大学日本文学』24, 1996.6).

302 小谷真理「翠幻想 尾崎翠のメタ恋愛小説」(『日本文学』47-11, 1998.11).

303 黒澤亜里子「尾崎翠と少女小説 新しく発見された一群のテクストをめぐって」(『定本尾崎翠全集』下巻, 筑摩書房, 1998).

画と滑稽なるもの」[304] 등은 중심에서 비껴난 곳에 위치하는 영역으로
서의 '소녀'라는 개념을 경유해서, 매우 유니크한 '연애'의 형태나
감각의 양상을 검토하고 있다. 또한 작가와 작품의 동시대로 시야
를 넓혀서 모더니즘, 특히 영화와의 관계성도 검토되었다. 오사키
미도리를 '소녀'로 읽는 선행연구의 흐름에 편승하면서, 본장에서
생각해 보고 싶은 문제는 걷는 행위이다. 오사키 미도리는 「길 위
에서途上にて」, 「제7관계방황」, 「보행步行」 등, 걷는 행위와 관련된
단어를 반복해서 작품 타이틀에 삽입했다. 오사키 미도리는 걷는
소녀를 쓴 작가였다. 오사키 미도리와 걷는 행위에 대해서는 가와
사키 겐코가 정돈된 논지를 제시했다.[305] 가와사키는 다리의 산책
에서 눈과 귀와 코의 산책이라 할 수 있는 감각들의 산책으로 나아
가고, 나아가 "인간중심주의적인 감각 및 지각의 한계를 넘어" 갔
다고 논하고 있다. 이처럼 가와사키는 감각의 해체와 재편성 과정
을 확인했다. 본장은 걷는 행위의 신체 감각 자체에 주목하고 싶

---

304 リヴィア・モネ「自動少女―尾崎翠における映画と滑稽なるもの」, 竹内孝宏訳
(『国文学』45-4·6, 2000.3.5).

305 川崎賢子「歩くことと書くこと」(『尾崎翠 砂丘の彼方へ』岩波書店, 2010). 가와사키
는 오사키 미도리의 작품 전개를 다음과 같이 논한다. 초기에는 걷는 행위가 "쓰기의
모티브"이자 "방법론"(p.37)이다. 1920년대 말미에 "산책 혐오", "인간 혐오"로 바뀐
다(p.46). 이후의 감각의 해체와 재편의 과정에서는 "은둔 속에 있는 전진 / 전진 속에
있는 은둔, 또는 만상(漫想)적 방황"(p.80)으로, 그리고 "다리로 하는 산책을 억제하는
것에서 전환하여, 다른 감각들의 산책의 가능성을 추구하는"(p.70) 「제7관계방황」을
거쳐, 「지하실 안톤의 하룻밤」에서 "인간중심주의적 감각 및 지각의 한계를 넘어, 의
식의 흐름과 기억의 심층, 생태학적 공간과 진화론적 시간, 우주론적 시공간으로 진입
한 작가가 되었다."(p.80) 가와사키의 논은 오사키 미도리의 산보의 형태가 변화하는
것을 기반으로 하면서 질적 변화도 함께 논했다고 할 수 있다. 본장에서는 산보 형태
의 변화가 아니라 걷는 행위의 신체 감각에 대해 논했다.

다. 오사키 미도리의 소녀는 왜, 어떤 식으로 걸었을까? 그리고 걷는 행위와 쓰는 행위는 어떤 관계가 있을까?

다이쇼大正에서 쇼와昭和에 이르는 동시대에, 걷는 행위란 특별한 의미를 띠고 있었다. 예컨대 『문학시대文学時代』1931년 6월호에는 「도회의 유혹 첨단소녀좌담회都会の魅惑 尖端少女座談会」[306] 라는 기획이 있다. 참가자는 다쓰타 시즈에龍田静枝, 하나오카 기쿠코花岡菊子, 마쓰이 준코松井潤子라는 세 여배우를 포함해서 총 6명이었다. '첨단소녀'들에게 던진 첫 질문은 "여러분은 자주 거리를 산책하시지요? 어디가 왜 좋아서 거리로 나가시나요?"였다. 마쓰이 준코가 대답한다. "오늘 여기까지 오려고 도쿄역 앞 빌딩가를 걸어 왔어요. 뭐라 해야 할지 모르겠지만 이상하게도 기분이 좋아서……." 다쓰타 시즈에는 다음과 같이 대답한다. "저는 긴자銀座를 걸어요. 왠지 화려한 느낌에 눈에 띄는 곳을, 차분한 마음으로 걷는 걸 좋아해요." 질문자 가토 다케오加藤武雄가 "소위 말하는 군중고독群衆孤独이군요"라고 말하자, "군중 속의 외로움을 맛보고 싶어요"라고 다쓰타가 대답한다. 메이지 시대의 전형적인 여학생 표상이라면, 아마 바람에 리본을 휘날리며 자전거를 타는 모습이 아닐까? 그런데 쇼와의 도시공간을 살아가는 소녀는 걷는다. 거리를 하릴없이 거닌다. 예나 지금이나 걷는 행위는 인간에게 있어서 극히 일상적인 것이지만, 여기에서는 '첨단소녀'의 범위를 한정하는 상징적인 의미를 지닌다. 질문하는 남자도 대답하는 소

---

306 「都会の魅惑 尖端少女座談会」(『文学時代』, 1931.6).

녀들도 공유하고 있는, 모던걸을 표상하는 기호로 기능하는 것이다.

하야시 후미코의 『방랑기放浪記』[307] 도 걷는 소녀를 그렸다고 할 수 있다. 불굴의 모던걸 하야시 후미코는 "길을 걷고 있을 때가 제일 즐겁다. 5월의 먼지를 받으며 신주쿠新宿의 육교를 건너 시영전차市營電車를 타면, 거리의 풍경 속에 천하태평 하옵니다, 라고 쓰여 있는 깃발이 서 있는 것처럼 보였다"(p.34)라고 했다. 때로는 친구와 함께 걷는다. "걸을 수 있을 만큼만 걷자. 긴자 뒷골목 초밥집에서 배를 채운 둘은 흑백의 막이 내린 거리를 발맞춰 걸었다. 낮에도 밤에도 어두운 감옥은 언제나 귀신이 창밖에서 들여다본다. 둘은 니혼바시日本橋 위에 도착하자 아이들 마냥 난간에 손을 올리고 훨훨 날아다니는 갈매기를 내려다 봤다."(pp.422~423)

> 두 사람은 유치원 아이처럼
> 발걸음을 나란히 하고 거리 한쪽 귀퉁이를 걷고 있었다
> 똑같은 운명을 가진 여자들이
> 똑같이 눈과 눈을 마주보며
> 쓸쓸히 웃는다
> 제기랄!
> 웃어라! 웃어라! 웃어라!
> 겨우 여자 들이 웃는 데

---

307 林芙美子『放浪記』(改造社, 1930). 인용은『林芙美子全集』第一巻(文泉堂出版, 1977).

속절없는 세상을 신경쓸 필요는 없다
우리들도 거리의 사람들한테 지지 말고
고향에 세모 선물을 보내자
(중략)
두 사람은 어쩐지 쓸쓸히 손을 잡고 걸었다
유리처럼 딱딱한 공기를 헤치며 가자
두 사람은 수령을 노래하며
부산스러운 거리에서 튕겨나갈 듯이 함께 웃었다

하야시 후미코와 함께 걸었던 친구는 히라바야시 다이코平林た
い子이다. 걸으면 걸을수록 둘은 활력이 넘친다. 가난함도 외로움
도 그녀들의 마음을 약하게 하지 않는다. 오히려 저항의 근거가 된
다. 걷는 행위는 현재를 "헤치"는 의지를 발생시킨다. 『방랑기』라
는 타이틀은 그와 같은 잠재된 저항성을 보여 주는 것이 아닐까.

이처럼 '첨단소녀'와 하야시 후미코는 같은 시대를 걷는다. 이
소녀들과 오사키 미도리의 걷는 행위도 어딘가 연결 고리가 있을
터이다. 오사키 미도리와 걷는 소녀들의 관계를 어떻게 이해하면
좋을까. 그런데 동시대에 특수한 의미를 띠며 걸었던 것은 소녀들
만이 아니었다. 동시대에 있어서 걷는 행위가 어떤 의미였는지 재
확인한 뒤에 그 결과를 오사키 미도리와 관련짓는 형태로 오사키
미도리를 읽어 보도록 하자.

2. 플라뇌르, 긴자

우선 생각해 봐야 하는 것은 플라뇌르flaneur, 유보자遊步者라는 개념이다. 19세기부터 20세기 초에 걸쳐 엄청난 변용을 거친 도시 공간을 걷는 행위는 역사적으로 봤을 때 특수한 의미를 가지게 된다. 발터 벤야민Walter Benjamin은 『파시쥬론パサージュ論』[308]에 도시의 유보자들의 모습을 옮겨 담았다. "유보자라는 타입을 만든 것은 파리이다"[309]라고 벤야민은 말한다. "유보자에게 파리는 풍경으로서 펼쳐져 있기도 하지만, 동시에 방으로서 유보자를 감싼다." "19세기 파리에서 일어난 가로街路와 거주의 도취적인 상호침투"[310]를 유보자는 경험한다. 그것을 가능하게 하는 것이 "유보의 변증법"이다. "한편으로 이 남자는 모두의 주목을 받고 있다고 느낀다. 정말이지 천박함 그 자체. 다른 한편으로 다른 사람의 눈에 전혀 띠지 않는 꽁꽁 숨은 존재. 아마도 '군중 속의 남자'가 전개하는 것이 바로 이러한 변증법일 것이다."[311] 이와 같은 변증법적 삶을 영위하는 유보자의 상징적 존재가 샤를 보들레르Charles Baudelaire이다. "보들레르에게 있어서의 군중. 그것은 유보자 앞에 쳐진 베일과 같다. 그것은 고립된 자의 최초의 마취약이다. ―

---

308 ヴァルター・ベンヤミン『パサージュ論』第三巻(原著 : 1983), 今村仁司・三島憲一 他訳(岩波現代文庫, 2003).

309 위의 책, p.78.

310 위의 책, p.94.

311 위의 책, pp.86–87.

개인의 모든 흔적을 지워 나간다. 추방된 자의 가장 새로운 은둔처이다"[312]라고 벤야민은 말한다. 앞선 '첨단소녀'들이 경험하고 싶다고 말했던 "화려"한 장소에서 느끼는 "차분한 마음" 그리고 "군중 속의 외로움". 가토 다케오加藤武雄가 잘 정리하고 있는 것처럼, 유보자가 경험하는 고독은 동시대 일본에서 이미 개념화되어 있었다. 그녀들은 일본의 도시 유보자들의 한 사람이었던 것이다.

특히 '긴자'는 유보자들에게 특별한 장소였다. '긴부라銀ブラ'라는 표현도 있다. 1931년에 간행된 『긴자세견銀座細見』[313]에서 안도 고세이安藤更生는 '긴부라'라는 말을 만든 것은 1915, 6년 무렵 게이오대학慶應大學 학생들이라고 지적한다. 긴자는 "당시 가장 이국적인 풍취를 가지고"[314] 있는 번화가였다. 1921년이 되면 '긴부라ギンブラ'라는 이름의 카페도 등장하고 "그 무렵 긴자 하면 일반적으로 산책하는 거리라는 이미지를 심어 주었다[315]"고 한다. 다만 "소수의 호사가들 사이에서만 통하는 말이 아니라 대대적인 유행어로서 실질적으로 대중화되"[316]는 것은 관동대지진 후였다. 대지진 후의 긴자는 걷는 행위가 특별한 의미를 가지는 공간이 되었다.

일본 근대의 중심가, 번화가 하면 '아사쿠사浅草'도 뺄 수 없을

---

312 위의 책, p.147.
313 安藤更生 『銀座細見』(春陽堂, 1931).
314 위의 책, p.16.
315 위의 책, p.19.
316 위의 책, p.23.

터인데, 요시미 순야吉見俊哉는 관동대지진 전의 '아사쿠사'와 후의 '긴자'를 비교하는데, 도시공간으로서 둘 사이에 어떤 질적 차이가 있는지를 다음과 같이 지적한다. "'아사쿠사'는 사건이나 행위의 의미가 그곳으로 모여드는 사람들 사이에서 공유될 수 있는 환상의 공동성에 의해 빚어지는 번화가인데 반해, '긴자'는, 그러한 의미가 아직 도래하지 않은 〈미래〉로부터의 비급備給에 의해 보증되는 번화가이다."[317] 이와 같은 차이는 그곳으로 모이는 사람들의 계급 구성이 다르다는 점과도 관련이 있다. 아사쿠사는 지방에서 홀로 상경한 도시의 하층민이 모이는데 비해, 긴자는 야마노테山の手나 도쿄 교외의 신新 중산층과 그 자녀들이 모인다. 그래서 아사쿠사에서는 환상으로서의 〈고향〉 이미지를 공유하는 '〈만지는=모이는〉 감각'이 기초가 된다. 추상화된 〈외국=미래〉를 지향하는 사람들이 모이는 긴자는 모던 생활의 '빛나는 무대'가 되고, 그러므로 '〈관람하는=연기하는〉 감각'이 기초가 된다. 요시미는 이러한 전환에 의해 일본의 '모던'적인 것이 발생한다고 지적한다.[318]

긴자를 가득 채운 추상성에 대한 동시대의 평가는 일종의 위조성을 지적한다. 앞서 인용한 안도 고세이는 『긴자세견』 제1장 첫머리에 다음과 같이 쓰고 있다.

---

317 吉見俊哉『都市のドラマトゥルギー東京・盛り場の社会史』(弘文堂, 1987), pp.242–243.
318 위의 책, pp.249–253.

긴자를 즐김이란 오늘날 일본의 모두가 갈구하는 바이다. 대신大臣도 산책한다. 공산당도 산책한다. 그런데, - 이것이 일본 도시생활의 빛나는 무대인 것일까? 아무런 깊이가 없다. 최고의 낙원이 아니라 절망스러운 혼돈이다. 가벼운 댄스 스텝으로 걷는 발끝은 땅과 닿지 않는다. 내일이 없는 거리. 환영幻影에 맞춰 춤추는 허무한 망자 집단.[319]

그리고 마쓰자키 덴민松崎天民이 『긴자』에서 인용한 이쿠타 기잔生田葵山의 말.

모던 보이, 모던 걸이라고들 하는데 내용 없는 모던 요괴의 행렬이라고. 머리 셋팅한 요괴, 얼굴 하얗게 칠한 요괴, 서양식으로 빼입은 요괴가 우글우글 걸어 다닐 뿐. 구시대도 신시대도 없었던 걸로 해 버리는 한심한 모방꾼들이 산책하고 있다니까.(중략) 그냥 이런 저런 인간들이, 이런 저런 풍채로 걷고 있을 뿐, 기분이나 기세를 어쩌고저쩌고 할 문제도 아니야.[320]

안도와 마찬가지로 비판적인 감촉으로 가득 차 있다. 확인하고 싶은 것은, 위조가 아닌 진짜와 진실을 지향하지 않는 독특한 깊이 없음을, 걷는 행위와 중첩시켜 언급하고 있는 부분이다. 요시미가 지적하는 긴자의 추상성은 방황하는 행위 자체를 목적으로 한다.

---

319 安藤更生, 앞의 책, p.3.
320 松崎天民『銀座』(銀ぶらガイド社, 1927). 인용은『銀座』(ちくま学芸文庫, 2002), p.123.

어디에 도착하기 위해서가 아니라 '관람=연기'하기 위해서 사람들이 거리를 산책하는 것이다. 사람들은 마치 서로가 서로를 모방이라도 하는 양 새롭고 기이한 복장으로 베일을 쓰고 걸어 다닌다. 그리하여 무한히 반복되는 모방을 통해 허구화되는 공간으로서의 긴자를 창출해 간다. 현실과 직결되지 않는 추상적인 '외국=미래'와 같은 무언가를 거리의 표층에 비추는 것이다. 이화異化된 공간을 떠도는 감각은, 그 공간을 떠도는 자기 자신을 이화시키는 감각과 연결된다. 안도 고세이도 이쿠타 기잔도 그러한 감각을 부정적인 문맥에서 지적하고 있다. 하지만 걷는 사람들 입장에서는 바로 그러한 표층성과 추상성을 통해 탄생하는 허구의 감각이야말로 중요했으리라.

3. 모방과 자기 이탈

유보자들의 감각이란 무엇일까. 일본에서 보들레르를 모방하며 걸었던 사람들의 발언을 살펴보자.

우선 하기와라 사쿠타로萩原朔太郎. 「군중 속에서群衆の中に居て」[321]는 "군중은 고독한 자의 고향이다. 보들레르."라는 에피그라프가 붙은 작품이다. "도회 생활의 자유로움이란, 사람과 사람 사이의 번거로운 교섭 없어도 모든 사람들이 도회를 배경으로 즐

---

[321] 萩原朔太郎「群衆の中に居て」(『四季』, 1935.2). 인용은 『萩原朔太郎全集』第二卷(筑摩書房, 1986). 하기와라 사쿠타로와 유보자의 관계에 대해서는 朝比奈美知子「都市の遊歩者―ボードレールと萩原朔太郎」(『東洋大学紀要 教養課程篇』37, 1998.2) 참조.

겹게 군집群集을 형성하고 있다는 점에 기인한다"(p.315)라는 말로 시작해서 "도회는 내 애인. 군집은 내 고향. 아아, 끝 없이 끝 없이 도회의 하늘을 배회하며 군집과 함께 걸어 가야지. 파도는 저 멀리 지평선 끝에서 흩어진다, 나는 군집 속에 흘러 가리"(p.318)라고 끝 맺는다. 관계를 맺지 않는 개개인의 집합 속에서 "이 얼마나 무관 심한, 세상 편한, 즐거운 망각의 분위기란 말인가"라고 할 때의 망 각이란 '나는 누구인가'가 될 터이다. 타인의 기억에 자신이 결부 되어 있다는 답답함에서 해방된 '나'는 처음으로 '자유'로운 감각 을 획득한다. '나는 누구인가'라는 지점에서 부상하는 '나'는 그 누구도 아닌 존재가 되어 그저 걸을 뿐이다. 군중 속의 고독은 자 기를 이탈하는 감각으로서 적극적으로 발견된다. 사쿠타로가 열 거하는 장소명은 ('긴자'가 아니라) '아사쿠사'로, 군중은 '룸펜', '무 직자', '목적지 없이 정처 없이 떠도는 인간'으로 묘사되고, 요시미 슌야가 지적하는 도시하층민이 되겠으나, 여기에서 추구되는 것 은 아사쿠사가 상징하는 '공동성'이 아니라 긴자가 상징하는 '고 독'함이라고 할 수 있다. 보들레르를 경유해서 그리는 '군집'과 그 안에서의 '고독', 긴자라는 장소를 지배하는 모던 감각이, 아사쿠 사를 이야기할 때조차도 우세한 코드로서 참조되고 있는 것이다.

　　마찬가지로 보들레르에 취해 있던 가지이 모토지로梶井基次郎 또한 거리를 방황한다. 「레몬檸檬」[322]에서 걷는 거리는 교토京都인 데 지역이 함유하는 고유한 의미는 적극적으로 제거되어 있고 '착

---

322 梶井基次郎「檸檬」(『靑空』1925.1). 인용은 『梶井基次郎全集』第一巻(筑摩書房, 1999).

각'하기 위해 노력하는 모습이 묘사된다. "할 수 있다면 나는 교토를 탈출해서 아무도 모르는 곳으로 가고 싶었다. (중략) 겨우 착각이 성공하기 시작하면 나는 거기에서부터 상상의 물감으로 덧칠한다. 대단한 그림도 아니다, 내 착각과 반쯤 폐허가 된 거리를 오버랩시킬 뿐이다. 나는 그 속에서 현실의 나 자신을 망각하는 것을 즐겼다"(pp.7-8). 교토는 아무도 모르는 장소로 환상적으로 변환되고, 자기 자신을 '망각'하는 감각이 표출된다. "약간의 흥분으로 고조된 나는 일종의 자랑스러운 기분마저 맛보며, 한층 미적인 옷차림으로 거리를 활보했던 시인을 생각하며 가벼운 발걸음으로 거리를 걸었다"(p.11)고 하는 것처럼, 여기에서의 욕망이란 도시의 추상화로 향하는 유보자의 욕망과 정확히 일치한다. 이처럼 풍경의 착각을 추구하는 감각은 사쿠타로가 「고양이 마을猫町」[323]에서 묘사한 감각과 동질성을 지닌다. "일부러 방향을 착각"하게 해서 "현실의 마을"을 "환등幻燈 막에 비친 그림자 마을"로, "미지의 착각을 일으키는 마을"로 느끼게 하는 의도(pp.351-352)의 결말은, 호쿠에쓰北越의 "외딴 산중"에서 돌연 "세련된 대도회"에 진입하여 아름다운 "군집"이 "고양이의 대집단"이 되는 경험이다(pp.356-360). "우주 어딘가에 분명 존재하고 있음이 틀림없는"(p.362) 그 장소가 언제 어느 거리에 비춰질지 알 수 없다. 언제 어디를 걷든 착각이 일어나기만 하면 출현할 수 있다. 따라서 지극히 추상적인

---

323 萩原朔太郎「猫町」(『セルパン』1935.8). 인용은 『萩原朔太郎全集』第五巻(筑摩書房, 1987).

공간이다.

호리 다쓰오堀辰雄의 「서투른 천사不器用な天使」[324]는 자기를 이탈하는 감각을 더 선명하게 부각시킨다. 화자 '나'가 친구 마키와 관계를 맺고 있는, '카페 샤노와르'에서 일하는 여성을 사랑하기 시작한다는 설정인데, 진부한 삼각관계처럼 보이기는 해도 재미있는 점은 '나'가 이 여성과 동일화해 간다는 점이다. '나'는 괴로움을 잊기 위해 군중 속을 거닌다. "나는 어디에 닿든 상관없이 그저 걷는다. 그냥 내가 내 안에 있기가 싫어서 걷는다. 그녀와 친구들 뿐만 아니라, 나 자신과 멀리 떨어진 곳에 내가 있을 필요가 있다."(p.14) 여기에서도 걷는 행위는 자기이탈을 위한 적극적인 방법이 된다. 흥미로운 점은 자기 이탈에서 대상이었던 존재로 동일화해 가는 양상이 묘사된다는 점이다. 화자 '나'는 예전에 마키와 함께 산책할 때 마키의 어깨를 올려다보며 스쳐 지나갔던 한 여자를 떠올리는데, 어느새 "그 이름도 모르는 여자와 그녀가 바"뀌고 "지금 그녀는 무의식중에 (일전에 그녀가 마음에 든다고 했던. 인용자주) 뭐가 야닝스(Emil Jannings, 1884-1950. 독일 출신의 배우. 역자주)의 어깨고 뭐가 마키의 어깨인지 모르겠다고 믿"게 될 뿐만 아니라, 더 나아가 "묵직한 그 어깨가 자신의 어깨에 부딪히기를 그녀가 바라는 것과 똑같이 나도 내 어깨에 부딪히기를 바라게 된다"(p.25)고 말한다. "나는 그녀의 눈을 통해서만 세계를 보려 하

---

324 堀辰雄「不器用な天使」(『文藝春秋』 1929.2). 인용은 『堀辰雄全集』第一卷(筑摩書房, 1977).

게 되었음을 깨닫는다. (중략) 내 안에서 뒤엉켜 있는 두 마음 중 뭐가 내 마음이고 뭐가 그녀 마음인지 구분을 할 수가 없다."(pp.25 -26) 소설 마지막 부분에서 '나'는 좁은 택시 안에서 마키의 "넓고 묵직"한 다리 위에 앉게 되고 "소녀처럼 귀가 빨개"(p.30)진다. '나'에게 있어서 보는 대상이었던 길거리에서 스친 여자에게 '그녀'를 오버랩시키고, 그런 '그녀'와 동일화한 결과 원래 '나'가 품었던 욕망에서 멀어지는 것이다. 물론 '그녀'의 욕망도 '나'가 기억 속에서 가상으로 구축한 것이므로, '그녀'의 욕망의 근원을 따지면 누구의 욕망인지 확정할 수 없게 되고, '나'와 '그녀' 두 인물 중 어느 쪽에도 속할 수 없는 소속 불명의 욕망만이 남게 될 뿐이다. 누구의 욕망인가가 중요한 게 아니라, '나'가 자신과 유리遊 離된다는 점이 중요하다. 벤야민은 유보자의 '감정이입의 도취'[325]의 예로 귀스타브 플로베르Gustave Flaubert와 보들레르의 텍스트를 인용한다. 플로베르에 대해 "남성이자 여성, 양성의 연인인 나는 (중략) 말이고, 나뭇잎이고, 바람이고, 타인의 언어이고, 사랑에 빠진 눈꺼풀을 반쯤 내린 태양이었다……"라고 표현하고 있는데, 호리 다쓰오의 '나'가 보여 주는 동일화 또한 '감정이입의 도취'의 예로 생각할 수 있지 않을까? 걷는 행위를 자기이탈을 위한 방법으로 삼는 자에게 누군가를 본다는 것은 누군가로 동일화하는 영위가 된다. 시각적인 행위가 산출할 수 있는 주체성은, 보는 자가 보이는 대상과 관계를 맺으면서 흔들리기 시작한다. 이와 같은 이중

---

325 ヴァルター・ベンヤミン, 앞의 책, P.153.

성은 모방을 통해 얻을 수 있는 허구성을 향한 욕망과 질적으로 중첩되는 것이리라. 근거나 본질을 기반으로 하는 '나는 누구인가'라는 질문은 회피되고, 오히려 이미테이션이 되고, 다른 누군가 혹은 무언가에 스스로를 오버랩시켜 가기를 욕망된다. 유보와 착각과 자기 이탈이, 공간과 욕망과 행위의 허구성의 과잉화에 의해 되풀이되는 것이다.

4. 타락하는 걷는 여자

이상으로 정리한 일본의 유보자의 감각과 소녀의 걷는 행위는 공통점이 있을까? 그리젤다 폴록Griselda Pollock은 보들레르를 언급하며 "산책자는 근본적으로 남성적인 모델에 해당하고 거기에 여성 이미지는 없다", "여성 산책자는 실제로 없으며 있을 수도 없다"[326]라고 했다. 왜냐하면 "여자는 산책자가 보는 대상으로 위치 지어져 있"기 때문이다. 호리 다쓰오의 「서투른 천사」 속 '그녀'는 '나'의 창조성과 감성 그리고 정열과 욕망의 근원이다. 하지만 '그녀'를 봄으로Tj '나'는 '그녀'를 가상적으로 구축하고, 그렇게 구축된 '그녀'에게 자신을 동일화시킨다. 카페 여급女給으로 봐도 무방하고 모던걸로 봐도 무방한 '그녀' 자신은 걷지도 않고 보지도 않는다.

---

326 グリゼルダ・ポロック『視線と差異―フェミニズムで読む美術史』(原著：1988), 萩原弘子訳(新水社, 1998), p.116.

무로 사이세이室生犀星의 「환영의 도시幻影の都市」[327]는 걷는 여성을 죽음에 이르게 한다. 무대는 아사쿠사. 시점인물인 '그'는 "해질 무렵이 되면 목적도 없이 거리로 나가 하릴없이 걷는"(p.401) 유보자이다. 그런 그가 '불가사의한 에피소드'(p.403)를 듣게 된다. '전기 아가씨'라 불리는, 동시에 '잡종아雜種児 즉 혼혈이라는 소문이 도는 한 여자의 이야기이다. 유창한 일본어와 흑발의 일본인 어머니를 둔 그녀가 '서양인'으로 의심받는 이유는 걷는 여자이기 때문이다.

그녀의 걷는 모습은 그 모든 조건을 충족시킬 수 있는 자격이 있었다. 거침없이 걷는 그녀는, 가게나 골목길 모퉁이를 돌 때면, 서양인이라면 누구나 가지고 있는 경쾌한 발놀림과 매우 섬세한 턴으로 길모퉁이를 획 돌아 걸어갔다.(p.405)

걷는 여자인 그녀는 거리 위의 이방인으로 인식되고 있다. "전기를 몸에 지니고 있다"(p.410)는 평판은 SF적이라고 봐도 좋은 이질성이 그녀에게 부여되어 있음을 보여 주는데, 그녀는 "여배우같은 요염함"(p.416)을 지녔다고 묘사되는 모던걸이기도 하다. 소설 마지막에 그녀는 주니카이(12층을 뜻하지만 1890년 아사쿠사에 지어진 12층짜리 건물 료윤가쿠凌雲閣를 상징하는 말이기도 하다. 여기에서는 료윤가쿠를 가리킨다. 역자 주)에서 투신자살을 한다. 걷는 공간을 빼

---

[327] 室生犀星「幻影の都市」(『雄辯』1921.1). 인용은『室生犀星全集』第二卷(新潮社, 1965).

앗기고 하늘에서 낙하한 그녀는 결국 "소문 그대로 그 여자가 임신한 거라면"(p.425)이라는 말이 상징하는, 성애와 관련된 가십적인 문맥으로 견인된다. 그리고 시점인물인 '그'는 그녀가 '왠지 서양인 같이 잰 걸음으로 걸어가는 모습"(p.424)의 환영을 본다. 즉, 걷는 여자는 현실 속의 삶을 부정당한 채 누군가의 착각이 만들어 내는 환상속의 공간을 거닐 뿐이다.

호리 다쓰오의 「수족관水族館」[328]도 아사쿠사를 무대로 걷는 여자가 숨을 거두는 이야기이다. 화자 '나'는 '아사쿠사의 매력'을 이해시키기 위해 '공상에서 태어난 이상한 이야기 하나'(p.57)를 해 주겠다고 한다. '나'에게는 수족관 위에 있는 카지노 폴리(カジノ・フォーリ. 1929-1933에 일본에 실재했던 오락성 연극 극단. 역자 주)의 무희 고마쓰 요코小松葉子를 짝사랑하는 야스泰라는 친구가 있다. 야스는 "내 자신의 욕망의 램프에 비친 것을 보고 비로소 내 욕망이 무엇인지 깨달았다"고 '나'에게 이야기한다(p.63). 모방적인 욕망의 도식이 베이스에 깔려 있다고 봐도 좋은데, 특징적인 것은 요코의 애인이 미소년으로 분장한 여자라는 설정이다. 나아가 주목해야 할 부분은 이 여자가 미소년으로 남장한 모습으로 "우스꽝스러울 정도로 큼지막한 헌팅캡을 쓰고, 일부러 성큼성큼 걷는 걸음걸이"(p.64)로 거리를 활보한다는 점이다. 야스도 '나'도 흡사 탐정인 마냥 요코와 그녀의 애인을 추적한다. 보는 자인 유보자가 종종

---

328 堀辰雄「水族館」(久野豊彦ほか著『モダンTOKIO円舞曲－新興芸術派作家十二人』(春陽堂, 1930). 인용은『堀辰雄全集』第一巻(筑摩書房, 1977).

탐정과 겹쳐진다는 사실이 떠오르기도 하는데 여기에서 야스는 짝사랑하는 무희를, '나'는 미소년으로 분장한 여자의 뒤를 밟으며 거리를 돌아다닌다. 야스는 추적 결과, 두 여자가 나체로 한데 엉켜 있는 장면을 목격하고, '나'는 추적 중인 여자가 어느 방 창문에 돌을 던지는 장면을 목격한다. 전체적인 스토리는 두 추적담으로, 결말에서 남장한 여자가 수족관 옥상에서 떨어진다. 이러한 결말에 이르는 사정을 살펴보면, 애정에 냉담해진 무희에게 격분한 여자가 무대에 출연 중인 무희를 객석에서 권총으로 쏘려고 했으나 실패하고, 붙잡히지 않으려고 옥상으로 도망쳤다가 떨어졌다는 줄거리이다. 이 또한 진부하고도 얽히고설킨 치정痴情 이야기인 셈이다. 그런데 기억해야 할 것은, 걷는 여자를 추적하는 이야기였다는 사실이다. 걷다 지친 '나'는 추적을 포기하지만, 여자는 "쭉쭉"(p.70) 걸어간다. 그러나, 아니 역시나, 그렇게 영원히 걸을 것만 같던 그녀는 최후에 이르러 걷는 공간을 빼앗기게 되고 "옥상에서 머리부터 거꾸로 우리 위로 떨어"(p.74)진다.

　낙하는 보행의 금지를 상징한다. 발을 둘 곳이 제거되어 스스로의 무게로 인해 떨어진다. 또는 상승하려던 자의 실패를 의미한다고 봐도 좋으리라. 「수족관」의 여자가 걸을 수 있는 것은 미소년의 모습을 빌렸기 때문이다. 남자 같은 걸음걸이로 걸으려고 했던 그녀는 결말부에서 옥상으로 내몰리는 와중에 헌팅캡을 떨어뜨린다. 그러자 "풍성한 여자의 머리칼"(p.73)을 노출시키고 만다. 여자로 돌아온 그녀에게 걷는 행위는 금지되어 있다. 걷는 여자는 처벌받기 때문이다.

5. 스틱걸

아사쿠사를 무대로 하는 이야기에서 여자 혼자 걷는 행위는 허용되지 않는다. 그런데 걷는 행위가 특별한 의미를 지니는 또 다른 거리, 긴자에서는 여자도 걷는 행위가 허용되고 있기는 하다. 단지, 이성애적인 문맥에 포섭되어 있을 뿐이다. 긴자 문화가 생성시킨 걷는 여자, '스틱걸ステッキガール'이 그것이다.

'스틱걸'이란 무엇일까. 마쓰오카 규호松岡久寨의「스틱걸 구락부」[329]는 다음과 같이 설명한다.

> 어떤 손님이, 이게 먹고 싶다, 그게 사고 싶다, 저게 보고 싶다, 여기 저기 가고 싶다, 하지만 어디서 무엇을 어떻게 해야 할지 몰라서 곤란해 할 때, 스틱걸이 이름 그대로 스틱이 되어 준다. 마치 남편을 위해 뭐든 해 주는 아내처럼 남자가 심심해하지 않도록 서비스하는 것이 그녀들의 직업이자 목적이다.(p.413)

다시 말해 '말하는 스틱' 즉 지팡이가 되어 걷는 남자를 받쳐 주면서 여러 가지로 시중을 드는 일을 하는 여자를 가리킨다. 그녀들을 고용하는 시세는 "긴자안내(1시간) 3000리(厘. 1엔의 1000분의 1. 당시의 1엔은 대략 현재의 4000-5000엔. 역자 주) 이상." 마쓰오카가 스틱걸의 전신前身으로 제시하는 스트리트걸ストリートガール에

---

329 松岡久寨「ステッキ・ガール倶楽部」(『風俗雜誌』1930.5). 인용은 海野弘編『モダン東京案内』モダン都市文学 I (平凡社, 1989).

대한 설명도 대동소이한데, "혼자 쓸쓸하게 딱딱한 페이브먼트를 밟으며 걸어가는 자유롭지 못한 청년신사(?)의 식사, 쇼핑 등의 안내, 또는 하릴없는 산책의 무료함을 위로해 주는 일시적인－뭐든 해주는 아내"(p.407)라는 것처럼, 유행이 된 걷는 행위가 탄생시킨 존재라 할 수 있다. 마쓰오카는 '도시미都市美'라는 관점에서도 스틱걸을 찬양하는데 "1950년 긴자 풍경, 스틱걸이 있는 화폭. 이 얼마나 정취 가득한 캔버스인가. 이는 일본풍속사의 한 페이지를 장식하는 그림이 될 것이다"라며 마쓰오카 자신이 직접 미래를 그린다(p.15).

그런데 스틱걸은 유행 당시부터 허구성이 지적되었다는 사실에 주목하고 싶다. '스틱걸 명명의 아버지'로 여겨지는 것에 대해 '항변'[330] 하는 니이 이타루新居格는 "당신과 함께 걷고 있는 사람이 누구인가?"라는 질문에 "말하자면 스틱이지"라며 가볍게 응수한 적은 있지만 "몇 년 후 스틱걸인가 뭔가 하는 말이 갑자기 사람들 입에 오르내리더니, 일종의 유행어처럼 번지고 있"다는 사실에 놀라면서, 동시에 "나는 실재로 그런 게 존재한다고 생각하지 않는다. 호사가가 넘치는 요즘이라 쳐도, 이런 불경기에 약간만 돈을 주면 어디든 따라 오는 여자라니, 어처구니없다. 여자 쪽에서 행여 새로운 직업으로 삼을 만 하다고 여긴다 쳐도 일 자체가 너무 재미없다"고 "단호히 주장하는 바"라고 말한다. 이러한 니이의 단호한 주장에 호응하는 형태로, 안도 고세이처럼 "한 때 스틱걸이 탄

---

330 新居格「ステッキガール抗辯」(『婦人公論』1929.9).

생했네 어쩌네 하면서 꽤나 시끄러웠는데, 실제로 그런 일은 없었던 것 같다. 품팔이 글쟁이들의 삼류 소설도 아니고. 그게 장사가 될 리도 없다. 그런 어정쩡한 장사에 손님들도 걸들도 만족할 리가 없다"[331]며 스틱걸의 존재를 부정하는 담론도 존재한다. 그러나 스틱걸의 허구성이란, 이처럼 비본질성을 지니고 있기 때문에 앞서 확인한 긴자의 표층성 및 연기성과 공명하는 것이다.

　구노 도요히코久野豊彦의 「저 꽃! 이 꽃! 아! 모더니즘의 때! ぁの花! この花! あ! モダアニズムの垢よ!」[332] 에 등장하는 스틱걸은 "이게 그 말로만 듣던 스틱걸인가"라면서 손님이 되는 '나'에게, "애인과 같이 걷는 기분"이나 "기품 있는 부인과 산책하는 기분"이 들거라며 긴자로 꾀어낸다(pp.201-203). "아무래도 나 자신이 내가 아닌 것 같은 기분"이 드는 '나'는 왠지 불편한 느낌을 그녀에게 말하지만 "아이 참, 갑자기 무슨 말을. 어차피 우리는, 우리 모두는 거리를 걷는 연기자니까 좀 참으세요. 안 그러면 우리 연극이 망해 버리잖아요. 알겠죠? 자 이리로, 같이 걸어요"라는 말을 건넨다 (pp.205-206). 스틱걸은 존재의 희박함 그 자체를 살아 가는 자의 상징과도 같다. 나의 나다움이라고 해도 좋을 자아의 내실을 소거하는 것이 스틱걸 존재의 조건이 된다. 환상의 윤곽을 유지하기 위해서는 연기와 연출은 필수불가결이다.

---

331 安藤更生「ステッキガール」, 앞의 책, p.292.
332 久野豊彦「あの花! この花! あ! モダアニズムの垢よ!」(『モダンＴＯＫＩＯ円舞曲』).
　　인용은 鈴木貞美編『モダンガールの誘惑』モダン都市文化 II (平凡社, 1989).

사토 하루오佐藤春生의 「망담 긴자妄談銀座」[333]는 스틱걸을 의도적으로 만들어 낸 남자가 등장한다.

앞서 긴자에 스틱걸 같은 여자가 출현했다고 선전한 게 실은 야마무라였다. 우선 그는 이 신종 직업을 신문잡지와 관계 있는 친구들에게 부탁해서 가십풍으로 선전하라고 하고서 스틱걸의 소문이 부풀어 오르기를 기다렸다가, 그의 정부情婦를 시켜 스틱걸이라는 신종직업을 하게 해 본 것이다.(p.386)

어느 날 한 여자가 야마무라를 부른다. "저는 당신이 뱉은 말로 탄생한 여자입니다. 자연은 예술의 모방이라고들 하지요"(p.389)라고 하는 이 여자는 스스로 허구성을 걸치고 있다. 스스로를 마농 레스코(Manon Lescaut. 아베 프레보(Antoine François Prévost d'Exiles, 1697–1763 의 장편 소설 제목 및 주인공 이름. 팜므파탈을 묘사한 최초의 문학으로 일컬어진다. 역자 주)라 칭하는 '환상처럼 아름다운' 여자는 '거리의 여황제'가 되기 위해 "어디를 가든 데리고 가 주실 것", "모든 지인들에게 저를 소개해 주실 것", "제가 부탁드리는 옷, 장신구 등을 즉각 바칠 수 있도록 항상 준비해 주실 것"이라는 3가지 조건을 내건다(pp.223–224). 여기에서는 유행을 만들어 낸 남자까지 등장해서 스틱걸이라는 존재가 개념이 선행하는 형태로

---

333 佐藤春夫「妄談銀座」(『新青年』1932. 3–6). 인용은 『定本佐藤春夫全集』第八卷(臨川書店, 1998).

탄생되었음을 한층 부각시킨다. 이와 같은 허구성이 소설을 구성하는 전제이다.

구노 도요히코와 사토 하루오의 작품이 보여 주는 바와 같이 스틱걸은 실재성이라는 측면과는 동떨어진 존재이다. 그렇기 때문에 수수께끼 같은 존재로 그려진다. 그리고 두 작품 모두 후반에 이르러 여자들의 정체가 드러난다. 전반은 수수께끼, 후반은 내막 공개라는 식의 구성인데, 허구성과 위조성을 그리기 위한 장치로 스틱걸이 기능하고 있음을 잘 보여 준다. 그런 의미에서 스틱걸은 긴자라는 공간을 상징하는 존재이다. 하지만 바로 그렇기 때문에, 그녀들은 쾌락의 주체가 될 수 없다. 긴자라는 무대 위를 스틱걸이라는 소도구와 함께 유보하는 쾌락의 주체는 남자들이다. 거리에 출현한 여자들은 철저한 환영으로서의 허구성을 부여 받고, 남자들의 산책과 유보의 도구라는 위치가 부여될 뿐이다. 하지만 환상은 환상, 앞서 밝혔듯이, 텍스트 후반에 이르러 스틱걸이라는 베일은 벗겨진다. 「저 꽃! 이 꽃!」에서는 작은 자동차 안에서, 「망담 긴자」에서는 빌딩의 어느 방에서, 남자를 유혹하는 여자가 된다. 폭로된 수수께끼의 정체는 욕망의 대상조차 못 되는 전형적인 매춘부와 다를 바 없는 여자였다.

6. 오사키 미도리와 걷는 행위

걷는 행위가 특별한 의미를 가졌던 시대와 장소로 돌아가서, 유보자들의 모습과 소녀들은 혼자 걷는 행위가 허용되지 않았다는 사실을 살펴보았다. 그렇다면 오사키 미도리가 그린 소녀는 앞서 살펴본 문화적 맥락 속에서 어떤 식으로 걸었을까?

우선 「목서木犀」[334], 「신질투 가치新嫉妬価値」[335], 「길 위에서途上にて」[336]라는 타이틀의 작품들을 고찰하겠다. 이들 작품 속에는 환상을 떠올리며 도시의 어딘가를 거니는 모습이 묘사되어 있어서 오사키 미도리의 보행이 다른 작가와 마찬가지로 플라뇌르 즉 도시유보자의 이미지와 연결되고 있다는 사실을 보여 준다. 동반자를 데리고 걷는 모습을 오사키가 그리는데 있어 특징적인 것은, 이 동반자들이 극히 비현실적인 존재라는 점이다. 「목서」는 목장에 오지 않겠냐는 N씨의 요청을 거부한 사흘 전 밤부터, 외로움을 함께 느껴 준 채플린을 사랑하는 화자 '나'가 영화관을 나와 거처인 다락방으로 돌아갈 때까지 '찰리'와 함께 걷는다. "가방을 메고 겨울용 짚신을 신은, 고독한 방랑자의 모습 그대로 나와 나란히 걷고 있다"고 묘사되는 '찰리'에게 '나'는 마치 그가 실재하는 마냥 말을 걸며 다락방 말고는 있을 곳이 없다고 호소하며 같이 걷는다(p.234). 「신질투 가치」의 동반자는 더 특이하다. 화자 '나'의 "육체 안에서 함께 살고 있"다고 되어 있는, 귀속에서 울리는 소리 즉 '이명耳鳴'(p.256)이다. '이명'에게 이끌린 '나'는 '이명'과 함께 거리를 걷는다. 거리를 걷는 화자가 환상에 빠지기 쉽다는 성질

---

334 尾崎翠「木犀」(『女人芸術』1929.3). 오사키 미도리 작품 인용은 모두 『定本尾崎翠全集』 上巻(筑摩書房, 1998).

335 尾崎翠「新嫉妬価値」(『女人芸術』1929.12).

336 尾崎翠「途上にて」(『作品』1931.4).

은, 앞서 언급한 도시유보자들의 상태와 일맥상통한다. 여기에서의 화자의 분열을 통일된 자기의 상실, 일종의 자기이탈로 이해해도 좋다. 다만 다른 점이 있다. 오사키 미도리의 경우 외부 대상을 향해 윤곽이 다중화多重化하지 않고 내부를 향한 다중화가 일어나고 있다는 점이다. 「목서」도 「신질투 가치」도 걷는 화자는 거리를 향해 이탈해 가는 것이 아니라, 자신의 다락방으로 돌아가려 한다. 현실에 대한 위화감은 더 깊다.

또 한 가지 주목할 점은 「신질투 가치」에서 '이명'과 함께 화자가 조우한 기묘한 여자의 존재이다. "역 지하도에서 이명은 딱딱한 건지 부드러운 건지 알 수 없는 무언가가 등에 닿"(p.257)는 것을 느낀다. 여자는 동반자 두 사람과 함께 있으며 왼손에 지팡이가 있었다.

> 그 여자의 팔에 편안하게 누운 지팡이는 앞을 가로막는 등에 딱딱한 건지 부드러운 건지 알 수 없는 촉감을 준다. 묘한 촉감에 앞에 있던 등이 무의식적으로 길을 비킨다. 등에 닿은 지팡이의 존재를 알아차렸을 때는 이미 지팡이가 그보다 앞에서 다음 등을 치고 있다.(p.258)

이 여자는 지팡이 즉 스틱을 "인파 속에서 빨리 걷기 위한 무기"로 사용한다. 앞서 확인한 남자의 지팡이가 되었던 스틱걸을 완벽하게 패러디하고 있다. 게다가 이 여자는 걷는 속도가 빠르다. 남자를 동반한 그녀는 무사시노칸(武蔵野館. 신주쿠에 있는 무대이자

영화관. 역자 주)에 조세핀 베이커(Josephine Baker, 1906-1975. 미국 출신으로 프랑스로 입양되어 유럽에서 활약한 재즈 가수, 배우. 역자 주)를 보러 가는 길인데, 가기 싫지는 않지만 빈혈이 일어나면 폐를 끼칠까 봐 불안하다는 남자에게 "뭔 이상한 말이야. (중략) 돌아가려면 지금 가는 편이 나아. 나는 베이커가 있는 한 매일 밤 보러 갈 거니까"라고 내뱉고는 "마침 눈앞에 있던 등에 세게 한 방을 먹이고는, 발끝으로 계단을 차며 인파 속으로 사라"(p.258)진다. 혼자라도 전혀 개의치 않을 여자가 일부러 남자를 데리고, 거침없는 말투에 지팡이를 휘두르며 성큼성큼 빠른 속도로 걸어가는 광경. 여기에서 스틱걸에 대한 신랄한 비평을 읽을 수 있다.

다만 '이명'과 함께 걷는 화자 자신이 빠른 속도로 걷는 스틱걸은 아니라는 사실을 잊어서는 안 된다. 화자도 '이명'도 시원시원하게 걸어가는 그 여자를 지켜 볼 뿐이다. 거리를 걷는 행위의 가능성도 불가능성도, 스틱걸의 패러디화의 연장선상에는 없다. 그도 그럴 것이, 스틱걸은 긴자라는 공간을 여성화한 형상인데, 오사키 미도리가 문학에서 전개하는 걷는 행위는 도시공간에 의해 규정된 것이 아니기 때문이다.[337] 앞서 정리한 유보자들에게 걷는 행위란, 추상성과 환상성을 띤 도시공간과 공명을 불러일으키는 통로가 된다. 하지만 내부로 다중화하는 변이성을 보여 주는 오사키 미도리의 걷는 행위는, 그 행위가 이루어지는 무대의 허구성으로

---

[337] 「길 위에서」의 배경이 되는 공간의 고유명은 제시되지 않는다. 또한 관심을 끄는 특수한 공간으로 되어 있지도 않다.

향하지 않는다.

　대신 중요한 점은 걷는 행위 그 자체의 행위성, 운동성이 아닐까 한다. 「길 위에서」의 화자는 예전에 함께 걸었던 친구를 떠올리고, 읽은 적 있는 이야기를 하나 떠올리고, 2년 만에 중세기中世紀 씨라는 인물과 우연히 만나고, 그리고 방으로 돌아오기까지 있었던 일들을 자세히 이야기한다. 예컨대 "파라다이스 로스트 옆동네에서 시영전차를 내렸는데, 여기에서 4, 5분 더 걸어서 쇼센(省線. 1920-1949년, 현재의 JR선에 해당하는 철도. 역자 주)으로 갈아타야 합니다", "지금, 빵집 앞에 잠깐 서 있습니다", "서너 사람 앞에 보이는 어깨는 본 적이 있기도 합니다", "드디어 산책자와 야시장을 빠져 나와, 정거장 앞 광장에 도착했습니다", "여기에서 2분이면 제 다락방에 도착하는 지점입니다", "방에 도착했습니다"라는 식으로, 마치 실황 중계처럼 상세히 진술한다(pp.260-267). 이와 같은 진술은 걷는 행위 자체의 진행성이 두드러진다. 친구 이야기, 읽은 이야기, 중세기 씨 이야기가 몽타주처럼 이어지는데, 이 세 에피소드가 이어질 수 있는 이유는 멈추지 않고 앞으로 나아가는 걷는 행위의 리듬 때문이다. 의미에 근거해서 세 에피소드 사이의 인과관계를 추출하는 것이 절대 불가능하다고 단정지을 수는 없겠지만, 퍼즐 맞추기 식으로 스토리의 완성도가 추구되었다고 생각하기는 어렵다. 오히려 계속해서 연상해 가는 동적인 감각 자체를 강조하고 있다고 본다. 이러한 진행성은 내용 레벨에 그치지 않고 내러티브의 레벨에서도 드러난다. 텍스트 첫머리에서는 예전에 '친구'와 함께 걸었던 이야기를 옛날이야기처럼 발화하기 시작하고, 도중에 "오랜만에 그대에게 긴 편지라도 써야겠다고 생각해서"(p.263), 여기에서부터 친구를 가리키는 "그대"를 향해 발화한다.[338] 내러티브의 장場도 매우 진행적인 구성인 것이다.

한 장소에서 다른 장소로 끊임없이 이동하는 행위는, 외부를 향해 다중화하는 것도 아니며 내부를 향해 다중화하는 것도 아니다. 더불어 언젠가 어디에서 멈추는 것도 아니라는 의미의 개방성을 산출한다. 전체를 통해 이러한 해방성을 유지하고 결말에서조차 특정 의미로 수렴되는 것을 회피한다. 중세기 씨에게 맡긴 '긴쓰바(きんつば. 묽게 만든 밀가루 반죽물 안에 팥소를 넣어 일본도 손잡이의 쓰바 모양처럼 원형으로 잘라 구운 과자. 역자 주) 포장지가, 중세기 씨와 헤어질 때 "나한테 화나서 돌려 주는 걸 까먹었을 것"임에도 불구하고 "어찌된 일인지" 짐 안에 들어 있었다(p.276). 돌아오는 도중에 우연히 만나 잠깐 같이 걸었던 중세기 씨인데, 중세기 씨가 가지고 갔을 포장지가 그대로 짐 속에 있었다는 에피소드로 판단컨대 그가 실재하는 존재인지 아니면 '찰리'나 '이명'처럼 그녀의 환상이 만든 존재인지 단정짓기란 쉽지 않다. 어느 부분에서 이렇게 앞뒤가 안 맞는 사태가 발생한 것인지에 대해 작중에서 이야기되는 일은 없다. 오직 화자가 걷는 행위를 멈추지 않았다는 사실이 이야기될 뿐이다. 집에 돌아간다는 목적성을 수반한 걷는 행위

---

[338] 내용을 정리하면, 화자가 도서관 근처에서 '긴쓰바'를 사서 "내일 아침 일찍 일어나서 보낼 생각입니다"라고 되어 있기 때문에, 첫머리 부분이 발화되는 시점에서 이미 '그대'가 읽는 이로 결정되어 있다고도 할 수 있는데, 그럼에도 불구하고 우선은 삼인칭적으로 '친구'로 이야기하다가 도중에 이인칭으로 이동한다.

인 것 같으면서도, 길 위에서 연쇄적으로 상기되는, 특별한 맥락도 없이 연속되는 연상의 단편들이 목적성을 무화無化시킨다. 그리고 걷는 행위가 만들어 내는 신체 감각의 개방성을 드러낸다. 바로 이 부분에서 방황의 가능성을 보고 싶다.

걷는 행위 자체가 제목이 된 작품 「보행步行」[339]은 그와 같은 진행성이 만들어 내는 개방성을 명확히 보여 준다.

> 그 모습 못 잊어
> 맘이 울적하거든
> 혼자 걸으며
> 울적한 맘 들판에 버리자
>
> 그 모습 못 잊어
> 맘이 아프거든
> 바람이랑 걸으며
> 그 모습 바람에 맡기자
> (작자 불명)

시작(p.371)과 끝(pp.384-385)에 삽입된 시이다. 다만 시작 부분에서는 "잊으려는 사람의 모습이란, 구름과 바람이 있는 풍경에서는 더 잊기 힘들다"며 "목적 없이 계속 걸을 바에는 (중략) 내 다락방에 틀어박혀 고다幸田 씨를 떠올리는 편이 낫다"(p.372)고 하

---

339 尾崎翠「步行」(『家庭』1931.9).

며 방으로 돌아온다. 들판과 바람이 있는 공간이 준비되어 있어도 '그 모습'은 지워지지 않으며 그녀의 슬픔도 지워지지 않는다. 이 전에 화자 곁을 떠난 남자 이름이 고다 씨인데, 고다 씨의 '그 모습'과 함께 방에 틀어박혀 있으려 했던 화자지만, 계속되는 의뢰로 계속해서 걷게 된다. 시작은 손주의 '운동 부족'(p.372)과 '울적한 기분'(p.373)을 염려해서 "가능한 한 내가 걷게 하려고"(p.380) 할머니가 화자에게 부탁한 마쓰키松木 부인에게 찹쌀떡을 전해 주라는 의뢰. 다음으로 국자를 쓰치다 규사쿠土田久作에게 전해 달라는 마쓰키 부인의 의뢰. 그리고 쓰치다 씨는 미그레닌(Migränin. 해열 및 진통제. 역자 주)을 사 달라고 의뢰한다. 이런 저런 부탁을 받아 걷고 또 걷는 사이에 "마침내 잠깐이나마 고다 도하치幸田当八 씨를 잊을 수 있었다."(p.383) 어딘가에 도착할 때 마다 새로운 의뢰가 추가되지만 의뢰들 사이에 특별한 맥락은 없다. 의미적인 연결고리 없이 다음 또 다음으로 나아간다. 여기에서 중요한 것이 걷는 행위이다. 걷는 행위를 통해 잊는다는 점이다. 작품 끝에 인용문의 시가 다시 등장하며 마무리가 지어지는데, 시작 부분과는 전혀 다른 의미를 띠게 된다는 점이 중요하다. 이처럼 목적성이 결여된 오사키 미도리의 걷는 행위는 사건이 연쇄적으로 발생할 수 있는 계기로서 기능한다. 다락방을 나와 이동을 거듭해서 이동의 일주一周를 끝내고 다락방이라는 같은 장소로 복귀하는 것 같이 보이지만, 다락방을 출발하기 전과 복귀한 후의 의미가 180도 변화하는 사태. 풍경에는 변화가 없을지언정 멈추지 않고 걷는 자는 본인도 모르는 사이에 다른 스테이지로 이동하고 있는 것이다. 이러한 이동에서 나선적인 운동을 느낀다. 중심축에서 멀어질 수 없는 원운동, 그러나 멈추지 않는 운동이기에 위로 또는 아래로 이동하기에 한 곳에 고정됨으로써 발생하는 지루함과 답답함을 회피한다. 아니면, 구심점으로 향하게 하는 힘에 대해 이동이 발생시키는 원심력이 절묘한 균형 상태를 이루어 내어, 그 안에 머물러 있으면서도 잡히지 않는 상태가 발생한다고 하면 어떨까. 이렇게 걷는 행위는 한 공간 안에 틀어박히지 않고 살아가기 위한 방법이 된다.

여기까지 생각해 보니 오사키 미도리의 대표작 「제7관계방황」[340]의 경우, '제7감각'이라는 독특한 감성 세계도 감성 세계지만, '방황'에 부여된 가능성과 매력이 새삼 신선하게 다가온다. 오사키 미도리는 「제7관계방황」을 집필하기에 앞서 「장면의 배열 지도場面の配列地図」(p.366)를 그렸다고 스스로 해설했다[341]. 인물 배치도 아니고 무대가 되는 장소 배치도 아니고, 장면의 배열 지도이다. 인물 배치도 무대 배치도 일종의 고정된 관계성을 그린 것이라고 한다면, 이 배치 지도는 한 장소에서 다른 장소로 이동하는 것을 평면 위에 추상화시킨 것이 된다. "딱 철도 지도와 비슷하게"(p.368) 만들었다는 비유에서 추측컨대 이동의 체험이 환기되어 있다고 봐도 무방할 것이다. 「제7관계방향」은 바로 그러한 운동성이 만들어 내는 세계이다. '방황'은 '제7관계'에 도착하는 일

---

340 오사키 미도리(尾崎翠)의 「제7관계방황」은 『문학당원(文学党員)』(1931.2~3)에 일부가 게재된 후, 전체가 이타가키 다카오(板垣鷹穂) 편 『신흥예술연구(新興芸術研究)』(刀江書院, 1931.6)에 게재되었다.

341 「「第七官界彷徨」の構図その他」(『新興芸術研究』1931.6) .

이 쉽지 않기 때문에 결과적으로 발생한 사태가 아니다. 오히려 어디에 어떻게 존재하는지 알 길이 없는 '제7관계'라는 감각을 도달점으로 두기 때문에 '방황'이 가능한 것이다. '방황' 자체가 목적화되어 있다고도 말할 수 있다. 「보행」에서 세 가지 의뢰가 화자에게 걷는 이유를 부여한 것과 마찬가지로 '제7관계'가 '방황'의 이유가 된다.

오노 마치코小野町子라는 이름의 화자는 오빠 이치조一助와 니조二助, 사촌 오빠 사다 산고로佐田三五郎가 사는 집에서 식사 담당으로 함께 살고 있는데, 오빠들의 방을 오가는 이동을 반복하며 '제7관계'에 대해 생각한다.

> 이런 공상적인 연구는 인간의 심리에 대한 내 시야의 한계를 넓혀 주리라고 생각했다. 광활하게 안개가 낀 이런 심리계가 제7관의 세계가 아닐까? 만약 그렇다면 나는 더욱 더 이치조 오빠의 공부를 공부해서 분열심리학처럼 이리 얽히고 저리 얽힌, 안개 자욱한 시를 써야 하리라.(p.292)

그런데 산고로 오빠가 치는 피아노 소리가 어찌나 구슬픈지. 낡은 피아노는 반음만으로 이루어진 옅은 그림자 같은 노래를 부르고, 때 마침 지점토 스탠드 불빛 아래에서 시를 쓰던 내 애수를 달군다. 그 때 니조 오빠 방에서 새어 나오는 희미한 비료 냄새가 피아노 소리를 더 구슬프게 했다. 음악과 냄새가 나를 생각하게 했다. 제7관이란 두 개 이상의 감각이 겹쳐져서 불러일으키는 바로

이런 구슬픔이 아닐까? 나는 구슬픈 감정을 담은 시를 썼다. (p.293)

바로 지금 내가 느끼는 이 심리가 제7관이 아닐까? 나는 누워서 하늘을 보고 있지만 내 심리는 엎드려서 우물 속을 들여다보고 있는 느낌이다. (p.328)

나는 깨달았다. 이끼의 꽃가루와 삶은 밤 가루, 두 가루 색깔이 똑같다! 게다가 모양도! 나는 막연하지만 엄청나게 거대한 지식을 획득한 기분이었다. — 내가 찾던 내 시의 경지란, 바로 이렇게 고운 가루의 세계가 아닐까? (p.342)

그녀가 찾던 감각은 복잡하면서도 상반된 요소를 가졌으며, 분열했다가 다시 혼합한다. 다시 말해 다중화하면서 공명한다. '제7관계'가 무엇인지 명확하게 정의할 수도 없고 '제7관계에 울려 퍼지는' 시를 쓰는 일도 없지만, 바로 그렇기 때문에 그녀의 방황이 소설이 끝난 후에도 멈추는 일은 없을 것이다.

오사키 미도리의 텍스트에 등장하는 화자 '나'들은 가끔 산책을 꺼리기도 한다. 그러나 방에 있으려 해도 '이명'이나 할머니 등에 의한 이런 저런 방법이 동원되어 방에 있을 수만은 없게 된다. 텍스트는 걸어 다니는 그녀들의 걷는 행위 자체를 계속해서 묘사한다. 「제7관계방황」도 마찬가지다. 집 밖의 장면은 결말부의 몇 페이지 정도인데, 그렇다고 그때까지 그녀가 움직이지 않고 있던 것도 아니다. 방과 방 사이의 이동이 상세히 기술된다. 그녀는 계속 움직이면서 끊임없이 발견하고 끊임없이 생각한다.

이러한 운동성이 초래하는 밝은 분위기와 개방성은, 한편으로 운동을 멈췄을 때 빠질 수 있는 곤란함과 연동되리라. 오사키 미도리라는 작가는 소녀가 처하는 상황에 대한 예리한 비평성을 보여준다. 「제7관계방황」에서 이치조는 "절대 대답하지 않는"(p.316) 소녀를 사랑하고 있으며, 니조는 "맨날 울기만 하는 소녀"(p.303)와 실연했고, 산고로가 사랑했던 옆집 소녀는 편지를 끝까지 쓸 수 있는 시간도 허락받지 못하고 결국 떠나간다. 소녀들은 모두 언어를 빼앗긴 존재들이다. 하지만 마치코 만이 언어를 가지고 시를 쓰려 하고 있으며 동시에 이 소설의 화자 '나'이기도 하다. 멈추면 언어를 잃은 소녀들 중 하나가 될 수밖에 없다. 소녀의 세계에서 이탈할 수는 없지만 끊임없이 '방황'하는 것, 그것이 마치코町子에게 언어를 부여해 주고 있는 것이다.

1932년에 발표한 「귀뚜라미 아가씨こほろぎ嬢」[342]를 지금까지의 흐름상으로 보면, 걷는 행위를 멈춘 순간을 그리고 있다고 할 수 있다. 그 순간은 답답함과 지루함을 느끼게 한다. 화자와 귀뚜라미 아가씨는 분리되어 있고, 화자는 귀뚜라미 아가씨에 대해 매우 미묘한 방식으로 거리를 두려 한다. "우리는 예전에, 바람이 전하는 어렴풋한 소식 한두 개를 들은 적이 있다"(p.386). '우리'라는 주어로 화자는 이 글을 읽는 이와 가까운 장소에 스스로의 위치를 정하면서도 '예전에'라는 부사로 시간적 거리를 두고 있으며

---

342 尾崎翠「こほろぎ嬢」(『火の鳥』1932.7).

'바람이 전하는 어렴풋한 소식'이라는 표현으로 애매함을 더하고, '한두 개'라는 수량적 범위를 설정하여 그 이상의 접점을 줄인다. 오사키 미도리의 전기伝記적인 사실 관계를 참조하면 실제 있었던 일에 매우 가까운 것을 이야기하려 하면서도, 이런 식으로 거리를 설정하고 있는 것이다. 여기에서 '서술의 곤란함'이 발생하고 있다고 할 수 있다. 이 '서술의 곤란함'을 어떻게 이해해야 할까. 이야기를 듣는 쪽이 호의적으로 받아들이지 않을 수도 있다고 예상될 때 '서술의 곤란함'은 발생한다. 또는 이야기하려는 의지와 듣는 자가 이야기를 알게 되는 것에 대한 두려움이 공존할 때도 '서술의 곤란함'이 발생한다. 이야기하려는 대상을 보호하려 할 때, 이야기하려는 대상이 내포하는 위험성에 휩쓸리지 않으려 할 때도 '서술의 곤란함'이 발생할 것이다. 발화의 장場에 '서술의 곤란함'이라는 곤란함의 감촉이 배어들어 있는 「귀뚜라미 아가씨」라는 작품은, 매일 쓰는 가루약 때문에 '인파'도 '낮의 외출'(p.388)도 꺼리는 귀뚜라미 아가씨가 비 오는 날에 도서관으로 향한다. 마지막 부분에서 도서관 지하의 여성식당 구석에 앉아, 공부에 여념 없는 다른 여성을 향해 '목소리를 쓰지 않는 대화'를 건넸다며 막을 내린다(p.401). 앞서 옥상에서 공중으로 발을 내딛어 추락하게 되는 식으로 걷는 여자가 처벌받는 것에 대해 언급했는데, 여기에서의 정지는 그와는 반대의 의미로서, 걷는 행위가 불가능한 상태라고 볼 수 있다. 다락방에서 지하실로의 하강, 떨어지는 위험은 피했겠지만 걷는 행위를 위한 공간은 이제 없다. 목소리도 없다. 귀뚜라미 아가씨의 대화에 대해 화자는 "지하실 식당은 이미 해 질녘이었다"(p.402)라는 짧은 말을 덧붙일 뿐이다. 발화의 장도 이동이 일어나는 일은 없다.

발표된 최후의 작품 「지하실 안톤의 하룻밤地下室アントンの一夜」[343], 더 이상 발화의 장에서 걷는 소녀는 보이지 않는다.[344]

7. 걷는 행위의 운동성

도시공간에 출현한 유보자는 젠더화되어 있다. 걷는 행위가 문화적 의미를 부여받은 행위가 될 때 강제력 혹은 구성력이 강력한 젠더 기제가 작동하지 않을 리 없다. 외국의 플라뇌르를 모방한 일본의 유보자들을 소녀들이 또 다시 모방하기란 간단한 일이 아니다. 표상화된 걷는 소녀의 예로 본장에서는 추락하는 소녀와 스틱걸을 논했는데, 둘 다 혼자 걷는 행위가 허용되지 않았다. 그녀들

---

343 尾崎翠「地下室アントンの一夜」(『新科学的文芸』1932.8).

344 쓰치다 규사쿠·마쓰키 씨·고다 도하치라는 세 남자의 발화는 오노 마치코를 언급하는데(여기에서도 걷는 소녀로), 오노 마치코는 이들에 의해 이야기될 뿐, 등장인물이 되지는 못한다. 쓰치다는 "바람 속을 돌아" 간 오노 마치코와 "그 이후" 만나는 일도 없으며, 그 이후에 대해서는 "모릅니다"라고 말한다. 이렇게 걷는 여자는 화자를 떠나간다. 본장은 여기에서 오사키 미도리의 정지를 읽었는데, 가와사키 겐코는 「지하실 안톤의 하룻밤」의 '염세시인' 쓰치다 규사쿠를 "독자의 쓴웃음을 유발"할 정도의 운둔형외톨이, 초기 습작의 "셀프 패러디"로 간주하고(p.75), 그러한 부분에서 "관념적인 이동"(p.77)을 읽어낼 수 있는 가능성을 발견한다. 또 "오사키 미도리가 쓰지 않게 되는, 또는 쓰지 못하게 되는 전조를 텍스트 안에서 발견할 수 있다는 주장은, 갖다 붙이기 식의 논리로 여겨진다"(p.81)라고도 한다. 걷는 소녀를 배웅하고 지하실로 내려간 남자들에게 이전과는 다른 새로운 세계가 펼쳐지려 한다고 생각할 수도 있지 않을까. 오사키 미도리를 비극적인 결말에서 해방시키는 가와사키론에 수긍하면서, 이에 관해서는 앞으로의 과제로 남겨 두겠다.

의 발에는 족쇄가 채워져 있다. 그와 같은 동시대 문맥 안에서 오사키 미도리의 걷는 행위에 대해 고찰한 결과, 걷는 소녀를 반복해서 묘사하는 시도 자체에서 젠더화에 대한 저항을 발견할 수 있었다고 생각한다. 더불어 화자의 산책에 동반하는 존재는 그녀의 환상 속의 존재다. 그런 의미에서 오사키 미도리가 그린 소녀는 결국 혼자 거리를 걷고 있다고 볼 수 있다. 오사키 미도리는 「애플파이의 오후(アップルパイの午後)」[345]에서 오빠와 다투는 여동생을 통해 교란적인 저항의 자세를 그리는데, 혼자 걷는 소녀의 표상 또한 규범화된 틀과 조화를 이루는 여성 표상에서 이탈하려는 의지를 느끼게 한다. 다만 '소녀'라는 카테고리에서 오자키 미도리가 탈출하려 했다고는 보기 힘들다. 오사키 미도리가 그리는 세계를 보면, '소녀'라는 언어 주위를 빙글빙글 맴돌며 그 의미를 끊임없이 변화시키려는 시도가 이루어지고 있다. 도시의 유보자들이 보이는 허구의 과잉화나 자기 이탈의 욕망과 같은 특징이 오사키 미도리의 걷는 행위에서 보이지 않는다. 이는 그녀가 그들과의 동화를 지향하지 않았음을 잘 보여 준다.

외부의 공간과 시선의 대상을 향해 자기를 이탈하는 그들과의 차이점은 외부와의 관계성에 있다. 오사키 미도리에게 외부는 동화할 수 없는 데에서 오는 위화감을 느끼게 한다. 그렇기 때문에 분열하는 자기는 내부를 향해 다중화 또는 다성화多聲化한다. '찰리'도 '이명'도 그녀와 대화를 주고받는 상대일 뿐 그녀가 오버랩

---

345 尾崎翠「アップルパイの午後」(『女人芸術』1929.8).

436 그녀들의 문학 - 여성작가의 글쓰기와 독자에게 응답하기

하는 대상이 아니다. 내부에 타자가 발생하고 있는 것이다. '소녀'
의 소외는 그 정도가 깊다. 동시에 '소녀'라는 카테고리는 무화시
킬 수 없을 정도의 압도적인 강도로 기능한다. 젠더화된 세계에서
외부는 없는 셈이다. 젠더가 구성하는 맥락에 지극히 민감하면서
도 '소녀'라는 카테고리에서 이탈하는 것을 지향하지도 않는 방식
으로 이 세계를 살아가는 데 있어서, 걷는 행위의 운동성은 살기
위한 한 방법이 된다.

오사키 미도리가 그린 걷는 행위는 계속해서 걷기이다. 멈추
지 않고 걸어서 참신한 발견과 예정에 없던 개방성을 연속적으로
경험하는 행위이다. '소녀'가 질식하지 않고 살아 가기 위한 방법
으로, 언어를 계속 발화하기 위한 방법으로, 걷는 행위가 생산하는
신체 감각을 추구했던 것은 아닐까? 오사키 미도리는 마치 걷는 것
처럼 썼다. 「제7관계」를 찾아 돌아다니는 오노 마치코는 바로 그
러한 가능성을 가장 눈부시게 발산한 소녀가 아니었을까?

제15장 언어와 신체

―다와다 요코의 『성녀전설』, 『비혼』―

1. '침묵'을 향한 기대

언어화하기와는 다른 방식 가능성을 고찰해 보겠다. '침묵'도 언어의 한 양상이 아닐까?

우선 '침묵'이 '침묵'으로 인식될 때 커뮤니케이션의 통로는 이미 열려 있음을 확인하자. 왜냐하면 누군가가 언어를 발화하지 않는다는 사태가 인식되고 가시화 될 때에 이 사태를 '침묵'이라 명명하기 때문이다. 이러한 명명이 가능하다는 것은 화자가 되는 자(하지만 소리를 내고 있지 않다)와 청자가 되는 자가 존재하는 상황이 성립함을 의미한다. 반대로 언어를 발하지 않는 사태 자체를 아무도 인식하지 않을 경우, 인식의 외부에 존재하는 사태가 '침묵'으로 명명되는 일 조차 없다. 철저하게 보이지(들리지) 않는 상황이라면 설령 목소리를 냈다고 하더라도 그 목소리가 의미를 지닌 언어로 인지되지 않는다. 목소리를 지녔다고 상정되는 화자의 존재 자체가 인지되지 않는다. 그러한 상황을 전제로 반대로 생각해 보면, '침묵'은 잠재적인 목소리를 기대하는 청자에 의해 발견된다고 할 수 있다. 그러므로 '침묵'이라는 사태는 커뮤니케이션의 한 요소로 들어갈 수 있는 것이다.

'침묵'을 비언어적인 방법을 통한 일종의 전달 수단으로 생각할 수도 있다. 커뮤니케이션의 통로가 열려 있는 상태에서의 '침묵'은 강력한 전달력을 지녔다고 일컬어지기도 한다. 원래 거기에 있어야 하는 언어에 대해 청자가 귀를 기울이게 되기 때문에 '침묵'하는 화자의 존재감이 한층 강화되기 때문이다. 화자가 전달하는 의미가 언어적으로 컨트롤되는 사태와 비교했을 때 오히려 '침묵'하는 화자와 마주하는 청자는 '침묵'에 담긴 메시지를 더 적극적으로 해석하기 위한 에너지를 투입해야 한다. 아주 사소한 정보라도 놓치지 않으려고 노력하는 그러한 대화의 경우 화자와 청자의 관계는 더욱 농밀해질 것이다.

역으로 침묵의 정반대에 있는 수다스러울 정도로 언어가 범람하는 발화가 전달성이 꼭 높은 것도 아니다. 청자는 넘치는 정보를 어찌 처리해야 할지 몰라 곤혹스럽고, 문맥을 지정한 메시지를 문맥에 맞춰 수신하기가 어렵다. 그렇기 때문에, 그와 같은 교란을 의도한 수다스러운 발화를 일부러 선택하는 것도 가능하리라. 동시에 수다스러운 발화임에도 불구하고 전달되지 못하는 정보가 존재한다고 가정하면, 그처럼 삭제된 정보에 대해 화자는 매우 민감한 처리를 가하고 있다고 생각할 수도 있다. 다시 말해, 수다스럽게 발화함을 통해 특정 정보에 대해 '침묵'을 지키고 있는 사태가 결코 드물다고 할 수는 없다. '수다스러움'과 '침묵'은 발화의 형태의 두 극점을 나타낸다고 볼 수 있는데, 정보의 전달성이라는 면에서 봤을 때 특정한 기준을 두고 단순 비교할 수 없다. 누구에

게, 무엇을, 어떻게 전달하는 것이 바람직하다고 여겨지는 장場인
지, 누가 화자이고 누가 청자인지, 등의 구체적인 문맥에 의해 정
보의 전달성이나 관계의 구축 가능성이 변화한다.

그런데 지금까지 서술한 내용은 역학 관계가 대칭적인 커뮤니
케이션을 전제로 했다. 하지만 본장은 '침묵'을 중립적으로 또는
보편적으로 다루지 않는다. '침묵'과 '침묵'의 통로 사이에는 역
학 관계가 존재한다는 점, 바꿔 말하면 언어나 목소리를 가지고 있
는 자와 그것을 빼앗긴 자라는 관계가 존재한다는 점과 연동시켜
고찰하겠다. 그러한 역학 관계 안에서 '침묵'은 목소리를 가진 자
가 본의 아니게 '침묵'을 강요당한 상태로 묘사된다. '침묵'하는
자, 발화할 수 없는 자, 이야기할 수 없는 자는, 바로 그러한 역학
관계 안에서 약자의 위치에 처한다. 이와 같은 사태를 성찰하기 위
해 '침묵'에 관해 다양한 논의가 이루어져 왔다. 역학을 무시한 채
'침묵'의 전달성을 이야기할 수는 없다.

하지만 여기에서는 그러한 역학이 무엇인지 밝히기 위해 '침
묵'을 논하는 것과는 조금 다른 각도에서 생각해 보고 싶다. 왜냐
하면 역학을 논하기 위해 '침묵'과 약자를 연결시켜 고찰할 때 반
드시 직면하게 되는 부자유스러움 때문이다.

'침묵'이 커뮤니케이션을 위한 하나의 요소가 된다고 앞서 말
했는데, 굳이 반복하자면, '침묵'이 발견될 때는 이미 '침묵'하는
자의 들리지 않는 목소리를 들으려고 하는 청자가 존재함을 의미
한다. 이때의 청자는 목소리를 가지고 있다는 자각이 가능한 강자
의 입장에 근거해서, 발성되지 못하는 화자의 언어를 가청화可聽

化시키려는 욕망을 품고 있다. 부자유스러움이란, 이와 같은 기대가 커뮤니케이션의 한 요소로서의 '침묵'을 결정할 때 발생한다. 이러한 문맥 안에서 '침묵'한다고 인정을 받은 자는 계속 변함없는 약자일 뿐이기 때문이다. 만약 약자가 목소리를 내는 사태가 발생하면 그 목소리에서 애초에 기대하던 언어를 발견해서, 미리 준비되어 있던 공백을 여차 저차 메우는 꼴이 될 것이고, 만약 목소리를 내지 않는다면, 발화할 수 없는 약자라는 틀을 강화하는 꼴이 될 것이다. '침묵'하는 자는 '말할 수 있는가?'라는 물음은, 이미 발화의 불가능성을 내포하고 있는 셈이다.

이와 같은 부자유스러움을 어떻게 해결해야 할까? 여기에서 한 가지, 오리지널 목소리, 오리지널 언어를 가진 주체에 의한 커뮤니케이션이라는 프레임을 벗겨 보면 어떨까? 발화할 수 있는 자/발화할 수 없는(침묵하는) 자의 관계가 강자/약자라는 이항대립적인 조합을 이룰 때의 전제로 상정되는 것은, 발화하는 자도 발화하지 못하는 자도 둘 다에게 옳은 것으로 여겨지는, 이른바 오리지널 언어를 발화하는 주체가 존재한다는 사고이다. 간단히 말하면 바로 그러한 사고로 인해 '침묵'의 배후에는 발화되어야 할 오리지널 이야기가 있을 것이라고 기대하는 것이다. 이 기대에 응답한다 해도 약자가 약자의 장소에서 해방되는 일은 없다. 발화하고자 하는 욕망을 가진 주체라는 이미지 그 자체에서 이탈함으로써, 이와 같은 프레임을 해체할 수 있는 가능성을 모색하고자 한다.

그러한 양상을 구체적으로 고찰하기 위해 다와다 요코多和田葉

子의 두 작품을 분석한다. 하나는『성녀전설聖女伝説』(1996)[346] , 다른 하나는『비혼』(1998)[347]이다 두 작품 모두 존재의 양상을 언어적인 비유를 통해 드러낸다. 전자는 오리지널 발화를 빼앗긴, 따라서 상징적으로 '침묵'을 강요받는 소녀를 주인공으로 한 작품이며, 후자는 오리지널 언어를 발화하는 말하기에서 결정적으로 소외된 여성을 주인공으로 한다. 언어와 신체의 관계가 중시되는 가운데 음독音読이라는 행위가 제기되는데, '침묵'을 성립시키는 상황이 어떤 식으로 교체되는지를 검토하겠다. 발표년도에 따라 두 작품이 보이는 변화의 전개를 읽어 나가며, 오리지널 언어를 발화하지 않는다는 존재 양식에서 누군가의 욕망으로 환원될 수 없는 쾌락을 발견할 수 있다는 사실에 주목해 보겠다.

2.『성녀전설』의「피해자」

『성녀전설』은 '저'라는 소녀가 기존의 이야기에 의한 침략에 저항하면서 완벽하게 도망칠 때까지를 그린 소설이다. 처음에 시각을 통해 이질적인 존재의 침입을 받게 되는데, 그 결과 잃게 되는 것은 시각이 아니라 목소리이다.

---

346 多和田葉子『聖女伝説』(太田出版, 1996). 쪽수가 기입되어 있지 않기 때문에 인용 쪽수는 쓰지 않는다.
347 多和田葉子『飛魂』(講談社, 1998). 인용문 뒤 괄호로 쪽수를 표시했다.

그 광경을 보고 있는 사이, 제 입속에 종기가 나 있는 걸 느꼈습니다. 그게 거슬려서 목소리가 안 나옵니다. 혀끝으로 만지작거리다가 탁 하고 터트렸는데, 그 맛이 꼭 정액 같았습니다. 이건 무슨 일일까요? 바로 그 때 전에 어떤 책에서 읽은 부분을 떠올렸습니다. "마음 심난케 하지 말고 삼켜라. 그 고름은 정령님이 주신 것이다. 너는 소녀를 낳게 될 것이다. 그 이름은 하레로 하라. 그 아이는 네 백성들을 죄로부터 구원하는 자가 될 것이다."

목소리의 상실이 기존의 성性적인 이야기와 결부되어 있는데, 그러한 기존의 이야기에 의해 소녀는 '성모'가 되는 임무를 짊어지게 된다. 이 상황에 저항하기 위해 도피를 시도하는 소녀는 침입해 오는 언어와 농밀한 응답을 전개한다.

목소리의 상실이 소설의 기점이라는 점에서 바로 알 수 있듯이, 이 소설에서 이루어지는 언어를 둘러싼 저항은 '침묵'이라는 문제를 전면에 내세운다. 하지만 여기에서 미리 소설의 결말을 통해 확인하고 싶은 것은 '침묵'을 강요당하는 상황을 강조하는 것으로 문제를 해결할 수는 없다는 판단을 명확히 제시하고 있다는 점이다. 결말에서 소녀를 끝까지 추적하는 외부자로 등장하는 것은 "신자信者의 혀 일부를 도려내는 잔혹한 신흥 종교 그룹"이다. 게다가 이 그룹의 "혀를 도려내는 폭력"은 "폭력을 당한 사람들의 단체"라는 입장을 통해 발생하고 있다.

우리는 폭력의 피해자입니다, 자신의 혀를 도려내서 항의합

니다, 라고 마분지에 쓰여 있습니다. 저도 폭력의 세례를 받았으
니 혀를 자르라는 걸까요? 그들은 목소리가 안 나오는 자의 목소
리를 또 빼앗을 속셈입니다.

폭력의 피해자가 '침묵'과 동일화同一化해서 피해자의 '침묵'
을 어필한다. 바로 그 때 더 큰 폭력이 발생하는 것이다. 이 단체
의 특징은 "같은 인물이 매번, 얼굴 윤곽을 바꿔서 등장하는" 것,
"안구가 유리구슬 같고 웃음기가 없다"는 점이다. 개별성과 성별
이 "덧칠로 감춰"진 "폭력", "개인의 비참한 이야기"를 앞에 두
고 "웃음이 금지된 장소." 게다가 "신체가 경직되어 있는" 것. 가
동성可動性을 금지해 버린 그들은 소녀를 그룹의 일원으로 만들기
위해 추적한다. 도망치는 소녀가 떠올린 신호는 "상관하지 마"이
다. 그렇다고 아예 무시하겠다는 말이 아니다. 소녀는 그들의 증오
에 대한 태도를 취한다. "하지만 저는 그 목소리를 비난해서는 안
된다고 생각했습니다. 비난하면 죄 없는 누군가가 어딘가에서 처
형될 뿐입니다. 저는 아무렇지 않은 척, 찬성은 아닌 척 하면서, 냉
정하게 상황을 지켜 봐야 합니다." 증오와 상관하지 않기, '침묵'
과의 동일화에서 도망치는 것만이 소녀의 도주에서 중요하다. 이
미 발생해 버린 "깊은 증오"는 무시할 수 없으며 무시해서도 안 된
다. 하지만 동시에 "깊은 증오"와 동일화해 버린 들 사태는 해결
되지 않는다. '침묵'과 약자를 잇는 전제의 틀 안에 그대로 머무르
면 고통은 증폭될 뿐이다.

3. 매체 되기

소설의 시작 부분으로 돌아가자. 『성녀전설』에서 흥미를 끄는
것은 목소리를 빼앗긴다는 사태를, 목소리 자체의 상실이 아니라
이야기의 강제적인 삽입을 통해 제시하는 부분이다.

처음에 그녀가 빠지는 상태는 '고케시(こけし. 나무로 원기둥의 몸
채와 머리를 깎아서 만드는 소녀 인형. 역자 주)'이다. '고케시'는 선택된
자의 상징이다("나무 말뚝 같은 고케시가 된 저는, 더 이상 마을 병원의 외
동딸도 아니며 혈연자는 아무도 없는 선별된 자가 되고 말았습니다").

소녀에게 부여된 임무는 "네 백성들을 죄로부터 구원하는 자"
를 낳는 것이다. 이는 갑자기 들리기 시작한 목소리에 의해 각인된
'임무'로, 그 임무에 대해, "저는 그와 같은 선별을 피할 수 없는 사
건이라고 느낄 수 밖에 없었습니다"라는 말에서 알 수 있듯이, 임
무는 외부성을 띤다. 외부로부터 선택된 결과 강제적으로 낳을 수
밖에 없는 상태. 이를 본장에서 매체화媒体化라고 개념화하겠다.
자기 자신이 오리지널로서의 주체가 아닌 것이 되는 사태를 뜻한
다("고케시인 제 근원에는 '고케시'라는 언어가 사라지지 않고 존재하고 있
습니다. 아이를 지우고 만드는 인형이니까 고케시라 부른다고 합니다('고케
시[こけし]'의 어원에 관해, 빈곤한 가정에서 임신한 아이를 일부러 유산시키
고 그 영혼을 위로하기 위해 고케시, 즉 '아이를 지움[子消し]'을 만들었다는
설이 있다. 역자 주). 지워진 존재가 제 기원입니다"). 매체화는 "어머니
가 죽인 여자 아이 대신"이라는 대체성을 지닌다. 선택된 자이면
서도 유일성을 박탈당한 셈이다. 누군가를 대신하는 존재, 무언가

를 경유하는 존재인 것이다.

매체화는 언어의 문제로 전개된다.

"어떻게 된 거야? 말 못하게 된 거야?"

제 입에서, 제 사고의 맥락과는 관계없는 회로를 통해 답이 슬슬 튀어 나왔습니다.

"당신이 저와 무슨 관계가 있다는 말이죠? 피로 이어져 있는 자들의 시대는 끝났습니다. 그리고 제 시대는 아직 오지 않았고요."

어머니의 질문에 대답하는 소녀는 자신의 언어가 아닌 언어를 발화하는 존재가 된다. 이처럼 언어는 소녀의 내부에 침입하여 소녀의 의지와 상관없이 강제로 신체를 컨트롤하는 성질을 지닌 것으로 묘사된다.

한편, 내부로 침입하지 않고 외부에서 울려오는 언어는 '목소리'로 묘사된다. 우구이스다니鶯谷라는 남자가 그 '목소리'의 주인으로 가끔 등장한다. 우구이스다니가 "천박한 농담"을 하는 남자이기도 하다는 부분에서, 이 목소리가 만들어 내는 통로와 소녀의 관계가 드러난다. 이어서 "어머니는 천박한 이야기가 나오면 언어를 이해하지 못하게 되기" 때문에 "자신의 몸은 스스로 지켜야 한다"라는 각오와, "소녀라면 언어의 힘을 빌려 제 몸을 지켜야 하기에 쉬운 일이 아닙니다"라는 인식이 제시된다. 침입하는 언어와 울려 오는 목소리가 언제나 '천박'한 것은 아니지만, 이성애적인 성과 생식이 주류 문맥을 형성할 때 신체와 더불어 특정 언어에 의해 열리게 되는 통로는 소녀 입장에서 다 받아들이기 좋은 것만은 아니다. 그러한 통로 한가운데에 편입되는 '여자 아이'는 스스로를 지켜야 한다. 그렇다면 오리지널로서의 주체가 아니라 매체가 된다는 상황에서 어떤 방식으로 자신을, 자신의 몸을 지킬 수 있을까?

4. '저항'의 '기술'

첫 번째 방법은, "의미를 알 수 없는 대답을 해서, 언어의 힘으로 못된 사람들에게 저항하는 방법입니다. 욕으로 되돌려 주는 것도 아니고, 폭력을 휘두르는 것도 아니라, 단지 의미를 알 수 없는 문장을 즉석에서 만들어서 상대방의 뇌를 휘젓는 것입니다." 즉 통로 안에서 의미를 교란하기. 이는 꽤나 유효하다.

두 번째 방법은 '침묵'하기. 침입해 오는 언어가 통과할 수 없도록 그녀는 침묵의 〈묵黙〉자를 신체에 새긴다.

〈묵〉자가 피부에 새겨져 있는 날이면, 수업 중에 그 요상한 정령에 홀릴 걱정은 없습니다. 정령은 뜨거운 덩어리가 끓듯 뱃속에서 갑자기 치밀어 오르는데 조심하지 않으면 목소리가 되어 제 입으로 튀어나옵니다.

'침묵'이 무기가 된다. 이야기할 생각이 없었던 것을 이야기해 버린다고 하는 의도치 않은 통로로 편입되는 사태에 대한 저항으로 '침묵'을 이용한다. 자신의 것이 아닌 언어를 발화하는 사태는 위험하기 때문이다. 또 "솔직히 저는 지금 막 말한 것을 반복하려 했는데, 그 말이 제 자신의 언어가 아니라서 금방 잊어 버리고 말았습니다"라는 망각이 있고, "정령이 제 입을 통해 이야기하려 하는 한, 저는 사람들의 오해를 계속 사게 되겠지요"라는 오해가 있다. 매체가 된다는 것은 망각이나 오해로 제시되는 커뮤니케이션이 불가능한 상태를 계속해서 발생시킨다. 의미의 교란이라는 선제공격에 나서기란 여간 쉬운 일이 아니다. 그럴 때는 '침묵'이 유일한 무기이다.

가나(ヵナ一)라는 소년이 중반부에 등장하는데 그는 소녀보다 언어에 대한 저항력이 약하다.

자신의 신체를 소용돌이 운동으로부터 지킬 수 있는 기술을 몰랐던 카나는 그 속으로 빨려 들어갔을지도 모릅니다. 책에 약한 성격이 언어에 약하다, 즉 언어의 힘에 저항할 수 없다는 것을 의미했을 지도요.

언어에 대해 '저항'하는 '기술'이 있어야 한다. '기술'이 있으면 자신의 것이 아닌 언어를 적극적으로 매개하여 그 언어가 지닌 독을 빌리는 것도 가능하다("성경책은 편리한 책이었습니다. 머리가 텅 빈 것 같고, 불 같은 언어를 토해 내고 싶은 데 무슨 말을 할지 모르겠을 때, 성경책을 펴면 해결됐습니다"). 악의를 전달하는 한정적인 목적을 위

해서라면 외부의 언어를 매개체로 활용하는 것이 유효한 '기술'이
되기도 한다.

그러나 타자의 언어를 신체에 통과시키는 일은 역시나 위험하
다.

가장 큰 위험은 그것이 이성애적인 성을 가까이에 불러들인다
는 점이다. 후반에 삽입된 이자벨ィザベル이라는 여성의 이야기는
그러한 위험을 보여 준다. 이자벨은 "마치 무당처럼 자기 마음에
서 나온 게 아닌 언어를 말할 수 있다"고 한다. 그 결과 "요망한 요
술을 부려 사람들 마음을 유혹하는 여자"로 낙인찍히고 창문에서
떠밀려 떨어져 죽는다. 그녀에 대한 "당시 사람들의 성적 공상을
망라한 리스트"를 만들 수 있을 정도로 그녀에게는 항상 각종 소문
이 따라 다녔다. 자신의 것이 아닌 언어를 발화한다는 것은 성적 의
미의 과잉과 관련된다. 언어의 양상은 신체의 양상으로 비유되고,
아니 비유가 아니라 신체 그 자체가 되고, 많은 언어를 신체에 통과
시키는 것은 신체의 성적 의미를 더 깊게 만든다. 이성애체제 하에
서 성적으로 과잉적인 신체를 가진 여성은 처벌의 대상이 된다.

애초에 언어를 강제로 침입해 오는 것으로 묘사하는 것 자체가
이성애적인 성교의 아날로지이다. 여성의 신체는 자신이 아닌 누
군가를 낳는, 무언가를 위한 매체가 되기 때문이다. 소녀가 부자
유스러운 생식과 성에서 벗어나기 위해서는 이자벨처럼 되어서는
안 된다("저는 이자벨처럼 되고 싶은 생각은 없습니다. 이자벨은 신체의 육
신이 보통 사람보다 몇 배는 무겁고 뜨거운 여자임에 틀림없습니다. 저는 반
대로, 자작나무 같은 성인聖人이 되고 싶습니다").

5. '전혀 다른 신체'

이와 같은 인과적 연쇄의 결과, 『성녀전설』에서는 언어의 힘에 대항하기 위해 '전혀 다른 신체'가 요구되게 된다. "성녀를 낳는 게 싫어요. 마리아 님처럼 되기 싫어요. 저는, 제 자신이 성인이 되고 싶습니다"라는 욕망이 명시되는데, 오리지널 이야기와 언어를 가진 주체가 아닌 존재가 되는 것이 기점이 되는 이 소설은 오리지널 언어를 발하게 되는 결말을 준비하지 않는다. "아니, 아니, 완전히, 전혀 다른 신체를 가지고 싶어. 그걸 찾아 여행을 떠날 거예요. 그게 없으면 오줌과 눈물에 익사해 버릴 거야. 여행을 떠나서, 성인이 되어 될 거예요"라며 '전혀 다른 신체'를 갈구한다. 하지만 언어를 통해 언어에 저항하는 것의 어려움이 해소되는 일은 없다. 그녀는 오히려 언어를 발하지 않기로 정한다.

도대체 어떤 폭력이 이자벨의 신체를 통해 제게 전해질까요? 제 안에 있는 언젠가 당했던 폭력이 자기 마음대로 반복 운동을 하고 있는 건지도 모르겠습니다. 타인에게 가해진 폭력을 알게 된 후부터, 저는 그것이 어떤 루트를 통해 제게도 가해질 것이라고 생각하게 되었습니다. 피할 수 없습니다. 그저 눈을 똑바로 뜨고 언제 오는지 똑똑히 지켜 봐야 한다고 생각했습니다. 그렇지 않으면 의식까지 통째로 잡아 먹히고, 남은 건 너덜너덜한 허수아비 같은 기억 밖에 없겠죠. 말도 못하겠죠.

마지막 부분에서 소녀는 추적자를 따돌리기 위해 창문에서 뛰어 내린다. 낙하하면서 여러 기억들이 소녀의 뇌리를 스친다. 그 기억 속에서 발견한 도피의 한 방법은 '관찰'이다. "자세히 관찰하기, 그리고 아무 말도 하지 않기, 그것이 그 때의 제 무기였습니다." 자세히 보기, 관찰하기. 시각을 활용해서 언어에게 대항하는 방법. 언어를 발하는 것을 강하게 자제하는 셈인데, 하지만 관찰하기만으로는 언어와의 관계가 만들어 내는 신체성 또한 배후로 후퇴해 버리게 된다.

또 하나, 미묘한 찰나를 통해서 의미에서 떨어져 나가기 위해 마지막에 도입하는 방법이 중요하다고 할 수 있다. 그것은 '해학'화이다. 떨어지면서 집요하게 침입해 오는 외부의 언어에 대해 "이것도 제 이야기가 아닙니다"라는 대사를 삽입해 죽어서 관 속에 누워 있는 자신의 얼굴을 떠올리며, 그것이 "'성녀'라는 말을 사용해도 이상하지 않을 정도의 식물성을 띄고 있기에 만족감으로 가슴이 벅찼습니다"라며 성적인 신체성에서 벗어나는데, 이윽고 지면에 충돌해서 죽기 직전의 순간에 '해학'화가 발생한다. "석산石蒜이라는 말이 제 코를 간지럽혀 재채기가 나왔습니다. 그러자 시체에서 꼬리 날개가 부풀어 오른 것이 보인 저는 웃음을 참을 수가 없었습니다"라고 이야기되는, 스토리가 우발적으로 쏙 끼어 든 '해학'이 출현하는 것이다. 여기에서 "해학적인 것이 아름다운 것 보다 더 강하다"라며 돌연 깨달음의 경지가 열린다. "코를 있는 힘껏 부풀리고 볼에 공기를 잔뜩 불어 넣어 웃으면 도망칠 수 있습니다. 생각 없이 웃는 것이 아름다움을 파괴할 수 있기 때문입니다"라고 이야기되는 시각적인 방법에, 언어를 계기로 하면서도 의미를 읽는 행위와는 다른 차원의 해학이 도입되고, "히로인이 될 수 없어, 죽어도 아무도 기억해 주지 않아"라는 우구이스다니의 속삭임이 미치지 못하는 곳으로 소녀는 완전히 도망친다. 소녀의 신체는 "지면과 닿을 듯 말듯 한 곳"에 뜬 채 추락을 멈춘다.

오리지널 언어에 도달하지 않는 도망 방법과 관련해서, 언어와 신체가 어떻게 엮여 있는지를 매체화하는 신체를 통해서 집요하게 확인해서 최후에는 시각적으로 전개된 해학적인 우스꽝스러움으로 도망친다는 결말을 생각해 보면, 언어가 '전혀 다른 신체'를 제시하는 것의 곤란함이 여기에 나타나 있다. 언어와 욕망과 신체가 관계를 맺을 때 성·생식의 의미가 달라 붙어 '여자'라는 카테고리가 형성되어 버린다는 부자유스러움은, 관계의 매듭을 풀지 못한 채 남아 있다.

여기에서 안과 의사인 소녀의 아버지가 '낭독'하는 사람으로 등장한다는 점을 상기하고 싶다. "아버지는 낭독은 특기지만 말하는 건 서툴렀습니다. 그래서 말이 잘 안 나오면 책을 펼치고는 낭독을 하곤 했습니다"라고 설명한다. 낭독 또한 비非 오리지널 언어가 신체를 통과하는 행위인데, 인용부분에서 알 수 있듯이 여기에서의 낭독은 단순히 오리지널 언어의 결여를 드러낼 뿐이다. 『성녀전설』에서 타자의 언어가 신체를 통과한 결과 새로운 국면으로 향하게 되는 가능성을 발견할 수는 없다. 아버지는 신체에 의한 커뮤니케이션 통로조차 이해하지 못하는 자로 등장하며, 의미가 손쉽게 정착해 버리는 통로에 대해 저항할 수 있는 기술은 아무것도 없다. 신체와 언어의 착종 관계가 제시는 되지만, 그러한 관계의 장이 운동을 일으키지 않는다는 점에서 소녀가 보여 주는 바와 마찬가지로 『성녀전설』이라는 텍스트 자체도 불안정한 채인 셈이다.

언어를 빼앗겼다는 사태를 외부 언어의 침입이라는 사태를 통해 그래서, 오리지널 언어가 될 수 있는 무언가를 강제로 말하게 하는 기대로부터 이탈하기 위한 방향성을 제시하는 『성녀전설』이지만, 언어가 통과해서 획득하는 '전혀 다른 신체'는 아직 보이지 않는다.

6. 『비혼』의 제자들

『비혼』의 주인공이자 소설의 화자로 설정되어 있는 이수(梨水. 이 소설의 등장인물들은 이름의 후리가나가 제시되어 있지 않으며, 일본식 이름으로 보기도 어렵기 때문에 한국식 한자 읽기로 표기하고 원문 한자를 병기한다. 역자 주)는 음독音讀을 매우 잘 한다는 특징을 지는 여자이다. 『성녀전설』에서는 언어의 힘에 대항하기에는 너무나도 허약한 '낭독'이 아버지의 캐릭터로 부여되어 있는데 비해, 이 소설의 경우 이미 존재하는 언어를 목소리를 내서 읽는다는 행위가 해학을 자아내는 웃음과 결부되면서도, 『성녀전설』과는 또 다른 쾌락을 제시한다. 화자의 배후에 오리지널 이야기가 있다고 상정하지 않는 양상이 욕망이 아니라 쾌락에 도달하게 되는 의미에 대해 생각해 보자.

『비혼』에는 귀경龜鏡이라는 스승과, 그 밑에 모인 수많은 제자

중 여섯 명이 스토리의 축이 되는 인물로 배치되어 있다. 귀경의 학사學舍는 '호랑이의 도道'를 연구하는 곳인데 제자들은 '호랑이'를 찾아 그곳에 모였다. '호랑이'가 무엇을 의미하는지 텍스트가 명확히 밝히지는 않지만, 분명한 것은 '호랑이' 되기를 강력하게 추구하고 있다는 사실이다. 후에 음독의 힘을 얻게 되는 주인공 이수도 그러한 제자 중 한 명이다. 그리고 학사까지 이수와 함께 왔던, 원래는 학자의 아내이자 아름다운 용모의 장랑粧娘, 성욕에 사로잡힌 연화煙花, 이해력이 탁월한 홍석紅石, 소년 같으면서도 주관이 매우 강한 지희指姬, 이렇게 네 명이 등장하는데 소설 전반부는 주인공을 포함한 다섯 명의 제자가 중심인물이다. 중간에 장랑은 스토리에서 퇴장하고 대신 스토리에 등장하는 것이 유연성이 풍부한 조령朝鈴으로, 후반부는 이 5명을 축으로 스토리가 진행된다.

제자들은 각자 다른 특징을 지니고 있으며 이수는 그녀들과 이런 저런 대응 관계를 맺어 가면서 서서히 개별성의 윤곽을 드러낸다. 그러므로 이수가 다른 사람과 다른 점을 정밀하게 파악함으로써, 이수에게 무엇이 부여되었는가를 확인할 수 있을 것이다.

여섯 명의 제자들은 두 개의 축을 중심으로 네 그룹으로 나뉜다. 첫 번째 축은 이성애적인 의미를 띠는 신체를 가진 자와 그렇지 않은 자로 나누는 축, 두 번째 축은 학문적인 이해력이 뛰어난 자와 신체적인 능력이 뛰어난 자로 나누는 축. '음독'이 뛰어난 이수는, 이성애적인 의미의 신체를 가지지 않은 자, 신체적인 능력이 뛰어난 자가 될 터인데, 이성애적인 의미가 부여되지 않았지만 신체성을 전면에 내세운 존재이다. 두 축을 기준으로 설정되는 네 그룹 중 하나를 이수가 대표하는데, 나머지 셋을 순서대로 살펴보자.

첫 번째로, 이성애적이고 학문을 학문으로 받아들이는 그룹. 여기에는 여성으로서의 아름다움을 지녔으며 학문적인 관심이 높은 장랑이 속한다. 『비혼』에서 가장 매력 없는 존재로 묘사되는 자가 이 장랑이다. 이 그룹에게 학문이란 지식의 축적을 의미한다. 학사에 오기 전까지 학자의 아내였던 그녀에게 학문이란 "매일 들은 내용을 촘촘한 글자로 꼼꼼히 메모해서 암기"(p.45)하는 것을 의미한다. 깔끔하게 정리되어야 하고 축적되어야 하는 것이기 때문에 그녀는 '이해'와 '모순'을 함께 사고할 수 없다. '모순'이란 "무언가가 보이게 될 때의 윤곽이다"라고 설명하는 귀경의 말에 "자신과 자신 주변의 언어를 가로막고 있던 벽이 지금 뚜렷이 보이기 시작해서", "학사에서 이루어지는 학문이 자신과는 무관한 것"(p.45)임을 깨닫게 되는 부분에서 그녀는 사라진다. 그리 많은 분량을 차지하지는 않는 장랑은 마치 부정당하기 위해 등장시킨 인물로 보이며, 그녀가 체현하는 학문적 지식은 이수와 관계가 없다고 할 수 있다. '무관'하다는 말에서 알 수 있듯이 완전히 이질적이라서 관계 자체를 맺을 수 없을 정도로 멀리 떨어져 있다. 장랑과 교대로 등장하는 조령은 "신체의 선도 말씨도 유연한 부분이 있는"(p.99) 여자인데, 그녀는 이수의 "피부를 만지고 싶다고 생각하고"(p.94) 있을지도 모른다는 특징을 지닌 존재로 이성애 또한 그녀로부터 멀어져 간다.

두 번째로 이성애와 신체성이 결착된 그룹. 『비혼』에서 성적인 존재이면서 성적인 존재로서의 신체성을 받아들였다는 특징을 지닌 자는 "차고 넘치는 육방肉房"(p.15)을 가진 연화이다. 성과 결부된 신체를 지닌 자를 부정적으로 다룬다는 점은 『성녀전설』과 이어지는 부분으로, 『비혼』에서도 '육肉'의 문제는 죽음과 고통과 공포로 막혀 있어서 구원이 없다. 성의 침범을 허용한 연화는 혐오의 대상이 되고 주위 사람들과 단절된다.

이와 같은 부정은 음독이 함유하는 신체성의 특질을 더욱 두드러지게 하는 장치와도 같다. 뒤에서 확인하겠지만 음독에 대한 설명에서 신체성은 반드시 전경화前景化하게 되는데, 그때의 신체는 성적인 욕망과 동떨어진 것으로 묘사된다. 『성녀전설』에서 확인한 '전혀 다른 신체'를 향한 시도의 경우 성적인 의미가 장애물로 작용했는데 『비혼』에서도 이는 변화가 없다. 더 정확히 말하자면 성적인 것이 아닌 쾌락을 손에 넣는 것이 언어와 신체의 관계를 푸는 열쇠가 된다.

세 번째 그룹은, 성적인 의미와 동떨어져 있고 학문을 이해하는 힘이 뛰어난 그룹. 여기에는 홍석과 지희가 포함된다. 물론 두 사람이 성이라는 것 자체에서 동떨어져 있다는 말이 아니다. 홍석과 지희 모두 남자와 관계를 가졌다. 예컨대 홍석은 "정원사 일을 하는 청년과 밀회를 가져 몇 번 낙태"(p.25)를 했고, "그러자 호랑이의 도 따위 아무래도 상관없고 마음이 가벼워지는 기분"이 들었다고 쓰여 있을 정도이며, 그 결과 "하루가 길게 느껴지고 남자가 정원에서 일하고 있으면 자신에게 남은 일은 독서 뿐"이라는 각오가 생겨 "책의 연구"에 정진하는 의지를 다잡게 된다(p.83). 연화가 그랬듯 신체를 통한 것이 존재의 모든 것이 되는 일은 없다.

지희는 학사에서 "특별한 권위"를 획득하는 순간을 가지게 되고 (p.102), "설명할 수 없는 점토질의 뿌리 부분"이 귀경과 연결되어 "책의 해석이나 향학열"을 귀경이 '주입'해 주는 존재(p.161)가 된다. 홍석은 "얼음 같은 판단력"(p.137)을 지녔고 "자주 도서관에서 예습을 해 와서는 돗자리를 깔끔하게 펼치려는 것 같은 긴 발언"(p.135)을 한다. "수 백 페이지에 걸친 내용을 정리해서 요점을 설명할 수 있는 자는 홍석뿐이었던 것 같다."(p.83) 이수와 이 두 사람의 차이가 텍스트에서 간결하게 정리되어 있지는 않지만 언어와 어떤 식으로 관계를 맺는지를 둘러싸고 거듭 비교된다. 음독이 지닌 신체성의 특징은 이 두 사람과의 비교를 통해 명확해진다.

7. '이해'와 독창

이수와 홍석·지희의 가장 큰 차이점은 학문에 대한 이해력이다. 이수는 두 사람과 비교해서 이해력이 떨어진다는 특징이 두드러지기 때문이다. "나는 이해력이라는 것이 떨어졌다. 무겁고 두꺼운 책과 매일 씨름을 할 수 있는 인내력도 없었다. 나는 우연히 펼친 페이지에서 마음에 드는 어구만 뽑아서 옮겨 적고, 음독해서, 내 방식으로 바꿨다."(p.84) 이해력 대신 그녀에게 부여된 능력은 '음독'하고 "내 방식으로 바"꾸는 능력이다. 이러한 능력이 '이해'하는 능력과 대치된다.

초반 단계에서 음독은 다음과 같은 특징을 지닌 것으로 묘사된다.

내가 읽고 있는 건지 타인이 읽고 있는 건지 알 수 없게 될 때까지 반복해서 읽는다. 처음 책을 음독했을 때 손이 떨렸고 문자가 바닥에 떨어질 것 같았다. (p.29)

책을 음독할 땐 문자를 모르는 사람의 기분으로 읽었다. 눈앞에 쓰여 있는 모양을 우선 바람이 낙엽을 불러 모아 만든 것처럼, 우연히 이런 형태로 만들어진 것으로 치고 바라본다. 그리고 물고기 잡는 그물을 펼치듯 목소리를 진동시킨다. 기억의 저편에서 무언가가 날아온다. 취해서 해롱거리지 않도록 쾌감을 억제하면서도 경직되지 않도록 입가에 계속 약간의 미소를 계속 띠운다. 그러자 어느새 내 목소리는 부드러운 그물이 되기를 그만두고 강인한 매가 되어 갈색빛 반점의 긴 날개를 펼치고 강당 천장으로 날아올라 원을 그리며 머리 위를 비행했다. 청중의 목은 매가 하강 비행을 하면 아래로 굽혀졌으며, 매가 큼지막한 호를 그리며 동쪽으로 날아가면 동쪽을 바라보며 목을 뻗었다. 내가 청중의 목을 조종하려 한 게 아니다. 그 때 그 곳에 모습을 드러낸 힘에 의해 내 자신이 조종당하고 있었던 것이다. 처음에는 다소 그 광경에 도취했을지도 모르겠다. 도취감에 해롱거리지 않도록 눈을 크게 뜨고 있었지만 저항하기 힘든 힘이 소용돌이를 일으키더니 나를 그 한가운데로 처박으려 했다. 고통은 없다. 고통 없이 처박혀 사라지는 일이란 쾌락일지도 모른다. 귀경이 없었다면 나는 분쇄되었을지도 모른다. (p.59)

인용이 약간 길어졌는데, 이처럼 이수의 음독은 언어가 신체를 통과하는 운동성 자체를 전경화시킨다. "내가 읽고 있는 건지 타인이 읽고 있는 건지 알 수 없게 될 때까지", "내 자신이 조종당하고 있었던 것이다"라는 부분에서 이수가 언어를 매개하는 존재가 되었다는 사실을 파악할 수 있다. 애당초 이수는 "사람들이 '비혼'이라 부르는 마음의 작용"(p.8)이 강한 존재로 등장하는데 바로 이점이 학사에 들어가는 것을 허락받은 이유였다. '비혼'은 "기억 속의 어떤 상황으로 영혼을 날려 보내서, 현재 기억의 상황 속에 있는 것과 다를 바 없어"(p.8) 지는 능력이다. 그 때 주체는 안정적으로 확립된 것일 수가 없다. 『비혼』이 『성녀전설』에서 이어 받은 모티브로 오리지널 언어를 가지고 있는 주체가 아닌 존재의 양상을 들 수 있는데, 『비혼』에서는 음독이라는 구체적인 행위를 통해 일종의 '쾌락'의 경지로 진입하게 된다. 첫 음독과 관련해서 이미 "내용에 대해 생각할 여유는 없고 오직 책을 목소리로 바꾸는 일에 집중했던 최초의 음독, 그 때 나는 처음으로 책의 피부와 가까워진 감촉을 느꼈다"(p.31)고 설명하는 바와 같이, 의미를 모아 내용을 이해하는 것은 중요하지 않고 언어의 운동성을 체감하는 것을 지향한다.

이러한 음독의 특징이 계속 작중에서 이야기된다. 다만 도중에 몇몇 문제가 지적되기도 한다. 홍석과 지희, 스승인 귀경에 의해 이수의 음독은 변화와 직면하게 되지만 '이해'와 대치하고 오리지널에 환원되지 않는 행위로 서서히 승화해 간다.

최초에 문제로 지적받는 것은 음독이 지닌 폭력성이다. 예컨대 귀경은, "사고를 마비시키는 영靈은 폭력이다"(p.34)라고 말한다. 지희도 폭력성에 대해 충고한다.

> 청중은 목소리의 마술에 걸리기 쉽다. 공중의 진동을 자신의 내부에 집중시킬 수 있는 목소리는 폭력에 불과하므로 조심해야 한다. 물론 매우 드문 재능인건 분명한데, 그렇다고 웃고 즐겨도 되는 재능이 아니다. 왜냐면, 폭력이란 반드시 폭력을 필요로 하는 타인에 의해 이용당하고, 결국에는 네 자신이 그 희생자가 되기 때문이다, 라고.(p.60)

음독에 있어서 특히 '목소리'가 지닌 힘의 강함이 '사고'와 대립적으로 파악되고 있으며, 그러한 '목소리'는 청중을 선동하는 위험성을 지니는 것으로 비판의 대상이 된다.

음독의 폭력성이라는 문제는, 음독의 동원력에 감춰져 있다. 종교적인 의식에서 특정 문구를 창화唱和하는 것이 전형적인 예가 될 텐데, 전시기에 사람들을 한데 묶는 도구로 활용되었다는 점에 대한 지적도 있다. 지희의 충고는 바로 그러한 점을 염려한다고 볼 수 있다. 하지만 이수는 음독의 동원력과 관련해서 걱정을 넘어 직접적으로 자제하거나 하는 움직임은 없다. 귀경의 지적에 대해서는 "나는 사고를 마비시키려 한 적이 없다. (중략) 귀경이 음독을 중단시켜서 나는 기분이 나빴다"(p.34)라는 식으로 저항을 드러내고, 지희에 대해서도 "당시에는 지희의 충고의 고마움을 알지 못했다"(p.60)고 말할 뿐이다.

오히려 이수의 음독은 일종의 달성을 이룬다. "내 목소리가 커질 때는 쓰여 있는 글자를 낭독할 때뿐이었다. 낭독을 위해 모두의 앞에 나아갈 때, 나는, 한 발 한 발 걸을 때 마다 호랑이로 변신해 갔다"(p.78). 그녀 자신이 '호랑이'가 되었다고 형용되어 있는 부분에서 그녀의 진전이 어떠했는지 알 수 있다. 하지만 이러한 진전에 우여곡절이 없었던 것도 아니다. "사고를 마비"시키는 폭력성은 우회를 통해 다듬어지게 된다. 그 계기가 되는 것이 쓰는 행위를 통해 다시 부상하게 되는 '이해력' 결여라는 문제이다.

이수는 등장인물 중 유일하게 쓰는 자이다. "옛 시인들도 자주 시도했던" "글을 흉내 내며 그 글을 바꿔 쓰는 기술"에 의해, "그 결과, 읽어서 모두에게 들려 주고 싶을 정도의 문장을 쓸 수 있게 되었다"(p.80)라는 묘사를 통해 쓰는 행위가 음독과 연결됨을 알 수 있다. 그리고 "나는 이해력이라는 것이 떨어졌다. 무겁고 두꺼운 책과 매일 씨름하는 인내력도 없었다. 나는 우연히 펼친 페이지에서 마음에 드는 어구만 뽑아서 옮겨 적고, 음독해서, 내 방식으로 바꿨다"(p.84)라고 하는 것처럼, 쓰는 행위가 이수를 '이해력'과의 대립으로 향하게 한다. 이수의 주저함은 "책의 일부를 옮겨 적어서, 거기에서 새 책을 써 가면, 내 신체는 여기 있으면서도 책과도 귀경과도 멀리 떨어지게 되는 게 아닐까"(p.85)라는 의심에서 발생한다. 이해력의 부족이 음독과 더불어 쓰는 능력과 결부되어 부상하는 것이 오리지널리티를 둘러싼 문제이다. 독창성은 일탈이 되어 문제화되고 '이해력'과 대립한다. 앞서 서술한 바와 같이 음독이라는 행위의 행위체가 되는 것은 자기동일성을 유지하고 있는 안정된 주체가 아니다. 음독을 통해 발생한 언어는 파악 가능한 이론적 관련성 또는 발전과는 질적으로 내용이 다르다. 그렇기 때문에 불온한 무궤도성無軌道性으로 전개할 수 있다는 위험성이 문제가 되는 것이다.

하지만 여기에서 주의해야 할 것은, 독창성이 일탈로 변환될 수 있다고 보는 것처럼, 독창성이란 기본적으로 부정적인 평가를 받고 있다는 점이다. 『비혼』을 봐도 '나만의' '새로운 책'을 만드는 행위로 대표되는 오리지널 언어를 향한 지향이 높이 평가받는 일은 절대 없다. 오히려 '사고의, 마비'를 일으키고 '이해력'이 결여된 것으로서 철저히 비판받는다. 오리지널을 지향하지 않는다, 하지만 '사고'나 '이해'의 주체가 되는 것도 아니다, 그리고 무궤도도 아니다. 이러한 조건에 모두 부합하는, 다른 차원의 신체성의 발견이 시도된다.

이수에게 '이해력' 결여라는 문제는 '학문이 약한 자'(p.102)라는 의식과 연결되고, 나아가 그러한 열등감으로 인해 '도취 약'(p.105)에 중독되어 기억력과 계산력과 시공간 인식 능력이 결정적으로 쇠약해지는 방향으로 문제는 심화한다. 결국 "학문이 약한 자 보다 훨씬 심각한 바보의 지위를 얻은 걸지도 모른다"(p.115)라는 지점에 도달했을 때의 음독은, "아무것도 모르겠다, 의문의 파문에 몸을 맡긴 채 그저 쉬지 않고 목소리를 낼 수밖에 없다"(p.114)라고 묘사된다. "스스로 책 내용을 바꿔 읽고 있다는 의식이 내게는 없었다"(pp.115-116), 또는 "약 때문에 대지를 가득 메운 잡초 뿌리처럼 넓고도 강력한 기억력을 잃어 버려서, 지금 그 장소에서 만들어 내는 언어 말고 신뢰할 수 있는 건 아무것도 없었다. 그 결과, 목소리와 함께 나타났다가 사라지는 쾌락의 거품만을 계속해서 쫓을 수밖에 없었다"(p.119)라고 하는 것처럼, 무방비 상태에 빠진다.

8. 방법으로서의 체감

하지만 '도취약'의 효과가 전부 부정적이라고 할 수는 없다. "나는 빨라, 나는 예리해라는 식의 거만함을 버리게 된 나는, 사람 마음에 영향력을 갖게 되었다"(p.113)라는 전개는 약이 있었기에 가능했다. 이 시점에 체감하는 음독은 다음과 같이 묘사된다.

불명확한 것을 억지로라도 어떤 모양으로 만들어서, 그 목덜미를 잡아챌 듯한 시선의 신속함과 강인함이 사라져 버리는 것이다. 반쯤 잡아챘을 때 힘을 빼 버린다. 파악해 버리는 것을 거부한다. 그렇다고 일부러 놓아 줄 생각은 없다. 어느 쪽으로도 정하지 못하고 휘청휘청 걸으니 금방 넘어질 것 같다.(p.114)

더욱 불안정한 신체가 등장했다고 봐도 무방한데, 이것을 방법으로 더 갈고 닦으면 기존과 다른 전혀 새로운, 음독하는 신체를 획득할 수 있다. 획득하기 위한 열쇠는 두 가지이다. 하나는, 귀경에 대한 반역을 계획 중인 '단발족'이라는 그룹과의 관계이다. 그녀들은 "여태까지와는 다른 신체로 배우자"는 '주장'(p.118)을 하고 있다, 신체를 통해 언어와 접촉하려 하는 이수와 유사한 부분이 있어 보이기도 하지만, 그럼에도 불구하고 이수는 그녀들과 동일한 장소에 있지 않는다는 점이 이수가 갈망하는 것의 윤곽을 보이게 한다. 이수가 새삼 확인하게 되는 것은 "나는 문자를 경멸한 적이 없다"(p.119)라는 사실이다.

더 중요한 열쇠는 스승과의 동일화를 둘러싼 문제이다. 이수는 원래 "지금 생각해 보니 귀경과 나 사이보다 더 멀리 떨어진 사이도 없다고 생각한다"(p.62)라는 말처럼, 제자 중에서 유일하게 귀경을 닮아 가지 않는 존재이다. 다른 제자들은 독창성을 비판하면서 동시에 스승과 동일화되어 간다. '이해'를 최우선으로 중시한다는 점이, 스승과 '닮아'간다, 즉 동일화되어 간다라는 아슬아슬한 부분으로 변환될 때, 이수는 자신의 특징을 명확히 드러낸다. 중요한 것은 신체의 사용 방식과 관련해서 자신의 특징을 체득하는 부분이다.

> 어린 자매들이 귀경을 닮게 되면 피부와 피부 사이의 경계선이 사라지고, 생각하는 것, 느끼는 것, 고통이 전부 혼류混流해 버려 어디까지가 귀경이고 어디까지가 자매들인지 점점 구별할 수 없게 되지는 않을까? 귀경의 내부에서 피부를 뚫고 다른 피부 속으로 침투해 들어가는 냄새 비슷한 것. 귀경의 주위를 둘러싸고 있는 다른 자매들과 나란히 서 있자 그 냄새 비슷한 것을 끊임없이 의도적으로 발산하고 있음을 알 수 있었다. 나는 일부러 다른 방향으로 신체를 돌리고 다른 생각을 했다.(p.169)

"일부러 다른 방향으로 신체를 돌리고 다른 생각을 했다"라는 식으로 틈을 노려 행하는 저항은, 이 방면에서만 발휘되는 것이 아니다. 여기에서 알 수 있는 것은, 인식을 위한 양상을 체감이라는 방식으로 파악할 경우, 구체적으로 봤을 때 이질적인 문제에 대응할 때도, 깨달아 체득한 체감 상태 그 자체를 추구함으로써, 동질의 행위가 가능해진다는 점이다. 동일화에 대한 존재 방식은 음독에 대한 행위 방식과 중첩되고, 음독하는 신체 또한 이수 자신이 파악할 수 있는 것이 된다. 음독에 대한 설명 부분을 인용하겠다.

> 밤늦게 혼자 도서실에서 목소리를 내고 있자니 실내를 감싼 어둠이 깊어진다. 나무로 메워 만든 바닥이 흐물흐물 움직이기 시작하고, 닫혀 있는 동쪽 창문에서 서쪽 창문으로, 싸늘한 대기가 추억이 흘러 가듯 이동해 간다. 귓속이 소란스러워지는 건 바로 이때부터다. 귀 속에서 소란을 피우기 시작하는, 눈에 보이지 않는 잡다한 복수의 힘이 흐름을 발견하기만 하면 그때부턴 아무것도 할 필요가 없다. 내 자신의 힘은 없는 거나 마찬가지, 그런데 급류에 몸을 맡긴 나는 강을 타고 내려오듯 읽어 내려간다. 하지만 그저 떠내려 가기만 해서는 안 된다. 읽는 도중에 일부러 그곳과 어울리지 않는 것, 예를 들면 호랑이 눈썹, 호박 덩굴, 초승달 등을 떠올리며 도취를 중단시킨다. 음독에 대한 깨달음으로, 깨어 있으면서 떠내려가기, 라고 메모를 했다.(p.166쪽)

스승을 향한 동화와 음독은 각각 다른 문제임에도 불구하고 동일한 형태의 체감을 동시에 획득하며 진전한다. "깨어 있으면서 떠내려가기"의 경지에 이른 체감이 '깨달음'으로 '메모'될 수 있는 확실성을 가지게 되었을 때, 그것은 기술이 된다. 신체를 사용하는 행위는 사고와 대립되는 위치에 배치되기 쉽다. 여기까지 확인한 바와 같이 『비혼』에서 설정된 장애물 또한 그런 의미로 해석할 수 있다. 첫 음독에 대해서도, 음독의 특수한 신체감각이 묘사되어 있는데, 여기에서의 신체감각이 '조종'당함, '도취' 또는 '처박혀 사라지는 일'이라는 형용에 의해 설명되는 부분에서, 폭력성으로 전환될 수 있는 위험성을 지적할 수 있을 뿐 아니라 무궤도성을 노출하고 있기도 하다. 그 단계에서 직전의 인용문에서 볼 수 있는 '깨달음'에 이르기 까지, 이수는 십 년이라는 시간을 집중했다.

> 나는 인간의 영혼에 작용하는 힘은 없지만, 영을 모아서, 모은 영과 함께 하늘을 나는 건 가능할 것 같았다. 영들을 불러 모아 귀 속을 가득 채우는 쾌감을 떠올린다. 마취약보다 더 달콤한 마비를 선사해 줄 것이 분명하리. 학사에서 내 육신을 책으로 물들여서, 내 육신에 책이 물들 때까지 살자고 결심했다. 결심까지 십 년이나 걸린 셈이다. 학사에 들어 온지 오늘로 딱 십 년째니까.(p.156)

『비혼』에서 '오늘'이라는 단어가 등장하는 부분은 이곳뿐이다. 이 시점을 기점으로 스토리가 발화되었다. 도달점이 제시되었다고 바꿔 말해도 좋다. 반복이 되겠지만, 여기에서의 음독은 책

자체를 이해하는 것과는 다른 차원이며, 게다가 앞서 독창성으로 칭했던 차원과도 다른 행위이다. 기원을 중시하는 지향은 무언가를 향한 동일화로 변환되고, 확실한 주체에 의한 독창성을 향한 지향은 이해 부족, 나아가 사고의 마비나 폭력성으로 변환된다. 음독은 그와 같은 언어를 둘러싼 문제를 회피하면서도, 신체성의 차원에 집착하는 방법을 통해 샛길이라 불러도 좋을 통로를 모색할 수 있는 가능성으로서 제시된다. 이 때 필요한 기술 중 하나는, 자아와 타자의 관계의 틈새를 정확히 재고 포착하는 것이며, 그것을 체감을 통해 단련해 가는 것이다. 더불어 이러한 음독의 차원에는 쾌락이 존재한다. "지회 뿐만 아니라 홍석과 조령은, 목소리의 떨림이 육신의 떨림이 되는 느낌, 정체를 알 수 없는 힘이 내 안에 머물다 가는 그 느낌을 태어나서 단 한 번도 경험하지 못했을 수도 있다."(p.167)

실은 '쾌락'이라는 어휘는 첫 음독을 묘사할 때 사용되었다. 하지만 여기에서 '그 느낌'으로 이야기되는 쾌락은 이수의 주체가 기원이 되는 욕망과는 차원이 다르다. 소설의 마지막에 나오는 이수의 발언은, "'영혼魂'이라는 글자는, 귀신鬼이 말하다云う, 라고 씁니다. 즉 말을 할 수 있는 귀신이 영혼입니다", "다시 말해 내가 말하고 있다 해도 실제로는 귀신을 초대해서, 그 귀신이 말을 하게 하는 것입니다. 그러므로 제 영혼이 말하고 싶은 속내는 귀신이 말하는 내용이 됩니다"(p.174)이다. 청중은 모두 웃는다. 귀경도 웃는다. "귀신의 글자가 내 안에 들어오자 잔뜩 움츠려 있던 힘이 풀리고 긴장이 풀리고, 그 틈새를 통해 무언가 새로이 흘러 들어왔다.

당황했던 입술이 풀리고 웃음으로 변했다. 수레바퀴가 돌아가듯 귀경이 웃었다. 그 웃음소리에서 나는 호랑이를 봤다."(p.175) 언어가 통과하는 매체가 되는 것이 쾌락을 발생시키고 있는 것이다. 깨닫기 직전의 음독 장면에서 '호랑이'가 된 것은 이수였다. 이 장면에서는 귀경의 '웃음소리'에서 '호랑이'를 본다. 추구하던 '호랑이'는 화자와 청자 그 어느 쪽에 일방적으로 귀속되는 것이 아니라, 순간적인 관계성을 통해서만 그 모습을 드러낸다. 목소리를 발한 것은 귀경이고 호랑이를 본 것은 이수이다. 호랑이는 양쪽 어디에도 귀속되지 않는다. 청자의 욕망으로도 화자의 욕망으로도 환원되지 않는 '웃음소리'는, 어느 누구에게도 귀속되지 않는 쾌락을 향한 통로의 출입구와 같다.

9. 언어의 가동성

언어의 존재 양식에 대해 생각할 때, 그 언어를 주고받는 장의 역학을 무시할 수 없다. 하지만 동시에 그와 같은 역학에 대한 관심 안에서 '침묵'이 문제로 부상할 때, 오리지널 언어가 그 배경에 있다고 기대하고는 화자와 청자의 욕망이 형성하는 틀 안에 '침묵'이라는 문제를 가두어 버리는 경우가 있다. 본장에서 고찰하고 싶었던 것은, 그와 같은 문제의 배치를 움직여 교란시키는 방법의 모색이었다.

다와다 요코의 두 작품은 언어와 신체가 어떻게 관계를 맺고 있는가를 집요하게 추구한다. 언어라는 것을 유통流通, 다시 말해 흘러 들어와 통하게 하는 것으로 파악하여 오리지널 주체에 대한 기대를 해체시킨다. 그리고 의미에 대항하는 방법으로서, 신체를 가지고 있는 존재라는 사실에 철저히 집착한다. 언어의 가동성을 체감하는 통로의 개척은 의미의 역학에 주의를 기울이는 것과 마찬가지로 언어에 의해 살아 갈 수밖에 없는 존재로서 언어에 대해 사고하는 행위가 되리라고 생각한다. 언어와의 관계 그 한가운데에서 쾌락을 찾아내는 것이, '침묵'을 문제로 삼아야 하는 현장에서 어떤 효과를 가질 수 있을까? 그 질과 정도를 미리 예견할 수는 없다. 하지만 언어와의 관계 속에서 쾌락을 찾아내는 것이 역학을 밝히는 작업과 모순되지는 않으리라. 사고의 도달점에서 기다리고 있는 것이 고통이나 번뇌가 아니라는 사실이 중요하다. 우리가 어떤 장에 참가하고 싶다고 바라는 지향성은, 고통이나 번뇌가 아니라 쾌락—다만 자기 자신에게 공헌하는 것이 아닌 종류의—을 구체적으로 드러냄으로써 더 발생하기 쉽다고 생각되기 때문이다

　　더불어 확인하고 싶은 것은 음독을 일종의 이념적인 언어 행위로서 추출한 것은 아니라는 사실이다. 언어와 관계를 맺는 방법을 확장시키는 통로로 이해할 수 있다고 본다.

　　체감을 전경화해서 사고의 흥미로움을 공유하고 싶다. 말하는 것도 듣는 것도, 언어가 신체를 통과하는 경험이니까.

■ 이다 유코

이다 유코飯田祐子는 1966년 아이치 현愛知県 출생. 나고야대학 대학원 문학연구과에서 박사학위 취득. 나고야대학 대학원 문학연구과 교수. 일본근현대문학·문화의 젠더 연구를 수행해 왔으며, 최근에는 동아시아 여성잡지 비교연구 및 좌익문화실천을 둘러싼 젠더 양상을 살펴보는 데에 관심을 갖고 있다.

주요 논저로는, 『그녀들의 이야기―일본근대문학과 젠더彼らの物語―日本近代文学とジェンダー』(名古屋大学出版会, 1998), 『세이토』라는 장―문학·젠더·〈신여성〉『青鞜』という場―文学·ジェンダー·〈新しい女〉』(森話社, 2002[공저]), 「남편 / 부양하는 자의 신음―『태풍』과 『노방초』에 나타난 남성성夫 / 稼ぎ手の呻き―『野分』と『道草』の男性性」(『世界文学としての夏目漱石』, 岩波書店 2017), 「리브와 의존의 사상リブと依存の思想」(『戦後日本を読みかえる4―ジェンダーと生政治』, 坪井秀人編, 臨川書店, 2019), 「무라타 사야카와 젠더·젠더 퀴어『편의점 인간』, 『지구성인』, 그 외 창작(村田沙耶香とジェンダー·クィア 『コンビニ人間』, 『地球星人』, その他の創作」(『JunCture』10, 2019.3) 등이 있다.

이 책은 이다 유코飯田祐子의『그녀들의 문학―여성작가의 글쓰기와 독자에게 응답하기語りにくさと読まれること―彼女たちの文学』(名古屋大学出版会, 2016)를 완역한 것으로, 2018년 일본만국박람회기념조성금日本万国博覧会記念基金助成金의 지원사업인 고려대학교 〈일본학총서〉간행사업 :『일본 근현대여성문학선집』간행 사업의 일환으로 간행되었다.

『일본 근현대여성문학선집』간행 사업은, 일본의 여성문학이 근대 이후 양적인 측면과 질적인 측면에서 상당한 성과를 축적하였을 뿐만 아니라, 같은 동아시아 문화권을 살아온 한국 여성의 삶이나 문학, 문화와 밀접한 관계를 가지고 있음에도 불구하고, 아직 체계적으로 전체를 조망할 수 있는 전집 형태가 없다는 문제의식에서 기획된 것이다. 이에 근대인으로서의 자아각성이나 젠더, 섹슈얼리티, 계급, 원폭, 전쟁, 식민지 체험 등 일본 여성문학이 다루어 온 다양한 주제를 체계적으로 망라하여, 한국의 여성학, 여성문학 연구자 더 나아가 일반 독자들이 유사한 경험을 한 한국 여성의 삶과 문학을 사유하는 데에 참조가 되는 구성이 될 수 있도록 노력하였다.

이러한 문제의식에서 마지막 한 권은 일본 여성문학 연구의 현황을 잘 알 수 있는 최근의 연구서로 구성하기로 결정하였다. 이 책의 저자 이다 유코는 기존 페미니즘 비평과 젠더 비평 연구에서 자명한 것으로 여겨온 '여성'이라는 범주에 의문을 던진다. 이 책 일본어판의 부제 '서술의 곤란함과 읽혀진다는 것語りにくさと読まれること'에도 잘 나타나 있듯, 문학을 쓰는 주체로서의 '여성 작가'나 그 대상이 되는 독자로서의 '여성 독자'나 모두 일률적이지 않으며, 사회적, 역사적, 문화적 맥락 안에서 복잡하게 중층화된 존재임을 다양한 여성작가와 작품을 통해 세밀하게 고찰하고 있다. 다시 말하면, 쓰는 주체는 자신의 글이 늘 불특정 다수의 독자에 의해 읽혀진다는 사실을 의식하고 그것에 응답하는 형식으로 글을 쓸 수밖에 없고, 따라서 그 글의 의미는 쓰는 주체와 읽는 주체의 아이덴티티에 의해 정해짐으로써 가변적이고 유동적으로 결정된다는 것이다. 이를 저자는 글쓰기의 피독성과 응답성이라는 용어로 응축시켜 표현하고 있다.

　　이 책이 『일본 근현대여성문학선집』의 한 권으로 포함되어야 할 이유는, 무엇보다 이와 같은 피독성과 응답성 문제가 일본 여성문학에 한정된 것이 아니라, 한국 여성문학은 물론이고 문학 전반에 적용시켜 생각해 볼 수 있는 매우 풍부한 논점을 제공한다는 점에서 찾을 수 있을 듯하다. 아울러 페미니즘 비평과 젠더 비평, 독자론과 컬처스터디즈, 포스트콜로니얼 비평을 넘나들며 여성문학에 대한 기존 해석과 다른 새로운 읽기 방식을 요청하는 연구 방법론 또한 본 선집에 수록된 작품들을 깊이 있게 이해하는 데에 도움이 될 것이다.

　마지막으로 무엇보다 『일본 근현대여성문학선집』의 간행 취지에 공감해 주시고 번역을 쾌락해 주신 이다 유코 선생님께 진심으로 감사드린다. 바쁜 일정 속에서 짧지 않은 번역을 하느라 시간에 쫓겼음에도 불구하고, 마치 이다 선생님의 강의를 듣는 것처럼 생동감 넘치는 내용이어서 즐겁게 번역에 임할 수 있었다. 모쪼록 이 책이 일본 여성문학을 이해하는 데에 머물지 않고, 한국을 비롯한 동아시아 여성문학을 아우르는 젠더적 사유를 발견하고 새로운 해석의 지평을 열어가는 마중물이 되기를 바란다.

2019년 3월

역자 김효순·손지연

김효순金孝順

고려대학교 글로벌일본연구원 교수, 전 한국일본학회 산하 일본
문학회 회장. 고려대학교와 쓰쿠바대학에서 아쿠타가와 류노스
케 문학을 연구하였고, 현재는 식민지시기에 일본어로 번역된 조
선의 문예물에 관심을 갖고 연구하고 있다. 주요 논문으로 「태평
양전쟁 하에서 의지하는 신체와 모방하는 신체—최정희의 「야국
초」와 하야시 후미코의 「파도」를 중심으로-」(『한일군사문화연구』제
16집, 2013.10) 등이 있고, 역서에 『조선속 일본인의 에로경성조감
도-여성직업편-』(도서출판 문, 2012), 『재조일본인 여급소설』(역락,
2015), 『재조일본인이 그린 개화기 조선의 풍경: 『한반도』문예물
번역집』(역락, 2016), 다니자키 준이치로의 『열쇠』(민음사, 2018), 편
저서에 『동아시아의 일본어문학과 문화의 번역, 번역의 문화』(역
락, 2018) 등이 있다.

손지연孫知延

경희대학교 일어일문학과를 졸업 후, 일본에 유학하여 가나
자와대학과 나고야대학에서 각각 석사학위와 박사학위를 취득했
다. 경희대학교 일본어학과 부교수. 최근에는, 동아시아, 오키나
와, 여성, 마이너리티 등의 키워드에 천착한 연구를 진행하고 있
다. 주요 저역서에, 『세이토』라는 장—문학·젠더·〈신여성〉(『青
鞜』という場－文学・ジェンダー・〈新しい女〉)』(森話社, 2002[공저]), 『오
키나와문학의 힘』(역락, 2016[공저]), 『전쟁이 만드는 여성상』(소명,
2011), 『일본군 '위안부'가 된 소녀들』(삼천리, 2014), 『오시로 다쓰
히로 문학선집』(글누림, 2016), 『오키나와와 재일의 틈새에서』(소명,
2019) 등이 있다.

일본 근현대 여성문학 선집 18

그녀들의 문학 – 여성작가의 글쓰기와 독자에게 응답하기

초판 1쇄 발행일 2019년 3월 31일

지은이 이다 유코
옮긴이 김효순·손지연
펴낸이 박영희
편집 박은지
디자인 박희경
표지디자인 원채현
마케팅 김유미
인쇄·제본 태광인쇄
펴낸곳 도서출판 어문학사
　　　　서울특별시 도봉구 해등로 357 나너울카운티 1층
　　　　대표전화: 02-998-0094 / 편집부1: 02-998-2267, 편집부2: 02-998-2269
　　　　홈페이지: www.amhbook.com
　　　　트위터: @with_amhbook
　　　　페이스북: https://www.facebook.com/amhbook
　　　　블로그: 네이버 http://blog.naver.com/amhbook
　　　　　　　다음 http://blog.daum.net/amhbook
　　　　e-mail: am@amhbook.com
　　　　등록: 2004년 7월 26일 제2009-2호

ISBN 978-89-6184-921-0 04830
ISBN 978-89-6184-903-6(세트)
정가 18,000원

이 도서의 국립중앙도서관 출판예정도서목록(CIP)은 서지정보유통지원시스템 홈페이지(http://seoji.nl.go.kr)
와 국가자료공동목록시스템(http://www.nl.go.kr/kolisnet)에서 이용하실 수 있습니다.
(CIP제어번호: CIP2019014828)

※잘못 만들어진 책은 교환해 드립니다.